先心

他的

动的

上册

图样先森——著

青岛出版社
QINGDAO PUBLISHING HOUSE

图书在版编目（CIP）数据

他先动的心/图样先森著. 一青岛:青岛出版社,2021.6
ISBN 978-7-5552-9117-6

Ⅰ.①他… Ⅱ.①图… Ⅲ.①长篇小说－中国－当代 Ⅳ.①I247.5

中国版本图书馆CIP数据核字（2020）第232118号

书　　名	**他先动的心**
作　　者	图样先森
出版发行	青岛出版社
社　　址	青岛市崂山区海尔路182号（266061）
本社网址	http://www.qdpub.com
邮购电话	18613853563　0532-68068091
责任编辑	李文峰
特约编辑	张玙璠
校　　对	张静静
装帧设计	梁　霞
照　　排	梁　霞
印　　刷	三河市良远印务有限公司
出版日期	2021年6月第1版　2021年6月第1次印刷
开　　本	16开（640mm×920mm）
印　　张	38
字　　数	380千
书　　号	ISBN 978-7-5552-9117-6
定　　价	69.80元（全2册）

编校印装质量、盗版监督服务电话 4006532017　0532-68068050

目 录 上册

目 录

下 册

第 一 章
你脸红什么

清大最近将南门石碑那块修葺了一番。石砖上铺了一条直达教学楼的红地毯，两侧的人工草坪翠绿葳蕤，轻巧的小雀儿停留在细秆上汲取露水。

早晨七点，空气中的湿气还未被阳光蒸干，薄雾遮住了人们的大部分视线，使得白色的教学大楼有了那么点儿云雾之中蓬莱阁的意思。

褚漾肩上挂着绶带，站在红毯旁边，忍不住打了个大大的哈欠。旁边的学妹被传染，一时间，这一排的人都打起哈欠来了。

"校友理事会工作大会暨外语学院校友分部奖学基金成立仪式"计划是九点开始，她们这些负责迎宾的学生会干事七点不到就站在南门口吹风了。

站在她旁边的学妹很体贴地道："学姐，反正现在还早，要不你去旁边休息一下吧？"

褚漾摇了摇头，说道："不用。"

除了她，这里的迎宾人员都是即将升大二的学妹，参加迎宾是她们自愿的。再过一个星期新生入学，各大学生组织就要开始换届，得抓紧时间在主席团成员面前刷刷存在感、拉拉好感。

就褚漾一个人是大三的。其他学生干部这时候都窝在被窝里享受着属于前辈的特权。

谁让她跟主席和副主席的关系都不怎么样呢？她为了增加素质拓展分，想要参与竞选成为主席团成员，就只能干苦力了。

这时已经有很多学生起床早自习或是晨练了，大家横穿红毯的时候，总要转头看两眼。

褚漾个子高，为了照顾学妹，特意穿了双平底鞋。但即便如此，还是架不住她天生优越的头身比，胸下便是腰线，双腿笔直、修长，旗袍贴身，身体曲线一览无余。

她跟所有人一样，穿着酒店开业剪彩常用的红色旗袍（某宝五十元一件批发的），化着统一的淡妆，将头发扎成丸子头，肩上的绶带上写着几个金色的大字："欢迎理事会校友回校。"

褚漾却仍旧是最打眼的那一个。

早上的风挺大，吹起她额前的碎发，几缕长的掠过光洁的额头，有些遮眼睛。褚漾呼气儿吹着头发玩，丝毫不顾身后有男生推推搡搡间几句不雅的调侃话。那些男生都想上前要她的微信，又都不敢。

她就这样又站了一个小时，围观的学生三三两两地散去，有个学弟给她们带来了早餐，又饿又困的女孩儿们顿时蜂拥而上。褚漾没动，站在原地。学弟发完早餐，主动上前把早餐递给了她。

学弟给其他人带的都是从食堂买来的大肉包子，唯独给褚漾的是从食堂门口甜品店里买的葡式蛋挞，还添了杯浓郁的原味奶茶。这种差别待遇并没引起学妹们的不满，主要是她们见怪不怪了。

褚漾犹豫了几秒钟，又看了一眼学弟，伸手接过早餐。学弟收手的动作慢了一拍，和她柔嫩的指尖相触，清澈的眼睛迅速扫过她的脸颊，立马躲开了。

褚漾轻声问他："你怎么知道我喜欢吃蛋挞啊？"

"早上上课的时候碰见过学姐几回，我看学姐每次买的都是蛋挞。"

"那下次你再看见我记得叫我，我也要知道你喜欢吃什么早餐，"褚漾眉眼一抬，戏谑地道，"我买给你吃。"

纯情"小奶狗"不经撩，学姐一句"我买给你吃"，让他顿时坚定了以后要天天给学姐带早餐的念头。

学妹们吃得快，褚漾的手上又是蛋挞又是奶茶。她叹了口气，躲在石柱后面慢条斯理地吃，以防蛋挞的碎屑掉在身上。

"褚漾，你在干什么？"褚漾还没来得及抬头，副主席一阵铺天盖地的训斥声就下来了。

"干事都没偷懒，你一个大三的学姐躲在这儿吃早餐，你好意思吗？等一下理事会的师兄、师姐到了，看到你这副样子，会怎么想我们学生会的干部？"

说完，她还不解气，拉着褚漾走到红地毯上，指着褚漾的鼻尖给众人做反面教材。

"学生干部要有学生干部的样子，不要仗着自己大一届，还是学生干部，尾巴就翘上天了，你们谁要是拿褚学姐当榜样，有样学样，我劝你们趁着还没换届赶紧退会，别留在这儿影响下一届的学弟学妹。"孟月明在副主席的位置上待了一年，专门负责管理分会事物，训起话来气势十足，惹得一众干事连头都不敢抬。

主席出去实习还没来得及返校，这里就孟月明职位最高，没人敢帮褚漾说话。给褚漾带早餐的学弟鼓起勇气上前替她辩解："褚学姐没偷懒，她是在后面吃早餐。"

"吃早餐？"孟月明反问，斜眼看他，声调更高了，"那为什么其他人都吃完了，就她还把这儿当高级餐厅，一口一口地细嚼慢咽呢？怎么，其他人吃的是早餐，褚漾吃的是金子？"

学弟不说话了。

"学姐，"褚漾终于开口，态度良好，"人马上就来了，这时候光顾着训我不太好吧？"

孟月明觑她一眼，说道："你知道人马上就来了还有心情优哉游哉地吃早餐？"

"我也是为了我们学生团会的形象啊，"褚漾眨了眨眼，低头凑到孟月明的耳边小声说，"学姐你这么赶时间，连眼屎都没擦干净，这让理事会的师兄、师姐看到了，会怎么想我们学生干部？"

孟月明面色微讪，猛地覆上自己的眼角擦拭了几下。结果她的眼角根本没有眼屎，她满脸愠色，冲褚漾喊道："你耍我？！"

褚漾肩膀一颤，像是被她吓了一大跳，后退几步，抿着唇不说话了。

五点半就起床化妆，六点半就站在这儿吹风，吃个早餐还要被骂，末了副主席一句夸奖的话没有，还拎着组织部部长在这儿冷嘲热讽，实在有些过分。

几个干事忍不住出声替褚漾争辩。

因为这边太吵，最后引来了团委办公室的老师。孟月明刚想开口好好数落数落褚漾，就被其他几个干事先发制人了。

"褚学姐是最早过来集合的，她先让我们吃完早餐，自己才去后面吃的。"

老师皱眉看着孟月明，说道："大家起得本来就早，要学会互相体谅，没必要这么上纲上线。"

"但是她……"

"行了，少说两句，都马上要退任了，还这么斤斤计较，这点儿胸襟都没有？"

褚漾主动认错，说道："老师，我躲在后面吃早餐确实是我不对，要不我还是别站在这儿了吧？"

"说什么呢？吃个早餐都至于这么小题大做了？"老师摆手，不耐烦地道，"你就站在这儿，站第一排，不许动。"

孟月明气得面色发白，脚尖使劲往地上摩擦，几乎要擦出火星子来。

最后她还是压下了火气，没再跟褚漾纠缠。

八点五十五分，第一辆轿车驶进了校园。

校友理事会的成员大多是功成名就的校友，就职地点分布在全国各地，在不同省市均建有校友分会，每年回校开两次会，唠唠嗑，叙叙旧，商量商量怎么进一步提升母校的影响力。

回来的校友大多是私企老总或高管，虽然企业规模不一，但开的车都是奥迪起步。

未出茅庐的在校学生看着一辆又一辆的豪车进入校园，纷纷幻想着自己将来的美好人生。

"来了！"有个外语学院的妹子小声呐喊，神色期待。

来人是理事会去年上任的副理事长，这是他第一次参加理事大会。

黑色奥迪低调内敛，黑底白字的车牌，车牌号以"00"打头，绝不是排队摇号交钱就能拿到手的，放在交易所，至少价值六位数。

4

当然，也没人能买到。

学校前两年刚和政府签了个建设公益体育馆的项目，官员出行会公开行程，自然开公家车过来。

今天到场的师兄是整个外语学院学子的榜样，一毕业便考入外交部。从随员做到二秘，这位师兄只用了两年时间。眼见着就要升上大使衔，他却提前结束驻外期，结束了七年的在外生涯，回国提外交部国际司职。

对常年驻外的外交人员来说，或许结束颠沛流离的生活才是最好的安排。

只可惜车窗上贴着的安全膜牢牢地遮住了里头的人，几个人伸长了脖子，也未能看到他的真容。

一直到车子驶入教务楼大堂，师兄才下车。

褚漾站在最前排，被安排上前献花。

她手上拿着一束用公费买来的花，白百合配上黄色康乃馨，点缀着满天星。她抬头挺胸，僵着身子迎接这位副理事长。

她不敢抬头，只盯着师兄衬衫的衣领发呆。

她的手原本放在固定花束的缎带蝴蝶结上，她还没来得及缩回去，一双温润的手掌随即覆上她的手背。

褚漾心颤，迅速收回手。

在其他人看不到的地方，师兄不光没有放开她，反倒像是要惩罚她躲得快，用拇指和食指迅速地在她的手背上掐了一下。

肯定是因为车载空调温度太低，他的指尖有些凉。这惹得褚漾心惊肉跳。

他是故意的。

她终于抬头。

徐师兄低头看着她，藏在镜片下的双眸微微弯起一个温柔的弧度。

两人的距离过于近了，褚漾甚至能看到他高挺的鼻梁上被镜托压出的粉红色印子。这颜色和他白玉般细腻、柔和的肌肤形成对比。

"谢谢师妹。"

师兄的声音跟他的形象一样，轻得像是温水。师兄琥珀色的瞳孔里满是亲切的笑意，就像是长辈看晚辈那样，居然还透着一股慈祥之意。

褚漾："……"

注意到褚漾呆愣的时间有些长，其他人自动理解为她这是被师兄的美

5

色诱惑了。

毕竟师兄是出使外国的代表。就像外交部新闻司那几个大人物，女的靓，男的帅，每一个都是颜值担当。

隆重的迎接仪式过后，众人走进会议室准备开会。

迎宾学生的工作还未结束，她们还得在开会时等候在圆桌旁边，看哪个茶杯空了，就得十分有眼力见儿地上去添水。

校领导发现他们今天特意准备的茶似乎特别受欢迎，尤其是徐外交官似乎更喜欢今天的茶水，站在徐外交官旁边的那个女生过个几分钟就得上前给他添茶。

校领导暗暗记下了这一切，打算让后勤老师多买十几斤这种茶备着。

褚漾完全不这么想。

她早上吃了几口蛋挞就被孟月明抓了个现行，现在正饿着，手上还端着茶壶。等她再添茶水时，肠胃终于发出了抗议的声音。

因为会议室够大，原本她的肚子叫两声也没人会注意。谁想，偏偏被她服务的男人听见了。

徐南烨抬头看她，嘴角还保持着官方的微笑。

褚漾也冲他笑笑，接着用唇语抱怨：我好饿。

男人挑眉，看着褚漾替他加完茶水，就又退到一边去了。

旁边的校长还在表述他的雄心壮志，话音刚落，就看见徐南烨首先抬起手鼓掌。徐南烨难得笑容露齿，看着像是真的高兴，并且十分赞成校长的建议。

一时间，会议室里掌声如潮，校长老泪纵横。

褚漾趁着这段时间跟身边换班的学妹说要去一趟卫生间。

她捂着肚子离开了吵闹的会议室，正打算去小卖部买点儿东西充饥。谁知她刚走过转角，身后便有道声音突然叫住了自己。

"夫人。"

穿着西装的王秘书冲她鞠了一躬，然后从自己的背后掏出了与他的形象格格不入的大肉包子。

王秘书言简意赅地道："先生猜到你没吃早餐。"

褚漾撇嘴，脑补着徐南烨坐着这么高调的车，在早餐摊前为她买了肉

包子的景象。

她觉得自己这顿饿没白挨。

看着褚漾感激涕零的样子，王秘书可算是知道为什么司机来接徐先生的时候，徐先生非要让司机绕远路开了。

"夫人，待会儿聚餐你会去吗？"王秘书问。

褚漾摆手，说道："我们副主席去。"

这种好事，孟月明怎么可能会留给她？

她越想心里越不舒服。之前老师说让她站在前排迎宾时，孟月明就非得找各种理由把她往后安排。如果中午去参加聚餐的人是褚漾，估计孟月明也有的是办法把她调走。

褚漾的眼睛大而明亮，眼尾往上翘。因为她在想别的事情，瞳孔里的光忽明忽暗。

她长着一张鹅蛋脸，皮肤白皙，将头发全扎起来时，五官看着尤为精致、明艳，发际线处毛茸茸的小碎发被阳光映成柔软的金色，低头时，眼睫毛上也染上了相同的色彩。

王秘书想起刚进会议室时，几个校友站在一旁闲聊的话。

"刚才站在最前排的那个师妹真漂亮。"

"不知道是哪个院的。"

"希望是我们院的。"

王秘书不方便多待，与褚漾聊了两句就又进去了。褚漾自己站在走廊上吃早餐。

肉包子是瘦肉馅儿的，没一点儿蔬菜。

褚漾口味偏重，不喜欢吃蔬菜馅儿的包子。她用牙齿咬开柔软、蓬松的面皮，带着肉香的汁水就溅到了唇瓣上。

她张开嘴，嘴里徐徐冒出热气。

这是小区楼下转角几百米的一家早餐摊子上卖的包子，老板是一对老夫妇。褚漾最喜欢吃那里的早餐。

每个周一，因为徐南烨的车不往那边开，她便不让他送。她自己步行到摊子上买早餐，然后坐地铁去学校。

有一次，也不知道徐南烨抽什么风，车子居然往这条路开了。

上册

当时褚漾正吃得欢，嘴角沾着油，见他摇下车窗笑着看自己，愣了。

最后她还是上了他的车去学校。下车的时候，褚漾感觉车厢里全是肉包子味。

徐南烨向来讲究，常年在车内放着香薰盒。但如今满车厢的肉包子味，他却好像什么都没闻到。

包子就剩一口时。徐南烨这种在国外待久了的人，居然肯低头就着她的手把最后一口包子吃掉。

褚漾本想抱怨两句，但注意到徐南烨的薄唇上沾了一层猪油，显得秀色可餐。他的唇形好，唇色也漂亮，猪油在他的嘴上成了"斩男色"。

好想知道哪个品牌出这个色号的唇膏，她绝对买。

手上的肉包子没剩几口时，褚漾琢磨着自己每天去食堂买早餐时，遇到的那些新生就跟难民似的。她要是跟他们一样挤到窗口买早餐，那每天早起精心打扮是为了什么？

于是，她只去蛋糕店，优雅地买点儿蛋糕，细嚼慢咽，彰显名媛风范。

肉包子终于吃完了，褚漾满意地打了个嗝。

"刚才的早餐还没吃够？"

被这一句猝不及防的问话吓到，食道里的那口气没顺上来，褚漾绷着下巴，赶紧又拍了几下胸口顺气，最后才转过身面向问话的人。

孟月明特意换了身衣服，居然还难得地化了妆，看着挺清秀的，说话时却仍然是熟悉的语气。

"这又是哪个学弟给你带的？一个给你带蛋挞，一个给你带包子，中西结合啊。"

这里没人，褚漾连面子工程都不想做，眼睛瞥向别处。

孟月明也不在意，讥讽地道："你最好别犯什么错。"

哟，来吵架的，那就怪不得她了。

褚漾扬唇，说道："你把眼屎擦干净了，怎么又忘记刷牙了啊？"

"行，你等着。"孟月明下巴紧绷，说道，"我看你这学生部长能当到什么时候。"

"等你这个副主席退了，我上位，就不用当了呗。你当初发表竞选演讲时把老师感动得泪流满面，结果还是只当上了个副主席，"褚漾舒了口气，有些惋惜地说，"我要是跟你一样，都没脸继续待在学生团会了。"

孟月明的眼珠子都快瞪出来了，她道："褚漾！你什么态度？"

褚漾仰起下巴，漫不经心地道："就这态度啊，怎么？还想让我给你磕头啊？"

她翻了个白眼，嗤了声，婀娜地转身，往会议室的方向走去，觉得神清气爽。

会议室的门刚好被打开，有几个干事出来看见她站在这儿，然后又看见不远处站着一脸愤懑的孟月明。

褚漾假惺惺地摸了摸眼角，柔声说道："让一下。"

干事们看向母夜叉一般的孟月明，绕道走。

孟月明自顾自地生着气，什么都不知道。

等褚漾再回来的时候，理事大会也差不多开完了。

因为中午还订了酒店聚餐，这一群校友又是日进斗金的优秀代表，正南方的 LED 大屏上直接换了一条标题，变成了"奖学基金的成立仪式"。

以徐南烨为代表，众人捐赠一百万元人民币作为学院奖学金，用来鼓励品学兼优的学生。

徐南烨拿着捐赠展示牌站在最中央，冲着镜头露出微笑。

明明更早前，他还只是以照片的形式出现在学校官网的荣誉告示上。照片上的男人刚晋升为大使馆参赞，将头发整齐地梳在耳后，白衬衣与红色领带相辉映。褚漾坐在电脑前，和室友一起惊叹于这位师兄的美貌，哪儿能想到自己会和他有什么交集？

团委主席在台上讲话时，办公室主任径直走到褚漾的身边，像是有话要跟她说。

"你们院选好人了吗？今天谁负责接待校友？"

褚漾有些蒙："啊？"

"你啊什么？"主任的语气有些不对劲，"早前团委就给各个院下发了文件，组织部选人接待校友啊，陪同工作一天。"

每个团体都有自己的微信群，学校有公告文件就发到群里，干事一般很少仔细看文件，会由各个部门的学生部长挑拣出自己部门的任务，再分发至小群。

计算机学院的主席不在校，所有的工作事项暂时由孟月明负责。

"我没有收到文件，"褚漾皱眉，说道，"所以我以为这次只负责接待外语学院的校友，我们计算机学院不用派人。"

"你以为你以为，哪儿有那么多你以为？"主任话锋一转，措辞激烈地道，"理事会成员也有你们计算机学院的，你能不能动脑子想想？你们院不派人，让师兄、师姐喝西北风？"

褚漾咬唇，说道："关键是我没有收到文件。"

"你没收到文件去问你们主席，跟我说有什么用？当时学校的通知一下来，我就通知了所有院，这是你们的问题。"

褚漾来不及想，直接转身打算去值班室拿手机，通知现在没课的干事过来。

办公室主任哭笑不得地道："你现在找人来有什么用？他们知道带校友去哪儿逛吗？你的干事们下午要是有必修课，不能请假，怎么办？"

这意思就是，这祸她褚漾是闯定了，怎么补救都没用。

她也懒得反驳，等回了值班室拿到手机，却发现组织部群里的人好像都知道这件事了。

等她再回到会议室时，所有院的人各自聚在一起，孟月明就站在那儿等她，副部长带着选好的干事站在旁边，表情有些恐怖。

孟月明给了褚漾一个冷眼。

现在局面很尴尬，褚漾一个学生部长，居然什么都不知道，而且根本没人想听她的解释。

孟月明叹了口气，说道："工作能力不行，起得再早有什么用？"

"我没有收到文件。"

"你没收到，那为什么你们部门的其他人都收到了？你活在梦里？"

褚漾深吸一口气，辩解道："我确实没有看到，如果我看到了，不可能会忽略。"

孟月明冷眼看她，并未因为她的话而改口。

"我不管你到底看到没有，也不想去追究原因，我现在看到的结果就是你失职。如果不是副部长及时安排，你现在去哪里找干事在这么短的时间里背好流程、请好假？你与其在这里跟我吵，不如做好你最后的工作。"

那边，各学院的学生干部都在和校友闲聊，气氛友好，准备一同去酒店。

唯独计算机学院的几个校友满脸尴尬地坐在一旁，所有干事也眼看着副主席指着学生部长的鼻子骂。

孟月明今天作为代表陪同校友去酒店吃饭，身上那裙子都是在专柜买的。

褚漾穿着从某宝批发来的迎宾小姐服，刚才因为跑着去值班室，脸上有薄薄的一层汗，胸口不规律地上下起伏着。

她早知道孟月明看她不顺眼，现在主席外出，孟月明正好有的是机会给她穿小鞋了。

学生组织就是个小型的社会，部下出了错，谁会去怪罪上司指派不当？

"算了吧，既然已经安排好了，就别追究了，"某个师兄好脾气地出面替褚漾说话，"别让人看我们计算机学院的笑话。"

孟月明侧过头看向师兄，满含歉意地鞠了一躬，语气真诚地道："师兄，真的对不起，是我没有管教好部下，让你们看笑话了。"

褚漾突然笑了笑。

"笑什么？还不过来道歉！"孟月明瞪她，问道，"你这个学生部长是不是不想当了？"

原来孟月明在这儿等着她呢。

她能咽下这口气她就是狗。

褚漾深吸一口气，走到师兄、师姐的面前，也鞠了个躬，接着便是道歉："对不起，是我一时大意，让孟月明给我穿了小鞋，耽误了师兄、师姐的行程，请师兄、师姐原谅。"

她的"对不起"三个字刚出来的时候，孟月明脸上原本露出了满意的表情，结果后面那句话出口后，孟月明又黑了脸。

"褚漾，你说什么呢？谁给你穿小鞋了？！"

褚漾抬首直视她，说道："我是组织部部长，你越过我直接向我的副部长下达命令，我根本不知道有接待这回事，这不是穿小鞋是什么？"

"你自己没看到我给你发的消息，就怪我没通知你？！"

"我的手机内存足够，半年前的微信消息都找得到，要不要我当着你的面翻一下聊天记录？"

孟月明冷笑着道："我怎么知道是不是你提前删掉了信息？"

"那学姐能给我看看你的手机吗？"

孟月明轻描淡写地道："我的手机内存不够，我会定时清理消息。"

可以了，是个正常人都能推测出这事是谁搞的了。

"原来学姐是这么想我的，那我没话说了，"褚漾咬唇，一改刚才咄咄逼人的态度，眼睛忽然变得湿润起来，委屈地道，"学姐撤我的职吧，我没话说。"

刚才她还一副要呈堂证供的模样，转眼间就认怂了？

孟月明还在发蒙。

褚漾冲其他人笑笑，大而湿润的眼睛看上去楚楚可怜，像是朵刚受人摧残的小白花。

随后，她留了道轻飘飘的背影给所有人，转身离去。

这事看着算告一段落了。

结果没有，孟月明在回值班室拿包准备去酒店的时候，发现褚漾正站在门口等她。

孟月明走过去跟她眼对眼，问道："你站在这儿干什么？"

褚漾一句话也没说，直接从身后掏出一罐可乐。

孟月明还没反应过来，就被从头到脚浇满了可乐。

"你干什么？！"孟明月睁不开眼，大喊一声，下意识地去抓褚漾。

褚漾后退几步，看着她笑，说道："你跟我玩小学生的把戏，我就还回来呗。"

说完，她还不解气，非得凑到孟月明跟前问道："现在回寝室洗头来不及了吧？"

孟月明使劲揉了揉眼睛，眼眶泛红，带着哭腔吼道："我去不了，你也别想去！"

褚漾不紧不慢地当着她的面，给团委老师打了个电话，声音柔柔的，语气里还带着一丝愧疚，善解人意道："老师，刚才孟学姐不小心被我的可乐喷到了，现在头发都湿了，能不能等她一下，给她点儿时间回寝室洗个头？"

"都要出发了，谁有那个时间等她？"老师喷了声，直接下了决定，"你赶紧去把衣服换了，过来集合。"

褚漾有些犹豫道："这不太好吧？"

"本来你的形象就比较好，一开始也是想选你的，没什么不好的，快点儿。"

孟月明整个身子颤抖不已，满腔的委屈没地方发泄，瞪着褚漾，恨不得把她活吞了。

褚漾回寝室换衣服的时候，只有舒沫一个室友在。

舒沫的嘴里叼着一根鱿鱼丝，她正在打游戏，听见褚漾回来的动静也只是象征性地抬了下眼皮，问道："回来了？中午咱去哪儿吃啊？"

"我要去酒店聚餐，"褚漾扔掉绶带，直奔衣柜，一边抚着下巴选衣服，一边说道，"下午没课，如果你不饿的话，等我回学校时给你带点儿吃的？"

"聚餐，什么聚餐？"

"校友理事会的聚餐。"

"哦，"舒沫点了点头，嚼了两口鱿鱼丝后惊觉不对，猛地抬头，问道，"不是说孟月明去吗？"

褚漾靠在衣柜前，双手抱胸，耸了耸肩，说道："我泼了她一罐可乐，她去不成了。"

她满不在乎地扯掉发圈，微鬈的长发倾泻而下。褚漾甩了甩头，指尖钩着黑色发圈打旋，轻轻抬起纤细的长腿，脱下了那双平底鞋。

"啊，我死了。"

这种恶毒发言，听上去简直十恶不赦，但舒沫就是爱死了她这坏婆娘的样子，十分"狗腿"地竖起了大拇指，赞道："干得好！"

舒沫大一的时候也是学生团会的小干事，本来满腔热情，干劲儿满满，偏偏当时的学生部长是孟月明。

舒沫辛辛苦苦地熬夜写表格，得不到孟月明的一句"辛苦了"也就算了，还得被她以"这点儿工作都做不来，还当什么学生干部？你以为素质拓展分是那么好加的？""这件事不需要讨论，我交给你的任务，你只要去做就行了！""你是学生部长还是我是学生部长？听你的还是听我的？"等一系列言辞怼得无话可说。

大二竞选的时候，得知孟月明留任后，舒沫毅然决然地退出了。

也就褚漾这个十分能装又能忍的人，还能继续留在学生团会，跟孟月明硬"刚"。

"那你泼了她可乐，不就彻底跟她闹掰了吗？"舒沫转念一想，又觉得褚漾这操作太鲁莽了，问道，"月底竞选时，你怎么办？"

褚漾撇嘴，说道："选不上就选不上吧，少点儿素质拓展分的事，我考试前多用点儿功，用绩点加上去。"

13

舒沫也不知道孟月明怎么招惹褚漾了，不过看她那态度，也能猜到定是些上不了台面的把戏。

"如果主席在就好了，"舒沫叹气，撑着下巴看她选衣服，说道，"至少在你和孟月明之间，他肯定是帮你的。"

褚漾握在衣架间的手指蓦地顿了顿，随即她扯出一抹讥讽的笑，半晌才慢悠悠地、状似不在意地回了句："得了吧。"

褚漾挑好衣服从卫生间出来后，舒沫难以置信地绕着她转了两圈。

虽说今年流行法式小风情，白色雪纺长裙配小草莓看着是挺清新可人的，但褚漾明显不是这个风格的。

她就是穿十几块钱的某宝爆款针织小吊带，平直凸出的锁骨和背后曲线优美的蝴蝶骨也足以把吊带穿出高级定制的感觉。

脖子纤长，肩颈骨感不见一丝斜方肌，手肘过腰线，有着"蚂蚁腰"和"蜜大腿"，更不要提天生眼尾上扬，轻佻又精致的猫系脸，褚漾这种类型的美女，喜欢清纯型异性的男生陷进去的少，女生却毫无抵抗力。

舒沫不知道自己是不是潜在受虐体质，就特别喜欢看褚漾露出獠牙怼人。

所以褚漾的这身打扮，舒沫有些不满意。

但她又知道，今天参加聚餐的都是些领导、老师，褚漾要按照平常那么穿，就算在座的人没意见，谁一个小报告打到褚漾她爸那边，褚漾估计就得完蛋。

舒沫撑着铁扶梯，在她旁边唠叨："徐师兄也会去吧？你要不要去要个微信？"

"没兴趣。"

"徐师兄刚回国，肯定还没对象。你不感兴趣，也替姐们儿争取一下啊。"舒沫摸下巴，暗暗思索，说道，"不知道他这种正派人士，对你这种妖艳型的女人有没有感觉？"

褚漾刚想开口说什么，就又被舒沫打断："他以现在的身份，应该是走包办婚姻的路子吧？没戏没戏。"

不，他们是自由婚姻，而且还闪婚。当时她要嫁进去，本来还小小担心了一下，结果徐家的人二话不说，答应得比她家的人还爽快。

褚漾出身书香世家，是按照闺秀小姐的标准养大的。她自个儿不争气

14

长歪了，但关键时刻装个样子还是没问题的。

高级知识分子家庭出身的年轻女孩儿，爸妈都是谦逊有礼的人，女儿肯定只好不坏。

褚漾就这样骗过了整个徐家的人。

徐南烨去年回国来学校演讲时全校学生疯狂，座无虚席。外语学院的人在论坛上大骂，警告别的院的人别去凑热闹。

本着欣赏美好事物的心态，褚漾也去了。

她当时也觉得，斯文儒雅的徐师兄和她八竿子打不着。

谁知道他转眼间，就能褪去那层清俊温和的皮，露出本性。

想到这里，褚漾可耻地脸红了。

她拍拍自己的脸，抿唇继续捯饬自己。

等褚漾出门的时候，舒沫还在她耳边絮叨，让她帮忙多拍几张徐师兄的美照，当私藏。

褚漾小跑到集合地点时，所有人已经上了车。

团委老师摇下车窗，满意地看了褚漾一眼，轻笑着道："这才是我们计算机学院的代表，"说完，他指了指后面的车，又道，"你去跟团委的同学坐在一起吧。"

褚漾点头，刚打开车门，就收获了一记冰冷的眼神。

瞪她的人是办公室主任向圳，跟她一届的，刚才训她的时候，那态度比孟月明好不到哪儿去。

褚漾很怀疑他是孟月明失散多年的亲生弟弟。

她没在意，轻声说道："麻烦往里让一让。"

但这男的仍旧不动如山，像是用强力胶粘了座位上面，用欠教育的语气回复她："挤不下了。"

褚漾直起腰，嘴角带笑地道："这么胖就减减肥，别占了公共资源。"

向圳皱眉，有些惊诧地看着她。

褚漾笑了笑，将车门关上了。

坐在最里头的那个人难以置信地问道："刚才那人是褚漾？"

身材匀称、面容清秀的向圳咬牙，皮笑肉不笑地道："不是她还能是谁？"

团委老师看褚漾还不上车，有些不悦地问道："怎么没上车？"

"坐不下了，"褚漾歪头，笑得很甜美，说道，"最近向主任好像胖了不少。"

坐在车子里的向圳一米八的个了，一百二十多斤，说瘦都没毛病，如今被褚漾一个"胖"字气到七窍生烟。

褚漾又说："老师，你们先走吧，我自己打车过去就行。"

向圳冷哼了一声。

见褚漾站在车子旁，一个人显得孤零零的，说话时的样子看着也乖巧，团委老师于心不忍，刚想开口让她跟自己挤一挤，就看见最前方的车子上下来了一个人。

王秘书走过来，直接问："怎么了？"

老师赶紧下了车，跟他解释："啊，没事没事，就是我这里的一个学生好像坐不下了，我打算让她……"

没等老师的下一句话出口，王秘书抬手指了指自己坐的那辆车，说道："那这位同学就坐我们的车吧。"

车子里的人倒吸了几口凉气。

几个学生摇下车窗看热闹，感叹褚部长这是什么神仙运气，能坐公家车去酒店。

"褚漾能跟徐师兄坐一辆车！"

"长得漂亮就是不一样啊。"

"计算机学院本来不是选的他们那个副主席吗？怎么突然换人了啊？"

"褚漾比他们副主席好看多了，毕竟是他们计算机学院每年拿来招生的门面，一开始没选褚漾我才觉得奇怪呢。"

"我酸了。"

老师下意识地委婉拒绝道："这太麻烦了。"

"没关系的。"

老师仍很犹豫地说道："怎么好意思麻烦徐先生载一个学生呢，这太不合适了。"

王秘书不疾不徐地道："这就是先生的意思，这位同学也算是先生的师妹，没什么合不合适的。"

老师瞥了一眼前面那辆车，不放心地又问了一遍："真的可以吗？"

"可以的。"王秘书看向褚漾，又道："同学，不介意的话，就上车吧。"

见王秘书也发挥着装模作样的好本事，褚漾配合演出，冲他道谢："谢谢。"

"麻烦王秘书了。"老师替褚漾说完话，便把她拖到旁边，小声嘱咐："要是徐先生问你什么，该答就答，别瞎说知道吗？态度一定要好，别给人留下不好的印象。"

褚漾拼命点头，一一听从。

老师总算放心了，说道："别给学校丢脸。"

褚漾跟着王秘书去了最前面，短短的几步路，她已经成了众人的焦点。

向圳透过车窗看着她高挑、纤细的背影，心中五味杂陈，面容紧绷，随后冷嗤了一声，移开了视线。

"我本来也想跟褚漾坐同一辆车的，"旁边的学生干部小声抱怨，"那可是计算机学院的院花啊。"

"你没见过女人是不是？这么想跟她坐同一辆车就过去坐啊。"

"褚漾今天被你训成那样，一句话都没抱怨，你至于吗？她因为他们院主席得罪了孟月明这事谁都知道，你帮着孟月明说她，能有什么好处？"

向圳白了他一眼，说道："你看人家长得漂亮就昏了头，没听见她刚才怎么说我吗？"

"这么大的地儿你非说坐不下，难怪人家说你胖……"

"闭嘴。"

褚漾坐上车，哪儿哪儿都不舒服。

她刚才就跟那被王子拯救于水火中的小可怜似的，怎么想都觉得白欠徐南烨一个人情。

王秘书改口改得倒是挺快的。

"夫人，车垫不舒服吗？"

"没有，"褚漾的心思不在此，全在旁边这个岿然不动、闭眼小憩的男人身上，她说，"我不是没位置坐，就是我那个同学太胖了，我不想跟他一起挤。"

她这急于为自己解释的样子看着有些此地无银三百两。

徐南烨睁开眼，淡淡地道："我知道。"

褚漾用双手撑着车垫，咬唇，再次小声辩解："你别觉得自己是英雄救美了。"

徐南烨神色微动，嘴角微扬，说道："你不说，我还没觉得自己英雄救

17

美了，现在感觉好像亏了。"

"你说什么？"

"我救了你，什么报酬都没有，"徐南烨偏头看她，笑容浅淡，说道，"连句'谢谢'都不说吗？"

褚漾仰头看他，半晌才逼出一声蚊子声音般的"谢谢"。

徐南烨挑眉，问道："就这点儿报酬？"

褚漾故意装作没听懂，自顾自地说："还有，谢谢你给我带了早餐。"

"你上车前，老师有没有嘱咐你态度要好？"

褚漾警惕地看着他。

徐南烨丝毫不在意她看流氓一样的眼神，扬起胳膊，用手指捏住她的下巴，问道："师兄问你要报酬，你就只给这么点儿？"

褚漾在心里骂了他一百句。

她深吸一口气，做好十足的心理准备，蓦地眼睛一转，跟刚才那个死鸭子嘴硬、自尊心贼强、不畏强权的当代女大学生截然相反，十分霸气地用双手捧住徐南烨的脸，在他的鼻尖上亲了一口。

徐南烨的鼻尖瞬间就红了，就像是最近流行的微醺妆。

他目光微闪，瞳孔里带着些意味不明的情绪。

褚漾看着他红彤彤的鼻尖，没忍住笑。

徐南烨就这样顶着他的红鼻子坐了一路车。一直到酒店，他都好像浑然不觉，就要直接下车。

褚漾哪儿能真让他就这么下车？她连忙拉住他，从包里抽出纸巾替他擦掉口红印。

她替他擦掉口红印的时候，明明白白窥到了他镜片下的瞳孔中忽闪着的戏谑的光芒。

褚漾没好气地道："你真打算顶着这个下车？"

"嗯。"

"你是不是想害死我？"

"怎么可能？"徐南烨轻轻笑了下，说道，"我是想害死我自己。"

"……"

中午聚餐选在希尔顿酒店，学校特意订了个厅式包间，别名"蓝色威尼斯"。

褚漾下了车后就和徐南烨分道扬镳了。他是外语学院毕业的，多的是同系的师妹愿意跟在他的身边。

师妹身材很好，眼睛水汪汪的，声音像棉花糖般软糯。

"徐师兄好，我是外语学院 2018 级金融英语专业的许绵绵。"

师妹的名字听着也像棉花糖。

褚漾离得远，只听见徐南烨声音低沉，不知道他在说什么。不过看见那位绵绵师妹瞬间满脸绯红，褚漾也猜到他又用那副皮囊四处坑害无知少女了。

一群人准备落座，褚漾照理是等师兄、师姐坐下，自己再挑个靠边的位置随便坐。

结果，刚才那个帮她说话的师兄冲她招手，大声说道："师妹，快过来坐。"

"行了啊，别把主意打到师妹身上，人家看不上你的。"旁边的师姐戳他，神情充满调侃，冲褚漾拍拍旁边的空椅，说道："师妹，过来跟师姐聊天啊。"

师兄嘿嘿两声，爽朗地笑道："我刚进校的时候，就在想这是哪个院的师妹，没想到是我们大计院（计算机学院的简称）的，脸上太有光了。"

褚漾坐在师姐身边，知道这时候就该低头装羞涩，所以一言不发。

"师妹，你怎么会报计算机专业？不怕咱们院的和尚把你啃得骨头都不剩？"师姐侧过头问她。

褚漾抬头，看了眼自己，歪头，说道："我四肢健全，非常安全。"

师姐哈哈笑出了声。

师兄又问："师妹，你有没有男朋友？"

旁边的人起哄："过了啊过了啊，目的太明显。"

"师妹你别理他，他就是心直口快的人。"

"没男朋友也看不上你这个老光棍，死了这条心吧。"

褚漾下意识地往外语学院那桌看去，徐南烨坐在中央，旁边的绵绵师妹似乎在跟他说着什么趣事，他的脸上一直挂着淡淡的笑容。

另一边的向圳在给徐南烨倒茶。

也不知道是她的目光太强烈，还是徐南烨本人太敏感，他抬头就正对上隔了起码两桌人的褚漾的脸。

褚漾心虚，迅速地别开眼。

身边的师弟非常细微地嗤了声。

19

徐南烨眯眼,刚才好不容易清净的耳根,因为许绵绵喝了口茶润嗓完毕,又开始嘈杂了。

"徐师兄?"许绵绵大胆地用手在他面前挥了挥,问道,"你怎么了?"

徐南烨的身子稍微往后退了点儿,他摇了摇头,说道:"没事,看计算机学院那边挺热闹的。"

"啊。"许绵绵撑着下巴,有些羡慕地看着那边,说道,"褚学姐是院花,在哪儿都是焦点,如果今天来的人不是褚学姐,也许就没那么热闹了。"

徐南烨慢吞吞地问:"院花?"

"是啊,她一进校就是院花了。有人把她军训时的照片传到了论坛上,计算机学院男多女少嘛,所以也没争议。"许绵绵忽然噤了声,用说悄悄话的分贝又道,"本来计算机学院是挑了另外一个人的,老师说那个学姐突然出了点儿意外,来不了了。"

徐南烨没作声,许绵绵觉得这是默许她继续说了。

"褚学姐长得好看,而且特别会打扮,早上有课的时候,都有男生特意打听她喜欢走哪条路,假装跟她偶遇。"许绵绵半开玩笑半认真地道,语气又突然变得低落起来,"我也喜欢看褚学姐穿吊带超短裙,她的身材超级好的,性格也特别好。只可惜她跟我不熟,对我有些爱搭不理,可能是我不会化妆,跟学姐没什么共同语言吧。"

向圳淡淡地道:"你跟师兄说这么多干吗?他随口问问而已,又不是真想认识那个人。"

许绵绵啊了声,吐了吐舌头,说道:"对不起啊师兄,跟你说些有的没的。"

徐南烨垂眸,端起茶抿了口。

许绵绵偏头,仔细观察男人的神色,发现他好像真的不感兴趣。

她心间不禁一喜,忍不住嘟唇道:"其实我也觉得,学生就该有学生的样子,平时还是朴素点儿比较好,老把时间花在化妆打扮上,不太好。"

一直没说话的徐南烨终于开口了:"女孩子爱漂亮挺好的。"

许绵绵愣了几秒钟,随即又笑道:"是啊,所以我现在也在努力学化妆了。"她又看向褚漾,失落地道,"只可惜我怎么化都不如褚学姐好看。"

徐南烨笑了,眼神在她的脸上晃了半圈,琥珀色的眸子里满是温和的情绪,和他唇间的弧度相映,柔和得不像话。

许绵绵不可避免地脸红了。

他温柔地点了点头，说道："倒也是。"

许绵绵："……"

向圳虽然不喜欢褚漾，但也觉得徐师兄没瞎，心里又不想认同褚漾，所以有些别扭地挪开了目光。

正巧这时团支书带着褚漾过来敬酒，向圳的眼神跟褚漾的撞个正着。

本来他想给褚漾一个不屑的眼神，结果这女的的动作倒是比他还迅速，她翻了个白眼，正眼都不瞧他一下。

他最讨厌这种白眼没翻成反被送了个白眼的感觉，向圳气得鼻孔冒烟。

褚漾是代表计院过来给徐南烨敬酒的，徐南烨站起来，旁边的人也不好继续坐着当大爷。

她也不扭捏，一杯酒喝得干干净净。

喝过一轮，大家熟络了些，就开始互相敬酒，女孩子还好，别人不敢多为难，顶多喝个两杯就换饮料，男孩子就没那么幸运了。

向圳喝不了多少酒，偏偏师兄们又可劲儿灌他，几杯喝下来，他清秀的脸上就挂满红晕，是人都看得出他不擅长喝酒。

几个师兄拿他打趣。

"向师弟你不行啊，长这么高的个儿怎么连酒都喝不了几杯呢？这要是出去打拼，不得被别人往死里欺负啊？"

圆桌上菜还没全，酒倒是开了好几箱。

团委这帮学生干部平时对着同学颐指气使的，领导范儿颇足，一出了校门照旧被人按在地上摩擦。

褚漾自己没喝几杯，师兄就让她以茶代酒。她酒瘾上来了没处发泄，看着向圳的酒杯发起呆来。

没人敢给徐南烨灌酒，他也清净，喝茶的时候漫不经心地扫了褚漾一眼，发现她盯着自己的那个同系学弟，恨不得将人盯出洞来。

"……"

向圳是肉眼可见地醉了。

一直乖巧的褚漾终于开口："师兄，向圳喝不了了，要不我替他喝吧？"

劝酒最凶的那师兄哟哟了两声，语气暧昧地道："师妹看不下去了？"

"你们也不能就盯着他一个人欺负啊。"褚漾笑道。

向圳晃晃头，试图让自己清醒，非但不领褚漾的好意，还扫她的面子，说道："不关你的事。"

褚漾当没听见，径直走到他身边，霸道地将他的酒杯抢过来按在桌上，语气温柔，目光如水，说道："别喝了，听我的。"

向圳还没反应过来，就见褚漾给自己倒了一杯酒，仰头豪迈地一口干了。

如果没听错，他确实听见这女的满足地喟叹了一声，似乎很爽。

"……"

褚漾长得漂亮，刚才那口酒喝得太急，唇间还有未干的酒渍，亮闪闪地挂在嘴角。

她伸出舌尖舔去了那点儿酒，冲向圳笑道："你去卫生间缓一缓，我替你喝。"

向圳茫然地张着嘴，盯着她那张脸足足愣了十几秒钟，最后不自在地别开眼，走出了包间，脸红成了番茄酱的颜色。

褚漾啧了两声，可怜的小东西，都被灌得同手同脚了。

碍事的人走了，褚漾爽快地举起酒杯，大声说道："师兄，来，喝！"

师兄："……"

事情不知道怎么了，突然就来了个一百八十度大逆转。

褚漾越喝越上头，而且喝酒的规矩十分狂野，把性别歧视摆在了明面上，她一杯换师兄三杯。本来师兄不想答应，褚漾瞬间神色失落，卖了个可怜。师兄下不来台，只好被迫答应了此项不平等条约。

褚漾一杯干到底。为了跟上她的节奏，师兄被迫越喝越快，不甘落于下风。

酒慢慢喝或许还能多撑一会儿，喝得越急，人晕得越快。

褚漾像是没注意到那位跟她拼酒的师兄逐渐变得涣散的眼神，面不改色地又添上了一杯酒，扬唇笑道："师兄，你不行啊。"

轻飘飘的口气，像是满不在意，伴随褚漾轻抬眉头的动作，挑衅意味十足。

男人的自尊心上来了，就算脑子晕得很，这口气也不能咽下去。那师兄起身，直接开了瓶新酒打算吹瓶干了，想逼褚漾跟着吹瓶，肩上却忽然落下一只手。

这桌的人瞬间停下了手中的动作。

徐南烨神色温和地道："再喝，今晚就得住医院了。"

已经上头的师兄迅速清醒，似乎有些不情愿，说道："师妹跟我喝酒，我总不能不给她面子吧？"

徐南烨直接拿过了他手中的酒杯。

师兄霎时感觉挺尴尬的。

他心中有气，感觉徐南烨不给他面子，但又见徐南烨脸上一直挂着笑，便没地儿撒气。

他在珠三角有自己的高新企业，赶上这些年国家政策好，大力鼓励智能行业开发，几年下来，赚了不少钱，因此刚才劝酒时他声音最大，也最有发言权。

到底企业福利挂靠政府，而徐南烨在外交部，这师兄知道惹不起徐南烨，更惹不起徐家。

他最近想把事业拓展到家乡，跟徐南烨的大哥已经约过好几回，没一次成的，只好心灰意懒地把主意打到了华渊容氏身上，想找一片庇护所。

偏偏徐家和容家又是世交，还刚联姻。

徐南烨劝停，刚才还在起哄的几个人立马噤声。

酒一停，褚漾就有了上厕所的冲动。

结果有人比她快一步，先占用了包间自带的小卫生间。褚漾没办法，只能离开包间去找外边的卫生间。

服务员给她指了路，褚漾越靠近卫生间就越急，到最后几米时几乎是跑着过去的。

等她终于到卫生间了，有人从背后叫住了她。

她转过头去，发现叫她的人是许绵绵。

许绵绵径直走到褚漾的面前，语气关切地问："学姐，你没事吧？"

"没事，"褚漾捂着肚子，神色痛苦地道，"你有事吗？"

"其实学姐如果喝不了那么多，不用逞强帮向学长喝的。我知道学姐或许是想跟向学长打好关系，但有些事不是单方面讨好就能得到回报的。"许绵绵语气温柔，眼中充满了善意，看上去十分为褚漾着想，"向学长未必会领学姐的情。"

褚漾一个字都没听进去，脑子里都是"我想撒尿"。

她咬着唇，憋到了极点，问道："学妹，你说完了吗？"

23

许绵绵握住她的手，说道："学姐，为了自己的身体着想，别再做这些吃力不讨好的事情了，好吗？"

褚漾一字一顿地道："说完了吗？"

"徐师兄人好，见不得学姐喝那么多，才出口帮了学姐。"许绵绵就像是沉浸在了自己的世界里，继续进行着爱的感化，"希望学姐别多想，为了引起徐师兄的注意，把自己送进医院就得不偿失了。"

褚漾听了这些有的没的，膀胱已经接近崩溃边缘。

她忍不了了，直接开口回敬："我赶着上洗手间，如果你想说的就只有这个的话，麻烦别挡道。"

许绵绵像只无辜的小绵羊，被骂得后退三步，神色呆滞，颤着下巴为自己辩解："我只是希望学姐能矜持一点儿……"

"呵，"褚漾咧嘴笑道，"你当我傻？"

许绵绵捂着嘴，豆大的泪珠瞬间掉下来，把褚漾整蒙了。

褚漾想自己就是没忍住，语气重了点儿，现在的大学生心理素质都这么差了？

她不耐烦地朝旁边瞥了两眼，恰好看到徐南烨往这边走了过来。

"徐师兄，"褚漾冲男人勾了勾手指头，说道，"过来一下。"

徐南烨不清楚她要做什么，但还是走了过来。

"我想引起你的注意。"褚漾伸手，面无表情地看着他，问道，"你今晚有空吗？要不要跟我约会？"

徐南烨看了她一眼，又看了一眼正在揉眼睛的许绵绵，点头，说道："好啊。"

褚漾嚣张地对许绵绵说道："看见没？你情我愿。"

然后褚漾实在憋不住，跑进了女卫生间。

许绵绵突然哭得好大声，这回是真哭。

"徐师兄，我对你好失望！"

徐南烨："……"

几分钟后，褚漾神清气爽地走出了卫生间。

许绵绵走了，徐南烨还没走。

褚漾甩了甩手，问他："你怎么还站在这儿啊？"

徐南烨声音低沉地道："今晚几点来我房间约会？"

"你说什么？"

"利用完我就想装傻？"徐南烨扶了扶眼镜，靠着墙，抱胸看着她，目光闪烁，问道，"你是不是玩不起？"

玩不起？

她褚漾的字典里就没有"玩不起"三个字，要是真什么都玩不起，现在她也不会跟徐南烨在这里掰扯。

"房卡给我，"褚漾支支吾吾地道，"晚上我去找你。"

徐南烨给了她房卡，主动汇报自己的行程。

"我下午还有工作，会晚点儿回酒店。"

褚漾抬眼，神色复杂地道："你的意思是让我洗干净等你回来？"

"随意，"徐南烨微笑，眼睛在她的脖颈下游移，说道，"等我回来一起洗也行。"

褚漾心里有些发怵，嘴上却仍不肯服软。

"我刚才就是想教训教训那个学妹，没真想跟你怎么样。"她顿了顿，又补充道，"你要是工作忙就算了，我不能耽误你的工作。"

男人不动声色地说："耽误不了。"

褚漾顿时有种自己被鄙视了的感觉，继续劝他："你明天还有工作吧？晚上太劳累了不好，要不今天就算了？"

"漾漾，"徐南烨叫了她的名字，慢吞吞地出声，"你太小看我了。"

"……"

他平时说话文雅，一般褚漾抛出这种问题后，他要不就是一笑置之，要不就是当没听到，再不然就是直接身体力行，几乎不会跟她耍嘴皮子拖延时间。

徐南烨喝了点儿酒，衣着不似平常整齐，洁白的衬衫上能见到几处细小的皱痕，袖口挽起，露出紧实有力的手肘。

手腕处的银色手表遮住了他分明的尺骨茎突，修长的手指轻轻搭在胳膊上，指尖粉白，指甲盖儿修剪得很完美。

他的酒量褚漾是知道的，现在他绝对很清醒，甚至知道自己在说什么，不过是单纯在逗她罢了。

褚漾抿唇，有些气闷，盯着他的手发呆。

剑眉星目的男人顺着她的目光瞥了眼自己，嘴角蓦地扬起轻佻的笑意，眸间流光溢彩，戏谑尽数被藏在镜片下。

徐南烨走过来，将手插进裤兜刻意阻断她的视线，又弯下身子，侧头低眸望进她的眼睛。

"漾漾，"他的嗓音像是酿了许久的醇酒，他慢吞吞地出声蛊惑，"光是看就够了吗？"

褚漾回过神，呼吸急促地问道："什么？"

他低声笑，没戳穿她，直起腰，径直往卫生间走去。

回包间的路上，褚漾一直握着那张房卡，把冰凉的卡面握得发烫，也没注意差点儿迎面撞上人。

向圳捏着她的肩膀，蹙眉低声抱怨："怎么都不看路？"

褚漾后知后觉地抬起头，将房卡塞到裙子的兜儿里，说了句抱歉。

或许是还在想别的事，她大而清澈的深色眼瞳里难得地雾蒙蒙的，嘴唇微张，看着没有平时那么精明，显出几分天真。

向圳和她接触得不多，每周大例会见面的时候，她和他的位置相隔很远，却还是能通过耳朵听到她的一举一动。

旁边的人总向他汇报褚漾的一举一动。

她今天穿了一件黑色的小裙子，衬得皮肤很白，又或者是她今天刚洗完头发，又黑又亮的长发湿漉漉地披在肩后，露出精致的脸蛋。

其实别人也没真去跟褚漾接触，或者见她就尖叫那么夸张，只是因为她漂亮，所以她在身边时，总有人忍不住悄悄打量她。

纵使再讨厌，也没有人能拒绝美好的事物。

但要说讨厌，向圳又说不出具体的缘由。

或许他是看不惯她总是打扮得那样张扬，明明已经有非常优秀的外貌条件，却好像还是不满足于此，巴不得所有人只注视她一人，巴不得所有男生喜欢她。

向圳并不屑做那样肤浅的人。

想到她刚才确实帮了自己，向来公私分明的向圳即使心里再别扭，也还是趁着这个时机向她道了谢。

褚漾似乎有些惊讶。

她根本就不是为了帮向圳才替他挡酒的，因此觉得这声谢谢有些受之有愧。

"不用谢。"

"你喝了那么多，"向圳知道她去卫生间很久了，猜她是不是也去吐了，于是问她，"胃没事吗？"

"啊，没事，我好得很。"褚漾咧嘴，对向圳这种忽然转变的态度还是有些奇怪。

他平时对她的态度，明明跟孟月明有的一拼，就算他心存感激，也不至于变得这么快。

褚漾歪头，困惑地道："你是不是喝多了？"

她扎着马尾辫，穿着白裙子，和平时的样子判若两人。

向圳发现自己根本不了解她。

他连褚漾的性格都捉摸不定，有时候她很善解人意，有时候却又浑身带刺。

他讨厌褚漾趾高气扬、阳奉阴违的样子，却又觉得她性格八面玲珑，即使使坏，也很难让人厌恶，甚至是装模作样，看上去也真的楚楚可怜。

向圳心神微动，语气僵硬地道："是有点儿喝多了。"

随后他别开眼，留给褚漾一只红通通的耳朵。

褚漾觉得有些不可思议。

原来自己刚才在徐南烨面前就是这副样子，太伤自尊了。

她叹了口气，指着向圳的耳朵，问道："你的耳朵红了，是因为我吗？"

向圳猛地捂住耳朵，下意识地反驳道："不是！"

"那就好，"褚漾耸肩，和他擦身而过，嘴里还低声地念叨着，"差点儿就膨胀了。"

向圳听到她的这句话后，转身冲着她的背影小声辩解："你少自恋了。"

褚漾下午没课，回到寝室呆坐了半个小时。舒沫一直在跟好友线上打游戏，连褚漾给她带回来的午餐都没吃几口。

另外两个室友今天下午也不知道去哪儿浪了。

真是令人丧失斗志的大三。

褚漾干脆搬了张凳子坐到舒沫旁边看她打游戏。

舒沫属于那种技术"菜"，还喜欢喷人的"峡谷毒瘤"。褚漾不看她操作，光是听她语音输入跟队友在线对骂，都能听上一下午。

偏偏打到一半，舒沫操控的英雄掉线了。

舒沫娴熟地瞄了眼角落里的路由器，果不其然。

"又断网了！我杀了学校这烂网！"

游戏没的玩，又攒了一肚子气，舒沫扔下手机，爬上了床。

"你不打了？"褚漾问。

"一到没课的下午网速就这样，再上线也会掉，多掉几次我就直接被禁赛了，还不如睡一觉。"

没网连电脑都玩不成，褚漾无聊地趴在桌上，忽然瞥见了离她的脑袋几厘米的房卡。

褚漾直起身子，冲床上的舒沫喊了句："我有点儿事，出去一趟。"

舒沫懒洋洋地道："嗯，晚上早点儿回来，给我带晚餐。"

"如果我没回来，你就自己点外卖吃吧。"褚漾说完便起身，准备出门。

舒沫露出个脑袋问她："你说的不回来是晚上晚点儿回来，还是今晚在外面过夜？"

"都有可能。"

"院花就是不一样啊，夜生活丰富。哪儿像我，只能在寝室自生自灭。"舒沫感叹，随后又喃喃地问褚漾，"约你的人这么多，今天不知道是谁用什么理由把你骗出去告白的。"

褚漾没接话。

舒沫越想越觉得不对劲，又爬起来，朝下盯着褚漾，说道："不对，平时你出去都会跟我说是跟谁有约，今天你没主动说，一定有问题。"

褚漾心头微跳，有些紧张。

今天舒沫怎么这么敏锐？

舒沫摸着下巴，神情严肃地问："你……不会是跟徐师兄约上了吧？"

"……"

"徐师兄有那么肤浅吗？"

褚漾敲了敲舒沫的床板，怒道："你什么意思？"

舒沫嘿嘿笑了，说道："没有，就是觉得你跟徐师兄才见几面，不可能约得上，我刚才乱猜的啦。"

褚漾刚才还觉得舒沫敏锐，这会儿又收回了念头。

褚漾拿上一些必需品，再帮舒沫带上寝室的门，便打算去酒店上网。

徐南烨在市区有房子，只是这次理事会有很多人是临时放下手头的工作从外地赶回来的，学校就干脆给他们统一在酒店订了房间。

手拿房卡的褚漾一路畅行无阻。

高层江景套房，三室两厅，占地将近一百平方米，明明只是酒店套房，却做得跟豪华公寓似的。

迎面就是视野开阔的落地大窗，褚漾看了几分钟，就不感兴趣地收回了目光。

两米宽的大床上，整齐地摆放着徐南烨的家居服。

应该是王秘书提前帮他准备好的，等徐南烨过来就能直接换上休息。

褚漾将家居服挂在床头的衣架上，有什么东西从里面吧嗒一声掉在了地上。

她捡起来，发现居然是酒店附近商场的不记名购物卡和酒店的贵宾全畅通卡。

只要她愿意，这家五星级酒店从二层开始的各项娱乐服务随便她消费。

不知道是不是徐南烨留着自己用的，褚漾撇嘴，还是决定发微信跟他确认一下。

"那些卡我能用吗？"

他应该在工作，消息回得有些慢。

"就是为你准备的。"

褚漾看着这些卡，终于有了那么点儿嫁入豪门的感觉。至少她家老头子可舍不得一次性让她花这么多钱。她心里想着今天下午到晚上要玩个够，但实际上还是什么都没干，在自动按摩浴缸里泡了好久，最后才趴在床上，连上了房间里的无线网络，开始玩手机。

舒沫也不知怎么的忽然上线了，敲她组队"开黑"。

闲着也是闲着，褚漾进游戏跟她玩了两局。也不知道是太久没玩生疏了，还是赛季末所有人没什么斗志，她们连输了好几局。舒沫跟她语音又一直在骂队友"菜"，搞得她心里也跟着狂躁起来。褚漾完全没有注意到天色已晚，江边的霓虹灯正一点点地亮起来。

这回她们匹配到的队友实在太"菜"，还特别喜欢开麦骂人，不是拉着打野骂，就是抓着下路射手说他大招"人体描边大师"。

舒沫语音输入不如他直接开麦快，聊天框里乌烟瘴气，简直分分钟让人想挂机。最后，队友还来了句："四个儿子，叫我一声'爸爸'，爸爸带你们躺赢。"接着，队友又开始骂，"四个傻子，你们是不是小学生？作业写完了没有？这么晚还不睡觉，小心哥哥跟你们的爸妈告状，让他们打你们的屁股。"

褚漾忍不了了，开了语音输入，开始回击："你没生育能力还是怎么的？到处认儿子？屏幕上放块五花肉都比你这肉能扛伤害，清个兵会死？不打兵你开阅兵仪式呢？人'菜'就老实地待在泉水里躺着喊'666'，我看你的'伤害'还不如超级兵。"

没一个字被屏蔽，她完完全全输入到位。

队友怒了："你有没有胆子下一局跟我单挑？"

褚漾淡定地回击："你信不信我能把你花式吊打？"

几个围观的队友打了一串"哈哈哈哈哈哈哈哈哈哈"。

队友也不甘示弱，说道："哟，你的口气挺大啊，是男是女？女的就乖乖地叫声'哥哥'，哥哥兴许还能放你一马。"

褚漾冷笑，气焰极其嚣张，说道："老子一米八五，二百五十斤的纯钢筋爷们儿，你叫我一声'哥哥'，我保证下手轻点儿。"

舒沫大喜，配合演出。

"哥你好帅，妹妹今晚是你的人！"

游戏音效大，整个套间不得安宁。褚漾哼哼一声，十分淡定。看着窗外的美景，她不禁有了种高处不胜寒的孤独感。太会吵架也是一种过错。

就在她享受着队友疯狂吹"彩虹屁"[1]的时候，突然发现落地窗的玻璃上映出了一道人影。

褚漾回头，看到徐南烨正用单手拿着西装外套，抬起另一只手解着领带，用十分淡定的眼神看着她。

他应该没听到吧？

很可惜，徐南烨冲她轻轻地笑了笑，问道："你说你的什么比别人的胳膊粗？"

---

1 网络流行语，指好听的话。

手机里，队友不甘屈居人下，还在挑衅褚漾："来啊！开个房！看谁求谁！"

褚漾迅速关掉了队内语音，冲徐南烨扬起了一个极为牵强的笑脸，问他："回来了？"

徐南烨嗯了一声，看她穿着浴袍，头发蓬松地披在肩上，不施粉黛，脸颊还有些红，估计是刚才骂人骂的。

褚漾徒劳地解释："我跟队友开玩笑呢。"

"我知道，"徐南烨顺手将领带丢在茶几上，抬手解袖扣，说道，"你压根儿没有。"

"……"

游戏还在继续。眼见着对方已经推到高地，褚漾就像被父母抓包的小学生，既放不下游戏，也不敢动手。

柔软的大床忽然陷下一角，清冽的男性气息中还夹杂着并不难闻的烟、酒的味道。徐南烨将头凑过来时，褚漾没忍住，悄悄地吸了吸鼻子，将这股味道占有。

她想知道徐南烨嘴唇的颜色是什么色号，也想知道徐南烨身上的味道是来自什么香水。

徐南烨低头，屏幕光反射在镜片上，徐徐地道："你继续。"

褚漾机械地应了，手指僵硬地在屏幕上滑动。估计队友也猜到她关了语音，非但没有休战，反而学起她，开始用语音打字。

"怎么不骂了？被爸妈抓包了？"

"小学生就要有小学生的样子，好好读书。"

"还一米八五、二百五十斤，我看你就是个小鸡崽子。"

见徐南烨一点儿都没有要走的意思，褚漾过滤掉脑子里一大串不好听的用语，用手指打出来，变成了"你好凶哦，哭哭"。

队友："……"

这就好像在拳击赛场上，他刚被对手打得吐血，正打算反击，刚才还彪悍、粗暴的对手忽然用粉拳打在他的胸口上。

"人家拿小拳拳捶你胸口哦。"

"友谊第一，游戏第二哦，我们要做有素质的乖宝宝。"

队友被气得呕血。

褚漾偷偷瞥了眼徐南烨，却发现他根本没把注意力放在屏幕上，而是

31

饶有兴味地看着她。

舒沫的微信私聊弹了出来："你能不能不要这么嗲，拿出你骂街的气势来好吗？"

褚漾选择屏蔽她。

也不知道是不是因为刚才急转直下的骂战，几个队友倒是意外地团结了起来，趁着对面的两个"输出英雄"死了，直接一波上去"推了塔"，拿到了今天的第一场"Victory（胜利）"。

褚漾自己都不相信。

一直跟她对骂的队友居然发来了好友申请，理由是"老子服了"。褚漾背对徐南烨，拒绝了申请，并回复"服你×哦"，然后顺手举报了队友。

爽快！积攒了一下午的满腔愤懑忽然得到了纾解，她动了动麻木的屁股，将手机递给徐南烨，咧嘴笑道："我赢了哎。"

"嗯，我看到了，"徐南烨配合地点头，随即起身，说道，"我去洗澡。"

褚漾这人很识时务，为了保持好心情，果断结束了今天的排位赛，改日再战。退出游戏后，褚漾看了眼时间，发现居然已经晚上九点了。

她从下午到现在连一口水都没喝，现在得空，肚子终于发起了抗议。她看了眼床头柜上的酒店服务，意识到这个点正餐服务早已结束，就算叫服务员，估计也只能送些水果、点心来。

褚漾打开外卖软件，打算点个烧烤。她还很体贴地走到浴室门口，敲敲门问徐南烨："我想点外卖，你吃不吃啊？"

浴室里有水流声，徐南烨好像没听到褚漾说的话。褚漾又想，大不了到时候外卖到了，他要是真想吃，她分点儿给他就行了。这么想，褚漾又开开心心地点了些自己爱吃的东西。填地址的时候，她还特意看了眼房卡上的门牌号。

徐南烨出来的时候，脸还没被擦干，睫毛和发丝上都沾着水珠，活脱脱的美人出浴图。

褚漾坐在床边，好像在打电话。

"为什么进不来？"她问。

电话那头的外卖员也很无语，说道："我被保安拦在门外了。我都拿你的外卖单给他看了，他不让我进去。"

勤劳的外卖小哥看也没看送货地址就直接抢了单子，结果小摩托越开，他越觉得不对劲。直到开进了清河CBD（中心商务区），他看着周围高楼耸立，忙碌地走在街道上的白领穿戴着价值不菲的奢侈品，身边呼啸而过的是各类豪车，他和他的小摩托就像是这个精致世界的一个意外。

也不是说这些有钱的人就不点外卖了，而现在情况确实就是这么个情况。穿着英式制服的保安将他拦了下来。

外卖盒上印着"辣妹烧烤"四个字，送货地址也确实是希尔顿酒店，精确到了房间号。

收货人是"宋砚的老婆大人"。谁知道这是不是恶作剧，保安说什么也不让他上去。

褚漾也没想到外卖会送不上来，自己穿着浴袍，也没化妆，肯定不能下楼去拿的。她灵机一动，迅速小跑到徐南烨面前，眨眼卖萌："你帮人家下去拿个外卖好不好呀？"

徐南烨看她这副样子，都懒得问她为什么在大晚上点外卖。她有求于人的时候就喜欢装可爱。男人轻叹，问道："在哪里？"

"就在楼下大门口。"

徐南烨拿上房卡准备出门，出门前顺口问她："收货人是你的名字？"

"不是，"褚漾抿唇，调皮地吐了吐舌头，说道，"是'宋砚的老婆大人'。"

徐南烨回头看她，又问了一遍："什么？"

"'宋砚的老婆大人'。"

"……"

可以，公然出轨，他还是太纵容她了。

坐电梯下楼的时候，徐南烨想，到时候就直接报前面俩字，后头忽略不计。他按照褚漾说的走到大门口，果然看见一个穿着黄色制服的年轻外卖员正在跟保安聊天。

"你好，我来拿外卖。"徐南烨说道。

保安见有人来，看清面孔后，连忙鞠了一躬，说道："徐先生。"

徐南烨是酒店的贵宾，是领导直接打过招呼的。

徐南烨穿着简单的家居服，身姿儒雅，头发还有些湿，比中午和众人一起来的时候看着更有烟火味了。

外卖小哥如获至宝，似乎为了向保安证明自己真不是意图不轨想进去搞事的犯罪分子，大着嗓门儿冲徐南烨问道："请问您是'宋砚的老婆大

33

上册

人'吗？！"

保安："……"

他就说这个送外卖的肯定是犯罪分子！

"徐先生抱歉，他肯定是搞错了。我这就处理。"保安神色惊慌，转头就冲自己胸前的对讲机说："保安室，这里有个闹事的人，你们出来处理一下。"

徐南烨面无表情，琥珀色的眸子黯然无光，声音也有些僵硬，说道："我是。"

对讲机那边传来保安室值班人员急切的回复声："喂喂喂？哪个门？我们现在马上带人过去！"

保安的神色有些复杂，他眼睁睁地看着外卖小哥和徐先生对完手机尾号，之后外卖小哥用双手将外卖盒交给了徐先生，并说道："您的'辣妹烧烤'已送达！麻烦五星好评哦！"

"谢谢。"

外卖小哥骑着摩托车离开了，徐先生朝保安点了点头也上楼了。

保安在风中凌乱，对讲机那端的同事还在问到底是哪个门。

"我问你，"保安用怀疑人生的语气小声问道，"现在体制内的工作是不是都没以前轻松了？有没有可能压力太大导致个人爱好与众不同？"

褚漾兴高采烈地站在房门口迎接他。徐南烨却没有就这么直接将外卖交给她，而是将外卖盒藏在身后，语气冷淡地问她："谁允许你吃的？"

"这外卖是我点的啊，"褚漾无辜地看着他，问道，"我为什么不能吃？"

徐南烨睨了她一眼，径直往房间里走去。

褚漾有些不高兴，但因为太饿，只能乖乖地跟在他的屁股后面，眼见着徐南烨淡定地走到餐桌边，坐下拆开了外卖盒。

混着孜然和辣椒面的香味溢了出来，褚漾咽了咽口水，在他旁边坐下。见徐南烨拿起一串鸡中翅，褚漾垂涎欲滴，凑过头去张开嘴："啊！"

结果，那串鸡中翅直接进了徐南烨的嘴。

褚漾嘟唇瞪着他。徐南烨在国外待了这么多年，就算想念家乡的烧烤味，也不该在这个时候跟她抢，太没有风度了。

"你别吃了，"徐南烨放下鸡中翅，目光淡然，说道，"宋砚会吃醋。"

"……"这男的怎么这么小气啊，她服了。褚漾就这么眼睁睁地看着徐南烨吃完了一串鸡中翅。

她点的外卖，她选的东西，凭什么就因为外卖收件称呼的玩笑拱手让人？褚漾决定奋起反抗。

在徐南烨又拿起一只鸡腿时，褚漾手疾眼快，半站起身，猛地伸手朝鸡腿出击。男人似乎早有防备，抬起胳膊，导致褚漾抓在了他的手肘上。

见褚漾又用另一只手去抓，徐南烨眯起眼眸，环住她的腰，往下一按。褚漾重心不稳，倒在了他的身上。

要说徐南烨的劲儿也是挺大的，她这么大个人忽然坐在他的腿上，他居然连动都没动一下。

腰被紧紧扣住，褚漾甩了甩腿也是徒劳，忍不住抗议道："给我吃。"

徐南烨神色淡淡地道："不给。"

褚漾哼哼，看着近在咫尺的鸡腿，张嘴咬了过去。

徐南烨又将鸡腿拿远了，轻轻地在她的腰上挠了挠。

褚漾呀了一声，不安地动了动屁股，越战越勇，誓要把那只鸡腿吃到嘴里，像一只为了食物不断地往主人身上攀登、磨蹭的小猫。

徐南烨看她越抢越起劲，渐渐也跟着上心起来。

看她鼓着嘴生闷气，他轻轻地笑出了声，捏住她的鼻子，有些无可奈何地道："傻瓜，桌上还有那么多，非要抢我手里的？"

褚漾："……"

对哦，她傻了吗？

但她只点了一只鸡腿啊，鸡中翅已经被徐南烨吃没了。

也不知道是不是跟她玩累了，徐南烨没继续跟她纠缠，低头咬了口鸡腿。鸡腿的嫩香与孜然味忽然被放大数倍，热气争相从咬下鸡腿肉的那片区域蒸腾出来。只觉太香了，褚漾攀住他的肩膀，啊呜一声咬了上去。因为里头太烫，她的五官瞬间变得扭曲，但牙齿仍旧紧紧地黏在肉上不肯放弃。

鸡腿一边被啃了一口，徐南烨吃得斯文，褚漾吃得豪迈。两边不对称，形状显得很丑。褚漾呼呼了两声，三两口吞下了鸡腿肉。

徐南烨忽然叫她："漾漾。"

褚漾以为他要教训自己，又抓紧时间咬了口鸡腿。

"把收货人姓名改了。"

"啊？"褚漾一时没反应过来，等反应过来他在说什么后又心虚地摸了

35

摸鼻尖，说道，"我们学校很多人这么起名来着，我跟风而已。"

徐南烨没说话，眼神也没有从她的脸上挪开。

褚漾啊啊两声，敷衍道："嗯，我改，吃完就改。"

男人也没在意她的态度，将鸡腿还给了她，自己起身打算去洗手间再刷一次牙。

褚漾在他身后问他："你不吃了啊？"

"我不敢跟你抢，"徐南烨扬眉，懒懒地道，"怕饿着你，你把我也吃了。"

"谁要吃你啊……"

小型的四方餐桌前转眼就只剩下褚漾一个人了。她啃着鸡腿，忽然间觉得索然无味，完全没了食欲。无论是工作日在学校跟室友进行一日三餐，还是周末回父母家吃饭，她习惯了几个人围坐在一起，就算提倡食不言，但总能聊上几句。她好像从来没跟徐南烨单独吃过饭，连他的用餐习惯都不知道，不知道他吃饭的时候是沉默为金，还是会聊聊家常。

褚漾没吃完，将外卖盒收好，悄悄地走进了洗手间。银框眼镜被摆放在盥洗池边上，镜片上沾了点儿水，徐南烨正弯腰就着水龙头洗脸。

洗好后他甩了甩头，褚漾站他旁边不小心被溅到，低呼着退开了几步。徐南烨感受到了她的存在，侧过头轻声问她："要刷牙？"

难得没有眼镜挡脸，他的睫毛湿漉漉的，一小撮一小撮地搭在眼皮上，头顶上的暖色灯光打下来，遮住了他好看的浅色眼眸。嘴唇边的水珠摇摇欲坠，被他浅粉的唇色浸染成了桃子的颜色，面庞像是半点儿瑕疵都不见的冰种翡翠，温润而又出尘。

褚漾呆呆地点头："嗯。"

"稍等。"男人捏了捏鼻子，用湿巾擦脸，又拿起手边的剃须刀，退后几步将空间让给她，自己则对着镜子剃须。

应该是有些看不清，徐南烨眯起了眼睛。褚漾拿起眼镜，用干燥的纸巾擦去上面的水渍后递给他。徐南烨挑眉，仍握着剃须刀的把手部位，朝她弯了弯腰。褚漾将镜腿张开，帮他戴了上去。

"谢谢。"

他们的动作自然而又熟练，两人就像是在一起生活了很久的夫妻，却又总是充斥着客套的"谢谢"，让人觉得距离又莫名地被拉远。

结婚前，褚漾问过他，要不要拟一份契约书，就像是电视剧里常演的那种，比如不能闯进对方的私人空间。两人虽然缔结夫妻关系，但终归还是两个个体，互相并不了解，甚至都不曾接触过对方的交际圈，一旦生活在一起，有很多规则会在不经意间被打破。

徐南烨的意见是契约是为了约束行为，他并不需要，如果褚漾觉得不方便，拟一份出来也无妨。

褚漾当时还真的正儿八经地拟了出来，只是条例越写越长，越写越多，到最后她自己也放弃了。这件事不了了之，但事实证明徐南烨说得没错。

他自律性极强，对褚漾的好奇心也极低。两个人生活在一个屋檐下，界限把握得十分分明。他绝不会干涉她在学校里做了什么，甚至不会问她，周末闲暇时间去做了什么。就算偶尔两个人都在家里休息，褚漾想找个话题聊天，对普通人经常作为开场白的"最近工作如何"，她都极力压下了这种念头。

根本不需要用契约的惩罚奖赏制度来约束彼此，他们非常自觉。

洗漱完毕，褚漾先一步钻到了被子里，将自己包裹得严严实实，心脏扑通扑通跳得厉害。徐南烨拍了拍被子鼓起的那片区域，喊她："漾漾。"

褚漾猛地掀起被子，问道："干吗？"

"生活费还够用吗？"徐南烨早就在结婚以后给了她一张不限额度的信用卡，只要不刷透支，每个月徐南烨把账单结清就行。这方面，徐南烨完美地履行了他作为丈夫的职责，大方，不过问，也不拒绝妻子的物质要求。

就在前一秒，褚漾还在想，如果徐南烨想要解决生理需求，她该怎么拒绝。

这衬托得她十分矫情。

这种像夫妻又不像夫妻的畸形感，忽然让她很烦躁。她原本想说够，却又觉得徐南烨这人总是会在她所要求的范围内给她更多。褚漾咬唇，忽然想试试他的底线。这种作死的心态一旦涌起，就很难压下。褚漾转了转眼珠，轻声说道："我最近想买的东西挺多的。"

徐南烨拿过床头柜上的钱包，抽了张银行卡给她。

褚漾呆愣愣地问："你把卡给我了，你怎么刷卡？"

"这是工资卡。"

褚漾把玩着手里的卡，忽然好奇地问道："你们当外交官的每个月工资多少啊？够花吗？"她很快又意识到，自己好像问到了他的隐私，于是尴尬地笑了笑，问道，"我是不是问到了机密？"

徐南烨却好像没有察觉，轻笑着道："工资都是死的。"

褚漾对此似懂非懂。

"不过，"徐南烨顿了顿，淡淡地说道，"这些工资养你还是绰绰有余的。"

褚漾不满地道："我也不好养好吗？我很娇贵的。"

"娇贵"并不是什么褒义词，她却说得这么自豪。徐南烨抿唇，忽然不知道该怎么答了。褚漾皮相极好，五官足够明艳，面部饱满，皮肤白皙，眼睛轮廓长而妩媚，一颦一笑都让人感觉明艳动人。那是一种不知生活烦忧的娇贵感，也是一种被日日呵护的富贵样。她总爱抱怨自己小时候被父母管教得严，但旁人一看便知道，这位闺阁小姐没吃过苦，没体会过生活的艰辛，父母宠爱，朋友宠溺，生活富足，人生顺畅。

现在，宠爱她的人理所当然地成了徐南烨。结婚后，她的娇气一点儿都没变，她自己对这一切自然是浑然不觉的。

拿到徐南烨的工资卡后的褚漾也说不清自己为什么这么高兴。

"周末我就约室友去逛街，"褚漾一边掰着手指，一一细数，一边说道，"买新衣服，还有新的包包、化妆品。"

徐南烨也没有表示出什么不满。

交代好生活费后，夫妻俩就一同躺下了。褚漾心情好，叽叽喳喳地说个不停。徐南烨闭眼，在她每句话的空当轻轻地嗯一声。她试探着徐南烨的底线，好像怎么都触不到底。

"你不觉得烦吗？"

"没觉得，"徐南烨睁眼，侧过头望着她，问她，"你是不是睡不着？"

"嗯。"

"这样……"徐南烨的声音忽然变得低沉下来，眸色变得有些混浊，他说，"我给你找点儿事做？"

褚漾好不容易平复下来的心跳，又因为他的这句话而迅速开始超负荷工作。他的气息逐渐将她裹住，徐南烨让她靠在自己胸前，呼吸声缓缓加重，说道："放松。"

褚漾也不知道放松哪儿，反正觉得自己的骨头都快软了，再松就化成水了。徐南烨的唇凉凉的，有点儿柠檬的香味，是牙膏的味道。他这人总是这样，用什么东西都能让那种味道和自己融为一体，让人欲罢不能。

只觉唇间有软软的触感，褚漾闷哼一声，整个鼻腔里充斥着他的味道。

男人用了点儿力吻她，褚漾的头都快陷进柔软的鹅绒枕头了，十指在被子里互相交缠，酥酥麻麻的舒适感从身体涌进脑中。

他一贯温柔，就算满身薄汗，也不忘停下问她还能不能承受。褚漾红着脸，咬着唇没说话。徐南烨低哑地笑了笑，默认她可以。

他们从来没商量过婚后夫妻生活要怎么安排。褚漾不是什么矜持保守的人，既然结了婚，还扭扭捏捏地玩什么守身如玉？这不合适，而且显得矫情。反正他们之间没有爱，也很享受。

结了婚后，她脱离了父母的管束，又不愁生活费，丈夫对她也好。爱这种东西可有可无，无论徐南烨爱不爱她，她都觉得挺幸福的。

事毕，她还枕在徐南烨的臂弯中，因为怕他第二天起来时胳膊麻，悄悄地挪了挪位置，回到了自己的枕头上。背对着徐南烨，褚漾甩去脑子里不切实际的想法，渐渐睡了过去。

次日清早，褚漾睡到自然醒，床上的另一个人早就不见了。餐桌上摆放着精致的早点，应该是徐南烨临走前留给她的。

褚漾伸了伸懒腰，下床拉开遮光帘，欣赏了几分钟都市的景色，随即转身，准备洗漱洗漱之后回校。

刷牙时也要听歌，褚漾原本正在歌单里选今天要听的歌，发现自己的微信多了十几条未读消息，是她们那个寝室群里的。

"@仙女漾漾，你昨晚是在寝室睡的吗？"

回消息的人是舒沫："咋了啊？"

"学校的论坛上有篇帖子，我总感觉说的是褚漾，你去看看。"这条消息的后面附上了一条网页链接。

褚漾还没来得及看，舒沫就替她回了。

"她昨晚睡寝室的，跟我睡的一张床呢，这帖子里说的人肯定不是她。"

"这样，那就好……"

褚漾点开链接，微信自动跳转到学校论坛的 App（应用程序）。

"J 院院花被人包养了？"

"昨天，褚姓院花不知道用了什么手段，把原本要跟着校友大人物去酒店聚餐的名额从他们院一个学生干部手里抢了过来，然后勾搭上了出席的某个大人物，直接不知羞耻地问人要了房卡，一晚上没回寝室，估计现在

上册

还在大人物怀里做着嫁进豪门的美梦呢。"

"这指向性也太强了，秒解码。"

"计院的？"

"搞什么？我室友很喜欢她的，正打算追呢。"

"楼上，我劝你的室友赶紧放弃，这种人间富贵花都是要靠人民币滋养的，没钱人家根本看不上你。"

"她长得其实就挺像被包养的'小三'……"

"楼主有证据吗？"

楼主回复："自由心证。"

那个层主也回复："那我说你脸上长痔疮丑得不能见人，所以红眼病成魔随便造谣可还行？我也没证据，自由心证，爽不爽？"

褚漾用脚指头也能猜到这人是谁。但她现在没空管这个。

褚漾直接点进微信大群，找到外语学院团支书的微信，非常有礼貌地向她打听来了许绵绵的寝室号。

褚漾昨天刚拿了生活费，这时候有钱得很，坐上计程车直接往学校冲。

许绵绵的室友都不在，褚漾杀过来的时候，许绵绵正一个人待在寝室里。见是她来了，许绵绵稍微意外了下，随即扬起纯洁无辜小白花的美好笑容，问道："你怎么来了？"

褚漾挑眉，问道："我为什么来，你心里没点儿数？"

"那我还真不知道。"许绵绵转身坐回自己的座位，仰头看她，语气轻柔地道，"我等一下还有课，马上就要走了，没事的话你能先出去吗？"

"有课？那太好了。"

许绵绵皱眉，表情开始变得有些不耐烦。

褚漾三两步走过去，抬脚，用高跟鞋踩了许绵绵的白裙子上。

许绵绵低声喊："你干什么？"

褚漾笑了笑，用力一蹬，吧嗒一声，许绵绵连人带椅结结实实地摔在了地上。褚漾居高临下地看着她，说道："这节课你应该上不成了，因为咱俩这事几分钟解决不了。"

许绵绵的表情有些痛苦，这一跤摔狠了，她狼狈地从地上爬了起来，怒道："褚漾，你不怕我告诉老师？！"

褚漾似乎被她逗笑了，问她："随便造谣，造的还是徐师兄的谣，你不怕被请去喝茶啊？"

许绵绵身体一僵。就算帖子里很多人问是哪个大人物，她也始终选择装死，因为不能说。她不说，大家针对的人就只是褚漾，说了，谁知道自己会不会有风险？她没那么蠢。

"我怎么造谣了？"许绵绵稳住心神，极力控制自己的情绪，说道，"我昨天听见你问徐师兄要了房卡，他给你了！"

"他是给我了，"褚漾点头承认，轻轻笑了，问她，"但你有证据吗？"

许绵绵咬牙，指着她大吼："你不要脸！"

褚漾反问："那如果我给你这个不要脸的机会，你要不要啊？"

许绵绵愣住了，没想到她会问这个。

"自己没本事，就应该好好反思一下自己，知道吗？"褚漾蓦地敛去笑容，继续说道，"我告诉你，立刻给我回帖道歉，不然我黑了你的电脑，把你的IP（国际互连协议）地址挂出来，看你这副小绵羊的样子还能装到什么时候。"

许绵绵睁大眼，忽然记起褚漾是学计算机的，而且在大二时就拿过编程奖。

褚漾在离开前，还特意在许绵绵的耳边悄悄说道："我跟你说，我昨天晚上真的在那儿过的夜。"

末了，她眨眨眼，表情有些娇羞，又有些得意。

帖子一直在首页飘着，直到被打上"Hot（热）"的字眼。

"就我一个人爬了几百层楼还没解码？有没有好心人告诉我一下到底是谁？"

"理工科的，鼎鼎大名。"

"楼上的是新生？都提醒得这么明显了还没猜到？"

"大二的表示秒解码，这位太有名了。"

"真的没猜到，平时也很少逛论坛。"

论坛有用户限制，每个ID（账号）都需要用学号注册，非本校的学生都没办法回帖。

"你去学校新媒体公众号搜历史消息，几乎每年都有写她的专题。"

"啊啊啊，知道了，是这位吧？"一张高清大图就这么被挂了出来。

照片里是穿着迷彩服的女生，周围是身着相同服装的学生，只是相机

41

聚焦在她的脸上，导致周围的人脸都被模糊处理，成了人肉背景。

这是军训期间拍的，当时这张照片被用来做文章的封面，促使当天新媒体的阅读量达到了五万以上。

上面的人是大一时的褚漾，和现在比起来没太大变化，只是脸颊上还有些婴儿肥，眼神清明。当时她从远处发现了有人在拍她，对着镜头比了个调皮的"V"字，双眸清澈，笑容甜美，像夏日里清新可爱的水蜜桃。

时间是两年前，这张照片当时引起了不小的轰动。照片右下角的水印写着"计算机学院新媒体分部拍摄"。计算机学院的人都炸了，精选留言几乎被计院大军霸占。

"我不敢相信这么漂亮的妹子是和尚院的……"

"壮哉我大计院！"

"计院牛！"

"呜呜呜，是我的学妹！"

"学妹好好看。"

这张有年头的照片被挂上了论坛。

"这是褚漾？"

"两年前的褚漾这么清纯吗？"

"她不化妆的样子好可爱啊，果然女人化了妆以后都不能信。"

"'颜狗'[1]跪了，我不相信有这么美好的笑容的褚漾会被包养，楼主上'实锤'[2]，否则直接向版主举报。"

"难道就我一个人喜欢褚漾现在偏成熟的打扮？我觉得她超适合走妖精路线的，简直是行走的画报。"

"层主这楼连个'实锤'都没有，全凭楼主的朋友瞎说，你直接把照片挂出来过了吧，赶紧申请'抽楼'吧。"

还没等到层主"抽楼"，神隐很久的楼主终于上线了。跟帖的人都在期待她甩出"实锤"，吃一个前排"瓜"。结果楼主风向一百八十度大转弯，

动
的他
心先

---

1 网络流行语，指对于一切颜值高的人毫无抵抗力的一类人。

2 网络流行语，指由于有了证据，其性质已经不能改变。

42

直接回帖道歉。

"我没有'实锤'，大家别问了。是我眼红那位，所以造谣而已，我在这里给那位道个歉。我造谣了，对不起，给那位造成了名誉损失。现在我去找版主申请删帖，大家也别顶帖了，再次对不起。我祝那位前程似锦，早日找到真爱。"

虽然楼主是在道歉，但这语气总让人觉得绵里藏针，听着像是迫于无奈才道的歉。

"这帖子什么风向？"

"楼主，你怎么回事？"

"造谣？楼主，你被威胁了？"

"那位找上门了？"

"有没有知情人士透个底？这是什么意思？"

正好有个跟帖的人和褚漾同楼，受众位所托，打算壮着胆子去褚漾的寝室里打听打听。

结果，褚漾的寝室的门恰好没锁，这位"壮士"也不知道怎么开的口，倒是褚漾好脾气地请她进去坐，问她有什么事。

"壮士"犹豫好久，鼓起勇气问道："呃，我就想问问你，今天你有没有逛论坛啊？"

褚漾不明所以地冲她眨眼，看上去像是毫不知情的样子。

"没有哎，我一直在写实验报告。"她先是回答了"壮士"的问题，随后笑着问"壮士"，"怎么啦？论坛上有什么好玩的事情发生吗？"

"壮士"连连摆手，说道："没有没有，我就是过来问问。"

褚漾好像更好奇了，拿起手机就打算登录论坛。

"壮士"连忙按住她的胳膊，说道："就是论坛上有一些关于你的不好的传闻，其实没什么的。"

"啊，这样……"褚漾落寞地点点头，似乎毫不意外，"壮士"却能很明显地看出她眼中的无奈。

她这张脸配上那个令人心疼的表情，"壮士"忽然觉得自己太不是人了，居然吃这种"人血馒头"，还过来打听。

"壮士"正想出声安慰，褚漾又故作轻松地笑了笑，说道："没关系啦，无论论坛上大家怎么说，都影响不到我。我不会在意，别管就好了。"

43

褚漾是仙女吗？！多么善解人意又乐观可爱的仙女！

"壮士"忽然激动地握住褚漾的手，说道："你不要在意那些流言蜚语，我相信你！"

褚漾扑哧一声笑了出来，说道："你好可爱啊。我不会在意的，放心吧，谢谢你特意过来关心我。"

仙女夸她可爱！呜呜呜！被仙女的笑容晃瞎了眼的"壮士"顿时心跳加速。

临走前，仙女还送了她一个苹果。苹果被仙女拿过，上头还有仙女手上的香味，"壮士"决定在苹果的表层涂上防腐剂，将苹果永远珍藏起来。

没过几分钟，帖子的风向又变了。"吃瓜"群众就像是随风摇曳的坚韧小草，在大风中身姿左右摇摆，场面感人。

"我刚才去褚漾的寝室看了，她压根儿不知道这件事，也不在意，所以不打算追究。不知道楼主到底看她哪儿不顺眼，要造这种恶毒的谣，我只能说你有红眼病。大家该散的散吧，别顶帖了，对褚漾不好。"

"褚漾这么'佛'吗？"

"当事人都选择不管了，咱还凑什么热闹，散了吧。"

"楼主的红眼病太可怕了，这种谣也造。"

"丑人多作怪吧，看不得褚漾长得漂亮，成绩又好呗。"

"褚漾应该快要竞选学生团会主席团的位置了吧？要是真成了，保研的概率会更高，楼主发这个帖的目的很明显了。"

"这种事靠的是光明正大，楼主，我劝你赶紧申删，不然到时候公布 ID 你就完蛋了。"

上午还被顶得火热的帖子被版主删了，理由是"不实言论"，对楼主进行一个月的封号处理。

褚漾送走了过来打探消息的人之后，舒沫才从卫生间出来。

"褚漾，你不去演戏真的太可惜了。你知道吗？"舒沫抽着嘴角，真心实意地为她鼓掌，并说道，"因为你太能装了，装得我都快信了。"

褚漾虚心接受夸奖，并发表感言："过奖了，我也就是比别人的演技稍微好了那么一点儿。"

动
的他
心先

44

"亏我已经做好了帮你在帖子里跟人互怼，被人骂'舔狗'[1]的心理准备，结果你就这么解决了。"舒沫觉得自己一肚子气话这次居然没有用武之地，不禁摇头惋惜，"那个造谣的人，你知道是谁吗？"

"知道。"褚漾将座椅调整了个方向，两手在键盘和鼠标上滑动，说道，"刚才已经解决了。"

她伸了个懒腰，从电脑前收回了视线。但事情远没有结束。

舒沫凉飕飕的声音从背后传来。

"既然事情已经解决了，你是不是该回答我的问题了？"

褚漾暗道不好。

下一秒，舒沫的怒吼穿破了她的耳膜。

"你昨天晚上到底去哪儿了？！去和哪个男人鬼混了？！说！"

舒沫在她还没有任何回复前，先帮她堵了室友的嘴，还替她制造了不在场证明。她如果再瞒着舒沫，就太不够意思了。

褚漾深吸一口气，终于承认了。

"和徐师兄。"

她以为舒沫会炸开，但事实证明舒沫没有。舒沫恨铁不成钢地戳她的脑袋，说道："我说你，事情都澄清了，你还有必要向我隐瞒吗？你交男朋友就交了，我又不会抢你的男朋友，你拿徐师兄挡什么枪呢？"

褚漾沉默片刻后，再次申明："是真的。"

"你别骗人了，我还不了解你吗？你就是一个纸上将军，你跟主席都僵成那样了，还想徐师兄呢？"

褚漾叹气，有些无奈地道："你能不能不提顾清识了，我跟他没半毛钱关系，真的。"

舒沫自知说了不该说的话，及时止住，又道："行吧，不提就不提了，我也没别的意思。不过你这人真不给面子，我们在同一个屋檐下住了三年，你居然连交了男朋友，我问你是谁都打哈哈敷衍我。"

---

1 网络流行语，指对方对其没有好感，还一再毫无尊严和底线地用热脸去贴冷屁股的人。

褚漾不知道怎么跟她解释，只好用实际行动向她证明。

"那我给他发微信，"褚漾自信地发言，"你等着被打脸[1]吧。"

她拿出手机点进了微信，找到徐南烨的微信，发了个肉麻的"亲爱的"过去。她等了十几分钟，对方总算有了回音，发了一个问号过来。褚漾挑眉，问舒沫："看到没？"

舒沫嘿嘿笑，谄媚地道："姐，你继续聊，别停，让我看看徐师兄不为人知的那一面。"

"人家这边下雨了，能不能给人家送把伞来啊？"

舒沫看了眼外头，万里无云，天空湛蓝得可怕，说："你有什么疾病吗？大晴天让人送伞？"

褚漾瞪她，说道："你懂什么，就是要无理取闹。越是无理取闹，男人就越是觉得你依赖他。"

"……"

她这么熟练，不也单身了三年，装什么"撩汉"小能手呢？

"你朋友呢？"

"朋友也没带伞嘛。"

徐南烨又回信了："送几把？"

好、好暴躁的男人啊，真是知人知面不知心。褚漾和舒沫同时沉默下来。

舒沫摇头晃脑地道："没想到徐师兄私底下这么暴躁，不送就不送呗，还骂人。我对他改观了，我要脱'粉'。"

舒沫边叨叨边去忙自己的事了。

褚漾也觉得徐南烨太不给她面子，恼羞成怒地打字发过去："不送就不送，滚吧，臭男人。"然后，她果断地拉黑了徐南烨。

这边的办公室里，王秘书站在办公桌前好半天了，也没等到徐先生的吩咐。徐先生的脸色看上去有些不好。

徐南烨的"我问你送几把伞"还没发出去，就被对方拒收了。王秘书只好出声提醒："先生，问清楚了吗？"

动
的他
心先

---

1 网络流行语，指角色因言行被当面证明是错误的，十分丢脸。

46

徐南烨蹙眉，直接决定，说道："你给她买个十几把过去吧，以防她朋友多。"

"那地址呢？"

"不知道，没来得及问。"徐南烨也觉得有些麻烦，敲了敲桌面，说道，"你看看周边哪座城市下雨了。"

王秘书很迷惑。昨天晚上他看过天气预报，明明全省晴朗。夫人昨晚还跟先生在一起，怎么今天就跑到外省去了？她怕不是飞毛腿吧。

褚漾下午有一节选修课——"西方美术学史"。她没什么兴趣，纯粹是听说这门课好拿学分，就来了。她早在大二那年就拿满了选修分，想多拿点儿也是为了再过不久的学分考核。考核对她的保研大有帮助，舍弃在寝室一个下午的时间过来上课，也不亏。

讲台上的老头儿正绘声绘色地讲述着灿烂耀眼的文艺复兴时代，PPT（演示文稿）上滚动播放着艺术家闻名于世的作品。褚漾撑着头对着窗外发呆。

空调呼呼地吹着，日光灯照亮了多媒体大教室，外头烈日骄阳，碧绿的树叶遮挡阳光，映下斑驳的树影。她盯着瓦蓝瓦蓝的天空，一片片的云缓缓地流动着。

忽然天空一暗，褚漾顿时有些蒙。澄澈的天空被吞噬，几分钟后，雷蓦地打下来。她呆愣愣地看着窗外，刚才还大亮的夏日盛景，忽然就成了呼啸压境的雷阵雨。

"下雨了？"

"完了，我没带伞，待会儿下课要被淋成落汤鸡。"

"天气预报每天报个什么玩意儿，垃圾。"

学生们叽叽喳喳地小声讨论着。褚漾想，反正是阵雨，估摸着下课时就停了。

好死不死，下课铃这时候响了。学生们哀号："老师，我们能不能留在教室里避避雨啊？"

"十分钟后我还有课，"老师露出了爱莫能助的表情，说道，"你们随便找间自习室避雨吧。"

离寝室近的人选择直接冲刺回去。离得远的人没法了，只能老实地等雨停，或者让室友来接。她刚打算让舒沫过来接，发现一直塞在兜儿里，被调成静音模式的手机上有好几通未接来电，都是徐南烨打来的。当褚漾回拨过去时，那边的人接得很快，语气慵懒地问她："肯接电话了？"

"干吗？"

"在哪儿？"徐南烨并不在意她的态度，自顾自地说道，"我让人去给你送伞。"

褚漾不解地道："你不是不送吗？"

"我问你送几把伞，为什么不回答我？"

褚漾呆若木鸡，羞愧得想要挠墙。她不但误会了，还把人拉黑了。这波窒息操作要换她自己承受，她早炸了，亏得徐南烨教养好没跟她计较。

听她这边寂静无声，徐南烨也并非什么都不懂。片刻后，男人似笑非笑的嗓音沉沉地从手机那头传来："你不该反思反思？"

褚漾面子上挂不住，又不甘示弱，犟嘴道："是，您老别管我了，离我这颗肮脏不堪的心灵远点儿，别让我把纯洁无瑕的您玷污了。"

她说话时的语气阴阳怪气的，听着欠揍。

男人悠闲地道："我出淤泥而不染，不用担心。"

"……"褚漾站在走廊上，看着倾盆大雨发愣。

电话那头，徐南烨声音温润，字字句句都像是这雨滴打进她的心，他说："不跟你闹了，在哪儿？"

褚漾一时没反应过来，愣愣地问他："你真要来给我送伞啊？"

"王秘书已经把伞买好了，"徐南烨的语气淡淡的，却让褚漾心潮涌动，他继续说道，"按照你的喜好买的。"

她咬唇，觉得自己有点儿奇怪。送个伞而已，只要她说，也不是没人给她送，也不是没人给她买。明明她只是测试而已，他怎么就当真了？这雨怎么就真下了呢，下得……还挺是时候的。最后，她只挤出了短短的两个字："谢谢。"

"客气。"这俩字就好像举手之劳，徐南烨根本不在意。

褚漾站在教学楼大厅里，等人来给她送伞。虽然现在每栋教学楼门口都有公共借伞服务，但适逢下课高峰期，学生一拨一拨地往外走，伞早被借光了。大厅里还站着好多等人送伞过来的可怜学生，整个大厅快站满了。

"你没带伞？"

有道熟悉的声音在她的耳边响起，褚漾回过头，看到了向圳。向圳今天穿了件浅色的衬衫，显得稚嫩、清秀。褚漾看他手里夹着一本书，猜到他跟自己一样是到美术楼来上选修课的。褚漾点头，问他："你也没带？"

"我不碍事，"向圳挪开目光，短促地咳了声，问道，"你的室友来给你送伞吗？"

"没有，我没告诉她。"

向圳皱眉，问："你想淋雨回去？"

褚漾刚想摇头。向圳此时忽然将手里的书盖在了她的头上，语气僵硬地道："书借你，虽然挡不了多少雨，但至少头不会被淋湿。"

她将书从头上拿了下来，觉得有些莫名其妙。褚漾又将书塞给了他，说道："我不用，谢谢你啊。"

向圳啧了声，问道："那你感冒了怎么办？"

褚漾哭笑不得地说："你这本书也不能保证我不会感冒啊。"

面前的年轻男孩儿沉默了几秒钟，忽然将手搭上了自己的衬衣扣子。褚漾目瞪口呆地看着他一颗颗地解开扣子，然后露出了里面的白色汗衫。

"过来，"向圳掀开衬衫的一边，语气霸道，表情却不合时宜地有些扭扭捏捏，说道，"我送你回寝室。"

"……"他是神经病吗？

在门口站岗的门卫大叔忽然朝里面喊道："计算机学院的褚漾在吗？有人给你送伞过来了。"

褚漾猛地举手，连连答道："在、在、在！"

还保持着掀衣服姿势的向圳："……"

褚漾刚挤到门口，便听到门卫大叔笑着说道："小姑娘挺受欢迎啊，这么多人给你送伞。"

"啊？"

门卫大叔将手中的袋子递给她，说道："刚才校门口的老张给我送来的，这一袋子伞够沉的啊。"

褚漾恍然大悟，显然王秘书也不方便总是进出学校。他开的那车太高调，不合适。估计王秘书是送到校门口就走了。她打开袋子，看到里头的十几把伞都是来自她喜欢的某个日系品牌，两三百元一把。褚漾转头看了眼这满大厅里没带伞只能等雨停的同学，只觉徐南烨在她心中的形象猛地变得高大起来，头顶上还闪着一圈圣光，背后长出了翅膀。

他怎么知道她的同学们都没带伞？

本来就热闹的大厅里顿时变得更嘈杂了。离门口比较远的人不明所以，怎么就忽然这么吵了？然后他们就听站在前面的同学说，有人在门口发伞。室友都不在寝室，也没有对象，朋友又都死没良心的小可怜们匆忙挤到前排，看见褚漾正满脸笑意地将自己的伞一把一把地借出去。

因为今天有课，她只穿了简单的棉质长裙，扎着马尾辫，脸上化着淡妆，却仍然明媚夺目，活色生香。天使，这是落入凡间的天使！

当褚漾手里还剩下两把伞时，她忽然发现，向圳好像还愣在原地没动弹。她走过去，将其中一把伞塞到了他的手里，说道："我觉得下这么大的雨，你还是打伞比较好。"

她的言外之意就是，什么书、衣服，都是无用的，用那些照样会被淋成落汤鸡。

"到时候你直接把伞还给我们寝室楼下的阿姨就行，"褚漾笑了笑，冲他挥手，说道，"再见。"

她踏着雨水离开，纤细的背影隐在雨雾中，显得窈窕生姿，和她头顶上那把奶油色的伞混在一起，像是山崖处在大雨中摇曳着的山茶花，就连裙摆处染上的泥都成了她的点缀。

向圳呆滞地看着自己手里的伞，脸色通红。偶像剧果然都是骗人的。他忽然觉得心间有什么情愫正破土而出，悄悄发芽，上面刻着褚漾的名字。

回到寝室后，褚漾忍了半天没忍住，还是把徐南烨拖出了黑名单，并给他发了条微信："你是不是有预知能力？"

徐南烨的回信让她不明所以。

"真巧，我也想问你。"

"……"这天已经被聊死了。

到了周末，同学们都陆陆续续地将伞还了回来。褚漾提着一袋子伞回了家。今天天气很好，褚漾听着歌，坐地铁的时间也显得格外短暂。

她走到小区楼下时，值班的门卫冲她打招呼："徐太太，又放假了啊？"

"嗯。"褚漾抿唇，指了指小区内部，问道，"我先生在家吗？"

"今天没看到他开车出来，应该在家的。"

50

褚漾小心翼翼地进入电梯，思考着该怎么再跟徐南烨说声"谢谢"。托他的福，她都快被论坛上的人吹成大善人了。

在借伞的当天晚上，就有人在论坛上发了帖子。

"我对褚漾真的改观了。今天下午突然下雨，她一个人拿了十几把伞借给其他人，连个学号都没问，直接让人用完了送回她的寝室。"

"在现场！她也借给我了！人真的很好了，呜呜呜。"

"她的心好大啊，也不怕人家不还吗？"

"伞又不值钱，还不还对她来说影响不大吧。"

"那伞是日牌的，二三百块钱一把好吗？能吃好几次麻辣香锅。"

"褚漾这么大方吗？"

"楼上的你是不是没跟褚漾一起上过课？跟她同系的同学表示，她的衣服贼多，全是当季新款，还都是名牌。我跟她一起上过一个星期的课，就没见她穿过重复的衣服。"

"褚教授好宠她啊。我怎么没有这么一个好老爸？"

"本贫穷女孩儿酸哭了。"

"褚教授看着不像是那种特别舍得给孩子花钱的老爸啊。我看他自己一件衬衫都穿了好几年。"

"男朋友？"

"褚漾有男朋友了？"

"褚漾是全计院单身汉的！勿 cue（提到）我！"

"没有吧，我看她总跟她的室友在一起啊，周末就回家，从来没看她跟哪个男生单独在一起过。"

"是不是计院的那个主席啊？他们以前不是有点儿那个苗头的吗？"

"不可能，人家主席大二下学期就去帝都交流了，哪儿有空谈恋爱？"

褚漾站在玄关处放鞋，看到徐南烨的皮鞋正在鞋柜上整齐地摆放着。她放下书包，提着袋子去了趟卧室，发现人不在。

"回来了？"

背后忽然响起的低沉嗓音让她心脏猛跳。褚漾僵硬着身子转过头，露出个极为难看的笑，点头说道："嗯。"

徐南烨穿着睡衣，应该是从早上起床就没换过了。他的头发还有些凌乱，软软地贴在头皮上，显得比他平时要年轻、随和很多。他应该是出来倒水的，褚漾看他手里的水杯都空了。

"你愣在这里做什么？"徐南烨越过她，走到厅台处倒水，神情悠闲地道，"要洗的衣服放到洗衣盆里，阿姨晚上会过来收。"

褚漾像个呆子一样只会点头。

徐南烨也没说话，气氛有些沉闷。倒好了水，徐南烨直接站在客厅里喝了一口，喉结滚动着，等他喝完半杯水后，嘴唇上沾了点儿水，显得秀色可餐。

褚漾不知道为什么，也跟着咽了咽口水。

徐南烨忽然出声问她："有空吗？"

褚漾声音很小地问："怎么了？"

"电脑出了点儿问题，你过来看看。"

褚漾跟着他走进了书房，发现他好像在写文档，屏幕上显示着密密麻麻的文字。她和徐南烨的专业南辕北辙，属于他写什么她都看不懂，她写什么他也不明白的情况。

褚漾弯腰，用鼠标在屏幕上滑了两下，问道："哪里有问题？"

"没问题，"徐南烨低语，"我骗你的。"

褚漾回头，视线恰巧撞进了一双浅色的眸子里，波光流转，里头的戏谑和笑意再明显不过。

她惊慌了一下，坐在了椅子上。

徐南烨正好双手撑着椅子的边缘，将她桎梏在椅子和自己之间。男人扬眉，嗓音低沉地问道："脸红什么？"

"……"褚漾选择装死。

"一回家就魂不守舍，我能不能理解为……"徐南烨垂眸，手指轻佻地滑过她的下巴，问她，"你是因为我而魂不守舍的？"

她刚觉得这男人好不容易正常了，为什么下一秒又恢复本性了？

褚漾有些招架不住了。

动
的他
心先

52

第 二 章
亲一下就走

褚漾按捺住心神，说道："我只是在为学习的事烦恼，你不要多想。"

徐南烨装作恍然大悟的样子，说道："那看来是我自作多情了？"

"你知道就好，"褚漾低头，推了推他的胸口，说道，"先让我起来。"

男人的鼻息打在她的脸颊上，褚漾推不动他，他也丝毫没有要后退的意思。

她悄悄地看他。借着书房的暖灯的光，她隔着镜片看到徐南烨五官俊朗，薄薄的双眼皮线条柔和，那双眼眸越发清透，墨画般的眉目没什么变化，眉尾和嘴角间的笑意却藏都藏不住。

褚漾咬牙，心一横，头一铁，强行站了起来。徐南烨当然不可能真的用力气箍住她，稍稍松了力，或许也没想到她会铆足了劲儿站起，连自己都被她鲁莽的动作逼得后退了两步，直到后背抵住了电脑桌的边缘。

男人微愣，低下头，看见一个小脑袋埋在自己胸前，又感受到褚漾的两只手从他胳膊间的缝隙溜了过去，像是顺从般抱住了他，但只有手臂透过睡衣贴着他。温香软玉在怀，徐南烨神情恍惚，垂在两边的手蓦地攥紧，却在下一秒倏地清醒过来。

他差点儿上当，那一瞬间，眼底有什么情绪被悄悄抹去。他盯着她的头顶，慵懒地道："漾漾，这是工作文件，丢掉了可就养不活你了。"

褚漾胳膊微僵。就在刚才，她娴熟地靠盲认找到了关闭文档的快捷键，左手还放在键盘上，右手早已按住鼠标左键，只要点击"不保存"，徐南烨的这份文件就算是白写了。她挫败地收回手，觉得人生无望。自己总是斗不过他，算了。

"等我写完这些，"徐南烨重新坐回椅子上，不再逗她，说道，"然后回家吃饭。"

褚漾愣了下，试探性地问道："还是去邻居家吗？"

徐南烨神情淡定，没觉得这件事有什么不对，说道："嗯，你准备一下。"

他父母卸任早，原本交接工作这事麻烦，但老两口随性、浪漫，当真就把整个徐家抛下，直接出国旅游去了，事情全留给徐南烨的大哥解决。

偌大的徐宅没人在家，偶尔的家庭聚会他们几个兄弟还是去邻居家蹭的饭。得亏邻居大方，能够容忍这么多年。

褚漾换了身适合在家庭聚会时穿的衣服，一副温婉的做派跟着徐南烨回"婆家"。

褚漾别的不懂，装乖还是挺会的。她有个专门的衣帽间，里头的衣服都用防尘袋装着。每个月有专人送当季最新款的衣物过来，一件件地挂满衣柜。都是些晚礼服裙、翻领正装，一看就不是日常能穿的。

徐家体面，她这个做媳妇的也得跟着打扮。虽然这一柜子的衣服看着华贵、气派，但她一件都不喜欢。她既然是"徐夫人"，那些设计繁复的礼服就都与她无关，她穿的必须是大气的衣服，彰显贵妇气质，价格还不能太离谱，高级定制更是想都别想。她每个月还得配合徐南烨接受调查，确保绝对没有干任何违法乱纪的事。

褚漾觉得自己仿佛嫁到了假豪门。

穿着贵妇套装的褚漾压抑了个性，一路走到地下车库，整个人死气沉沉的。徐南烨知道她为什么不高兴，没急着开车锁，将胳膊撑在车身上，嘴角挂着若有若无的笑，说道："你若是实在不喜欢就上去换了，我等你。"

"就这身挺好的，"褚漾捏着手上的钻戒，以大无畏的语气说道，"当初结婚的时候我们不是说好了吗？你瞒过我父母，我也绝对不会给你丢面子。"

她自以为这句话肯定能让徐南烨感动，谁知男人非但没领情，反而侧过头轻声笑了几声。

褚漾又瞪他，说道："你笑什么？难道我随便穿你就高兴了？到时候有人说你没眼光，娶错老婆了可别赖我。"

"我觉得我的眼光挺不错的。"徐南烨挑眉，替她打开了副驾驶座的门，说道，"上车。"

褚漾干咳，理了理完全没有褶子的衣领，矜持地走到车子边，末了还是有些不放心，朝他看过去，指了指自己，问道："我这身还行吗？是不是太素了啊？唉，我感觉都没个人风格了，会不会让人觉得很无趣啊？"

她说完，又苦恼地撇嘴纠结起来。她明明二十岁出头，肆意张扬，又有些任性，穿上这身衣服，身形依旧高挑，却总有些违和感。她还是个小姑娘啊。

徐南烨轻笑着道："你已经够有趣了。"

他今天没叫司机开车，开的也是自己的私家车。这车是徐南烨在国外任职的时候买的，回国的时候一并带了回来，因为职业便利，连摇号排队都不用，车管局直接给他发了个车牌号。他本人的品位也低调，私车依旧是沉闷内敛的黑色，车里只摆了一小罐车用香薰，别的什么装饰都没有。

褚漾觉得自己和徐南烨真是差得太多。两个人居然还能在周末一起参加家庭聚餐，也是神奇。

"今天一起吃饭的都有哪些人啊？"褚漾打算给自己做考前复习，于是问道，"有没有我不熟悉的人？你提前告诉我，我记一下。"

徐南烨想了想，淡淡地道："就那些人。"

虽然听他这么说，但褚漾还是像个乖乖学生一样，老老实实地又复习了一遍徐、容两家的成员。等车子开进容宅，她也差不多复习完了。

"怎么这么晚？"

大门口站着个面容严肃的男人，跟徐南烨的长相有几分相似，气质却截然相反，像个冰窖子。这人是徐南烨的大哥徐东野，去年刚跟容家的大小姐结婚。两人的婚姻属于正儿八经的商政联姻，强强联合，但听说也是闪婚。

徐家的三个兄弟中，除了最小的那个三弟至今是光棍，剩下的两人全是闪婚。政治世家的人的婚姻看起来也不是很严谨，电视剧过度妖魔化了。

徐南烨不紧不慢地解释："我有工作要处理，耽误了点儿时间。家里开饭了吗？"

"人没来齐怎么开饭？"

徐南烨只是笑笑，说道："抱歉，大哥。"

眼见大哥的视线就要扫到自己身上了，褚漾立马调整好面部表情，冲他鞠了个躬，跟他打招呼道："大哥好。"

徐大哥只是用鼻音嗯了一声。

褚漾表面上恭恭敬敬的，其实在心里已经叫了他八百遍"冰窖子"。

几个人进了大厅，又上了几级小台阶才走到饭厅。坐在上首的老爷子笑容满面地道："南烨和漾漾来了啊。"

托徐南烨的福，褚漾虽然是这儿年龄最小的人，但辈分还比较高，所以不用太小心。

褚漾乖巧地和所有人打过招呼，格外冲容二小姐眨了眨眼。

容二小姐也回了她一个眨眼的表情。

没人看到两人的小互动，众人只知道徐家老二的妻子是个出身书香世家的文静、内敛的小姐，性格和品行都格外优秀，不然徐家的人也不可能答应让她嫁进徐家大门。

"漾漾今天怎么穿得这么素？"老爷子皱起眉，有些疑惑地道，"这么年轻就该穿些花花绿绿的漂亮衣服，你不是还在念书吗？平时穿这个也不方便吧？"

褚漾腼腆地笑了笑，说道："穿得舒服就好了，我对这方面不是太讲究的。"

"你这孩子就是太成熟了啊。"老爷子摇头。

"可不是嘛。当初南烨突然说他要结婚的时候，我们都被吓了一跳。闪婚也就算了，结婚对象居然还在念书，能打理好南烨的生活起居吗？"坐在旁边的容家二太太出言附和，转而笑道，"结果是我们瞎操心了，漾漾比我们家这两个大小姐懂事多了，到底是出身书香门第，让人挑不出毛病，南烨的眼光还是好啊。"

褚漾神情羞涩，脸颊泛红，说道："二婶你别夸我了，我哪儿有你们说的那么好啊……"

她垂眸窃笑间，用眼睛瞥了瞥旁边的徐南烨，冲他挑了下眉。

看到没，这就是我的魅力。

徐南烨抿唇，一时间竟然不知道该怎么回复她。

到后面，他自己也跟着笑了。

容家人习惯在饭桌上聊些家常。

聊的什么褚漾也不大懂，比如最近的政策形势对他们的生意有没有影响，或者是圈子里有什么值得一提的事。

老爷子靠着椅背，朗声说道："现在徐家直系里，也只有东野身居要职。上头那位市长要升的话，估计还要点儿时间，市助的位置东野你至少还得坐个五六年。"

他说起这话完全就像是在聊家常，丝毫让人感觉不出他在和人讨论身处的这片土地的政治权力更替还需要多久时间。

徐家根基深，地位难以被撼动，但现在旁系血亲逐渐崭露头角，难保不会有青出于蓝之人。

"不过既然南烨已经调回来了，一切就好说了。"老爷子忽地笑了笑，目光慈祥，说道，"外交部现在前景不错，南烨虽然职位隔得有些远，但工作总会有调动。你们兄弟俩互相照应着，你们的父母也能多放点儿心。"

"我暂时没有调动的打算。"

徐东野皱眉，语气微冷地道："你想一直留在外交部？"

徐南烨轻笑着道："我确实有这个打算，毕竟这是我的专业。"

"那你为什么要提前结束任职期？"徐东野目光凌厉，像是要看穿他，问道，"如果不是为了徐家，你是为了什么？"

徐南烨仍旧笑着，目光柔和，反问道："现在在吃饭，大哥有必要这么拷问我吗？"

他从来不怵这个年长又强势的大哥，一贯温和儒雅，对谁都是如此。

但徐东野知道，他左右不了这个弟弟的想法。

气氛已经缓和不了了，幸亏这顿饭接近尾声。

褚漾刚将所有话听进了耳朵，也很好奇徐南烨为什么会提前结束任职期。

他都熬过七年了，还差这么些日子吗？

但她又不能问，这已经属于徐南烨极为隐秘的个人隐私。

褚漾坐在沙发上看电视，忽然被人戳了戳背，转头就看见一双漂亮的眼睛。

是容二小姐。

"二嫂，你跟我来。"容二小姐一边牵着她往楼上走，一边说道，"我有

上
册

好东西给你看。"

跟着她走进满满少女心的房间，褚漾看着这装潢，没想到容二小姐结了婚还能这么可爱。

"我前阵子出了趟国。"容二小姐边说边从桌子底下拉出一个大纸箱，"二哥托我给你带了点儿礼物。"

看着那个大纸箱，褚漾觉得她对"点儿"这个词有什么误解。

容二小姐打开纸箱，满目都是各种品牌的礼盒，从服饰到配饰，什么都有，没有哪个女人舍得从这上面挪开目光。

"我根据二哥说的推理了下，才给你挑了这么些礼物。你过来看看喜不喜欢。"

不用看了，她绝对喜欢。

褚漾张张嘴，目光有些呆滞，语气也很机械化，问道："这都是老浑蛋送我的？"

说出口她才惊觉自己不知不觉地把平时对徐南烨的称呼说出来了。

容二小姐有些迷茫地道："老浑蛋？你是说二哥吗？"

她无论如何也不能把"老浑蛋"这仨字跟徐南烨结合在一起。

褚漾捂嘴，眼珠不安地上下转动着。

容二小姐只沉思了一会儿，就想到了别的地方。

"二嫂，我二哥是不是私底下很浑蛋啊？"她双眼放光，仿佛听到了什么不得了的内幕八卦，"你能告诉我他是哪里浑蛋吗？"

褚漾当然不能说，尴尬地笑着试图糊弄过去。

容二小姐冲她比了个"了解"的手势，说道："夫妻隐私，我懂的。"

"那你别告诉你二哥啊。"

容二小姐拍着胸脯跟她保证："绝对不会！"

看着她这副样子，褚漾总觉得这人有些信不过。

等到傍晚，扛着这箱礼物回家的褚漾还在纠结无功不受禄，平白无故地收这么多东西，内心总有些不安。

"那个……师兄，"褚漾想了半天，还是叫了这个最官方的称呼，"你为什么忽然想起给我买这么多东西啊？"

"榕榕在国外旅游的时候给我发微信，问我有没有什么要代购的。"徐南烨专心地看着前方的路况，慢悠悠地道，"我想你应该有很多东西想买的，就替你决定了。"

"你怎么知道我想买什么？"

"通过你的信用卡账单，"徐南烨言简意赅，"看你什么买得最多。"

"……"

这谁顶得住啊。

褚漾思索半天，决定报答他，于是说道："你说吧。你想要什么，只要我做得到。"

此时，车子正好在路口等红灯。

徐南烨用手指敲打着方向盘，蓦地笑了，说道："那我有个小要求。"

褚漾豁出去了般道："你说！"

"能不能别在外人面前叫我'老浑蛋'？"徐南烨侧过头看她，薄唇微扬，嗓音温润地道，"给你老公点儿面子。"

"……"

徐南烨，你这个内心肮脏的衣冠禽兽。

容榕，你这个说话不算话的叛徒。

你们有钱人都不是什么好东西。

褚漾的仇富心理从来没有哪一刻如此强烈。

车子开到桥上，沿边的桥灯透过挡风玻璃照入光线昏暗的车厢。

放眼望去是宽敞、笔直的桥面，疏星朗月的夜幕点缀在两边，褚漾隐约还能听见江水在低处缓缓流动的声音。

江面被霓虹灯映照，形成了另一片更为璀璨的星空。

晚风凉爽，褚漾开了窗，试图驱赶车厢里飘忽的香气。

熏香的味道让她有些晕，她看向窗外，心思却不在夜景上。

"这是我对你的爱称。"她说。

徐南烨不咸不淡地表示了对这个爱称的态度："谢谢你了。"

"不用谢。"褚漾假装什么都不知道，脸皮极厚地道，"除了我，世界上没有第二个人会这样叫你，你这样想是不是就觉得很特别？"

徐南烨扯了扯嘴角，用单手扶额，另一只手抓着方向盘，青筋微凸，说道："我不用这么想就已经觉得非常特别了。"

褚漾可算是有了种扳回一局的舒爽感。

等车子开到江桥的后半部分时，两边的景色逐渐明亮起来，车道不知怎么忽然堵了。

红色的汽车尾灯照得人眼晕，褚漾打开车窗眯着眼往前瞄，前面好像聚集了不少人。

不知道发生了什么，褚漾干脆下车查看。

几分钟后，她从前面回来，绕到了徐南烨这边，敲他的车窗。

窗户应声降下，徐南烨转头看她，问道："怎么了？"

"出了车祸，双方吵起来了，在等警察过来处理。"褚漾抿唇，有些困扰地道，"不知道还得堵多久。"

这种事故的处理速度一般看的是车主自身的素质。素质好的人配合调查，将车子挪到一边儿去处理，素质不怎么样的人就让车堵在那儿，吵翻天也要争个对错。

事故发生在桥上，转向、掉头、换道都不可能，大家只能自认倒霉。

褚漾忽然眼前一亮，说道："我走下去买点儿吃的，就这么干坐着太无聊了。"

因为前面的车祸，整条主干道被堵得死死的。就算等警察来了疏散交通，估摸着也得需要个把小时。

"等等，"徐南烨忽然叫住她，也从主驾驶座走了下来，说道，"我跟你一起吧。"

褚漾哦了声，没拒绝。

两人走到桥口处，褚漾在小超市里转了一圈，没看见什么特别想吃的零食。

她又不甘心白来，恰巧看见有个卖糖葫芦的大叔从小巷子里走出来，插杆上只剩下一个圆溜溜的苹果糖了。

褚漾打算把它买下来，结果发现自己居然忘带手机了。

虽然大叔说现金也可以，但现在还有几个年轻人会带现金出门？

褚漾只好向徐南烨求助。

徐南烨对这玩意儿不感兴趣，百无聊赖地看了两眼，并没有动作。

大叔看两个人长相好，穿得也富贵，不像是喜欢吃这种零食的人，但女孩儿的脸上露出了想买的表情。

男人也没说不买，只是任由女孩儿在他旁边转了两三圈，卖萌又撒娇的。

都是男人，大叔哪儿能不懂这个，开口帮女孩儿说话："年轻人，就买给你女朋友吃嘛。卖完这最后一根，我回家也好向我家老婆子交代。"

徐南烨微微勾起嘴角，还是没有动作。

褚漾鼓嘴，一改刚才低声下气的模样，小声骂了他一句"老浑蛋"，转头背对着他生闷气，心里又在想，不知道徐南烨吃不吃她这一套。

她一时有些忐忑，活像个跟着父母逛街，碰上了想买的玩具，见撒娇没用又转而换了种策略的小孩儿。

听到这个称呼，徐南烨总算有了点儿动静。

他拿出手机扫了大叔胸口挂着的二维码，冲褚漾所在的方向喊道："小浑蛋，过来拿糖。"

褚漾愣了几秒钟，转头不可思议地看向那个正笑吟吟的男人。

"你叫我什么？"

"不喜欢？"徐南烨故作遗憾地叹气，说道，"这可是我对你的爱称。"

"……"

徐南烨又冲她眨了眨眼。

褚漾眯眼，不甘示弱地道："老浑蛋，我！就！来！"

买好了糖，两个人往车子所在的地方走去，徒留大叔捧着杆在风中凌乱。

现在的年轻人之间的爱称真是好时髦。

好久没吃到这么甜腻的东西，褚漾又怕苹果外皮上沾着的那层糖衣黏嘴，吃得小心翼翼的。

徐南烨快她半步，背影挺拔，俊朗生风。

褚漾有些生气，在心里默默地鄙视他。

她就当成是自己一个人散步好了。

徐南烨发现她半天没跟上来，终于放缓了脚步，转头挑眉看她，问道："走不动了？"

"怎么可能，我在学校每天晚上跟室友一起去操场散步，能走上十几圈。"褚漾昂首为自己辩解，"后来她烦了，我就一个人走，能走二十几圈。"

"就这么两个人一前一后地走？"

褚漾摇头，加快步伐走到他的身边。

徐南烨又问："也不说话？"

"说啊，大部分时候操场上的情侣超级多，我们有时候觉得太尴尬了，就靠在一起假装情侣，这样才显得不是太凄凉。"

她的话匣子打开了就很难关上。

上
册

61

男人温和地笑了笑，顺着她的话继续问："怎么假装？"

褚漾一把抓起他的手，给他做示范，说道："就像这样。"

徐南烨淡淡地道："这样就是情侣了？"

褚漾又想了想，把苹果糖咬在嘴里，将双手轻轻地从他的腰侧环过去，抱住他。

"就素介样（就是这样）。"

她说罢，想抽回手，却发现男人轻轻地弯了弯腰，用自己的大手将她的脸捧了起来。

"我觉得这样还不太像，"男人垂眸，神色淡然地道，"至少要这样。"

徐南烨清冽的气息伴着晚风，温柔地将她包裹。

褚漾的脸很小，被这么一捧，几乎就只见五官了。

褚漾一时间没反应过来。

男人的眼神温柔缱绻，带着笑意的嘴角也逐渐靠近。

褚漾感觉心跳如擂鼓，紧张地闭上了眼。

想象中的触感并没有到来，褚漾又悄悄地睁开眼睛，嘴角黏糊糊、甜腻腻的酥麻触感告诉她，糖化了。

她忘了，自己嘴里还叼着苹果糖。

这种感觉并不好受，可苹果的香气和糖皮的甜腻占满了她的口腔，是那种很久都不曾吃到的童年的味道。

清脆的响声近在咫尺，徐南烨张嘴也咬了一口苹果糖。

他们一左一右，分别咬住了苹果糖的两边，苹果被吃得坑坑洼洼，糖汁儿流满了两人的嘴。

徐南烨直起腰，脸颊微微鼓起，将苹果咽了下去。

褚漾麻木地拿起棍儿，嘴巴终于放松。

她忍不住伸出舌头舔了舔唇瓣，红通通的糖衣将她的嘴唇染得血红，与白皙、柔嫩的肌肤形成鲜明对比，在朦胧的灯光下，比苹果还惹人采撷。

褚漾刚想说点儿什么缓解这尴尬的气氛，后脑勺儿在下一秒突然被扣住。

这次没有隔着糖，男人的唇覆上来，他贪婪而温柔地吸吮着她嘴角的甜蜜滋味。

他们的唇上有相同的味道，这让褚漾觉得自己浑身的骨头都酥了，几

动的他
心先

62

乎快要瘫倒在地。

徐南烨不那么理智的粗重呼吸声惹得她只觉头皮发麻。

他向来温柔而克制，如今吻着她的唇反复厮磨。褚漾觉得自己的嘴快要磨破皮了。

嘀！

嘟！

刺耳的口哨声和喇叭声响起，褚漾猛地惊醒。徐南烨放开她，伸出大拇指擦了擦嘴角的糖汁儿，眼神晦暗。

他的声音有些低哑，堪堪让她听清。

"回去吧。"

褚漾像个木偶被他一路牵着走到车子边。

重新坐上车，褚漾下意识地就要找手机，随便刷微博还是聊微信，至少能让她转移注意力。

手里的苹果糖还剩下一点儿，她连看一眼都觉得紧张。

找了半天手机也没找着，褚漾闷声闷气地小声嘀咕："我的手机呢？"

面前忽然伸过来一只手，这只手白净如玉，手指间夹着她的手机。

褚漾愣愣地抬起头。

徐南烨的嘴唇还有些殷红，神色却已经恢复如常，他语气轻佻地道："车上最好不要放贵重物品。"

褚漾几乎瞬间就懂了。

这手机一直在他的手上，她下车看路况的时候就忘了拿。

他一直揣着她的手机，看着她找不着手机买不了苹果糖，看着她撒娇卖萌，就是不告诉她手机在他身上。

褚漾一边张牙舞爪地扑向他，一边大声说道："啊啊啊！老浑蛋，我要杀了你！"

"回家任你杀，"徐南烨轻笑着伸手挡住她的额头，说道，"小浑蛋。"

她在心里狠狠地扇了自己几巴掌，让你神魂颠倒，以后再也不吃苹果糖了！

将苹果糖永远拉入黑名单！

她说是这么说，但周一回校的时候，还是没忍住买了串苹果糖吃。

舒沫看她跟个小孩子似的吃得满嘴糖浆，不禁好奇地问她："你怎么忽然喜欢吃小朋友吃的玩意儿了？"

"挺甜的。"

"但你不是不喜欢吃糖吗？"

褚漾咬了咬唇，说道："现在喜欢了。"

看着她这满面春风的样子，舒沫一时间不知道该不该告诉她，新生已经开学、学生团会的换届通知单已经放到她在寝室里的桌上、顾清识要回学校这些不那么令人高兴的消息。

其实也不需要舒沫说，褚漾看到自己桌上那张纸就明白了。

褚漾上学期向学院递交了助班（助理班主任的简称）申请，没什么悬念地通过了，在换届之前，这是她作为学生干部要做的最后一项工作。

原本没觉得有什么，但一想到孟月明在新生军训的这半个月里还是自己的上司，褚漾就觉得心里硌硬。

助班是为了协助班主任的工作而设立的岗位，换句话说就是"副班主任"，一个班配两个，一男一女。

褚漾的手机里正好来了消息，通知他们中午的时候去办公室开会。

主席："@全体成员，收到请回复。"

褚漾看着发全体消息的人的头像，如遭雷击。

她转头冲舒沫确认："顾清识回来了？"

"你周末两天干什么去了？群里都讨论好几轮了。上周他就回来了，现在估计在寝室收拾东西呢。"

寒意从褚漾的脚底生出。

在群里发布公告的人丝毫不体谅她的情绪，在她愣神忘了回复的这几秒钟里，又在群里@了她。

"@组织部部长褚漾，请回复。"

就算是工作群，也不总是气氛严肃，就褚漾一个学生部长没动静，其他人开始调侃起来。

"学生部长怕不是听到主席回来太激动了，忘了回复吧？"

"哈哈哈！学生部长愣了。"

"有情况。"

褚漾淡定地回复了个"收到"。

一贯寡言，冒泡从来只发群体通知，称号连个潜水[1]都算不上的主席，居然破天荒地又回了一句。

"要及时看群消息。"

群里的人顿时亢奋起来。

褚漾咬唇，扔掉手机，趴在桌上发呆。

舒沫察觉了她的不对劲，搬了张凳子坐到她身边，安慰地拍了拍她的肩，说道："告白被拒绝了又不是什么丢脸的事，再说这消息不就咱们几个知道吗？顾清识要真想说出去，现在学校早就风言风语满天飞了。你放心吧，以平常心看待问题。"

"我没有跟他告白，"褚漾咬牙切齿地再次强调，"你们怎么就是不信？到底要我解释多少次？"

舒沫抿唇，说道："去年那会儿，所有人看到你和顾清识避开其他人去了小包间，大半个小时没出来，任谁都猜你们俩肯定在一起了。你那天晚上一直没回寝室，回来以后在寝室闷了一周，问什么也不答，整个人魂不守舍，这不就是告白后遗症吗？"

这样的对话不知道重复了多少次。

褚漾张嘴，复又放弃了解释。

"算了。"

"没过多久顾清识去了北京，而你完全变了个人，"舒沫絮絮叨叨地掰手指诉说，"刷夜[2]也不刷了，连清吧都不去了，每个星期乖乖回家，狂欢活动也不参加。"

明明刚进校的时候，交际最广、玩得最开放的就是褚漾。

褚漾长得漂亮，又是院花，性格亲和好相处，没人不想认识她。不过半年，她微信的好友数量就加到了上限。

用她当时的话说就是前十八年被家里人管束着，现在好不容易读了大学，要把前十八年的份儿通通玩回来。

---

1 网络流行语。指只浏览页面，只看帖子而不发表意见，与潜在水下不露头的潜水动作类似。对于这一类人，我们则称为"潜水党"。
2 网络流行语，指熬夜做某件事。

65

见褚漾一直没说话，舒沫也不再继续这个话题。

"不说顾清识，我们说点儿别的。你和徐师兄怎么样啦？你们还在联系吗？"舒沫的想法来得快，去得也快，转眼间她就把注意力都放在了另一个男人的身上，问道，"你们到底是露水情缘，还是真有火花？要是你们真有可能，那你岂不是外交官夫人了？"

褚漾被这一连串的问题堵得没话说。

而舒沫继续着她的美妙幻想，说道："以后徐师兄出国访问什么的，你也会跟着去吧？那我是不是也能在电视上看见你了？"

徐南烨确实会跟随使团出国访问，也曾有外交官夫人陪同参与，这点在外交圈并不罕见。

只是徐南烨向来婉拒邀请。

"漾漾现在还太小，外交夫人的任务对她来说可能过于烦杂，频繁出国也会影响学业，等她毕业以后考虑也不迟。"

当时徐南烨是这么说的，因此，两个人结婚的事只有双方的家人以及徐南烨在外交部的领导知晓。

但褚漾知道，这些都是借口。

徐南烨这么做，无非希望越少人知道他结婚的消息越好。

她不想办酒席，而他也没有公开与她的关系，更不要说带她去工作场合了。

当时她丝毫不觉得有问题，并且信誓旦旦地表示，等以后两个人离婚了，她一分钱的赡养费都不会要。

觉得嘴里的苹果糖顿时索然无味，褚漾看了两眼，将它丢进了垃圾桶。

中午开会前，褚漾跟另一个室友约好了去办公室。

室友宋林幼跟她一样是团会的学生干部，关系虽然比不得她跟舒沫，但也算友好，相处得不错。

她跟褚漾这种爱玩的人不一样，没课的时候就会去办公室坐班。明明不是她的值班时间，她也留在那里整理文件，帮老师打打杂，留在办公室的时间明显要比在寝室的多得多。

最后一个室友叫陈筱。如果图书馆有床位，她大概早就从寝室搬走了。

所以，在这个四人寝室里，大部分的时间里是褚漾和舒沫留在宿舍。

两个人到办公室以后，人差不多已经到齐。见宋林幼去找自己部门的干事，褚漾也坐到了自己部门的区域里。

副部长见她过来，连忙拉着她小声地八卦："听说外联部的副部长出国了。"

"出国？这么突然？"

"大三出国又不是什么稀奇事，他家里的人早就想让他出国了，暑假的时候逼着他恶补英语，把他送到我们学校在澳洲的一所合作大学去了。"

褚漾皱眉道："我记得他上个学期交了助班申请表的。"

"开会就是说这个事啊，主席团应该会临时再找个人顶他的位子吧。"

"那要是找不到人顶替，另一个助班不是要累死？"

副部长耸肩，说道："就看谁倒霉了吧。"

果不其然，等主席团的人到了以后，直奔关于助班分配的主题。

顾清识并没有出现，只有副主席和团支书在场。

孟月明坐在主席团的位置上，说道："主席刚回学校，还有很多杂事没处理完，可能会晚点儿到。我们先开会。"

她拿出一张纸，直接开始念分配名单。

一直到名单末尾，她才念到褚漾的名字。褚漾被分配在同专业的新生电子三班。

然而，名单到这里就没了。

褚漾皱眉，举手发问："另一个助班呢？"

"另一个助班原本是外联部的副部长，但他现在出国了，所以我把他划掉了。"

刚才褚漾还在和副部长讨论是哪个倒霉蛋一个人管一个班，现在这个倒霉蛋就成了她自己。

褚漾也没觉得意外，甚至觉得如果孟月明把这个穿小鞋的机会给了别人才是真的奇怪。

"副主席，新生班级的工作事务很多，交给我一个人来做恐怕有点儿难，大家能不能再临时挑选一位助班？"

褚漾自认为语气已经十分诚恳，而且这个诉求很正常。

孟月明抬了抬眼皮，语气平静地道："我们原本商议了此事，但没有找到合适的人选。助班最好是和新生班同专业，在座的电子信息专业的学生干部都已经分配好班级，不好调动。"

宋林幼举手，说道："副主席，我可以调到电子三班去。"

67

孟月明瞥了她一眼，微微笑了，说道："那你带的班怎么办？我去哪儿找顶替你的人？朋友情谊也该分场合用。"

宋林幼无可奈何地闭嘴了。

褚漾问："那大二的干事呢？"

当助班是加素质拓展分的好差事，一听她这话，便有几个与她同专业的大二学生举起了手，毛遂自荐。

"大二的干事工作经验只有一年，很有可能管理不好新生班，而且助班至少要由大三的学生干部来担任。如果今天破例用了大二的干事，那以后还有没有规矩了？"

孟月明打官腔从来不用草稿，不管大事小事，只要她一搬出"规矩"两个字，别人立马安静。

唱完白脸，孟月明自然也知道不能在开会期间真跟褚漾吵起来，转而又换了一种温和的劝导方式。

"一个人带班虽然辛苦，但总归能学到不少经验。等为期半个月的军训结束，你的工作能力肯定能得到不少提升。这也对你之后竞选主席团成员有利，你说呢？"

这话说得她活脱脱就是个为下属着想的好领导。

舒沫说得没错，她褚漾能跟孟月明撕破脸，孟月明就能光明正大地给她使绊子。

"通知已经发放到位了。等周末迎新时，每个助班都要做好自己班级的工作，争取今年的军训阅兵拿个好成绩。散会。"

褚漾的单方面抵抗毫无作用，孟月明拿起文件就要离开。

有几个学生干部过来安慰褚漾。

"你忍忍吧，等熬过这半个月，换届就行了。到时候体力活儿我们会帮你，不会让你一个人累的。"

她当然知道忍过去就好了。

小时候老爸就跟她说"小不忍则乱大谋"。不与傻瓜论短长，不用为了一些人浪费心思和时间。只要做好自己分内的事，别的都不用在乎。

她将这些话奉为真理，哪怕有女生刻意剪破她的校服，哪怕有男生在本子上写满对她的污言秽语，她就当没看到，因为不值得。

但这种心理暗示只会让她越来越憋屈，越来越难受。

如果能忍，她早就在理事会那天忍了。

如果她真忍了，现在论坛里有关她的那些风言风语依旧不会消失。

褚漾忽然笑了，问道："忍忍就过去了？"

周围的人异口同声地道："对啊，你忍过这一个月，以后她就管不了你了。"

褚漾深吸了一口气，露出一副听劝的样子，说道："我知道了，你们先走吧。我一个人冷静冷静。"

"难为你了。"

褚漾摇头，说道："没事，我习惯了。"

其他人都用一种心疼的眼神看着她。

直到宋林幼也离开，褚漾才拿起桌上的笔记本，直接往值班室的方向走去。

她褚漾成不了大谋，但也绝不会让自己受委屈。

值班室的门被打开，孟月明正和团支书倚在办公桌上说说笑笑。

团支书见褚漾来了，也知道她找谁。

褚漾声音轻柔地道："学长，麻烦你出去一下好吗？我有点儿事想跟学姐单独聊聊。"

"是助班的事吗？这件事确实有点儿为难你了，但……"

孟月明打断了团支书的话，说道："你别走，谁知道她会不会报复我？"

团支书左右为难。

褚漾突然撇嘴，楚楚可怜地看着他，问道："学长，你觉得我像是那种人吗？"

"呃，不像。你们聊吧，我先出去。"

俩女的说悄悄话，他一个男人横在中间不合适。

他火急火燎地退场，走到转角处时差点儿撞到人。

"主席，"团支书如遇救星，拽着他的手激动地道，"因为孟月明临时调了分配，把褚漾一个人落下了，现在两个人在里头对峙呢。"

这边的办公室里，孟月明警惕地后退了几步，发现值班室里没有可乐、果汁之类的攻击性武器，顿时放下了心。

褚漾看着她那副样子，笑道："我看你给我穿小鞋的时候气势挺足的啊。"

"谁知道你这个暴力狂要做什么？"孟月明站在椅子后跟她对峙，说道，"名单已经下来了，我马上就会把文件发到工作群里。你跟我说也没用，赶紧准备准备迎新吧。"

"可以啊孟月明，你这是先斩后奏是吧？"褚漾凑近几步，语气越发冰冷，"你都快退休了还想着给我找事做呢？你说你怎么就这么闲啊？"

孟月明仰头，咧嘴笑了："我这也是为了你好，多给你安排点儿事做，免得你每次都只知道跟在男人屁股后面捞好处。"

褚漾的嗓音沉了下来，她问："你说什么？"

"褚漾，你真以为长得漂亮就能为所欲为？我告诉你，我不吃你这一套。你把你那副卖嗲的样子收一收，我看着就恶心！"

学生团会刚招来一批小干事的时候，孟明月听说里头有个长得特漂亮的女生。

迎新会上，孟明月看到了这位新干事个子高挑，长相精致，性格落落大方，和谁都聊得开。

每次团会出活动，搬椅子、拉横幅的活儿总有人抢着帮这位新干事做，竞选优秀干事的名单推荐投票上也都是她的名字。

这位新干事享受着这张脸带来的便利，却仍旧装模作样地揽下所有的活儿，累得满头大汗，惹得众男生跟着心疼，装给谁看呢？

后来，团会活动，他们一行人去了酒吧。孟月明眼睁睁地看着自己暗恋了两年的顾清识和褚漾单独相处了半个多小时。

周围人暧昧的起哄声，让她的妒火达到了最高值。

既然褚漾这么喜欢装，那孟明月就干脆把活儿都推给褚漾做好了，看这人能找谁撒娇。

"让你恶心真是不好意思了，"褚漾耸肩，漫不经心地说，"可我就长这样，你能怎么办？"

孟月明冷笑，挑眉扬声说道："我不能怎么办，但至少你别想在我面前耍心机。我给你穿小鞋你也得给我老老实实地受着！因为我是副主席，你必须听我的。"

"行，我受着。"

褚漾说完这句话，就直接朝孟月明走了过去。

孟月明双手撑着椅子，厉声呵斥道："你干吗？在值班室你也敢乱来？"

"你怕什么，难道我还能打你不成？"

褚漾轻飘飘的话传到孟月明的耳朵里，让人浑身发毛。

孟月明尖叫："你这不是要打我是要干什么！"

为了防止被打，她先站了起来，朝褚漾狠狠甩过去一巴掌。

褚漾握着她的胳膊，嘲讽道："吵不过就打人，这就是副主席？"

"行了。"

冰冷、低沉的男声从门口传来，孟月明仿佛听到了天使之音。管他是谁看到了，现在的状况就是她被褚漾欺负，无论如何理都在她这边。

褚漾转过头，见到来人后，微微愣住了。

一年未见的顾清识，比去年更加英俊挺拔，仍是那副孤傲又冷漠的样子，深沉的眸子里不见半点儿情绪，一副面瘫样。

孟月明双目发亮，连忙说道："主席！你刚才也看到了。褚漾不满我的安排，打算对我使用暴力！"

褚漾后退几步，皮笑肉不笑地看着眼前的男人。

既然顾清识看到了，她还有什么好说的？

正当孟月明满怀期待地看着顾清识，褚漾不抱希望地看着顾清识时，他开口了。

顾清识面无表情，非常淡定地说："我没看到。"

"……"

"……"

孟月明咬牙，垂在身边的手猛地攥紧，眼睛里渐渐蓄起泪光。

她红着眼，按捺内心的狂怒和委屈，仍旧没能忍住从喉间发出的啜泣声。

孟月明难以置信地看着顾清识，不相信刚才那番话是他说出来的。

他们共事三年，顾清识向来公私分明，连跟其他人多交流几句的劲儿都懒得费。

没人知道他私底下是怎样的人，也没人能亲近他。

褚漾和顾清识传出绯闻的那个晚上，孟月明对着枕头发泄了一晚，无奈和羞愤侵蚀着她的理智，让她彻夜难眠。

后来他们没有在一起，孟月明才感到了些安慰。顾清识果然跟别的男生不一样，她爱慕、崇拜的男生和其他人怎能相提并论？

是褚漾使了手段，把他骗到了包间。

但顾清识没有中招，而是选择远离这个装模作样的狐狸精。

在看到顾清识的一瞬间，孟月明觉得这次他一定能看清褚漾的真面目。

褚漾的乐观大方、善解人意都是装出来的，她虚伪狡猾，长袖善舞，顾清识看到自己处于弱势的这一幕，就一定会对褚漾彻底改观，然后渐渐明白自己的好。

孟月明一直怀着这样的想法，直到上一秒。

她觉得自己听错了，再一次问他："主席，刚才褚漾把我推倒在地上，你也看到了是吗？"

顾清识淡淡地瞥了瞥她，仍然不带任何感情地说道："我没看到。"

"你怎么没看到？"孟月明吸了吸鼻子，满腹委屈地将椅子扶了起来，又回到刚才她站的位置，向他重演刚才的剧情，并说道，"刚才我就站在这儿啊，褚漾过来、过来一把揪住我，我就摔倒了，你没看到吗？"

尽管她极力保持冷静，让自己的话语清晰可闻，却还是在句子的间隔处加了几声啜泣，听上去可怜极了。

褚漾听了就想笑。

刚才孟月明还嚣张得要命，现在顾清识在这儿，立马就丢盔弃甲了。

顾清识就当没听到，只问了自己想了解清楚的事。

"分配是怎么回事？"

孟月明垂下眼，带着哭腔小声地解释道："这也是没办法的事，谁也没想到外联部的副部会突然出国，就算不是褚漾落单，也会有别的人落单。"

顾清识看向褚漾。

褚漾撇嘴。她就不信刚才顾清识站在门口什么都没听见，因此一句话都懒得说。

"调不出人了？"

这问题孟月明可太能对付了，于是她说："今年很多专业扩招了，学生干部人数本来就紧张，确实不好调。"

褚漾冷笑了一声，恰巧撞上了顾清识不带情绪的眼眸。

她抱着胸还了他一个白眼。

顾清识收回目光，淡淡地说："那我来吧。"

褚漾蓦地瞪圆了眼看他，露出了疑惑的表情。

孟月明困难地咧了咧嘴角，问道："主席，你说什么？"

顾清识难得好脾气地重复了一遍刚才的话，说道："我来补空缺。"

孟月明立马甩出一连串理由。

"这怎么能行？助班向来是由大三的学生干部来担任的，而且主席你马上就要退任了，毕业季琐事多，很难分出心思来管新生……"

"大三时我外出交流，错过了上一届带班，正好填补上素质拓展分。"顾清识的语气无波无澜，他逐条回应孟月明的疑问，"我已经保研，最近没什么事，学生团会只说过助班要由学生干部担任，没说必须是大三的学生干部。"

谁说顾清识公私分明的？

他明明是最会钻规则空子的人。

孟月明仍不死心，说道："可是，这不符合规矩。"

顾清识睨她，问道："你是主席？"

孟月明顿时哑口无言。

褚漾目睹这一辩论过程，感觉事情完全朝她的思绪之外发展了，让她手足无措，但看孟月明那副吃瘪的模样又觉得心情舒畅，连同对顾清识也没那么反感了。

"你们商量吧，总之别让我一个人干活儿就行。我不是哪吒，长不出三头六臂来做那些事。"褚漾摊手，决定溜之大吉，"我先走了。"

她出去的时候，正好被顾清识挡住。

他衬衫上还有清香的洗衣粉味道，褚漾盯着他靠近锁骨的那颗扣子，心不甘情不愿地说了声谢谢。

顾清识低头看着她的睫毛，用只有两个人能听到的低沉嗓音说："记好了，你欠我两次。"

褚漾仰头看着他毫无波澜的脸，只有瞳孔里显出点儿别的情绪。

她垂下眼，快步离开了值班室。

褚漾离开后，孟月明仍没从刚才的震惊中回过神。

等她回过神时，面前就只有面色冷漠的顾清识了。

"主席，你为什么要偏袒褚漾？"

顾清识靠着门，用双手抱胸，反问她："不如说说你为什么针对她？"

"外联部的副部长出国难道是我挑唆的？这件事我能做主吗？"孟月明咬牙，觉得自己做出这种安排有理有据，属于不可抗力，"主席你这么偏袒褴漾，这是公私不分。你以前从来没做过这种事啊。"

顾清识面色平静地道："以前没做过，现在就不能做了？"

孟月明又红了眼睛，知道他承认自己偏袒褴漾了。

她不想让他们有相处的机会，但如果这时候表示可以调动学生干部去电子三班，就等于说她刚才的理由全是胡扯，打自己的脸。

她满腔愤怒，居然只能哑火，憋得面色通红，几欲发疯。

"这个月你不用来参加例会。"顾清识转身离开，留下对她最后的工作安排，"副主席连学生干部调配的工作都做不好，也没有继续留在团会的理由了。"

既然孟月明能用副主席的身份压制褴漾，那顾清识当然也能用主席的身份来压制孟月明。

站在空荡荡的值班室里，孟月明没想到，自己最后会被架空职权，始作俑者不是别人，居然是那个她满心欢喜地等待着的顾清识。

她趴在桌上，在没人的地方放肆地哭了起来。

孟月明是真的被架空了。

主席一回来，那个在主席台上指点江山的孟学姐就请了病假。

如今主席台的最中央坐的是常年不动如山、脸部神经末梢退化严重的面瘫主席。

但褴漾知道，等竞选的时候，孟月明还会跳出来搞事。

她现在能做的就是带好新生班……和顾清识一起。

听到其他人都在恭喜她终于挣脱魔爪，褴漾却觉得是顾清识在她就快把魔爪大快朵颐的时候，让她憋着一口恶气。

这口气还不是自己出的。

迎新现场，校门口烈日当空。

九月凉了没几天，就又开始回热，果然"军训必晴天"的魔咒没那么好打破。

褴漾穿着迎新T恤站在教务楼大门口，露出公式化的微笑。

旁边坐着的男人跟她穿着同款T恤，在给新生做登记。

周围的人都朝这边看了过来。

74

看着像画一样精致的助班搭档，几个不认生的新生在角落推推搡搡地交换着录取通知书。

"你是不是三班的？"

"他是三班的，把他的录取通知书抢过来！"

"我也想去有神仙助班的三班！"

"是直系学长学姐！呜呜呜！我以为学计算机的都是穿格子衬衫的宅男！"

褚漾擦了擦额头上的汗，耐心地跟新生解释报到流程：去哪儿领被子枕头、宿舍楼在哪儿。

腼腆的新生小鸡啄米般点头，像是认真听了。

褚漾指了指在那边坐着的顾清识，问道："要学长帮你提行李吗？"

"不用不用，"新生连连摆手，又试探着问，"如果学姐能帮我提的话……"

"也行，那我帮你吧。"

正好她也不想在太阳底下烤自己，还不如找个地方吹吹空调。

褚漾转头对顾清识说："我帮这个学弟提行李，送他到寝室。"

顾清识抬眼，看向精壮的学弟，语气淡淡地说："你让学姐帮你提行李？"

新生后退几步，尴尬地笑着说道："我自己就行，学长学姐军训时见！"

错过了翘班去吹空调的机会，褚漾失落地站在原地发呆。

忽然有道阴影帮她遮住了火热的太阳。

她还没来得及抬眼，只觉脸上一阵冰凉，激得她起了一身鸡皮疙瘩。

顾清识拿着刚从冰箱里取出来的冰镇可乐贴了下褚漾的脸。

"谢谢。"褚漾说。

两个人靠着桌子，同时打开了可乐，一口灌下，充斥全身的暑气终于被暂时冲淡。

迎新结束后军训的这半个月，他们都得有事没事地就去新生班待着，朝夕相处的时间比和彼此的室友相处的时间还要多。

褚漾再不乐意，也不能否认顾清识当了回好人，不然光是迎新的事情就能把她累死。

所以她收起了锋芒毕露的态度，就当顾清识是个普通学长。

顾清识不咸不淡的声音从侧边传来。

"热的话就去里面吹吹空调。"

"算了吧，反正快要收工了。"褚漾直接拒绝了他的好意，拿着可乐罐发了会儿呆，还是开口问了他，"你那天跟孟月明说了什么？她为什么请病假了？"

"没说什么。"

她就知道顾清识不会告诉她。

"你这么明目张胆地偏袒我，不怕被别人说闲话？"

顾清识放下可乐，薄薄的嘴唇上还有剩余的可乐珠。他低眸望着褚漾，淡淡地问："怕什么？"

褚漾一时间竟然不知道说什么。

她只好又转移话题道："你上次说我欠你两次？第一次是哪一次？"

顾清识收回目光，说道："你猜。"

"我哪儿知道？从大学开始猜，还是从高中开始猜？什么时候欠的？你总得给我个时间区域吧？"

"如果从高中算，就不止两次了。"

褚漾问不出个好赖，只好作罢，反正他只说欠，又没说让她还。

褚漾兜里的手机忽然振动起来。

褚漾本以为是室友找她，结果调亮屏幕后，才发现是徐南烨发来的消息。

看见是一条语音消息，褚漾抿唇，拿着手机悄悄地远离了顾清识，将手机放在耳朵边听。

"在学校？"

褚漾回了个"嗯"。

"我去找你。"

现在是工作日，是徐南烨这个外交官坐在办公室里处理公务的时间，他来干什么？

他的语气听着不像是开玩笑，倒像是他有什么要紧事要过来找她。

手机还贴在左耳边，徐南烨的声音还未全部消失，另一道声音却又响起来了。

"你在干什么？"

褚漾打了个激灵，抱着手机回头看说话者。

顾清识眉头微皱，说道："过来替我一下，我去一趟洗手间。"

褚漾心慌慌的，不知道自己在紧张什么。

所幸这时候没多少新生过来报到了，顾清识去了洗手间，她一个人也能应付。

有几个班的学生已经报到完毕，助班们收拾收拾桌上的文件便打算撤离退场。

宋林幼站在褚漾旁边和她闲聊。

"今天晚上助班七点聚餐，我待会儿想回寝室洗个澡，要等你一起吗？"

"你先回去吧，正好我回去了也能洗澡。"褚漾还在埋头核对新生名单。

"今天晚上有夜场，你去吗？"宋林幼忽然低下身子，凑到她耳边小声说，"老地方，学长也会一起来。"

褚漾头都没抬地说："不去。"

宋林幼大失所望，问道："为什么啊？"

"早点儿回寝室睡美容觉。"

"一晚上不睡也影响不到我们院花的美貌啊，你以前不是最喜欢刷夜的吗？"

褚漾撑着下巴看她，语气轻佻地说道："我怕我去了，你们这些可怜的女人就没男人撩了。"

"嘁，"宋林幼撇嘴，说道，"有学长在，你还能撩谁啊？"

褚漾苦笑道："我发现你们都喜欢把我跟顾清识捆在一起啊，你和舒沫都是。"

宋林幼耸了耸肩，圆溜溜的眼珠子转了两圈。

她长得娇小，嗓音也软，因此说欠打的话时没舒沫那么令人手痒。

"别人不知道，我们寝室的人可是知道你跟学长的过去的啊。"宋林幼骄傲地仰头，冲她挑眉，继续说道，"既然你这么不想被家里人管着，为什么当初填报志愿的时候还要选本地的大学，而且是褚教授任教的清大？大一那会儿穿个超短裙还要绕着外语楼走，你这么小心翼翼，还报考这里不就是因为学长也在清大？"

不怪宋林幼知道得这么清楚，这都是大一室友们夜谈时，褚漾喝多了自己说的。

褚漾刚读高中那会儿，顾清识就已经是风云学长，年级榜上总有他的名字，跟钉子户似的。

顾清识大一的时候回校演讲，被台下不少花痴学妹问能不能跟他报同一所大学。

他当时站在台上，青涩和稚嫩尚未完全退去，穿着简单的白色短袖上衣、浅色牛仔裤，清朗的声音从麦克风中传出。

"欢迎。"

学校常年被绿荫环绕的小池塘前，碧翠亭里弥漫着青草的香气。

在知了嘈杂的叫声中，原本只是躲在里头偷吃零食的褚漾被顾清识抓了个正着。

"你会去清大吗？"

下午的时候，他还在台上，被其他高三生左一声"学长"右一声"学长"地围在中央。

晚自习寂静的夜里，他不去各个班给人灌"鸡汤"，居然到这儿来散心，也不怕被蚊子叮。

褚漾擦掉了嘴边的薯片屑，撇嘴问："学长，你欢迎我去吗？"

顾清识没看她，而是望着池塘里漂浮着的几片莲叶发呆。

有车灯蓦地闪过，照亮他清秀的侧脸。

褚漾也不知道等了多久，他才用几乎与这涓涓水流同频的低沉嗓音说："我很欢迎。"

后来，录取通知书来了，连她姐都同情地跟她促膝长谈了一夜，她姐甚至说道："你姐我是熬出头了，但你还得在老爸的监视下熬四年，我可怜的妹妹。"

"学长来了，那我不打扰你们。我先回寝室了啊。"

宋林幼拍了拍她的肩，笑着跑开了。

顾清识去完洗手间回来了，那从容不迫的姿势和神情让褚漾忍不住脑补，这人尿急的时候是不是也这么淡定？

终于，他们这个班的学生也报到完毕。

日晨而出，到现在日落，橙红色的余晖洒落在热闹的校园广场上，仍有新生拖着行李箱进进出出。

已经有高年级的学生洗完澡，穿着人字拖准备去学校对面上网。

褚漾说了句自己去外语楼有事，和顾清识搬完东西就朝另一条道走了。

动的他先心

78

顾清识没阻止她，只是嘱咐她晚上聚餐时别迟到。

她挥手与他告别，说道："如果我迟到了，你们别等我，先吃，等我去了自罚三杯。"

褚漾的手机里，徐南烨的消息刚发来没多久。

"我在外语楼等你。"

外语楼是老教学楼了，比不得最近几年修建的实验楼光鲜，褚漾她爸就在这儿工作了几十年。

褚漾赶过去的时候已经没什么学生在里头了，此刻刚下课，大部分人忙着去食堂吃饭。

她走进玻璃大门，迎面就是刚挂上去的荣誉校友榜，徐南烨的名字赫然在列。

他这寸照拍了挺久，是刚进外交部的时候拍的，照片上的他面如冠玉，英俊儒雅。

寸照下面写着他的求学事迹以及工作资历。

褚漾当时就是被这张寸照吸引的，感叹自古外语系出美人，不管是男是女，都有副好皮囊。

要说徐南烨也是外语专业出身，但因为他主修的第一外语跟褚漾她爸的专业不同，所以在她和徐南烨结婚之前，他俩都只是听说过对方。

徐南烨知道商务英语专业有个不苟言笑、专业课通过率极低的老教授。她爸知道西班牙语专业有个天赋极高、口语和书面语几乎没有短板的高才生。

这位高才生原本已经要转同声传译，结果因为家里人干涉，又帮他铺好了路，老师无权干涉，因此这位高才生毕业后直接考上了外交学硕士。

单拿徐南烨出来，或许没人觉得他从政有什么问题，谁不想居庙堂之高？

知道徐家情况的人不用多说就能体会，学外语的路子那么广，他也只能走外交这条路。

他的家族在这其中起了关键作用。

徐南烨年纪轻轻就坐上了现在的位置，个人能力和家族影响力各占一半的功劳。

褚漾她爸当年还唏嘘了一阵。

后来，褚漾就把徐南烨带回了家，搞得老人家现在对这个女婿的感情十分复杂。

褚漾看着照片发呆，连徐南烨什么时候过来的都不知道。

"睹物思人？"

褚漾转头，寸照上放大的俊脸毫无防备地直接往自己的眼睛上撞。比照片上更加成熟、斯文些的徐南烨笑着打量她。

褚漾抿唇，不理他的调侃，自顾自地问他："你今天怎么过来了？"

他今天没穿正装，衬衫领也没有严丝合缝不留一点儿遐想空间，像是下班的路上顺便过来看看。

"基金会的事，我过来开个会。"

原来他不是特意来找她的，褚漾就觉得奇怪，他好好地上着班怎么来学校看她了。

褚漾摊手，说道："好了，你看完了，我走了。"

她正欲转身离开，徐南烨从背后拉住她的胳膊，侧身歪头冲她眨眼，说道："你睹物思人这么久，现在我就站在你旁边，不抓紧时间跟我吃个饭？"

褚漾哼了哼，叉腰道："哀家待会儿有聚餐，小烨子你回吧。"

徐南烨有些想笑，问道："那您能不能顺道也替我打算打算？"

他这人接话很快，几乎是瞬间就能反将皮球踢回给她。

"你这么有钱，包餐厅都没问题，还用我给你打算？"褚漾睨他，语气不太好地道，"反正你是顺便来看我的，我为什么要管你？"

徐南烨不紧不慢地道："会早就开完了，我在这里等了你这么久，你说你管不管？"

褚漾咬了咬唇，说道："那你想怎么样？聚餐是早就约好了的，我不能不去。"

"我在学校附近等你，"徐南烨替她做好决定，"聚完餐跟我回家。"

褚漾婉拒道："我今天要回寝室。"

徐南烨垂眸看她，镜片下的眼睛里闪烁着精明的光，说道："我等你这么久，你要怎么补偿我？"

这男的有时候很大方，有时候却又小气得要死，比如现在。

但褚漾知道这男人喜欢什么，左看右看，发现周围没人。

做好心理暗示后，她踮起脚，将双手撑在他的肩上，打算用吻来堵住他的嘴。

要换作平时，徐南烨估计早闭眼享受了。

只是这次他不知道怎么就矫情起来了，按住她的额头，声音很轻地道："不要。"

褚漾被他这一声"不要"搞得也有些害羞，总觉得自己是地痞流氓。

但她又想赶紧把徐南烨打发走，硬生生地往他身上凑，嘴里还催道："快点儿，亲一下我就赶紧走了。"

徐南烨笑着后退几步，无可奈何地道："有人看。"

"我刚才看了，没人啊。"褚漾虽然嘴上这么说，但心里其实也犯嘀咕，怕被人发现，又左右看看，表情瞬间僵住了。

"爸……"

褚教授站在楼梯口，似乎刚下楼，板着一张像风干多时的鳕鱼的脸，干咳两声，面色涨红，说道："你们能不能注意点儿？教学楼里也是你们能腻腻歪歪的地方？"

怎么看都是褚漾霸王硬上弓，褚教授教女无方，觉得脸上无光。

"你们既然没打算在漾漾毕业前公布结婚的消息，平时就尽量低调些。这要是被人看到了，我看你们怎么解释。"褚教授冲着褚漾长叹一口气，又把话头引到了徐南烨的身上，说道："她年纪小，脑子不清楚就算了。你怎么能跟着她一起胡闹？"

徐南烨忍不住笑，有些无辜地道："太突然了，招架不住。"

褚教授："……"

"我说你开完会还留在学校干什么呢。"褚教授摆手赶人，说道，"行了，你俩都赶紧走，这个周末别忘了回家吃饭。"

没吻到，褚漾便想着跟徐南烨打个商量，结果人家根本不听她的话，只留下一句"晚点儿我来接你"就潇洒地离开了。

因为在外语楼耽搁了点儿时间，等褚漾回寝室洗好澡、化好妆到了聚餐地点，已经迟到了五分钟。

"迟到五分钟也是迟到！必须喝！"

聚餐定在学校后门处的烧烤店，大学生不爱去那种高档餐厅喝红酒，就爱一群人占着几张桌子，围在一起吃烧烤、喝啤酒。

大家说说笑笑，打打闹闹，喝个酩酊大醉也能被人扛着回寝室，不用担心流落街头。

褚漾也没矫情，干了三杯啤酒。

她能喝酒是大家都知道的，只是最近不常来聚会而已。

有个男生嚼着牛板筋，神情暧昧地道："褚漾，你今天喝这么多，是不是还想跟学长找时机单独聊天啊？"

众人起哄："噫！"

褚漾一口啤酒呛在喉咙口，火辣辣地疼。她忙捂着嘴咳嗽。

男生大笑着道："哟，害羞了？"男生转头又看向一旁的顾清识，说道："学长，你看褚漾的脸都红了，你今晚可不能拒绝人家啊。"

顾清识淡定地给他添满酒，说道："你多喝点儿，我今晚可以跟你单独聊聊。"

众人的起哄声比刚才大多了。

"噫！"

男生没料到自己会被带进去，笑道："学长，我是直的。"

所有人大笑，这个话题被轻描淡写地揭过了。

向褚漾敬酒的人很多，大多在恭喜她脱离孟月明的魔爪。褚漾也觉得挺开心的，来者不拒。

夜空下，烧烤的香气与炊烟袅袅升起，使星星也染上了诱人的色泽。

如果不是东西吃光了，他们能聊上一宿。

褚漾光顾着跟人拼酒，连现在几点都记不清了。

直到快要散场，褚漾才迷迷糊糊地记起自己今天不回寝室，要回家。

大家的寝室都靠里，就她一个人要往学校大门口走，没人放心她一个醉醺醺的女孩子半夜单独走路，就算是在学校也不行。

众人默契地把这项任务交给了顾清识。

顾清识没拒绝，看着褚漾在前面晃悠悠地走着，缓缓在后头跟着。

走着走着，或许是怕褚漾摔着，顾清识加快了速度，又跟她并排走着。

这时候学校外面已经没什么人了，偶然有人走过，对着同伴窃窃私语两声，随后又暧昧地挪开目光。

顾清识抿唇，看着他和褚漾的影子被灯光映在地面上，随着她 S 形的走路方式，忽远忽近。

"褚漾。"

褚漾转过头看他，用鼻音回了个"嗯"字。

她的眼睛迷迷蒙蒙的，衬得这张脸明艳生动。

顾清识别开头，极为细微地笑了笑，说道："去年也是这样，你从来不认真听我说话。"

去年计算机学院篮球赛大获全胜，所有学生干部、干事和篮球队员凑在一起庆祝。因为人数太多，他们没去平时总光顾的小餐馆，而是集体搭地铁去了市中心的一家高档酒吧。

这群学生一进去，酒吧中央的点唱台立马就被占领了。

一开始大家还是唱歌，到后面喝多了，就变成集体告白了。

酒吧里头多的是来这里消遣喝酒的社会人士，穿着精致，气质沉稳，被这群学生带得跟着返老还童了。

褚漾喝多了嫌吵，趴在小包间里的沙发上睡觉。

顾清识给她倒了杯水。

"学长，他们总拿我们俩起哄，你也说说啊……"褚漾坐起身，红着脸，醉眼蒙眬地道，"不然你的清白就被我毁了，你就交不到女朋友了。"

顾清识坐在她旁边，包间里灯光暧昧，他垂下眼看她，眸色深沉，像一摊化不开的墨水。

"那就毁吧，"顾清识说，"跟我在一起。"

等他替她拿了盘解酒的水果回来后，她早已不见人影。

等两个人走到离校门口五十米处时，褚漾停下来跟他说："那什么，你就送我到这里吧，我自己走出去。"

顾清识皱眉，问道："你要去哪儿？"

褚漾摸了摸鼻子，回答道："呃，回家。"

"褚教授来接你吗？"

褚漾也不知道该怎么答。顾清识默认她一个人回家，虽然和她依旧保持着距离，却不容拒绝地道："我送你。"

褚漾兜儿里的手机不停地振动着。

正当褚漾不知道该如何拒绝时，那个打她的电话的男人似乎终于不耐烦，振动音戛然而止，取而代之的是不远处那道温和、清朗的声音。

"漾漾。"

徐南烨徐徐走来，像是没看到另一个人，径直走到褚漾身边，眉头微蹙，问道："我不是让你少喝酒？"

褚漾呆若木鸡。

在旁边的顾清识终于开口："徐师兄，你是褚漾的什么人？"

他虽然是认识徐南烨的，但也不可能把褚漾交给徐南烨。

"这跟你有关系？"

气氛很尴尬，褚漾夹在两人中间，头痛欲裂，蓦地抬头对顾清识说："你回去吧，我跟他回家。"

顾清识的唇抿成了一条薄薄的线，神色有些冰冷。

褚漾打了个不大不小的酒嗝，用一种极为严肃的语气说："他是我的远房叔叔，关系离得有些远，但是你放心，我跟他是纯洁的叔侄关系，他是奉我爸爸之命来接我回家的。"

"……"

"……"

两个男人同时看她，脸上写满了"你傻吗"三个字。

满脸尴尬的褚漾低头，在心中默念：我是傻子。

气氛好像被她搞得更尴尬了。

最尴尬的是两个男人都没有要接她的话的意思，甚至一句质疑的话都没有，已经不屑到连话都懒得说了。

顾清识没理她，淡淡地挪开眼，直视徐南烨，说道："抱歉，在不知道师兄你和褚漾是什么关系前，我不能让你带她走。"

徐南烨却蓦地笑了，问道："知道了就能带走？"

顾清识敛目，没点头也没摇头。

褚漾睁大了眼盯着徐南烨，冲着他卖萌，用表情请求他千万不要说出去。

男人用舌头抵着脸颊内侧，眸色深沉，顿了半响，再开口时低沉的嗓音甚是好听，像是夜里吟唱的大提琴。

"漾漾她爸爸怕她在外面跟别的男生乱来，"徐南烨睨了她一眼，冲顾清识微笑着道，"所以特意让我过来接她。"

顾清识的脸色变得不太好了。

褚漾舒了口气，对顾清识尴尬地笑了笑，问道："这下你放心了吧？"

她刚才大脑一直处在极度紧张的状态，松懈的刹那，伴随着心里石头的落地声而来的，还有从肠胃涌向喉咙的呕吐感。

她捂着嘴，忍着喉间的酸胀感说："我先去一趟卫生间。"

说完，她就朝着广场角落的公厕飞奔而去，将这烂摊子交给了徐南烨和顾清识。

两个男人相顾无言。

身高相当的男人站在一起，同是清瘦高挑的身形，在广场朦胧的灯影下显得挺拔惹眼。只是徐南烨穿着衬衫、西裤，裁剪得当的领口与裤脚、被灯光照亮的银色镜框与手腕上雕刻精致的机械表衬得他矜贵儒雅，琥珀色的眼眸隐在镜片下，情绪让人捉摸不定。

顾清识还很年轻，留着细碎的短刘海儿，狭长的眉眼间神色淡淡的，气质上还有徐南烨很久前就已经告别的学生气。

眼前的男人跟褚漾年龄相仿，自然能喝酒喝到这时候，把酒言欢诉说趣事，连他打来的电话褚漾都敢掐掉一通又一通。徐南烨几不可察地勾了勾唇，而后敛眉，问眼前的人："这附近有药店吗？"

"有。"

"带我过去，"徐南烨迈开长腿，走到顾清识身边，说道，"我去帮漾漾买点儿醒酒药。"

顾清识点头，说道："好。"

离开了昏暗的广场街灯下这片区域，明亮的日光灯将两个男人英俊的面庞照亮。

药店二十四小时营业，年轻的老板窝在柜台边玩手游，眼前蓦地有两道阴影打来。

她抬起头，看见两张俊脸，忽然脸红了。

一个成熟斯文，一个清秀冷漠，从穿着打扮就知道，这是两个不同年龄阶段的极品男人。

那个戴着眼镜的男人最先开口。

"麻烦帮我拿一盒醒酒药。"

他语气温和，像温泉潺潺地流入她的心间。

85

老板呆愣愣地从玻璃柜台下掏出醒酒药。这时，旁边神色冷漠的男人也开口了。

"买两片就够了，吃多了伤身体。"

老板抿唇，脸更红了。

学校的药店是可以按板数买的，很多学生买药也就是解一时病痛，买整盒并不划算。

老板一时不知道该听谁的，将药盒拿在手上，左看右看。

戴眼镜的男人笑了下，说道："听他的。"

老板被这个笑电得七荤八素，拆了一小板的药递给徐南烨，小声问："两位还需要别的吗？"

她将手悄悄伸向玻璃柜台的角落，那里隐蔽，摆放着一排排烟盒般大小的药盒，头顶的灯也照不进来，包装盒上的字有些看不清。

顾清识猛地紧紧蹙起眉头，冷冷地道："不用。"

徐南烨瞥了眼，顿时失笑，没说话。

老板发现自己做了多余的事，在心里狠狠地给了自己两个耳光，低着头把挂在墙边的笔记本递到他们面前，说道："登记一下名字和学号，打八折。"

学校为了安全问题，规定只要是校内药店，无论学生买什么药，都必须登记名字和学号。

如果是计生用品，学生就会宁可放弃折扣去校外买。因此，学校药店角落里的那排东西总是无人问津。

顾清识还沉浸在刚才的耻辱中，面色极差，紧抿着唇，好像没听到老板的话。

"顾清识。"

徐南烨念出身边的男人的名字，接着冲他努了努嘴，问道："你的学号？"

顾清识回过神，拿起笔在本子上写下了名字和学号。

接着，徐南烨用手机付了款，一直到两个人走出药店，老板还沉浸在二人的盛世美颜中不能自拔。

"师兄，"顾清识叫住快他几步的徐南烨，问道，"你怎么知道我的名字？"

"很奇怪？"徐南烨侧身，抬了抬眼皮，说道，"那天去计算机楼参观，我在宣传栏上看到了你的名字。"

顾清识抿了抿唇，问道："师兄是什么时候认识褚漾的？"

"比你早。"

顾清识半晌没有说话，倒是徐南烨似笑非笑地看着他，眉头微挑，问他："你不想知道我和漾漾是什么关系？"

"不是叔侄吗？"顾清识垂眼，语气平淡地道，"徐叔叔，我先回寝室了。"

"……"

他说完，转身就走，清瘦的身影很快消失在夜色中。

徐南烨扶了扶眼镜，目光淡然。

现在的小孩儿，都挺有意思的。

褚漾吐完，又用清水漱了好几分钟口，将嘴唇上上下下擦了好几遍，不停地对着自己哈气检查嘴里有没有酸味儿，一直到确认闻不到什么酸味儿了，才放心地走出公厕。

等她走到刚才她跑开的地方时，发现只有徐南烨还在那儿了。

她松了口气，小心翼翼地挪到徐南烨身边，问的第一句话就是："你没告诉他我们俩的关系吧？"

男人抱胸靠在灯柱旁，闻言，淡淡地道："说了。"

"啊？"褚漾崩溃了，在他面前转悠了好几圈，双手不安地绞在一起，说道，"这我怎么解释？算了，我还是单独去跟他说，让他别说出去吧。"

她纠结自语时，徐南烨的眸色正一点点地变暗。

徐南烨冷冷地道："你就这么怕别人知道你结婚了？"

"一开始我们不是说好了吗？在毕业之前绝对要保密，如果毕业之后我们还没有……"褚漾顿了顿，换了个说辞，"分开的话，再考虑说出来。"

其实他们没有商量过什么时候离婚。

褚漾默认他们总有一天会离婚，但现在她连"离婚"两个字都说不出口。

她低头，迅速按下了这个念头。

徐南烨本来就是被她连累的，如果不是她连用个验孕棒都能出错，他们根本不可能有任何交集。

为了瞒过她的父母，她甚至让徐南烨帮她精心编造出一个梦幻又浪漫

87

的恋爱故事。

徐南烨回校演讲时，他们一见倾心，迅速坠入爱河，因此决定闪婚。

"人家小姑娘还在上学啊，你等两年又能怎样？"

这是她婆婆当着她的面，叹着气对徐南烨说的话。

当时，徐南烨语气温柔地道："等不了。"

他演得真好，连她都快信了。

"这样对你我都好。"褚漾想了很久，补上了这句话。

徐南烨眯起眼睛，问道："所以呢？"

褚漾张了张嘴，低声说："虽然你不愁结婚对象，但二婚说出去总归不太好听吧？"

男人身形挺拔，紧紧地抿着嘴唇，眼中的情绪晦暗不明，和她面对面地站着，压迫感十足。

"多谢你这么为我着想，"徐南烨忽地笑了两声，弯腰和她平视，说道，"但漾漾，这不是你把丈夫说成叔叔的借口。"

话题急转直下，褚漾一时间没有反应过来。

"回家吧，车上有水，"徐南烨朝她扬了扬手中的白色塑料袋，说道，"把醒酒药吃了。"

褚漾跟着他坐上了车。

她不喜欢吃药，而且吐过以后也觉得脑子清醒了很多，握着药片和水瓶，迟迟不肯有所行动。

徐南烨倚靠在车椅上，懒懒地问她："怎么不吃？"

"吐过已经好多了，就不用了吧。"

"吃了吧，"徐南烨平视前方，发动了车子，说道，"把因为喝了酒而说出来的胡话都忘了。"

这又不是忘情水，她吃了睡一觉就什么都不记得了。

褚漾觉得他有些不对劲，试探着问："我刚才脑子犯浑才说你是我叔叔的，学长也不可能相信，你别生气了吧？"

车子忽然颠了一下，熄火了。

褚漾茫然地眨眼。

徐南烨重重地叹了口气，捂着额头，看起来好像比她还要醒酒药。

褚漾悄悄地将醒酒药丢进烟灰缸，乖巧地坐在副驾驶座上闭嘴了。

动的他
心先

夜里灯火阑珊，褚漾的意识渐渐变得清醒。

徐南烨话不多，但会接话，偶尔说点儿风趣幽默的话逗逗她。褚漾虽然说不过他，却也不觉得无聊。

但褚漾总有一种不好的预感。

到家后徐南烨一路走在她前面，打开客厅的灯，换了鞋，解了衬衫的扣子，背对着她指向浴室，说道："去洗澡。"

她平时嚣张惯了，今天居然这么听话。

听到徐南烨叫她去洗澡，她立马跑到卧室拿好换洗衣服就往浴室奔，还不忘带上手机。

刚才在车上，见徐南烨一言不发，她也不敢明目张胆地拿出手机，只好趁着现在，在浴室里偷偷地给顾清识发了条消息。

"师兄没跟你说什么吧？"

就算此地无银三百两，褚漾也不能不问。

"说什么？"

褚漾哑口无言，手指在屏幕上顿住，不知道该怎么回答。

浴室门突然被敲响，徐南烨温和的声音透过门传来。

"在洗了吗？"

"洗了洗了，"她慌慌张张的，两脚跨进浴缸，伸手拉上了浴帘，打开淋浴做出洗澡的假象，说道，"我在洗呢。"

徐南烨说："我进去拿个东西。"

"嗯，你进来吧。"

门被打开，徐南烨听见了对面浴帘里哗哗的水声。

他顺手拿起盥洗池上的剃须刀，旁边躺着褚漾的洗面奶和她的沐浴露，她都没拿进去。

她单纯地泡澡吗？

盥洗池上的瓶瓶罐罐，大部分是她的东西，有她自己买的，也有他出差的时候按照她给的清单带回来的，还有她朋友或是代购"人肉"背回来的。

光是护发素就有四五瓶，各种香味、各种功效，她怎么说都有理。

房子单层两百多平方米，一开始空空荡荡的，只有简单的家具。

徐南烨在国外任职时住的是独栋楼，空了整整七年，总觉得他的行李根本填不满这么大的房子。

就连他成长记忆中的徐宅，也是空空荡荡的，一家五口，谁出门的时候提个行李箱就相当于搬家。

所以婚房他选了一套小区式公寓，他名下的独栋楼就当成彩礼送给了褚漾。

现在这个家能被装得满满当当的，不起眼儿的摆件、她用了一些就失宠的护肤品都是功臣。

手机消息的提示音在浴帘那头响起。

褚漾低声骂了一声。

徐南烨眯起眼眸，沉声问："你真的在洗澡？"

"真的！"

褚漾又开大了水，装出洗得正舒服的样子，手机却死活没地方藏。她狠下心，干脆拉开衣领，把手机藏在了海绵还比较厚，尚且能防水的内衣里，然后用手护住领口，蹲在浴缸里装死。

徐南烨拉开浴帘，就看见褚漾像只落汤小母鸡似的可怜巴巴地蹲在浴缸里。

"小母鸡"摸了摸脸上的水渍，冲他笑了笑，问他："有什么事吗？"

她的长发被打湿，脸上沾着水，皮肤细腻得像是剔透的玻璃，热水将她身上的衣服打湿，显出了姣好的曲线。

哪怕她只是蹲着，脖颈与肩膀柔软的曲线都足够让人挪不开眼。

镜片下的眼眸蓦地晦暗如墨，徐南烨喉头微动，仍是斯文儒雅的模样，但轻轻挑起的嘴角使他看起来不那么正经。

叮！又是一声手机提示声响起。

徐南烨垂下眼，轻飘飘地说了一句："漾漾，你的胸亮了。"

"……"

气氛尴尬到爆炸。

褚漾没法解释自己今晚一系列的愚蠢行为，只能将这些都推到酒精作祟头上。

僵持了几秒钟，褚漾缓缓地伸出一只手，将淋浴关上了。

她抹了把脸，将手机从胸前掏出来，站起身装作什么都不知道的样子，

双目无神地道："偷看别人洗澡是不道德的行为。"

徐南烨抱胸，上下打量她，问道："你穿着衣服洗澡？"

"不行？"褚漾昂首，语气严肃地道，"有哪条法律规定洗澡必须脱衣服？"

杠无可杠，她开始胡搅蛮缠。

徐南烨看了眼她藏在背后的手机，语气淡然地道："那你继续。"

他说完"继续"，然而人没动，就站在浴缸外看着她。

褚漾神色复杂地道："您是不是太过分了？浴帘都不替我拉上？"

"我就想看看穿着衣服怎么洗澡，"徐南烨慵懒地靠着瓷砖，说道，"学习一下，以后洗澡就不用费劲脱衣服了。"

"……"

她吵不过这个男的。

褚漾冷笑两声，将手机丢了出去，一把拉住他的胳膊，说道："来，进来，爸爸手把手教你怎么穿着衣服洗澡！"

徐南烨顺势一迈长腿，跨进了浴缸。

他比褚漾高很多，她拿着淋浴头平着冲，只冲湿了他的衬衫。

白色的衬衫禁不起浇，瞬间就成了透明的状态，露出男人精瘦、结实的肌肉和骨骼分明的锁骨轮廓，以及腹肌两侧分明的人鱼线。浴室里热气缭绕，褚漾脸上的温度越来越高。

茱萸在眼前，火焰心中烧。

按理来说，徐南烨这种常年坐办公室的公务员，身材不该这么好，要不就是啤酒肚，要不就是骨瘦如柴。他的身材这么匀称，一看就知道他经常锻炼，饮食也控制得极好。

徐南烨懒懒地出声："不是要教我洗？"

褚漾心不在焉地嗯了声，空着的那只手小心翼翼地抚上他的衣领。

"不用沐浴露？"徐南烨笑道，"干搓？"

褚漾环顾四周，发现自己忘记拿沐浴露进来了。

她懊恼地啧了声，老老实实地跨出浴缸，拿了瓶沐浴露过来，还特意拿了浴球。

得亏手里头的不是搓澡巾，不然她非得把徐南烨这身手工衬衫搓成毛毯。

褚漾左手按压泵头，右手拿着浴球，揉了两下后起了大量泡沫，褚漾上下来回揉搓，不敢用劲儿。

男人低头，凑到她耳边，嗓音低哑地道："你是洗衣服还是洗澡呢？"

褚漾的脸都快烫得发烧了，他咬牙切齿地说："双管齐下，你懂什么？"

她还在犟嘴呢。

徐南烨轻笑，抓住她的手往自己怀里带。褚漾猝不及防地吃了一嘴泡沫。

"噗噗噗！"她吐了几口，伸手抹掉了脸上的泡沫，随即抬眼瞪他，问，"干吗呢？"

男人眼中带笑，伸出手指又在衬衫上沾了点儿泡沫，轻轻地点在了她的鼻子上，薄唇微扬，说道："干你。"

这人就是有这种本事，说荤话也能说得一本正经。

褚漾看着他不以为然又阴险狡猾的样子，心脏扑通扑通地跳得厉害。

这旁边要是有心率计，估计这会儿已经爆表了。

她后退两步，想要远离这个危险的男人。

浴缸本就湿滑，更不要说这一缸子的新鲜泡沫了。她睁大眼睛，下意识地抓住了徐南烨。

淋浴头掉落在浴缸里，水柱像小型的喷泉往外洒开，满浴缸的狼藉，满地的泡沫。

有一只大手扶住了她的后脑勺儿，另一只大手紧紧地抱住了她的腰。

她一点儿也没摔着，陷入了结实还带着香气的男人的怀中。

徐南烨贴着她的耳朵，无奈地道："你都多大的人了，还摔跤。"

"……"

褚漾全身动弹不得，攀附着他的手臂，连同指尖都变得滚烫。

他直起身，半跪在浴缸里。这个不大不小的按摩浴缸恰好容下他们两个，彼此的距离极近，似乎都能听见对方的心跳声。

徐南烨鼻梁上的眼镜本就被雾气染得朦胧，现在上头又沾了水珠，他彻底看不清了。

他取下眼镜，甩了甩头，发丝上的水打在褚漾的脸上。褚漾顿时感觉痒痒麻麻的。

这下她总算看清了他的眼睛，鼻梁上被压出两道小小的粉色痕迹，在男人白皙的肌肤上显得尤为明显。

他的眼形偏细，长长的睫毛总是会挡住玻璃珠般澄澈好看的瞳孔，他戴上眼镜后更加不明显了。

徐南烨一只手拿着眼镜，衬衫贴在皮肤上有些不舒服，另一只手抬起，解开了胸前的衣扣。

褚漾被他这种习惯性动作勾得七荤八素。

身上黏糊糊地穿着衣服有些不舒服，褚漾只觉喉咙有些干，跟着伸手理了理领口。

徐南烨低头看着她整理自己，眸色渐渐变深。

褚漾推开他，站起身子，抖了抖身上的泡沫。

不盈一握的细腰原本因为裙子的尺寸显不太出来，现在被水一冲，整个柔和顺滑的曲线都显露出来，裙摆紧紧贴着大腿，不透，却更让人挪不开眼。

她精致的锁骨上还有着一个小水洼，长发像是藤蔓缠绕在天鹅颈上，皮肤莹白如玉。

徐南烨忽然哑着嗓子叫她："漾漾。"

她茫然地抬头："啊？"

"快把澡洗了。"

褚漾不明所以，仍执拗地道："我这不是要洗吗？是你在这里打扰……嗯？"

她眨了眨眼，唇间一阵撕裂的同感传来，随即开始发烫。

迷蒙的雾气中，看什么都雾蒙蒙的，褚漾抓着他的衣领，感觉都快喘不上气了。

男人的吻又重又急，还伴随着不高不低的喘息声。

平时斯文的男人发起疯来，谁也拦不住。

他随手将眼镜丢在地砖上，褚漾背靠冰冷的浴缸，又没有热水暖身，不禁身体发抖。

她伸手去捏男人的下巴，呼吸不匀地哀求道："你轻点儿好不好……"

"还说'分开'两个字吗？"徐南烨没听她的，自顾自地问她。

褚漾呜呜咽咽的，一心只想让他放过自己，不由得用力点头。

"少跟其他男人接触，"徐南烨在她耳边喘息，沉着嗓音警告，"再被我抓到就不只这么点儿惩罚了。"

褚漾看不见他眼中滚烫的涩意，只当他是在说浑话，点了点头，说什么都答应。

徐南烨扣着她的头不许她躲。褚漾动弹不得，渐渐被醉意侵袭，也不知道是妥协还是沉迷了。

浴缸里的水也变得滚烫，按摩功能有条不紊地工作着。

褚漾咬唇，耳间的吊坠一摇一晃的。

后来她被抱回床上，浑身抽搐，骨头软得一塌糊涂，连说话的力气都没有了。

她勉强睁眼时，看见他正坐在床边，穿着宽松的睡衣，低头用眼镜布擦眼镜。

似乎感觉到褚漾在看他，男人侧过头看着她，笑道："不太好擦，太黏了。"

褚漾的脸又开始发烧了。

注意到他擦眼镜的动作优雅而缓慢，就像是在擦拭精致的、昂贵的瓷器，褚漾盯着他骨节分明的手发起呆来。

擦完后，徐南烨打开床头柜，将眼镜盒放了进去，盖住了一张照片。

褚漾问他："那张照片是你什么时候照的？"

"在赞干比亚任职的时候同事帮忙照的。"

"那你为什么不摆出来？"

"没有必要，"徐南烨柔声说道，"美好的回忆，只占那么一丁点儿。"

徐南烨在外七年，迁过两次工作地点，最先去的是位于拉丁美洲的赞干比亚共和国，算是他的对口语言国家。职位一直到一秘，他才又被调往英国。

赞干比亚内政动荡，经常爆发民众游行，外交官在那边并非想象中的每日穿梭于宴会中高谈阔论、觥筹交错。

西装革履下的生死考验比起在国内任职的人员更为惊险。

或许就是因为这样，他很快就被调去了英国。

伦敦曾经是亿万富翁最多的城市，哪怕现在全球经济飞速发展，它仍

在国际上占据重要地位。

徐家的商业贸易渗透伦敦地区租金最高的 Mayfair（上流住宅区），那一条充斥着各类奢侈品的邦德街，曾是徐南烨最常光顾的地方。

而这奢靡、精致的生活，全仰仗于他的家族。

徐家做正当贸易，每笔钱都赚得干干净净，根本不需要刻意低调。

在英国的任职生涯，使他养出了一身干净的绅士气质，连带他的英语发音都产生了变化。

他的英语口语极好，书面表达能力也非常优秀，甚至褚漾的计算机课程书，上头的不同软件、不同的代码语言，他都能精准地说出含义。

这也是褚漾曾崇拜他的原因。

相貌对这样的男人而言只是附加分，优秀才是他致命的吸引力。

而这个男人，在某些方面却有些下流。

果然，看男人不能看表面，不能因为他穿着西装打着领带，就觉得他是绅士。

"你在那边吃过苦吗？"褚漾趴在枕头上，歪着头问他，"也是天天坐在办公室里？"

"没有那么幸福。"徐南烨微笑着道，"以前念书的时候没觉得，出了国以后才发现，中国不光是孩子生活在温室中，整个领土上所有的人被国家牢牢地护在掌心中。"

"徐老师，你在上政治课吗？"

徐南烨扬眉，问道："这不是常识吗？"

"我又没在外面漂泊那么久，想法没你那么深刻。"褚漾闭眼，喃喃道，"我只有在小时候跟我爸妈还有我姐去国外拍戏的时候，去过不少地方玩。"

徐南烨柔声问她："去过哪些地方？"

"太多了，不记得了。"

他的声音就像是催眠曲，褚漾本就累极了，陷入柔软的枕头里，睡意来得很快。

徐南烨忽然问她："赞干比亚去过吗？"

褚漾皱眉，说道："这些国家的名字都好复杂，光是非洲和南美洲那边的共和国，我上地理课的时候认都认不全，哪儿还记得。"

徐南烨轻笑，随即也钻到了被子里。

上册

褚漾平缓的呼吸声充斥在他的耳边。

看着她安静的睡颜，徐南烨眼神晦暗，压抑下所有情绪，逼着自己闭上眼睛。

第二天清早，褚漾还得赶去新生班开会，迷迷糊糊地被徐南烨叫醒，又迷迷糊糊地洗漱完，坐在餐桌边吃早餐。

等脑子彻底清醒后，褚漾发现自己腰疼，腿也有些酸。

她按着腰问桌子对面的徐南烨："家里有筋骨贴吗？"

"没有。"徐南烨喝了口粥，优雅地拿起纸巾擦了擦嘴。

一看他这副淡定的样子，褚漾心里就有气。

"为什么你什么事都没有？"褚漾眯起眼睛，忽又想到了什么，问道，"浴缸那么硬，你就不能换个地方？"

"昨天好像是我在下面的时间比较长，"徐南烨瞥了她一眼，似笑非笑地道，"有我垫着你还腰疼，看来你平时还是缺少运动。"

褚漾无话可说，恶狠狠地啃了口油条。

等回寝室的时候，她特意去药店买了一盒筋骨贴，让舒沫帮她把酸痛的地方都贴上。

"你昨天晚上是挖矿去了吗？"舒沫啧啧两声，同情地道，"怎么到处都是伤啊？"

褚漾淡淡地道："我玩了一个通宵的黄金矿工。"

舒沫沉默了两秒钟，问道："现在黄金矿工也出 VR（虚拟现实）版本了？"

这问题褚漾没法接。

她眼神飘忽，百无聊赖地扫了寝室一圈，八点还不到，寝室里居然就只有舒沫在了。

褚漾疑惑地问："她俩呢？"

"宋林幼去办公室了。"舒沫看向另外一个床位，摸着下巴思索道，"陈筱我也不知道她在哪儿，她昨天晚上没回寝室。"

"她在图书馆学通宵了？"

"不可能啊，图书馆每天晚上准时赶人的，除非她刻意躲着保安，"舒沫抿唇，耸了耸肩，继续说道，"这个天热着呢，不开空调图书馆就是个大蒸笼，没人能在里头待一晚上。"

陈筱原本就不怎么合群，别的四人寝室的室友天天手牵手地上课吃饭，她们寝室宋林幼总跟团会那边的学生干部活动，陈筱独来独往，平时就喜欢泡在图书馆里，只有褚漾和舒沫像连体婴似的，做什么都黏在一起。

褚漾拿出手机，问道："我给她发条消息吧，万一出事了呢？"

她在四人的微信群里@了陈筱，对方没反应。

舒沫催她："你快去看你那帮新生吧。我在寝室等她，要是她一直没回来，我就给她打电话。"

褚漾不太信任她，看她桌上的电脑屏幕上还挂着游戏，知道这人一旦打起游戏来就没个时间观念，又抬头看了眼大清早就呼呼吹着的空调，感叹舒沫太会享受了。

"你可省点儿电费吧，上个学期整栋楼的电费单一出来，就咱们寝室的度数一马当先。"

舒沫嬉皮笑脸地道："我怕热，没事，等这个月的电费出来了，我交一半，剩下的你们三个人摊。"

平时也就舒沫在寝室里待的时间最多，她自己清楚，所以每次交电费总是摊大头。

褚漾在寝室的时间仅次于她，有时候电费太多了，就跟舒沫一起交一大半，宋林幼之后补交自己的那一份，陈筱在寝室的时间最少，她一般也就意思意思交一点儿。

大家相安无事，也算和平。

褚漾换好衣服，就准备出门。

舒沫冲她挑眉，问道："哎，你和徐师兄现在好到什么程度了？"

"问这个干吗？"

"哦，我想你和顾清识这半个月不是都要朝夕相处嘛，所以就好奇徐师兄会不会吃醋。"

褚漾忽然沉默了。

舒沫见状，双目放光，说道："真会吃醋？看不出来徐师兄这么小心眼儿啊。"

褚漾顿了顿，说："他不会，你想多了。"

看褚漾这副淡定的样子，舒沫忽然就想到了"世事难料"四个字。

去年和她一起去抢外语学院名额偷看徐师兄的时候，她还特意问了褚漾："徐师兄那种极品你能泡到吗？"

当时，褚漾撇嘴，漫不经心地说道："怎么可能，我连顾清识都泡不到。"

她说这句话的时候，没有惋惜，没有失落，并不是真的在思考能不能泡到徐师兄，而是在抱怨她和顾清识之间的关系。

明明大一时寝室夜谈那会儿，褚漾说出自己是顾清识的高中学妹的身份时，语气里那股小得意和小窃喜不是装出来的。

不论有多少男生给她送情书、买奶茶，甚至在七夕节时在匿名墙上表白，她都没有这样高兴过。

舒沫笃定，顾清识对褚漾而言是特殊的。

大二时酒吧那回，她以为褚漾和顾清识肯定成了。

结果褚漾洗心革面，顾清识远赴帝都，两个人就这么断了联系。直到顾清识这个月回来，两人才又有了交集。

舒沫死活猜不出来到底发生了什么事，但事关褚漾的隐私，也不好刨根儿问底儿。

"那你喜欢徐师兄吗？"

褚漾的心脏猛地跳动起来。

"喜欢"和"徐师兄"这两个词不能放在一起听。

舒沫看她半天也不回答，又觉得奇怪，问道："你怎么不说话了？"

"没什么喜欢不喜欢的，"褚漾的声音很小，"能跟他有交集，我就很满足了。"

舒沫睁大了眼，不敢相信这句话是从褚漾的嘴里说出来的。

这根本不是那个视男人为衣服，自信洒脱的褚漾。

还没等她再开口打听，褚漾就抱着笔记本逃出了寝室。

烈日中，褚漾打着遮阳伞坐在花坛下乘凉。

旁边的方阵是她的新生班，学生们正在教官的指导下站军姿。

不过一会儿，顾清识买水回来了，坐到褚漾旁边，清秀的侧脸上挂着汗珠，打湿了他的白 T 恤。

阳光将他的头发染成了柔软的浅棕色。

褚漾歪头看他，问道："学长，要不要打伞？"

"不用。"

他开了瓶冰镇矿泉水，仰头喝了两口，喉结上下滚动，有几滴水顺着他的下颌滑向了锁骨。

褚漾看着他，突然想到了徐南烨流汗的场景。

本来天气就热，这下更热了，褚漾扇了扇脸，口干舌燥地也开了一瓶水。

顾清识忽然问她："昨天怎么没回消息？"

"哦，"褚漾转了转眼珠，咬着瓶口，含混不清地道，"太晚了，我睡过去了。"

"徐师兄送你回你家了？"

褚漾点了点头。

顾清识忽然勾了勾唇，说道："看来，他跟我想的不太一样。"

褚漾看着他，问道："什么意思？"

"没什么，"顾清识抬眸，平视前方队伍，语气平缓地道，"你是什么时候认识他的？"

褚漾想了想，答道："去年他回校演讲的时候。"

顾清识蹙眉，问她："你确定吗？"

"确定啊，"褚漾不明白为什么他看上去不太相信的样子，说道，"就是去年。"

"比认识我晚？"

顾清识没头没脑的问题把褚漾问得有些蒙，但她还是老实地点了点头。

他忽然笑了。

这一笑，不光是褚漾看到了，旁边正站军姿的新生们也看到了。

他的嘴角只是上扬了一个很小的幅度，像是雪山消融，使得周遭都变得凉爽起来。

"学长笑了，昨天是谁跟我说他不会笑的？！"

"呜呜呜！我看到学长笑了。"

"好想知道他跟学姐聊了什么哦。"

教官瞪着几个窃窃私语的女生，大声说道："我有没有说过说话前要说什么？"

几个女生异口同声地喊了声"报告"。

身材健硕的教官回头瞥了一眼，又转了回来，有些不满地道："不就是笑吗，有什么稀奇的？我比你们助班笑得好看多了。"

说完，他就咧嘴笑了下，大白牙在小麦色皮肤下的衬托下显得尤为发亮。

"噗！"

大家都笑了起来，随后，此起彼伏的报告声接连响起。

褚漾不知道顾清识在笑什么，左思右想，没觉得自己说的哪个字有笑点。那边新生的目光快要把她烤焦，为保性命，褚漾只得站起身换了个位置。

谁知顾清识也跟着站了起来。

"你在这里休息吧，我过去看看他们。"

"我跟你一起去。"

褚漾没拒绝，只觉肩膀莫名一热。

她转头，看到是顾清识将手搭在了她的肩膀上。

"怎么了？"

"我要打伞。"

褚漾莫名其妙地道："你刚才不是说不用吗？"

"现在想了。"他说完就低下头，钻到了褚漾的遮阳伞底下，也不管自己个子太高，只能勉强弯着腰妥协。

遮阳伞小，不适合两个人一起打，想要遮住伞下的两个人，两个人只能挤着。

新生的"哦哟"和"报告"以及教官的"你们是鹅吗"的声音又从那边传了过来。

褚漾是真的觉得莫名其妙，但她早有准备。

她取下自己的书包，像变魔术一样又拿出了一把伞，冲顾清识骄傲地抬了抬眉，问道："我机智不？"

顾清识："……"

然后新生就看见，他们的男助班和女助班各打着一把刺绣精美的遮阳伞，站在太阳底下看他们军训。

画面很美，唯一不太和谐的是男助班的脸色有点儿难看。

更奇怪的是，上午男助班打着一把伞，下午太阳更毒了，他倒是怎么都不打伞了。

褚漾有些不满，说道："亏我还特意又帮你背了伞过来。"

顾清识扯了扯嘴角，没理她。

没人跟自己聊天，褚漾又闲下来了，抬着下巴对着即将下山的太阳打哈欠。

别的助班都在玩手机，她也找不到人消磨时间，只能也拿出手机来玩。

几个助班在群里分享新生发的表情包，褚漾看得乐，看完了还在等新的表情包出炉。

她退出群界面，看到助班群下面的联系人就是徐南烨。

这是他的私人微信，头像简单，换个词说就是无趣。

但是褚漾给他打的备注很生动：老浑蛋。

她装作很不小心地点开了徐南烨的头像，又装作很不经意地给他发了个"猫咪摇尾巴"表情包。

徐南烨发了个问号过来。

褚漾手忙脚乱，乱打了句："没钱吃饭了。"

"要多少？"

"我不要钱。"

"几点下课，我去接你。"

褚漾咬唇，忽然就对着手机傻笑起来，心里有可乐泡泡在扑通扑通地炸开。

距离晚训开始还有一段时间，他们还能一起吃个饭。

褚漾背上包，跟顾清识打了个招呼，又跑又跳地像个刚下课的幼儿园的学生冲出了学校。

夕阳西沉，整个街道像被罩上了一层红纱。

公交车站，褚漾坐在凳子上等人过来，一些下午没课的学生凑在一起，边等公交车边商量去哪儿玩。

无趣却又有趣的大学时光，就在这欢声笑语中渐渐消磨。

她等了二十几分钟，看见一辆黑色的轿车开了过来。

不是公车，是他的私人车，但也足够高调了。褚漾装作打"滴滴"的样子，拿着手机在车子前面反复确认车牌，最后才上了车。

旁边的学生目瞪口呆。

她这是什么神仙运气，打个"滴滴"都能打到宾利。

开宾利的人都缺钱要出来赚外快，这个社会真神奇。

她刚上车，徐南烨带着笑的声音就传了过来。

"你在车子前面看什么？"

褚漾说谎不打草稿地道："哦，看你的车子脏了没有。"

"待会儿还要回学校吗？"

"嗯，晚上还有晚训。"

"那我们选个近点儿的地方吃饭。"

正当徐南烨准备发动车子离开时，他这边的车窗忽然被人敲响。

徐南烨按下车窗，外面站着个笑容腼腆的大男生。

"师傅，我一直打不到车，能不能顺路载我一程？我跟那个小姐姐可以分开算钱。"

徐南烨："……"

本来现在是下课高峰期，公交站点人满为患，车子也难打，软件上显示前面还有二三十个人。校门口汽车的鸣笛声与学生的吵闹声混在一起，一片热闹景象。

长相出挑的小姐姐站在公交站旁左顾右盼，想必也是在等车。

有不少人在悄悄打量她。

结果车来了，大家本以为是普罗大众见惯了的大众、福特、雪佛兰，结果那辆锃亮的轿车开过来，"B"字两旁还长着一对翅膀，格调十足。

美人配豪车，大家不禁发出唏嘘声。

结果小姐姐对着车牌研究了半天，才放心上车。

"……"

看来，有钱人的日子过得也不是那么宽裕。

徐南烨挑眉，直觉又是褚漾的功劳，转头冲她淡淡地问："不解释一下？"

褚漾咬唇，对着车子外的男生尴尬地笑了几声，问道："同学，你要去哪儿啊？"

"六一广场。"

褚漾立马回答："不顺路，不好意思，"然后，她又冲徐南烨努了努嘴，说道："师傅，走吧。"

男生失落地张了张嘴，说了句"不好意思"，便往后退开。

等轿车平缓地行驶在公路上时，褚漾惊魂未定地按着胸，小心翼翼地观察着旁边的男人的神色。

他看起来好像也没怎么生气。

结果到地方时，褚漾放心地咧嘴笑了笑，右手已经摸上了车把手，左手却被按住了。

"怎么了？"

徐南烨用修长的手指扣住她纤细的手腕，扬唇，懒懒地道："打车不给钱？"

原来他在这儿等着她呢。

褚漾撇嘴，又开始为自己辩解："我要是不这么做，别人还以为我被谁包养了呢。"

徐南烨像是理解了她的苦衷，没继续问，然后指着面前的餐厅道："这顿你请了。"

褚漾看着这装潢精致的餐厅门面，腹诽这打车费可太贵了。

他们选了二楼的雅间，这家餐厅虽然贵，但因为离学校不远，还是有遇上"土豪"同学的风险的。

也不知道是不是徐南烨特意整蛊她，专挑店里的招牌菜点，饭钱算下来，已经远超店内人均消费。

褚漾心疼地捂住了自己的包，连徐南烨给她夹的菜吃起来都不香了。

由于一直在心疼钱，这顿饭褚漾难得地没有发挥话痨特长，把吃饭时间变成家常闲聊时间。

还是徐南烨问她："没胃口？"

褚漾也不藏着掖着，指着那些摆盘精致的菜，满口抱怨："你看看这些菜，这得花我多少钱啊？"

徐南烨抿了口茶，轻声笑道："你不是想我了吗？这么点儿钱都不肯花？"

褚漾大声反驳："谁想你了？我是没钱吃……"

话说到一半，她也知道自己搬起石头砸到了自己的脚，既然有钱付这顿晚餐的费用，为什么还要跟他说没钱吃饭了？

前后矛盾，目的明显。

徐南烨明摆着就是挖坑让她跳。

他也不戳穿她，只是用藏着笑意的眼眸慢慢打量她，看着她的脸色由白变黑，又慢慢变红，最后欣赏够了才优雅地起身，准备离开。

在收银台结账的时候，褚漾心不甘情不愿地掏出手机准备付钱，头顶却被人轻轻地拍了一下。

见她转头，徐南烨微勾嘴角，说道："行了，我来。"

褚漾愣愣地问："不是让我请这顿饭抵打车费吗？"

徐南烨轻笑着道："已经付了。"

她觉得莫名其妙。两个人走出餐厅后，徐南烨先一步去把车开过来，褚漾则站在餐厅门口等他。

夕阳已经彻底没入地平线，街道被霓虹灯点亮。

注意到干燥的地面忽然冒出一点一点的水渍，褚漾抬头，看到针线般细密的雨丝从无垠的夜空中落了下来。

夏秋交替之时，天气总是很反常，上午可能还晴空万里，下午就可能天气转凉，乌云压境，大雨倾盆。

没过多久，雨下得大了起来。褚漾拿出手机，果不其然收到了群里发的晚训取消的通知。

新生欢呼雀跃，助班也终于有了个闲暇的夜晚。

没有什么能比军训时期下雨更让这帮学生兴奋的了。

褚漾不参与军训，但不知怎的，内心的雀跃程度不亚于大一那会儿。

有些行人没带伞，慌忙躲在街道边的店铺广告牌下避雨。

褚漾看到了一道熟悉的身影，但不确定自己是否看错了。

因为那个人的脸被雨伞遮住了，她看不见那个人长什么样，但从身形判断，她觉得那个人无比熟悉。

那个人和她擦身而过时，将伞面牢牢地对准她这边，根本不像是在挡雨，倒像是在躲她。

她越看这人，越觉得这人像陈筱。

可陈筱根本不会穿这么短的裙子，也不会穿这么高的高跟鞋。

甚至每次在褚漾精心打扮时，陈筱都会凉凉地添上一句，"花这么多时间打扮，还不如多去几趟图书馆"。

还没等褚漾最终确定那是谁，轿车的喇叭声就打乱了她的思绪。

褚漾匆忙跑上车。

动
的他
心先

雨越下越大，直接兜头打在车身上，发出刺耳的滴答声。

褚漾没头没脑地说了句："晚训取消了。"

"嗯，"徐南烨漫不经心地应了一声，说道，"可以不用赶时间送你回学校了。"

低头看着快被拧成麻花的裤子，褚漾欲言又止，最后还是什么都没说出口。

她看向窗外，本来美好的夜景都被雨水泼成了抽象画，除了刺眼的灯光什么也看不清。

一下雨，车流量大的车道就会堵，更何况是这样的大阵雨。

电动车在车流中呼啸而过，终于迎来了属于它的高光时刻。

好不容易等到雨变得小点儿了，车道仍旧堵得死死的。

离学校也没多远了，褚漾看了眼行人道，没什么人在走，垂下眼轻声说道："要不我们走路吧。"

"没有伞。"

褚漾拍了拍自己的背包，说道："我带了。"

徐南烨扬眉，说道："那就走路。"

他将车子停到路边，熄了火，朝褚漾伸出手，说道："伞给我。"

褚漾掀开背包，里面躺着两把伞。

她转了转眼珠，默默地拿出一把伞，又用手把剩下的那把往里面塞了塞。

徐南烨看着这把小巧又精致、上头还有镂空花纹的遮阳伞，半晌没有说话。

他先下车绕过车子，替她打开了副驾驶座的门。

他拿着伞柄，另一只手紧紧地搂住她，在雨水的淅沥声中缓缓走在冷寂的人行道上。

这伞太小，想要两个人都不被淋到，他们就只能尽量挤在一起。

冰凉的雨水似乎都被这把小巧的伞挡住了，还有他带着暖意的怀抱，褚漾竟然一点儿都不觉得冷。

她悄悄往徐南烨那边看去，心间忽然一热。

他的大半边手臂已经湿了，衬衫贴在胳膊上，看着就难受。

三分之二的伞面往她这边倾斜，甚至伞的边缘超过了她的手臂不少距离。

105

他神情淡然，好像在做一件再自然不过的事。

褚漾的心跳得越来越快，声音大到快盖过雨声，她按着胸，拼命按捺心间的那股悸动。

原本岁月静好，结果两人没走多远，雨又变大了。

这把小伞是撑不住了，徐南烨指了指那边早已关门的一家小卖部，说道："我们去那里躲一躲。"

也不知道老板是不是忘了收雨棚，正好给他们提供了躲雨的地方。

两个人快步走到狭窄的避雨处。

徐南烨甩了甩伞上的水，嘴角带笑地说道："看来，想要靠它送你回宿舍有些困难。"

褚漾心虚地摸了摸包。

雨从雨棚的顶端流下来，变成透明而细密的水帘。

她不知道怎么的，就想起了周杰伦的歌。

"最美的不是下雨天，而是曾与你躲过雨的屋檐。"

她当时还小，不懂歌词的含义，后来叛逆期那会儿又为了标榜自己特立独行，在所有人将歌词摘抄在草稿本上时，她却不屑地觉得这歌词文艺中带着让人不解的无病呻吟。

如今，她可太崇拜周杰伦了。

明明算不得多美的雨天，令人烦闷的喇叭声、雨夜中朦胧刺眼的灯影，还有被淋湿的板鞋和裤腿……褚漾觉得，没有什么比这一刻更让人心动了。

屋檐也好，雨水也好，周遭的环境也好，都不如身旁这个男人让人心动。

她莫名地红了脸。

该死的雨，把她的心也扰乱了。

"漾漾。"

男人低沉的声音蓦地响起，褚漾一惊一乍，猛地往旁边挪了几步。

她嘴角颤抖地问道："干、干吗？"

"有纸吗？"徐南烨摘下眼镜，说道，"镜片被打湿了。"

褚漾手忙脚乱地打开背包，粗鲁地将手伸到里面掏。包里杂七杂八的东西太多，她怎么都找不到纸巾。

忽然摸到了纸巾包装，她放下心来，猛地抽出了纸巾，同时有不少零碎的小玩意儿掉了出来，包括那把收得整整齐齐的遮阳伞。

"……"

从头到脚冒出一股丢脸又羞愤的情绪，褚漾已经数不清这段时间自己做了多少蠢事，但无论她怎样尽力圆场，事情的发展都会被她无意间带向另一个方向。

她从没有这样无所适从过，丢脸得连头都抬不起来。

徐南烨只是看了眼地面，什么也没说，弯下腰帮她把所有的东西捡了起来。

太丢脸了，褚漾双眼发红，莫名觉得委屈，也蹲下身从他手里抢过了所有的东西，撇着嘴低吼："你想笑就笑，憋着小心把身体憋坏了！"

徐南烨歪着头看她，唇边一直挂着浅浅的笑，说道："打车费给得有点儿多了。"

褚漾缩了缩头，问道："什么意思？"

他又说："给你找个零吧。"

褚漾不解，下巴忽然一热。

男人抬起了她的下巴，猝不及防，她感觉嘴角一阵湿热，是彼此的唇简单地触碰，没有摩挲，没有深入，蜻蜓点水，轻柔短暂。

他真的只是找个零。

结束后，褚漾拿着那把干燥的伞，一想到那点儿心思曝光在他的眼皮下，恨不得把这把伞丢了。

徐南烨看她缩成鸵鸟的样子，终于露出了无可奈何的神色。

他拿过那把伞，轻声问她："这把伞坏了吗？"

褚漾像是找到了救命的绳索，用力点头。

徐南烨看了眼面前的雨幕，像是自言自语，声音极轻地说道："我还要等多久，它才能修好？"

褚漾茫然地啊了一声。

"感觉这雨一时半会儿停不了，"他转头，眼神缱绻，说道，"我们得等等了。"

"哦，没事。"

这样挺好的。

第 三 章

我就要你的

回到寝室后的褚漾傻乎乎的，抱着伞靠着门发呆。

正在敷面膜的舒沫走到她面前，伸手挥了两下，问道："丢魂了？"

被"白面鬼"吓了一跳的褚漾缩了缩脖子，神色恍惚地道："没，我去洗澡了，"她绕过舒沫将书包放回桌上，又看了眼对床，问道，"陈筱还没回来？"

舒沫摇头，说道："她下午回来过一趟，后来又出去了。"

"你问她昨晚去哪儿了吗？"

"她说和朋友聚会，在外面玩通宵了。"舒沫拍了拍脸抚平面膜，说道，"今天也是，不回来了。"

一直躺在床上的宋林幼忽然凑过头去，问道："哪个朋友啊？她交男朋友了吗？"

褚漾第一个反驳，说道："她每天都去图书馆，难道在图书馆谈恋爱？"

"有一次你们不在寝室，就我跟她。她急急忙忙地回来，不知道在抽屉里找什么，"宋林幼眯起眼，压低了声音说，"然后她抽屉里的套掉出来了。"

舒沫没反应过来，问道："什么套？手套？"

宋林幼和褚漾同时叹了口气。

舒沫见她俩都不说话，又开口替自己辩解："不过，她要是交了男朋友的话，肯定会跟我们说吧？"

宋林幼撇嘴，又懒洋洋地躺下来，拖长了语调感叹："得了吧，都大三了，我还没吃过你们任何人的脱单饭。就算陈筱交了男朋友，也未必会跟我们说，肯定怕我们吃穷她男朋友。"

舒沫反驳道："那你倒是交个男朋友啊。"

"你先让褚漾交。"宋林幼坐起来，指着正发呆的褚漾，说道，"去年我就以为能吃到她的脱单饭。结果期待了一年，好不容易学长回来了，他俩却没下文了。"

知道点儿内情的舒沫摆手道："她跟学长没可能了。"

"为什么？"宋林幼惊疑地看着褚漾，问道，"你们不是互相喜欢吗？"

褚漾抿了抿唇，问道："谁跟你说的？"

"我用眼睛看出来的啊。"宋林幼指了指自己的眼睛，说道，"你们之前明摆着在玩暧昧嘛，而且你每次说起学长的时候都一副少女怀春的样子。我又不傻。"

"眼见就一定为实了？"舒沫替褚漾争辩，"再说，你干吗这么激动，褚漾就算脱了单，难道对象就非得是学长吗？"

宋林幼委屈地撇嘴，揪着自己的睡衣小声嘀咕："我以为你们是两情相悦，才无奈地结束我这悲惨的暗恋的好不好？"

刚进校园时，她好不容易摆脱了那帮不懂事、只会咋咋呼呼的男生，忽然碰见个英俊的学长，动心再正常不过。

她从来没有这么热情地对待过团会的工作，恨不得天天都是自己的值班时间，结果却从室友的口中听到"顾清识是我的高中学长"这种校园偶像剧情。她一个人纠结了好久，最后还是去找了顾清识。

顾清识点头，说道："她是我的学妹。"

宋林幼当时很想脱口说一句："我也是你的学妹啊。"

但她还是控制住了自己，随后听见顾清识朝她轻声笑了，声音也难得地柔和了起来，他说："麻烦你帮我转告褚漾一句，让她及时回复消息，每次都最后回复，主席团的人会觉得她工作积极性不高。"

这是进校以后，顾清识跟她说过的最长的话了。

然而，她只是帮忙传话的人。

暗恋的种子还没发芽，就被掐断了。

她以为褚漾和顾清识一定会在一起。

"没什么两情相悦，我跟他不可能在一起。"褚漾忽然笑了笑，加了一句，"也不是什么两情相悦，算起来是我自作多情更多一些。"

宋林幼皱眉道："怎么可能，学长他明明……"

褚漾出声打断她道："事实就是这样。"

"行了行了，你们别说了。这世界上又不是只有顾清识一个男人，为这个争什么呀？"舒沫充当和事佬，一边推着褚漾往浴室走，一边说道，"你快去洗澡吧，这都几点了。"

褚漾被舒沫推到浴室里，舒沫自己跟着挤了进来，顺道把门带上了。

"我知道你不想说，但是我还是想问，去年那会儿到底发生什么事了？你和学长明明单独去了包间，我以为要不就是你跟他告白，要不就是他跟你告白，反正你们在一起的事是板上钉钉了，现在你又说是自己自作多情，什么意思？"

褚漾别开头，不愿回答。

舒沫忽然意识到了什么，双手交握，说道："难道去年徐师兄回校演讲的时候，你移情别恋，喜欢上徐师兄了，所以就拒绝学长了？"

褚漾的表情一言难尽。

舒沫以为她默认了，张着嘴，摇头感慨道："没想到你还挺渣的啊。"

"不是，他没跟我告白。"褚漾咬唇，说道，"多的我不想说，我也没有跟他告白，我只是试探了他一下，他直接表示对我没好感，所以我就死心了。"

舒沫听得云里雾里，问道："什么意思啊？"

褚漾也不知道什么意思，事实上她自己都没有搞清楚状况。

她那天喝得大醉，只知道旁边坐着顾清识。

从高中到大学，所有人知道，顾清识对女生总是一副淡淡的模样，谁示好他也不在乎，谁告白他都会拒绝。

只有褚漾知道，他在上大学的第一年，曾在高中学校的小亭中问她会不会去清大。

在她刚入学时，他用那个等级很低的 QQ 号发消息告诉她大学生活和高中生活的区别。

当他们出现"友谊小船"时，褚漾的内心终于起了一丝变化。

或许他对她真的有那么点儿意思，这种情感是超越了学长和学妹的普通关系的。

褚漾趴在沙发上迷迷糊糊地睡了过去，等再醒来时，甜甜的水果味忽然钻到了自己的口中。

他在喂她吃水果。

她闭着眼，鼓起勇气问他："学长，你对我这么好，是不是因为喜欢我？"

不是。

她听不清音调，却听到了这两个字。

她失落地张了张嘴，佯装恍然大悟地叹了声："啊，原来是我自作多情啊。"

再之后的事她并不想回忆，第二天醒来，排山倒海般的后悔和自责从心底涌起。

哪怕事情已经过去这么久，褚漾仍然不想提起细节。

舒沫见她为难，也不忍心继续问，顿了顿便换了个话题。

"那你现在跟徐师兄是在一起了吗？"

褚漾垂下眼，几小时前的甜蜜和欣喜又尽数散去。

他们之间的关系本来就是错的。

那几个月她几乎没有睡过觉，在心里把所有的过错推到了顾清识的头上，又恨自己只因为那片刻的失魂落魄就做了那种肯定会被父母打得瘫痪的荒唐事。连着两个月月经都没有造访，她开始急了。

她全副武装后绕去了离学校很远的药店买验孕棒。学生部长忽然催她去教务楼送资料，她只能将验孕棒平放在洗漱台上，匆匆离开。

等再回来的时候，褚漾浑身发冷，看见验孕棒上有两道杠。

爸爸一定会打死她。

褚漾越想越气，在徐南烨第二次返校演讲时，趁着他去洗手间，偷偷尾随着他去了男卫生间。

徐南烨出来后，看见她也有些惊讶："师妹？"

褚漾咬牙，用蚊子叫般的声音咬牙切齿地问他："你那天晚上戴套了吗？"

徐南烨的眼中闪过一丝不解之色，随后他轻声问她："怎么了？"

褚漾抬眼，泪眼蒙眬地道："我怀孕了。"

温和儒雅的徐师兄蓦地脸色变沉，沉声问她："你确定？"

她将口袋里的验孕棒塞给他，低声抱怨："你用的什么劣质套？"

可事实证明，验孕棒都是屁。

她甚至不知道，这算不算是她骗婚，总觉得徐南烨也是被自己连累的。

因此她从不敢多想。

"没有。"她想了很久，才吐出这两个字。

他们迟早会分开的。

舒沫没有马上说话，只是拍了拍她的肩，很久之后才说道："其实我就是觉得你们俩没有在一起挺可惜的。"

"不可惜。"褚漾仰头，淡淡地笑了，说道"是我的错，你替我保密行吗？对宋林幼她们也是。"

舒沫点头，说道："好。"

军训还没开始几天，中秋小长假就到了。

褚漾和徐南烨约好回家吃饭。难得大白天，夫妻俩还能闲下来坐在车子里等红灯。

往常这个时间，他在上班，她在上课，根本不要说有没有见面的机会了。

褚漾拿着手机，看见新生正在群里疯狂刷屏，也跟着发了好几个庆祝中秋佳节的红包。

看着那群新生为了几十块钱的红包抢得不亦乐乎，运气王更是被所有人围攻要求上交，褚漾津津有味地看他们闹，时不时也凑个热闹发个表情包。

本来大家都在斗图，不知怎么的，有个人发了条语音消息，接着其他人就都发起了语音消息。

褚漾看着聊天框右边的红点，自己没带耳机，外放应该没关系吧？

她点开了最上面的一条语音消息，将手机放到耳边听。

"发了这么多红包了，学长怎么还不冒泡？"

语音是自动播放的。

"过节去了吧？学长一向不喜欢群聊的。"

"明明只要学姐在，学长就会冒泡，嘿嘿。"

果然，顾清识冒泡了，没说话，发了个系统自带的"中秋节快乐"的图。

学生们都在笑他无趣。

没过多久，顾清识给褚漾私发了一条"中秋节快乐"。

似乎不想让自己那么无趣，他居然在这句祝福语后面加了个胖乎乎的手绘小月饼的图片。

褚漾忽然锁上了屏幕，靠着椅背发呆。

徐南烨在开车的空当侧过头看了她一眼，语气淡然地问她："怎么了？"

"没什么，我就是担心待会儿爸爸又对我啰唆，"褚漾烦躁地捂住耳朵，说道，"我的耳朵都快听出茧子了。"

徐南烨笑了笑，说道："你爸爸对你确实比较严格。"

"你说得当然轻松了，"褚漾侧过头睨他，羡慕地道，"你父母对你多好，从来不会干涉你的事。"

男人忽然握紧了方向盘，随后手指又轻巧地松开，将刚才一闪而过的情绪藏在了镜片后面。

"他们不是不干涉，"徐南烨顿了顿，笑容极淡，说道，"而是根本不管。"

褚漾没懂他的意思，问他："那你当初怎么会进外交部？"

"我这个人做了什么、想做什么，他们不会管，"徐南烨抿了抿唇，声音低沉地道，"但徐家的老二想做什么，就不是我能控制的了。"

褚漾听懂了这其中的含义，一时间不知该怎么接话。

她并不了解这其中的牵扯，也不方便问，只是听爸爸提过几句，徐南烨当时准备转口译专业，并且已经拿到了蒙特雷高级翻译学院的录取通知。

他原本是要去世界三大高级翻译学院之一的蒙特雷继续深造的，最后却考上了外交学硕士。

两个人各怀心事，车厢内重新恢复了寂静。

到了家门口，褚漾却突然变得紧张了起来。

徐南烨安慰她："不需要这么紧张。"

他说得轻松，哪儿知道她的痛苦？

她可是回个家连短裙都不敢穿的窝囊废，平时那副嚣张样子也只敢在其他人面前耍一耍，在家里是断然不敢的。

褚漾做好心理建设，敲响了大门。

对讲机里传来一道清脆、娇媚的声音。

"谁啊？"

"姐姐，是我。"

"哦，你们回来了啊，爸爸等你们好久了，快进来。"

话刚落音，铁门吱呀一声打开了。

两人穿过小庭院，就见个子高挑的年轻女人正斜靠在门口看着他们。

是褚漾的姐姐褚蔚。

"今天也装扮得很严实嘛，"褚蔚挑眉，笑道，"不愧是爸爸一手培养出来的大家闺秀。"

"你怎么回来了？"褚漾当作没听到她的调侃，自顾自地问，"你拍完戏了？"

"嗯，"褚蔚撇嘴，说道，"就算没拍完，我也不敢不回来啊。"

等几个人走进客厅，果不其然就看见褚国华同志端坐在沙发的主位上，神情严肃。

褚国华看了眼小女儿和女婿，指了指自己侧面的沙发，说道："过来坐。"

看着徐南烨很闲适地走了过去，褚漾恨不得三步当十几步走，小碎步一踩一踩的，生怕失了规矩。

褚国华同志面无表情地道："最近学习怎么样？"

褚漾点头，说道："挺好。"

褚国华同志点头，又道："那跟我说说你接下来两周的学习计划吧。"

褚漾根本没有这玩意儿，低着头在努力现编。

徐南烨又轻声提醒她："放松。"

褚漾深吸一口气，又缓缓吐出来，心情极其放松地道："专心等国庆。"

这大实话让人无法反驳。

褚国华又摆出了风干多时的鳐鱼脸色。

徐南烨抿唇，嘴角不自觉地上扬，看得出来憋得有些辛苦。只有褚蔚真的笑出了声。

褚漾龇牙，替自己辩解："开玩笑，我现在在带新生班，所以也没空想别的事。"

这个理由还有点儿可信度。褚国华没计较她前面的抖机灵，接着说："这学期团会那边你最好不要留任了，多放点儿心思在学习上，把绩点再提上去一点儿，下学期直接跟你们辅导员申请保研。"

114

褚漾眼神飘忽，没作声。

褚国华反问："怎么？不愿意？"

"留任可以加素质拓展分，有利于申请奖学金，而且我挺喜欢待在团会的。"

褚国华道："你在团会能干什么？无非天天和你那帮同学浪费时间。当初这个专业是你自己选的，现在学工科的人有几个是不读研的？你以为你凭现在的水平可以直接去企业任职？现在你还不如多把时间花在专业课上，好好提升自己的专业知识。"

他当了半辈子教授，很不喜欢高校里过分夸大学生组织的风气。都是半大的孩子，当了个虚职就真以为自己是领导了，走到哪儿都恨不得把工作证挂在脖子上，典型的书还没念出来，就先养出了一身官僚味儿。

"你就是刻意跟我作对，什么为了奖学金，"褚国华冷哼道，"我给你的生活费还少？你偏要想着那点儿奖学金。不要以为念大学就不用刻苦学习了，你要趁着现在还在学校，往肚子里多灌点儿墨水，知道吗？"

又开始了，褚漾撇嘴，干脆站起身往偏厅跑，还边跑边说："我现在念大学了，爸爸你别管我了，我要干什么自己清楚。"

褚国华呵斥道："回来！去哪儿？"

褚漾的声音已经变弱。

"我去找点儿零食吃。"

直到小女儿蹦蹦跳跳的身影消失，褚国华才重重地叹了口气。

褚蔚也跟着起身，笑道："爸爸，少说两句呗，妹妹都结婚了，你还把她当小孩子训呢？"

褚国华瞥了褚蔚一眼，嘴角微抽，说道："你也别帮你妹妹说话。我让你少接点儿戏好好照顾自己的身体，你听了吗？天天就知道往国外飞。要不是你妹妹现在大了，指不定又会被你拐到哪个旮旯儿玩儿。"

"那是当初她求着我的好不好？她非说要看我拍戏。我说我不是去什么韩国、日本旅游，而是去一些她听都没听过的偏远国家。结果她更来劲儿了，我能有什么办法？"

褚蔚撇嘴，争辩时那副样子跟褚漾简直一模一样。

褚国华甩手，说道："行了，我懒得管你，你去厨房帮你妈做菜。"

客厅里一转眼就只剩褚国华和徐南烨两个人了。

"姐妹俩大了，翅膀都硬了，"或许是没人倾诉，褚国华直接对着女婿倒起了苦水，"考大学的时候我想让她们俩学外语，以后继承我的衣钵，结果一个毕业后去当了女明星，一个非要挤在男人堆里当'码农'，真是能把我气到吐血。"

徐南烨微微笑了，说道："漾漾她们能做自己喜欢的事，挺好的。"

褚国华皱起鼻子，轻叹道："为了做自己喜欢的事，连父母的话都不听了。"

他说得无奈，但表情并没有显露出有多失望，显然是早就接受了姐妹俩各自选择的人生轨迹。

褚漾总抱怨父亲严厉，喜欢管东管西，所以她才背道而驰，养成了现在这副性子。

但如果褚国华真的事事辖制着她，她也不会像今日这般洒脱、张扬。

只有她自己被蒙在鼓里。

"原本以为家里还能出个学外语的人，不承想这个人居然是你。"褚国华摇摇头，感叹道，"有时候，真的不得不相信缘分。"

徐南烨轻声附和："是啊，缘分。"

褚国华撑着沙发扶手，忽然又问："你已经在国内安定下来了吧？不会再往国外跑了吧？"

"不会。"

"你父母应该不会让你一直待在外交部吧？"褚国华顿了顿，试探着问，"或许会把你往中央调？"

徐南烨淡淡地道："暂时没有这个打算。"

褚国华点了点头，说道："这样也好，漾漾现在年纪还小，你升得太快，对她不太好。"

"我明白。"

徐南烨答应得这么干脆，反倒让褚国华这个做岳父的不好意思起来了。

哪儿有为了自己的女儿，让女婿别忙着升职的岳父？别人都恨不得女婿越有权越好。

褚国华又补充道："我也不是不让你往上升。有的事你现在多教教漾漾。她到底是你的内眷，以后你带她出去，不能让她丢你的脸。"

自己的女儿什么德行褚国华门儿清，让她跟那些优雅自持的夫人站在一起，只怕会闹笑话。

徐南烨并不在意，语气温和地道："我对漾漾很有信心。"

该装的时候，她也是挺会装的。

这点徐南烨比谁都清楚。

"还有，你别给她太多生活费了，"褚国华最后嘱咐道，"不能太惯着她了。她花起钱来没个数，就知道买些有的没的。"

徐南烨都一一应下。

后来在饭桌上，褚国华又拿这事出来鞭策褚漾。

褚蔚还在一旁帮腔。

"二十岁出头就这么能花钱，等以后还得了，一个月就能花一套房出去。"

褚国华斜睨她，冷嗤道："你也不许给你妹妹钱！她这花钱大手大脚的习惯都是你教出来的！"

褚蔚嘻嘻笑道："知道了。"

说是这么说，徐南烨回家的时候，却发现褚漾摸着自己的那个小斜挎包傻笑。

他顺势问了句："藏了宝贝？"

"没有，我爸和我姐给我的卡，"褚漾猛地甩出两张银行卡，得意地冲他眨了眨眼，问道，"不错吧？"

徐南烨眯起眼眸，舌头抵着牙床，蓦地轻笑出声。

褚漾对他的态度不明所以，问道："怎么了？"

"没什么，"徐南烨专心看着路况，轻轻挑起眉尾，说道，"真不愧是一家人。"

口是心非的性子都是遗传的。

"什么一家人？"

"生活费还够吗？"徐南烨突然冲她笑了笑，语气里带着蛊惑，问她，"你想不想再多拥有一张卡？"

褚漾双目放光。

这是什么神仙中秋节，太爽了。

因为中秋三天小长假，军训时间忽然被缩短了不少。

也不知这一届学生撞了什么大运，居然又连下了几天雨，新生天天在自习室唱军歌玩游戏。本想看热闹的学长、学姐顿时痛心无比，只能泄愤般在寝室门口挂上晴天娃娃，祈祷太阳能赶紧出来教新生做人，自己的内裤能早点儿干。

褚漾今年当助班，新生不用军训，导致她也不用晒太阳，时间正巧闲了下来，结果天天被拉去团会办公室做后勤工作。

往常都是宋林幼这个工作狂任劳任怨，如今褚漾每天也跟着宋林幼去办公室，就算没事做也要浇浇花、拖拖地，给茶壶换热水。

毕竟快换届了，只要晋升为主席团成员，她就再也不用看孟月明的脸色了。

孟月明前不久被革职，到底只是顾清识的私人决定，没下文件，老师也没同意，所以她还是副主席，学生干部竞选的时候有投票权。

因为上次顾清识对褚漾的偏袒，孟月明这回算是跟褚漾彻底闹掰了。

本来当时褚漾是挺感谢顾清识的，这些日子两人相处得也算融洽，但一扯到换届头上，褚漾对顾清识的感情就又变得复杂起来。

她那天确实对孟月明动手了，原本也做好了被处分的心理准备，结果顾清识弄那么一出，总让她觉得哪里怪怪的。

连带着开例会的时候，她都盯着顾清识，想要看出点儿什么。

"换届那天学生会的学生干部都会到场，他们都有投票权，有意竞选主席团职务或是学生部长、副部长的干事记得穿得正式点儿。"

有干事小心翼翼地举手问："副主席也会来吗？"

团支书看了一眼旁边的主席，犹豫了片刻后才缓缓点头道："对。"

接连有叹息声响起。

副主席做到孟月明这般不得民心，也是奇迹了。

褚漾部门的副部长有些担心地凑到她耳边问："学生部长你没问题吗？"

"投票的人那么多，孟月明就占一票，她不同意又能怎么样？"

褚漾把玩着手里的水性笔，默默记下了竞选当天的时间和地点。

"但是孟月明在学生会那边好像挺吃得开的。"副部长抿唇，面露担忧之色，说道，"比如在上次理事会上，当着那么多师兄、师姐的面，她跟那个向圳左一句右一句地说你，谁知道他们竞选的时候会不会刻意找你的碴儿。"

褚漾倒真忘了有这一茬。

而事实证明，副部长真的没说错。

竞选当天，参与竞选的学生干部、干事都穿着正装，提前赶到了竞选地点。

地点是教务楼办公室，中间摆放着一张能坐几十个人的大长桌，本来是老师用来开会的地方，团委直接借过来用了。

褚漾看了看长桌最前方坐着的几个评委，尤其是好久不见的孟月明。

孟月明还是板着一张脸，似乎这半个月的革职对她没什么影响。她坐在顾清识旁边，她的另一边就是向圳。

学生评委今天也穿着正装，顾清识气质本来就冷，穿着一身黑西装的他显得更加冷漠、沉稳，坐在那儿活脱脱就是视线焦点。

和褚漾一起过来的宋林幼对着那张脸欣赏了足足五分钟，等旁边的人提醒了才后知后觉地坐回自己的位置。

连向圳看着都人模狗样的，个子高，脸也清秀，撑起了这身西装。

褚漾看他们的时候，他们也恰好看了过来。

孟月明翻了个白眼。

顾清识几不可察地笑了笑。

向圳有些呆愣，接着迅速偏过了头。

"你要不要把外套脱下来？"孟月明好心地提醒他，"你的脸都红了。"

向圳有些迟钝，说道："啊？不用。"

"到时候无论褚漾表现得怎么样，你都不能投票给她，知道吗？"孟月明特意避开顾清识，凑到他耳边小声说，"咱们可是同一条战线上的。"

向圳抿唇，刚想说什么，孟月明就转头去跟其他学生干部打招呼了。

他看向坐在长桌后半部分的褚漾。

她今天只化了淡妆，黑色的西装撑得她身姿姣好，扎着高高的马尾辫，细腻、白皙的脖颈露出，正和旁边的女生交谈。

似乎感受到了他的目光，褚漾转头朝他这儿看了过来。

天生妩媚的眼尾弧度微翘，她皱眉，歪了歪头，棕色的瞳孔里满是不解的神色。

只是淡妆就这么好看，向圳又移开了目光。

褚漾不明所以，又看见孟月明冲她露出了个得意的笑容。

参加竞选的人比较多，坐最前排的评委也没废话，说了几点注意事项，竞选就开始了。

褚漾是奔着主席的位置去的。

她站起身，落落大方地走上演讲台，清了清嗓子，开始背竞选演讲稿。

其实这类稿子大多是那些模板，大家都是在文库里下载下来，把详细信息改成自己的实际情况，就听了不知道多少重复的排比句和比喻句，早就没兴趣了。

大家都专心致志地盯着她的脸以及她上下微动的唇，至于她到底说了什么，没人真的在意。

三分钟的竞选发言结束，台下的人鼓掌，然后进入评委提问环节。

果不其然，孟月明是第一个开口的。

"褚漾，你刚才提到学生团会的凝聚力不够，尤其是学生干部和干事之间很生疏，不少干事看学生干部就像是看老师，总觉得怕。"孟月明放下手中的文件，嘴角微勾，继续说道，"那么我问你，干事和学生干部之间如果没有分别，以后学生干部要是安排什么工作，干事怠懒甚至找借口推托，你怎么办？"

"我的意思并不是完全融合学生干部和干事，只是希望学生团会的等级制度不要那么分明，说白了，大家都只是前后辈的关系，而不是上司和下属的关系。"

孟月明冷笑了一声，说道："学生团会已经成立了这么多年，如果这种行为有问题，那么分会早就解散了。你的竞选稿应该向大家阐述如果你是主席，会怎么从自身出发去尽好主席的职责，而不是试图改变分会的规矩。"

褚漾没想到孟月明居然会在这种问题上跟她纠缠，深吸一口气，态度诚恳地道："如果我是主席，不光会履行好自己的职责，更希望能够带领计院学生团会取得更好的成就。分会想要进步，当然要接受新鲜的政策，而非一成不变。"

孟月明挑眉，神色倨傲地道："你在质疑分会的规章制度？"

褚漾直视着她，说道："我只是不赞成墨守成规。"

气氛有些尴尬，在座的人都察觉不对劲了。

"你还没坐上主席的位置，就已经学会用这些假大空的说辞充当脸面，等你真的成了主席，要怎么拿出实际行动？"孟月明撂下笔，双手抱胸，腰背仍然挺得笔直，冷冷地说道，"用你这张漂亮的脸？"

一开始两人还是正儿八经地辩论，这句话一出来，谁都产生了兴趣。

众人看看褚漾，又看看孟月明，除个别跟褚漾关系比较好的人，其他人都是抱着看热闹的心态在看戏。

她们俩暗地里已撕破脸，这事分会的人都知道，如今在竞选现场当面开撕，让人恨不得拿出手机来录像。

从一开始就保持缄默的顾清识终于开口，冷冷地打断孟月明："副主席，注意说辞。"

"这说辞有什么不对吗？主席你不认同？"孟月明转头看他，摆出了理所当然的模样，说道，"当时这一届竞选，入选人的履历都很漂亮，为什么会选褚漾？就是因为她是这些人当中最漂亮的，是新上榜的院花。长相是父母给的，她光凭这点就已经远超其他人，如此得天独厚的条件，说出来有什么可羞耻的吗？"

褚漾的眼神渐渐变冷，演讲台下垂着的双手慢慢握成拳。

孟月明忽然站了起来，对着台下所有的竞选人说："褚部长就算在这场竞选中赢过你们成了主席，你们也不会有意见吧？毕竟她能因为长相进分会，也能因为长相当上主席，工作能力当然是次要的了。"

这句意有所指的话明晃晃地告诉在座的人，褚漾就是个花瓶，哪怕工作能力不行，也能靠这张脸当上主席。

孟月明说罢，又侧过头看向其他几个评委，继续说道："评委们将票投给褚漾，那是再正常不过的事。"

团支书的脸色有些不好看，他说："按照副主席的说法，只要我们投票给褚漾，就是偏私了？"

"我可没这么说，大家各凭本事竞选，褚漾就算是全票通过，也是她的本事。"

孟月明傲慢地别开眼，又矢口否认了自己话中有话。

她即将退任，学生团会以后会怎么样，都和她没有关系。此时撕破脸对她也没有影响，最多被这些人议论一段时间。只要褚漾无法留任，她就算赢了。

孟月明冲褚漾挥了挥手，说道："好了，你的竞选环节已经结束了，下来吧，不要耽误下一个参与竞选的人。"

上册

褚漾忽然笑了，说道："副主席，我还没说完。"

"你都在台上耗了这么久了还没说完？要是大家都惯着你，怕是到今天晚上都完不了事。"孟月明斜睨褚漾一眼，丝毫没打算给褚漾机会。

她这算是公然打褚漾的脸了，明着告诉所有人，她孟月明不待见褚漾。

有干事在台下倒吸了一口凉气。

平常他们哪儿见过这种阵仗，学生之间就算有气，也只是在背后说些小话，没人会愿意把事情闹到台面上惹人笑话。

褚漾抬眉，神情依旧淡定，说道："刚才我说了多少？我说一句你顶一句，我的时间难道不是被你耗光的？"

孟月明讥笑道："怎么？忍不下去了？平时你不是挺能在别人面前装的吗？怎么今天当着这么多人的面，你也不怕影响形象？"

她就是要撕开褚漾虚伪的面具，让所有人看清楚褚漾的真面目。

哪怕这样会显得自己咄咄逼人，反正所有人觉得她针对褚漾，那她索性就大大方方地承认好了。

褚漾越是八面玲珑，孟月明越是看不惯；褚漾越是得其他人的心，孟月明就越是恨。

就凭褚漾长得好看？连顾清识都帮她，大家都帮她。

"刚才的演讲稿就当我是在说屁话，"褚漾将唇又凑到麦克风边，调整了下呼吸，语气平静地说，"我也不说那些场面话了。我觉得学生团会最应该改进的就是等级制度。大家都是在校学生，学生组织是高校公益性组织，为学校做贡献，不掺杂任何利益。不管是主席还是干事，每个人都是平等的。仗着老一两岁、资历稍微高点儿，就拿着鸡毛当令箭对其他人颐指气使，以为自己在养老院呢？谁都得尊老爱幼呗？"

这白话和她刚才那文绉绉的演讲稿简直大相径庭，有人听到最后一句，忍不住偷偷笑出了声。

"主席团的成员不是我的上司，学生组织也不是什么职场，不给我发红包，也不给我交五险一金。我想问问副主席，你摆着那副冷艳高贵的态度给谁看？你真以为当个团会的副主席就了不起了？以后毕业了，你还不是给老板打工？你学到这一身的官味儿有什么用？对谁使？每天晚上加班累成狗，对着镜子自我高潮是不是？"

这一连串的问题直指孟月明，褚漾口齿清晰，普通话标准，硬是让在

动的他心先

场的人都愣了半晌。

孟月明拍桌，大声说道："你再说一句！"

"你要是没听见，我劝你赶紧去挂耳鼻喉科，别耽误了最佳治疗时间。"褚漾仰头，接着说道，"后辈当然应该尊重前辈，但前提是做前辈的不能倚老卖老，什么事都丢给后辈去做。大家进团会是做事的，不是来享清福，提前感受当领导的滋味儿的。你要是这么想当领导，先把公务员考试考过了再说吧。"

台下传来零零散散的笑声。

褚漾怼完人，又将目光转向了台下的所有竞选人员，说道："这就是我的真实想法，我只希望在我任主席团职位时，能够压制这种歪风邪气，学生干部和干事一视同仁，谁对工作有懈怠，或是谁只想担个虚名不做事，谁就走人。"

末了，她准备下台前又忽然想起了什么，对着麦克风补充道："对了，刚才副主席一直说我是因为长得漂亮才能进学生团会，我首先谢谢副主席对我的肯定，其次如果我真做了主席，起码这张脸拿得出手，不会给学生团会丢脸。"

很真实的演讲，她一口气说出来，连壳儿都不卡，即兴发挥更是调动了群众热情。

褚漾今天化的妆淡，穿着也得体，但整个人气势逼人，语气铿锵。

这是众人头一次看她这么爽快地直接怼人。

宋林幼带头鼓起了掌。

随后，所有人跟着鼓掌，褚漾瞄了眼脸色发青的孟月明，知道自己说的话说到她的痛处上了。

所谓怼人，就是要往别人的死穴上怼。

自己越是云淡风轻，越是能把别人气得吐血。

她冲孟月明笑了笑，好像刚才那个句句戳孟月明的心的人不是她。

因为这个插曲，竞选耽误了不少时间，但好在也没人说什么，都在因为看了一场好戏而倍感满足。

还真有人偷偷录了像，将几分钟的短视频传到了学校论坛上。

"计院学生团会的竞选太精彩了，想看的进。"

视频里完完整整地录下了褚漾当时用来嘲讽孟月明的话，还顺带录到了褚漾漫不经心的高傲脸和孟月明越来越黑的仇世脸。

"我以前一直以为学生会的明争暗斗都是夸张说法。"

"计院真牛，我还以为自己在看宫斗剧。"

"主席团的成员真能这么嚣张？他们真把自己当领导了？"

"哈哈哈！我要把这个视频发给我的学生部长。"

"刚交了申请表的新生瑟瑟发抖中。"

"褚漾好'刚'啊。"

"这样的女人，爱了爱了。"

"我觉得褚漾说得没错啊，现在学生组织的风气确实不好，光是社会新闻就喜提过好几回了。"

"倚老卖老笑死我了，哈哈哈！"

"你们的重点都在褚漾说的话身上吗？就我一个人全程盯着她的脸？"

"不混学生会不理解这个，但褚漾真的好看，穿正装都这么漂亮。"

"'计院霸王花'不是吹的。"

"呜呜呜！好喜欢这种毒舌婆娘，我想被她鞭打。"

"褚漾到底有没有男朋友？没有的话，兄弟就去追了，兄弟就喜欢这款式的。"

褚漾也没想到自己因为这段竞选视频，在论坛首页挂了好几个星期。

竞选结果当天出来，效率非常高。

顾清识在台上念到了褚漾的名字。

褚漾起身，冲他鞠了一躬。

顾清识垂眼，看了看手中的投票结果，淡淡地道："恭喜，除一票弃权外，全票通过，2019级计算机学院学生团会主席，褚漾。"

说罢，他首先鼓起了掌。

孟月明气结，发际线周围的青筋暴起。

她猛地瞪向褚漾，又转而凑到顾清识身边，压着怒意问他："主席，这投票结果是真的吗？她真的是全票通过？"

顾清识侧过头，目光冷漠，语气平静地道："对。"

"为什么？！"

"因为除了你，我们都是'颜狗'。"

孟月明："……"

团会成员新旧交替，大四这届学生已经顺利退任，新干事也面试完毕。新一届的学生团会成员通通就位，紧接着就是迎新晚会。

主席团和组织部正在办公室商议举办地点和活动流程，新上任的学生部长问褚漾要不要请孟月明过来看。

孟月明到底干了三年，没功劳也有苦劳，上次竞选两个人闹得很不愉快，但褚漾还是点头了。

宋林幼坐在褚漾旁边，见她答应，有些惊讶，悄悄在桌面下扯了扯她的袖子，说道："你叫她来干吗？还想让这一届的新干事留下心理阴影，觉得我们学生干部都是用鼻孔看人的货色吗？"

"她不是看不惯我当主席吗？"褚漾冲宋林幼眨了眨眼睛，说道，"那我偏要请她过来，让她看看我当上主席的样子。"

宋林幼愣怔了那么一瞬间，随后张大了嘴，说道："你这个婆娘坏得很。"

小会结束后，其他几个学生干部先行离开了，还剩组织部部长没走，似乎有什么话要说。

"你有什么事吗？"

"这个学期的全国电子设计大赛，余老师让我来问问学姐有没有推荐的人选。"

褚漾有些不解地道："不是个人报名吗？余老师问我也没用啊。"

"余老师说这次创新项目多，所以学生可以参加团体赛。"学生部长语气淡漠，脸上隐隐显出一丝不悦之色，说道，"我和学姐的名额已经定下了，其他人还没定下来。"

褚漾歪着头看他，问道："你怎么看起来不太愿意的样子？"

学生部长扯了扯嘴角，说道："余老师看中了一个大一的学妹。"

"大一就参加比赛？"褚漾有些惊讶，向他确认，"是谁啊？我认识吗？"

学生部长垂眼，语气又比刚才冷了几分，说道："是组织部新招进来的干事。"

褚漾想了半天没想起来，倒是宋林幼在她旁边及时提醒道："就那个因为长得特别小，被人怀疑是天才儿童的学妹，忘了？"

褚漾恍然大悟，记起来了。

小学妹看着就是十五六岁的高中生的模样，但听说是今年的市理科状元，一开学就直接被分到了实验班。

面试当天，所有新生穿着正装，这位学妹也穿了。明明西服合身，她也刻意化了妆，但她因为个子娇小，又长着一双湿漉漉的鹿眼，怎么看都让人觉得是未成年人偷穿父母的衣服。

因为小学妹实在是太可爱了，说话的声音又软糯，褚漾压根儿没怎么听她说话，只盯着她棉花糖般软乎乎的双颊发呆，没想到对方居然是个学霸。

褚漾笑着问学生部长："你不想跟她组队？"

学生部长语气冷淡地道："一个连计算机课都没上过的大一新生，只会拖后腿。"

这话里的嫌弃意味太明显。

褚漾抿唇，试图安慰他："你别这么说。既然余老师看重她，那她肯定高中的时候就接触过计算机。你不相信学妹，也要相信余老师啊。"

"我知道，"学生部长动了动嘴角，仍是那副冷漠的模样，说道，"如果学姐有要推荐的人选，记得跟余老师说。我先走了。"

转眼间，办公室就只剩下宋林幼和褚漾了。

宋林幼望着学弟的背影，忽然咽了咽口水，说道："我们分会的人真的都是'颜狗'吧？"

计院有三花，一朵如明艳春日中的牡丹花，两朵如料峭寒天中的高岭之花。

牡丹花是褚漾，高岭之花指的是顾清识和沈司岚，三个人都在学生团会任职。

如今又多了一朵水灵可爱的铃兰花。

"谁不喜欢长得好看的人？"褚漾耸肩，问道，"你不喜欢？"

这点孟月明没说错，长相确实是得天独厚的优势。

沈司岚和顾清识一样冷漠寡言，长得也是不食人间烟火的神仙样子。唯一和顾清识不同的就是，沈司岚有点儿自大，属于那种有资本骄傲，所以理所当然地自持清高的人。

顾清识对女生尚且能留有一丝绅士姿态，沈司岚就完全属于正眼都懒得看人家的狂妄之人。

好在褚漾比沈司岚大一届，能用学姐的身份压一压他。

"听说那个学妹被分到组织部了，"宋林幼担忧地叹了口气，说道，"同情学妹，以后估计有的受了。"

"你别想着同情学妹了，还是同情同情我们自己吧，"褚漾拍了拍她的肩，说道，"来，我们继续商量晚会的事。"

宋林幼发出了一阵哀号。

这一届计院的迎新暨送别会搞得很隆重，不光申请来了学校礼堂的使用权，还特别请了社团的人过来表演。

褚漾作为新上任的主席，包揽了大部分幕后和台前的工作。

计算机和机械、土木学院并称三大和尚学院，平时有这种撑门面的活动，主持人向来是找新闻学院借的，偏偏去年篮球赛时计院太不给新闻学院面子，打出了85∶12的壮烈成绩，新闻学院的主席对此怀恨在心，今年不愿意借人给计院了，拒绝的理由也很充分："你们计院今年不是又出了个血洗论坛帖的学妹吗？再加上你们那个院花主席，还需要向我们院借人？"

晚会最少要安排四个主持人，两男两女轮流上，计院的人平时嚣张得很，一遇到这种事就变得腼腆起来了，不约而同地弘扬起了中华民族的传统美德——谦让。

褚漾很生气，新闻学院不借人，那她就找最好看的人来当主持人。

她脑海中浮现出几个人的脸。

这些日子，她先是打听到顾清识平时常去的自习室，然后开始定点送早餐。

顾清识要是早上赖在寝室里，她就送到他们的寝室楼底下，随便找个出门晨练的男生说几句好话，男生就帮她把早餐送到顾清识的寝室门口去了。

顾清识的室友江海澄最喜欢看这种女追男的剧情，边刷牙边含混不清地感叹："都大四了，居然还有学妹肯一头撞上来跟咱们顾同学搞黄昏恋，真是让人羡慕。"

"那给你吃吧，"顾清识将早餐丢在了江海澄的桌上，说道，"以后这早餐都交给你解决。"

127

江海澄猛地摆手，说道："那不行，人家专门送给你的，我怎么能替你吃？不过这早餐到底是谁送的？"

顾清识皱眉道："不知道。"

"连个名字都不留？搞暗恋吗？"

顾清识没作声，拿起早餐走到阳台上，打算将它丢进垃圾桶。

这时，手机恰好响起消息音。他单手操作，解锁看了一眼消息。

褚漾："学长，早餐好吃吗？"

顾清识看着手里的早餐，心情顿时变得复杂起来。

江海澄洗漱完，看到顾清识站在阳台上发了好久的呆，又看他淡定地回到了座位上，拿出早就冷掉的早餐一口一口地吃掉了。

"……"

等顾清识吃完早餐，脸色已经缓和了不少，甚至能瞧出那么点儿明媚灿烂之意，江海澄目瞪口呆地望着垃圾桶里空掉的早餐盒，忽然觉得这个室友其实也没那么难追。毕竟这么老套的招数，不过一个星期他就缴械投降了，比妹子好追多了。

这边顾清识如约来到了自习室，褚漾早已经在等他了。

她扎着马尾辫，笑容甜美，手上还拿着一束雏菊，雏菊上躺着一张卡片。

顾清识有些恍惚，接过了她手中的花。褚漾抿着唇羞涩地笑了笑，以非常标准的日剧女主角的姿势跑开了。

今天天气凉爽，秋日的景色渐渐展露，自习室外阳光明媚，让人心情舒畅。

他打开卡片，上面有一行娟秀的字。

"学长，你愿意做这次晚会的主持人吗？"

落款是个笑脸。

"……"

顾清识拿着那张卡片，五分钟后，将卡片丢进了离自己最近的垃圾桶，只是那束开得正盛的雏菊被留下了。

后来彩排那天，主持人坐在化妆室对稿。

等两个女生手牵着手去洗手间后，顾清识状似不经意地问了脸色同样不太好的沈司岚一句。

"你们的学姐是怎么说服你的？"

沈司岚像是被戳到了痛点，沉声咬牙道："她指使穗杏给我送了一个星期的早餐。"

穗杏就是组织部新招进来的那个干事，江海澄在寝室被她的长相萌化了心，连带着顾清识也看了她几眼，所以对她有印象。

"然后你就答应了？"

"她说她是被学姐逼迫的，"沈司岚垂眸，有些烦躁地按了按太阳穴，说道，"说我若是不答应，学姐以后就会给她穿小鞋。"

顾清识眸色深沉，哼笑了两声。

当天他回到寝室，把那束插在玻璃瓶子里为男寝增添了一丝柔软气息的雏菊扔掉了。

晚会前一天，为了不打扰室友休息，褚漾特意回家连夜复习主持稿。

主持人可以不用脱稿，但为了保证主持流程的顺畅，也为了防止太紧张导致卡壳，褚漾还是尽力把重点文字记下来了。

她一个人对着窗户背稿，落地窗外的霓虹灯就是她的观众，纤细的身影被映在玻璃上，像是一幅朦胧的画。

忽然，书房的门吱呀一声被打开了，她转过头去，刚下班到家的徐南烨正不解地望着她。

"你在干什么？"他问。

褚漾像是找到了活人观众，三两步小跑到他身边，拉住他的胳膊把他往房里拖。

徐南烨任由她拖着，没有丝毫褶子的衬衫袖口也被她拉出了一道浅浅的痕迹。

她自然也注意到了，双手按住他的肩膀让他在沙发椅上坐下，然后又替他抚平了袖口处的褶子，垂着眼帘，书房内柔和的光落下来，显得她面容清丽。

褚漾刚洗了澡，穿着宽松的睡衣，不施粉黛，身上却有一股淡淡的柠檬香味。

他刚下班回家，就被玄关处的帆布鞋吸引了视线。

今天不是周末，她应该住在学校才对。

129

徐南烨有些疑惑，换好拖鞋，穿过回廊打开卧室门，见没人在，又去了一趟书房。

他的书房向来不锁，有时候褚漾也喜欢进来借几本书看，但她自己很少在里面待着。

结果他一开门就看见她对着窗户，嘴里念念有词。

"明天我们院有迎新晚会，我在背主持稿，你坐在这儿听一听，替我把把关。"

徐南烨挑眉，问道："你是主持人？"

"赶鸭子上架，"褚漾抿唇，又走到书桌对面，说道，"你见的大场面多，要是有什么别扭的地方，你记得提醒我。"

褚漾以标准的站姿立在徐南烨面前开始读稿子。

开头就是"尊敬的各位领导，亲爱的老师、同学们……"

万年不变的开场白，徐南烨从读书那会儿开始就听过不少，他向来是自动忽略这段开场词的，今天倒饶有兴趣地看着她，专心致志地听她从嘴里吐出每一个字。

徐南烨坐在书桌旁，嘴角带笑，镜片下浅浅的琥珀色眸子一眨不眨地看着她，表情并不怎么严肃。

褚漾有些受不了了，停下了演讲，捂着脸道："你别老盯着我。"

徐南烨仰着头看她，问道："那我该盯什么？"

"听我念稿子就行了，"褚漾蹙眉走到他身边，有些不自信地道，"我的稿子写得怎么样？"

"很好，"徐南烨神色玩味，敛眸道，"但没你吸引人。"

"……"褚漾低头，小声喃喃，"我没跟你说这个。"

"你站在台上就足够了，"徐南烨语气慵懒，漫不经心地道，"有你在，没人会在意演讲稿是什么内容。"

他还没来得及洗澡，此时起身顺手解开了外套，将其搭在手臂上打算出去，临走前还不忘走到呆滞的褚漾面前，挥挥手让她回神。

他问："晚会明天几点开始？"

"晚上七点，"褚漾愣愣地回答，忽地又猛地抬起头看他，问道，"你要去？"

"如果工作结束得早。"

褚漾神色复杂地道："你别来吧。"

"不欢迎？"

褚漾小心试探道："如果我说不欢迎，你会生气吗？"

徐南烨摇头，说道："不会，但……"

他"但"字后面的内容还没说出来，褚漾立马说出了内心的真实感受。

"不欢迎！"

"……"徐南烨扬眉，笑了笑，说道，"知道了。"

看徐南烨这副样子，褚漾就觉得他肯定不会照办。

第二天晚上，距离晚会开始只有几十分钟时，褚漾换好了礼服，正在做最后的彩排。

论坛上，同学们原本正在热烈讨论关于这次晚会的主持人阵容，忽然有一篇帖子悄悄地登上了首页。

"有人在晚会现场吗？是我看错了吗？我好像看到外语学院的徐师兄了。"

主楼是张不怎么清晰的图，只拍到了坐在嘉宾席前排的某个男人的侧脸。

就这种暗光下，像素极其影响观感的照片里，男人流畅、骨感的下颌线以及英俊的眉眼仍然清晰可见。

徐南烨戴着银边眼镜，镜架散发着淡淡的光，衬得他整张脸俊朗无比。

他正双手交握，端坐在嘉宾席位上，显得很斯文。

"好禁欲，我想撕破他的衬衫。"

"我！死！了！"

"我好喜欢这一款，啊啊啊！"

"等开场后我到底是看台上还是台下？"

"徐师兄怎么会来看计院的迎新晚会啊？"

"啊啊啊！为什么没人告诉我徐师兄会来？！早知道我就去搞票了！"

"黄牛在吗？谁还有迎新晚会的票？"

舞台下吵吵嚷嚷，舞台左侧靠近二楼观众厅的投影大屏上滚动着实时弹幕。

前几年弹幕机制在各大网站盛行后，计算机学院的学生也顺带写了个程序出来，几乎每个院办晚会都会用上。

同学们关注学院公众号直接参与互动，每到抽奖环节都从弹幕里随机挑选幸运观众，这些礼物大多是晚会的各赞助商免费提供的，娃娃或是零食大礼包都有，最让人心动的就是学校门口很有名的那家麻辣香锅店一年的免费招待券。

帷幕终于拉下，观众席头顶本就昏暗的照明灯也暗了下来。

聚光灯打在舞台左侧的黄金分割点上，四个主持人并排站着。

两个男生同穿黑色燕尾服，款式没什么特别，远不如女生的礼服吸引人。

个子娇小的学妹穿着一身白色的雪纺蝴蝶袖大摆尾礼服裙，鹿眼澄澈，做了个简单的空气刘海儿造型，更显得那张脸只有巴掌大。

她似乎还有些害羞，小小的手抓着话筒，下巴微微绷着。

学妹旁边的褚漾穿着一身红色单肩束腰礼服裙，衬得她肌肤如雪，单边肩饰百褶状遮住了左侧骨感的肩颈，红色贴颈项链束在修长、细腻又白皙的脖颈上，胸前蝴蝶形状的褶子走线凸显胸线，聚光灯下丝滑发亮的黑色中分大鬈长发长至手腕，美艳撩人。

礼服裙只有后摆拖长，前面的设计只到大腿中侧，露出一双莹白、笔直的长腿，黑色尖头高跟鞋使她的比例更加完美。

腕线过裆、头肩颈比例完美、身姿纤细却又不骨感、红唇黑发，是十分富有攻击性的美貌，镜头打在她脸上就不愿意挪开了。

台下顿时发出一阵尖叫，投屏上给出了四个主持人的特写，实时弹幕也不断滚动、刷新着。

"壮哉我大计院！"

"啊啊啊！"

"计院四大门面！"

"褚漾好看疯了！"

"啊啊啊！褚漾是什么人间仙子啊！"

"穿礼服的顾清识，我死了！"

"褚漾！呜呜呜！妈妈爱你！"

"穗学妹好可爱，想抱！"

"呜呜呜！顾清识和沈司岚我都好爱，该选谁？"

"计院现在也看脸招生了？"

"主持人都是计院的？真的不是新闻专业的？也不是艺术系的吗？"

台下的尖叫声不绝于耳，让主持人没办法开口。

四个人都没有经验，也从来没见过这种主持人还没开口说话就全场沸腾的场面，一时间竟然集体呆滞，不知道该怎么控场。

最后还是褚漾比了个嘘的手势，台下的人总算安静了些。

因为知道摄像机现在给的是正面大特写，褚漾也不敢做太夸张的表情，眼睛却还是忍不住越过舞台去找投屏。

她稍微侧过头，这边正巧站着顾清识，或许是感受到了她的目光，顾清识也偏了偏头，垂眼看她。

褚漾下意识地回了他一个眼神，那个眼神有些迷茫。

顾清识示意她看镜头。

这个对视放在特写里，不知道怎么就成了一眼万年。

"侧脸绝了！"

"这是什么神！仙！对！视！"

"呜呜呜！好般配！"

"同框绝美！"

"我好喜欢他们站在一起啊啊啊！"

"好甜！"

"这个眼神……我死了。"

"一人血书求两个人在一起！"

褚漾看得见投屏上自己被放大的脸，却看不清那密密麻麻地滑过的各式各样不同颜色的文字。

她很快反应过来，拿起话筒开了个头："尊敬的各位领导，亲爱的老师、同学们，大家晚上好。"

回答她的是尖叫声和掌声。

每个人的主持词都已经分配好，褚漾负责开场，穗杏接梗，顾清识和沈司岚长得就不太有梗的样子，所以这段他们站在两边当花瓶。

"话说今天来我们晚会的人也太多了，"褚漾故作惊讶地看向台下，问道，"都是计算机学院的同学吗？"

说"是"和"不是"的人各占一半。

计院的晚会票只发放给本院学生和其他院的领导和学生干部，但每年都有其他学院的学生来凑热闹，弄到票的方式五花八门，碰上不缺钱的人，甚至愿意出钱买票。

褚漾顺势问："那不是计院的同学这次是特意过来看哪个节目的？"

说什么的人都有，后排有个男生吼了一嗓子，瞬间盖过所有呼喊声，他说的几个字也在会场四周来回环绕："看你！"

台下的人开始大笑，发出暧昧的欢呼声。

褚漾也有些愣，随后便笑了起来，说道："那谢谢你了，可惜我没有节目要表演。"

"没关系！你站在上面就行！"

这回不光是台下的人笑了，除了顾清识，台上的另外两个主持人也扬起嘴唇跟着笑了。

褚漾哭笑不得，冲台下的观众嘟了嘟嘴，说道："那怎么行，耽误人家表演。"

"我不看表演！我就看你！"

这句话足够露骨，更何况是以这么大的分贝喊出来的。

第一个节目表演的时间快到了，褚漾并不想浪费时间，将话筒靠近嘴边，冲台下挑了挑眉，嗓音娇柔地道："行，以后有机会让你慢慢看。"

"啊啊啊！"

她刻意拉长了音调，声音显得有些慵懒，特写镜头里她眼尾上翘，深色的瞳孔中流光溢彩，像只傲娇的猫。

很多人就偏偏吃这种不藏着掖着，光明正大地放电撩人的一套。

反正她爸今天又不会来看晚会，褚漾毫不在意。

报幕结束，主持人从侧边下台。

下一场是穗杏和沈司岚上台，褚漾能休息片刻。

化妆室不大，整齐地摆放着一排打光镜，桌上堆着大大小小的化妆品，角落的衣架上挂着些备用表演服。

她对着化妆镜查看自己的妆容有没有问题，无意间瞥见了身后狂热的眼神。

褚漾转过头去，问道："你盯着我干吗？"

穗杏睁着一双大眼，声音有些颤抖地道："学姐，我想拜你为师。"

"……"

那边正在看手机的顾清识和沈司岚不由自主地竖起了耳朵。

134

"拜什么师？"

"我想请学姐教我怎么钓男人。"

穗杏语气真诚，听着不像是开玩笑的。

褚漾一直把她当未成年人看，总觉得是自己的脑筋出了问题才误解了她的意思。

褚漾来了兴趣，撑着下巴挑眉看着她，说道："你长得这么可爱，不用我教也能钓到男人啊。"

"不，"穗杏严肃地摇了摇头，说道，"可爱在性感面前不堪一击。"

她说完，还要从别人那里找寻认同感，眼神看向默默旁听的顾清识和沈司岚，问道："学长，你们也这么认为吧？"

"……"

"……"

送命题，这让人怎么答？

顾清识直接起身，冷冷地说道："我去一趟洗手间。"

穗杏小心翼翼地望向沈司岚，脸上满是期待的表情。

沈司岚扯着嘴角，面无表情地道："你知道就行。"

穗杏失落地低下头，双手不安地绞着，语气软绵绵的，似乎还有些委屈。

"我就知道学长你喜欢学姐这样的女生。"

沈司岚神色微顿，烦躁地偏过头去，不理她了。

这样尴尬的局面没有持续多久，有个学生干部过来提示他们该上台了。

两个人一前一后地走出了化妆室，独留褚漾待在里头继续补妆。

没过多久，化妆室的门又被打开，褚漾知道是顾清识回来了，懒懒地跟他打了声招呼就继续手上的动作。

补好妆，褚漾拿起稿子走到顾清识身边，边翻页边问："下一场报幕，我们要不要先对对台词？"

顾清识冷淡地回应："没有必要。"

她将目光挪到顾清识身上，发现他正在看手机，似乎全然不在意。

褚漾有些不高兴，问道："那要是待会儿我紧张，忘词了，怎么办？"

"即兴发挥就好，"顾清识抬眼，冷淡地道，"你不是很擅长吗？"

"什么啊？"褚漾狠狠地合上稿子，转身就走，边走边说，"不对就不

上册

对，我自己对。"

她正欲离开时，手腕忽然被钳住了。

褚漾动了动手，没挣脱，又回过身子，不爽地问："干吗？"

顾清识站起身，她还没反应过来，额头就被弹了一下，力道还不小。

褚漾捂着额头，不明就里地问："顾清识你搞什么？"

顾清识别开眼，又缓缓坐下了，低着头只留给她一个头顶，平静地道："傻子。"

这是顾清识头一回骂人，褚漾内心不满，但碍于待会儿还要一起上台，没跟他计较。

再轮到褚漾上台时，已经到了现场抽奖环节。

控制弹幕的人会直接在几百条弹幕滑过的过程中用鼠标随意选中一条，然后对照微信 ID 让中奖者上台领奖。

挑选的弹幕内容由主持人决定。

这种互动环节的稿子不是她写的，是由负责整个主持流程的学生干部操劳。

为了迎合褚漾的人设，弹幕内容是该学生干部绞尽脑汁，特意为她想出来的。

褚漾反抗过，但无效。全体学生干部除了她都觉得这个内容举世无双，一定能引起观众的热烈共鸣。

她按照稿子上的内容背台词，说道："赞美我。"

随即弹幕开始猛地刷新，夸奖的内容一看就知道是从百度上抄来的。

"你是如此美丽，美得像一首抒情诗。啊，我的女神！"

"你在我心中是最美，每一刻都如此让人沉醉，baby（宝贝）。"

"从你的言语中看见你的高贵，从你的面貌中看见你的清秀。"

"你是美酒千杯，我怎能不醉！"

"我喜欢吃伊利巧乐兹，只因为那句，喜欢你没道理。"

"不是因为寂寞才想你，而是因为想你才寂寞。"

抽弹幕的人忍着笑从里头随便选了三条。

褚漾念出了这三位幸运观众的微信名。

"'你头上绿了''不瘦到一百斤不改名'。"褚漾顿了顿，最后一个微信名怎么也念不出来，似乎有些难以置信。

她抬头朝台下看过去。

因为是互动环节，台下的照明灯也打开了，比起表演时下面乌压压的一片，此时能勉强看见台下坐了多少人。

她从最前排开始找起，忽然盯着某个方向不动了。

台下的嘉宾席上，那个戴着眼镜，似笑非笑，正淡定地冲着她晃动手机的男人不是徐南烨还能是谁？

褚漾震惊了几秒钟，随后很快就接受了他来了这个事实。

让她不能接受的是徐南烨不知道从哪里抄来的赞美词，她都没脸看第二眼。

"温柔的女人是金子，漂亮的女人是钻石，聪明的女人是宝藏，可爱的女人是名画。据考证，你是世界上最大的宝藏，里面装满了金子、钻石和名画。"

不知道为什么，她总觉得徐南烨是在讽刺她。

褚漾沉默时，前两个被念到名字的幸运观众已经上台了。

最后，她还是硬着头皮念出了徐南烨的微信名。

其他人纷纷探头，去找最后一个幸运观众。

一楼的观众席上和二楼的观众席上都没有人站起来，前排的嘉宾席上倒是有人站起来了。

"领导老师也参加抽奖吗？"

"好像不是领导！"

"是谁？"

"是外语学院的徐师兄！"

"啊？"

特写镜头照到最后一名幸运观众的时候，整个会场有过那么几秒钟的死寂。

徐南烨从投屏上看到了自己，毫不在意地笑了笑。

这位就是挂在外语学院优秀校友榜上，只闻其名不见其人的徐师兄。去年他其实就回过学校，可惜演讲那天去的人实在太多，能有幸看到他的也就多媒体大教室里的几百名学生，很多人没能挤进去看。听说今年的理事大会他也回来了，只可惜一路坐在车里，车子的防偷窥车膜又贴得严实，他一直到教务楼才下车，还是没人能见到他。

如今大家总算见到他了，还是在现场见到的。

"啊啊啊！徐师兄！"

"本人比照片上帅！"

"呜呜呜！外语学院是什么神仙学院？"

"徐师兄我可以！"

"'颜狗'的天堂，我爱了。"

"计院真牛，把外语学院的徐师兄都请来了。"

徐南烨的脸已经完全被弹幕挡住了。

褚漾语气僵硬地道："徐师兄，请上台。"

徐南烨从善如流地起身离开座位。他坐在靠中间的位置，而这一排坐着的领导和老师比学生的反应还要慢上半拍，直到徐南烨低声说了句"抱歉"才意识到徐南烨竟然真的参加了这种抽奖活动。

老师们半起身给他让了路后，不禁面面相觑。

不知道徐先生是喜欢公仔，还是零食大礼包，还是一年份的麻辣香锅呢？

总之，不管他喜欢哪个，褚漾可算是找到徐先生的爱好了。

见他登上台，前两个本来不熟悉的妹子瞬间拉住了对方的手，神色紧张地靠在了一起。

徐南烨比她们高出很多，摄像机想要给出他的特写，就没办法照到妹子的脸。

褚漾站在其中一个妹子身边，刚好跟徐南烨一左一右，中间隔了两个人。

她个子高挑，又穿了高跟鞋，就算是跟徐南烨站在一起也不显矮。于是呈现出一个奇异的画面：镜头拍到的画面中间是两个黑压压的头顶，旁边两个人高挑惹眼，吸引了所有人的目光。

褚漾原本就长相妖艳，素颜时还能看出点儿学生气，现在妆容精致，打扮得也成熟，很难让人挪开眼。

另一边，斯文、英俊的徐师兄看上去气质就文雅得多。

"有点儿……般配？"

"好像全家福啊，哈哈哈！"

138

"我一直嗑褚漾和顾清识，怎么感觉她和徐师兄更适合一些？"

"徐师兄居然能压住褚漾的妖艳气质，绝了。"

"就我一个人觉得两个人真的挺般配的吗？"

"前面的别走，不止你一个！"

台下的欢呼声一直停不下来，褚漾只能硬着头皮照着稿子说流程："礼物一共有三份，被选中的观众猜拳，谁赢了就能得到一年份的麻辣香锅券。"

另外两个被选中的妹子窃窃私语了几句，其中一个忽然鼓起勇气，小心翼翼地举了举手。

褚漾把话筒递给了她，问道："你想说什么？"

"那个……"妹子低头，侧过头悄悄看了看旁边的徐南烨，羞涩地道，"我们俩刚才商量好了，直接把券给徐师兄。"

褚漾："……"

台下的人发出暧昧的欢呼声。

这个活动也没有规定必须谁拿哪一样奖品，怎么分都由获奖人自己决定。褚漾觉得徐南烨如果答应了未免不太厚道，在场的人包括她也想吃一年份的免费香锅，结果这两个妹子居然就这么轻易地将这份奖品送出去了。

人家上班又不是没有食堂，难道还要特意坐车过来吃吗？

褚漾给了徐南烨一个眼神，示意他别太厚脸皮了。

徐南烨笑着看了两个小女生一眼，轻声问道："确定吗？"

"确定，"另一个女生点头，拿过话筒面对着他说，"我们只有一个条件。"

她的话透过麦克风，大家都能听到。徐南烨的声音不大，但足以让台上的几个人听到，他说："你说。"

"希望徐师兄能经常回校，"女生指了指台下，说道，"多看看我们这些学妹。"

台下响起热烈的掌声，且经久不衰。

弹幕不断滚动：

"妹子好样的！"

"秀儿，是你吗？"

"同是腰椎间盘，为什么你如此突出？"

"呜呜呜！好妹子，我替全校单身妹子谢谢你！"

"麻辣香锅店以后的生意怕是要爆，这波赞助赚大了。"

"麻辣香锅店的老板出来挨打！"

"我不能吃辣啊！"

褚漾原本以为徐南烨或许会把券让回去，谁知他轻声笑了，语气轻柔地道："好。"

妹子没料到他会答应，冲着台下尖叫："徐师兄同意了！"

本来这一声惊喜的呼喊分贝就够大，被这现场环绕声放大，整个晚会现场的人都听得一清二楚了。

"啊啊啊！"

"以后去吃饭就能看见徐师兄了！"

"再也不用对着照片臆想了，呜呜呜！"

"徐师兄要多多回校！"

褚漾作为主持人，非但没控住场，反倒被这几个幸运观众将气氛带到了她完全意想不到的方向。

她发蒙地看着台上和台下激动万分的众人，看到连同嘉宾席那一排的老师和领导都跟着鼓起了掌。

徐南烨这种身份的毕业生多回几趟学校，对学校的声誉只有好处没有坏处，说不定以后招生还能从别的高校多抢几个学生过来。当初也是这个原因，他们才找到徐南烨，请他担任校理事会的理事长的。

如果徐南烨能时常回校，他们乐见其成。

见麻辣香锅店一年份的免费招待券到了徐南烨的手上，褚漾心情复杂。

她知道徐南烨工作忙，根本不可能特意过来吃，这券就相当于浪费了。

但是当着这么多人的面，她也不可能出口戳破他们的美梦。

两个妹子分别拿着玩偶和零食大礼包，欢欢喜喜地下台了。

褚漾将招待券递给徐南烨。

她没拿话筒，平视着他的衬衫领口，微微动了动嘴。

"你用不到，不如送我吧。"

徐南烨垂眼看着她，知道她不敢看自己，嘴角挂着笑，平静地道："不给。"

褚漾猛地抬头看他。

徐南烨的表情却已恢复如常，他对她笑了笑，说道："谢谢师妹。"

两人一个美艳，一个儒雅，哪怕只是这么几秒钟的对视和同框，都让弹幕疯狂地刷了几轮。

"都给我截图！"

"真的很配啊，没人觉得吗？"

"比和顾学长般配是怎么回事？"

"不行，我是坚定的 CP（情侣关系）粉，我不会爬墙的。"

"要是像素再高点儿可以当屏幕用了。"

"有人会修图吗？能不能调高清晰度？想拿来当壁纸。"

抽完奖又到了表演节目的环节，所以褚漾报完幕直接下台了。

刚回到后台，她就被穗杏堵住了，穗杏问她："刚才那个人是徐师兄吗？！"

褚漾点头，说道："是啊。"

"要是我负责这一阶段活动的主持就好了，"穗杏叹气，顿感惋惜，说道，"我还想跟徐师兄交流一下学习心得呢。"

徐南烨的厉害之处不是他现在的职位，也不是他这些年的工作经验。

在学生心中，他们或许对毕业后的职业认知还没有那么深刻，所有职业也就分为两类——赚钱的和不赚钱的。

他厉害的是全学年满 A+（优秀）、满绩点的成绩。除了主修语言和第二门外语，他还兼修了马克思学院的政治学学位，是名副其实的学霸，因此在学生心中神一样的地位才保持了这么多年。

褚漾动了动嘴角，说道："以后总有机会的。"

穗杏双目放光，说道："是啊，以后我一定要多去麻辣香锅店那边逛逛，说不定能碰到徐师兄呢？"

说完，她兴高采烈地跑开了。

沈司岚不知怎么突然从褚漾的身后冒出头来，问她："她开心什么？"

"哦，她说以后要多去麻辣香锅店那边。"

沈司岚的脸色蓦地变黑，他随即从鼻孔里发出了一声冷哼，转头走了。

一提起麻辣香锅，褚漾跟沈司岚态度一样，觉得心里有气。

徐南烨又用不着，送她怎么了，真够小气的。

现在台上在表演的节目是小品，离她下一次上台还有挺久。褚漾喝了杯团会统一发的可乐，突然有了上卫生间的念头。

她跟其他人打了个招呼，便提着后裙摆去找卫生间了。

后台只有几间工作室和储物室，褚漾绕过舞台，走到会场侧门口，打开了那边的出口的门，去外面找卫生间。

关上厚重的大门，里面嘈杂的声音就通通听不见了，褚漾揉揉耳朵，轻车熟路地往卫生间走去。

会场外也有不少没有票的学生站在那里听声音，一看门开了，都不约而同地看过去。

一时间，所有人盯着只顾着找卫生间的褚漾。

她穿着高跟鞋行动有些不方便，但还是尽力加快了脚步，朝另一边走去。

她的后背一片清凉，露出精致的蝴蝶骨，长发因为她的小跑动作而左右摇晃着，隐隐约约露出修长、白皙的后颈。

"那是褚漾吗？"

"是吧。"

"这身材我酸了。"

"我也是。"

"我为什么没有搞到票？！"

好不容易跑到卫生间的褚漾如释负重，找了间干净的隔间，小心翼翼地护着自己身上的礼服防止后摆拖到地上。

原本她正打算静静地享受这段时间，好死不死地听到了隔壁隔间不大不小的打电话的声音。

"你以为我想来给自己找气受？我要是不来，不就等于认输了？"

这声音褚漾可太熟悉了。

是孟月明的声音。

按照职位，孟月明的位置原本是靠近嘉宾席的，褚漾却一直没看到她。

褚漾还以为孟月明没来。

孟月明丝毫没意识到隔壁就是她的敌人，仍旧跟电话那头的人聊得欢快。

"她得意呗，所有人投票选她当主席，她多牛啊，"孟月明冷笑了一声，言语间带着狠劲，"她今天穿成那样子也不知道要吸引谁呢。听台下的人尖叫，她肯定得意死了，巴不得所有男人倒在她的裙下。

"节目都无聊死了，没什么好看的。我还以为她能把这次晚会办得多好呢，也不过如此，还没有我那一届精彩。

"我跟她计较什么？我忙着准备保研的事，她再怎么样也跟我没关系了。

"反正我以后也看不到她了，正好洗洗眼睛。

"行了，不说了，我的手机快没电了。

"喂？真的没电了。"孟月明暗暗地骂了句脏话。

褚漾挑眉，心生一计，捏着鼻子，敲了敲旁边的隔板，说道："你好。"

"你是谁？"

褚漾清了清嗓子，尖着嗓音问她："我是今天来看晚会的新生，没带纸，你能借我几张纸吗？"

孟月明蓦地警惕起来，问道："你刚才听到了什么？"

"你放心，我也看不惯褚漾，觉得她这个人做作死了，就知道搔首弄姿。"褚漾语气殷切，装模作样地表忠心，"我肯定不会说出去的，再说我也不知道同学你是谁呀。"

"哦，"孟月明稍稍放心，问她，"你要几张？"

褚漾故作疑惑地道："一张，不、不、不，还是两张？三张吧，你的纸是多大的啊？"

孟月明不耐烦地啧了啧，顺着下面的空隙将自己的纸递给了她，说道："你自己拿。"

褚漾拼命忍住笑，说道："谢谢！"

接着便是冲水声响起。

孟月明等着人把纸给她还回来。

一分钟后，孟月明的腿有些麻了，她敲了敲隔板，问道："你拿好了吗？"

没有人回答。

孟月明愣住了。

又过了几分钟，孟月明猛地意识到了什么，难以置信地瞪大了双眼。

她看了眼已经关机的手机，再次骂出声。

褚漾站在洗手间的门口，靠着墙抱胸微笑。

看见有两个妹子犹犹豫豫地不敢进去，褚漾挑眉，语气温柔道："这一层楼停水了，你们去楼上吧。"

妹子们单纯地点了点头，几乎没怎么怀疑褚漾这句话的真假，临走前还转过头看了她好几眼。

隐隐听见孟月明在里头问了好几声"有人吗"，褚漾稍稍调整了一下面部表情，转身又进去了。

"请问有人吗？"

孟月明又问了一句后，褚漾适时开口道："有，怎么了？"

卫生间里的人很快听出了这个讨厌的声音，闭嘴保持沉默。

褚漾走到隔间门口，有礼貌地敲了敲门，问道："学姐？你怎么了？"

里面的人半天没有应答，褚漾装作什么都不知道，疑惑地道："没事的话我就先走了？"

"等等！"孟月明有些慌了。

褚漾站在那儿，耐心地等她做好充足的心理准备再开口向自己借厕纸。

毕竟向自己讨厌的人借厕纸这种事，放在孟月明这种心比天高、谁都看不上的自大孔雀身上，确实是很难承受的心理负担。

"你带纸没有？"

褚漾能听出她语气中的挣扎，得意地笑了，拿出自己的纸巾盒，从下面的空隙伸过去递给了她，说道："带了。"

孟月明接过了纸，语气比刚才还僵硬，说道："谢谢。"

听得出来，孟月明很不情愿，但又出于思想道德本性以及本身的教养，在他人雪中送炭时无论怎么样都是不该吝啬一声"谢谢"的。

她只是讨厌褚漾，不代表她这人道德败坏，连"知恩图报"四个字都不知道怎么写。

"举手之劳，我先走了。"

褚漾淡定地应下她的道谢，优雅地走出了卫生间，刚走出转角，就靠着墙笑得不能自已。

她生怕笑出声被人听见，捂着嘴痛苦地对着墙壁孤芳自赏。

路过的人不知道发生了什么，只知道一个穿着红色礼服的漂亮女人对着墙发疯。

笑够了，褚漾理了理头发，回到了会场。

她回来得有些迟。接下来是个大报幕，主持词很多，所以主持人都要上台。其他三个人等了她半天，终于等到人后，穗杏直接把主持稿塞到她手上，神情有些紧张地道："学姐，咱们快点儿再来来对对词。"

褚漾看着手上的稿纸，在其他三人正襟危坐地对词的时候，用纸挡着脸，笑得浑身抖了起来。

几个人面面相觑，还是穗杏揭下了她脸上的稿纸。

"学姐？你不舒服吗？"穗杏问。

那张明艳、漂亮的脸上笑出了泪，褚漾笑得肚子难受，弯着腰捂着抽筋的地方，嘴里发出快乐又痛苦的低吟。

她笑得眼睛都弯成了月牙形状，眼角还带着点儿晶莹的泪珠。

穗杏睁着一双清澈的大眼睛看着她，而沈司岚扶额叹了口气，唯独顾清识居然被她的笑感染，跟着勾起了嘴角。

"学姐，你是碰上什么好事了吗？"

这事只能放在心底自己乐一乐，褚漾怎么可能说出来？她敷衍地摆了摆手，又轻轻地打了自己几巴掌，总算压下了那股笑意，说道："没有，我就是听了个很好笑的笑话。我们继续。"

或许是被她的笑缓解了待会儿要上台说一大串主持词的紧张，上场之前他们担心的卡词和接不上话的意外居然都没有发生。

褚漾的好心情一直持续到晚会结束。

她一直带着极为欢快的笑容主持着晚会，偶尔还能接一接台下观众抛来的梗。在即将谢幕时，开场时就跟她隔空对话的男生又吼了一嗓子："褚漾，我要去后台找你！"

褚漾只愣了一瞬间，随即展颜，说道："行啊，我等你。"

好玩的气氛一直持续到最后。

这是历届的迎新晚会中唯一到谢幕场还没有观众起身提前离场的。

褚漾上任后组织的第一场晚会就大获成功，向所有人证明了换届选举时自己的全票通过的结果赢得心安理得。

她算是从里到外彻底把孟月明对她的偏见打破了。

化妆室内，只有她在百无聊赖地玩着手机，等更衣室空出来再去把身上的礼服换下来。

聊天群里，大家都在问她那个吼着要去找她的男生去了没。

褚漾当然知道这种话也就是随口说说，活跃气氛，自然不可能当真，也识趣地在群里感叹："没来呢，我一直在等他。"

结果好像有的人当真了。

"有人认识那个男生吗？帮忙带个话，我们院花在等他呢。"

"那是我室友的哥们儿，建筑学院的，我现在就去转达！"

"单身？"

"单身，他一直暗恋褚漾，今天不知道是不是喝了酒，胆子贼大。"

"哦哟，是条汉子。"

"哈哈哈！快去！"

"褚漾你别走，等人过去找你。"

褚漾抿唇，觉得自己有点儿翻车。要是人真的来了，她也不知道该怎么应付。

她向来是纸上将军，空有一身撩汉本事，看着身经百战，其实根本不知道该怎么收场。

这也是她朋友圈里异性好友成堆，却能单身到大三的原因。一般是聊着聊着，看对方真有要追她的意思，她就果断隐身，导致最后不了了之。

不过好在大多数人只是想交个朋友而已，并不是真想跟她谈恋爱，见褚漾没那个意思，索性退一步当个点赞之交，能在院花的通信录里待上四年也就够了。

大学男女往往一样，碰见好看的人总特别想接触一下，聊得来就谈，聊不来就当朋友，没那么情深。

因为没碰上过执着的人，她这种令人发指的行为只有舒沫知道。

舒沫曾经戳着她的脑袋说："等你碰上个认真的人，我看你还能往哪儿躲。"

"我还有事，现在要走了。你们别让人白跑一趟了。"她打完这句话就迅速发了出去，内心希望那位通风报信的哥们儿能赶紧看到，转达给那个男生。

听见化妆室的门吱呀一声开了，褚漾内心一惊，以为人真的来了。

她为自己的这次翻车行为感到羞耻，揪着手指不敢转身，声音僵硬地道："同学，你真来了啊？"

身后的人没有回答她。

"我以为你也只是开个玩笑，我先跟你道歉，"褚漾也不推卸责任，果断把姿态放低，说道，"你也知道我这个人平时喜欢说些瞎话，对不起啊，让你误会了。"

来人依旧沉默。

褚漾咬唇，继续辩白："那什么，我有男朋友了。"

化妆室里的灯的总开关就在门边，褚漾正犹豫时，忽然听到门边那人轻轻按下了开关，随即整个化妆室暗了下来。

褚漾暗骂一声，迅速起身往角落处藏，想贴着墙绕过人找到门溜出去。

那人也不知道什么视力，三两步走过来，直接抓住了她的胳膊。

褚漾吓了一大跳，随即被人钳住了下巴，逼迫她抬起头和黑暗中的那人对视。

这股味道有些熟悉，是她常闻的男人香。

那人开口后，褚漾很快确定了自己的猜想。

黑暗中，男人低沉的嗓音略带暗哑，像是含着让人浑身酥麻的电流。

"能告诉我你的男朋友是谁吗？"

褚漾的神经都快被他搞得衰弱了。

她知道是他，绷紧的身体蓦地放松下来，又因为是他，她的心跳声在这静谧的黑夜里听上去格外急促。

褚漾咬牙，猛地推开徐南烨，声音颤抖地道："你关灯干吗啊？"

徐南烨轻笑两声，又将开关打开了。

整个化妆室又恢复了光亮，褚漾不适应地用力眨了眨眼睛，总算看清了对面的男人。

男人靠着门，衬衫的领口随意地敞开着，露出瘦削的锁骨，袖口也随意地向上卷了几圈，白皙的胳膊上戴着银表，显得矜贵、优雅。

"你刚才进来后怎么一直不说话？"褚漾烦躁地瞥了他一眼，不爽地道，"我还以为是别人，吓死我了。"

徐南烨给出的理由很充分。

"我看你说得起劲，不忍心打断你。"

褚漾能信他的话就有鬼了，又问："那你关灯干吗？"

徐南烨这回连借口都懒得找了，只说："逗逗你。"

"……"褚漾气得胸口上下起伏，问他，"那请问您现在玩够了吗？"

"你似乎约了别人？"徐南烨对她的话置若罔闻，语气比刚才又轻佻了几分，问她，"不欢迎我来？"

褚漾哑口无言，偏过头干巴巴地问他："你来找我有什么事？"

徐南烨从裤兜儿里掏出了那张券，褚漾的眼睛一下子就亮了。

"本来我是过来给你送这个的，"徐南烨面带微笑，用食指和中指夹着那张券晃了两下，刻意吸引她，说道，"看来你不太需要？"

褚漾提着裙摆跑了过去，一边伸手抢券，一边说道："我需要！"

见徐南烨手疾眼快地将手抬起，褚漾穿着礼服不方便跳起来抢，只能踮起脚拿，却还是差点儿距离。

他丝毫不为所动，颇为遗憾地道："你既然约了别人，就问别人要吧。"

褚漾撇嘴，知道徐南烨用不着这个，肯定会给自己的，但肯定不会这么轻易就给。

她抓着他的衣领，抖了抖肩膀，说道："我不要别人的，就要你的。"

徐南烨轻笑，故作疑惑地问："这么想要？"

"想要想要，"褚漾盯着那张券，神情充满渴望地道，"特别想要。"

男人藏在镜片后的眸子变得暗沉了几分。

这身红色礼服衬得她肤若凝脂，双手交叠时，礼服抹胸部位的线条尤为明显，从他的角度往下望，简直就是春光无限。

她将徐南烨堵在门口，死死地将他禁锢在了她和门之间。徐南烨退无可退，舌尖抵着牙齿，空出的那只手摸了摸她的下巴。

"漾漾，好挤，"徐南烨无可奈何，唇间带笑，说道，"我知道你想要。"

褚漾急了，大声说道："那你给我啊！"

徐南烨挑眉，问道："这是你求人的态度？"

"师兄，你又用不着这个，还不如给我呢。我还能省一年的餐费，"褚漾一边掰着手指跟他精打细算，一边说道，"你看，四舍五入我也是帮你省了钱对不对？"

徐南烨差点儿就信了，但还是意志坚定地摇头，说道："不给。"

他原本是想过来给她送个餐券就走的，现在改变主意了。

她倒是一点儿都不安分。

褚漾冷哼一声，非常有骨气地退开了。

"行，不给就不给，你拿着用吧。"褚漾狠毒地笑了两声，说道，"知道你吃不了辣，我等着给你买菊立清。"

这种翻脸就不认人的女人真是世上难得找出几个来。

徐南烨哭笑不得，刚想开口接她的话，化妆室的门就又被打开了。

徐南烨抵着门，让外面的人开门的动作变得有些困难。

穗杏的声音响起。

"学姐？我们都换好衣服了，等你换好了就一起去吃夜宵。"

褚漾迅速指示徐南烨："快躲起来！"

徐南烨感觉太阳穴跳了两下，似乎对她的这个命令感到不可思议，戳在那儿没动。

他还特意往前走了几步，方便外面的人推门进来。

门被推开了，最先进门的穗杏最早看到了化妆室里的男人。

她愣了两秒钟，张大了嘴，表情有些呆滞，问道："徐师兄？"然后，她又立马问躲在徐南烨身后的褚漾："学姐，你和徐师兄认识啊？"

后面跟着的沈司岚也是一脸疑惑。

褚漾捂头，不知道该用什么借口混过去。

顾清识皱眉，表情并不意外，但也没高兴到哪里去。

"他们认识。"顾清识开口，冷冷地说道，"徐师兄是褚漾的远房表叔。"

褚漾呆滞，忽然下巴一紧，心中有些感动，恨不得跪在顾清识的面前给他谢恩。

沈司岚没动作。倒是穗杏后知后觉地啊了声，音调拖了老长，做出了恍然大悟的神情，随即冲徐南烨鞠了一躬，态度恭敬地道："表叔好！"

"……"徐南烨感觉有点儿头疼。

偏偏褚漾还特别配合地凑过来，神色认真地给他介绍起来："这是我的直系学妹，后面那个是学弟。"

单纯、天真的学妹像只狂摇尾巴的小狗，激动地道："表叔，等一下我们要去吃夜宵，你也一起来吧？"

她这一声"表叔"叫得无比自然，坚决贯彻了"学姐的表叔就是我的表叔，所以要好好孝敬"的孝子思想。

除了她一个人对这个提议感到兴奋，其他几个人好像不怎么捧场。

褚漾急忙摆手，说道："不用了，他明天还要上班的。"

徐南烨也适时开口："这怎么好意思，你们玩吧。"

穗杏随即失落地低下头，嘟着唇小声说："好不容易有机会能跟你说说话，我有好多事情想跟表叔讨教呢。"

徐南烨和褚漾都有些不解，没想到穗杏会邀请他一起吃夜宵。

上
册

可能是她长得过于显小，让徐南烨对从她口中说出的"表叔"称谓没有从褚漾和顾清识嘴里念出时那么让人排斥。

徐南烨扬眉，问她："你有什么事要跟我说？"

"很多，有学习上的，也有其他方面的。"穗杏来了兴致，滔滔不绝地道，"几年前我爸爸去赞干比亚出差，正好黄巾军与政府内战，半个首都沦陷了，他跟其他国人去了大使馆避难，当时是你救了他。"

回国后，穗爸爸再想登门当面道谢，却没能得到徐家人的批准。

而后，徐南烨本人已经前往伦敦任职，穗爸爸只好在家庭小聚中，把这段往事说给家人听。

还懵懂的穗杏只知道父亲靠在椅子上，像是讲故事般，将那段惊险的往事娓娓地说给了她听。

那个脸上还带着些许稚嫩的年轻人站在铁栏杆外，面对一栏之隔的重型卡车，说着穗爸爸听不懂的西班牙语。

是他的同事翻译给其他人听的："请你们尊重国际合约，贵国内政变动与我国公民并不相干，大使馆在没有收到两方政府指示前，绝不会开门。"

徐南烨微怔，再听她提起这件事，居然有种恍如隔世的感觉。

他微微笑了，问道："这顿夜宵让我请你们吃，好吗？"

穗杏忽然笑开了花，重重地点头。

听说他们原来是旧相识，羁绊还这么深，褚漾也不好意思再阻拦了，默认这顿夜宵让徐南烨加入。

穗杏是真的崇拜徐南烨，走在路上都好像关不住话匣子，一直叽叽喳喳地说着。

褚漾看着两个人的背影，明明中间还能再站半个人，她还是觉得这两个人的距离过分近了。

徐南烨并不打算带他们在路边摊吃夜宵，其他人不用多说也懂，反正是师兄请客，他说去哪儿吃就去哪儿吃。

一行人往校内停车场走去。

时间已晚，昏黄的照明灯照在沥青路上，照亮了来来往往的学生。

褚漾走在人群的最后，前面是顾清识和沈司岚。她凑上去也没什么好说的，索性放慢脚步，一个人慢慢地在后面走。

动心他先

前面的两个人好像特意等了等她，眼前忽然落下阴影。褚漾抬头，那两个人果然都在看她。

"怎么了？"她问。

沈司岚最先开口："学姐以前听过师兄在赞干比亚任职的事吗？"

褚漾敷衍地点了点头，说道："听过一些吧，但我没什么兴趣，没认真听。"

"他跟你提过穗杏吗？"

"没有，我都不知道有这件事，"褚漾摇头，又问他，"那穗杏跟你说过吗？"

沈司岚神色微滞，偏过头道："我们不熟，她为什么要跟我说？"

褚漾勉强地扯了扯嘴角，反问道："对啊，那他为什么要跟我说？"

顾清识什么也没问，只是将她的肩揽过来，让她站在自己和沈司岚中间。

"走在后面不安全，"他淡淡地说，"到时候走丢了都没人知道。"

褚漾抬头茫然地看着他，脑袋却被他轻轻地敲了一下，顾清识的声音在夜色中响起。

"看路。"

徐南烨和穗杏先走到车子边，在等他们。

褚漾下意识地想打开后车门，却被穗杏一把拉住。

穗杏指了指前车门，说道："学姐你坐前面啊。"

"你们不是还有话要聊吗？你坐前面吧。"

这句话刚说出口，褚漾就在心里骂自己小心眼儿。

谁坐前面不一样？她不至于为了一个座位就对学妹阴阳怪气。

穗杏不知道她这点儿小心思，推着她的肩膀，帮她打开了前车门，说道："我跟表叔今天刚说上话，况且刚才也说得差不多了，学姐你坐前面吧。"

褚漾有些不相信，问道："说完了？"

穗杏刚才明明一脸"他乡遇故知"的激动神色，怎么走了这几百米就说完了？

"我就是替爸爸说一声'谢谢'。我本来还想问问他是怎么兼修双学位的，但他说他学的文科我学的工科，学习方法有本质上的区别。而且读书

151

本来就因人而异，东施效颦没什么意义，"穗杏拨了拨刘海儿，嘻嘻笑了，说道，"我还是自己慢慢琢磨吧。"

褚漾突然撇嘴。

穗杏有些慌了，连忙问道："学姐，你怎么了？"

褚漾摇头，说道："没事，就是觉得你比我好太多了。"

"怎么会呢？学姐每年都是专业第一，还拿了那么多奖，长得又漂亮，学姐你才是我的榜样啊。"穗杏看了眼已经坐上车的其他三个人，说道，"表叔、顾学长和沈学长都是我的榜样。"

世上怎么会有这么可爱的女孩子？

褚漾一贯自诩仙女，如今和她比起来，自己真是小心眼儿又自私。

上了车的褚漾还沉浸在对自己的内心谴责中，连徐南烨叫她系上安全带都没听到。

徐南烨在她眼前打了个响指，喊她："漾漾？"

褚漾猛地回过神，手忙脚乱地系上安全带。

车子根据导航行驶在路上。

后排座位上很安静，顾清识手撑着下巴看向窗外，戴上耳机在听歌；沈司岚冷着一张脸靠着椅背闭目养神；坐在另一边的穗杏拼命把自己往角落里缩，生怕碰上沈司岚。

沈司岚忽然沉声问道："我身上有跳蚤？"他的语气不怎么高兴。

穗杏被吓了一跳，连忙摇头，说道："没有，我就是怕挤着学长。"

沈司岚哼了一声，问道："我很胖？"

"没有……"穗杏咬唇，终于不再勉强自己速成缩骨功，往他那边靠了靠。

两人的大腿靠在一起的时候，穗杏心跳加速，猛地转头看向窗外，双手紧紧地贴在膝盖上，像个正襟危坐的乖宝宝。

沈司岚的腿部肌肉有些僵硬，连带着脸色也比刚才更别扭了。

为了不影响司机的视线，车厢里的光线很暗，影影绰绰的街景霓虹灯将他清俊的面庞映得带上了些粉红色。

车后的三人各有思绪，前排的两个人也没闲着。

因为有人在场，褚漾咬着舌头，半天才叫出这个称呼："叔叔。"

"……"徐南烨沉默了几秒钟，应道，"嗯。"

她叫他干吗呢？

褚漾开始后悔自己刚才的冲动。

很快，她就想到了话题，问道："麻辣香锅店的券，你什么时候给我？"

徐南烨轻叹道："我会给你的。"

后排的穗杏忽然问："表叔是为了帮学姐才参加抽奖的？"

徐南烨顿了顿，笑了，说道："算吧，"末了他又说，"师妹，你不必跟漾漾一起改口的。"

"我觉得叫'表叔'比较亲切，叫'师兄'的话感觉叫谁都可以，"穗杏不好意思地笑了笑，说道，"不过，师兄只是学姐一个人的表叔，我还是叫'师兄'吧。"

褚漾眨了眨眼，竟然也有些不好意思了。

车子没开出多远，徐南烨找了家环境比较好的茶餐厅，这家茶餐厅二十四小时营业，主食、甜点都有，因此除了学生，老师也很爱来这边聚餐。

气氛肯定不如路边摊，也很少有人大声吵闹拼酒，好在价格贵也难得吃几次，所以他们都没意见。

这个点已经不提供下午茶了，穗杏和褚漾并排坐着看菜单，偶尔问问另外两个男生想吃什么。

褚漾一直放在包里的手机忽然响了起来。

她看了一眼，是舒沫打来了电话。

褚漾把菜单交给穗杏后，拿着手机出去接电话了。

舒沫的语气像个弃妇，她说："你和宋林幼什么时候回来啊？寝室里就我一个人，我快无聊死了。"

"陈筱不在吗？"

"我跟她闹了点儿不愉快，她下午出去了，到现在还没回来。"

"怎么了？"

"我把这个月的电费单给她看，她说我开空调太凶了，然后又说她最近几乎没回过寝室，晚上睡觉时也只吹了电扇，让我重新算算四个人怎么分。"

褚漾皱起眉，问道："晚上睡觉时咱们不是开了空调吗？"

"对啊，但是她说她的遮光帘很严实，根本吹不到空调，所以只用了放在里面的小电扇，所以等于她没吹空调。"

褚漾无奈地问道："那她给电费了吗？"

"她都这么说了，不是明摆着不想交吗？我还能怎么样？自己先把电费补上了，"舒沫啧了两声，继续说道，"估计她今天晚上也不会回来了吧，唉，懒得提她，你和宋林幼在哪儿呢？"

"我在金翠丽吃饭。宋林幼应该也跟其他人在外面吃饭吧，团会今天早上七点就集合了，中午也只得空吃了点儿面包填肚子，这个点估计都饿了。"

舒沫忽然大叫道："你们这么有钱的吗？吃个饭还要特意去金翠丽？"

褚漾该怎么说是徐南烨请客？

"那你帮我带点儿东西回来吃吧，我也想吃金翠丽的东西，"舒沫忽然谄媚起来，言辞恳切地道，"主席，行不行啊？"

"你想吃什么？"

"雪媚娘吧。"

褚漾应下舒沫的请求，挂掉电话准备回座位。

途经几桌客人时，她放缓了脚步，直到有一道熟悉的声音叫住了她。

"褚漾。"

她转头，发现自己身后那一桌人全是老师，开口叫她的人是褚国华。

褚漾赶紧打招呼："老师们好。"

在座的老师都知道褚教授和褚漾的关系，点点头冲她笑了笑。

褚国华皱起眉，问道："这么晚了不回寝室休息，在这里干什么？"

旁边的老师呵呵笑道："在餐厅还能干吗？肯定是跟同学一起吃饭嘛。"

"跟哪些同学吃饭？男生女生？"

老师们对褚教授的这副样子已经见怪不怪，当年大一的时候，他连"褚漾那个班不要安排长得好看的教官"这种话都说得出口，如今只是查个岗，已经算是再正常不过的了。

被当着大家的面查岗的褚漾有些尴尬，敷衍地道："有男有女。"

褚国华微微放下心来。

"哎呀老褚，跟异性吃饭能有什么？要是等褚漾交了男朋友嫁了人，你不是得担心死？"有个老师喝多了酒，微醺着开起了玩笑。

154

褚国华和褚漾同时变了神色。

兴许是她耽误了太久的时间，穗杏过来找人，恰巧就看到了站在桌子边的她。

因为靠椅挡着，穗杏也不知道褚漾在跟谁说话，小跑过来催她："学姐，你怎么站在这里啊？徐师兄让我过来找你。"

她说完这句话就僵住了，随后赶紧鞠躬，说道："老师们好。"

褚国华并未在意，径直问她："哪个徐师兄？"

"啊？"穗杏反应不及，愣愣地道，"外语学院的徐师兄啊。"

徐南烨只让穗杏去找褚漾，没让她把褚漾的老子也找来。

顾清识和沈司岚也是不明所以，站起身冲褚国华打了个招呼。

褚国华坐下，神色严肃地道："你们都知道他们的关系了？"

褚漾："……"

穗杏："知道了呀。"

"唉，"褚国华重重地叹了口气，看向褚漾和徐南烨，说道，"我不是说要保密吗？你们怎么又说出来了？"

徐南烨："……"

穗杏单纯地眨了眨眼睛，问道："褚老师，他们之间的关系不能告诉其他人吗？"

褚国华冷冷地道："当然，褚漾还在念书，这要是说出来了，让人怎么想她？"

"……"穗杏冥思苦想，死活想不通为什么叔侄关系不能宣之于口。

她开始怀疑自己的智商。

褚国华又说："总之你们几个都要替他们保密，至少在褚漾毕业前不能告诉别人，知道了吗？"

几个人一脸蒙，但慑于褚国华这张脸太有威严，只能点头答应。

交代好事情，褚国华放心地准备离开。

褚漾笑了笑，说道："爸爸慢走。"

几个人又不约而同地看向徐南烨。

接收到信息的徐南烨经过了几秒钟的思想斗争，淡淡地开口："表哥慢走。"

褚国华转头，惊疑地道："你叫我什么？"

"……"徐南烨舌尖抵着牙，扶了扶镜片，微笑着道，"表哥。"

褚国华刚想吼一声"放肆"，便被褚漾一把拉住胳膊，将他用力推走，边走边说："爸爸，我送你回去。"

这么一个小插曲很快被敷衍过去。

吃完饭，徐南烨开车送几个人回学校。

徐南烨探出头来，说道："你们先回寝室，我跟漾漾还有些话要说。"

其他三个人都没什么意见，让徐南烨把他们放到学校大门口就行了。

顾清识和沈司岚决定先送穗杏回寝室。

两个人话都不多，一路上还是穗杏承担了活跃气氛的角色，但她又不敢找沈司岚搭话，只能尽力把话往顾清识身上带。

"学长，你是什么时候知道学姐和师兄之间的关系的？"

顾清识语气冷淡地道："不久前。"

"是学姐告诉你的吗？"

顾清识轻轻地点了点头。

穗杏笑了，说道："褚老师说不能告诉别人，学姐却告诉你了，学长跟学姐关系真好。"

顾清识忽然顿住脚步，垂眼问她："关系好？"

"对啊，怎么了？"

"或许吧，"顾清识轻轻笑了笑，又自顾自地往前走了，说道，"连我也差点儿这么以为。"

穗杏没懂他的意思，刚想追上去，却被沈司岚一把拉住。

"你让学长一个人先走。"

穗杏忽然脸红，摇头，说道："我要跟顾学长一起走。"

沈司岚眉头紧蹙，冷着声音问："我是什么洪水猛兽吗，你这么不愿意和我一起走？"

穗杏后退几步，不知道该怎么回答。

等把麻烦的学妹送到了女寝楼下，总算只剩他俩回寝室了。

上楼时，沈司岚率先打破沉默，轻声说："学长如果想知道他们是什么关系，直接去问学姐不就好了？"

"我不想知道。"

156

沈司岚没说话，总觉得顾清识今天很不对劲。

他对别人的事没什么兴趣，任由顾清识走在前面，直到两个人在楼梯口分开，才说了句"晚安"。

回了寝室的顾清识，一言不发地坐在自己的床上，室友叫了他半天，他也没反应。

大四学生的寝室里总是充满了喧闹和颓废，常常半夜还亮着灯，青轴键盘发出清脆的响声，学生们似乎要将这一年彻彻底底地荒废掉，仿佛只有这样才算不负青春。

另外三个室友都在打游戏，使得他的沉默更加特立独行。

顾清识忽然拿出手机，点开了相册。

往前滑到最上面，上方的拍摄时间显示是三年前，是他回高中母校演讲的那一天。

演讲结束那天，老师说让他跟学弟、学妹照张相。

很多女生跃跃欲试，想站到他身边，却又不敢，唯独一个女生大胆地站到了他身边。

她身上带着柠檬的清香，校服的领口很白，却没有她露出的后颈白，扎着高高的马尾辫，有些碎发落在脖颈上，被中央空调的风吹得摇摇晃晃，侧脸精致，嘴角挂着得意的笑容。

他看着女生的粉唇、向两边垂着的莲藕般细嫩的手臂，忽然呼吸一热。

他还在念高中的时候，高年级的教室都在比较高的楼层，早操和吃饭都很不方便，但仍有很多低年级的学妹愿意跑一趟上楼，趴在窗边，看一眼只能在周一升旗时见到的学长。

顾清识对此向来无视，直到抓到了一个胆子颇大的学妹。

午休时间，不待在教室里好好睡午觉，她居然跑上楼对着太阳晒。

顾清识从后面点了点她的肩膀。

学妹迅速转身，见是他，居然欣慰地感叹："还好，我还以为今天看不到你了。"

她因为晒了太阳，脸有些红，刘海儿被汗水打湿，唯独那双漂亮的眼睛依旧清澈。

顾清识皱眉，语气不太好地道："回你的教室去午休吧。"

学妹从兜里掏出手机，问道："我就想给你拍几张照片，行不行？"

顾清识从来没见过这么嚣张的女生，皱眉，直接拒绝，转身就走。

学妹冲着他的背影大喊："大不了赚的钱我们五五分！"

顾清识转身，没懂她的意思。

什么？

当时他不懂，但很快他就懂了。

这个学妹居然用手机拍下他的照片，然后卖给其他女生。

那时候他们的政治课上得不深，但顾清识也知道这侵犯了自己的肖像权。

这件事没瞒多久，那个学妹就因为带手机来学校而被罚写检讨。

他去低年级的楼层给老师送教学资料，正巧碰上她在自己教室门口的走廊上罚站。

天气很热，她的脸还是红通通的，她用手挡着太阳，校服已经被汗水全部打湿了。

顾清识走过去，低声问她："知道错了吗？"

学妹的声音像蚊子的叫声，她说："嗯。"

"还拍我的照片吗？"

学妹撇嘴，点了点头。

顾清识简直难以置信，她都被缴了手机，居然还不死心。他气笑了，问道："为什么这么想赚钱？"

那一瞬间，他脑海里闪过很多猜想，比如她家里经济条件不好，再比如她和父母的关系并不好。

学妹有些委屈地道："零花钱太少了，不够花。"

"……"

她真够诚实的。

后来，学妹又买了新手机，像素更高了，生意也越来越好，原因是她能拍到很多别人压根儿拍不到的他的正脸近照。

每天中午，顾清识的桌上都会被放上一瓶牛奶，美其名曰，五五分，但其实他被剥削了。

他却因此养成了每天喝一瓶牛奶的好习惯。

就连学妹每次站在他的教室门口，压根儿忘记了自己偷拍者的身份，跟他对唇语，指示他摆什么姿势，他居然也鬼使神差地照做了。

一直到毕业，学妹过来送他。

她眼睛里有不舍，也不知道是因为不舍得他，还是不舍得她的财路。

这个漂亮的学妹，一直到他毕业，才告诉他她的名字。

他在知道她的名字的下一秒钟，对她说的话是："褚漾，你会去清大吗？"

我想你来，我希望你来。

他们之间隔着窗，原本他才是那个落入她眼帘的人，却不知道从什么时候开始，她成了他的风景。

他不该因为她醉了，就转身离开去替她拿解酒的水果，连个答应或是拒绝的答案都没来得及知道。

顾清识总觉得有什么东西从自己的手中彻底溜走了。

江海澄忽然问他要不要一起打游戏。

顾清识破天荒地答应了。

"干吗抢老子的人头啊！老子使用大招把人打残血，你普通攻击收了人头！你就是个捡漏王！"

江海澄被人抢了"人头"，很不开心，对着另一个抢"人头"的室友破口大骂。

"你等着！老子非抢回来不可！"

顾清识躲在草丛里，忽然笑出了声。

江海澄吓了一大跳，问他："咋了？"

"没什么。"

这时，对面的人过来偷着攻击野怪。他一个瞬移闪到对方跟前，还未等对方开闪避，人头就已经落地。

江海澄脱手鼓掌，兴奋地道："识哥牛！"

"你要跟我说什么？"车子停在不显眼的角落里，头顶的车灯开着，褚漾总有种不好的预感。

徐南烨打开车窗，晚风凉爽，缓缓吹进车厢。

他淡淡地笑了，问她："今天看你没吃什么东西，是胃口不好吗？"

159

褚漾摇头，说道："没有。"

"我看你好像也没怎么说话。"

"我又插不上话，"褚漾张唇，手扭在一起，说道，"你以前在赞干比亚做了什么我哪儿知道？"

徐南烨脸上的笑意蓦然敛去，他漫不经心地接话："是吗？"

她没说话了，结果徐南烨也没再开口。

褚漾察觉了他的不对劲，事实上，从今天一起去吃饭到刚才其他人下车，他看上去都和平常没什么两样，似乎对意外事件的频繁发生丝毫不觉得有什么不妥，甚至很快就接受了。

一直到他现在一言不发。

"师兄，你怎么了？"

听到她的关心，徐南烨摘下眼镜将其放在仪表台上，揉按着自己的睛明穴。

他的声音听上去很轻，他说："有人记得那时候跟我见过，我有些惊讶。"

褚漾不解地问道："为什么会惊讶？"

"不知道，"他低笑两声，说道，"或许是觉得别人应该早就把这事忘了。"

没过多久，徐南烨重新戴好了眼镜，将在兜儿里装了很久的券送给了她。

褚漾一晚上都在想这个，现在徐南烨终于将券给她了，她却又没那么想要了。

"我送你回寝室。"他说罢，重新发动车子就要走。

她心里有种预感，如果这时候回去，事情会变得很糟糕。

褚漾向来随心而动，忽然伸手抓住了徐南烨搭在挡位杆上的手。

徐南烨忽然踩了刹车，侧过头看她。

"算我多管闲事，之前在赞干比亚的时候，你碰上什么事了？为什么穗杏说你救了她的爸爸？难道你在那边惩恶扬善吗？"

徐南烨微微愣住。

褚漾啧了两声，又替自己找台阶下，说道："你要是不想说，我也不勉强，反正我也不是很想知道。"

她留了个骄傲的后脑勺儿给徐南烨。

徐南烨垂眼沉默了片刻后，便又笑了起来，语气温润地道："那我就不说了。"

又是这样，每当深入了某个话题，他就戛然而止，永远进退得当，永远及时抽身。

换作平时，褚漾也会顺着他的话不再提，笨拙地找寻其他话题试图将气氛重新变得欢快起来。

但她今天很奇怪。

"我早说过，咱们这婚结得没有意义，"她收回目光，盯着前面朦胧的夜灯发呆，说道，"表面上是领了证，住在一起，其实跟陌生人有什么区别？什么也不能问。连穗杏今天刚跟你见面都知道你以前的事，我却什么都不知道。"

徐南烨侧过头看她，微勾嘴角，说道："不干涉对方的生活，这可是你结婚之前提出的。"

褚漾哑口无言，想要下车。

"以前我跟你说的时候，你总是兴趣缺缺，"徐南烨歪头，笑道，"为什么今天这么好奇？"

"你到底说不说啊，"褚漾急了，有些不耐烦地道，"不想说我又不会逼你。"

徐南烨非但没有理会她，反而装腔作势地啊了一声，问她："吃醋了吧？"

褚漾心中的怒火被点燃了。

"我杀了你！"

徐南烨轻松地钳制住她伸过来的魔爪反剪到她背后，另一只手忽然掐住她的腰，将她整个人往自己的怀里带。

逼仄的车厢内，主驾驶座的空隙原本就不多，褚漾坐在他的腿上，整个身体像是被绑住了，动弹不得。

镜片下，男人琥珀色的瞳孔里满是戏谑之色。

褚漾恨自己多嘴问他。

"你放心，"徐南烨微启薄唇，语气轻佻地道，"我是其他人都得不到的男人。"

161

"……"

他们现在这个姿势实在是太不和谐了。

褚漾闹着要下来，徐南烨只是轻笑着松手，任她逃开。

她为了避免麻烦，从来不坐徐南烨的车进学校，每次宁愿自己老老实实地多走点儿路，也好过被人看见了还要绞尽脑汁地编出个借口来。

还好现在时间还不晚，学校里多的是住在附近的居民或是学生出来散步、遛狗的，褚漾一个人走回寝室也没什么。

徐南烨也没说什么，只是在她临下车前嘱咐道："这个周末我要加班，星期天的时候我会让王秘书送你回家吃饭。"

褚漾的表情顿时变得有些奇怪。

夫妻俩结婚之前就商量得很清楚，每周六回娘家，周日回婆家，如果不是有事要处理，这是他们的日常行程。

徐宅坐落在顶级的市内郊区，进出都要经过电子大门，红外线会自动检测车牌放行，绿荫中间只有一条小马路，没有行人道。

因为路很长，所以很少有人会步行，褚漾一个人没办法进去，只能让王秘书开徐南烨的车送她进去。

没等到褚漾的回答，徐南烨又说："不然你自己开车？"

褚漾猛摇头，说道："不了，我不敢开。"

她两年前就考了驾照，但一直处于"有证也不敢驾驶"的新手阶段，开开旧车还行，徐南烨这辆宾利她惹不起。

蹭掉一小块漆都能抵她几个月的饭钱，开豪车是拉风，可惜她没这个胆儿。

这还是他头一回休息日要工作，褚漾抿唇，有些欲言又止地道："那我也不回去了吧，正好最近要忙比赛的事情，我周末想留在实验室里。"

徐南烨的爸妈一直没回国，她每次跟着徐南烨回家都是去的隔壁的容宅，两家的小辈都是从小一起长大的，两家人凑在一起有说不完的话。她和徐南烨的婚姻关系原本就不怎么正常，跟婆家人一起吃饭，便宜丈夫还不在身边，她尿。

"那我跟阿姨说一声，让她周末不用过来打扫了，"徐南烨点头，又多嘱咐了一句，"别总吃外卖，去食堂吃。"

褚漾敷衍地点点头，准备下车。

徐南烨忽然皱了皱眉，说道："等会儿。"

褚漾以为他还有要嘱咐的话，结果他只是迅速地发动了车子，又往前开了几十米。

后面响起刺耳的鸣笛声。

褚漾往后看去，被忽然照亮整个车厢的远光灯晃了眼，急忙伸手挡住眼睛，低声抱怨了一句："这么近开远光灯有病吗？"

徐南烨透过后视镜确定后面那辆车不会再开，终于开了车锁，让她下车。

后面的车也熄了火。

褚漾没急着下车，只是摇下车窗，想看看后面那辆车的司机是什么人。

主驾驶座上没人下来，倒是靠里侧的副驾驶座的门打开了。

褚漾难以置信地睁大了双眼。

徐南烨淡淡地问她："怎么了？"

"那个人好像我的室友，"褚漾缩回头，又觉得是不是刚才被灯照得晃了眼，连人都看错了，"不可能啊。"

她正想着，后面的车子已经重新发动，开到前面的转向弯道，驶离了这条马路。

奔驰 S 系，车型和车牌都很打眼，一连串的四个"9"，说明车主非富即贵。

这种车牌可遇不可求，一般挂上交易所还没等叫价，就已经被人高价买走，普通人连竞拍的机会都没有。

徐家直系和旁支的人不敢用这么招摇的车牌号，但和徐家交好的容氏属于顶尖豪门，容氏的人对于收集车牌的爱好不亚于收集豪车。徐南烨接触过的人不少，明白这其中的利益链，能用这种车牌的人，当然可以横着走。

徐南烨眯起眼眸，轻声说："应该是你看错了。"

褚漾哦了一声，这回是真的下了车。

一直到她进了校门不见人影，徐南烨才离开。

褚漾绕过花坛，直接抄了条近道回寝室。这条路背对着图书馆，没什么灯照明，有些亮光的就只有藏在樟树中的太阳能小灯。

她还是拿出手机打开手电筒照着路，以防磕着石头子儿。

寝室群里，舒沫正在呐喊。

"你们啥时候回来啊？我一个弱女子独自待在寝室里很不安全的。"

宋林幼回了消息："快了，在收尾。"

"待在寝室里有什么不安全的，我走小路才叫不安全。"

"你又走那条小路？胆子真大。"

"近啊。"

"我听了学姐讲的鬼故事以后就不敢走那条路了。"

褚漾忽然浑身激灵，本来如果舒沫不提，她还想不起这件事。

她不怕听鬼故事，但在这种没什么人，连看路都勉强的小路上想起之前听过的鬼故事，整个人就瘆得慌。

"褚漾。"后面突然响起轻轻的女声。

褚漾汗毛参起，心跳得极快，又想起无数个鬼故事告诉她这时候千万不能回头，她便梗着脖子动弹不得，脚也如同钉在了地面上，怎么都挪不动了。

"女鬼"又说话了："是我，陈筱。"

"……"

褚漾回过头，果然是室友陈筱。褚漾后知后觉地松了一口气，像是刚死过一回般道："你怎么在我后面？"

陈筱指了指旁边的图书馆大楼，说道："我刚从图书馆出来，本来想慢慢追上你，结果舒沫在群里提起了鬼故事，我就跑上前追你了。"

她又拿起手机，果然屏幕上是和褚漾一样的聊天记录。

手机微弱的屏幕光照亮了陈筱清秀且又白又瘦的脸，她穿着一件白色卫衣，映得这张脸更加没什么血色了。

褚漾有些犹豫地问她："你一直待在图书馆？"

"对。"

徐南烨没说错，她果然是看错了。

两个人有了照应，并排走着，褚漾看她背上还背着大书包，手上提着磨了边儿的购物袋，不禁伸出手，问道："我帮你拿吧？"

陈筱缩了缩手，说道："不麻烦你了。"

她个子矮，尤其低着头走路时比褚漾矮上一大截，让褚漾觉得自己空

手走在她旁边都有些不好意思了。

其实穗杏和宋林幼跟陈筱个子差不多，但那两个人的性格都比较外向，没有陈筱看着这么楚楚可怜。

如果不是总在水电费这方面起摩擦，其实陈筱这种弱小、内向的女生很容易激起别人的保护欲。

两人总算走过了这条小路，离寝室不远了。

她们刚回来，舒沫就冲到褚漾面前，眼睛发亮，问道："我的雪媚娘呢？"

褚漾从包里掏出一个精致的食盒，上面的"金翠丽"的轮廓用烫金漆描边，连接处还系着香槟色的丝带。

舒沫捧着食盒爱不释手，说道："这个盒子我要好好保存下来。"

女孩子常常会将没什么用但是外表足够精致、漂亮的包装盒收藏起来，虽然大部分情况下用不上，但也一定要等到空间不足了才舍得清理掉。

陈筱看着舒沫手里的食盒，默默地将自己的购物袋藏到了背后。

舒沫下午刚和她吵了架，此时自然是无视她的，也不打算把雪媚娘分给她，甚至故意在陈筱面前跟褚漾说："电费我先垫付了，你记得转给我。"

褚漾点了点头，放下书包打算先洗个澡。

陈筱对此毫无动作，回到自己的座位上打开了台灯，又从书包里掏出了专业书，显然准备继续挑灯夜读。

舒沫被她毫不在意的态度惹恼，拿着食盒走到她身边，语气微怒地道："你真的不交电费？"

"我为什么要交？"

"陈筱，过分了吧，大家住一间寝室，你少交点儿电费我也就不说什么了，现在你连一块钱都不出，真把你自己当空气了啊？"

她们寝室从大一起便是大家平均分担水电费，从来没计较过谁用得多所以要交得多，直到陈筱最先提起，她待在寝室的时间不多，所以水电费应该少交一些。

寝室扯了根网线，安了路由器，账号、密码大家都知道。陈筱说自己没用过，因此早就把每个月的网费都省掉了。

具体她用没用过谁也不知道，褚漾和宋林幼从来没计较过这事，舒沫也不好意思计较。

上册

直到今天下午陈筱回寝室，舒沫把电费单递给她，她只看了一眼就将它放到一边，轻描淡写地说了句："这个月我没在寝室住过几天，电费你们三个交吧。"

这才让舒沫彻底憋不住火。

褚漾刚进洗手间，就听见她们俩好像吵了起来，急忙又穿上衣服走了出去。

舒沫显然已经动怒，连连发问："你白天没在寝室待过？没用过插座？没用过热水器？"

陈筱仍坐在自己的位置上，抬头与她对视，说道："我用的这么点儿电，能跟你吹的空调比吗？你每天待在寝室玩电脑、吹空调，我在寝室又没浪费过电，能跟你比？"

她这样说，是铁了心不交电费了。

宋林幼这时候恰好回来，发现两个人在吵，赶忙挡在中间劝："别吵别吵，有话好好说。"

"平时的电费我都是出得最多的，我也知道自己在寝室的时间比较多，"舒沫压着火气，耐心地跟陈筱说，"但你住在寝室里，总用过电吧？你好歹出几块钱啊，几块钱你都要省着，有必要吗？"

陈筱淡淡地反问："几块钱你都要计较，有必要吗？"

舒沫气笑了。

宋林幼瞬间懂了，求助般看向褚漾。

褚漾看着陈筱，犹豫了很久才说："你这个月不怎么待在寝室，要不就再比以前少交点儿吧。"

"我还是要交？"陈筱咬唇，终于站起来，指着褚漾桌上的那堆化妆品，说道，"你们连这几十块钱的电费都要计较，你买这么多化妆品的时候，怎么没看你计较过钱？"

褚漾莫名其妙地道："我买东西跟交电费有什么关系？"

陈筱冷冷地说道："你随便卖掉一瓶粉底就够我们寝室交上几个月的电费了，何苦要缠着我交这么点儿电费？"

不只褚漾，其他两个人也都愣住了。

"那个雪媚娘一盒一百多块钱，"陈筱又看向舒沫桌上的食盒，倨傲地仰起了头，说道，"你们都不缺钱，这么斤斤计较做什么？我每天根本用不了多少电，用的电费只是你们三个的零头，出去吃个饭老板都会抹零，你们为什么非要我出电费？"

褚漾张着嘴，没从这绝美的逻辑中缓过神。

舒沫最先反应过来，感想只有两个字："服了。"

气氛陷入死寂。

陈筱垂眸，声音又渐渐放低了。

"反正我每个月出的电费少，你们也不缺那几十块钱，一起给了也根本耽误不了你们什么事，不是吗？"

她说完这句话，觉得这番理论无懈可击，又转向褚漾，看似无辜地道："褚漾，你每天在某宝上买那么多东西，这几块钱都不够你付邮费的，她们不理解我，你会理解我吧？"

她清秀的小脸上满是"我穷我有理"五个大字。

向来做和事佬的宋林幼都皱着眉，神色不悦地别开了眼。

如果不是刚才听到了她这番精彩发言，现在这三对一的场面，还真会让人觉得她们仨欺负眼前这个小可怜。

褚漾为自己刚才替她说过话感到后悔。

"我不理解你。"褚漾低头看她，语气和善地道，"我再有钱，也不关你的事，我没那个义务帮你出这几块钱的电费。我帮你交了，你得给我鞠躬，跟我说声'谢谢'；我不帮你交，你也得在心里默念'那是人家的钱，不关我的事'，知道吗？"

陈筱没料到她会这么说，脸色比刚才又苍白了几分。

舒沫解气地拍了拍褚漾的屁股。

就是这么个理儿，陈筱想少交点儿电费，无所谓，但她不能不交，不能把电费理所当然地平摊到室友身上。

陈筱冷静了片刻后，便又笑了，说道："我算是看清你们了，你们看不起我就直说，没必要这么暗里讽刺。"

"……"

这真是神一般的逻辑。

褚漾深深地舒了一口气，也笑了，说道："行，这个月的电费你别出了，但我有个条件。"

167

陈筱不安地皱起眉，问道："什么？"

褚漾回自己的座位，从抽屉里拿了几个小夹子出来。

"空调风每天晚上都把你的遮光帘吹得掀起来了，既然你这么不喜欢吹空调，我就帮你夹上吧？"

舒沫终于没忍住，笑了出来。

陈筱也没那么容易妥协，竟然真的同意褚漾用夹子把她的床帘边都夹上了。

这么个事耽误了不少时间，等四个人都收拾好，早就过了十二点。

褚漾是最后上床的，没急着关灯，反而笑着跟床上的三个人说："我给你们讲个鬼故事吧？"

舒沫和宋林幼默认了。

被遮光帘遮住了外面所有的光线，只留下里面一盏小功率灯的陈筱："……"

"从前有一对很恩爱的男女朋友，他们没谈多久，男生就出轨了，所以女生留下一封遗书后跳楼自杀了，遗书上写着三天后来找男生报仇。男生很害怕，就去找了道士，道士说人死了以后身体都会变得僵硬，所以鬼是不会弯腰的，让男生那天晚上只需要躲在床底下，鬼就找不到他了。"

褚漾又突然压低了声音，顺手拿了桌上的水杯，在桌面上不紧不慢地敲打着。

她的故事也和声效完美契合。

"三天后，男生躲在床底下，忽然阴风阵阵，门被打开了，咚！咚！咚！"

宋林幼已经有些怕了，抱着枕头往墙壁边缩。

舒沫最喜欢这种故事，瞪大了眼，期待地看着褚漾。

"第二天，道士去男生家里看，发现他还是死了。"

舒沫忍不住问："为什么？"

"道士这才恍然大悟，人跳楼，"褚漾忽然笑了，用水杯在桌面上用力敲了敲，继续说道，"头着地。"

"啊啊啊！"

宋林幼瞬间脑补，闭着眼尖叫出声。

舒沫也跟着大叫："富强！民主！文明！和谐！"

陈筱往宋林幼的支付宝里转了电费。

动
的他
心先

168

第 四 章

我的心里只有学习

陈筱老老实实地交了电费以后，待在寝室里的时间意外地多了起来。

褚漾倒没什么，反正她最近要开始忙比赛，没什么时间待在寝室里。

结果天不遂人愿，陈筱跟她一样报名了电子设计大赛，两人不同组，但开大会的时候抬头不见低头见。

电子设计大赛的初拟定名单刚定下，老师还会再进行筛选和调组。名单刚出来的时候，褚漾这个组是最受瞩目的。

按照余老师的建议，她去年已经参加过个人赛。为了学籍档案上的个人事迹那一栏看上去更漂亮些，这个学期她参加的是国家团体赛。

虽然是初拟定，只有参赛选手和指导老师手里有名单，但还是有人搞到了电子文件，发在了论坛上。

这次参加比赛的学生里，唯一的大一新生就在褚漾这个组。

"竞赛吃'瓜'，我有种这组不是参加电子设计赛而是参加选美赛的错觉，进楼看图。"

团体 01 组那栏明明白白地写着三个学生的名字、年级、班级和学号，最右边插了一张一卡通上的一寸照片。

为首的是褚漾，她大三，担任组长一职。

次位是沈司岚和穗杏，照片排着看下来，给人赏心悦目的感觉。

"这分组认真的吗？"

"这是派去用美色诱惑评委老师的吧？"

"计院的老师好懂哦。"

"可惜顾学长不参加，不然就王炸了。"

"楼上让我想起了计院的迎新会，王炸主持天团。"

"我发截图给我朋友看，她问我现在艺术系的学生也可以参加电子竞赛了吗？"

"这跟其他组在一个实验室做项目，很影响其他组的实验进度吧？"

"冲呀！拿一等奖！去西安领奖！蹲直播！"

"国赛一等奖没那么好拿吧，比率就百分之二点四。"

"我已经开始幻想他们拿一等奖上台领奖的时候全场惊艳的场面了。"

"排楼上。"

"我们学校要火了吗？"

"微博超话建起来。"

"呜呜呜！好想跟他们一组，看着这几张脸，我愿意天天待在实验室。"

实验基地里，这次比赛的总指导是计院的副院长，每天都会到实验室来给学生加油打气。

这么多队伍先要闯过省赛通道，才能拿到去西安参加全国赛的名额。

省赛的要求并不算严格，选题自拟，软、硬件项目自选，但硬件项目向来在赛场上比软件项目更容易获奖。

电信工程属于居中的专业，软件部分的 C++（一种面向对象的程序设计语言）编程、数字电路和 Linux（一种计算机操作系统）课程与硬件部分的模拟电路、高频电子线路和 CAD（电脑辅助设计）实训都有必修课程，对数学和物理的理论要求极高，褚漾他们这组的三个人都属于电信专业，得奖的概率是最高的。

褚漾打算给穗杏一些时间学习新的工程语言，她和沈司岚先用 C++ 把方案写好，结果穗杏早就跑到图书馆工学楼借好了书，提前进入学习状态，根本不需要褚漾催。

穗杏高中的时候就参加过信息学竞赛，编程方面已经入门，不同的软件之间的语言有共通性，她举一反三，学得很快。

褚漾越看穗杏越喜欢。

为了提高学习效率，她让沈司岚在旁边带着穗杏学。

一开始，沈司岚的态度还很冷漠，他非常不可一世地道："遇到不会的就查格式手册，不要问我。"

结果穗杏真的自力更生，连半个字都没问沈司岚。

她偶尔会咬着指甲盖儿思索，自言自语地道："这里……"

沈司岚不屑地挪开眼。

几分钟后，穗杏恍然大悟地道："哦，我知道了！"

"呵。"

"这里为什么错了啊？"

"哼。"

"哦，我懂了！"

"……"

诸如这样的过程多来几回，几天之后，沈司岚的脸色变得越来越难看。

为了防止团队感情破裂，褚漾找到穗杏，语重心长地对她说："你就问问你学长吧。"

穗杏茫然地点点头，后知后觉地随便找了条代码向沈司岚请教。

沈司岚的脸色终于缓和了些，他随意地瞥了一眼那行代码，语气冷淡地道："这都不会，真不知道你有没有认真学。"

穗杏说道："那我自己查百度吧。"

"等等，"沈司岚大发慈悲地站在她身后，示意她脱手，接着自己稍稍躬身，手操控着键盘和鼠标，说道，"看好了。"

穗杏缩在他的怀里，大大的鹿眼没有看屏幕，反倒盯着他修长、白皙的手指在键盘上飞舞，渐渐看呆了。

沈司岚低头看着她的头顶，问她："看懂了吗？"

怀里的小脑袋点了点，又猛地摇了摇。

沈司岚抿唇，眉梢微扬，却还是冷冷地说："那我再操作一遍给你看，这次要看好了。"

"嗯。"

三个人分工明确，到了周末完全没有留校加班的必要。

褚漾倍感欣慰。

电源电路还需要用 AutoCAD（三维辅助设计软件）再仿真测试一遍才能去制板室打样，褚漾懒得再往实验楼跑，打算留在寝室画图。

这个星期褚漾不用回家吃饭，原本是想跟舒沫在寝室里宅着的。

结果舒沫惯性思维认为褚漾这周也会回家，早就找好了活动，跟社团里的几个朋友出去露营。

宋林幼的课外活动向来丰富多彩，周末她也不在寝室。

褚漾觉得能安安静静地享受两天的寝室时光也挺好的，偏偏陈筱这两天也打算待在寝室里。

陈筱因为交了电费，所以图书馆也不去了，天天待在寝室里。她为了把这点儿空调费吹回来，肯定不会轻易离开寝室。

褚漾想回家一个人待着，也好过面对陈筱。

她们一直因为陈筱的家庭状况而体谅她，没让她交网费，水电费她也是交得最少的那个。

结果她把这件事当成了理所当然，反倒觉得是她们三个瞧不起人。

褚漾离开寝室前，空调开着，功率排插亮着灯，头顶的日光灯照着，陈筱桌上的台灯也没留余地在发光发热。

陈筱倒是破罐破摔了。

褚漾不是什么大度的人，走之前用电脑登上了八百年难得进一回的路由器页面，在查找连接设备的时候，果然看到了两部手机，一部是她的，另一部当然是陈筱的。

褚漾冷笑了几声，把陈筱的手机设备拉黑了。

果不其然，两分钟后，陈筱半试探半疑问地过来问她："路由器坏了吗？"

褚漾故作惊讶地走到路由器旁边，敲了敲壳子，啊了一声，说道："好像是坏了，都不亮灯了。"

陈筱咬唇，问道："那要不要拿去修一修？"

"我要回家，周一再说吧，"褚漾耸了耸肩，冲她笑了笑，问道，"反正你也不用啊，不影响你吧？"

陈筱愣了几秒钟，笑容勉强，说道："不影响，没关系的。"

褚漾将路由器的插头拔掉，背着包潇洒地离开了寝室。

想起徐南烨早跟她说过周末加班不在家，褚漾去超市买了不少零食，一路提回去，打算慢慢享受。

到了家，果然没有人，她又发了条微信给徐南烨，结果他十几分钟都没回。他应该是还在忙工作，没时间看消息。

褚漾乐得自在，直接将书包丢在地上，趴在沙发上打开了电视，随便找了档综艺节目放了起来。

但她其实根本不看电视，又掏出笔记本电脑放在胳膊边，百无聊赖地刷了会儿网页。

末了，她还觉得不够，又掏出手机刷微博，把热搜榜上的话题全看了一遍。

平常徐南烨在家，她哪里能这么自由？如今她好不容易解放，家里两天没人，肯定怎么潇洒怎么来。

褚漾小跑到电视柜那边，从抽屉里拿出平板电脑连上蓝牙音响，找了几首K-pop（一种韩国流行音乐），调到最大音量，按下播放键。

为了避免吵到邻居，她特意将门窗都关上，将窗帘也都拉得死死的。

这是属于她的舞台。

褚漾打开了客厅里的照明小圆灯。

这个灯能完美还原舞厅里的迪斯科灯光，青的、黄的、紫的，什么颜色刺激眼睛就转什么颜色，映在地面上变成一环环的五彩光圈。

褚漾散开头发，脱掉身上碍事的套头衫，拿在手里当手绢扬了几圈。

"哟！"

可怜的套头衫被甩在了地毯上。

她又跑回卧室，随便拿了盘用来化蹦迪妆的眼影往眼皮上抹了抹，拿出了八百年才宠幸一回、尽显后妈风采的紫色口红往嘴上涂了一圈。

准备工作就绪。

她不会说韩语，叽里呱啦地跟着音乐唱，自己唱的什么玩意儿也不知道，反正气氛足就够了。

硕大的电视上有投屏，色彩鲜明的音乐短片里四个小姐姐正跳着热舞，配上这五颜六色的迪斯科老年舞厅灯，褚漾兴致高涨，也不管自己会不会跳，反正随便乱舞就对了。

她的目标：舞出个性，舞出风采。

上册

173

来了来了，这支音乐短片的灵魂舞蹈动作来了，印第安土著居民大型求雨现场。

她不知道从哪里找来了吹风机，将吹风口当麦克风，唱得深情又忘我。

就在褚漾沉浸在BLACKPINK那"我全世界最牛"风十足的音乐中时，书房的门被打开了。

穿着睡衣的徐南烨按着太阳穴走了出来。

褚漾吼了一半，整个人宛如天崩地裂，像看鬼一样看着他。

这对夫妻的默契真的很不错。

褚漾像看鬼一样看着徐南烨。

徐南烨也像看鬼一样看着褚漾。

两个人从来没有这么迫切地希望自己此刻瞎掉。

徐南烨揉按在太阳穴旁边的指腹，力道又重了几分。

他的侧脸上还有因为趴在桌上睡而留下的痕迹，眼眸清透，唇边挂着淡淡的笑，睡衣宽松柔软，棱角全无。

尤其那一头略显蓬松的短发，没有被定型胶梳成刻板、严肃的背头，让他看上去像只阳光下沾满清爽味道的毛绒熊。

比起他这副人畜无害的温和模样，褚漾就是一个刚出洞急于吸取人精气的妖怪婆娘。

见徐南烨嘴角翕动，但客厅里的环绕音响声太大，褚漾根本听不见他的声音。她急忙关掉音响，总算听见了徐南烨说的话。

这间屋子总算安静了下来。

耳朵得以解放的徐南烨靠着墙，嗓音有些沙哑，问道："不是说周末留在学校吗？"

褚漾有些尴尬，揪着衣角反问他："你不是说周末加班吗？"

"我带回家做了。"徐南烨抬眸，扫了眼满地狼藉的客厅，声音变轻，说道，"我原本偷了个懒，在书房睡过去了，多亏你叫醒我。"

褚漾神色复杂地道："你……刚才都看到了？"

徐南烨挑眉，问她："你指什么？"

褚漾指了指自己，又指了指电视，再指了指被扔在地上的吹风机，自然不言而喻。

"看到了。"徐南烨用指尖在自己的脸上划过一圈，说道，"你去洗脸，

174

吓到我了。"

褚漾猛地用手挡住自己的脸，内心羞愤不已。

她这人死鸭子嘴硬，被人看到这种发病现场还不忘替自己找台阶下，嘴巴犟着，说道："你就不能体谅一下你老婆我的自尊心，说自己没看到吗？"

徐南烨善于接受别人的意见，并立即执行，说道："好吧，没看到，但是请你赶紧去把脸洗了。"

褚漾只觉悲愤欲死。

徐南烨长腿一迈，直接往客厅的另一边走去，到小吧台那儿给自己倒了一杯水。

他抿了一口水，发现是冰的，又将饮水机的温度功能按到加热，放下水杯缓缓地走到褚漾身边，在她脚边坐下等水加热好。

褚漾还站在沙发上，只觉身侧的软垫忽然陷了下去。她低头，看着男人的发旋发起了呆。

身边的人好半天没反应，徐南烨仰起脖子看她，伸手拍了拍她的腿肚子，无奈地道："还不下来？"

"哦。"

褚漾这才从沙发上跳了下来，发现徐南烨正靠着沙发闭眼休息。

她脸上的妆就这么吓人吗？竟然让他连睁眼都觉得困难。

褚漾有些生气，忽然又不想听他的话乖乖地去洗脸，故意撑着沙发凑近他，跟他鼻尖对着鼻尖，打算等他睁眼的那一秒吓他一大跳。

男人的呼吸声有些粗，还含着沙哑的喘气声，唇色发白，不似平常那般有血气，胸口明显地起伏着，从鼻腔呼出的二氧化碳打在褚漾脸上她都能感觉到热。

"漾漾，"徐南烨仍闭着眼，声音比刚才更哑了，"别靠我太近，会传染给你。"

褚漾这个马大哈终于察觉他不对劲了。

"你生病了？"

徐南烨忽然蹙眉，捂着嘴用力地咳了几声。

难怪他要把工作带回家来做，难怪他会在书房里睡过去，如果不是褚漾在客厅太闹，他甚至不知道会在书房里睡上多久。

褚漾摸了摸他的额头，有些烫。

"我扶你去卧室躺着吧？"

徐南烨撑着坐垫站了起来，说道："我自己走过去就行了。"

因为发烧，向来精明的脑子都有些不清楚了，徐南烨直接踩上了地上摊着的半包薯片，噗的一声，里头的薯片碎末飞溅出来，散落在地板上。

褚漾弯腰从他的胳膊下钻进去，说道："来来来，我扶你，别跟我客气了。"

结果她小看了男人的重量，徐南烨看着高、瘦，半个人瘫在她身上，褚漾觉得自己的腰要断了。

好不容易把他扶到卧室，褚漾自己倒是出了一身薄汗。

"平时感觉没这么重啊。"

徐南烨躺在床上，发着烧还能瞬间懂了她的意思。

"平时我用手撑着床，怕压着你。"

褚漾脸一红，将被子盖到他的鼻子那儿，把这张讨厌的嘴捂住了。

"你就不能当没听到吗？"

徐南烨仰头，下半张脸又钻了出来，嗓音低沉地道："好吧，我没听到。"

他这样妥协，反倒让褚漾更尴尬了。

"我去给你找药，再用体温计给你量量体温看严不严重。你躺着别动。"

褚漾找了个理由逃出了卧室。

等再回到客厅，看着这满客厅自己的杰作时，褚漾不由得从内心唾弃起自己来了。

想到家政阿姨这两天都不会来，她要是还让徐南烨这个病号帮忙收拾，今天晚上估计就会被雷劈。褚漾叹了口气，烦躁地按住头，揉乱了本来也没多整齐的头发，蹲在客厅里接受了自己闯的祸只能自己收拾的残忍事实。

所幸徐南烨没发高烧，家里药箱里的药也还算齐全，褚漾给他倒了杯温水，看着他把药喝了下去。

想要退烧就得进行物理降温，褚漾从洗手间里打了一盆水过来，解开他的睡衣打算给他擦身体。

也不是没看过，但大多数时候是光线暗，自己又不用睁眼干事，所以现在看着徐南烨不省人事地躺着，褚漾倒是矫情起来了。

电视剧里都是擦了上半身就完事，褚漾给他擦好了上半身，接着盯着他的裤头发呆。

他得全身降温吧？

电视剧里不拍，因为那是要在电视上放的，要是真拍了就要被请去喝茶了。

褚漾在心里为自己加油鼓气，手指悄悄摸上了他的裤头。

徐南烨轻轻拍了拍她的手背，语气微弱地道："不用。"

"你确定吗？"褚漾眼睛瞥向别处，问他，"下面不烫吗？"

"……"徐南烨咳了几声，重重地喘气，问她，"要不你试试？"

"……"

重新给他扣上睡衣，褚漾又给他盖上了被子。

可能是降了温，徐南烨的脸没那么烫了。褚漾发现他的胳膊上起了些鸡皮疙瘩，推测他这是又开始觉得冷了。

褚漾搬了张凳子，够到最上方的衣柜，深吸一口气，用力一抽，厚厚的绒被瞬间倒下，将她结结实实地压在了地毯上。

还好有地毯垫着，不然她自己也得成病号了。

褚漾又拖着被子走到阳台上，找了个鸡毛掸子用力拍打被面。

这被子塞在柜子里捂了一个冬天，整个散发着一股樟脑丸的味道，褚漾想了想，还是放弃了给他加被子的打算。

那她要怎么办？

褚漾又开始想对策。

良久，她矫情地一步步挪到床边，掀开被子躺了进去，呈考拉状整个人把徐南烨熊抱住，当他的人体暖炉。

她生怕让徐南烨冷着，恨不得用吃奶的劲儿把他死死抱住，又想起隔着衣服热传导不明显，羞涩地脱下了自己的衣服，然后又把刚给徐南烨穿上的睡衣脱了。

徐南烨发着烧，浑身无力，只能任由褚漾这个没上过一天医理课的无良医生摆弄。

怀中的人温香软玉，又散发着清甜的香气，柔软的身体紧紧地贴着他，徐南烨痛苦地抿着唇，觉得又无奈又好笑。

他开口了，声音还是有些沙哑。

"漾漾。"

褚漾将头埋在他的颈窝里，用鼻音回答："嗯？"

"你在干吗？"

"怕你冷啊。"

徐南烨叹了一口气，好心提醒她："谢谢，但是你可以把空调打开。"

"……"

她可算知道为什么只有古装剧里有脱衣服替人暖身这么个情节了。

褚漾僵硬地起身，用遥控器打开了空调，末了，还是替自己辩白了一句。

"其实我也就是玩玩而已，不是真的帮你取暖，你不要多想。"

忽然有大手环上了她不盈一握的腰肢，褚漾怕痒，缩了缩肚子。

徐南烨滚烫的呼吸打在她的肚脐上，嗓音微沉，问道："玩什么？"

还没等褚漾回答，他就先一步又替她想到了答案，问她："想做了？"

"对，"褚漾淡定地推开他，声音微颤，说道，"我突然想给家里做个大扫除。你好好休息，我出去搞卫生了。"

徐南烨当然没那个力气做什么，最多只能逗逗她。

如今她的反应令他内心愉悦，他自然随她去了。

他低声说了句："谢谢。"

褚漾惊讶，嘴角不自觉地往上扬起，别扭地道："真想谢我的话，以后你就别生病了吧。"

"不行，"徐南烨闭眼，嘴角带笑，说道，"我想天天生病。"

褚漾哼了哼，问道："你怎么这么不懂事？"

徐南烨轻笑两声，叹了口气，说道："傻瓜。"

离开卧室后，褚漾惊魂未定地抚着胸口，心快要跳出嗓子眼儿。

徐南烨感冒了以后，温润的嗓音好像又进阶了一个等级，带着令人脸红的沙哑和低喘，像是羽毛挠过她的耳根，连同她也跟着发起烧来了。

徐南烨睡了一下午，而褚漾搞了一下午的卫生。

两个人的工作任务都没有半点儿进展，两个人白白浪费了一个下午的好时光。

徐南烨起床的时候，褚漾在厨房里给他熬白米粥。

她难得地系上了围裙，老老实实地站在灶台前认真地盯着眼前的煮锅。

似乎感受到了徐南烨的目光，褚漾转过头冲他笑了笑，说道："你去那边坐着，快煮好了。"

徐南烨轻声笑了，听她的话，走去餐厅那边等着喝粥。

褚漾端着一碗冒着热气的白粥走出了厨房，献宝似的放在了他面前。

"有点儿烫，待会儿吃吧。"

徐南烨垂眼看着那碗粥，褚漾坐在他对面，徐徐冒着的白气恰好挡住了她的脸，显得似雾非雾。

她穿着宽松的套头衫，长发扎成一个蓬松的丸子头，有几缕细碎的发丝贴在细长的脖颈上，小巧的耳垂上，款式简单的白钻耳坠正摇摇欲坠。

脸上那些鲜明的色彩都不见了，只余下她天生白皙透明的肌肤、因为做家事而泛红的脸颊和红润的嘴唇。

徐南烨琥珀色的眸子里映出了她的影子。

褚漾有些不自在，又起身去收拾厨房了。

等她再出来时，粥都快凉了，徐南烨居然只吃了小半碗。

他吃东西本来就斯文，现在生了病手没劲儿，就更慢条斯理了。褚漾干脆坐到他身边，接过他手中的碗，自己舀了一勺喂到他嘴边。

徐南烨倒也配合，张嘴吃了。

她很少做这种贴心事，用的勺子也是隔热的那种陶瓷白勺，容量比较大，舀粥控制不好量。徐南烨矜贵又斯文，肯定不会像粗鲁老汉那样一口吞。

大半碗粥下去，徐南烨确实是吃不下了。

褚漾以为自己做的粥不好吃，看着这余下的小半碗粥，觉得不能浪费。她想着反正粥也凉了，他的气色也好了不少，又想起自己辛辛苦苦地做了一下午家事，而这男人因为生着病呼呼睡了一下午，一时间觉得不公平，伸手像蘸蛋糕似的，抹了些白粥蹭到他的脸上。

徐南烨反应不及，只觉脸上变得黏糊糊的。

见他哭笑不得，褚漾倒是得意地冲他吐了吐舌头，起身准备逃。

徐南烨手疾眼快地抓住她的胳膊，如法炮制地在她的脸上留下白粥。

"我看你的病好得差不多了，"褚漾冷笑了一声，朝他扑过去，说道，"看招！"

徐南烨稍稍侧身就躲过了她的攻击。

褚漾较真起来特别可怕，直接端起白粥就要往徐南烨身上浇。

反正他待会儿肯定要洗澡的。

徐南烨有些惊讶地后退几步，大理石地板本来就容易打滑，刚才胡闹一番后，地上七七八八地散着残羹，褚漾恰好踩到了一摊粥，反应不及，屁股结结实实地磕在了地板上。

179

白粥也尽数洒在了她的衣服上。

褚漾痛苦地捂着屁股，喊道："痛！"

徐南烨真的不知道该说些什么，蹲下身想把褚漾扶起来。可能是看到他脸上的笑意没怎么控制，褚漾更气了，直接怒气冲冲地甩开了他的手。

为了避免她被碎片割伤，徐南烨只得先清理那些碎片。

他刚把碎片丢进垃圾桶，门铃就响了。

徐南烨心里想着褚漾还要在地上坐多久，有些心不在焉地看向门边的监控头。

"爸？"

门外的褚国华手上端着几盒家里自制的凉菜，面色难看地说道："你也在家？开门！"

徐南烨只能把门打开。

"我问了漾漾的同学，她说漾漾已经回家了。你不是说加班吗？怎么也在家？"褚国华踩上换鞋垫，眼神一瞥，忽然看到了饭厅旁正坐在地上耍无赖的褚漾，问她："你坐在地上干什么？"

褚漾急忙站起身，屁股还疼，捂着后腰走了过来。

褚国华看她这踉跄的步伐，身上充斥着白色的不明液体，面红耳赤的，又看两个人衣衫不整，脸色陡然由青变黑再变红，活像舞厅的自动变色大彩灯。

"一个说加班，一个说忙比赛，都不回家吃饭，"褚国华气得面红脖子粗，指着这对年轻夫妻，咆哮道，"你们就在家里做这种事？啊？你们就是这么对父母的？啊？"

"……"

"……"

褚国华拥有几十年教学资历，早练就出一副百人大课堂上都不需要扩声器造势的金嗓子。他这么一吼，直接让这对夫妻当场蒙了，话都说不出来。

他只当是这两人年轻，满脑子都是情情爱爱的事，生气归生气，老婆交代的事情还是要办。

褚国华把凉菜盒子重重地放到餐桌上，表情痛惜地道："亏你妈还担心你忙工作、忙学习，没时间吃饭，到时候折腾出胃病来，让我拿点儿现成的菜来给你们放到冰箱里。你们倒好，一周就回家一次，还要拖拖拉拉地找各种借口。既然如此，你们以后就当我和你妈死了好了！"

动的他心先

180

褚漾可算等到了他吐气的空当，开口辩解："爸，事情不是你想的那样……"

"那是哪样？"她越是急于解释，褚国华就越认定她在心虚，继续说道，"当初我让你别急着结婚，多交往些日子看看，你听了吗？你们听了吗？"

他只拣着女儿骂还不过瘾，非得把女婿一并骂进去。

尤其是看到褚漾身上那些见不得人的东西后，他更气了。

褚漾哑口无言。

当时她想的是如果不赶紧结婚，到时候大着肚子，是个人都能猜到她奉子成婚，名声好不好听另说，她爸头一个就得把她的腿打瘸。

褚国华思想保守，褚漾和她姐十八岁前想要学其他早恋的人找对象，那是难于上青天。要是让他老人家知道她跟徐南烨并非正常的由恋爱交往关系再发展到结婚，而是因为当时肚子里有孩子不得不领证，估计会直接气到亲自押送她上尼姑庵削发为尼。

太叛逆也是要吃亏的，这个道理一直到结了婚后，褚漾才大彻大悟。

相比起褚漾的心虚脸色，徐南烨就显得淡定得多，先是向褚国华道了谢，而后语气温和地问他要不要喝粥。

褚国华瞥他，问道："我还有心思喝粥？"

徐南烨微笑着道："我今天身体不太舒服，漾漾难得下厨给我做了粥，爸爸不想尝尝吗？"

"……"褚国华霎时变了脸色。

"你们刚才在喝粥？"

"对，只是不小心打翻了，还没来得及收拾。"

褚漾站在徐南烨身边，悄悄地对竖起了大拇指。

褚国华那张老脸顿时有些挂不住，他又放不下面子，只能压低声音掩饰尴尬，说道："不用，我吃了饭过来的，"然后他立马转移话题，"你怎么好端端的身体会不舒服？"

徐南烨摇了摇头，说道："兴许是最近工作太累了。"

"你工作多，又经常出差，平时也该多注意休息。"褚国华忽然皱起眉，说道，"暑假你就没怎么在家住过。"

"我明白。"

老父亲总算找回了点儿面子，连同之前徐南烨对他大不敬的逾矩行为都一并被自动忽略了。

上册

这么会说话的女婿，那天晚上肯定是他听错了。

大老远跑过来肯定不能只送个菜，褚国华总要坐会儿，再顺便喝口茶唠叨两句。

"到年底你还有什么活动吗？"

今年年份好，国家共襄盛事，为空出十月全国欢庆的日子，大部分的外交事务在九月前集中被处理完毕。光八月，徐南烨就随同副部长去往成都出席今年的亚欧会议亚洲高官会，会议前还招待了来自三个亚洲国家的外宾，之后又慌忙赶往帝都与日本总务山田审议官商议有关万国邮政联盟的合作事宜。

到九月，他才空闲下来。

褚国华这么问，就是不希望他到处奔波。

徐南烨轻轻笑了，说道："没有了，只到年底还要去一趟中央汇报工作。"

其实这就是开年会，只是比企业开年会听上去要"高大上"些。

毕竟国徽旁，五星灯下，大家就是吃饭喝酒都显得格外神圣。

褚国华点了点头，语气缓和地道："其实如果你能换个部门，也就不必这么到处跑了。"

徐南烨虽算不上他的直系学生，但到底出身同一学院，即使没有这层关系，徐南烨也是该叫褚国华一声"老师"的，褚国华心里当然希望徐南烨能够在外交这条路上越走越远，可也不希望褚漾跟着徐南烨到处跑。

谁知道徐南烨哪天会不会又接到个外派的职务，一去就是好些年？

褚漾不跟他走，就意味着夫妻俩要长期分居；跟他走，小女儿就不能在自己膝下承欢，褚国华的内心纠结得很，想法从一开始认同徐南烨坚持专业，到现在居然也开始往亲家那边的态度偏移。

如果徐南烨调到行政部门，许多麻烦就能省下了。

褚国华正若有所思，徐南烨又温声向他请求："年底中央的会议，漾漾可能要跟我一起去应酬。"

官员带内眷应酬再正常不过，但褚氏父女很显然不太愿意。

徐南烨已婚这件事算不上秘密，他不公开说，不代表政府没有档案记录，女方的祖宗十八代都查得一清二楚，做行政这块的多多少少知道些消息。

去年年底褚漾就没去，大部分同事带了内眷，有的人还带了孩子出席，就连徐南烨的大哥都带了他那个满脸不愿的大嫂过去应付，唯独他孤家寡人，私底下被人调侃结假婚。

徐父当时板着脸训他："既然她嫁进我们家了，就该知道她以后要面对些什么。她是官员夫人，以后需要跟随你出席应酬，替你与其他内眷之间保持交流，这些都是她必须学习的。今年我理解你们新婚，她需要时间适应，要是每年都不适应，你岂不是年年都要一个人来？"

这些话徐南烨当然不可能跟褚漾说，包括父亲之后感叹的。

"明明给你安排了不少姑娘，人家从小就接受这方面的教导，年龄、家世都和你很般配，你偏偏要选个不谙世事的小女孩儿结婚。"

徐家并不热衷于包办联姻那套，既然儿子喜欢，女方的家世又没什么错处，总不能棒打鸳鸯，非得让他去和不喜欢的人结婚吧？

徐南烨的父母在这点上倒是和亲家不谋而合。

他们到底是怎么看对眼的，夫妻俩的口供很一致，一见钟情，再见倾心，私定终身，《西厢记》似的浪漫情节。

"去吧，你到时候好好教教她。"褚国华没那么自私，说道，"只是怕她跟你的关系曝光，到时候很难收场。"

现在官员做什么都公开、透明，开个摄像机恨不得能往脸上撞，褚漾跟徐南烨一起去，肯定会被拍。

这一拍，就会变成新闻网照片，若是学校里有个喜欢看新闻的人，这事就藏不住了。

对着全校师生，他们要怎么解释就是个大问题。

褚国华又开始埋怨怎么褚漾就找了个当公务员的老公，太麻烦了。

他和老婆性格都低调，平时连张照片都懒得拍，结果大女儿当了明星，小女儿好不容易安安分分这么多年，结果现在，呵。

埋怨归埋怨，褚国华还是得顾全大局。

又说了几句，他就催徐南烨回卧室休息，让褚漾留下，父女俩说说贴心话。

褚漾不知道她爸这张嘴能说出什么贴心话，果不其然，徐南烨一走，她爸的神色迅速冷了下去。

"刚才你老公说的话听到没？该承担起责任了。"

"我知道，"褚漾听话地点头，说道，"我会去的。"

"光去有什么用啊？你还得会应酬，得会说话，"褚国华悉心训诫着，苦口婆心地道，"你结婚前我跟你妈就给你说过这些利害，你以为当他们家的夫人就是每天逛街、做美容、打麻将？徐家的夫人哪儿有那么好当的？"

褚漾听得耳朵生茧，不耐烦地挠了挠头。

褚国华哪儿会不知道她在想什么，随即叹气，问道："你和南烨到底是怎么看对眼的？"

明明这两个人个性、经历南辕北辙。

"说了啊，一见钟情。"

"既然一见钟情，你们打算结婚的时候就没想到这层？"

褚漾抿唇，回答道："没有。"

"你啊，我都不知道怎么说你，"褚国华又叹了一口气，无奈地道，"这么大的人了，结婚这么大的事，怎么能这么草率呢？"

这话她都不知道听了多少遍了。

想到结婚的真正原因比一见钟情草率一百倍，褚漾不敢说话了。

褚国华见她对这个话题爱搭不理的，转而换了个话题，问道："南烨是不是就打算在外交部扎根了？"

褚漾摇头，说道："不知道。"

"你怎么什么都不知道？到时候他要是调到国外去了，我看你怎么办。"褚国华瞪她，又不厌其烦地炒冷饭，"我和你妈都不赞同你出国，你之前跟着你姐溜出国玩，出了那么大的事，回国后在医院里足足躺了三个月。我告诉你，不许出国，就待在国内，没哪个国家比中国更安全，知道吗？"

"我这不是还活着吗？只是忘了那时候发生的事，现在照样生龙活虎啊。"

褚国华哼了声，说道："我说不行就是不行！"

褚漾只好妥协，说道："好吧。"顿了几秒钟，她又问，"当时到底发生什么事了？我问我姐她也不告诉我。"

"既然你们都忘了，又何必要想起来？如果你真想记得，也不会下意识地忘记。"褚国华撑着沙发起身，语气淡然地道，"好了，我回家了，你妈还在家里等我。"

送走了老爸，褚漾的耳根子终于清净了。

她伸了个懒腰，把爸爸带过来的凉菜盒都丢进了冰箱，又顺便去洗了个热水澡，将身上的脏衣服都换了下来。

她忙完这些，时间已经很晚了。

她原本是打算在家再测试测试电源电路的，结果到现在连软件都没打开。

褚漾抱着笔记本电脑溜进了书房。

徐南烨还在赶工作，见她进来了，只是懒懒地抬了抬眸子。

"怎么了？"他问。

"我一个人在外面看不进图。"褚漾走到他身边，把笔记本电脑放在了他的旁边，说道，"我在你旁边做，你监督我一下。"

徐南烨没拒绝。

褚漾兴冲冲地搬了张凳子坐到他身边，为了假装在认真调试，她用鼠标按了模拟开关键十几次，用来测试电源是否通路的灯泡亮了又暗。

反正徐南烨是文科生，看不懂的。

结果下一秒，徐南烨的声音就响了起来。

"漾漾，专心。"

褚漾侧过头茫然地看着他，又看了一眼电脑屏幕上的电路图，咽了咽口水，问他："你看得懂？"

徐南烨眉梢微扬，语气淡然地道："你是不是觉得我没学过物理？"

褚漾颇感惊讶，问道："你们学外语的人也要学大学物理？"

男人的下巴微微放松，修长的手指指向她的电路图，说道："开关和灯泡的简易画法，初中时物理老师教过。"

空心圆点加一杠是电源，圆圈里打个叉是灯泡，是的，在初中物理课的教授内容里，这些都是考点。

想到她的电路图已经被一个外行人看懂了，褚漾感觉到自己的专业知识受到了威胁，于是凑过去看他的工作文件。

都是英文，但是褚漾不慌，找到了其中一条很长的英文词组。

multilateral diplomacy[1]

她大二时英语六级考试六百分不是白考的，记单词当然不能死记。

1　多边外交。

"mult"与"lateral"为词根，释义多元和横向，"al"后缀基本表示"……的"，"diplomatic"释义形容词"外交的"，改尾缀为"cy"表名词。

褚漾骄傲地说出了这个词组的中文释义："多边外交。"

徐南烨赞同地点了点头，随后又问："多边外交是什么意思？"

褚漾愣了。

她忘了，徐南烨不是搞翻译的。

她还是输了，好气啊。

褚漾这人报复心极强，伸手就要去掐徐南烨的脸。

徐南烨钳住她的手，动作熟练得令人心疼，可见她平时有多喜欢动手动脚。

见褚漾又派上另一只手，徐南烨照样接招，胳膊一动，把她往自己怀里拉。

这回她有了经验，抬腿用膝盖卡住椅子的边缘，可惜沙发椅的皮是真的滑，膝盖弯打了个滑，导致她惯性地往前冲去。

一声闷哼响起，这回不是褚漾发出来的，是被她坚硬的膝盖骨顶到身体关键部位的徐南烨发出来的。

徐南烨温润如玉的清俊面庞上迅速起了一层薄汗，徐南烨咬着牙，弯腰忍着疼。

怎么办？

褚漾连忙蹲下，慌张地问道："没事吧？"

徐南烨没空搭理她，捂着裤子承受着男人这一生难以承受之痛。

褚漾从来没见他这么失态过。现在他这样是自己造成的，她简直就是千古罪人。

她止不住地道歉："对不起、对不起，我不是故意的。"

徐南烨一只手捂着身体的重点部位，另一只手还有空揉揉她的头，嗓音低哑地道："没事，别着急。"

听他这么说，她更是心疼了。

意识到褚漾没发觉自己道歉的声音渐渐有些哽咽，徐南烨无语，心想他都还没哭，她哭个什么？

"你哭什么？"他忍不住咧了咧嘴角，又痛又笑，问她，"你能理解？"

褚漾脑子一抽，激动地道："你只是失去了一条腿，而我失去了爱情啊。"

徐南烨："……"

他将注意力都放在下半身上，没空接她的茬儿。

褚漾急得就差冒死开车把徐南烨送到医院去抢救了。

不过，这一生中难以承受之痛，徐南烨终于还是撑过来了。

在成熟之前，好玩的小男生总会经历那么几次，或是上树掏鸟窝的时候，或是下水捉泥鳅的时候，当他们捂着裆哭着回家找妈妈的时候，一旁向来严肃的爸爸就会边咳嗽边提醒他，那里是很重要的，要保护好。

可惜徐南烨在三兄弟里排老二，这么个爹不疼娘不爱的位置也导致他比较早熟，从小文静内秀，没体验过这种痛。

如今娶了老婆，他终于明白了这其中的滋味。

"犯罪嫌疑人"认错态度良好，知道自己闯了大祸，因此决意极力补偿，包括他去洗漱刷牙的时候。

徐南烨含着牙刷，看着镜子里反射出的委屈巴巴的褚漾，实在无奈。

褚漾扒着门框，探出个脑袋盯着他。

徐南烨将泡沫吐掉，声音低沉地道："我没事了。"

"真的吗？"褚漾很明显还持怀疑态度，又往他的睡裤那儿瞟了两眼，问道，"不用擦药？"

"不用。"

"可我刚才看你很痛。"

"现在已经好了。"

褚漾忽然皱眉，说道："你不要在意我的感受，如果真的出问题了，我会对你负责的。"

"……"

徐南烨擦掉嘴边的泡沫，双手撑在盥洗池上，看着镜子里的她，问道："你要怎么负责？"

褚漾垂头，对了对手指，轻声说道："我知道一个男人就算再帅、再有钱，如果出现某种功能障碍也还是会影响婚姻生活的，但你放心，我不是这么肤浅的女人，如果到时候你找不到不嫌弃你丧失这方面的能力的真爱，我愿意守一辈子活寡照顾你。"

徐南烨闭眼，薄唇紧抿，等再睁开眼时，眸色已变深，仿佛化不开的浓墨。

他转头看着她盛满了真诚的双眼，无言以对。

褚漾不是读心专家，只知道他对此好像并没有表现出任何开心的神色，不禁有些失望，愧疚又盈满了心头。

静默片刻后，徐南烨终于开口。

"真难为你了。"

褚漾像个木桩子似的立在洗手间门口，摇头否认："别这么说，本来就是我对不住你，守活寡算什么呢？"

徐南烨没理会她，转过身只留了个后脑勺儿对着她。

她两三步走到徐南烨身边，叹息着拍了拍他的胳膊，说道："没关系，我不会告诉别人的，这是我们俩之间的秘密。"

她说得正起劲，忽然被抓住胳膊一把扯到男人身前。

褚漾猝不及防地问："干吗？"

徐南烨目光淡然，说道："我要上厕所。"

"那你抓着我干吗？"褚漾呆住了，问道。

面前的男人已经打开了马桶盖，修长的手指搭上了裤头。

徐南烨轻描淡写地说："你看看自己还需要守活寡吗？"

褚漾呆滞地张着嘴，在徐南烨解决生理需求前及时逃出了洗手间。

等徐南烨出来以后，她居然还站在门口。

"……"

他连说话的力气都没有了，觉得心累。

结果褚漾也知道他被质疑这方面的能力不太高兴，什么都没说，只是一路跟在他的屁股后头。

从他回书房关电脑，到整理文件，她一路随行。

徐南烨一开始不知道她想干什么，后来就知道了。

比如在经过桌角时手疾眼快地用手捂住角，比如打开衣柜时抓着浮雕纹的衣柜把手，再比如在他还没挨到沙发前，她又不知道从哪儿拿来了一个抱枕，精准地丢到了他的屁股下。

徐南烨扶额，下巴紧绷，已经有些忍不下去了。

到最后，他直接气笑了。

他原本感冒刚好，又忙着赶工作到这个点，眼睛和脖子都不太舒服，加之刚才遭受重击，实在没什么兴致。

褚漾用清澈的眼神望着他，坐在徐南烨旁边等夸奖。

夸奖她没等到，却被男人一把打横，抱起往卧室去了。

她杞人忧天，其实根本不用守活寡。

其实它也没有那么脆弱，只要不伤筋动骨，还是蛮顽强的。

第二天清早，褚漾揉着腰赖在床上，徐南烨却已经穿戴完毕，准备出门。

她揉着眼睛问他："你去哪儿？我们不用回你家吗？"

"今天不用回去了，"徐南烨坐在床边，伸手摸了摸她的脑袋，说道，"你睡吧。"

她下意识地问："那你去哪儿？工作不是带回家做了吗？"

徐南烨耐心地回答："有个饭局我得去。"

清早他就去的场合，估计不是饭局，是娱乐场，那种包下一个大套间，里头电子机、桌球台应有尽有，有吃饭喝酒的地方，也有抽烟闲聊的地方，所以需要清早去，午夜才回。

徐南烨说话斯文，因此才说成饭局。

褚漾张了张嘴，最终还是什么都没说。

这种局肯定是私人组织的，带不带伴侣都随意，当初结婚时褚漾是极力抗拒陪他参加任何饭局的，所以这次徐南烨自然不会勉强她。

再多问就显得矫情了，褚漾用被子蒙着头继续补觉。

徐南烨垂眼看着鼓鼓的被子包，帮她拉上了窗帘，最后才起身离开卧室。

卧室门被轻轻带上，被子里的褚漾却再无睡意。

因为周六他们被褚国华当场抓包，所以周日徐南烨自然要回一趟徐家，不能两边都得罪。

徐南烨早上起床后打了通电话回家，接电话的人是徐东野，对方说适逢临市宋氏的人过来调研，顾氏的人组了个局，让他直接到会所去。

这种局大多是圈内的纨绔子弟组的，同圈子里的人来来往往，认识的人越多自然也就越能行个方便。

徐北也很喜欢凑热闹，但大家最关注的却是他的哥哥。

他在律政圈名气再大，放在生意人眼中不过是给钱就能说瞎话的打工仔，而他的两个哥哥才是那些人想要结交的。

徐东野对种局一直持无所谓的态度，就算来了也是冷着一张脸很少搭腔。人家忌惮他的身份，再热腾腾的场子都能被他那张脸冻僵。

徐南烨就好很多，话虽少，胜在态度亲切，见人三分笑。

只不过他俩都很少来，今天徐东野特意让徐南烨过来，自然是给顾氏卖个面子。

徐南烨到会所的时候，侍应生直接带着他往电梯那边走去。

顾氏的人直接包下了一整层楼，电梯门一开就能看见端着香槟言笑晏晏的男人。

见有人到，这边的人下意识地全往电梯那边看去。

"哟，徐大外交官来了，到底还是高总有本事，徐家的三个弟兄到齐了。"

徐南烨轻笑着道："各位，好久不见了。"

有个已经见些许醉意的男人，拿着酒杯朝他晃晃悠悠地走了过来，笑道："自从我们徐二去年回国，就再也没来过聚会，我还以为你一心为国效力，心里只有你的外交事业呢。"

说话的人是圈子里和徐南烨同辈的好友崇正雅，从小学就和徐南烨在同一家私立学校，后来高中时去了澳洲，一直到大学毕了业才回国。

崇氏金融产业比不得圈内的顶级权贵，倒是邻市几座三线城市最近蓬勃发展的重工业厂子，十有八九是崇正雅他爸开的。

崇正雅自回国后就没上过几天班，按照老爸的心意娶了个富商千金后，他爸索性就随他去了。

徐南烨闻到他身上的酒味，稍微往旁边挪了挪。

"怎么？嫌弃老朋友了？"崇正雅挑眉，又跟着他挪了两步，凑到他耳边调侃，"忘了咱俩高中的时候去隔壁学校打群架的事了？为这个我还被我老爸毒打了一顿，你倒好，连个检讨都没写，照样安安稳稳地当你的年级第一名。"

徐南烨偏头看他，神色冷淡地道："如果你平时稍微安分点儿，你爸也不至于把你打成那样。"

崇正雅勾唇，露出了一个邪魅的笑容。

徐南烨直接进了正厅，灯火通明的圆形大厅里，连墙壁都被顶上的水晶吊灯照成了暖黄色。

二十几根欧式大理石柱屹立在大厅两侧，大厅的正中央摆放着十几层的香槟塔。

绣着暗金纹的红色地毯上，锃亮的皮鞋与尖头高跟鞋交错而过，徐南烨接过侍应生托盘上的香槟酒，打算直接去小包间找徐东野。

小包间里坐着几个人，比起外头的喧嚣，连墙壁角落的挂壁式音响里播放的大圆舞曲都听得一清二楚。

组局的顾氏高总最先起身，冲徐南烨轻轻点了点头，说道："还以为你会推托不来，我很荣幸。"

徐南烨只看了一眼默不作声的徐东野，声音温润地道："高总的局我怎么敢不来？"

"到底我也只是挂着顾氏的名，如果没有这个名号，只怕今天来的人会少一大半。"高总无奈地笑了笑。

旁边的徐北也忽然出声调侃："高总别这么说，你妹妹现在不过就是个高中生，老顾总把这么大的担子交给了你，顾氏迟早也会全部交到你的手上。"

高总摆了摆手，说道："等我妹妹长大了，这些东西自然是要还给她的。"

徐北也没搭腔，咬着酒杯，低声笑了。

继子跟着单身母亲嫁进豪门，还能无私地为那个与自己没有丝毫血缘关系的妹妹考虑，这事情放在常人眼里，谁都没法理解。

在座的人心中各有想法，只是谁也不说。

徐北也又看自家二哥还是一个人来的，不禁开玩笑道："二嫂还是不肯跟你一起来？"

"她年纪还小，这种场合少来为妙。"

徐南烨在他旁边坐下，语气平静地道。

徐北也叹了口气，说道："原本以为你和大哥结了婚，至少比我这个孤家寡人体面些，没想到这种场合还是咱们三兄弟打光棍。"

他大嫂本来就出身上流豪门，不来也没事，倒是这位还在念书的二嫂，至今在社交圈毫无姓名，真当就是跟他二哥结个婚而已，而不是嫁进徐家。

徐南烨冲旁边的侍应生打了打响指，让对方过来拿走了自己的酒杯。

"不喝了？"

"最近工作比较累，少喝点儿比较好。"

徐北也又悄声问他："老牛耕不动地了？"

"你很闲？"徐南烨瞥他，平静地道，"闲着不如去相个亲？"

"你想拿我当联姻牺牲品？门儿都没有。老子又不是崇正雅，"徐北也吊儿郎当地跷着二郎腿，把玩着手中的酒杯，说道，"娶了老婆，还在外头包'小三''小四'，倒不如一开始就娶个喜欢的人，免得被人嚼舌根。"

"你倒是了解得清楚。"

"他的前一个女人他就给了套房子打发了，现在又找了个女大学生，"徐北也一聊起八卦就来劲，语气止不住地兴奋，"一开始钱是没少给，但那个女的家里条件不好，又是学费，又是医药费，时不时就问他要钱，把他惹恼了，索性每个月就打点儿生活费过去，情人当到这个份儿上，也是可怜了哦。"

有钱的人不一定大方，更何况这种买卖行为本来就不对等。

这种事圈子里的人见怪不怪了，随便提个人出来都能拍一部电视剧。

徐南烨兴致缺缺，整理着本就干净利落、没有丝毫褶子的袖口，徐北也毫不在意，只管说给他听，听不听是二哥自己的事。

等徐北也终于说够了，徐南烨才起身，准备去一躺洗手间，刚打开门就听到了外面好大的欢呼声。

里头的几个男人都听到了，纷纷起身朝门口走去。

"怎么了？"

在门口站岗的侍应生低着头回答："小崇总带了人过来。"

徐北也撇嘴，问道："带个人有什么好欢呼的？"

人群中间的崇正雅个子高，恰好看见了从小包间里出来的几个人，扬起手招他们过去。

高总最先走过去，看到了人群中央的崇正雅和一个面生的女人。

"女朋友？"

崇正雅呵了两声，暧昧地道："朋友而已，"说罢，他又招呼那个女人放下酒杯："行了，暂时别喝了，跟高总他们问个好。"

面容清秀的年轻女人脸上化着浓妆，穿着性感的抹胸短裙，裙摆堪堪遮住大腿根，想必是喝了不少酒，此时脸色已经红润异常，眼神都有些不清明了。

"这是徐家的三个少爷，"崇正雅特意指着徐南烨道，"这位二少爷是我的好朋友。"

女人个子不高，仰头才能看清人。

她看向徐南烨，神色有些慌张，而后迅速地低下了头。

崇正雅挑眉，问道："还害羞？看他长得帅？"

女人没说话。

"这是我的朋友，叫陈筱，我看今天来的都是正儿八经的小姐、夫人，玩不起来，所以就叫她过来助助兴，高总不介意吧？"

谁会介意呢？

没有人介意。

她是崇正雅的什么人，没人想知道，不是老婆，不是亲戚，就只是朋友。

一起睡过的朋友。

这种朋友，注定在这种场合会低人一等，其他有身份的女人都是宾客。

她一口气喝了七八杯倒满了的香槟，也没人在乎她是否不适，众人只围在旁边鼓掌，大喊"女中豪杰"。

这就是社交圈的规矩。

进来了不代表融入了，没有姓名的人出现在这种场合，就只配得到这种待遇。

不少人争个头破血流都要求一个正室的位置，原因就在于此。

后来的这几位男士很明显没什么兴趣看"女中豪杰"拼酒，其他人不敢再起哄，都找了借口纷纷散去。

徐南烨也转身准备离开，说道："我去一趟洗手间。"

他走了没两步，忽然又被人叫住，回过头看去，居然是崇正雅，还有他的那个女伴。

崇正雅嘻嘻笑道："刚才我朋友看你的样子有些不对劲，我都差点儿忘了，你们是校友来着。"

徐南烨忽然蹙眉。

崇正雅点了点头，说道："对，陈筱也是清大的学生。"

徐南烨的脸色陡然变得有些难看。

"怎么，师兄师妹不喝一杯？"崇正雅招呼一旁的侍应生："拿两杯酒过来。"

一直低着头的陈筱几乎要哭出来了，肩膀剧烈地颤抖着，不敢抬头看徐南烨。

"你父亲的化工厂最近才中标，"徐南烨没接酒，勾起嘴角，眼里却没有温度，说道，"这时候林业局的人上门进行污染检测，不合适。"

崇正雅的笑僵在了嘴角。

徐南烨低头看了陈筱一眼，对崇正雅说道："送你朋友回学校吧。"

说罢，他对侍应生小声说了句"不好意思，这酒不要了"，转身又朝洗手间走去。

陈筱悄悄抬头，看着那道高挑、挺拔的背影，眼中隐隐有水光泛起，双手紧紧地握成拳，目送那道背影消失在转角处。

"啧，"崇正雅低声骂了两声，侧过头看了陈筱一眼，嗤笑道，"你认识他是不是？"

陈筱乖巧地点头。

"喜欢他？"

陈筱拼命摇头。

崇正雅笑了两声，问道："你是不是当情人当惯了，专挑结了婚的男人下手啊？"

陈筱忽然抬起头，有些不解地望着他。

看着她这副不谙世事的样子，崇正雅心情大好，指着那道背影早就消失的方向，说道："你这个师兄早就结婚了，不过没宣扬罢了，你真以为自己能攀上他？老老实实地跟在我身边吧，说不定你那个病秧子爸还能多活两年。"

陈筱花了至少半分钟才消化掉这个消息。这一切被崇正雅看在眼底，他嘴角的笑意也越来越明显。

好半天，她才低声反驳："我没这么想过。"

"那就行了，我暂时得罪不起他。他让你回去你就回去吧。"崇正雅看她这副醉样，又嫌弃地翻了个白眼，冷冷地道，"醉成这样，让你朋友来接吧，让她对门口的侍应生报我的名字进来，你的衣服在楼下，换好了就走。"

陈筱没有拒绝的余地，说道："好。"

他让她来她就得来，他让她走，她也只好走。

崇正雅交代后，迈着步子离开了。

陈筱勉强走到洗手间，找到一个隔间将自己锁在里面。

她咬着唇，将刚才受到的屈辱和委屈全部吞到了肚子里。

整个大厅，就只有她一个人是外人，所有人等着看她的笑话。

陈筱坐在马桶上冷静了一会儿，等酒意稍稍散去，才拿出手机。

动的他
心先

194

通信录一路滑下去，她的手指顿在了褚漾的名字上。

陈筱思考良久，最后拨通了褚漾的电话。

褚漾带着一丝倦意的声音响起。

"喂？"

这个时候，想必她还在家里睡觉吧，不愁吃穿，无忧无虑，什么都不用担心。

陈筱的眼神骤然变冷，她软着声音开口："褚漾，我现在在外面打工，受了点儿伤，老板让朋友来接我，你能来接我一下吗？"

"回学校吗？我不在学校啊，要不你打电话给舒沫她们，让她们去接你吧。"

"我给她和宋林幼都打过电话了，她们没空。"陈筱尽力控制自己的情绪，无奈又无助地道，"对不起，我不想麻烦你的，但我没什么朋友，只和你们几个熟。"

褚漾犹豫片刻后，道："好吧，你把地址发给我。"

陈筱笑了，说道："谢谢。"

挂掉电话后，她将地址和崇正雅的名字告诉了褚漾，接着起身按照崇正雅说的去了楼下换好衣服，将身上穿的这身衣服留在了房间里，最后看了眼这个高档、奢靡的地方，乘着电梯离开了会所。

大学生兼职打工，一般喜欢找离学校近的地方工作，褚漾按照陈筱给的地址导航，足足转了两条地铁线，又一直坐到了地铁末站。

她开始后悔自己一开始没问清楚地址，揽了个烂活儿。

陈筱打工的地方褚漾很少来，这片儿都是些非商业性质的高楼大厦，环绕耸立在公路两边，难得见几个商铺，街边偶有几家开着的店面也是门可罗雀，跟市区 CBD 的繁华完全相反，高密玻璃筑成的各类大厦如星盘密布，人流却少得可怜，有点儿像刚建成的高新区。

导航指引她一直往这条绿化作业极为完善的人行道走，又过了两个红绿灯，终于到了目的地。

看起来是个普通的会所，褚漾没想到陈筱会在这里打工。

会所也有普通的兼职工作，但学生一般不会来这里做兼职，也有学生不在意这个，因为在会所工作时薪要比普通的餐馆、酒店高得多，有时还能收到小费。

陈筱为了多赚点儿钱，来这里也并不是没有可能的。

褚漾踏上铺着红地毯的阶梯，还没走到接待台那儿，就被门口的保安拦下了。

最近天气比较凉爽，她就穿了件普通的帽衫和牛仔裤，脚上穿着帆布鞋，典型的年轻学生打扮，看着的确不像是来这种地方消费的人。

褚漾按照陈筱跟她说的，报了个名字。

"我是来找崇正雅先生的。"

保安又打量了她几番，给她放了行。

褚漾和他擦肩而过时，听到这位保安轻轻感叹了一句："现在的漂亮小姑娘真是正道不走，都喜欢往男人身边凑。"

她莫名其妙，恰好一楼的电梯门开了，便加快步伐赶紧跟了上去。

里头有个男人，见她往这边跑过来，帮她按着开门键。

褚漾冲他点了点头，说道："谢谢。"

穿着西装的男人将目光留在她的脸上，忽然笑了，问她："小姑娘，来找谁啊？"

"呃，"褚漾顿了会儿，觉得说来找陈筱别人也未必知道，干脆就又用了陈筱的老板的名字，说道，"找崇正雅先生。"

那男人错愕地睁大了眼，自喃道："真是会玩。"

褚漾心里觉得这男人跟刚才那个保安应该是误会了什么，心里有些不舒服。

但对陌生人，她也懒得解释太多，接到陈筱回学校就完事，以后再做好人前一定要打听清楚地址，绝对不瞎同情心泛滥了。

她要去的楼层就在男人要去的那层楼的楼下，电梯门叮的一声打开，那男人叫住她，说道："小姑娘，小崇总在楼上呢，你应该去上面找他。"

"我收到的地址就是这里，"褚漾冲他笑了笑，说道，"谢谢先生。"

电梯门被关上，年轻的漂亮女孩儿消失在眼前。

这个可比刚才那个女的漂亮多了。

男人回到会场，恰好看见崇正雅正和其他几个人说说笑笑，便走上前，暧昧地凑到崇正雅的耳边小声说道："小崇总今天好兴致。"

崇正雅不解地挑眉，问道："什么玩意儿？"

"你刚才不是又叫了个小姑娘来？我让她上来她还不上来呢。"

196

"哦，那应该是来接人的，"崇正雅心里猜到了几分，无所谓地耸了耸肩，说道，"我没那么重口味，一次一个女人就行了。"

男人茫然地张了张嘴，表情更古怪了，说道："不是你的人？那早知道我就去问个微信号了。"

崇正雅笑道："你不是不喜欢学生妹吗？"

"她漂亮啊，超正点的。"男人向他描述刚才那姑娘的样子，"虽然她穿得简单，但是那两条腿又长又直，没化妆都比你刚才带来的那个好看，眼睛跟狐狸勾魂似的，说话的声音也好听，放到学校里肯定是校花级别的。"

崇正雅蓦地来了兴趣，问他："真这么漂亮？"

"骗你干吗？"男人惋惜地道，"她说是来找你的，我就没敢撩，白白错失个美女。"

"那我下楼去见识见识。"

他将酒杯直接给了男人，朝电梯那边走去，在电梯里正好收到了陈筱发过来的微信。

"崇先生，家里临时有事，我就自己先走了。我还没来得及通知我朋友，她这时候应该到了。如果不麻烦的话，你可不可以帮我送我朋友回家？

"还有，我跟她说自己是在这里打工的，请崇先生为我保密。

"如果让她知道了事情的真相，她一定会跟我绝交，以后我可能就再也见不到她了。"

陈筱送人过来讨好他？

崇正雅的嘴角露出轻浮的笑，他回了个"好"字。

褚漾按照陈筱说的走到房间门口，敲了敲门，没人在。

她将头靠近门，开口小声问道："陈筱？"

没人回答，褚漾只好拿出手机给陈筱打电话，结果也没人接听。

搞什么啊，褚漾心里烦躁，靠着门又一连串打了几个电话过去。

"请问是陈同学的朋友吗？"

她顺着声音看过去，穿着灰色衬衫的男人正朝这边走来。

来人双眼狭长，眼尾上扬，轮廓瘦削，薄唇红润，像漂亮的男狐狸精。

如果不是对方穿着考究，看起来傲慢又嚣张，褚漾差点儿以为他是在这里应酬的。

上册

褚漾轻轻点头。

崇正雅嘴边的笑意越发明显。

他只是上下扫了一眼，脑子里就开始幻想这个小姑娘穿着抹胸裙，精心打扮后的样子。

脸盘干净，长相却又像只娇俏的猫，只是素面朝天的样子就已经足够让人驻足，尤其那双桃花眼又大又亮，纵使暗藏着警惕和生疏，也让他起了极大的兴趣。

褚漾谨慎地开口："你是陈筱的老板吗？"

崇正雅微愣，随即点头，说道："某种程度上算是。"

"我是来接她的。"

"她临时有事，先走了。"

褚漾不可思议地睁大眼，偏过头哼笑了几声，打算回寝室了再慢慢跟陈筱算账。

"那我也走了，"她心情不大好，连客套话也懒得跟陈筱的老板说，"崇先生再见。"

崇正雅全然不在意，态度友好地道："既然你是她的朋友，自然也算是我的朋友，会所这么远你来一趟不容易吧？要不要到处玩玩？"

褚漾摇了摇头，说道："不用了，谢谢。"

"小姑娘，"崇正雅伸手挡住她的去路，侧过头看着她精致的侧脸轮廓，温柔地道，"楼上正好在举办宴会，你不想去长长见识吗？"

褚漾仰头看他，崇正雅无辜地冲她眨了眨眼。

在学校怎么玩，到底都是一个学校的同学，嘴上说说浑话多喝几杯酒当然无妨。褚漾喜欢热闹，最爱去各种场合喝酒玩乐，结婚前爱去，结婚后去得少，但偶尔嘴馋，还是喜欢跟人拼酒。

但她分得清学校和社会的界限。

出了学校，女孩子所做的每一个决定、沾的每一滴酒，都有可能酿成大祸。

她曾为此付出过代价——早早地结了婚。

她原本觉得这段婚姻对自己来说可有可无，她迟早会离婚，但最近和徐南烨之间那种畸形的亲密感，让她对婚姻产生了有些奇怪的念头。

明明只是结婚而已，没有感情基础，没有道德束缚，她却给自己上了一道枷锁，开始在意徐南烨的行踪。昨晚"一辈子"三个字脱口而出，她

动的他心先

198

在慌乱中竟然发现自己的态度并非开玩笑，而是将它当了真。

而徐南烨没有当真，甚至只是一笑而过，第二天照常去他的饭局，也许会有女人作陪，和她无关，她却在意到现在。

这道枷锁让她在面对其他男人的殷勤时，学会了退却。

褚漾在心里唾弃自己的良家妇女行为，但还是适时地后退了几步，拒绝道："不了。"

她跟陈筱不一样，崇正雅反倒正视她几分，知道她或许家教良好，是绝不会因为男人的邀请就被冲昏头脑的正经姑娘。

一开始在夜总会碰上刚来的陈筱时，他也是这么认为的。

奔放主动的女人玩腻了，他总想要换换款式，陈筱那时候尚且青涩，连看他两眼都胆怯。

结果在他提出邀约的时候，陈筱欲拒还迎得恰到好处，在床上厮磨时，清纯和风骚并存，着实让他惊艳了一把。

后来他才慢慢察觉，这就是"捞女"[1]的本事。

她同学看着明艳活泼，反倒是最有原则的那种女孩儿。

那他就慢慢来吧。

崇正雅挑眉，没再继续邀请，转移话题说道："这里离你们学校挺远的，我让人开车送你回去吧？"

褚漾又想要拒绝，崇正雅兜儿里的手机振动起来。他冲褚漾比了个嘘的手势，对电话那头的人说："怎么了？我在楼下。"

说了几句，崇正雅不耐烦地哼了声："徐东野要走，你们几个人去送就行了，我又没事求他。"

褚漾眨眼，看着他打电话。

"徐南烨和他弟弟呢？也走了吗？"崇正雅哦了声，语气慵懒地道，"行，我待会儿就上去，你先跟他们应酬着。"

挂掉电话，崇正雅觉得小姑娘看他的眼神变了，有些炙热和期待。

"……"

1　网络流行语，指那些总是想着不劳而获、爱慕虚荣的女性。

他打电话的样子莫非真这么帅？

就在崇正雅思考这个问题时，褚漾一反刚才的冷漠态度，语气殷切地道："崇先生，你刚才说要带我上楼见识见识，是不是真的啊？"

崇正雅被她"翻脸"的速度震惊到了。

但君子一言，驷马难追，他点头道："是啊。"

"那咱们走吧？"

崇正雅摇头，说道："你穿这身不合适，先去换套衣服吧，再化个妆。"

褚漾看了眼自己脚上的帆布鞋，哦了一声。

崇正雅带她去了换衣间。

这里是会所的贵宾场所，里头衣服、首饰应有尽有，专门用来给会所的女客人换装，还配有两个专业的化妆师。

他带褚漾进去，面对琳琅满目的珠宝首饰和镜子前各类用途的彩妆产品以及衣架上各式类型的晚礼服裙，略微得意地扬起了唇，等着听她发出惊叹声。

而旁边的小姑娘只是扫了两眼就没兴趣了。

崇正雅试探地问她："这儿怎么样？"

"嗯，"褚漾指着那排礼服裙，摸着下巴，嘴唇微撇，说道，"这里的好多衣服过季了。崇先生，你好歹也买点儿新款回来挂着啊。"

"我会改进的。"

这小姑娘是不一样的烟火。

褚漾坐在化妆镜前，任由化妆师往她脸上鼓捣，又任由化妆师拿了一套又一套的珠宝首饰往她脖子上比画。

"等你准备好了就直接上来，"崇正雅在她面前打了记响指，说道，"我先上去了。"

坐在椅子上动弹不得的褚漾，忽然叫住他。

崇正雅挑眉，冲她轻笑，问道："怎么了？想谢谢我帮你打扮？"

"哦，不是，这些东西租金多少钱，"褚漾指了指自己脖子上的宝石项链，问道，"按天数算钱吗？"

"……"崇正雅面无表情地道，"不用钱。"

褚漾抿唇，忽然担忧地皱起了眉头，问他："你人这么好，会所能赚到钱吗？"

"……"

我不缺钱，请你有点儿灰姑娘的样子。

崇正雅觉得这姑娘可能有点儿缺心眼儿。

他抚着额头上楼，一直到回到会场，脸色都有些难看。

有人上前调侃："怎么？跟刚才那位小姐在楼下大战了三百回合？一副肾亏的样子。"

崇正雅咧了咧嘴，说道："我这是心累。"

"啧啧啧，那位小姐呢？在床上晕过去了？"

崇正雅按了按太阳穴，说道："我让她回去了。"

"别啊，好不容易来个能喝酒的，回去了多扫兴啊。"

"不会，我请了个更极品的过来，"崇正雅说罢，又恢复了往日的轻佻样子，又道，"跟前面那个不一样，这个老子还没弄到手，你们都不许碰她。"

"噢哟，那我们到时要好好看看是个什么绝世佳人了，"那人拍了拍他的肩，指着另一边正喝酒的男人，说道，"要是能让徐家那个不近美色的人都看呆，我就服你。"

崇正雅自信地勾起了唇。

过了一会儿，褚漾终于打扮好了，电梯门顺势打开。

众人戏言："我们小崇总这是又找了哪位朋友过来啊？"

一时间所有人往电梯门口看去。

褚漾没料到这一层居然有这么多人。

她踩着高跟鞋，将柔软的地毯踩出了几道小小的洞。

抹胸加纱裙设计，修长的天鹅颈和精致的锁骨都展露在外，温柔的裸粉色纱裙衬托着如雪般的细腻肌肤，黑发盘起，只有几缕微鬈的发丝慵懒地垂在肩上。

这位小姐倒是不怯场，转动着黑曜石般璀璨的眸子，似乎在找谁。

她的视线完全不在这群男人的身上，这群男人的眼中却只有她。

饶是崇正雅也不禁看得入了神。

果然，只是打扮了下，她就惊艳成这样。

早知道陈筱有个这么漂亮的同学，他还在陈筱身上浪费个什么劲儿。

崇正雅得意地看向远处还在喝酒、视线完全不往这边看一眼的徐南烨。

你马上就要输了。

这里这么多人，褚漾根本不知道徐南烨在哪儿，正失落时，崇正雅上前走到她身边，用只有他俩能听到的声音说道："你很漂亮。"

"谢谢。"

有几个人凑上来，暧昧地捅了捅崇正雅的胳膊，问他："我们小崇总从哪儿找来的美女啊？"

"朋友，"崇正雅眯起眼，又重复了一遍，"真的朋友。"

其他人了然于心。

既然崇正雅说真的是朋友，那肯定不能得罪了。谁知道是哪家的千金，他们还是敬而远之比较好。

"要喝酒吗？"崇正雅指了指正厅，问她，"你是喜欢红酒还是香槟？"

反正都是葡萄泡的，褚漾还是喜欢喝啤酒。

"都可以。"

崇正雅拍了拍她的肩膀，说道："走吧，我带你去品酒。"

褚漾落后他几步，绕过柱子后来到正厅，崇正雅蓦地扬眉，说道："我朋友也在那儿，我带你去见见。"

她顺着崇正雅手指着的方向，终于看到了自己想找的那个人。

高且瘦的男人穿着黑色衬衫，长腿被垂感极佳的手工西裤包裹着，碎发全部梳到脑后，露出光洁的额头，高挺的鼻梁间架着一副银框眼镜，与他灰色领带上镶着一颗碎钻的领带夹相得益彰，白皙、瘦且长的两指间夹着线条纤细、优美的酒杯握柄，正和旁边的人有说有笑。

他身边站着的几个人里有男有女，她只认识徐北也。

也是，她从来没跟他一起到过这种场合，怎么可能认识他的朋友？

徐南烨完全没往这边看，自然也注意不到褚漾。

她突然厌了。

"我不过去了，"褚漾蹙眉，说道，"本来就是上来看看而已。"

崇正雅发觉她有些不对劲，眉头跟着皱紧了几分，语气也比刚才冷了些，问她："你也认识那个男人是不是？"

褚漾垂眼，没说话。

"要说我这位好朋友也是挺有意思的。"崇正雅双手插兜，笑容玩味，说道，"明明对女人压根儿不上心，偏偏最讨女人喜欢，一个个怎么眼睛全长在他的身上了？"

褚漾从他的话中听出了些信息，脱口而出就问："你们是好朋友？"

崇正雅自嘲地笑了笑，问她："是啊，看着不像是不是？"

"我不是这个意思。"

"他从小就是精心养在豪宅里的少爷。我爸半路发达，说白了就是个土大款，我自然是什么都比不过他的。"崇正雅抿了一口酒，仰起下巴将略微发苦的液体吞咽进了喉咙，语气半叹息半嘲讽地道，"他哥哥和弟弟都不太看得上我，唯独他能和我做朋友，你猜为什么？"

也不等褚漾开口，崇正雅就自问自答了。

"你有没有兄弟姐妹？一胎出来的兄弟年纪又差不多大，父母肯定会有所偏爱。他大哥年长，性格沉稳，最受他父母的喜欢；他弟弟不怎么成器，但因为是家里最小的孩子，平时撒个娇，哭闹哭闹自然就有人来哄了。他太文静了，生活和学习又从来不用其他人担心，他父母当然不需要花太多的时间管他，直接把他丢给保姆最省心。

"没人管他，他自然就近墨者黑了呗。"

文静且乖巧的男孩子总是不如那些调皮捣蛋的孩子受人关注，相反，会让人觉得文弱，像个女孩儿。

徐南烨性格好，也从未在意过父母的忽视，直到他和崇正雅撞上。

素来听话的学生居然和经常闯祸、翘课的学生成了朋友。

徐南烨的父母同不同意两个人一起玩崇正雅不知道，只是崇正雅的老爸因为他跟徐家老二成了朋友兴奋不已，嘱咐他要好好跟着徐二少爷，别惹人生气。

崇正雅当时只是不屑地撇了撇嘴。

其实他们能认识，也就是某天他玩过了火，把墨水洒在了英语老师的新裙子上，然后被罚站在办公室里面壁。

后来英语老师上完课就回家了，居然忘了他还站在办公室里。

放学时间到了，夕阳渐暗，老师们也陆陆续续地离开了办公室，他是办公室里的常客，没人在意他怎么还在这儿罚站。

只有徐南烨对他笑了笑，说道："我要锁门了。"

崇正雅睨他一眼，没动。

徐南烨也不着急，将办公室里的空调关上了。

这大夏天的，没有空调的室内宛如蒸笼，直到办公室门关上的那一刻，崇正雅才大喊出声："你真把我锁里头了？！"

门又被打开了，崇正雅尴尬地看着门口那个笑得欢畅的男生。

他穿着白色的校服，俊秀瘦削，语气里带着一丝笑意，问道："早出来不就行了？"

崇正雅觉得自己被人耍了，暗暗地骂了一句粗话。

后来，在他知道这个戴着眼镜、看起来一派斯文的学生居然也喜欢玩《拳皇98》后，两人的友谊就这么神奇地建立起来了。

高中那会儿，崇正雅的女朋友被隔壁学校的学生调戏了，崇正雅带着一帮小弟就打算去找人理论。

他和徐南烨一直是一块儿回家的，他觉得徐南烨这个白白净净的斯文人去了，肯定会被吊打，于是找了个借口让徐南烨先回家了。

结果隔壁高中虽然升学率不高，但那帮小子打架比私立贵族高中里的少爷厉害，崇正雅这帮人落于下风，对面的混混笑得嚣张。

结果从天而降的，就是那个校服衬衫干净整洁，连领带都一丝不苟的徐南烨，他直接扔掉了眼镜，两三拳就放倒了混混头子。

被英雄所救的崇正雅很没面子，末了，徐南烨只是擦掉了嘴边的血迹，往胳膊上的伤口上贴了几片创口贴，又将眼镜戴上，恢复了往常的优等生的模样。

徐南烨走之前，只给崇正雅留了一句话："赶紧回家写作业，写不完明天我不借你抄。"

十几年前发生的事了，崇正雅想到这里，居然还是觉得有些丢脸。

后来，有隔壁学校的人过来告状，所有参与打架的人被通报批评接受处分，唯独徐南烨因为是正当防卫安然无恙。他的父母找到崇正雅的老爸，当着崇正雅的面说："请你的儿子别再和南烨来往了。"

崇正雅的老爸出了名的财大气粗，喜欢用钱砸人，那时候，居然用那样卑微的姿态不住地鞠躬，啤酒肚都被挤成了好几块，向徐南烨的父母保证，自己的儿子绝对不会再靠近徐二少爷。

他那时候就想，果然啊，在所有人的眼中，他不配当徐南烨的朋友。

对方高高在上，不染尘埃，哪儿能和他这种人玩在一块儿？

后来，他爸为了履行对徐父徐母的承诺，把英语废的他一脚踢到了澳洲。

动
的他先
心

204

听说徐南烨后来去他家找了他，只是他们不可能再当朋友了。

"他大学毕业后就被外派到一个鸟不拉屎的国家任职，是他父母刻意安排锻炼他的，就跟公务员下乡似的，为了防止被人说他们徐家势大。"崇正雅话锋一转，讥讽地道，"那个国家当时内战多年，政府和武装军常年不和，他在那边差点儿丢命。后来政府的功勋章终于下来了，人也进了医院，他父母才让他离开了那个鬼地方。"

崇正雅心里忽然好受了些。

原来徐南烨过得也不好，小时候被父母忽略，成年后又被父母牢牢掌控着人生，连去哪儿任职都不能自己选。

相比起来，他只是被老爸操控着婚姻，不喜欢家里那个女人，大不了去外面找，自由多了。

徐南烨却不能，无论是工作，还是感情，他连放纵的资格都没有。

"怎么样？"崇正雅偏头看向褚漾，问道，"是不是觉得你这个师兄没有你想象中的那么高高在上了？"

褚漾点了点头。

"小姑娘，你叫什么名字？"崇正雅微微弯腰，眼神中丝毫不掩饰对她的兴趣，问她，"别想着你这个师兄了，有没有兴趣跟哥哥交个朋友？"

褚漾龇牙道："没兴趣。"

"你真是……"崇正雅摇了摇头，说道，"算了，谁让我对你有兴趣呢。"

褚漾牢牢地盯着那边的徐南烨，脑子里还残留着刚才崇正雅说的那句"明明对女人压根儿不上心，偏偏最讨女人喜欢"，事实证明确实如此，旁边那个笑得跟朵花儿似的女人都快贴上徐南烨的胳膊了，就跟之前的许绵绵似的。

褚漾之前毫不在意许绵绵对徐南烨献殷勤，不代表现在不在意这个女人。

徐南烨向来对谁都是亲切又有礼貌的，那女人眼里的欲望都快喷出来了，他居然还跟人家碰杯。

呵。

可能是她的目光太凌厉，终于引起了那边的人的注意。

徐南烨侧了侧身，朝这边看了过来。

褚漾大惊，急忙躲到了崇正雅身后。

崇正雅被当成了挡板，莫名其妙地和徐南烨对视一眼。

205

他冲徐南烨举了举杯子，小声对身后的褚漾说："小姑娘，要是你不愿意跟哥哥交朋友，我就拉着你走到你们的师兄面前，跟他说你是我的女朋友。"

"……"褚漾仰头盯着他的后脑勺儿。

崇正雅笑了笑，问道："不信？"

随后，他从背后抓过褚漾的手，牢牢地将她的手按在自己的手心里，拉着死活不肯妥协的小姑娘往徐南烨那边走去。

"哟，崇正雅又带了个新人过来，"徐北也最先看到那边拉拉扯扯的两个人，说道，"真够腻歪的。"

徐南烨毫无兴趣，低头喝了口酒。

徐北也忽然变了语气，说道："等一下，那女的怎么有点儿熟悉啊？"

徐南烨依旧无动于衷。

"二嫂？！"

徐南烨迅速抬眸，崇正雅正朝这边走来，对身边的女人又哄又拉的，那个女人穿着裸粉色的礼服裙，一直低着头，露出了修长、白皙的颈部。

褚漾被崇正雅带到了徐南烨身边。

她抽不出手，手腕已经见红，低着头盯着自己的高跟鞋尖，试图装成一只鸵鸟。

来自头顶的灼热视线几乎将她的头发烤焦。

徐北也还处于震惊之中，小心翼翼地看向他二哥。

二哥的头上，似乎长出了一片青青草原，脸也绿了。

徐南烨脸色阴沉，薄唇抿成一条长长的线，望向褚漾的眼神冷到了极致，从眉梢到嘴角只剩下盛怒。

徐北也知道，他二哥是真的生气了。

崇正雅悠悠地开口："介绍一下，这位是……"

他话还没说完，脸颊就结结实实地挨了一拳。

徐南烨甩了甩手腕，还没等崇正雅骂出口，又换了一只手揍过去。

旁边的人都蒙了，不知道怎么的两人就打起来了。

徐南烨用了劲儿，衬衫有些束缚，他不紧不慢地解开领口处的扣子和袖扣，看着像是要动真格的样子。

原本整洁的衬衫也被拉出了几道明显的皱痕，崇正雅看着他镜片下晦暗如墨的瞳孔，心中的疑惑越发大了。

向来儒雅斯文的徐家老二动手打人，除了徐北也没人敢拦。

褚漾手脚冰凉，没料到徐南烨会有这样的反应。

"二哥！"徐北也拦在崇正雅面前，对他二哥说道，"别忘了你的身份！"

徐南烨终于冷静下来，随后扶了扶因为剧烈的动作而从鼻梁上滑落的眼镜。

"等着。"他留下这么一句话之后，不由分说地伸手拉住了惊恐的褚漾，大步离开了宴会正厅。

崇正雅擦去了嘴角的血迹，冲徐北也吼道："他疯了？！为了个女人发疯？"

徐北也低头瞪他，反问他："你疯了？！连他的女人都敢套近乎？"

崇正雅蓦地愣住了。

周围看热闹的人太多，徐北也没办法当众说那女人是他二嫂，他二嫂跟崇正雅搞在一起，传到外头去谁都得死。

徐北也点到即止，留下蒙了的崇正雅站在原地。

褚漾不知道徐南烨要带她去哪里，只觉得自己的手腕都快断了，徐南烨抓着她的力道不比崇正雅轻多少，甚至更重，让她痛苦地皱起了眉。

他带她走到一间套房里，迅速关门落锁。

套房里没开灯，满是黑暗，褚漾有些怕，下一秒被人按在门上，瘦削有力的手钳住她的下巴，逼她抬头和手的主人对视。

他死死地捏住她的下巴，不过片刻后，褚漾就感觉自己的下巴痛到几乎麻木。

她勉力开口道："你听我说……"

"你到底还要跟多少个男人纠缠不清？"徐南烨冰冷的声音被这阴暗的环境无限放大，字字句句敲在她的心里，引得她一阵战栗。

褚漾怕极了。

徐南烨紧绷着下巴，英挺的眉头重重地挤在一起，那双琥珀色的眸子也不似往常那般温和澄澈，多种复杂的情绪在瞳孔中翻腾，恨不得将她盯出洞来。

"是不是要把你锁起来，你才会安分一些？"

徐南烨说这句话时声音又压低了几分。

冰冷而阴沉的声音完全不像是在开玩笑，更不是"金屋藏娇"那样的戏言，而是真切地想要将面前的这个女人锁在暗无天日的地方，看不见太

207

阳和天空，让她只能依附着他而活，甚至连活命的空气都只能求他施舍。

空旷的套间里，他的呼吸声随着胸口的起伏逐渐加重，像是夜晚猛兽的低吟。

褚漾动了动下巴，想要让自己从他的束缚中逃离。

男人似乎猜到了她的意图，又加重了手中的力道，身体与她紧贴着。

他狠狠地抵住她，沉着嗓音低吼："褚漾！"

褚漾不敢动弹了。

她是真的被吓到了。

两个人的上身紧紧相贴，褚漾快被压得喘不过气来，男人的一只手还钳着她的下巴，另一只手箍着她的腰，劲瘦而沉重的身体成了桎梏她最有力的枷锁，唯一落空的双腿也因为他将膝盖抵过来而动弹不得。

明明面前的人再熟悉不过，她却察觉了危险。

逼仄的活动空间中，彼此的呼吸交缠在一起，滚烫急促，即使两人心思各异，黑暗中仍有暧昧的气氛交错着。

她的心跳本来就因为害怕而快得吓人。

褚漾抬起胳膊，按在他的肩上，轻轻地将他往外推。

这双手曾被崇正雅牵过，或许还曾被顾清识牵过，却将他往外推。

徐南烨的脸色骤然变得阴冷，他非但没有放开她，反倒讥讽地勾起唇，也不知是在笑她还是在笑自己。

他低头，不由分说地吻住了她。

这是实实在在的强吻。

往常他都会给她换气的余地，甚至会耐心地引导她怎么回应，到如今这种体贴的温柔尽数消失。

他像是在发泄着自己的欲望，用力厮磨着她的唇瓣，舌尖粗暴且用力地夺取着褚漾口中所剩不多的空气。

她近乎窒息，凭着本能拉扯着他身上的衬衫，想让他离开，却无济于事。

再温柔的男人，强吻起来也不会给怀中的女人任何逃走的机会。

他的吻一再深入，直到鼻梁上的眼镜成了碍事的东西，他才稍稍离开她的唇，终于给了她喘气的机会。

徐南烨空出一只手将眼镜摘下丢在一旁，镜片落在地板上，发出清脆的响声。

动
的他
心先

而后两人之间终于没有了任何阻隔，褚漾又开始急切地寻找呼吸的出口。

她的嘴唇出血了，口里开始有血腥味蔓延。

徐南烨也尝到了铁锈般的味道，终于放开了她，抬手用大拇指替她擦去了嘴边的血迹。

褚漾的大脑里成了一片糨糊，她还在大口地喘着气平复心跳。

她从没有看他这样生气过。

他总是斯文、温和，就算被她开了玩笑，也只是抚额笑笑，从不会与她计较。

两人结婚一年多了，褚漾还是习惯叫他师兄。

他没有爸爸那么严肃刻板，也与顾清识的冷淡寡言不同，褚漾接触过的异性不少，但能让她留下印象的却寥寥无几。

徐南烨像是一阵柔和的秋风，尤其是那双天生浅色的眼眸，总是温柔且多情的。

平时总对人笑脸相待的徐南烨生了气，比任何人都可怕。

徐南烨问她："疼吗？"

这么暗的环境里，褚漾连他的样子都看不清楚，却能实实在在地感受到他的愤怒和失望。

她怕，怕他真的生气，然后不理自己了。

褚漾想开口解释，张着嘴，大脑却一片空白。

有啜泣声先从喉咙里冒了出来。

她不是因为嘴唇被他咬破感到痛才想哭，也不是因为他冰冷的声音，更不是因为那听着瘆人的威胁。

她有很多话想说，但说出口的只有简短的四个字："你误会了……"

原来一个人百口莫辩、心急辩解的时候真的反而什么词都说不出口，只能通过这苍白的话让他冷静一些，能耐心地听她解释。

"你为什么会和他在一起？"

他没听她说话，只是言简意赅地问出了自己想知道的事。

她该怎么说？

她本来不想答应崇正雅的邀请，但她从他的电话中听到了徐南烨的名字，鬼使神差、鬼迷心窍，查岗也好，跟踪也好，就来了。

连她自己都觉得这个理由听上去无赖又不可思议。

她凭什么管他呢？就凭那张说白了是她骗来的结婚证吗？

褚漾说不出口，紧紧地抿着唇，越来越觉得自己像个傻瓜。

她喜欢徐南烨。

这太丢脸了，明明她在心里头告诫过自己很多回，他们的婚姻实在荒唐，而她更不该自作多情地认为他是喜欢自己的。

那张骗来的结婚证，她把徐南烨骗来当丈夫，也把自己骗进去了。

就算褚漾被男人逼到角落，被他吓得一句话也不敢说，心里那该死的自尊心却还在苦苦支撑着她的双腿。

如果她的试探又换来拒绝怎么办？

经过顾清识那次，她开始意识到，男人对自己的特殊对待，有时候只是糖衣炮弹。当她鼓起勇气往前迈一步时，他们就会果断抽身。

他们是明明白白的夫妻，于理，是她做错事在先，徐南烨自然有生气的理由，而和其他无关。

褚漾小声地哭了出来，像是只受尽委屈的小动物，被天敌叼在嘴里，发出低低的呜咽，小心翼翼的，生怕惹恼他。

徐南烨的手被沾湿了。

他渐渐松了力道，最后终于垂下了手。

"不管你愿不愿意相信……我是过来接、接室友的，但是我的室友她、她先走了。"褚漾吸了吸鼻子，胡乱地擦去了脸上的眼泪，说一句话抽两下，一句话被她说得无比拖拉，"那个男人……我是第一次见，我以前真的没见过他，更加谈不上跟他有什么。"

漏洞百出的解释，虽是事实，可她自己听了都觉得扯。

徐南烨沉默半晌，没有开口。

褚漾以为他不相信，低着头又想多解释几句。

突然有手指触上了她的脸颊，褚漾刚才擦眼泪的动作太用力，这一碰，她的脸有些刺疼，她忍不住低声嘶了一声。

男人的指腹没那么粗鲁，他又替她拭去了滚烫的泪水。

褚漾揪着裙摆，咬着唇逼着自己咽下了啜泣声。

徐南烨忽然哑着声音问她："你以后能不能听话点儿？"

像是忽然失了声调，再用平常的声音说话需要缓冲，他还没恢复过来，嗓音里满是疲倦。

褚漾猛地点头。

徐南烨淡淡地道："离他远点儿，不然我不知道自己还会做什么。"

在盛怒过后，因为手背上忽然触到的冰凉感，徐南烨慢慢冷静了下来。

褚漾觉得周身那股压迫感消失了。

他像是妥协般退而求其次，精疲力竭地给出了对她的忠告，别的他都不想再过问。

气氛稍稍缓和了些，褚漾止住了哭腔，小声问他："你还在生气吗？"

徐南烨没打算骗她，说道："嗯。"

"对不起，"她态度诚恳地道，"我再也不会惹你生气了，我保证。"

褚漾大胆地去牵他的手，男人只是顿了下，没甩开她。

有情绪在心间悄然崩塌，而后溃不成军，徐南烨低声叹气，伸手把灯打开了。

刺眼的光瞬间照亮了套房，褚漾感觉眼睛有些刺痛，捂着眼睛慢慢适应房间里的光。

灯打开了，徐南烨才发觉刚才他有多用力。

原本她穿着裸粉色的雪纺裙，肌肤白皙、娇嫩，如今手腕和脖颈处都被他捏出了红印，在灯光下更显得楚楚可怜。

原本精致、柔美的盘发也乱了，小小的黑色发卡从发间显露出来，一半头发别着，另一半头发却散落在肩膀两边。

她脸上的妆也花了，唯独嘴唇湿润、嫣红，比原本上妆后更娇艳几分。

徐南烨喉头微动，眼中仍然流淌着晦暗难明的情绪。

他实在好哄。

"你在这里休息，我让人过来给你重新整理一下，然后送你回家。"

徐南烨捡起地毯上的眼镜，重新戴上，打算离开这里。

他的手指刚放到门把手上，后面就只有只手扯住了他的衬衫。

褚漾用蚊子的叫声般的声音对他说："外面怎么办？那些人认识我吗？"

"不认识，"徐南烨轻声回答，"外面我会处理，你待在这里就好。"

褚漾就算没来过这种场合，也知道刚才他的行为有多惹眼。

"麻烦吗？"

徐南烨点头，说道："麻烦。"

"那你还……"

褚漾也没好意思说出口，徐南烨如今能留她一条命，她就该感恩戴德了，哪儿还敢说他什么？

"我不是做什么事都能保持冷静的，"徐南烨抚上她受伤的嘴角，恶作剧般重重地按了几下，说道，"别再惹我生气。"

褚漾的眼泪又出来了，她听话地点了点头。

为了一个女人，徐家老二动手打了小崇总。

这件事不到半个小时，便迅速传遍了整个会所。

但消息的传播范围也仅限于此。

徐南烨回到大厅时，所有人在看他，但没人敢上前询问。

他视若无睹，直接往小包间走去。

只有徐北也还留在里头。

见他进来了，徐北也直接站起来问他："二嫂怎么样了？"

"我待会儿送她回家。"

"我已经帮你处理好了，没人敢把今天的事情说出去，但二嫂的身份现在还不能说，得等到这件事差不多被人忘了再说，"徐北也啧了声，"你问二嫂了吗？她为什么会跟崇正雅在一起？"

徐南烨目光淡然，说道："不知道。"

"你没问？"徐北也惊讶地睁大了眼，说道，"你居然连问都不问，你的心真够大的啊。"

徐南烨低头，摘下眼镜，指腹用力揉捏着睛明穴，半晌才沉声说道："我不想问。"

"你不是吧，连这都不问，"徐北也重重地叹了口气，又问，"那二嫂要是真红杏出墙了怎么办？原谅她？"

徐南烨声音低沉地道："那她这辈子就别想走出家门了。"

徐北也忽然浑身发毛，原本同情徐南烨头顶长草，现在又开始同情那个不谙世事的二嫂了。

徐北也坐到他身边，本着人道主义精神抚上他的肩膀，说道："非法囚禁是犯法的，你要三思。我看二嫂挺文静的一个小女孩儿，不可能红杏出墙的。"

徐南烨扯了扯嘴角，说道："你不了解她。"

撩男人她可是在行得很。

徐南烨都懒得回忆这种事被他撞见几回了。

他突然叹了一口气，倾身替自己倒了一杯酒，一直倒到酒杯边缘，酒水已经快要溢出来才作罢，然后仰头一口喝掉了一整杯酒，动作仍干净优雅，只是放下酒杯的动作变得有些暴躁。

徐北也从来没见过二哥这副样子。

"你到底在生谁的气啊？"徐北也纳闷儿地道，"要不，你出去再揍崇正雅一顿解气？"

徐南烨居然点头了，说道："好主意。"

徐北也无语了。

不能怪女人发现丈夫出轨时只揪着"小三"打，男人发现老婆出轨，不也只揪着奸夫揍吗？

男人何苦为难男人？

徐北也原本还想劝劝他二哥，让他二哥打住此类违法的念头，结果小包间的门被猛地推开，撞上墙壁发出一声闷响。

说沙包，沙包到。

徐北也再次震惊，当"小三"的居然还敢来找正室，这个社会真是越来越扭曲了。

崇正雅正站在门口，漂亮的狐狸脸被打得一块青一块紫，气成了一只炸毛的花孔雀。

"徐南烨！你不打算给我个解释吗？！"

徐南烨不耐烦地朝门口看过去，面色平静地道："你好吵。"

崇正雅哼哼两声，三两步冲到他面前，撑着沙发边缘，低头怒视他，吼道："我又不知道那是你的女人，一个情人而已，你至于当着所有人的面发疯吗？"

他说完，又冷笑几声，阴阳怪气地感叹："还以为你是什么正人君子，没想到也喜欢在外面偷腥。"

"那是我老婆。"徐南烨倏地蹙眉，冷冷地道。

崇正雅："……"

半分钟后，崇正雅生无可恋地提出了自己最后的请求。

"别打脸。"

第 五 章

竹马之间

褚漾在套间里待了会儿，果然有人来给她送新衣服了，居然是王秘书。褚漾觉得挺不好意思的。

"周末还麻烦你过来，不好意思啊。"

王秘书没穿西装，穿了件长袖套头上衣，一看就是临时被徐南烨叫过来做事的。

"我也是徐先生的生活助理，这都是分内的事，"王秘书对她客气地笑笑，说道，"夫人看看这些衣服合不合适。"

褚漾接过衣服，不用问了，肯定合适，徐南烨依赖王秘书不是没有道理的。

等她换好衣服出来后，王秘书按照徐南烨说的，带她从会所的后门离开。

"师兄他人呢？"

"徐先生暂时离不开，所以由我送您回家。"

褚漾没来由地心堵，早知道自己就不过来凑热闹了，不然也不会闹出这些事端来。

她跟着王秘书走到停车场时，恰好撞上了戴着墨镜和口罩也准备开车离开的崇正雅。

不用想她也知道他为什么要戴这些东西。

崇正雅一看到她就偏过了头，避她犹如避洪水猛兽。

倒是褚漾先喊了他一声："崇先生。"

崇正雅浑身打战，扶着车门，回过头冲她点了点头。

王秘书认识他，有礼貌地冲他鞠了个躬，又好心提醒："崇总，开车的时候最好不要戴遮挡视野的大墨镜。"

崇正雅本来想着赶紧走，一听这话，瞬间就炸毛了。

"我为什么会变成这样，你问你们先生！"他又指向一旁心虚的褚漾，继续说道，"再问问她，我这都是谁害的？！"

崇正雅越说越气，索性大步走到褚漾面前，凌厉的眼神透过墨镜牢牢地打在她身上，恶狠狠地道："你为什么不早告诉我你是徐南烨的老婆？你是不是故意耍我？"

亏他还觉得这是个清纯不做作的女大学生，还对她起了兴趣，想着追她，结果她是徐南烨的老婆。

"对不起，"褚漾后退几步，有些心虚地道，"这件事还请你帮忙保密。"

"不用你提醒，"崇正雅冷哼一声，被打成这样还不忘嘲讽徐南烨，"我还以为他是什么正经男人，结果还不是娶了个小姑娘？男人都这德行，道貌岸然的伪君子，哼。"

他这话也把自己骂了，不过崇正雅有自知之明，知道自己不是什么好东西，如今知道向来高风亮节的徐南烨其实也是个见色起意的老男人，瞬间就觉得欣慰了不少。

上司的八卦不能随便听，王秘书找了个借口先上车了。

褚漾笑得有些艰难。

崇正雅瞥了她两眼，原本冒出头的念头也瞬间烟消云散了。

"以前念书的时候我就猜他将来的老婆会是什么样，我把全校的女生猜了个遍，没想到还是猜错了，"崇正雅的脸被捂得严严实实的，只能从他的语气中听出他的情绪，"他居然喜欢你这款的。"

褚漾有些尴尬，但还是摆手说："没有，他不是喜欢我……"

他们结婚的原因她又不能说。

崇正雅扬高了声音，问道："不是喜欢你？你们也是联姻？"

215

褚漾又摇头，说道："不是。"

崇正雅哧了一声，说道："之前我就跟你说过，他被家里人管得严严实实的，连自己想做什么都无法决定，"他低头看她，继续说道，"如果他家让他联姻，他肯定也没有拒绝的余地。但既然不是联姻，就说明你是他自己挑的呗。"

褚漾张了张嘴，竟然不知道该怎么接话了。

崇正雅落寞地道："他连交个朋友都得听家里人的，好不容易结婚对象可以自主选择了，你觉得他会委屈自己娶个不喜欢的女人回家吗？徐南烨可不是这种喜欢吃闷亏的人。"

这个男人好像很了解徐南烨。

他说到"朋友"两个字时，很明显地停顿了一下。

或许他们曾经真的是很好的朋友，但因为家庭背景，现在形同陌路。

褚漾的眼中渐渐有光聚拢。

崇正雅忽然问她："你答应跟我一起上楼，是为了查岗吧？"

褚漾有些心虚地低下了头。

"啧，老子居然被利用了，"崇正雅吃醋地咂舌，"什么好处都没捞到也就算了，居然还被打了，老子做错了什么？"

为了泄愤，崇正雅决定薅徐南烨一把，薅点儿油费也行。

"送我一程吧，送我回家。"崇正雅指了指徐南烨的车。

这事褚漾做不了主，王秘书也不好直接得罪他，只好打了个电话给徐南烨。

徐南烨还在应酬，嘟嘟声响了半分钟才接通电话。

崇正雅直接抢过手机对着他吼："我跟你老婆半毛钱关系都没有，被你打了一顿老子认了。但是我现在戴着墨镜、口罩，连车都开不了，你要是不让你的下属送老子回家，老子现在就冲上去告诉所有人，刚才那个跟老子纠缠不清的女人是你老婆，她还跟老子有一腿，大家要死一起死，谁也别想独活。"

褚漾："……"

他是只会这一种威胁方式吗？

徐南烨没拒绝，也没答应，而是说道："你把手机给王秘书。"

崇正雅冷哼，把手机又丢给了王秘书。

"送他回家，"徐南烨淡淡地嘱咐他，"他要是敢靠近夫人，就开到山里把他丢下去。"

王秘书："好的。"

那边毫不知情的崇正雅得意地笑了两声，问王秘书："他不敢不答应是不是？"

王秘书选择无视他的话，说道："崇总，请上车。"

崇正雅和褚漾并排坐在后座上，他不知道徐南烨跟王秘书说了什么话，但非常自觉地和褚漾保持着极为安全甚至遥远的距离。

褚漾看他的脸都快贴上车玻璃了，伸手想叫他坐过来些。

崇正雅条件反射地又往车门那边死命地缩，边缩边吼："你离老子远点儿！不要靠近老子！"

"……"

褚漾心里莫名有些不舒服。

想她也是计院一枝花，平常想向她献殷勤的男生多了去了，虽然她对崇正雅没什么兴趣，但他这种态度还是伤到了她脆弱的心。

王秘书透过后视镜看到了两人之间如银河一般的距离，满意地点了点头。

不用将车子开到山里头去了，他可以早点儿下班回家了。

崇正雅虽然跟她保持着安全距离，但嘴上还是没闲着。

"你和徐南烨是什么时候认识的？"崇正雅漫不经心地问她，"他结婚结得太突然了，圈子里的人都在猜他老婆是用什么翻天的本事把他勾引到手的。"

褚漾老实交代了。

崇正雅难以置信地道："你们是闪婚的？徐南烨不像这种人啊。"

褚漾抿唇，问道："我骗你做什么？"

"你们以前没见过吗？"崇正雅依旧保持疑问，"还是你不记得了啊？"

褚漾仔细回想了一下，还是摇头，说道："没有，如果我不记得了，那就是很久以前发生的事，那时候就算见过面也不可能啊。"

她那时候是毛孩子一个，徐南烨能看上她什么？

崇正雅这人说话直得可怕。

"那你是用什么办法勾引到他的？我们念书那会儿，校花连着给他送了

217

一个月的情书都没能打动他。"

褚漾咽了咽口水。

要说勾引……

她这副表情，崇正雅这个常混花丛的老手猜也猜到了。

他呵了一声，说道："老色鬼。"

王秘书坐在前面，不安地咳嗽了几声。

面对这么个身经百战的老手，褚漾这种没上过几回战场的纸上将军顿时被堵得说不出话来。

褚漾硬邦邦地解释，试图替徐南烨挽回颜面。

"我平时都住在学校的，很少回家。"

崇正雅又呵了一声，说道："卑微的老色鬼。"

"……"

她还是闭嘴吧。

开车的王秘书正在思考：崇总没碰大人，但是骂了徐先生，那么自己到底要不要找座山头把崇总丢下去？

当然，最后他还是放弃了这个念头，因为太麻烦了，他不想大周末的还将车子往山上开。

原本是打算先送崇正雅回家的，但他家比较远，王秘书还是决定先送褚漾回家。

结果褚漾直接跟他说："直接回学校吧。"

"夫人不回家了吗？"

"嗯，"褚漾这才想起来，她今天为什么会碰上这种事，说道，"我找我的室友有事。"

原本正闭目养神的崇正雅忽然睁眼，语气有些奇怪地问道："陈筱是你的室友？"

"对，"褚漾转头对他说，"你要不要跟我一起？你是她的老板，我骂她的时候你站在我旁边给我助助兴，她肯定不敢还嘴。"

只要不涉及徐南烨这类会影响智商抉择的问题，褚漾简直爱恨分明，半点儿亏都吃不得。

"……"

给死对头的老婆撑腰骂他的人，他疯了？

这女的真逗。

转眼间车子已经开进了学校，崇正雅透过安全膜看向车窗外，不少学生结伴而行，在路上说说笑笑，一派青春洋溢的景象。

他忽然想起他曾经也和徐南烨勾肩搭背地走在学校里，那时他想撺掇徐南烨去电玩厅打游戏，徐南烨扶了扶眼镜提醒他今天的作业很多。

如今时光转瞬即逝，他看到学校，竟然有了一丝"近乡情怯"的矫情感。

这里也曾是徐南烨的本科母校，二十岁出头时，他或许也和其他朋友勾肩搭背地无数次走过这些路。

只是那时崇正雅尚在澳洲，人生地不熟，成天和一大群留学生去酒吧，和徐南烨的人生之路已经背道而驰。

明明今天是他回国后出席聚会的第一天，他难得地起了个大早往会所赶去，知道徐南烨要来了，便在电梯门口等着。

徐南烨还是板着那张俊脸，戴着眼镜，稚嫩的校服已经换成了男士衬衫，个子高了不少，身材也没有高中那会儿单薄了，这些年应该没少锻炼，而他眼中没有了对自己的亲昵，只剩下生疏。

也是，他现在为国效力，又有国家的嘉奖在身，前途无量，哪儿能跟自己这种纨绔子弟相提并论？

崇正雅话里话外总在针对徐南烨，似乎要将年少时的怨怼发泄干净——他自己的、他老爸的，他们家与徐家的差距，他和徐南烨之间那无法跨越的鸿沟。

他愣怔时，褚漾已经给陈筱发了微信。

"我已经回学校了，你在哪儿？"

陈筱终于回复她了。

"不好意思，临时有事离开，没来得及告诉你，手机静音没有听见你打电话来，我现在在图书馆。"

"出来，我们好好谈谈。"

她打完这句话后就让王秘书找地方停车，打算自己走过去见陈筱。

崇正雅叫住她，问道："不用我给你助兴了？"

"你不是没兴趣吗？"

219

"突然有兴趣了，我跟你去。"崇正雅冲她挑眉，又倾了倾身子，对前排驾驶座上的王秘书说，"你今天有安排吗？有的话不用等我了，你先走吧，待会儿我自己叫车回去。"

他倒是真想看看徐南烨的老婆和他的人之间会发生什么。

男人通常分为对女人之间的战争毫无兴趣和很感兴趣的两种，徐南烨属于前者，崇正雅正好属于后者。

他认识的异性不少，最喜欢看的就是女人之间争风吃醋的场面。

王秘书怎么可能放任他跟夫人单独待在一起，当然是摇头说自己可以等他了。

崇正雅取下了口罩，墨镜还戴着，嘴角只稍微泛着青色。他素来矫情，这点儿伤也不肯露脸，如果不是因为戴着墨镜、口罩太过惹眼，他连取都懒得取。

经过几年社会浸染的成熟男人和大学男生到底还是有很大区别的，崇正雅穿着衬衫、西裤，长腿窄腰，走在学校里，引起了不少女生的驻足评论。

他自己也乐在其中，仰头跨步之间，彰显精瘦的身材。

褚漾走在他前面几米，懒得管他在后面搔首弄姿，只想赶紧见到陈筱把话问清楚。

她们约在图书馆后面的那条小路上，因为有鬼故事流传，所以哪怕是大白天，走这条路的人也寥寥无几。

崇正雅走到一棵树后面就没再走了，摆明了是来看热闹的。

褚漾也不管他，耐心地站在一旁等着。

从图书馆的后门走出一道熟悉的身影。

褚漾双手抱胸，就这么看着她慢慢走过来。

陈筱见褚漾脸色不太好，心里也知道她是来问什么的，首先摆出了一副认错的样子，语气温柔地道："对不起，没跟你说就自己先走了，还麻烦你特意过去接我。"

"你不是说自己受伤了吗？"褚漾从头到脚打量她，说道，"我看你走路走得挺好的。"

陈筱弯腰摸了摸自己的大腿，说道："原本是崴脚了，后来擦了点儿红花油就没什么事了，谢谢关心。"

她这么理直气壮，褚漾一时反倒不知道该拿她怎么办了。

陈筱对她笑了笑，问道："你在那里待了挺久吧？"

褚漾不知道她问这个干什么。

"我知道你喜欢去热闹的地方，尤其是有酒喝的地方。"陈筱冲她眨了眨眼，语气仍旧温柔地道，"那儿今天有个聚会，你应该很喜欢那个地方，而且你长得这么漂亮，肯定有很多人愿意请你喝酒。"

褚漾声音低沉地问道："你故意找我过去的？"

陈筱低下头，做出了诚恳认错的模样，说道："我只是想到你应该会喜欢那种地方。平时你再想去，恐怕也没什么机会，正好我有点儿关系能让你进去。看在你玩得这么开心的分儿上，原谅我好吗？"

褚漾又一次折服在陈筱的完美逻辑中。

她发现跟这种人吵架真的一点儿成就感都没有，不是你来我往，而是陈筱完全陷入自己的逻辑链，根本听不进别人说的话，只是固执地认为自己的想法就是对的。

无论跟这种人说什么，她只会认为道理在自己那边，相当于白费口水吵了一架。

"我不会把你去会所的事情告诉其他人的，这点你可以放心。"陈筱顿了顿，又向她请求道，"我在会所打工的事，你能替我保密吗？"

这善良又无辜的娇弱小白花说的话让人无言以对，褚漾帮她保密就是吃闷亏；不帮她保密，别人也只会说是褚漾不会做人，得了便宜还卖乖。

怎么都是陈筱占理。

孟月明要是有陈筱这么聪明，也不至于狼狈退届，连个好名声也没捞到。

褚漾一直没说话，陈筱心里那股不安终于彻底消退。

崇正雅还是偏心她的，没有把他们的关系告诉褚漾。

她跟了崇正雅这么久，他就算再对褚漾感兴趣，也会帮着她的。

想到这里，陈筱今天上午因他而受到的委屈又突然消失了。

她在他心里还是有位置的，不然他不会放任她在他的身边。

安心了的陈筱嘴角渐渐浮起笑容，见褚漾黑着脸，又凑近褚漾几步，将手比在唇边，带着一丝笑意悄声说道："你认识了很多新朋友吧？"

褚漾扬眉，问她："什么？"

221

"职业没有贵贱之分。"陈筱友善地笑了笑，说道，"如果你想去那边工作，我可以让我老板帮你介绍，不用中介费的，怎么样？"

"你有病吧？"褚漾终于骂出了声，"你天天拿你老板做人情，你以为自己是老板娘？"

陈筱仰头，终于掩盖不住语气中的得意，说道："我只是为你好，我跟老板的关系比较好，他会给我这个面子的。"

褚漾冷哼了两声，也不知道躲在一边的崇正雅在听到自己的员工拿他做人情时是何感想。

下一秒，她就知道崇正雅是怎么想的了。

"哎哟，我怎么不知道咱们关系好啊？"

带着轻佻情绪的男人的声音从樟树背后传来，陈筱眼中闪过刹那间的心慌，她又迅速冷静下来。

崇正雅抱着胸从树干背后走了出来，泛青的嘴角挂着坏笑，纵使戴着墨镜，秀气的下巴和殷红的薄唇仍显露出这男人的俊美。

陈筱之所以选择跟崇正雅，就是因为他在那群大腹便便的中年男人中，尤为年轻英俊。

就像是外语学院的优秀校友栏中，她也是一眼就看中了矜贵优雅的徐南烨。

她掩下心间的悸动，再抬眼看男人时，眼中已经泛起了楚楚可怜的亮光，用拘谨而又柔软的声音轻轻问他："崇先生，你怎么来了？"

崇正雅反问："我不能来？"

"我不是这个意思……"陈筱又低下头，试探着道，"你是和我的室友一起来的吗？"

褚漾看向崇正雅，心生一计。

陈筱歪理一大通，自己跟她讲道理是不行的，褚漾也不是什么道德观念极强的正人君子，讲不通道理当然就要想点儿别的办法教训她。

结果崇正雅的反应比她更快，他点头承认："对啊，我送她回学校。"

陈筱苦笑道："崇先生第一次见我的室友就对我的室友这么好啊？"

"是啊，"崇正雅冲褚漾挑了挑眉，说道，"美女嘛，谁舍得不对她好啊，你刚才不也说了吗？你的室友这么漂亮，跟你的待遇当然不同了。"

陈筱猛地想起自己站在人群中被众人调笑的样子，咬着唇，连苦笑都挤不出来了。

褚漾看向崇正雅，觉得这男人说话真是一针见血。

"陈筱，我这个做老板的必须提醒你一句，"崇正雅敛目看向她，声音里带着漫不经心的味道，像是只是在和她闲聊一般，说道，"做员工的要摆正自己的位置，别老想着越俎代庖替我做什么决定。你的室友是我的朋友，她如果想要在我手底下工作，我会亲自帮她安排，当然，不会跟你一样是端茶送水的角色。"

他没有说出陈筱跟他的真正关系，并不是单纯地为了陈筱，相反更是明明白白地告诉她要摆正自己的位置。她的存在对他而言跟端茶送水的员工没两样，别总把自己当半个老板娘在这儿指点江山了。

陈筱跟了他这么久，自然能理解他的话中话。

正是因为明白，所以她才不愿意相信。垂在两侧的手死死地攥着，稍长的指甲盖儿几乎要将柔软的手心扎出血来，陈筱双肩发颤，连头都没力气抬起，更不要提正视眼前的男人。

褚漾明明比她更轻浮、世故，凭什么能成为崇正雅的朋友？

而她乖乖地跟了他这么久，在他心中连这个只和他见了一面的女人都不如。

崇正雅毫不怜惜地又提醒了陈筱一句："你听懂了吗？"

陈筱咬唇，重重地点了点头。

褚漾就在一旁看着，原本觉得陈筱平时清高又孤僻，老板这么说她，她肯定会不服，像怼她们几个室友一样用狗屁不通的歪道理怼回去，没想到她居然乖乖地点头认错了。

金钱的力量果然是伟大的。

"行了，那个谁。"崇正雅不耐烦地别过脸，面向褚漾，张着嘴又突然呆住了。

褚漾愣愣地看着他。

崇正雅用唇语问她"你姓什么"。

褚漾意会，轻轻发出了"褚"的读音。

"褚同学你先回寝室吧，我跟她还有话说。"

褚漾点了点头，说道："你们聊，我先走了。"而后，她转身，头都不回地离开了小路。

人走了，陈筱立刻用哭腔问他："崇先生，你为什么要这么对我？"

"我为什么要这么对你？你哪儿来的勇气在别人面前趾高气扬呢？"崇正雅心里有些好笑，嘴上也是不留余地地对她讥讽，"你跟人家差的不只是一星半点儿，知道吗？你平时跟我耍点儿小手段我也随你去了，但要搞清楚自己的身份，别妄想自己不该想的。"

陈筱摇头，小声否认道："我没有！"

"你没有？你当我不知道你去打胎的事？"崇正雅抬眉，冷冷地说道，"拿着根一条杠的验孕棒骗我没怀孕，其实是想偷偷把孩子生下来吧？看我没有要离婚娶你的意思就偷偷摸摸地去医院打掉了，你真当我是冤大头？"

陈筱心慌，低下头不敢看他。

"给你个忠告，少针对你的室友，你跟人家就不是一个世界的人。"

他说完这句话，就又扶了扶墨镜，转身潇洒地离去。

陈筱失魂落魄地瘫坐在粗糙的水泥地上。

纵使光滑的小腿被石头剐破，她好像也丝毫不觉。

陈筱不知道自己是怎么走回寝室的，只知道刚回到寝室，自己就被人甩了几张钞票。

她抬头，褚漾冲她友好地笑了笑，说道："我雇你几个小时，你把你那套歪道理收一收，跟我好好用辩论的方式吵个架行不行？"

陈筱沉默了两秒钟，忽然大吼："把你的臭钱拿走！"然后，她大哭着夺门而出。

褚漾吃了个闭门羹，心里还有些委屈。

怎么陈筱这么"双标"？都是给陈筱钱，对崇正雅，陈筱就认骂，到褚漾这里就玩起"富贵不能淫"了？

陈筱摔门出去时，撞上了刚好回寝室的舒沫。

舒沫叫住她，问道："喂，你怎么了？"

陈筱侧过头狠狠地瞪了她一眼，舒沫隐约间竟然看到陈筱的眼角有泪。

舒沫愣愣地打开虚掩着的寝室门，褚漾正蹲在地上捡钱。

"说吧，你对陈筱做了什么？"舒沫叉腰质问，又添了句话表明立场，"你放心，只要不是什么丧失道德的坏事，我无条件地站在你这边。"

褚漾站起身，将手上的钞票冲她晃了晃，说道："给你这些钱，跟我吵一架。"

舒沫后退几步，警惕地道："什么？"

"这就是我刚才对陈筱做的事，"褚漾叹了一口气，打算将钱收到口袋里，"然后就是你看到的了。"

舒沫静默了几秒钟，紧接着斥责她："褚漾，我没想到你是这种人。"

褚漾没料到她的反应会这么大。

"我自认跟你关系还不错，结果你就是这么对我的？"舒沫摇头叹息，痛心地道，"这种好事，你找陈筱都不找我？！你是不是看不起我？"

"……"

褚漾把钱递给她，说道："别生气了，钱给你。"

舒沫双眼发亮，忽地谄媚起来："老板，您是喜欢哪种类型的吵架？暴躁型的还是温和型的？骂脏话可以吗？"

"不用了。"褚漾抽了抽嘴角，说道。

"那这些钱是无偿给我了？"舒沫感激涕零，满含爱意地看着她，说道，"呜呜呜，就喜欢你这种一言不合就送钱的老板，爱你哦。"

少数服从多数，总不可能她和陈筱都价值观扭曲吧，由此可得：不正常的人是陈筱。

褚漾放心了，陈筱爱怎么样就随她去吧，跟自己没关系。

反正长假结束，她就又要开始忙了。

今年最后一个长假结束后，学校就会把竞赛作品往省里报，褚漾和小组成员忙得四脚朝天，恨不得屁股都钉在实验室里的凳子上。

他们这组做的液晶屏显示全波频率测试仪对软硬件要求都极高，三人分工负责软硬件部分，工作量还是比其他组要多得多，褚漾大三课少倒是没什么问题，沈司岚和穗杏正处于必修课满满当当的阶段，基本上一下课就往实验室跑。

褚漾不希望他们因为比赛而耽误了正常的上课时间，因此自己承担了大部分的工作。

别的组都是三三两两地调试装配，而她总是一个人占一整张实验桌，从电脑软件到电源金属炭笔，整个实验几乎都是自己完成。

沈司岚已经写好了显示屏的指令代码，褚漾按照计划也将电源线路板做了出来。

她用金属丝连通电路的那一刻，显示屏亮了起来。

这相当于他们做一台手机，现在手机的屏幕已经完成并且能顺利显示待机界面了。

用电容、电阻以及各类小型极管组成的电路同时涵盖接通电源、调节电压、改变输送功率的作用，常常两元件或是电路间造成磁场感应导致短路而使整条电路报废，这其中需要经过无数次调试和修改。

实验室里，穗杏有些激动地道："总算能显示图像了。"

向来冷静的沈司岚也忍不住勾起了嘴角。

褚漾看了眼实验室墙壁上的挂钟，时间已经快指向十一点，这里已经没几个人在了。

"你们明天早上有早课吧？赶紧回去洗漱、休息吧，我留在这儿再优化一下代码。"

穗杏有些担心地道："学姐，寝室马上就要锁门了，你不跟我一起回去吗？"

褚漾重新坐在了电脑前，说道："余老师明天一大早要检查项目进度，我得提前再把测试频率的代码准备好，不然明天要被骂。"

余老师对他们这组的期望值很高，几乎将获得国奖的大部分希望寄托在了他们这组，因此他们得到的关心和批评都比其他组多得多。

褚漾自然明白老师的苦心，不会因此埋怨他。

穗杏仍然不放心她待会儿回寝室的问题，问她："那待会儿学姐你怎么回寝室啊？"

"我可以带回家做啊，你不用担心我。"说罢，褚漾看向沈司岚，又说道："记得送学妹回寝室。"

沈司岚蹙眉道："我先送穗杏回寝室再过来找你。"

"哎，不用，"褚漾干脆起身收拾好东西，说道，"我拿些东西跟你们一起走吧，直接回家。"

大晚上在寝室里敲代码肯定会影响室友的睡眠，褚漾还是决定把电脑扛回家加班。

她收拾好东西，把已经做好的电路板与显示屏装到了密封袋里，打开实验桌的抽屉装了进去。

226

桌上还有几片不同电路的备用电路板，褚漾想了会儿，还是拿上了一些容件和焊锡笔，打算拿回家试试。

她随便找间房间就行，反正不会打扰徐南烨休息。

沈司岚和穗杏将她送到了校门口的地铁站。

"学姐真是太辛苦了，"穗杏忽然握拳，说道，"我也不能输，我也要回寝室加班。"

沈司岚淡淡地提醒她："晚上在寝室加班会影响室友休息。"

穗杏不是本地人，没办法跟褚漾一样回家。

"把所有工作交给学姐一个人，这样未免太不够意思了。"穗杏失落地垂下了头。

沈司岚抿唇，指了指校门口对面那条还热闹的街道，问道："要不要去开个房？"

"啊？"

穗杏眼神清澈，表情天真又懵懂。

沈司岚喉头微动，有些懊恼地别开了眼，说道："当我没说。"

穗杏却忽然开心地笑了，说道："对啊，去开个房，怎么敲代码都不怕吵了。"

沈司岚微微愣住，他的手臂却被一双柔软的手拉住，手的主人说道："学长，我们去开房吧！"

"……"

虽然她的语气听上去很正经，也没有任何暗示，但这句话本身就非常容易让人陷入遐想。

沈司岚看她兴冲冲地走在前头，忽然忘记告诉她，如果这时候通知褚学姐的话，也许褚学姐还没坐上地铁。

温暖的小手正搭在他的手臂上，沈司岚眉目微敛，不动声色地跟紧她的步伐。

今天晚上，估计谁都睡不着了。

褚漾回家的时候，徐南烨好像已经睡下了。

他向来作息有规律，尤其是工作时间，只要不用加班，他从不熬夜。

卧室门紧闭，褚漾悄悄地打开客厅里的灯，将自己带的东西都拿进了书房。

徐南烨的书房里桌子够大，足够她同时用电脑和硬件焊接。

为了避免弄坏他的东西，褚漾将摊在桌上的文件都小心翼翼地依次收好，放在了角落处。

坐好所有准备工作后，褚漾安心地坐在了他的沙发椅上。

结果他的电脑居然没有关机，褚漾意外地碰到了触摸屏，电脑屏幕亮起，显示需要输入密码。

她不知道徐南烨电脑的密码，所以决定帮他关机，屏幕又显示有文件尚未保存，是否确认关机。

他的电脑涉及机密，以往他从来不会这么粗心的。

褚漾想，或许他是今天工作太累，所以忘记关机了吧。

她将徐南烨的电脑挪到旁边，打开自己的电脑，放在旁边的手机振动了一下，是 01 组的群聊有消息。

"学姐，我和学长今天陪你加班。"

穗杏这个时候应该已经回到寝室才对。

"嗯？会影响你们的室友吧？"

"我和学长出来开房啦。"

褚漾沉默了两秒钟，默默 @[1] 了保持沉默的沈司岚，结果沈司岚发起了语音通话。

褚漾的嘴角抽了抽，这位学弟还真是喜欢用伪装的方法来证明自己是正人君子。

群里开了通话，空荡荡的房间里瞬间响起了穗杏元气满满的声音。

"学姐，我们来陪你啦！"

褚漾突然笑了起来，说道："好吧，那我们开始吧。"

三个人默契十足，错落有致的键盘声此起彼伏，偶尔有人提出疑问，其他两人就会立刻解惑。

时针指向十二点，褚漾却没有丝毫睡意。

动的他
心先

1　网络聊天中提到某个人或者通知某个人的意思。

原本她这边进展顺利，倒是宾馆里的沈司岚和穗杏因为一点儿程序的问题发生了争执。

褚漾为了避免吵醒徐南烨，本来就戴上了耳机，两个人并不大的争论声也不算吵，只是你来我往了几分钟，褚漾就再也没有办法集中注意力了，而是慢慢全身心地投入两个人的争吵声。

要说两个人吵架也有意思，穗杏的声音清脆，沈司岚的声音清朗，就算是吵架也吵得沁人心脾，像在听言情广播剧似的。

最后，穗杏冷哼了一声，说道："我去洗手间了。"

褚漾听到沈司岚似乎叹了一口气。

褚漾忽然开口问他："开房是你提出来的还是她提出来的？"

沈司岚被她的话呛到，急促地咳了几声。

褚漾露出坏笑，说道："嗯，很坏嘛。"

沈司岚试图为自己辩解："学姐，这个似乎跟我们的项目无关。"

"好了，不用解释了，我都懂。"褚漾话中带笑，"我是不是打扰你们了？"

"……"

"学姐以过来人的经验告诉你，男人不坏，女人不爱，"褚漾语重心长，以一种长者的口吻循循善诱，"男人越坏，女人越爱，坏坏的男人最招女人爱。"

"……"

面对沈司岚的沉默，褚漾心情大好，坐在椅子上双脚跺地板，语气猥琐到了极点。

她摇了摇头，心想，今天估计得自己一个人通宵加班了。

褚漾正从电脑前抬起头，准备休息休息时，忽然发现房门处有客厅里的光漏了进来，还有咖啡的香气隐隐钻进了鼻腔。

这时候早应该上床休息的徐南烨正靠着门，穿着简单、宽松的睡衣，手上拿着一杯咖啡。

他单手插兜，另一只手将咖啡送到嘴里。

突出的喉结上下起伏着，徐南烨将咖啡咽下，随后冲她温和地笑了笑。

"褚老师，向谁传授恋爱知识呢？"他问。

她受不起徐南烨这声"褚老师"，会折寿的。

褚漾真的怀疑徐南烨在她身上装了窃听器，不然为什么每次她说骚话的时候，他都能听得刚刚好？

上册

还是说连上天都在玩她？

现在已经是凌晨，按道理徐南烨早就上床睡觉了。

这个点还泡了杯咖啡，很明显他是要打持久战的。

眼见这位爷要走过来了，褚漾手疾眼快地将语音通话关掉，呈乖巧状端坐在椅子上，开口打招呼都忍不住用了敬语。

"您还没睡啊？"

徐南烨这男人十分注重礼仪，但凡别人礼让三分，他必定回礼，于是微笑着点了点头，反问她："您不也没睡吗？"

"我加班呢，"褚漾咧嘴，露出了一个难看的笑容，问他，"吵到您了？"

"没有，只是睡了一会儿，正打算起来继续工作，听见书房里有响动，以为是小偷，"徐南烨说得轻描淡写，目光意味深长，"没想到是您。"

是的，一般人通宵工作，中途脑子实在承受不住了，就会睡一会儿，再起来时工作效率翻倍；但如果没能起来，就可能会直接拥抱明早的太阳。

褚漾自制力不行，沾床睡过去以后，要是再想起来，跟死没什么两样，所以但凡通宵就是从天黑到天亮，根本谈不上偷懒小憩。

徐南烨相反，说睡俩小时，到点闹钟响了立马就能起来，还能顺便去泡杯咖啡。

男人小睡后精神奕奕，戏谑道："刚才和谁聊得这么开心？"

"学弟，我们是在讨论项目来着，中场休息就顺带闲聊了几句。"褚漾着急地解释，生怕他误会自己，自己又要遭殃，"真的，你相信我，我跟他是清白的。"

徐南烨走到书桌旁边，顺势将喝了几口的咖啡放下，说道："真是知心学姐，连学弟的感情问题都这么关心。"

这语气可太讽刺了。

褚漾赔笑，站起身来，麻溜地收拾自己的东西，说道："那什么，不耽误你工作了，我把书房还给你。"

她之所以能跟沈司岚打趣，主要也是因为代码写得挺顺利，小错很少，也就避免了从头检查、校对的时间。

到穗杏去洗手间时，代码已经完成得差不多了，褚漾现在收拾收拾就能回房睡觉。

她这散落一桌子的零件，连通插头的焊锡笔仍旧在加热，原本用来工作、学习的书桌硬生生地被她用成了硬件加工台。

褚漾收拾东西的时候，徐南烨已经坐下，把刚才被她收在一边的文件重新打开，配合笔记本翻回了一开始的页面。

可能是真的忙，现在已经是凌晨一点半，他仍要靠着咖啡保持清醒甚至褚漾因为在他旁边收拾东西发出了细碎的声响，他仍然将目光牢牢地放在文件上不曾分心。

以前也不是没有这种情况，他晚上加班，她没事就会先睡，半夜迷迷糊糊间才感觉到他回房。

这几天连续加班加点，褚漾知道牺牲睡眠时间用来工作有多痛苦。

她咬唇，收好自己的东西后也没急着离开，反倒站在他身边轻声问："有没有什么工作是我能帮你做的？"

徐南烨反应不及，问她："什么？"

"我想你早点儿睡觉，"褚漾又重复了一遍，"如果有我能帮你做的简单工作就交给我。"

徐南烨微愣，声音温润地道："真要帮我？"

褚漾确定地点了点头。

"说实话，我现在有些困了，"徐南烨揉了揉太阳穴，说道，"但工作必须做完，所以你只要能让我打起精神就行了。"

这太简单了。

褚漾搬了张凳子坐在他身边，问他："你是要按肩还是捶背？"

"不用，"徐南烨笑了笑，说道，"陪着我就好。"

徐南烨在工作，褚漾不好意思玩手机，只能看着他的文件和笔记本电脑的屏幕发呆。他看的文件她光看着就觉得深奥，没过多久，徐南烨还没见有多累，褚漾倒是坐在他身边打瞌睡了。

褚漾晃晃头试图让自己清醒过来，将目光从那些密密麻麻的字上挪到了他的脸颊上。

这一看，她就再移不开视线了。

在知道自己的心意后，"情人眼里出西施"的铁律在她心中产生了飞跃性的进展，更不要说他那用平常眼光看就已经十分完美的长相了。

她撑着下巴盯着他的侧脸发呆，幽蓝色的屏幕光为他那分明的轮廓添上了一层淡淡的镶边。

231

徐南烨看久了屏幕习惯左右看看转动眼球，刚侧过头往褚漾这边看，视线就猝不及防地撞上了一双湿漉漉的眸子。

她那痴迷的神色，毫不掩饰。

褚漾偷看被抓了个正着，垂下眼心虚地别开头，假装什么都不知道。

徐南烨嘴角带笑，漫不经心地收回了目光。

没过多久，褚漾就又忍不住转过头看他。

从前说起喜欢的类型，褚漾总能说出一大堆具象化的标准来，如今再问她同样的问题，她恐怕就只会说三个字了。

徐南烨。

褚漾都没想到自己能有这么花痴的一天。

她目不转睛地盯着徐南烨看，以为自己的行为完全不会打扰到他。

殊不知，自己这种痴迷的眼神在男人眼里和勾引没什么两样。

"漾漾，"徐南烨低声叫她，说道，"我有点儿困了。"

褚漾愣愣地问："啊？那怎么办？"

男人温柔地笑道："我需要兴奋剂。"

"家里有兴奋剂吗？"褚漾有些蒙。

"有，"徐南烨忽然朝她倾身过来，声音低沉地道，"你就是。"

下一秒，褚漾的嘴角猝不及防地被他轻轻地触碰了一下。

大半夜的，来这么心潮澎湃的一击，谁受得住？

褚漾从前受他撩拨，总是在心里默默骂他老浑蛋，现在再受他这么调戏，心境已经截然不同。

酥麻感她还是有，只是心跳加速时，更多的是羞赧和喜悦。

褚漾红着脸问他："现在好点儿了吗？"

"好些了。"

"真这么有用吗？"

徐南烨笑着抚上唇，说道："挺有用的。"

"那我也困了，"褚漾眯了眯眼睛，问他，"你能不能也帮帮我？"

徐南烨的眸色变沉，他哑着嗓子答应了她："可以。"

她不知道自己是用了多大的勇气起身攀上他的肩膀吻了上去，只知道在吻上去的一刹那，男人迅速回应，抱着她的腰让她坐在了他的大腿上，而后温暖的手指擦过她的发梢，温柔且用力地扣住她的后脑勺儿。

232

褚漾向来只负责被动接受他的侵入，今天胆子格外大，搂着他的脖子先把舌头往他嘴里送。

接吻这种事，如果双方都很热情，热量消耗就会很大。

一贯冷静自持的徐南烨终于失了平日里的优雅，有些急切地将她紧紧地搂在怀里，让她离自己再近一些，相抵的部位慢慢变得滚烫。

分开时，两个人的呼吸都有些急促。

"药效太足了，"徐南烨抵着她的额头，彼此眼对眼、鼻对鼻，他的声音有些轻佻，"足够撑一个晚上了。"

褚漾轻哼一声，忽然抬头用牙齿咬住了他的鼻子，得逞后迅速起身，头也不回地逃出了书房。

她跑回卧室跳上床，用被子将自己裹成了一个大蚕蛹。

几分钟后终于喘不过气了，她才掀开被子坐起来，盯着床头柜上摆放着的婚纱照发呆。

当时摄影师说他们夫妻很般配，徐南烨笑着说了声"谢谢"，褚漾有些尴尬，抿着唇没说话，现在看好像是挺般配的。

"如果我说不离婚，"褚漾盯着婚纱照上的男人，问，"你会愿意吗？"

她自问自答："应该会吧？"

褚漾被自己傻乎乎的行为弄得害羞起来，嘿嘿笑了两声，又蒙住了头提醒自己不许再想了。

书房里只剩下徐南烨一个人后，他总算能安心工作了。

但很快他就发现了问题。

他再也看不进一个字。

从来都是掌控有度的男人难得失控，终于尝了一回报应，现在始作俑者走了，他无处发泄。

徐南烨叹了口气，下次还是不要让她陪着自己了，自讨苦吃。

第二天清早，褚漾难得地比徐南烨起得早，连早餐都没来得及吃，收拾好东西后就急匆匆地溜出了家门。

还孕育着清晨曙光的天空总是让人心情舒畅。

褚漾顶着两个大黑眼圈，觉得早起真是太美妙了。

上午没课，她回学校后做的第一件事就是到实验室跟她的两个组员会合。

结果，三人的眼下都有一片青黑的痕迹。

褚漾心里很过意不去，只好疯狂地给组员送"彩虹屁"："你们为了项目居然能做到这个份儿上，谢谢你们。"

沈司岚和穗杏谜一般沉默了。

单纯的穗杏不忍学姐被如此蒙骗，只好又把"彩虹屁"吹了回去。

"不、不、不，学姐你才是，为了项目都熬出黑眼圈了，你是我们学习的榜样！"

褚漾也沉默了。

三个人对视良久，最后选择跳过这个环节。

01 组熬通宵搞项目，每人都顶着黑眼圈来实验室，这件事很快就传遍了实验基地，一时间被奉为美谈。

别问，问就是为项目熬夜，为学习秃头。

面对其他组的成员崇拜的眼神，01 组的三个人头一次觉得受之有愧。

褚漾轻轻咳嗽一声，说道："先把做好的部分拿去给余老师看吧。"

她拉开抽屉，在零碎的元件中翻了两下，接着蹙眉又打开了旁边的抽屉。

穗杏觉得有些不对劲，问她："学姐，怎么了？"

"你们昨天看到我把东西放到抽屉里了，对吧？"褚漾指着刚才一无所获的抽屉，问他们，"我记得是放在这里面的，难道是我记错了？"

沈司岚闻言，也皱起了眉，说道："是放在这个抽屉里的。"

褚漾把里头所有的元件拿了出来，伸手再往抽屉里掏，里面空空如也。

她有些蒙，喃喃道："奇了怪了。"

三个人又把其他抽屉都找了一遍，还是什么都没看到。

三个人都记得很清楚，确实是将东西收在了抽屉里的。

实验室所有的仪器和元件是共享的，因此抽屉从来是不上锁，每晚最后走的人负责锁门，有的人嫌背着笔记本电脑往返太累，干脆把笔记本电脑放在实验室里。

没有人会认为做了一半的仪器成品放在实验室里有什么不安全的。

"被人拿走了，"褚漾终于确定，说道，"也许是拿过去参考一下电路和焊接，看会不会还回来吧。"

三个人站在实验桌旁，面色都有些难看。

从 CAD 草图到制板成品，每天在实验室画图、调试，制板室里洋溢着氯化铁的味道，打孔器启动时硬板的碎屑到处飞舞，褚漾在这种环境中足足坐了几天，才终于将最完美的电路 CAD 图打印了出来。

接着她又进行了焊接，连手都被焊锡笔烫伤过好几次，比起笔记本电脑，对工科生来说，凝聚了无数心血的电路板的丢失更让人感到绝望。

"待会儿要去余老师的办公室向他汇报项目进度，"穗杏咬唇，有些担忧地道，"怎么办？"

褚漾："你们再找找，问问其他人，我先去办公室跟余老师说一声。"

她说完，就离开了实验室。

穗杏从实验室最前面的人问起，沈司岚则负责检查所有空余实验桌的抽屉。

有人知道他们这组丢了电路板，猜测说："被别的组偷了吧。"

很多电子仪器会用到该电路，只是电路的复杂程度和所用元件略有差别。

竞赛的项目是由委员会拟定的，所有组别中做出最简易、高效的电子设备即为优胜组。这相当于一道数学应用题，答对的人很多，但提出最优解题思路的人才会拿到满分。

01 组的项目内容不是秘密，但软件代码部分和硬件制板部分都属于竞赛内容，只有组员知道。

既然能参加竞赛，就都是本身有能力的人，没人屑于干这种事。

01 组的人偏偏又三天两头地往办公室跑，余老师摆明了把极大的希望放在了这组身上，一时间，其他组的人都在心里感叹还好自己不在这组，不然现在肯定已经崩溃了。

有个男生刚从办公室回来，见沈司岚和穗杏还在实验室里，便急忙叫他们到办公室去。

"褚漾在挨骂呢，你们快去看看吧。"

"你去找学姐，"沈司岚冷着声音道，"我去监控室一趟。"

穗杏点头："好。"

办公室内，余老师不耐烦地敲打着桌面，神色不悦。

"电路板早不丢晚不丢，偏偏要交差的这天丢了？"

褚漾皱眉，说道："昨天晚上我把电路板留在实验室里了，没想到会不见。"

"褚漾，这是比赛，是全国电子设计比赛，这个奖对我们专业的学生来说有多重要你不是不知道。"余老师叹了口气，说道，"不说对学校有什么作用，就是学校评选获得奖学金的人选，或者是对你保研，都是大有用处的，你怎么能这么不小心？"

他是爱之深责之切，大二时她拿到个人赛奖项，现在的进度和当时完全不能比。

穗杏有些害怕，但还是大胆地替褚漾解释："老师，当时我和学长也都在，责任不全是学姐一个人的。"

余老师语气凌厉地道："我现在不是在追究谁的责任，而是褚漾她作为组长，自然要担起这份责任，现在她不但耽误了整个项目的进度，连最终调试都还没有完成，我实在是很失望。"

余老师从褚漾刚接触硬件工程时就一直带着她，正因为相信她的能力，才放心地将这个选题交给她做。不论什么原因，项目进程确实停滞不前，他说不失望、不生气那是假的。

该说的都说了，余老师最后终于接受了这个事实，说道："你们在实验室里再找找，那东西对不参加竞赛的人来说，就是块板子，但你们也要做好找不到的准备，所以现在的主要任务，就是赶紧再把电路板和屏幕赶做出来。"

"好。"

两个女生没有任何怨言，乖巧地点头应下。

余老师有些心疼，对她们轻声安慰道："你们组只有三个人，负责这么大的项目也确实困难。这样，我叫个经验比你们都丰富的学长过来帮你们，你们这两天多辛苦点儿，尽力快点儿吧。"

两人回到实验室的时候，很多别的组的同学过来安慰她们。

"学姐，那我现在去监控室把学长叫回来？"

"不用了，我们先做，"褚漾面无表情地道，"这个亏不能白吃，我一定要把偷电路板的人找到。"

她说罢，又走到实验室前面，用手敲了敲黑板面。

"我不知道是谁拿走了我们组的电路板去研究，"褚漾淡淡地笑了，说道，"所有的方案文件和模拟电子线路图还在我的电脑里，只有电路板，你也没办法找到问题的根本，如果你用完了，请把电路板放回抽屉，我的笔记本电脑一直放在实验室里，想看的随时可以来找我。"

其他组的人面面相觑，没人说话。

几分钟后，大家各自回到了自己的座位上，还有一些和褚漾关系好的人站在她身边安慰她，包括陈筱。

这种事谁碰上都不好受，陈筱再怎么讨厌褚漾，她这个做室友的不上前安慰，有心的人肯定能察觉问题。

"我这组是做软件的，如果代码方面需要我帮忙随时说。"

"谢谢。"

"你的电路板属于硬件范畴，"陈筱笑道，"可惜我们这组做软件，其他硬件小组应该对这个更熟悉一点儿。"

她这句话，就是把自己摘得干干净净了。

搞软件的组根本不需要这玩意儿。

褚漾本来也没怀疑她，虽说她价值观扭曲，性格也有些分裂，但她成绩好又心高气傲，应该做不出这种偷鸡摸狗的事。

等陈筱安慰完褚漾，回到自己的座位上时，有个男生小心翼翼地凑了过来。

"你刚才跟褚漾说了什么啊？"男生问她。

陈筱转头看他，问道："怎么了？"

这个男生叫许哲，所在的小组也属于硬件设计，他负责画图和制板这方面的工作，之前陈筱跟他聊过几回。

陈筱说起褚漾时，总是一脸的羡慕和崇拜。

许哲那天正因为电路的事发愁，在实验室熬到很晚，快到十一点的时候实验室里就剩两个人了，他正为项目烦躁，陈筱请他喝了杯奶茶，他坐下跟她抱怨了几句。

陈筱当时笑着说，她的室友褚漾一个人负责这方面的工作，现在东西都已经做出来了。

许哲面子上有些过不去，说褚漾有经验，这东西做得快也不稀奇。

陈筱又说："她不光做得快，我看过她的电路，连跳线都没用，电路简单又高效，完全不用担心元件干扰或是电路板太重不好安装。"

许哲若有所思。

陈筱说褚漾的电路板就放在抽屉里，是今天刚做好的成品。

"她这个肯定能拿奖。"陈筱笑着说。

"她刚才说那话，是不是知道是谁拿的电路板了？"

陈筱摆了摆手，说道："不会啦，她那么说，很明显就是想逼着拿电路板的人自己承认，谁会这么傻啊。"

许哲哦了一声。

"她找不到的，"陈筱轻笑，说道，"这十几个小时，进出实验室的人这么多，经过那张桌子的人更是不计其数，只要拿电路板的人死不承认，她找不到就得重新做板，能不能赶上交差都是个问题。"

说罢，她又替室友感到惋惜，说道："真可惜，本来褚漾这一组很有可能拿奖的。"

许哲松了一口气，嘴上却也跟着陈筱感叹了两句，之后便借口上卫生间走开了。

陈筱看着他的背影，嘴角微勾。

穗杏和沈司岚下午都有必修课，尤其是穗杏下午连着两大节的高数和计算机课，更是无法请假。

余老师早考虑到了这一点，找了人下午陪着褚漾加班。

他说是找了个经验比他们三个都丰富的学长，那肯定是大四的。

褚漾之前就隐隐猜到了，结果人到了，没想到真是他。

顾清识一进实验室就问她："电路板怎么会被偷？"

褚漾也不瞒着，干脆地告诉他："放在抽屉里的，没想到会被人拿。"

顾清识没碰上过这种事，实验室所有的东西默认共享，有时候学生都会拿些镊子、扳手之类的回去用，实验室经费足够，这么些小东西丢了，去跟设备室的人说一声补上就行。

这样直接偷别人的项目成果还是第一次。

"找到了吗？"

"监控时间太长，没那么容易找到。"

顾清识："先重新做一块吧。"

褚漾无奈地点了点头。

"经验丰富"这四个字真不是吹的，他比褚漾多上一年大三的课，理论知识和实践能力都要比她高出一大截，也难怪他头一次参加比赛时就能拿到个人项目竞赛的一等奖。

褚漾从高中开始就很崇拜他，一部分是因为两人之间本来就存在着朦朦胧胧的暧昧情感，另一部分是缘于褚漾骨子里的慕强心理。

她喜欢优秀的男人。

比起男人的皮相，他们内在的能力与气质才是最吸引她的地方。

顾清识看了一眼她的 labview（一种程序开发环境）电路图，直截了当地提出了建议："电路还是有些复杂，有些元件可以删掉。"

褚漾咬了咬唇，问他："要改吗？"

顾清识挑眉，说道："随你。"

将电路最优化当然是最好的，但这也意味着他们的程序要发生变动，工作进度会暂时停滞。

"改吧，"褚漾果断地做了决定，"丢了个电路板，就当是塞翁失马了。"

"你赶得上？"

褚漾仰头看他，答道："我能。"

既然她有能力，就丢多少个电路板也没办法阻止她拿奖。

她五官明艳，自信时尤为引人注目，顾清识看着她，忽然笑了。

有人喜欢楚楚可怜、弱不禁风的女孩儿，凡事依赖他人，她们像一株无骨的菟丝子。

而有人喜欢坚韧明媚、自信大方的女孩儿，她们从不依赖别人，却更让人挪不开眼，舍弃不得。

顾清识淡淡地道："不愧是我的学妹。"

褚漾愣了几秒钟，才意识到顾清识是在夸她。

顾清识没课，正好趁着这个下午给褚漾看电路图，等下午的两大节课都结束后，沈司岚和穗杏也马不停蹄地赶到了实验室。

四个人一直忙活到晚上八点，去校门口吃了顿饭就又回实验室加班了。

等到实验楼要锁门了，他们才正要去制板室。

"要是能多开放一个小时就好了，"穗杏有些惋惜地道，"还得留到明天做。"

239

实验正做到兴头上，就跟打游戏正打着 boss（守关怪物）却要突然下线，让人觉得无比憋屈。

"可以去找小型的电子维修店，"顾清识淡淡地道，"只要和制板室一样有工具，今天晚上就能做完。"

大晚上的，人人都下班回家睡觉了，谁愿意把店面借给四个学生？

褚漾正为这件事发愁，兜儿里的手机忽然亮了。

她拿起一看，是徐南烨发来的消息。

可能是昨晚她的突然袭击把徐南烨吓到了，所以今天徐南烨特意发了微信过来问她今天晚上回不回家。

褚漾想听听他的声音，找借口暂时离开了那三人，跑到角落里给他回了电话过去。

男人温润的声音在耳边响起。

"回家吗？"

褚漾欲哭无泪，把自己的遭遇都跟他说了。

电话那端的人沉默片刻后，低声问她："维修店？"

褚漾的语气里带着希望，她问："师兄，你有办法吗？"

"你带上东西，在校门口等我。"徐南烨低声笑了，说道，"我带你去找。"

"谢谢师兄！"

褚漾顿时觉得自己真是捡了个大便宜。

大半夜的，便宜老公连维修店都能给她找到。

她回头把这件事跟其他三个人说了，沈司岚和穗杏是肉眼可见地高兴，顾清识面上没见有多开心，但作为余老师钦定的指导学长，不高兴是假的。

虽然这个救世主是徐南烨。

徐南烨开车来学校接的他们。

几个人本来以为这个点能找到愿意开门的维修店就不错了，结果徐南烨的车越开越偏僻，直到停在了郊区的一家大型电子厂门外。

说好的几平方米的小维修店呢？

"……"

卷闸门被拉开，电子厂内各项大型设施应有尽有，徐南烨打开灯，放眼望去，光是这一间厂房，就有两千多平方米。

"维修店没有，电子厂可以吗？"徐南烨大概能猜到他们搞工科的需要什么环境，但还是有礼貌地想要确认一下，"用得上吗？"

何止用得上，这简直就是浪费资源。

他们只是做一个 A4 纸大小的频率仪，结果徐南烨给他们找了个占地面积数千平方米的厂房，里头随便一件大型设备的进价就过百万，一个仪器就能买一套房。

"……"

他们不配，频率仪更不配。

徐南烨的职业他们都是知道的，他家里的人是干什么的，学校里也不是没有传闻。

因此，在他开着车一路顺畅地过了门口的大铁栅栏，又拿到了卷闸门的钥匙时，褚漾他们几个人的心里是震惊的。

他们从来没听过徐师兄原来还涉猎电子产业。

年轻的外交官，副业竟然这么符合当代价值观。

他们也不敢问，只能默默地在心里感叹师兄牛。

像这种用来盈利的厂房，设备自然是要比学校的实验室好得多的。

外间的各种设备专业偏向机械工程，褚漾他们只学了点儿皮毛，并不太懂，一行人走马观花后直接往里间走。

四个工科生和一个文科生站在这红蓝线弯弯绕绕的工作间里，心境是完全不同的。

穗杏惊讶地道："这种降压器好贵的啊。"

褚漾附和："听说这一款降压器不但稳压，还能防止电路元件高热引发的短路。"

沈司岚低语："这个电机是去年拿了奖的那个吗？"

"对，国内还没有广泛引进，"顾清识抚着下巴，说道，"没想到能在这里见到。"

对徐南烨而言，它们不过就是一堆上了亮漆的大型零件。

几个人分好工后开始各干各的，大型的设备他们用不上，还好小工作间里有小器件，是除自动化设备以外，专门用来进行人工调试的。

在几千平方米的大厂房里，他们四个人依旧挤在一间小小的工作间里手动制板。

徐南烨插不上手，饶有兴趣地站在他们后面观摩。

241

其他三个人他不好一直盯着，但是看褚漾总是没问题的。

术业有专攻，这方面徐南烨确实不了解，因此看什么都觉得新奇。

穗杏在一旁悄悄看着，总觉得这场面像老师监督学生做实验。

只可惜离得太远，她听不清楚他们在说什么。

穗杏只好作罢。

褚漾看穗杏终于收回了探索的目光，转身反客为主先问起他来："这是你们家的产业吗？"

徐南烨还没来得及回答，褚漾便又若有所思地点了点头，先行说服了自己。

"也是，你跟我说过，你们家的人不止从政的。"

褚漾之前问过徐南烨，他也说了徐家人不是都从政，有点儿产业再正常不过。

"不是，"徐南烨终于开口止住了她无尽的脑补，"这是崇正雅的父亲的产业。"

褚漾有些蒙地问："那你怎么会有钥匙？"

"向他借的。"

这么晚，徐南烨一个电话打到崇家，问有没有电子厂房，原因还没来得及说，那边的人二话不说就答应了，叫人将钥匙打包送到了徐南烨的手上。

用老崇总的话说就是："徐先生您尽管用，想在里面睡一夜也行，用不用我让人给您买张床来？"

电话里有崇正雅反对的声音，但太子爷始终是不敢忤逆皇帝老子的。

"爸，你知道徐南烨借来干什么吗，就这么放心地把钥匙给他？"

"徐先生能干什么，你闭嘴。"

"到时候厂子被查了，别怪我没提醒你。"

"查了最好，别想老子留一分钱给你这个败家子！"

那边崇正雅这个啃老族没声儿了，这边徐南烨顺利地拿到钥匙，带着褚漾他们几个人到了这里。

这厢褚漾正对徐南烨和崇正雅这别扭的关系感到好奇，连手上的动作停滞了都没注意。

终于有一道声音提醒了她。

"泡太久了，"顾清识皱着眉走过来，说道，"铜都脱光了。"

采用化学沉铜的方法，使得板片上多余的铜与氯化铁溶液进行化学反应，板片上只留下有油墨覆盖的电路线，从而得到初步的 PCB 板，泡多了，铜就有可能全溶解了。

"啊，对不起。"

褚漾赶紧将板片捞出来，用纸巾擦去了上面还残留的溶液。

顾清识看向徐南烨，语气平静地道："师兄对我们的实验也有兴趣吗？"

徐南烨挑眉，笑着点了点头，说道："很新奇。"

褚漾赶忙开口："师兄对这些东西有些好奇，所以我就给他介绍一下。"

顾清识听到这种解释，脸色也没有好起来。

一开始褚漾和徐南烨就不知道凑在一起说了什么，谁也听不见。

她到底是来工作的还是来说悄悄话的？

"你专心做你的，"顾清识走到徐南烨身边，淡淡地道，"我来给师兄介绍吧。"

褚漾婉拒的声音有些小："我来就行了吧。"

"你是过来给师兄上课的还是来赶工的？"顾清识蹙眉看着她，语气渐渐变得不悦，"别白费了师兄的帮忙。"

褚漾愣住了，没想到顾清识会因为这个开口训她。

顾清识抿唇，声音放低了些，说道："做实验的时候不要开小差。"

褚漾自然知道，无奈地看向徐南烨。后者只冲她笑了笑，并未在意，好像真的谁跟他说话都行似的。

于是她眼睁睁地看着顾清识带着徐南烨离开，两道同样高大的背影离自己越来越远，褚漾的眼神开始变得幽怨。

徐南烨原本也不想打扰褚漾，没多想就跟着顾清识走了，却没想到顾清识居然真的打算跟他介绍这些东西。

顾清识还挺负责，问他："师兄，你有什么想问的吗？"

徐南烨没什么想问的，说实话，他对这些东西半点儿兴趣都没有，但还是给了师弟一个面子。

"这是什么？"徐南烨拿起一片颇有弹性的塑料片问他。

"软性电路板。"

"什么意思？"

"软的电路板，和硬的相反。"

"这个呢？"

"基板。"

"干什么用的？"

"做基板的。"

徐南烨也不是真想知道，对他的回答并没有什么不满。

两个人都没觉得这对话有什么毛病，气氛居然意外地和谐。

倒是一旁的穗杏和沈司岚听得满头黑线。

顾清识拿出手机对着百度百科念都比这样敷衍有诚意。

穗杏悄悄地对沈司岚说："我怎么感觉学长好像不太高兴啊？"

沈司岚指着远处正在重新做 PCB 板的褚漾，说道："那个才是真的不高兴。"

那边一手抓着绳子，一手撑着下巴的褚漾正幽幽地看着这边，满脸写着"我不爽"。

她的眼神正直勾勾地望着徐南烨和顾清识。

PCB 板终于做好了，褚漾总算有理由离开这一缸氯化铁溶液了，朝两个男人走了过去。

褚漾仰头看看他们，说道："我做好了，我来给师兄介绍这些东西吧。"

顾清识皱眉，问她："你是觉得我介绍得不好吗？"

褚漾哑口无言，又冲徐南烨求救。

徐南烨冲她温和地笑了笑，说道："不用操心我，你专心做你的。"

褚漾忽然撇嘴，委屈地道："我知道我打扰你们了，再见。"

她说完，头也不回地打开工作间的门跑了出去，关门的时候还发出了一声巨响。

那块已经做好的 PCB 板正孤零零地躺在桌上，隐喻着褚漾这颗酸溜溜的少女心。

顾清识和徐南烨一脸蒙。

他们想让她专心做实验，她怎么就生气了呢？

把这一幕看在眼里的穗杏又发出了疑问："学姐到底是在吃谁的醋啊？"

"……"这个问题终于难倒了沈司岚，他说，"不知道。"

褚漾自己在外头逛了会儿就又回去了。

毕竟天大地大，项目最大，她要耍脾气也不能耽误其他人的工作。

工作间内设备齐全，有不少设备是半自动化的，比起纯人工操作，精准度和工作效率都要高出不少。

PCB 板打孔，连每个孔的直径都是一样的，看上去既整齐又统一，连元件连接处的每个焊点都很完美。

这块新的 PCB 板不论是线路还是做工，都远胜于被弄丢的那块。

就算原本的那块找不回来，他们明天也可以顺利交差了。

虽然这回确实用了宰牛刀，但借宰牛刀给他们的徐南烨确实是大功臣。

"真的太谢谢师兄了，"穗杏反复向他道谢，"这么晚了师兄还愿意帮我们找地方，我都不知道该怎么回报师兄。"

沈司岚话不多，但也跟徐南烨说了好几遍"谢谢"。

"要谢就谢漾漾吧，还好她告诉我这件事了。"徐南烨微微笑道，"你们比赛要加油。"

穗杏咧嘴笑道："等我们拿奖了，一定请师兄吃饭。"

徐南烨看向褚漾。

褚漾还在赌气，将双手背在身后，扭捏地道："人家不差这一餐饭。"

徐南烨哭笑不得地道："好，我等你们的好消息。"

几个人又打算坐师兄的车再回去。

他们走到露天停车场时已是半夜，空旷的平地被昏黄的路灯照亮，落下两道车影。

这个时间，厂房里只有他们几个人，车也只有徐南烨的一辆，旁边那辆是什么时候出现的？

和徐南烨这辆沉稳的黑色轿车不同，新来的那辆车流线型的车身和宝蓝色的车漆即使在这样昏暗的环境中仍然打眼。

褚漾觉得这辆车有些熟悉，奔驰 S 系，车牌是一连串的四个"9"。

主驾驶座的门被打开，个子高挑的男人从里头走了出来。

崇正雅将胳膊撑在车门上，两腿交叠，声音慵懒地道："我还以为你大半夜借电子厂要干吗呢，敢情是带小朋友来上社会实践课啊。"

这是崇正雅的车。

褚漾终于想起，曾经在校门口见过这辆车，这辆车当时就停在徐南烨的车的后面。

她看到陈筱从这辆车上走了下来，然后徐南烨对她说，应该是她看错了。

然而，崇正雅和陈筱其实是认识的。

褚漾心中的疑问越发被放大，此时崇正雅已经朝他们走了过来，停在徐南烨面前，稍稍倾身，用只有他们才能听见的微弱声音调侃道："带你老婆来就够了，还带观众呢？"

徐南烨淡淡地问他："你怎么来了？"

"你借我们家的电子厂，我过来检查检查有问题？"崇正雅用下巴指了指后面的那三个学生，问道，"那群小朋友是谁啊？"

"是我的同学，"褚漾先出声解释，"他们不知道我和师兄的关系。"

崇正雅懒懒地抬眉，尾音上扬，问道："哦？那你是怎么跟他们撒谎的？"

褚漾还未来得及回答，衣服的下摆忽然被人轻轻扯了下。

她转头，穗杏正站在她背后，小声问她："学姐，这是谁啊？"

"呃，"褚漾也不知道该怎么说，"是师兄的朋友。"

崇正雅叉腰，龇牙咧嘴地道："谁是他的朋友，我跟他是仇人！"

褚漾求救地看向徐南烨。

"他说是仇人，那就是仇人吧。"

徐南烨完全不在意，语气敷衍。

褚漾扯了扯嘴角，崇正雅冷哼一声，只有单纯的穗杏信了。

她当即挡在了徐南烨的身前，以标准的老母鸡护崽的姿势瞪着崇正雅，问道："你要对师兄做什么？我绝不允许。"

"小朋友，大人的事你少管。"崇正雅抱胸，慵懒地看向徐南烨，问他："你什么时候请了个未成年保镖？"

"我不是保镖，徐师兄是我的恩人，他不光以前救过我爸爸，"穗杏大声反驳，声音清脆，"他还特意把自己的厂房借给我们加班，我绝不允许你伤害师兄。"

一直在后面看戏的沈司岚蓦地呵了两声。

"小朋友，你搞清楚了，"崇正雅气笑了，说道，"这个厂房是我家的，你师兄只是个中介，懂吗？你现在应该护着我。"

穗杏茫然地眨了眨眼："啊？"

崇正雅唬了声，抬眸继续冲徐南烨说："大半夜的这么大个厂子为你开着，你就带了这几个学生过来上实践课吗？你是不是脑子抽了？"

即使知道这家电子厂是眼前这个男人的，穗杏仍然护着徐南烨。

246

"我不许你这么说徐师兄。"

崇正雅挑眉，轻飘飘地看了一眼满脸无奈的褚漾，对穗杏坏笑道："小朋友，你这么护着你师兄，是不是喜欢他啊？"

徐南烨眉头微拧。

身后的沈司岚脸色比他的还要难看些。

"怎么会！"穗杏睁大眼睛，连忙摆手，说道，"徐师兄是学姐的叔叔，也就是我的叔叔，我怎么会喜欢上叔叔呢！"

徐南烨："……"

他总觉得自己好像被人嫌老了。

褚漾痛苦地用手遮住了脸。

崇正雅的脸上五颜六色的，他五官皱起，疑惑地问道："你说谁是谁的叔叔？"

穗杏指着脸色都不怎么好的徐南烨和褚漾，反问道："他们是叔侄关系啊，这你都不知道吗？"

崇正雅垂眼思考了会儿，随即懂了。

这对夫妻可真够牛的，为了隐瞒夫妻身份，连叔侄这么扯淡的理由都用上了，也难怪大半夜的徐南烨帮褚漾找地方，这几个学生居然不起疑心。

叔叔帮侄女的忙，顶多就是叔侄情深罢了。

徐南烨直接将钥匙还给了崇正雅。

崇正雅本来是过来看戏的，没想到徐南烨借电子厂，居然是为了老婆的比赛项目。

他顿时觉得好没趣，懒得在这儿多耗时间，打算赶紧回家继续睡觉。

一想起那个刚才对他横眉冷对的小朋友，崇正雅忽然想起了什么，朝徐南烨这边又走了过来。

"小朋友，"崇正雅弯腰看向车后座里的穗杏，问她，"你刚才说徐南烨救过你爸是什么意思？"

穗杏愣愣地道："以前我爸爸去赞干比亚出差，是徐师兄救了他。"

崇正雅忽然扬唇笑了，看着前座上徐南烨的后脑勺儿，说道："这也难怪，毕竟这位人民英雄在鬼门关前走了一遭，醒来后心心念念的还是其他人。"

徐南烨转头看他，问道："你说什么？"

"没什么，"崇正雅收回目光，直起身子又恢复了往日的散漫姿态，拍

上册

了拍车门，说道，"你们走吧。"

"我先送他们回学校。"徐南烨发动车子，透过后视镜对他说，"你也赶紧回家吧。"

这语气和他们念书时，夕阳渐沉，崇正雅还想去游戏厅再玩玩，徐南烨却让他赶紧回家写作业时一样。

黑色轿车先离开了。

崇正雅靠着车子目送它离开。

时过境迁，他仍忘不了曾经和徐南烨相处的点点滴滴。

包括他曾在其他人口中听到徐南烨出了事，连事假都没来得及跟导师请，也不顾朋友的劝阻，买了一张飞往赞干比亚首都的飞机票。

临时搭建的急救大棚中，崇正雅透过隔离帘，看到了躺在病床上靠着吸氧器续命的徐南烨。

徐南烨醒来后，问的第一句话就是"我旁边那个小女孩儿有没有事"。

自己受了这么重的伤，居然还惦记着其他人。

既然人活着，崇正雅也就没有待在这里的必要了，不过在赞干比亚停留了两天，便又飞回了澳洲。

曾去过赞干比亚的事，崇正雅跟谁都没说，久而久之，他自己也当这事没发生过。

以至在徐南烨回国后，崇正雅自己也认为，从高中过后，就没再见过这位昔日好友。

车子开到学校门口，褚漾原本还想再和徐南烨多说会儿话，但这次她不能再留穗杏一个人回寝室，便果断下车跟徐南烨告别。

下车前，褚漾别别扭扭地跟他说了声"谢谢"。

徐南烨嗓音低沉地问："这就够了？"

"那你想我怎么谢你？"

他抬手揉了揉她的头，说道："等你忙完比赛了再说，我先记着。"

褚漾忽然撇嘴，说道："你这人真小气。"

"没你小气，"徐南烨忽然倾身，凑到她耳边用气音调戏她，"连男生的醋都吃。"

外交靠的不单单是话语术，更多的是彼此的心理交战。

徐南烨年纪轻轻就随同外交部门的领导出席各类外交场合，八面玲珑，运筹帷幄，被浸染多年，做事从来滴水不漏，褚漾的那点儿心思，跟他比起来实在稚嫩。

前两天晚上她目不转睛地偷看他，自以为没有露馅儿，但实际上徐南烨早就了然于心。

褚漾果然心虚地别开了眼。

徐南烨的心中满是算计，他非但没有放过她，反而用手扣住她的后脑勺儿，往她耳边吹气，又低又有磁性的嗓音撩拨着她的每一根神经。

"好好比赛，我等你回家。"

"不用你说我也会好好比赛的，"褚漾低头推开他，说道，"师兄，我走了。"

"车窗关上了，他们听不见也看不见，"徐南烨掐了掐她的脸，有些不满地道，"能不能不叫我'师兄'了？"

褚漾愣了愣，问他："那我叫你什么？"

徐南烨叹气，用手指戳她脸颊上的软肉，说道："叫'老公'啊。"

"……"

褚漾的脸瞬间爆红，她慌忙打开门，逃下了车。

还是害羞，徐南烨摇摇头，轻轻地叹着气，发动车子离开。

往日被他调戏，褚漾早就生气了。

而现在车子都走了好久，她仍然傻笑着望着马路尽头，直到穗杏出声叫她，她才回过神。

褚漾缓了缓心神，恢复往常的脸色，笑着跟他们一起走回寝室。

只是走在路上，她也忍不住回想刚才令人面红耳赤的对话，脚踩在地砖上都有些轻飘飘的。

她酥麻着心脏，没好好看路，终于撞上了前面的人。

褚漾忙退后几步，说道："对不起。"

她这样迅速的下意识反应，就好像生怕撞上眼前这个人似的。

顾清识蹙眉。

她从来没有这么躲过自己，但自从大二那天和她的对话不了了之后，两个人的距离逐渐拉远，到现在跟陌生人没什么区别。

而他们以前并不是这样的。

那层暧昧的窗户纸被捅破后，他们原本不该是这样的结局。

顾清识沉声问她："你为什么要躲着我？"

褚漾啊了一声之后说道："我没有啊。"

"在我去北京以后，"顾清识顿了顿，还是问出了口，"你跟师兄在一起了，对不对？"

褚漾瞬间变了脸色，佯装没听懂的样子，冲他勉强笑了笑，说道："我不知道你在说什么。"

顾清识扯了扯嘴角，目光暗沉，说道："褚教授让我们保密，是保密他是你叔叔，还是保密他是你男朋友？"

褚漾察觉出他语气中的不对劲，愣愣地问："你怎么了？"

"你跟他什么时候认识的？"

褚漾像是突然被触到了逆鳞，脸色瞬间沉了下来，问他："顾清识，你查户口？"

顾清识又问："是不是去年我去北京以后？"

褚漾咬唇，皱着眉瞪他，问道："你管得着吗？当初你拒绝我，现在我跟谁在一起和你又有什么关系？"

"我拒绝你？"顾清识的声音又低了几分，他问，"我什么时候拒绝你了？"

褚漾在心里骂他渣男。

"就去年，在酒吧，你说你不喜欢我，"褚漾一想起这个，就气得浑身发抖，问他，"你既然不喜欢我，之前干吗对我那么好？你要我吗？"

顾清识深吸一口气，淡淡地说："那天你喝醉了，我把你扶到了小包间里。"

褚漾用鼻音嗯了一声。

顾清识继续说："我问你，要不要跟我在一起。"

褚漾睁大眼，不可思议地看着他。

沈司岚和穗杏此时早就往前走出了好远。

路灯下，褚漾有些愣怔，面前清俊、高且瘦的顾清识却紧紧地蹙着眉，脸色越发沉了。

她曾仰慕了多年的学长，终于放下矜持，轻声对她说："褚漾，我喜欢你，我对你好，是因为我喜欢你。"

这太荒唐了。

动
的他
心先

250

褚漾甚至想，眼前这个人不是顾清识。

"你开什么玩笑？"褚漾蹙眉，咧开嘴角道，"你明明，拒绝我了。"

因为不想被人说人生中的头一次告白就被拒绝，所以褚漾当时只是试探，但那天顾清识一旦承认喜欢她，褚漾的告白就会在下一句说出。

"我没有。"

顾清识语气认真，却仍然没有打消褚漾心中的疑虑。

"我明明问了你，你明明说不喜欢我，"褚漾扬高声音，语气讥讽，说道，"如果你早说喜欢我，我们早就……"

话说到这里戛然而止，褚漾没有继续说。

顾清识却察觉出了不对劲，问道："早就什么？"

褚漾摇了摇头，将刚才的话揭过，问他："学长，你这次确定没有在耍我吗？"

也许这又是一次玩笑，也许等她当真之后，顾清识又会拒绝她。

被喜欢的人拒绝，褚漾不想再冒险了。

顾清识敛目，声音低沉地问："我为什么要耍你？"

"我当时喝得稀里糊涂，你还喂我吃了水果，"褚漾仔细回想，神色复杂地道，"我当时就躺在你的腿上，问你，你是不是喜欢我，你说你不喜欢我。"

顾清识的神情比她的还复杂，他压着嗓音，一字一顿地道："我去给你拿水果后回来，你已经不见了。"

褚漾往后退了几步。

她盯着地砖，甚至将砖面结合处的细小裂缝和当中正在爬行的小蚂蚁都盯了进去，可脑子里还是一片糨糊。

她一直以为，自己是被顾清识拒绝的。

仰慕了多年的学长对自己何其特殊，少女的虚荣和窃喜全部藏在那句告白前的试探里。顾清识对她而言，是天边遥不可及的一颗星星，而这颗星星或许对她青睐有加，她只需要伸手，星星就会落入她的掌心。

如今顾清识坦白了，她却糊涂了。

每当人回忆起最青涩的感情时，时间线会毫不犹豫地指向十八岁成年前，两个人不敢牵手，不敢对视，不敢单独相处，教室前后座偶尔映入眼帘的侧脸，都能在当天夜里成为美梦的指引。

她曾无数次站在顾清识的教室门外，当时目的很简单，他是学校的风云人物，那么多女生喜欢她，她只想用他的照片赚点儿零花钱。

那时，余晖铺在铝合金制的窗台上，金银交汇，玻璃上是她的脸，玻璃里是顾清识埋头念书的身影。

她的目的是从什么时候开始变得不单纯的，她自己也说不清楚。

他毕业那天，褚漾心中没来由地感到烦闷，但她嘴硬，死活不肯说出对他的不舍。

后来他回校演讲，褚漾想着，或许这是他们唯一的合影，老师喊着照相时，她像一条灵活的鲶鱼，钻到了他的身边。

少年清爽的体香是如此好闻，褚漾决定把这一刻的他永远珍藏起来。

后来他让她考清大，说欢迎她去清大。

他们或许是互相喜欢的。

也许她的喜欢，并不是孤零零的单行线。

进入大学后她和顾清识的点滴相处，让她每一刻都沉溺在欢喜之中。

互通心意前的暧昧最令人心动。

没有人知道褚漾用了多逼真的演技才藏住自己当时的紧张和无措，假装用多么漫不经心的话，骄傲而又矜持地问出了那句"你是不是喜欢我"。

所以她讨厌顾清识。

褚漾的心里忽然难受起来。

这种错过的感觉，比一开始顾清识就不喜欢她，更让她难受百倍。

"学长，"她吸了吸鼻子，抬头看他，问道，"你是什么时候喜欢上我的？"

顾清识摇头，说道："不知道。"

紧接着，他轻轻地叹了一口气，眼神悠远，声音也变得柔软起来。

很明显，想到那时候，他的内心也是软软的。

"也许是很早之前，某次你站在教室的窗台边，让我摆姿势我下没有拒绝的时候；也许是每天喝到你买给我的牛奶之后；也许是毕业那天，你在我面前哭了的时候；"顾清识淡淡地笑了，神色平静地说道，"或许更早，在我第一次发现你在偷拍我的时候。"

一眼万年，教室门口那个娇俏可爱的小学妹，就是他的那一眼。

褚漾的心刹那间如同山体坍塌。

她根本承受不住内心间那成吨的遗憾。

他们对彼此的动心无迹可寻，在时间的潜移默化中，渐渐对彼此倾心。

这种没有缘由的喜欢，最令人难忘。

"褚漾，"顾清识垂眸看她，沉稳的声音中终于带了一丝颤抖，问她，"你和徐师兄，还没有在一起对不对？"

他骄傲如斯，如今这样自欺欺人，已经是卑微到了极点。

或许他还有机会。

褚漾用力摇头，湿着眼睛看他。

顾清识闭眼，缓了片刻后才重新睁开，哑着嗓音说："为什么不等我从北京回来？"

他问了这句话才觉得毫无意义。

七八个路灯后，穗杏和沈司岚在灯下等他们。

"走吧。"顾清识转身朝他们那边走去，说道，"不然宿管[1]阿姨也要睡了，你们就进不去了。"

他的背影被路灯拉成了一道长长的影子，仍是挺直着背，身形高挑而又瘦削，却无比萧瑟。

星星终于落入掌中，而她已经没有资格抓住。

褚漾可算明白了，什么叫年少的遗憾。

原来，这种遗憾，真的是诛心的。

有夕阳漏进的教室里，垂眸认真看着书的少年，玉树临风，风姿绰约，是她心中最好的顾清识。

顾清识回到寝室的时候，其他三个室友还在打游戏。

江海澄连头都没抬，说道："回来了？我们马上就睡了，你先去洗漱吧。"

三个人还沉溺在虚拟世界的打打杀杀中，江海澄全神贯注，手背上都冒出了青筋。

忽然他的椅子被踢了一下。

江海澄转头怒视，见是顾清识，又瞬间怂了，说道："识哥，我们打完这一局就睡，绝对不耽误你休息。"

1　宿舍管理员。

"别打了，"顾清识的语气淡淡的，他冲其他两个室友也仰了仰下巴，说道，"出去喝酒，我请客。"

几个室友都惊了。

识哥明明是他们寝室里最讨厌喝酒的人，怎么今儿想要喝酒了？

江海澄跟他关系最好，因此最纳闷儿，问他："你怎么了？"

"没怎么，就是突然想喝酒了，"顾清识看向阳台，眯着眼眸，低声说道，"现在不喝，或许就没机会跟你们一起喝酒了。"

几个室友随即陷入沉默。

是啊，他们大四了，现在如果还不抓紧相聚的机会，毕了业可就什么都没有了。

"行！去喝！"

"识哥请客！必须给这面子！"

"顾老板威武，今天我要喝两箱雪花！"

结果三个人扔下键盘，屏幕蓦地黑了，血红色的"You killed（你已击杀）"显示在屏幕中央。

几个人又抱着键盘哀号。

顾清识无奈地道："待会儿我跟你们一起玩。"

有顾清识这个隐退多年的大神在，几个人放心了，一局游戏嘛，转眼间就能赢回来。

四个大男生随便整理了几下，打闹着离开了寝室。

在经过女生寝室楼的时候，有个室友忽然神伤，望着其中一扇早已变得漆黑一片的窗户说道："都要毕业了，我还没跟学妹告白。"

其他几个人笑他。

那个室友忽然鼓足了勇气，手做喇叭状，对楼上喊："喂！我喜欢你！"

这栋楼里还没睡的女生打开窗，探出了头。

那扇窗户却没有被打开。

"走吧，"顾清识拍了拍他的肩，说道，"等她醒了，再好好说。"

"嗯。"

"喜欢也不说名字，谁知道他在跟谁告白啊。"

舒沫蒙在被子里给褚漾发了这么条消息。

宋林幼和陈筱都睡下了，褚漾回来的时候蹑手蹑脚的，只有舒沫发现了她。

舒沫看小说看到这个点，为了不打扰其他两个人休息，只能用手机跟褚漾交流。

窸窸窣窣的声音没有持续多久，褚漾爬上了床。

她和舒沫是邻床，两个人睡觉时正好头对着头，舒沫用胳膊撑起身体，用气音问她："你们的板子做好了吗？"

褚漾用微弱的声音回答："嗯。"

"顾学长帮你们优化电路，徐师兄帮你们找地方，我好酸。"舒沫羡慕地撇了撇嘴，说道，"这么晚了，他们俩居然还能陪着你们，也是不容易，师兄明天还要上班吧，学长明天早上好像有个会来着。"

"嗯。"

"你怎么光嗯嗯啊？"

"嗯。"

舒沫翻了个白眼，懒得理她，继续说："我到现在都觉得徐师兄太遥不可及了，没想到你居然能钓到他。哎，她们俩都睡了，你就跟我说说，你和徐师兄到底是怎么认识的？别跟我说什么演讲教室一见钟情啊，我不信。"

褚漾淡淡地道："去年，庆功宴酒吧。"

"啊，就我们那次开篮球庆功宴那回，"舒沫点头，忽然意识到不对劲，睁大了眼问她，"去年徐师兄也在？！"

他在。

褚漾那时心里烦躁，小包间的桌上又有几瓶没开的酒，她拿过来直接用牙咬开了瓶盖，仰头就往嘴里灌，边喝，嘴里边骂骂咧咧的，骂顾清识是渣男。

等她再睁眼，发现自己一直枕在一个男人的膝盖上。

褚漾坐起身，刚想向人道谢，发现这人她居然认识。

他们一群学生为了把庆功宴搞得热闹点儿，特意斥巨资选了个市区内数一数二的高档酒吧。

没有烟酒缭绕，来这儿的人都不缺钱，过来喝酒、听歌不过是找个消遣，多的是衣冠楚楚的社会人士。

眼前的男人领带松散，衬衫扣子微解，整洁的西裤上有几道压不平的皱痕，一看就是被她睡的。

男人琥珀色的瞳孔在包间阴暗的流动彩灯下显得有些透明，他见她醒来了也没有什么神色变换，食指与中指间夹着红酒杯，仰头抿了一口，性感的喉结上下移动，直到猩红的液体将他的薄唇染红。

褚漾不确定地问："徐师兄？"

男人温柔地笑了笑，问她："师妹还记得我？"

"记得，你怎么会在这里？"

男人用下巴指了指包间的门，说道："过来喝酒。"

褚漾往后挪了挪屁股，气氛很尴尬。

男人问她："师妹怎么喝这么多？"

"心情不好。"褚漾敷衍道，看了眼四周，没发现顾清识的影子。

这狗男人就这么扔下她走了。

她心中有气，赌气般也给自己倒了一杯酒。

旁边的男人从她手中又拿过了酒杯，褚漾喝了个空，有些生气地看着他。

"师兄，你不会连酒都不让我喝吧？"

男人扬唇笑了，说道："怎么会，但是师妹，红酒不是这么喝的。"

喝个酒还讲究这些，褚漾靠在沙发上睨他，问道："那怎么喝？"

"抿一口，放在舌尖下，等着它返上红酒独有的甜香来，再用舌尖裹住酒，慢慢地吞咽下去。"

"麻烦死了。"褚漾小声抱怨，但还是照着他说的这么喝了。

男人低声问她："喝出味道来了吗？"

褚漾点了点头，说道："嗯，确实比直接灌好喝。"

徐南烨没有问她为什么睡在这儿，也没有问她为什么要喝酒，只是坐在她身边耐心地教她喝酒。

本来就喝了很多啤酒的褚漾，又开始觉得头昏了。

她东倒西歪的，徐南烨哭笑不得，让她靠在了自己的肩上。

褚漾原本以为演讲台和她坐的位置就是她和徐南烨最近的距离，谁承想，她居然能靠着徐南烨缓酒劲儿。

世界真奇妙。

她悄悄抬眼，想看他。

徐南烨居然刚好侧过脸，褚漾有些滚烫的呼吸打在了他的镜片上，瞬间遮住了徐南烨好看的眸子。

他也不着急，取下眼镜，从裤兜儿里掏出一方手帕，低头徐徐地擦拭着镜片，动作甚是优雅。

眼前的男人做什么，都会让人觉得赏心悦目。

等他再戴好眼镜，发现褚漾眼睛一眨不眨地盯着他，娇艳的脸上满是酒意带来的红晕，那双水一样的眼睛里都是懵懂和茫然。

徐南烨忽然笑了。

他倾身，微凉的手抚上她细腻的脸庞，而后凑到她的耳边，小声问："师妹，还想喝吗？师兄带你去个更安静的地方。"

他循循蛊惑时，已经和演讲台上那个温润优雅的师兄判若两人了。

徐南烨的眼睛里就像是有把钩子，睁眼或是敛眸时都有着明晃晃的勾引，无论离近了还是远了，都让人心血沸腾，喉头生热，说不出一句话来，薄唇勾着浅浅的弧度，整个人仿佛是色气与禁欲的矛盾体。

他像个旋涡，人只要陷入，便无法抽身而退。

褚漾没吃过猪肉，但着实见过不少猪跑。

这种引诱无知少女踏入无底深渊的台词，她太熟悉了。

各类小黄文、小黄漫、小黄片，不知用过多少回了，褚漾万草丛中过，片叶不沾身，靠的就是她那机敏的直觉。

通常这时候，她比较擅长反撩回去，让对手猝不及防。

但眼前这个人不是别人，而是在她心中犹如神祇的徐师兄。

她不知道是不是自作多情，万一又是，那不是在一天内连续尴尬了两次？

于是，她非常谨慎地问他："师兄，你是不是想跟我约会？"

她看到徐南烨愣了一会儿，接着用透明的酒杯挡住唇笑了。

褚漾羞愧地低下了头。

果然是她自作多情了，还好她问了，不然要是会错意，师兄就不只是笑她了。

徐南烨笑完，褚漾已经没脸看他了。

他稍稍弯腰与她对视，用带着凉意的指尖刮了刮她的鼻子，说道："真聪明。"

褚漾手足无措，惊慌地站了起来。

徐南烨抬眸看着她，嘴角仍扬着，耐心地等待着她的回答。

褚漾虽然思想没那么保守，但总归是被父母护在羽翼中老老实实当了二十年乖乖女的人。

向她示好的男生向来是空有一身撩妹的本事，骨子里其实和她一样，是只会夸夸其谈的纸上将军，她甩个眼神，对方就不敢上前，轻浮的男人更不可能接近她。褚漾明白后果，从不越线，因此才会在顾清识这里栽这么大一个跟头。

但眼前的男人，她一开始就不曾设防。

褚漾内心深处也根本没把他和其他男人相提并论。

因此，徐南烨大方地承认时，她一时反而不知道该怎么应对了。

论道行，她根本不是眼前这个男人的对手。

褚漾露了怯，声音有些颤抖，问他："师兄，你跟我开玩笑呢吧？"

徐南烨挑眉，反问："我像是在开玩笑吗？"

褚漾一边尴尬地笑，一边悄悄挪到包间门口，等她的手从背后抓住门把手后，心跳才逐渐平复。

"师兄，我同学还在外面等我，我先走了。"话音未落，褚漾迅速转身，开门就要溜。

有一阵不小的力道又把好不容易打开了一条缝的房门关上了。

徐南烨用手撑着门，鼻息徐徐打在她的后颈上。

双腿交叠，劲瘦的腰略微倾着，修剪整齐的指尖不疾不徐地敲打着嵌在门上的单面玻璃，每一下都与她的心跳同频。

她的呼吸因为喝过酒而浸染上红酒的香甜味，与徐南烨身上原本淡雅的木质香以及这包间里说不清道不明的烟草香杂糅在一起，褚漾思绪混沌，既害怕又紧张。

徐南烨低哑的声音从背后传来。

"师妹，你跑什么？我又不会吃了你。"

褚漾觉得她要是不跑，那就真要被吃了。

但她又不好直接拒绝师兄的邀约，毕竟她这人识时务，要是明天徐南烨在学校给她穿小鞋，那怎么办？

褚漾仍嘴硬，想要给徐南烨一个台阶，于是说道："师兄，你别跟我开玩笑了，你又不缺女人跟你约会。"

这种脸不红心不跳的情场老手，她招惹不起。

有手从她的肩膀上掠过，过近的距离间，褚漾隐约看到了他衬衫袖口处正发着光的袖扣，接着有几根手指捏住了她的下巴。

褚漾的身体还对着包间门，头却被他往后扳了四十五度。

徐南烨侧过头，仰起脖子，精准地对着她的唇吻了上去。

褚漾浑身僵硬。

这是一种她从未体验过的触感，是酒气浸染的吻，两唇相贴时，连呼吸都带着酒香，和他清爽的气味形成让人眩晕的陷阱。

男人只在她的唇上耐心温柔地摩挲，并未有下一步的动作。

他稍稍离了褚漾的唇，哑着声音问她："还觉得我是在开玩笑吗？"

近在咫尺的脸庞实在英俊得过分，男人的眸中满是笑意，褚漾好不容易平静下来的心脏又开始超负荷地工作。

她的脸迅速升温，手脚也有些发虚。

褚漾后知后觉，自己被这位德高望重的师兄调戏了，对方还上嘴了。

她猛地推开他，用手背用力擦嘴。

他只是碰了下，所以她擦掉就不算了，她的初吻还在的。

嘴角还残留的口红被擦出了嘴角边线，在泛红的脸颊上画出几道暧昧的擦痕，引人无尽遐想，显得狼狈而又妖娆。

她的眼中水光潋滟，羞赧和愤怒的情绪几乎要占满这张娇艳夺目的脸。

徐南烨微微眯眸，话语轻佻，问她："初吻？"

褚漾此地无银三百两，急忙辩解说不是。

男人微微拧着的眉头又舒展开来，嘴边带着愉悦的笑，他完全看穿了她擦嘴的意图。

他捏了捏她的下巴，声音低沉地问："擦掉就当没发生过了，是不是？"

褚漾的心思被戳穿，擦嘴的动作也戛然而止。

徐南烨将她按在门上，低头再次捕捉到她的唇，不同于刚才的摩挲，这次是结结实实地咬了一口。

褚漾吃痛，下意识地张开了唇。

男人的舌尖乘虚而入，在她嘴里留下印记。

他轻轻喘着气问她："还当没发生过吗？"

别人的初吻都是稚嫩又青涩的，到她这里为什么这么色气？

她低着声音哀求："师兄，你别这样，我有喜欢的人了。"

徐南烨面色阴沉，扬唇问她："可是被拒绝了，不是吗？"

褚漾慌张地抬头问他："你怎么知道？"

"我猜的。"徐南烨的眼神意味不明地掠过她的脸庞，他说，"看来是真的。"

褚漾咬唇，说道："师兄，你别跟其他人说。"

男人笑意盈盈地替她理着额边的碎发，问她："嗯，我不说，但你要怎么报答我？"

上一秒她还觉得他体贴，下一秒他又不做正经事了。

要不是他长得好看，褚漾早就报警了。

说实话，这么个英俊的男人，前几天还在演讲台上向师弟、师妹传播正确的社会价值观，在其他人举手，问到他的个人隐私时，还会委婉拒绝说"抱歉，这个不能告诉你"。

演讲结束后，那么多人拥上台，他退后几步，始终和其他人保持着安全距离，态度温和却疏离。

然而现在，他在这里成了引诱无知少女的浑蛋。

果然人不可貌相。

"喝酒是不是？去哪儿喝酒？"

徐南烨笑了。

停车场门口，褚漾抱着胳膊，肩上披着他的西装外套，等他将车子开过来。

忽然有几个满脸醉意、笑得不怀好意的男人朝她吹口哨。

"哟，小美女，男朋友扔下你不管了？要不要跟叔叔去喝一杯啊？"

褚漾没理他们。

几个男人相视而笑，互相搀扶着，东倒西歪地冲她走了过来。

"小美女挺高冷的啊，跟你说话都不搭腔。"

强烈的远光灯忽然朝这边打了过来，褚漾也跟着眯了眯眼。几个男人骂了声娘，骂哪个不长眼的开的灯。

远光灯熄灭，从黑色轿车上下来一个男人，高挑挺拔，戴着眼镜，看上去文质彬彬的，和这几个剪了鸡冠头、穿着亮片运动衣和紧身裤的男人看着就不是一个世界的人。

那几个男人嚣张地冲徐南烨仰头，问道："男朋友来了啊？打个商量，把你的女朋友借我们一晚上？"

徐南烨冷着脸，一句话都没说，直接踱步过来，冲着叫嚣得最凶的那个男人挥拳过去。

他看着高且瘦，劲儿却不小，那男人一百几十斤，居然直接被揍倒在地。

后来几个人迎面而上，徐南烨烦躁地啧了两声，拧眉提起其中一个人的衣领，把人直接甩到了车头上。

那人吃痛地叫了声，接着捂着头骂了句脏话。

徐南烨看了一眼车头，指着被弄脏的那一块，淡淡地说："车子脏了，怎么赔？"

车子上沾了点儿血迹，是那个人撞上车时蹭上的。

几个人看着那辆价值不菲的黑色宾利，一时间有些惊慌，又仔细看了眼和他们打架的男人，衣冠楚楚，从头到脚都是人民币。

他们打得过男人，打不过他的钞票。

几个人骂骂咧咧地走了。

褚漾没想到徐师兄居然还会打架，目瞪口呆地看着他。

徐南烨又恢复了往日的神色，让她上车。

两人坐上车后，徐南烨没有急着开车，先给酒吧的管理室打了个电话。

电话那头，经理恭恭敬敬地跟他道了歉，说会查监控，找到那几个人。

他打架的时候，周身那股斯文气质全消失了，一贯优雅的动作也变成了发泄怒意的挥拳和嘴角间的讥笑。

"师兄，你居然会打架啊？"她呆呆地问。

徐南烨开着车，语气淡然地道："念书的时候跟人打过，退步了些。"

褚漾鬼使神差地跟着他，不知道要到哪里去。她今天自从碰上徐南烨后做出的一系列荒唐行为都缘于这个男人。

他实在足够吸引人。

男人会被女人的美貌吸引，女人也会被男人的外貌吸引。

褚漾本来就是"颜控"[1]，更不要说徐师兄从头到脚、从外貌到气质都满足了她这个"颜控"的视觉感官。

1　网络流行语，指十分重视长相的人。

他果然带她去了一间更清静的酒吧。

酒保为她调制了一杯看上去五颜六色的酒。

从未来过的地方、只见过两面的师兄、不够明亮的光线和不够矜持自爱的自己……

褚漾包里的手机响了起来。

是室友舒沫发过来的消息，问她在哪里，还暧昧地发了几个坏笑的表情。

褚漾正盯着屏幕发呆，手机忽然被人拿走了。

徐南烨将手机锁屏后放到桌上，挑眉问她："这时候想找谁来救你？"

褚漾伸手想抢回自己的手机。

男人将手机别在背后，在她俯身过来的那一刻，精准地抓着她的腰，将她揽入怀中。

她撑着他的肩膀直起腰，视线撞进了一双笑意盈盈的眸子里。

男人眼神坦荡，温声问她："想做爱吗？"

褚漾低声骂了句"浑蛋"。

徐南烨笑出了声，欺近她，问道："早知道了，为什么还跟我过来？"

吧台另一边的酒保掀开帘子进去拿酒，已经好半天没有出来了。

褚漾早就离开了自己的卡座，被他抱在腿上。

抵上水汽氤氲的地带，徐南烨坏笑着问她："想去哪家酒店？"

褚漾被他撩拨得面红耳赤，一句话都说不出来。

徐南烨吻了吻她的耳垂，说道："那就我来挑吧。"

他将褚漾打横抱起，又送上了车。

在替她系上安全带时，徐南烨的呼吸已经有些急促了。

褚漾迷迷糊糊地说："我不要在车上。"

徐南烨无奈，揉了揉她的头，说道："我们去开房。"

徐南烨钱多又懂得享受，连开个房都是开的豪华套房。

而他们用得上的不过是一张床罢了。

褚漾是这么想的，觉得他有点儿浪费钱。

事实证明，这钱可真是一点儿都没白花。

他只有第一次顾着她，是在席梦思上完成的，后来第二次她不想要了，嚷嚷着要去洗个澡。

洗到一半她就被捞了出来，四星级酒店里，位于三十几层的套房里，落地窗占了一整面墙。

褚漾被抵在玻璃上，面前是车水马龙的市中心夜景，背后是男人起伏有序的粗重的喘息声。

她的呼吸打在玻璃上，化成了一摊摊水汽。

空调的温度开得足够低，可她仍然累得满头大汗。

后来她实在腿软，央求着别再弄了。

徐南烨的额头上汗涔涔的，眼镜早不知道被扔到哪儿去了，薄唇殷红还带着水光，他对她的央求置若罔闻，又将手伸到床头柜边，用嘴撕开了一包新的避孕套。

不约了，打死她也不约了。

第二天，软着腿的褚漾先逃走了，也未察觉被她扔在床上的男人早就睁开了眼，正神色复杂地望着她仓皇逃离的背影，然后就陷入了无尽的悔恨。

后来听说顾清识要去北京，她连送都没去送，躲在寝室里睡觉。

反正两个人也不可能在一起了，那种客套的送别，她连敷衍都觉得疲惫。

舒沫还在追问她，在酒吧里碰上了徐师兄，然后呢？

"然后他就勾引了我。"

舒沫点了点头，又猛然意识到主宾语顺序似乎反了，赶忙问她："他勾引你？"

褚漾咬牙道："对，他勾引我。"

"徐师兄看着这么正经，也会勾引女人啊？"舒沫愣愣地问道，似乎在脑补当时的场面，"很诱人吧？"

褚漾可耻地咽了咽口水，说道："还行。"

"啧啧啧，被偏爱的有恃无恐，"舒沫羡慕忌妒恨地撇了撇嘴，又道，"那你和顾学长那天在包间里到底说了些什么啊？你就跟我说说吧，我保证不告诉别人。"

褚漾这才从回忆中抽身，开始仔细回想她和顾清识记忆开始交错紊乱的部分。

她确确实实听到了顾清识说不喜欢。

他还给她喂了口水果。

263

褚漾忽然睁大了眼。

在刚进入包间时，顾清识对她说了什么，她没有听见，然后他说了句"我去替你拿点儿解酒的水果，你在这里等我"。

后来他回来了，让她枕在他的膝上，他喂她吃了一口水果。

她试探他，然后被他拒绝了。

再然后她烦闷难当，起身又喝了酒，最后坐在旁边的人成了徐师兄。

徐师兄知道她被拒绝了。

顾清识当时根本不在包间里，说出"不喜欢"三个字的人是徐南烨。

他运筹帷幄，对所有事早就了然于心，一点点地设下陷阱，诱她入局。

而她傻乎乎地以为是自己那天喝多了酒，心情又烦躁，因而和他开了房，还以为自己不小心怀孕了。

她对他一直愧疚难当，认为这场婚姻纯属乌龙，如果不是碰上了她，他根本不会被迫接受这段毫无感情基础的婚姻。

褚漾不知道徐南烨为什么要骗她，只知道她被徐南烨结结实实地摆了一道。

舒沫还在催促她说，被吵醒的陈筱终于低斥出声："还让不让人睡觉了？"

舒沫噤声，老实地躺了下来。

褚漾彻夜未眠。

今天是所有竞赛组递交阶段性成果的日子。

几乎所有人一大早就赶到了这里，穗杏和沈司岚早上都有课，01组只有褚漾在。

夺奖热门的01组两个组员不在，组长又这么无精打采，大家猜想十有八九是熬了夜，项目也没赶上进度，因此才黯然神伤。

01组实在倒霉，递交成果的前一天被偷了核心的PCB板，就算基础图画和程序都还有存档，但短短一天时间内怎么可能做得出成果？

虽然01组这三个人不能跟普通人比，但毕竟还有个刚入门的大一新生，很多事还要学长和学姐带着做。

老师还没来视察，所有人同情地看着坐在桌边发呆的褚漾。

陈筱也没忍住多看了她两眼。

"哎，褚漾这组到底做出来没有啊？"陈筱的组员中有个叫路任嘉的女生凑过来，戳了戳陈筱的胳膊，小声打听，"我看她这样子，感觉一晚上没

睡啊。"

"不知道，应该没有吧。"陈筱摇头，语气平静地道，"她凌晨才回寝室，应该是没做完，所以一夜没睡。"

路任嘉跟着叹了一口气，说道："太惨了，居然被偷了板子，不知道今天交不出成果会不会被取消比赛资格。"

陈筱笑了笑，说道："余老师那么喜欢褚漾，肯定不舍得的。"

路任嘉听到这话，神色又变得有些复杂起来，说道："但这是规矩啊，总不能因为余老师偏袒她，那就这么算了吧，我们可是为了赶上今天，就差没在实验室打地铺了。"

"褚漾跟我们怎么能一样，"陈筱安慰性地拍了拍她的肩膀，说道，"她人长得漂亮，余老师就算偏袒她，我们又能说什么呢？谁让我们不是院花呢？"

她这句话非但没有安慰到路任嘉，反倒让路任嘉更气了。

"长得漂亮了不起了？电子比赛又不是选美比赛。他们这组被偷了东西是很惨，但也不能这么偏心吧？"路任嘉冷哼一声，盯着隔了几桌的那道纤细的背影，说道，"谁知道她跟余老师私底下有没有什么别的关系。"

陈筱皱眉，嘴角却带着笑意，说道："别乱说啊。"

"本来啊，我早看不惯余老师什么都偏心她了。他们这组被偷了东西也活该，都是报应。"路任嘉脾气火暴，大脑又是一根筋，刚才还在同情褚漾这组人，经三言两语的挑拨后立马就改口了。

陈筱又问她："那待会儿余老师要是真没取消他们的参赛资格，难道你还能直接举手反对？"

"为什么不行？"路任嘉睨了陈筱一眼，说道，"陈筱，你不能因为褚漾是你的室友，就跟着偏袒她吧？"

陈筱顿时有些为难地道："她毕竟是我的室友。"

"你也太善良了吧，"路任嘉摆手，说道，"算了，随你，反正我是要反对的。"

陈筱没再跟她说话，低头整理起自己的电脑资料来。

忽然，她的后背又被人戳了一下，是许哲。

"他们这组找到板子没有？"许哲问。

陈筱摇了摇头，说道："他们昨天赶了一天项目，哪儿有空去管这件事？"

许哲的神色变得松懈，他说："这样啊。"

"不过，如果他们这组今天没有按时交板子的话，有可能会被取消参赛资格，"陈筱顿了顿，又漫不经心地说道，"但余老师更有可能会偏袒他们，到时候他们就有足够的时间去查是谁偷了板子了。"

许哲的脸色又白了几分。

陈筱耸了耸肩，说道："只是可能，情况还不一定。"

许哲离开时神色复杂，不知道在想什么。

陈筱看着褚漾孤零零地坐在实验桌旁的背影，轻轻地笑了。

八点的上课铃响起，余老师准时到了实验室。

"各组把比赛项目阶段性的成果交上来，硬件组的交硬件，软件组的把你们的代码转成文件发给我。"

实验室里顿时变得嘈杂起来。

余老师一桌桌检查过去，走到褚漾的桌边时，不忍地顿了顿，轻声说："你们这组可以晚两天交，不急。"

褚漾茫然地抬起头，说道："啊，不用。"

她说完，就要从包里掏出新做的那块 PCB 板，还没来得及拿出来，就被一声反对声吸引了视线。

"余老师，学院早就有规定，交不出阶段性成果的组就要被取消参赛资格，您这样偏袒不好吧？"

余老师皱眉，朝反对者看过去。

他还没来得及开口，反对者对桌的许哲也站了起来，说道："余老师，您不能这么偏袒褚漾。"

又有几个人也开口了，不过是帮着褚漾这组的。

"你们又不是不知道他们这组被偷了板子，晚两天交怎么了？"

"就是，规矩都是死的，就不许有突发状况？"

"他们这组要不是被偷了板子，早就把成果交上去了。"

一时间，实验室里吵吵闹闹，众说纷纭。

褚漾本来就一夜没睡，现在耳边这么吵，她头痛欲裂，心情糟透了。

她一句也听不进去，用力按着太阳穴缓解头痛。

余老师摆手让学生停止争吵，说道："这组事出有因，晚两天交成果也没什么。"

路任嘉早料到余老师会这么说，抱着胳膊厉声争辩："余老师，我们知道您一直器重褚漾，去年就破格让刚升大二的她去参加了个人赛，但是破格行为不能一而再、再而三吧，您这样对我们这些人来说公平吗？"

许哲也附和："对啊，这样根本不公平！"

余老师蹙眉，一时间竟然无话可说。

他偏袒褚漾是事实，他之所以愿意给这组时间，不过是因为这组确实有拿奖的实力，就这样被取消比赛资格，未免太可惜了。

路任嘉眼见余老师说不出话来，对褚漾的不满又多了几分。

她几步走到褚漾面前，说道："褚漾，你自己说，这样做公不公平？余老师再喜欢你，也得按规矩做事吧？你是院花，也不代表你可以心安理得地享受这种偏爱吧？电子比赛比的是实力，不是美貌，卖卖可怜或许可以打动余老师，那省赛的评委老师你能打动吗？"

褚漾抬头瞪她，说道："你的声音可不可以小点儿，吵死了。"

"心虚了？"路任嘉得意地又扬高了音调，说道，"不管你这组有没有被偷板子，没按时交出东西来就是事实，该被取消资格就得取消。"

"路任嘉，别说了，"陈筱走上前挡在褚漾身前，说道，"褚漾他们这组被偷了板子已经很难过了，余老师给他们开个后门又怎么了？"

路任嘉呵呵笑了两声，继续说道："你就别替你的室友说话了吧，你看你帮人家说话，人家谢谢你了吗？"

陈筱转头看向褚漾，语气轻柔地道："没关系，这次被取消参赛资格了，你还可以参加明年的比赛，打起精神来。"

褚漾按着太阳穴，抬头觑了她一眼，问道："你假惺惺什么？谁跟你说我交不出来东西了？"

陈筱安慰的笑容僵在了嘴角。

褚漾用力摇摇头，试图缓解头痛，从包里掏出了新的 PCB 板，说道："余老师，这是我们这组的成果。"

余老师也有些惊讶，问她："你们又做好了？"

"嗯，"褚漾点头，说道，"赶出来了。"

实验室里的众人顿时陷入了沉默。

谁也没料到，01 组被偷了 PCB 板后，仅仅用了一天时间就又做出了一块。

余老师拿过 PCB 板仔细看了一眼，笑着称赞道："做得很好，比之前你

267

们给我看的初版电路图成熟了很多，焊接的部分也比上一块好看不少。"

路任嘉和许哲难以置信地凑上前去。

真的，这是一块全新的 PCB 板。

"好了，既然褚漾这组交出成果了，大家也没话说了吧？"余老师欣慰地按了按褚漾的肩膀，对她说道："你果然没让我失望，褚漾，做得好。"

事情原本就该告一段落，面色发白的许哲却忽然出声："这一块不像是学生能做出来的板子，我怀疑他们这组找了工作室帮他们做。"

褚漾不可思议地看着他。

她跟这个男生不过一起上过两次大课，连他的名字都没记住。

路任嘉也仔细看了一眼，说道："对，太成熟了，而且这些材料看着也不像是实验室里的。"

"材料不是实验室的，因为实验室晚上会关门，我们只能在外面找了间电子厂做，"褚漾徐徐说道，"比赛没有规定实验场所，只要设计出成品就是自己做出来的，在哪里做的、用了哪些材料，这些都不是评分点，所以，你们有什么意见吗？"

许哲仍然不死心，问道："那谁能证明这是你们组自己做出来的？"

昨天做板子的时候，只有他们组的三个人以及余老师给他们找的帮手顾清识和徐南烨在，他们四个人不能算人证，那就只有徐南烨了。

褚漾咬唇，不想说出他的名字。

"徐师兄可以证明，因为电子厂是他带我们去的。"

实验室门口响起一道清脆的女声。

其他人望过去，竟然是穗杏和沈司岚出现了。

穗杏拿着正开着免提的手机，朝余老师走了过来，说道："余老师，这是徐师兄的电话，您接一下。"

余老师有些回不过神，问道："哪个徐师兄？"

"徐南烨。"

余老师赶忙接过手机，问道："徐先生？"

"是褚漾他们的指导老师吗，您好，"电话那头温润的男声响起，"昨天我从褚老师那儿听说褚漾的比赛项目出了点儿问题，所以昨晚帮他们向朋友借了一间电子厂。请问这样符合规定吗？"

褚漾的父亲褚国华和徐南烨同是出身外语学院，这个理由简直无可挑剔。

"符合符合，当然符合。"

徐南烨轻轻笑了，说道："那就好，但愿我没有给他们添麻烦。"

"怎么会呢，徐先生给我的这几个学生帮了大忙啊。"余老师激动地道，"我真是不知道该怎么谢谢徐先生。"

"谢谢就不用了，让他们好好比赛吧，为学校争光。"

两人简单地说了几句之后，电话就被挂掉了。

实验室里没人不知道徐南烨是谁。

所有人没缓过劲儿来，这事怎么就扯上了外语学院的徐师兄？

褚漾自己也不明所以，用唇语问穗杏是怎么回事。

穗杏冲她眨了眨眼，只说了三个字——顾清识。

昨晚，在褚漾出去闹气的时候，顾清识对徐南烨说了他的担心。

因为有半自动化设备协助，这块板子的完工程度已经超过了他们现在的水平，可能会被人怀疑。

徐南烨问顾清识："那你有什么办法吗？"

顾清识说："我们都算不上人证，但师兄你就不同了。"

徐南烨若有所思，随后笑了，说道："我知道了。"

那边几个叫嚣着要取消 01 组参赛资格的人，顿时面色铁青。

褚漾是什么天选之子[1]？

她丢了重要的 PCB 板，居然能一晚上就赶出一块新的，还是在比实验室里的设备好上百倍的电子厂的工作间做出来的。

她居然能通过外语学院的褚教授联系上徐师兄。

一时间，所有人各有想法，如果褚漾这组只是凭借运气借到了好的工作间，他们或许还会在心里愤愤不平，但关键是这组真的做出板子来了。

巧妇难为无米之炊，如果这组的人不是真的有实力，就算借到了再好的地方，一晚上也未必能做出什么东西来。

这块新的 PCB 板连余老师都挑不出毛病来，他们还有什么好说的？

刚才反对得最厉害的两个人已经噤声了。

1　网络流行语，泛指运气好的人。

陈筱只是惊讶了一瞬间，很快便冷静下来了，胸口上下起伏着，转身再看向褚漾时，脸上就剩欣喜的神色了，她对褚漾说道："真好，余老师帮着你，连徐师兄都帮着你。"

　　褚漾没工夫陪她虚与委蛇，只看向那两个本来应该还在上课的人。

　　"你们早上不是有课吗？怎么过来了？"褚漾问他俩。

　　沈司岚淡淡地道："我拜托其他人帮我看监控录像，一有消息就和穗杏赶过来了。"

　　原本沈司岚还在上第一节课，手机里忽然收到了隔壁寝室的同学发来的微信。

　　"岚哥，找到那天晚上翻你们的抽屉的人了，怎么谢我？"

　　"多谢，回头请你吃饭。"

　　他和室友打了声招呼就直接从大教室的后门离开了。

　　走到教学楼门口时，他想到了什么，又折返回去，接着在部门群里问了声："谁有穗杏的课表？"

　　有个跟穗杏同班的学生瞬间发了张课表截图过来。

　　"学生部长找我们穗穗有事？"

　　"有点儿事。"

　　这节课她上的是专业大课，几百个人挤在一间多媒体教室里的那种。

　　专业课老师正对着投屏 PPT 滔滔不绝地说着，还好门是虚掩着的，沈司岚轻轻推了推门，里头的几百双眼睛瞬间看了过来。

　　接着，教室里响起了一阵低呼，大多是女生发出来的。

　　"我没做梦吧？"

　　"谁啊？我没戴眼镜，你们喊什么啊？谁来了？"

　　"是沈司岚。"

　　"呜呜呜！他是来找谁的，不会是来找我的吧？"

　　"开学这么久了，我第一次看到他真人呢，明明是一个院的都见不到人。"

　　"再碰到顾学长和褚学姐，这专业就没白报了！"

　　面色平静的沈司岚望向眼前的阶梯座位，一排排望过去，终于找到了比任何人都蒙的穗杏。

　　她坐在第三排最中间的位置，一看就是大清早专门过来占位置的，眼睛睁得大大的，粉唇微张，露出无瑕的几颗门牙。

讲台上的老师也有些蒙，但认识沈司岚，问他："沈司岚？你有什么事吗？"

沈司岚回过神，说明来意："老师，电子竞赛的项目现在有点儿急事，我来找我的组员。"

专业课老师不比高数或马克思主义哲学老师，电子竞赛对计院的学生来说有多重要他是知道的，所以干脆地点了点头，说道："行，你找到了就带过去吧。"

"已经找到了，"他又将目光挪到还蒙着的学妹的脸上，冲她勾了勾手指，说道，"穗杏，过来。"

大家的目光又从他的身上转移到了穗杏的身上，惊讶、羡慕、忌妒、带着酸意的各种眼神都有。

被当众点名的穗杏有些紧张，僵着身体站起来大喊了一声"到"。

教室里的几百个人被她傻乎乎的动作逗笑了，连讲台上的老师都笑了。

沈司岚弯了弯眼角，勾起嘴角道："知道你在，走吧。"

穗杏嘟唇，红着脸在心里骂自己傻瓜。

旁边的人都自动屈起了腿给她让路，穗杏从座位的空隙间小跑到沈司岚身边，用只有他们两个人听得到的声音问他："什么事这么急啊？"

"你去了就知道了。"

他正欲转身离开，发现穗杏还在皱眉思索，显然还是没有从他忽然到这儿来找她的情况中回过神。

学生和老师都直勾勾地望着他俩，沈司岚不想打扰他们上课，轻轻地咳了一声，低头牵起了她放在身侧的手，用了点儿力道拉她，催促道："快点儿。"

"哦！"

"哇！"

身后有暧昧的欢呼声响起。

老师有些无奈地道："你们这群人真的是……好了安静，我们继续上课。"

走出教室，穗杏才回过神，最先注意到和沈司岚相接触的手。

他的手比她的大很多，凉凉的，很瘦，她能清楚地感受到骨头。

她的小手软若无骨，像棉花一样又白又嫩，沈司岚握着她的手就像是握着小朋友的手似的。

有电流徐徐地穿过肌肤，来到心脏深处，让人酥麻难耐。

穗杏的脸更红了，鞋子在地砖上刮擦，连走路都变得矫情起来。

"学长……"

我已经缓过神了，可以不用牵着了……

沈司岚用后脑勺儿对着她，仍然催促道："嗯？快走。"

然后他又把她的手握紧了几分。

一路上两个人谁也没有说：我认识路，知道怎么走，不用牵。

这是一份不需要言明的默契与私心。

直到走到实验室门口，两个人才分开。

沈司岚语气平静地道："给徐师兄打个电话。"

穗杏愣愣地点头，说道："嗯，好。"

她背过身去打电话，悄悄地将刚才那只和他相牵的手握成拳头，留住余温。

沈司岚也偷偷地将那只手伸进了裤兜儿，将她软软甜甜的味道藏了起来。

这个小插曲除了他们，没人知道。

褚漾当然也不知道，她现在脑子里都是沈司岚说的"有消息"。

"找到偷板子的人了？"

沈司岚扬唇："应该是的。"然后，他又对余老师说："老师，按照规定，在比赛期间剽窃甚至盗取其他人的项目成果的人，该怎么罚？"

"取消三年内任何相关的专业类比赛参赛资格，记处分录入档案，扣素质分。"

这话说出来后，所有人没话说。

偷东西这种行为放在哪儿都不光彩，这还不光是简单的图财，而是带有剽窃和抄袭意味的偷窃。

做设计的学生都知道被人偷走成果是什么滋味，不单单是被偷走了一件东西这么简单，而是偷走了占用大量时间和劳力创造出来的心血，更不要说电子竞赛事关学院荣誉、学生个人成绩档案以及奖学金评判和保送研究生这类学术活动。

除了许哲，所有人觉得这个惩罚再合适不过。

还没等沈司岚说出偷板子的人是谁，许哲已经做贼心虚地先浑身虚脱，坐在了地上。

余老师大为震惊，问他："是你？！"

272

刚才还咄咄逼人要求余老师一视同仁的许哲，此时已经完全换了一副神色，颤着下巴不住哀求着："老师，我错了，我只是一时鬼迷心窍才拿了他们这组的板子，我不是真想偷的，别取消我的参赛资格！"

一时间所有人说不出话来。

余老师黑着脸沉声说："刚才让我不要偏袒的人也是你，现在你来求我，不是打自己的脸吗？"

"老师，我错了，我真的不是故意的，"许哲不停重复着这句话，见余老师不搭理他，又对 01 组的几个人鞠躬道歉："对不起，如果我真的被记录进档案，以后就别想找到工作了，求求你们帮我跟老师求求情，取消参赛资格也可以，千万别记录档案！"

在校学生都有一份专属的密封学籍档案，里头记录了从小学入学那一刻起所有的荣誉赏罚，等毕业后，档案将会从学校转入就职单位抑或是当地的人才市场，每一家企业招录新职员时，这份学籍档案，都是该生在学校时的成绩和人品表现的最佳证明。

偷窃不论在哪行哪业，都属于不能被容忍的行为，一旦记录，没有关系的普通毕业生找到工作的可能性微乎其微。

穗杏对许哲这位学长不熟，只觉得他现在的样子狼狈又激动，有些吓到她了，于是挪了挪脚步，躲到了沈司岚背后。

沈司岚面无表情，指向褚漾，对许哲说道："这件事对学姐的伤害最大，你去向她道歉吧。"

许哲又看向褚漾。

褚漾心里对这种行为厌恶到了极点，平时再怎么冷嘲热讽，终归只是要要嘴皮子，但偷东西真的是人品问题。

她对许哲生不出半点儿同情心来，还因为刚才许哲叫嚣着余老师偏心的事记着仇。

"你知道我们为了这个熬了几天几夜吗？你偷走了板子，我们组的人一个多星期的心血全部白费，这么多的心血，你道个歉就能扯平了？做梦呢吧？"褚漾低头看着他，讥讽道，"我告诉你，这都是你活该。"

许哲面如死灰。

在场者中有几个人看不过去了，上前替他说情。

"算了吧，反正也没耽误你们比赛。"

273

"是啊，记档案这个也太惨了。"

"褚漾，算了吧。"

"他也知道自己错了，下次肯定不敢了。"

褚漾早料到有人会心软，先发制人地道："如果你们是受害者，想要原谅他我管不着。但现在我和我的组员是受害者，我们有权原谅他，但不原谅也是天经地义的。这事他做了，伤害也已经造成了，我不想讲什么以德报怨，无论他以后有多惨，那都是他自己造成的，跟我们这几个受害者无关。"

她说完这些话，再没有人替许哲说话。

余老师刚才因为被指责偏袒学生，本来就心中有气，如今也是冷着脸，不想多言。

各组交完阶段性成果，余老师又嘱咐了些话，便拿着东西走出了实验室。

许哲没脸再留在实验室，早就跑了。

刚才和他一起辩驳得最大声的路任嘉，还白着脸站在原地发呆。

"路任嘉。"褚漾忽然叫她。

路任嘉没有动作，也不知道是真聋了，还是假装没听到。

"你有空怀疑其他人，还不如静下心来把自己手头上的事做好，"褚漾扬唇，笑得有些讽刺，说道，"不过，我看你的心思也不在比赛上，就算我们这组被取消了比赛资格，你估计也和拿奖无缘吧，更何况我们这组没如你所愿被取消比赛资格，为了让你再难受点儿，我一定会更加努力，到时候你就在台下看着我们拿奖吧。"

路任嘉咬牙，一句反驳的话也说不出来。

她站在实验室中间，待了老半天，终于低声哭了出来，不是因为委屈，而是被褚漾这张嘴气哭的。

褚漾知道她难受的点在哪儿，所以每句话都往她的心口上刺，搞得她难受得连呼吸都困难。

"好了，别哭了，"陈筱走过去安慰路任嘉，"她就是这个性格，过会儿就忘了。"

路任嘉一甩肩膀，连话都懒得跟陈筱说一句，大步走出实验室，独自冷静去了。

陈筱冷冷地看着她的背影，良久后嗤笑了一声，接着又看了一眼正和组员说说笑笑的褚漾，脸色越发阴沉。

动的他心先

褚漾似乎注意到了她的视线，转头和她对视。

陈筱理了理情绪，朝她走了过去。

"有徐师兄的帮忙真是太好了，"陈筱柔声说道，半晌，又犹豫着问她，"褚漾，你和徐师兄很熟吗？"

褚漾挑眉，阴阳怪气地道："没你和崇先生熟。"

陈筱瞬间变了脸色，声音也有些不稳了。

"我不懂你在说什么。"

"不懂就算了，"褚漾无所谓地耸了耸肩，说道，"少在我眼前晃悠，别以为我不知道许哲为什么会知道我们这组把板子留在了实验室里，还有你那组的路任嘉为什么忽然针对我。"

监控室里的录像显示，许哲在偷他们的 PCB 板前，曾和陈筱面对面聊了什么，随后陈筱倒数第二个离开了实验室，许哲是最后一个离开的。

如果是以前，褚漾或许还不会怀疑陈筱，但现在不同了。

她发现陈筱这人做什么事都是背地里来，很难被抓到什么实际证据。

陈筱仍在装傻，问褚漾："你在说什么啊？"

"说让你老实点儿，"褚漾仰头，笑容明媚，说道，"你也不想被记档案吧？到时候连崇先生这么个老板都没了，你觉得谁还会帮你？"

陈筱的脸色终于变得有些苍白，随即她咬着唇也离开了。

她离开后，穗杏才问褚漾："学姐，崇先生是谁啊？"

"徐师兄的朋友，"褚漾淡淡地道，"就是借我们电子厂的那个人。"

穗杏恍然大悟道："原来陈学姐也认识他啊。"

褚漾只是笑了笑。

又聊了会儿，穗杏早把刚才的事抛到了脑后，兴奋地问褚漾："学姐，我们什么时候请徐师兄吃饭呀？"

听到"徐师兄"这三个字，褚漾微微眯了眯眼。

穗杏以为她是不想请师兄吃饭，于是问她："学姐，不请吗？"

"请，必须请，"褚漾咬牙，说道，"把他请过来，我还想跟他好好聊聊呢。"

穗杏缩了缩脖子，总觉得学姐这样子，不像是要请徐师兄吃饭，而是想吃掉徐师兄。

先心
他的
动

下册

图样先森 —— 著

青岛出版社
QINGDAO PUBLISHING HOUSE

第 六 章

结婚还是骗婚

阶段性的项目结束，褚漾这组总算能暂时从实验室解脱出来。

她课少，这几天就赖在寝室刷剧，直到小组群发消息给她说饭店选好了。

褚漾看了眼，居然是市区内有档次的餐厅。

穗杏问她怎么样，褚漾回了个"OK"，将手机扔在一边继续看剧。

舒沫不知道突然从哪儿蹿了出来，语气八卦地问："请徐师兄吃饭的地方选好了吗？"

"刚选好。"

"定包间吗？"

废话，她请徐南烨吃饭，能和凡夫俗子待在同一个大厅里吗？

舒沫又问："几个人啊？"

褚漾比了个数，加上她也就五个。

"单数啊，不吉利，"舒沫笑眯眯的，终于暴露了她的意图，"要不叫上我一起呗？"

褚漾觑她："叫你干吗？"

舒沫分析得有条有理："你那学弟学妹，你和徐师兄，顾清识孤零零的一个人多惨啊，你把我带上，我还能跟他说说话。"

她这话原本就是开个玩笑，最主要的目的其实是去蹭饭，褚漾却因为她这句玩笑话沉默了。

他们原本有机会在一起的，阴错阳差，就算她和徐南烨以后会离婚，她和顾清识也不可能在一起了。

他前脚刚去帮她拿水果，她后脚就跟其他男人去开了房。

这事放别人嘴里，对她的评价都不会好到哪里去。

顾清识在北京的那一年，糊里糊涂地被她讨厌了一年，回来后又糊里糊涂地被她疏远了。

褚漾其实有些自我，有时候就算做错了事，也会在心里替自己辩解，觉得自己事出有因，换了其他人，未必会处理得比她好。

但她知道，这件事怎么算她都没资格将错算到顾清识头上。

舒沫见她有些愣神，伸手在她眼前挥了挥："发什么呆？"

"你去吧，"褚漾笑了笑，"正好凑六个人。"

这突如其来的惊喜把舒沫砸晕了，她抱着褚漾又亲又喊的。

刚回寝室的宋林幼被这场面恶心得不行："你们俩这是什么情况啊？"

舒沫抬头冲她傻笑："褚漾这组人要请徐师兄吃饭，我有幸得到了一张饭票。"

宋林幼哭笑不得："你是因为有饭吃这么高兴，还是因为能见到徐师兄这么高兴啊？"

"都有，饭是主要的。"

"我还以为你是因为能见徐师兄才高兴的，起开。"

宋林幼放下包包走到她们身边，一把拉开了趴在褚漾身上的舒沫。

舒沫连忙摆手："我可不敢肖想徐师兄。"说完，她又暧昧地冲褚漾挑了挑眉。

褚漾："……"

"你没机会了，"宋林幼扬眉，语气神秘地道，"我前几天跟外语学院的人聚餐，听到了个不得了的消息。"

舒沫最喜欢听这种消息，双眼瞬间发亮："什么？"

宋林幼勾唇道："徐师兄好像有女朋友了。"

原本应该惊讶的舒沫这回居然没有如宋林幼所愿，只是淡定地哦了声。

人缘巨好、时常掌握一手消息的宋林幼惨遭"滑铁卢"，语气有些激动："'哦'？我说了这么个劲爆的消息，你就给了我一个'哦'？"

舒沫瞥了眼旁边装聋的褚漾，挠挠头叹了口气，随后双手扶着下巴，模式化地感叹道："哇！真的吗？！"

宋林幼翻了个白眼。

舒沫演得很卖力："快告诉人家徐师兄的女朋友是谁嘛！"

"不知道，只是听说，"宋林幼摇头，"外语学院好几个教授要给他介绍相亲对象，他都回绝了。"

不知道为什么，知道内情的感觉真爽，舒沫内心愉悦，脸上还得配合宋林幼表演。

"大家说是介绍对象，其实都是介绍自家亲戚给师兄。我听说教阿拉伯语的那个何教授，要不是他女儿还未成年，估计恨不得马上介绍给徐师兄，"宋林幼抱胸，又看向褚漾，"但是褚教授好像自始至终没有一点儿表示。"

舒沫抽了抽嘴角，褚教授当然没表示了，他女儿早就和徐师兄搞在一起了。

但她又只能佯装什么都不知道，顺着宋林幼的话说："徐师兄应该不缺人介绍对象吧，这种男人一定好多人等着跟他认识。"

宋林幼点头："对吧，徐师兄家里的人肯定是要让他联姻的。"

很多女生深受言情小说荼毒，认为凡是豪门就必须联姻，不联姻就会破产，明天就会被撤资，父母只能靠出卖子女的婚姻来维系纽带。

而事实上，这样的情况虽然不是没有，但联姻始终只是合作的手段之一。

徐南烨的大哥是联姻没错，但老婆是他自己选的。

徐南烨的弟弟到现在还没个女朋友，听说是受了情伤还没恢复过来，也没人管他。

徐南烨本人更不用说，要联姻也轮不到她褚漾进徐家的户口簿。

褚漾又想起崇正雅对她说的话。

如果真的联姻，徐南烨似乎也不愿意娶个和他没感情的妻子。

她因为这句话还暗喜了好久。

而现在，她对徐南烨的感觉简直没法说，觉得这男人挺危险的，但她

279

已经陷进去了。

褚漾决定去找他问个清楚。

就算自己被算计了，也不能这么稀里糊涂地认了，她不是那种轻易认栽的人。

天气已经渐渐转凉，到这个周末，已经下过好几场秋雨。

天空阴沉，很难让人相信夏天真的已经离开了。

褚漾老老实实地穿上了长外套，只是一双腿仍任性地露在外面。

湛蓝色的格子裙只到膝盖上方，莹白修长的两条腿在这灰暗的秋日景色里，显得格外打眼。

穗杏怕冷，本来个子就矮，又穿得鼓囊囊的，像颗大号的丸子。

因为她身上穿了件红色的棒球服，舒沫一看到她，就忍不住喊了声："大娃是你吗？"

跟穗杏一起过来的沈司岚今天穿了件灰蓝色的卫衣，清瘦挺拔。

虽然很帅，但舒沫还是想到了别的："六娃你也来了？"

"……"

"……"

因为舒沫是褚学姐的室友，他们敢怒不敢言。

相比他们两个，这几个当学长学姐的就显得成熟太多了。

褚漾和舒沫都化了淡妆，尤其是褚漾那一头刚做了没多久的长鬈发倾泻而下，柔软的栗色发丝衬得她面容白皙，脸颊两侧打了点儿带金粉的桃色腮红，像是能捏出水来的蜜桃。

顾清识今天也难得穿了件长款的卡其色风衣，高挑惹眼。

几个人站在地铁站等地铁，旁边不少人在看。

舒沫觉得自己今天就不该来。

因为今天周末，搭地铁的人不少，他们进去的时候已经没空位坐了，干脆站成一排拉着吊环。

刚好面对这一排坐着的乘客神色都有些复杂，虽然尽力地低头保持镇静，但还是没忍住，隔几秒就要抬头看一眼这几个人。

褚漾他们几个个子高，轻轻松松就能抓到吊环，穗杏把手臂伸直了才能抓住吊环，没过多久，胳膊就累了。

280

她干脆放下手，双手抱着杆子保持平衡。

穗杏脸贴着杆子，时不时转个圈自娱自乐，像个有多动症的小朋友。

沈司岚心不在焉，总担心她把自己转晕了。

下一站上地铁的人多了，那杆子就不能为穗杏一人所用了。

她只用一只小小的手抓住杆子，后来干脆被一个强势的阿姨挤远了。

穗杏低呼一声，脚步趔趄了几下，胳膊忽然被拉住了。

沈司岚皱眉看她："站好。"

穗杏看着那被人占满了的杆子，有些为难："没地方抓了。"

"抓我。"

沈司岚捏起她的手腕，让她抓着自己的胳膊。

地铁越往市中心开，上来的人越多，穗杏被挤得无从站脚，又怕自己摔着，干脆把沈司岚的胳膊当成了杆子，死死抱着。

他身上有股好闻的海盐味，清爽沁人。

穗杏虽然看着未成年，但发育正常，今天穿得厚，胸前也不是毫无弧度。

沈司岚觉得自己的胳膊触上了什么软绵绵的事物。

他不淡定地咳了咳，脸色微红，胳膊都快麻了，也舍不得抽出来。

旁边三个学长学姐哪知道坐个地铁还能把这两个学弟学妹坐得面红心跳，只知道那两个人站在人群中宛如两座屹立不倒的雕像，任凭周围人如何拥挤，就那么一声不吭地站着发呆。

他们预订的餐厅是在市中心步行街的大型商场里头，等到了站，也是一大群人跟着下了。

到了地儿，穗杏给徐南烨打了个电话。

电话那头，徐南烨的声音不疾不徐的："在等红灯。"

几个学生的面色瞬间沉了下来。

他们拼死拼活地赶，在周末高峰的地铁里捡了一条命，然而徐南烨正开着他的豪车慢悠悠地过来。

这个世界真的好不公平。

然而，更不公平的一幕来了。

徐南烨的车子还没开到大门口，商场负责泊车的保安早就在马路边等着了。

281

这家商场隶属容氏，徐南烨的车他们再熟悉不过。

锃亮的手工皮鞋先落了地，灰色薄袜包裹着劲瘦的脚踝映入眼帘，男人穿着过膝的黑色大衣，下车时因为侧身弯腰，里头的衬衫稍稍起了几丝褶皱，显出精致诱人的上身轮廓和劲瘦有力的窄腰。

衬衫与西裤交界处的黑色皮带将他的腰圈住，银色搭扣正巧遮住了最靠近下面的那颗纽扣，让人好想把他的皮带扯下来。

徐南烨将车钥匙递给负责泊车的人，轻声对他说了句"谢谢"。

这一套优雅有礼的动作下来，直接把人看呆了。

他扶了扶眼镜，终于将目光转向眼前的几个师弟师妹。

这群人都没有出声，好像在看着他发呆。

徐南烨笑了："怎么了？我迟到了吗？"

舒沫最先回过神，头摇得像拨浪鼓："没有、没有，师兄你还早到了。"

"那就好，"徐南烨声音温润，"上去吧。"

褚漾漫不经心地走在几个人后面，徐南烨白长一双大长腿，居然也走成了龟速，跟她一起落在了最后。

她心里其实还对徐南烨保有警惕。

现在这儿这么多人，她想问什么也问不出口，只能憋着。

但他刚刚的样子又太好看了，让她如同百爪挠心，想远离又忍不住偷看。

这样成熟精致的男人，就连头发丝都迷人得不行。

褚漾在心里骂自己是个看脸的肤浅东西。

她唾弃着自己，脸上的表情也跟着变幻莫测，丝毫不觉旁边跟她并排走着的男人正垂眼欣赏她，脸上的笑意也越来越明显。

等她的思绪回家，手已经被牵住了。

前面还走着舒沫他们几个，这老浑蛋居然直接抓她的手。

褚漾气得炸毛，直接奋力甩开了他的手。

徐南烨素来温和的面容终于露出一丝讶然，或许他是没想到她会这么抗拒，低着嗓音温柔地问她："怎么了？"

褚漾睨了他一眼，语气冷漠："没什么。"

徐南烨怎么会看不出她的不对劲，只是褚漾不给牵也就罢了，她为了躲避徐南烨，还特意向前跑了两步，追上了其他人的脚步。

几个人说说笑笑的，完全就当没他这个人。

舒沫知道这是室友的男人，不敢随便上前搭话。

穗杏倒是想跟徐师兄聊聊，无奈旁边站着沈司岚，她思量很久，最终恋爱脑[1]还是战胜了感恩之心。

顾清识宁愿一个人孤独到死都不想跟徐南烨聊。

作为这餐饭的主角，徐南烨也没料到落单的会是自己。

他微眯着眼眸，抿唇看着褚漾的背影，不急不缓地跟在她身后。

再后来几个人等电梯准备上楼。

褚漾站在人群中央，本来好好地等着电梯，结果被身后的男人一把揽住了腰，猝不及防地被拐到了电梯另一角。

她生怕被人看到，抬起胳膊就推他："你干吗？！"

徐南烨问得直截了当："生什么气？"

"我没生气！"

男人箍着她的腰的手还没动作。

电梯门口，舒沫似乎已经发现褚漾不见了，扬着声音喊她："褚漾？褚漾？哎，褚漾刚才就站在我旁边啊，你们谁看到她了吗？"

要是他们走过来，就会发现褚漾正被徐南烨暧昧地抱着。

褚漾心跳加速，也不知道是因为眼前的男人，还是因为害怕被发现。

她和男人的力道差距实在大，见挣脱不开，无奈低吼了他的名字："徐南烨！"

抱着她的男人微微愣住了。

褚漾趁这个空当溜了出来，抬眼瞪他。

结果这个老浑蛋丝毫没有羞耻之心，非但没有躲避她的眼神，反倒先怪起她来了，语气似乎还带着些委屈："有求于我的时候乖得不行，现在利用完了，就一脚踢开。"

末了，他还控诉她："好狠心的女人。"

1　网络流行语，是一种爱情至上的思维模式。对于那些一恋爱就把全部精力和心思放在爱情和恋人身上的人，我们就可以形容其有"恋爱脑"。

褚漾："……"

"哎，你们站在这后面干什么？"

舒沫绕到电梯后面，终于找到了褚漾和徐南烨。

徐南烨温柔地道："和漾漾说些悄悄话。"

"哦，"舒沫了然地点点头，挑眉，"要不我们先上去？你们继续说？"

徐南烨扬唇："不用了，已经说完了。"

等褚漾和徐南烨重新出现在众人的视野里，除了顾清识不悦地蹙了蹙眉，其他人都没有在意。

电梯里有不少人，几个人分散站开，舒沫挤在褚漾身边，语气暧昧地问："你和徐师兄说什么肉麻话呢？"

褚漾表情僵硬："没说什么。"

"嗷，肯定是什么让人起鸡皮疙瘩的话，"舒沫吃味地嘟嘴，语气羡慕，"徐师兄都为你拒绝了那么多相亲，肯定很喜欢你，说不定你一毕业他就会跟你求婚。"

舒沫赶紧谄媚地叫了声"徐太太"。

褚漾忍不住浑身打了个冷战。

终于走到餐厅，侍应生领着他们来到包厢，几个东道主发现圆桌上多了些他们压根儿没点的名贵酒和水果点心。

徐南烨也不瞒着："是这家餐厅的经理提前知道这间包间是用来请我的，所以送了点儿心意。"

这何止是心意，那一瓶红酒的价格就抵得上好几瓶飞天茅台了。

一时间，几个学长也拿不准到底是他们请徐师兄吃饭，还是徐师兄借了他们的名头，实际上自己才是东道主。

几人落座，菜很快就上齐了。

因为不清楚徐南烨的口味，他们只中规中矩地点了几个大众口味的菜，还有这家餐厅颇受好评的招牌菜。

结果侍应生又端进来几盘他们压根儿没点过的菜。

光是那凶猛的波士顿大龙虾，看着就有七八斤，徐南烨也有些无奈了，干脆道："这顿我来付钱。"

穗杏最先摇头："这怎么能行，明明说好我们请师兄吃饭的。"

"如果你们比赛能赢，就算是对我最好的报答了，"他起身，语气温和却不容置疑,"你们都是后辈,哪有让后辈请师兄吃饭的道理。我去跟经理说说话,你们先吃。"

他叫住还没来得及离开的侍应生,跟他一起走了出去。

师兄不在,他们做后辈的哪敢动筷子,几个人面面相觑,默契地等徐师兄回来。

穗杏忽然叫了声:"啊!"

坐她旁边的舒沫吓了一大跳:"怎么了?"

"来的时候忘记去花店给师兄买束花了,"穗杏捧着脸懊恼,"结果最后还让徐师兄请了客。"

徐师兄是公务人员,收礼请吃饭这种都属于要规避的行为,他今天到这里来跟几个师弟师妹吃饭,本来属于私人行程,结果被商场的工作人员知道,有了这么几出戏码。

经理送的这些酒和大龙虾,从价格上来说,明显已经超出底线了,所以他才自己把钱垫上,又体贴地考虑师弟师妹都还是靠父母给生活费的学生,干脆地把这顿饭包下了。

如果说礼物他收不了,几百块钱的花肯定是能收的。

而且送花这种行为,属于怎么都不出错的行为,送谁都行,更不要说是出自同门的亲师兄了。

舒沫也知道这点儿心意肯定不能少,给她支着儿:"刚才我看商场一楼有花艺店,现在下楼去买,应该还来得及吧。"

穗杏一听这话,就起身准备下楼:"行,我现在下去买。"

"我跟你一起去买吧,不能白吃徐师兄一顿饭,"舒沫看着另外几个人,"如果徐师兄提前回来了,帮我们跟他解释一下。"

沈司岚也适时地站了起来:"我也一起去。"

这位平时一副不咸不淡的样子,还以为他不会对挑花这件事上心呢。

舒沫看着包间里还剩下褚漾和顾清识,有些犹豫了。

结果褚漾也突然说:"我也去吧,给师兄买花,我也有份。"

好了,只剩顾清识了。

如果连他都下楼了,那徐师兄回来时,将面对一张空桌。

顾清识又不欠徐师兄什么,没必要也平摊一份买花的钱。

舒沫的声音有些不确定:"那学长在这里等我们?我们马上就上来。"

顾清识眼见他们几个人打算出去，终于开口，声音仍然冷漠："你们让我跟徐师兄单独待着？"

沈司岚和穗杏屁都不懂，不知道他问这话是什么意思。

舒沫略显尴尬，褚漾最尴尬，既不想面对徐南烨，也不想跟顾清识待着，严格来说，就是这两个男人她暂时都想躲着。

顾清识只是问了一句，随后又扯了扯嘴角："你们去吧，正好我跟徐师兄聊聊。"

几个人如释重负，组团下楼买花去了。

这边徐南烨好容易把账单付清了，等重新回到包间后，发现桌上只剩下顾清识。

徐南烨蒙了几秒，问："他们人呢？"

顾清识淡定地喝了口茶："下去给你买花了。"

气氛凝固了那么一小会儿，徐南烨哭笑不得地摇了摇头，坐回了自己的位置。

他出席的场合一向不允许冷场，职业定位也限制了他的行为，有时候外交场上，比这个更冷凝的气氛也不是没有过。

而徐南烨擅长的就是在对方甩脸子的时候仍然笑脸相迎，更不要说现在面前的是和他没有任何利益纠葛的师弟。

既然买下了酒，那就不能不喝，徐南烨拿起开瓶器，笑容温和："师弟想尝尝酒吗？"

顾清识直接拒绝："不用了，谢谢师兄。"

"喝喝酒，润润嗓，师弟特意留在这里，应该是想跟我说些什么吧？"徐南烨站在桌边，拿过红酒瓶，仔细看了眼上头的生产厂家和年份，"这是瓶好酒，师弟真不想试试吗？"

徐南烨温润，顾清识内敛，两个人都是好教养，连骂人都极少说脏字，换两个脾气不太好的男人，早对桌干起来了。

顾清识没法拒绝诚心请他喝酒的徐南烨。

徐南烨笑着打开了红酒，轻轻地替顾清识斟上了一杯酒。

红酒入嗓，顾清识不是常喝红酒，因此并没有像徐南烨那般沉浸在酿造多年的葡萄酒味中，咽下酒后，很快就恢复了往常的神色。

286

徐南烨又给他倒了一杯，末了，还笑眯眯地对他说："师弟请。"

顾清识："……"

几杯红酒下肚，顾清识终于开口了："师兄既然知道我有话想对你说，应该也能猜到我想对你说些什么。"

徐南烨摇晃着手中的红酒杯，语气轻柔："能猜到，但师弟你说了，又能改变什么呢？"

他冲顾清识举了举杯，仰头喝下了杯中剩余的红酒，仍是闲适优雅的姿态，丝毫不见惊讶和慌张，仿佛早料到顾清识会说些什么。

那天和褚漾坦白后，顾清识就觉得不对劲。

他和褚漾的记忆仿佛出现了断层，而正是两人无法重合的地方，造成了现在的局面。

徐南烨偏巧就是在那个时候返回母校的。

如今徐南烨这似是而非的态度，顾清识稍稍琢磨就懂了，是胜利者对失败者的宣告。

这样斯文优雅的男人，顾清识不想掩饰自己曾经对这位师兄的崇拜。

优秀的人骨子里比普通人少了几分嫉妒，慕强是所有人的本能，能遇见比自己更优秀的人，何尝不是一种幸运。

而他抢走了褚漾。

顾清识握紧了放在桌布下的手，声音越发低沉："师兄，你这样做不觉得可耻吗？"

"师弟听过非外交手段吗？"徐南烨放下酒杯，语气淡然，"在寻求和平方式未果后，非外交手段虽然听着有些粗暴，却是解决问题的最好方法。"

他嘴角仍然挂着笑容，只是镜片下的眸子不复刚刚那般温和。

眼前的男人衣着精致，见人三分笑。

他的语调依旧柔和缓慢，就像是与好友随意闲谈。

徐南烨用简单的词给顾清识举了几个例子："介入、威慑、干预、打击。"

顾清识终于有些绷不住表情，浓眉紧紧拧在一起，胸口开始剧烈起伏。

对话陷入死局。

徐南烨丝毫不掩饰他的卑鄙和低劣手段，衣冠楚楚之下，他根本不如外界评价的那般温润优雅。

而顾清识察觉到这一切，事情已经不可挽回。

气氛逐渐变僵，这时，包间门被推开，穗杏轻快的声音响起："我们回来啦！"

看着包间里沉默对视的两个人，穗杏犹豫了那么几秒："呃，是不是你们等太久了啊？"

徐南烨笑着摇了摇头："没有，我刚刚和师弟随便聊了聊。"

穗杏点了点头，上前将花送给了徐师兄。

还沾着露水的狐尾百合，花瓣向外翻卷，徐南烨手中这束花的花瓣内侧呈明黄色，花蕊粉嫩，正盛开在最艳丽之际，是他们在楼下选了好久才挑出来的。

狐尾百合的花语象征高贵、欣欣向荣、杰出。

这就是徐南烨给他们的感觉，因此，在挑中这种花时，所有人都一致同意了。

"谢谢。"

一旁的顾清识看着这束花，笑容讥讽，眼神冰冷。

这顿饭比他们想象中的还要顺利。

几个女生只给顾清识和徐南烨敬了杯酒就没再碰酒，而是专心喝起了自己的饮料。沈司岚本身也不太会喝酒，象征性地喝了杯就夹菜吃了。

徐南烨不是爱劝酒的性子，喝不喝都随意。

倒是顾清识今天很不对劲，平常聚会他喝得也不多，别人也从来没见他醉过。

今天他居然一杯又一杯，肉眼可见地醉了。

几个人目瞪口呆，除了穗杏跟顾清识不熟，其他三个人多多少少跟他共事过不短的时间，因此觉得他今天格外不对劲。

"这酒有这么好喝吗？"舒沫拿起酒仔细端详，"连学长都上头？"

徐南烨向她解释："这是产自1997年的罗曼尼康帝，有很独特的莓果香，要不要再试试？"

舒沫的第一反应是：这酒放了二十多年了，居然还能喝？

她果断地摆手："不用了，我看学长很爱喝，就让他喝吧。"

这瓶红酒度数并不算低，一般人都是一口一口慢慢喝，顾清识一整杯

动的他
心先

干，当然醉得快。

到后面他可能是有些不舒服了，起身说要去洗手间。

顾清识从来没醉得这么厉害过，平时看他走路总是高傲挺立，什么时候见他还需要扶着墙的？

几个人都有些担心。

徐南烨冲他们摆了摆手："你们继续吃，我去看看他。"

说完，他跟在顾清识身后离开了包间。

舒沫疑惑地问："徐师兄和学长的关系什么时候这么好了？"

她蒙，褚漾比她更蒙。

"我也去看看。"

说她自恋也好，她反正不太相信这两个人能好到这份儿上。

顾清识有些艰难地走到洗手间门口，最后忍无可忍，转过身对后面的男人低吼："你跟着我干什么？"

徐南烨也没在意他的态度："我是担心你出事。"

"我出事那不正好？"顾清识喝醉了，说话也比他正常状态时直接很多，"你做的那点儿龌龊事，不就没人知道了？"

徐南烨神色仍是温和的："师弟，你醉糊涂了。"

顾清识如今见不得徐南烨这副淡定的样子。

他从那天开始就没睡过几个好觉，不是和室友出去喝酒，就是躺在寝室发呆，徐南烨作为始作俑者却淡定如斯，仿佛丝毫不受影响。

徐南烨越是不在意，顾清识就越是对他感到厌恶。

顾清识三两步冲徐南烨走了过去，一把揪住他的衣领，将他抵在走廊的墙上，整洁的衬衫转眼间就多了几道皱褶。

顾清识嘴里的酒气尽数打在徐南烨的脸上，让他的镜片上起了点儿薄雾。

从别人口中闻到的红酒味，就不那么好闻了。

徐南烨挑眉："师弟，这儿还有人。"

旁边三三两两路过几个人，眼睛看着这两个长相极佳的男人，都在猜他们之间发生了什么。

顾清识冷笑两声，又凑近徐南烨几分，直直望进了徐南烨的眸子。

眼前的男人眸色虽浅，却让人望不到底，也捉摸不透。

比起徐南烨，顾清识眼圈微红，眸中满是薄怒与失落，就好猜多了。

顾清识的声音不似往常那般清朗，此时似乎被红酒浸哑："你知道我喜欢了她多少年吗？"

徐南烨蹙眉，侧头躲避他的口气。

"看着我！"顾清识又把他的头掰了过来，压低了声音对他说，"师兄，你记住了，你永远是我和褚漾之间的第三者。"

徐南烨瞳孔微缩，喉头生热。

顾清识离他这么近，怎么会看不出他的神色变化。

纵使他和褚漾再无可能，顾清识也不想让眼前的男人过得太舒服。

他厌恶地从徐南烨脸上挪开了目光，却无意中发现了躲在走廊转角处的褚漾。

顾清识有些愣："褚漾？"

徐南烨一时间也有些慌，转头看着那个不知道跟了他们多久的女人。

"你站在这里做什么？"徐南烨推开面前的顾清识，理了理自己的领口，语气里带着试探，"刚刚的话你都听到了？"

褚漾站了出来，老实摇头："没有，你们说悄悄话，我听不清。"

顾清识对她想偷听却离得那么远的行为表示疑惑："那你躲那么远干什么？"

褚漾咽了咽口水，语气微弱："我怕你们打起来误伤到我。"

"……"

"……"

两个男人一时间竟不知道该评价这女人些什么。

她就是出来吼一句"够了，你们不要为了我而争吵"这种话也行，起码证明他们争的这个女人脑回路是正常的。

顾清识阴沉着脸，一言不发地往洗手间走去。

走廊上就只剩下褚漾和徐南烨。

徐南烨对她笑了笑："回去吧。"

他伸手想去牵褚漾的手，却再次被她躲开。

徐南烨停在半空中的手有些尴尬。

他低声问："你听到了？"

"没有，"褚漾看了眼身边来来往往的人，犹豫片刻后，还是说出了口，"我有些问题想找你问清楚。"

徐南烨淡淡地道："你问。"

"现在不方便，"褚漾抬头看他，"我今天回家，待会儿跟你一起走。"

"有什么不能在这里说？"

褚漾摇头："不能，只能我们两个人，"她说罢，又指向洗手间，"我先回包间了，学长他喝醉了，一个人走路有点儿危险，你等等他。"

以往说起回家，褚漾总是有些逃避的。

他们的关系在那天晚上，徐南烨对她说"等你回家"时就起了变化。

而今天晚上，她真的要回家了，却明白这个回家跟那天晚上他说的完全不同。

褚漾不后悔跟顾清识说清了那天晚上的事，比起沉溺在徐南烨对她的温柔中，她更想知道那天到底发生了什么。

虚假的温柔，纵使看着再情真意切，那也是假的，有什么用？她根本不需要。

徐南烨点头："好。"

褚漾回到包间后，舒沫最先凑过来，对她耳语："他们打起来了吗？"

"没有。"

舒沫有些失望："你的魅力不行啊。"

褚漾觑了她一眼："真打起来了，你帮谁？"

这个问题把舒沫问住了。

她绞尽脑汁想了很久，也纠结不出该帮谁，最后无奈地叹了口气："我太渣了，如果以后有两个男人同时喜欢我，我肯定会脚踏两条船的。"

相比他们几个人的纠结，两个学弟学妹就显得单纯多了。

穗杏什么菜都想吃，塞了一口又一口，活生生把自己塞成了小松鼠。

旁边的沈司岚神色复杂地看着她，生怕她把自己噎死。

褚漾看着他们，不知怎么，心里突然羡慕起来。

没过几分钟，徐南烨和顾清识回来了。

褚漾只扫了徐南烨一眼，接着便把目光放在了顾清识身上。

就算她再没心思吃饭，这顿饭也终归进入尾声了。

徐南烨喝了点儿酒，开不了车，打了个电话让王秘书来接。

其他几个人原本是打算坐地铁回学校的。

褚漾拉住舒沫："我今天有事回家一趟，你们先走吧。"

舒沫看了眼她，又看了眼坐在沙发上闭眼休憩的徐南烨，冲她比了个"OK"的手势。

穗杏和沈司岚都没觉得有什么不对劲，唯独顾清识的脚步顿住了。

褚漾将他们送到地铁口，顾清识却让他们先上地铁，自己再坐下一趟。

褚漾皱眉："你喝了这么多，怎么能一个人走？"

舒沫点头："对啊学长，我扶你回学校吧。"

"刚刚洗了脸已经好多了，"顾清识指着前面几米处正在等他们的学弟学妹，"你和他们一起回寝室吧，我有些话想和褚漾单独说说。"

舒沫知道自己站在这里是多余的，看了褚漾一眼，褚漾对她点了点头。

"那好吧，我先走了。"

地铁口嘈杂，明明是落寞的秋季，却因为来往不断的人群，显得热闹非凡。

大多数人结伴而行，身边不缺少玩笑的人。

商场一楼的星巴克在外摆了小圆桌，不少走累了的男男女女会选择坐下来休息，或是直接点上一杯咖啡闲聊起来。

绕过绿叶围绕的铁栏杆，褚漾随便找了张空桌坐了下来。

"学长你想喝什么？"

顾清识摇了摇头："不用。"

褚漾再找不到别的话题。

她和顾清识也已经没有什么共同话题了。

曾经他们能为了几张照片在烈日炎炎的走廊上争辩好久，现在她知道之前对顾清识的怨怼都来源于误会，仍然对这样的两人独处感到陌生。

两人刚认识的那会儿多好，单纯又热情，新鲜又浪漫；互生情愫时那会儿多好，仿佛每一天初升的太阳都是全新的，温暖而明亮。

连早自习偷偷吃个早餐她都能笑出来，上学变成了一件令人期待的事，周末反倒闷闷不乐，对着电视发呆，连喜欢看的电视剧都变得索然无味。

旁边的人都欢声笑语，或是低头玩手机，姿态再正常不过，唯独他们相对无言，像两个不会说话的木头。

褚漾想跟他说一年前的那场误会，话卡在喉咙里，又怎么都发不出音节来。

她说了又有什么用呢？徒增遗憾罢了，而且也会让他更难过吧。

两人对那晚的事情都心知肚明，却无法宣之于口。

他们都知道，说了也没有用，改变不了任何事情，而且说出口只会更让人觉得遗憾。

他们曾有无数次袒露心意的机会，终于那晚彼此默契想要吐露，却被直接剪断了最后一根暧昧的红线。

顾清识又怎么会不明白这个道理。

"褚漾，"他沉默了许久，终于开口，"如果徐师兄对你不好，就来找我。"

褚漾张着唇，神情有些不可思议。

"这些日子我想了很多，也想过将你从他身边抢回来，"顾清识闭眼，尽力压抑眼中翻腾的情绪，"其实你们现在在一起，我就不该坐在这里和你说这些话，但我总觉得有些不甘心。"

褚漾咬唇，不敢再看他。

顾清识轻声说："连我自己都没想到，会这么喜欢你。"

这话说得卑微而又无奈。

他在践踏自己的尊严，甘愿去等一个可能永远不会恢复单身的女人。

"我先回学校了。"

褚漾看着他离开后，失魂落魄地回到商场内的贵宾休息室。王秘书早已经到了，正和徐南烨坐在一起等她回来。

一直到他们上了车，徐南烨仍旧没有说话。

王秘书好像也发现了先生和夫人有些不对劲，但他不敢问，只能默默地将他们送回家。

再回到家里，褚漾打心眼里生出抗拒的情绪。

谁知道这个家是不是笼子？

徐南烨脱下外套，直接在沙发上坐了下来。

他也在等褚漾开口。

褚漾也不跟他绕弯子，直截了当地问："一年前在酒吧，是不是你回答了我本应该问顾清识的话？"

她果然知道了。

徐南烨没犹豫，直接承认："是。"

本来就想到是他，也真的是他，褚漾顿时心乱如麻，走到沙发边俯视他，语气渐冷："你太无耻了。"

这两个人的指责简直如出一辙，不愧是两情相悦的两个人。

徐南烨笑了笑，抬眼看她，声音很轻："你现在知道了，然后呢？跟我离婚，重新跟他在一起？"

褚漾最受不了他淡然的样子。明明做错事情的人是他，他怎么还能这么淡定，还能问出这样捉奸一般的问题？

"我能不能和他在一起，你心里还不清楚吗？"褚漾撑着沙发，弯腰怒视着他，"因为你，我和他再也没有可能了。"

原来她真的想过和顾清识之间还有没有可能。

徐南烨自嘲地笑了两声，对她的愤怒和质问全盘接受："我是你们之间的第三者，对不对？"

褚漾没料到他会说这个，但内心对他和自己的失望是令她无法接受眼前这个男人最主要的原因。

她曾全心全意地信任他。

就连两个人结婚，她都把过错尽数揽到自己身上。

徐南烨是这场婚姻的无辜的牺牲者，而她是罪魁祸首，她对他动了心，居然妄图把这场婚姻由假变真，妄图跟这种可怕的男人白头到老。

她简直愚不可及。

褚漾疯了般觉得，只要能让面前这个男人难受，说再难听的话又怎么样？

"你是，"褚漾恶狠狠地笑了，"是你害得我和顾清识一点儿机会都没有了，你知道我喜欢了他多少年吗？"

她看他的眼神里再也没有那时的羞赧和欣喜。

徐南烨竟然真的问了："多少年？"

"你不配知道，"褚漾忽然直起身子，最后问他，"一年前那个晚上你到底戴套没有？为什么我跟你说自己怀孕了以后，你好像丝毫不意外，甚至后来发现我没有怀孕，你也没有生气？"

褚漾现在把所有坏的猜想都往他身上安。

在露水情缘中，戴套是男人对女人最基本的尊重。

孩子这种事，根本经不起任何玩笑。

徐南烨拧眉，没有说话。

如果她真的怀孕了，她根本没办法想象父母会怎样看待她，周围的朋友又会怎么想她。

二十岁出头的女大学生因为一夜情奉子成婚，旁人一听就能知道这个女孩子是多么下贱。

"浑蛋！"褚漾崩溃地大骂，心里对这个男人的依赖和信任完全崩塌。

她手上没有发泄的东西，便拿起茶几上的烟灰缸用力往地上砸去。

做工考究的烟灰缸瞬间摔成了碎片，如同他们之间的关系。

褚漾用力呼吸着，眼泪大颗大颗地往下落，而沙发上坐着的男人自始至终没有说过一句话。

她咬着牙说出了那两个字："离婚，我们离婚。"

徐南烨哑声拒绝："不行。"

"徐南烨！"褚漾指着他，瞪眼龇牙，"你这种连自己的婚姻都可以算计进去的男人，我凭什么还要跟你生活下去？"

"你这段时间不想看到我，或是想要搬回家住都可以，"徐南烨顿了顿，声音微颤，"但唯独离婚，我不能同意。"

褚漾冷笑了两声："你这样做有意思吗？我不知道你为什么要算计我结婚，或许那天在酒吧里你遇到的是其他女人，现在跟你结婚的就会是其他女人。"

徐南烨苦笑："漾漾，你会和我结婚，是因为那天遇上的人是我，而我和你结婚，是因为那个人是你。"

褚漾后退两步，语气里满是警惕："什么意思？"

"你忘了以前发生过的很多事，"徐南烨一字一顿地对她说，"包括我。"

褚漾面露疑惑之色。

见她这副样子，徐南烨知道他说不说都不再有任何意义。

她忘得一干二净。

而他宁可用这种卑劣的手段把她抢过来，也不愿告诉她这些事。

只因他骄傲地认为，不该用过去发生的事来拴住她的心，而想在这点点滴滴的相处中，让她能够回头看到自己。

到现在他仍然尽力维持着内心最后的一丝骄傲。

而令他最无奈的不是被褚漾发现了自己的所作所为，而是这一年来他丝毫没有打动她。

她喜欢顾清识。

即使一年过去了，在她知道真相后，她的心还是牢牢拴在顾清识身上的。

徐南烨头一次感觉到了无力。

他认识她早于顾清识那么多年，等好不容易找到她，她对过去却毫无印象。

战火废墟中，和他一起躲在坍塌石墙中的小女孩儿已经不见了。

他仍记得，仍是少女的她，模样还没有长开，还没有现在这么漂亮，外头枪声震天，她像个小刺猬一样缩成一团，却仍不忘安慰他："哥哥你别怕，我爸爸说过，遇到危险的话，解放军叔叔一定会来救我们的。"

她问他多少岁，又问他是在哪里上的大学。

他说清大。

她笑着说，我爸爸在清大教书，我以后也想考清大。

他对她说加油。

小女孩儿冲他伸出手指："哥哥，我们拉钩，等以后我考上了清大，你要回来看我啊。"

他们在战火中拉了钩。

后来他回来了，她确实去了清大，可却是为了其他人。

她的高中母校，那个月光都照不进去的碧翠亭，她和那个人重新约定了考清大。

他坐在车子里，用车灯照亮了这两个彼此喜欢的少男少女。

"我确实卑鄙，"徐南烨起身，嗓音暗哑，"但是离婚对你来说，不是件小事，我希望你好好考虑。我会搬出去，这间房子你周末还是可以回来休息。"

褚漾咬唇，带着哭腔问他："你就不辩解两句吗？哪怕跟我说，是我误会你也好。"

"你没有误会，"徐南烨轻轻地对她笑了笑，"对你和顾清识来说，我是第三者没错。"

296

褚漾骂他："你真是个彻头彻尾的浑蛋。"

徐南烨不想辩解任何事。

那个晚上意乱情迷，他仍保持着最后一丝理智从床头柜上拿过了那东西。

就算要用手段，他也不该真的耽误她的人生。

她还这么年轻，怎么可以怀孕，就算她会全然洒脱地将这个晚上抛到脑后，他也不后悔。

褚漾拿着验孕棒来找他的时候，徐南烨曾有一瞬间的愣怔。

纵使心里确定她不会怀孕，他仍甘愿骗自己这是真的。

可惜，一切都是假象。

连她对自己潜移默化的感情变化，都是他自作多情。

偌大的家重新恢复寂静。

褚漾哭着蹲下身子，一片片将烟灰缸碎片捡起，尖利的玻璃碎片割伤了她的手指，有血流了出来。

但会替她处理伤口的人已经离开了。

徐南烨的效率真的很快。

头天说要搬出去，第二天他就让人过来收拾了东西。

褚漾只有周末在家，结果今天好死不死恰好是周日，她就坐在家中客厅的沙发上，看着几个人在卧室和书房收拾了大半个小时，也只收拾出两个箱子而已。

通常人收拾东西第一个要装进行李箱的就是贴身衣物，结果这男人装了两箱子，有一箱半是书和文件。

那些洗漱用品和衣物，于他而言，重新买新的就好。

盥洗池上还摆放着他的剃须刀，衣柜里还都是他平常换着穿的西装。

除了书房空出不少，别的地方竟都看不出变化来。

这个家少了个人，跟没少差不多。

褚漾原本就觉得这个家空荡荡的，想着他搬出家里的东西起码得少一半。

她想错了，房子还是老样子。

算起来，他何曾把这里当过家？这屋子里的每一株盆栽、每一个摆饰，都是她买回来的。

他不过就是在她买回这些东西后笑着夸了句好看而已。

褚漾表面上不爱回家，但其实心里潜移默化地已经把这里当成了家，而他不忙时几乎天天回家，却没有为这个家增添一丝生气。

她越想越觉得难过。

直到王秘书对她打了声招呼，她才惊觉徐南烨的东西已经都收拾好了。

"先生托我给夫人带句话，今晚有家宴，纵使夫人还在生气，也别忘了出席。"

两人都分居了，她还要去家宴。

褚漾翻了个白眼。

王秘书就知道她是这个态度，抿了抿唇又说："先生的父母回来了。"

褚漾下意识地反问："他们不是在国外旅游吗？"

"听说二老已经游历完欧洲，现在回国打算搭乘中转航班，往美洲走。"

一年也见不到几次面的公婆回来了，她今晚不想去也得去。

褚漾想想又觉得不对劲："那他怎么没跟我说？"

"可能是没来得及说吧，"王秘书微微点头，"夫人，那我们就先走了。"

眼见着王秘书和那两个拖行李箱的男人就要离开，褚漾烦躁地挠了挠头，又开口叫住了他们。

"徐南烨现在住哪儿啊？"

这个问题刚问出口，她立马就后悔了。

关她屁事呢。

"先生在市区内还有别苑，夫人要去看看吗？"

褚漾抿唇，觉得自己真的好愚蠢。

徐南烨把这套大房子留给她，又怎么可能是净身出户，他的房子多了去了，这套住不了了，换别的地儿就是。

她别过头："随口问问，你们走吧。"

关门声响起，褚漾瘫坐在沙发上，面前的液晶大电视里映出她烦躁不安的身影。

她想了很久，还是决定不去了。

昨天她"离婚"两个字都说出来了，结果今天晚上两个人又要见面，太尴尬了。

反正迟早也是要离婚的，她应不应付他的家人那又有什么要紧的？

想到这里，褚漾心里顿时就好受些了。

褚漾拿出手机，给徐南烨发微信说自己今天晚上不过去了。

"今天晚上的家宴我不去了。"

她的消息刚发出去，就收到了他的回信。

"晚上有公务，我不会去，你放心。"

他爸妈难得回来，他居然因为工作不去。

褚漾也只是愤懑了几秒就洒脱地丢开了手机，管他的呢。

既然晚上不用去家宴，那就代表她今天可以躺尸了。

褚漾懒洋洋地躺在沙发上，电视开着，零食摆满了茶几，她嚼着薯片，刷着微博。

没半个小时，有个电话打进了她的手机，来电显示"徐东野"。

褚漾心一跳，徐南烨的大哥的电话是她结婚不久后礼貌性地存起来的，利用率等于零，没事他根本不会给自己打电话，而她也不想跟他打交道。

她小心翼翼地接起："大哥？"

那边言简意赅地道："你和南烨晚上有什么事不能来？"

这么直接，褚漾结巴地道："他有工作……"

"我知道，"隔着话筒褚漾都能感受到徐东野语气里夹杂的冰霜，"那你呢？"

褚漾信口胡诌："我晚上有课。"

"你们周日晚上也要上课？"徐东野很明显不相信。

褚漾扬高了声音，妄图让自己的语气听上去更真实些："对啊，也不知道我们专业是怎么排课的。"

徐东野不悦："不能请假？"

"不能，这是必修课，请假要向辅导员出示证明的，不然要扣学分，"褚漾越扯越觉得自己这个借口真是找得完美无缺，"只是家里吃饭，辅导员肯定不会同意的。"

徐东野沉默了。

褚漾深深惋惜地道："本来好久没看见公公婆婆了，我还怪想他们的，好可惜啊。"

徐东野终于出声："你是想上课还是想过来吃饭？"

褚漾俨然一副孝顺儿媳的口气："当然是想过去吃饭，和家人共享天伦了。"

"行，把你们辅导员的电话给我，"徐东野沉声下了决定，"我帮你请假。"

褚漾："……"

"你们辅导员应该会给我这个面子。"

"……"

要是徐东野真帮她请了这个假，明天关于她的风言风语就能传遍整个学校。

褚漾的第一反应就是拒绝："不麻烦大哥了，这点儿小事怎么能劳烦您。"

"既然是小事，你就自己看着办吧，"徐东野话锋一转道，"爸妈回来，你和南烨怎么也要派个代表过来。"

电话被挂掉了几分钟后，褚漾还是有些蒙。

大哥向来是软硬不吃的性子，怎么她说个两句他就轻易罢休了？

她后知后觉，自己被徐东野耍了。

徐南烨昨天说的话不无道理，离婚根本不是小事。

这其中的流程比结婚还要复杂，财产分割还是小事，徐氏家族光是直系亲属就是一大桌子，哪是他们说离婚就立马离得成的。

普通人离婚尚且要拖上好久，更何况是徐南烨这种身份的人。

原本结婚就经过了好长的流程。

况且她真离了，她爸估计头一个被气得住院。

吵架的时候她哪会在乎什么后果和逻辑，满脑子想的都是用怎样尖刺的话语让对方败下阵来，该说的、不该说的，凡是能伤到对方的，都说了。

她如果不是对徐南烨全心依赖，未必会这么生气。

她气的不过是徐南烨用了这样不光彩的手段骗她结了婚，而她傻乎乎的，什么都不知道，还对他生了心思。

褚漾不喜欢这种被人算计的感觉。她原本就性格强势，平常没少在徐南烨这里吃亏，如今这么一个阴谋砸下来，她哪能受得了。

就算离婚是她的气话，但她也不想就这样轻易地跟徐南烨和解。

至于顾清识，都过去了，说她绝情也好，见异思迁也罢，她确实不喜

欢顾清识了。

昨天她说那些话，全都是为了气徐南烨。

纵使徐南烨这么算计她，在看到他让人拿走了行李后，她还是觉得心里空落落的。

褚漾苦笑道："我可太贱了。"

要照她平常嚣张跋扈的性格，早就该闹个天翻地覆，去他家里闹也好，去跟父母哭诉也好，总之一定要把婚离了，彻彻底底地远离这个男人。

也不知道是不是她潜移默化地沾染上了徐南烨冷静自持的处事风格。

如今她渐渐明白，婚姻这种事确实儿戏不得，她一时爽快，之后的事情未必就好收场。

事情闹大了，丢脸的不光是徐南烨，还有她和她的父母。

褚漾走进卧室，从衣柜里挑了条大方简约的裙子换上。

去徐宅得开车进门，褚漾想了很久，还是进了徐南烨的书房，拉开他的抽屉想看看他有没有给自己留一辆车，好让她今天能走进徐宅。

结果他居然只拿走了自己经常开的那辆宾利车的钥匙，剩下的几把车钥匙全都平平整整地收纳在抽屉里。

这些车子就好像她的嫔妃，正在等待她翻牌子。

说实话，抛开别的，这个徐太太她当得是真爽。

褚漾一时头昏脑热就把所有车钥匙都拿上出门了。

等到了地下车库，她就真的过了把皇帝选妃的瘾，最后挑了辆看起来不那么笨重的跑车。

轻巧型的敞篷白色跑车，怎么看都不像是徐南烨会开的，所以才会被放在地下车库积灰吧。

褚漾不是那种为了个男人就要死要活，咒骂上天不公的琼瑶女主角，她的生活里除了徐南烨，还有很多乐子可以找。

比如现在，深秋的风刮在脸上生疼，褚漾仍然非常豪迈地开着敞篷车，呼啸而过的寒风把她的头发吹得横七竖八，车载 MP3 里播放着她刚刚下好的歌。

她只会一句"撒贝宁，杀乌鸡"。

她数过，撒贝宁一共杀了五十七只乌鸡。

好狠的撒贝宁。

在这中毒的旋律中，褚漾不住地摇头晃脑。

在这一望无际的马路上，她就是凤凰传奇般的存在。

然而路遇红绿灯，自由飞翔的褚漾终于收回了翅膀，老实停车等绿灯通行。

翅膀刚收回没多久，车屁股就被磕了一下，她一时间心如刀绞，猛地回过头去想看是哪个龟孙撞她，结果后面也是辆跑车。

从那辆车上走下来一个风情万种的年轻女人。

明明是这女人刹车技术不到家撞了她的车屁股，如今女人先下了车，趴在褚漾的车门上，语气不善："喂，你怎么开车的啊？"

她弯着腰，那对明晃晃的大灯泡就在褚漾面前晃。

这么冷的天还穿低胸的衣服，也不嫌冷得慌。

褚漾下车查看，她的车屁股被这女人的车灯给剐了条口子。

这条马路本来就没什么车辆来往，如今出了点儿小车祸，大家也不急着走，纷纷停车围观。

两个年轻漂亮的女人，都开着价值不菲的豪车，正在对峙。

光是这么一句话放上论坛就足够惹人眼球。

那个穿得比较暴露的女人开的车明显好一些，因此气势也够足。

"就只是保时捷啊，"那女人嗤笑一声，拍了拍自己的车头，"知道我这布加迪多少钱吗？就是你这辆保时捷赔进去都买不起我的一个车灯。"

褚漾面无表情地道："我停车停得好好的，是你没踩好刹车撞上来，我凭什么赔你？"

那女人看出褚漾的不屑，觉得她是不识货，冲她挑了挑下巴，语气得意："你男人是哪个公司的小老板啊？我看你长得也不差，就送你这么辆破车？"

这条路车不多，交警来得也慢，大家都赶着过来凑热闹，看两个美女吵架。

褚漾的面色瞬间有些难看。

这女人莫不是把自己当成跟她一路的货色了？

女人以为戳到了她的软肋，声音高了几分："趁着警察还没来，我劝你赶紧把钱给我赔了，不然等我告诉我男朋友，你今天就要去派出所过夜了。"

302

褚漾皱眉："你男朋友难道是派出所所长？说过夜就过夜？"

那女人哼了一声："是又怎么样？怕了吗？"

这老姐真是绝了。

"我好怕哦，"褚漾抽了抽嘴角，"等交警过来了，一查监控，是谁的过错一目了然。"

女人龇牙："你真是不到黄河不死心，还真要去派出所过夜啊？到时候你男人来了都保不了你！"

没过多久，交警骑着摩托过来了。

就算有交警在场，这女人嚣张的气焰也没有收敛半分，她反倒指着交警和褚漾的鼻子一起骂。

"我告诉你们，我男朋友是派出所所长，红灯随便闯，打个电话全改掉，我撞她怎么了？她照样要给我赔钱！照样要给我道歉！不然她这辈子都别想从派出所走出来！"

然后她又单独对着褚漾啐了口："保时捷这种垃圾车也配跟我撞？我撞你那是你的荣幸，眼界低的女人也只会找穷鬼，真以为自己开辆车就是阔太太了？"

这位交警刚上岗没多久，没经验，一时间也不知道该怎么处置，冲着对讲机说了几句让周边的同事都过来处理。

那女人撩了撩头发，眼里满是不屑："叫你们队长来都没用！"

一直冷着脸的褚漾突然被激怒了："谁跟你说我男人是穷鬼的？"

女人指了指她的车："这车也就一百万出头，不是穷鬼是什么？"

褚漾冷哼两声，大步走到车边，拿起副驾驶座上的包，又走了过来。

女人看了眼她的包，也不是什么很贵的货。

结果，褚漾从包里掏出一串车钥匙。

"看到没？这是我男人送我的，"褚漾一一细数，"玛莎拉蒂、兰博基尼、法拉利、迈巴赫，看到没？我男人有钱得很。"

她直接把在场围观的人都数蒙了。

那女人看着这么一大串车钥匙，一时间也没反应过来，张着嘴，发着愣。

跟她炫富？天真！褚漾也学着这女人刚刚的姿势，风情万种地撩了撩头发。

与此同时，这条被堵着的干道终于引来了某些人的不满。

徐东野原本在车后座上看文件，却感觉车子已经好久都不动弹了。

"前面怎么了？停这么久？"

司机的语气有些不确定："前面好像出了个小车祸。"

徐东野吩咐："你下去看看。"

"是。"

那司机很快下车了。

没过几分钟，他就从岔路口那边走回来了。

见司机一脸为难，徐东野不禁蹙眉："怎么？"

"前面在吵架，"司机的声音很抖，"其中一个人，我看着好像是二少奶奶。"

徐家辈分分明，旁支也多，为了区分这其中的称谓关系，大多还是用的旧时的称呼。

他这一辈的人不习惯，但司机是几十年前就在徐家做事的，后来才跟着徐东野，因此称呼还没顺应时代改过来。

徐东野愣了几秒才反应过来他说的二少奶奶是谁。

他眼皮子一抖，沉声问："你看清楚了？"

"应该没看错。"

徐东野放下手中的文件，作势要下车，司机眼疾手快，迅速走到他准备下车的那边帮他打开了车门。

等走到围观者不少的中心地段，徐东野个子高，不过稍稍仰头就看清了正在吵架的那两个人。

他那个年轻的弟媳正掐着腰，一副嚣张的模样："这些车都是我男人送我的，羡慕吗？"

"……"

徐东野觉得太阳穴抽疼。

他没有急着上前把这丢脸的小丫头片子拎出来，而是掏出手机先给徐南烨打了个电话。

那边的声音听着有些疲倦："大哥？"

"你送你老婆这么多车做什么？"徐东野直接训斥，"不知道的人还以为我们徐家贪了多少钱！"

那边的人沉默了几秒，随后笑道："我一个人名下记那么多辆车有什么用？买了放她名下也是一样的。"

徐东野气结："你也不怕你老婆把你的车都糟蹋了？"

徐南烨的语气终于有些急了："她出事了？受伤了吗？"

"她没出事，你的车出事了。"

"那就好，"徐南烨温柔地道，"车无所谓。"

"……"

这个家还有没有个价值观正常的人了？

那边褚漾怼得"布加迪女"无话可说，让她气得满脸冒绿光，心情总算是舒畅点儿了。

她觉得今天因为一时虚荣把车钥匙全揣上的做法真是太明智了。

跟这种人吵架，就得用这种简单粗暴的方法，仗着有钱不听道理，碰上个比她更有钱的人，她就没话说了。

那女人憋了好久，才憋出一句："你的男人是谁？"

褚漾倨傲地看着她："呵，你不配知道。"

随即她挪开眼神，扫了眼在场围观的群众。

在看到那个人群中因为身形尤为鹤立鸡群，面若冰霜，仿佛会自动制冷的她大哥后，褚漾僵住了。

褚漾瞬间就像个犯错被抓包的熊孩子，顿时一动也不敢动了。

那女人看她面色忽然变白，也莫名地往旁边看了几眼，没发现什么阎王罗刹。

徐东野侧头对身边的司机说了句什么，司机颔首应了声，随即直接走到了交警身边。

"同志，你过来一下。"

交警有些茫然："你是谁啊？"

"不是我找你，"司机笑了笑，低头看了眼他的肩章，"新人啊？"

交警有些惊讶，随后又顺着司机指的方向看了过去。

那个方向站着几个人，但他一眼就看到了其中那个高大俊朗的男人。

看这气质，就非富即贵了。

"这位小姐是我们家的人，"司机语气和善，"我们正要回去赶家宴呢，希望同志能快点儿处理好。"

这里是市郊区，连个酒店都没有，说是家宴，那就只能是在家里吃了。

说是郊区，但这一片开发已经十分完善，保留了原生态的青山绿水景观，却连座高点儿的大厦都没有。

因为这条公路再往前开，就是住宅区了，每家每户都是独栋，配有电子监控大门，夸张点儿的甚至有门卫值班，普通人开车路过这里，顶多就是上高速往邻市开。

这人说是家宴，那就是住在这儿了。

围观的人中有懂行的，立马倒吸了口凉气。

这一片是出了名的富豪住宅区，环境幽静，连交通都顺畅无比。

很多有钱人爱在这里买房，不住，就为了跟人喝酒时能说一句，我在这边有套房。

做房地产开发起家的容氏和顾氏且不说，这片就是顾氏旗下的产业。

就连市里的那位司姓大人物和整个圈内不可说的徐家大宅都建在这边。

而那女人既然能开布加迪，自然也不会什么都不懂，有些结巴地问道："你们家，住在这儿？"

"对，"司机笑了笑，"还希望小姐能够配合交警工作，让我们能快点儿离开，不然迟到了就不好交代了。"

女人刚刚的气势全然不见，她只老老实实地站在那里回答交警的问题。

周边的交警终于赶了过来，这位刚上岗的交警如释重负，将情况跟同事们说了。

有个年纪比较大的交警看了徐东野一眼，觉得哪儿哪儿不对劲。

他跟着刚刚打圆场的司机走到车流后边，看到了那辆黑色奥迪和扎眼的车牌，顿时如遭雷劈。

他就是过来帮新人处理下小事故，怎么就跟市政的人扯上关系了？

他看了一眼负全部责任的女人，直接给人记了档案："你回去等处罚结果吧。"

那女人抬起头，语气有些惊疑："不可能，我男朋友是……"

她这句话还没说完，就被交警不耐烦地打断。

"我管你男朋友是谁，你知道你今天撞了谁的车子吗？"交警嫌恶地看了她一眼，摇头叹道，"你们这种仗势欺人的人，碰上了硬茬才算是见了棺材会落泪，平时嚣张惯了，看谁都好欺负是不是？好好收收你那副嚣张样，大家都是人，家里有官那也是为人民服务的，不是让你拿出来炫耀摆架子的。"

那女人面如死灰，眼睁睁地看着自己的车牌被记录在案，又被拿走了身份证登记。

褚漾像个落了水的小鸡崽子被徐东野叫到旁边训话。

"你刚刚挺厉害啊，"徐东野皮笑肉不笑，声音低沉，"车钥匙拿着重不重？"

褚漾有些怕这大哥，低着头嗫嚅道："大哥，是那个女人先挑衅我的。"

徐东野对前因后果都不感兴趣："注意你的身份，以后南烨身边是要有内眷跟着的，像你刚刚那样合适吗？"

褚漾也知道自己刚刚有些鲁莽了，低头认骂。

眼前这个弟媳跟他那个邻居妹妹年纪差不多大，被教训了也是一副乖巧懂事的模样，认骂不还口，任谁看了也不忍心继续训斥，但徐东野显然没那么怜香惜玉，弟弟和妹妹犯了错，该骂的就得骂。

正训话间，他发现有人似乎拿着手机朝这边拍。

徐东野厉声道："老许！"

司机匆匆跑过来："哎，来了。"

"处理一下，别让人发网上去了。"徐东野又看了眼停在路边的那辆白色跑车，直接对褚漾下了吩咐："叫人过来拖去修，你坐我的车。"

其实车子也就是被蹭掉了一点儿油漆，没必要。

如果眼前的人是徐南烨，脾气好，她或许还能有商量的余地，但眼前这个是徐东野，她连说个"不"字的勇气都没有。

徐东野为防止有人把这件事拍了发上网，已经让司机去和其他人说明了，但还是有人把视频传到了公众论坛上。

只是这人很聪明地把当事人的脸打了马赛克。

视频里，唯一露脸的是那个嚣张的"布加迪女"。

有脸，那人就好找了，她的结局不会好到哪里去。

"那个被撞到的女人为什么脸打了马赛克啊？"

楼主回复："本来不能拍的，为保命只能打马赛克了。"

"嗯？不可说？"

楼主回复："不清楚，但应该是惹不起的，哈哈。"

"漂亮不？"

楼主回复："漂亮，大美女，碰上这种极品女，美女也是倒了霉了。"

"想看脸啊啊啊啊啊！"

楼主回复："真不敢发。"

"'布加迪女'有点儿惨啊，没想到碰瓷碰上了个比她更牛的人。"

楼主回复："是咯，天道好轮回。"

其中有层楼的网友看上去知道些内幕。

"在现场，本来拍了视频被人叫删了。这么说吧，楼主就算打了马赛克也没用，没几天估计也会被版主删掉。那位还没出过公开活动，没露过脸，原因不知道，圈内也不知道她是谁，应该是哪家的千金或是少奶奶。"

"层主别走！再多说点儿！"

"这种全民猜身份的事件上次还是容家那个二小姐吧，我记得当时被打脸的网友一片片的。"

"容家还有第三个小姐吗？"

"应该不是容家的了，反正躲不过就那么几个姓。"

正如这位层主所料，也出乎这位层主所料，这帖子存活不到三小时，就以不知名的违规理由被版主删了。

坐着徐东野的车，褚漾安静如鸡，连呼吸都怕打扰到眼前这位大伯哥。

车子开进徐宅，停车位这边已经停了一片车。

徐东野先下了车，看到了一辆熟悉的车子。

褚漾懵懵懂懂地从另一边下了车，本打算一个人溜进宅子，却被徐东野突然叫住。

"你和南烨吵架了？"

褚漾佯装不懂："啊？"

徐东野指着那辆宾利："不是说他今天晚上不来，车怎么在这儿？"

褚漾顺着他的手看过去，浑身僵硬。

徐南烨不是说不来吗？不是说有公务吗？

这人又骗她？

她瞬间的反应就是赶紧跑。

有个清脆的声音又叫住了她："二嫂来了啊？"

褚漾回过头，大门口正站着容二小姐。

这位容二小姐扬着天真无邪的笑容，亲昵地朝她小跑过来，拉住她的手寒暄道："你和二哥吵架了吗？你们夫妻怎么没一起来啊？"

"……"

怎么是个人都能猜到他们吵架，有这么明显吗？

她现在再跑，未免也太难看了。

褚漾摇头："他有工作要处理，就没能一起来。"顿了一会儿，她又试探地问，"你二哥来了？"

容榕嗯了声，又说："和徐叔叔他们在二楼说话呢。"

今天这场家宴还是两家一起吃，只不过地点从隔壁的容宅换成了徐宅。

徐宅也不知道多少日子没开过灶了，这一开就是大桌家宴。

比起每周末的小聚会，今晚的家宴显然要隆重太多了，会客大厅的长桌上头摆了些新鲜精致的瓜果点心。

之前就说徐家旁支多。虽然徐家直系这三个兄弟只有最大的那个晋升为父亲了，但旁系的兄弟姐妹大都为徐家开枝散叶了。

为了照顾这些小朋友，自助餐台上最引人注目的就是那座巧克力熔岩喷泉。

小朋友们将用扦子穿成的水果什锦串拿到熔岩下淋巧克力酱，场面热闹非凡。

褚漾看着那座巧克力喷泉，眼睛都直了。

负责照顾小朋友的保姆见人来了，连忙指着门口那两位让小朋友叫人："你们看看谁来啦？"

一时间，"大伯""大表哥""堂舅舅"和"二婶婶""二表嫂""二堂嫂"各种称呼在大厅里响起。

褚漾突然觉得徐南烨早不出生晚不出生，偏偏要当个老二，害得她被叫什么称呼时前面都要加个"二"字，越听越觉得自己二。

大厅里除了这些小朋友，只坐着几个闲聊的女眷。男人都不在，想必都在二楼。

褚漾就只和她的大嫂比较熟。

她大嫂属于典型的女强人，跷腿坐在沙发上看着他们。

大嫂睨了徐东野一眼，语气有些不满："怎么这么晚？"

309

徐东野毫不犹疑就把褚漾卖了："路上遇到弟妹，耽误了点儿时间。"

"你们一起过来的？"大嫂又把目光挪到了褚漾身上："你怎么没跟徐南烨一起过来？"

有人规定夫妻俩必须一起过来吗？

褚漾腹诽，嘴上仍乖巧地回答："我从家里来的，他今天有工作。"

大嫂倒没有猜到他们吵架了，弯起嘴角，用下巴指着旁边的丈夫："你跟徐东野坐一辆车闷不闷？你一定无聊死了吧？"

徐东野脸色微变，捂嘴咳了声。

褚漾立马意会："不无聊。"

"你以为威胁弟妹撒谎就能掩盖你无趣的本性了？"大嫂扯了扯嘴角，"别说弟妹这种年纪小的，我都不想跟你坐一辆车。"

"……"

徐东野不敢忤逆老婆的话，沉着脸找借口离开："我去二楼找南烨他们。"

褚漾饶有兴趣地看着徐东野略带落寞的背影。

没想到大伯哥这种不苟言笑的冷面男人居然是"老婆奴"，她真是开了眼界。

褚漾又想起了徐南烨。

别人都是"老婆奴"，而他一天天的就知道算计她。

褚漾想到这里，又觉得意难平，待会儿落座肯定又是跟他坐在一起。

她不是那种吵了架还能跟人虚情假意地做出恩爱模样给外人看的人。到时候夫妻俩挨着坐，她黑着脸不理人，谁都能看出端倪来。

如果是在自己家，她当然能任性些。可今天关系远近的亲戚都在，她就是再不情愿也得赔笑脸。

褚漾想着这些事，脸色也好不到哪儿去。

坐在她身边的容榕发现她兴致不怎么高，凑到她的耳边悄声问："二嫂你怎么了？"

褚漾摇摇头："最近课多，我有些没休息好。"

容榕是在国外念的大学，不清楚国内大学的三年级现状，因此很快相信了褚漾的说辞。

"那二嫂待会儿多吃点儿。今天人多，家里的厨师忙不过来，所以特意

叫了希尔顿的外烩服务，中西餐都有，你挑自己喜欢吃的就行。"

褚漾看那巧克力熔岩就知道肯定叫了酒店的人来，既然如此，还不如直接去酒店吃，到时候洗盘子、洗碗，这些工作多累人。

褚漾这个念头刚冒出来，又很快意识到这些活儿压根不用他们做，不然徐家白请这么些用人了。

"我想去吃那个巧克力。"褚漾有些难为情地看着容榕，"但就我一个大人去太尴尬了，你陪我去吧？"

容榕答应得很干脆："好啊，我们走吧。"

反正她们也插不进这些太太们的聊天。

这些太太大多是全职主妇，平时的日常活动和褚漾她们的根本搭不着边。

褚漾刚嫁进来的时候也跟她们聊过，那些太太考虑到她年纪小，怕她尴尬，主动把话题往她的身上引，比如问她平常都做什么。

褚漾就说她在工作日时住学校，只有周末才回家。

然后太太们又问她在学校有没有参加什么活动。

那个时候褚漾还上大二，每周要上一大堆的专业必修课，被太太们问到这个问题后，她的脸上不禁露出无尽的伤悲。

这些太太面露担忧之色，以为她在学校遇到了什么难事。

结果这位年轻的二少奶奶只是扳着手指说，上课、做实验、写实验报告，还有学生会大大小小的会议。

太太们蒙了，嘴上仍礼貌地对她表示同情。

这位连大学课业都还没完成的二少奶奶，哪里会知道比起忙碌的校园生活，脱离学校的生活才称得上累呢。

大多数学生总觉得念书累，殊不知对早已离开学校的人来说，念书的时光才是最轻松的。

二少奶奶在念书时，就被徐二少爷娶进了徐家，以后不论是选择全职在家，还是在外工作，"吃苦"二字都再和她无关了。

她从一座象牙塔到另一座象牙塔，从此塔外的狂风暴雨都由徐家这座城堡为她尽数遮挡。

太太们不再强求褚漾和她们能聊到一块儿去。

比起她们，或许那些正吃点心的小朋友跟她更合得来。

311

容二小姐这个含着金汤匙出生的千金更不用说了，家里的企业有姐姐管理，夫家又是香港沈氏，她自己的企业虽然规模还未成形，但无论成不成形，她这一生都注定诸事顺遂。

即使嫁了人，她仍和不谙世事的少女无异，被保护得太好，因此对未来的生活还沉浸在童话式的想象中。

她的人生确实可以用童话来形容了。

几个年纪稍长的女人看着两个年轻女人往餐桌那边走去，开玩笑地道："也不知道她们俩要多久才能跟我们聊到一块儿去。"

另一位太太接话："聊不到一起不更好？我可不想看着她俩跟我们一样每天能想的就只有孩子和老公了。"

她们也曾和小姐妹无话不谈，聊衣服、工作、美妆，不论聊什么，主题都只围绕着自己，而不是丈夫和孩子。

最先聊到这个话题的太太点头："沈姑爷人怎么样我不清楚，但徐二是咱们每年都见的。他性格这么好，这老婆又是他自己选的，肯定要放在家里好好宠个几年，哪舍得这么快就让她出来应酬啊。"

"要说徐家哪个男人性格最好，南烨认第二，没人敢认第一了吧。"辈分最高的太太笑呵呵地道，"小时候三个兄弟里就数他最文雅，长大了他也是文质彬彬的。东野性子太冷，北也又太浮躁了。只有南烨，最能讨家里人欢心。"

"婶娘你这话我就要反驳一下了。会哭的孩子才有糖吃，徐二就是因为性格太好，反倒受不到关注。你看他前几年在国外任职时吃的那些苦，如果不是差点儿连命都没了，他父亲肯让他回来？"

因为知道徐南烨脾气温和，又最听父母的安排，因此父母几乎没和他商量，就为他调动了工作，换他大哥、三弟就不一定会听话了，唯独他不会有任何怨言。

再聊就牵扯更早的往事了，这里还有几个算得上是徐南烨的小辈，因此众人默契地止住了话题，不再提起。

餐桌这边的褚漾对太太们的对话一无所知，拿了根扦子在餐桌旁选自己爱吃的水果。

等终于穿好了"褚漾牌特制"水果扦后，她将扦子放在了巧克力喷泉的最下面那一层。

淋巧克力酱需要技巧，否则很容易在抽出水果扦的时候将巧克力溅到衣服上，有几个小朋友就是因为没掌握好技巧，不但吃得满嘴都是巧克力，衣服上也多了些污渍。

小朋友衣服脏了不碍事，但褚漾是成年人，今天又穿得比较正式，身上如果沾了巧克力酱，那还是挺尴尬的。

"太太，让我来吧。"

她手上的扦子突然被人拿走了。

褚漾只知道徐宅今天请了酒店的厨师过来，怎么连侍应生也找来了？

但这人又不像侍应生。

他穿的不是酒店侍应生的制服，那制服该是白衬打底配灰色马甲，领口处还打着红色蝴蝶结。

但这位穿的是黑色燕尾服、黑色马甲、黑色领带，燕尾服系扣处还有一条细长的银链，倒像是执事[1]。

年轻英俊的男人将水果扦还给了她，还对她露出了一个灿烂的笑容。

"太太，您真漂亮。"

褚漾看呆了。

身边的容榕冲她挑了挑眉："怎么样？不错吧。"

褚漾懵懂地问她："这是酒店的外包服务吗？"

"不是。今天是我负责去酒店挑人的，"容榕嘿嘿地笑了，"原本只打算挑几个厨师过来，但怕家里的用人忙不过来，就又找了些人过来。"

褚漾仍保持怀疑态度："这些人不是酒店的吧？"

容榕爽快地承认："不是啊，是酒店对面的执事咖啡厅[2]里的人。"

执事咖啡厅和女仆咖啡厅性质相同，后者专为男性开设，前者嘛……

"你这么做，他们同意了？"

褚漾说的"他们"，指长辈。

---

1 日语的"Butler（管家）"一词在日语中的写法之一是"执事"。现代日语"执事"指"管家"。

2 执事咖啡店是指专门为谈工作、谈生意等为主流目的而来消费的咖啡店。相对于休闲咖啡店，布置更庄重，服务更周到，价格也更贵。

思想保守点儿的长辈应该都没办法接受这种类型的服务吧。

"我跟太太们说了，她们没反对，其他人没说。他们又不知道侍应生和执事的区别，以为我都是从酒店找来的。"容榕说完，就对她双手合十，"二嫂，你千万别告诉他们，不然以后爷爷就再也不会让我安排这些事了。"

要说这些太太也是挺大胆的，仗着丈夫不知道，居然在家里请执事。

褚漾原本以为徐家的家宴和正经宴会差不多，现在看来，家宴果然是家宴。

她还有些担心："我可以帮你保密，但是你不怕你老公从别人那知道吗？"

容榕不以为然："只要二嫂你不说，他也只会觉得这些小哥哥是普通的侍应生啊。"

执事又不会对男人笑。

好吧。

等她们吃完盘子里的点心，家宴也差不多要开始了。

褚漾旁边的座位是空的。

看来徐南烨他们还没有说完话，褚漾暂且放心，乖巧地坐在座位上等开席。

她百无聊赖地喝着茶，手边的茶杯很快就空了。

褚漾正找茶壶时，身边突然多了道影子。

"太太，让我来吧。"又是刚刚的执事。

那位执事娴熟地替她添了杯新茶，还不忘提醒她："太太，小心烫。"说完，他对她笑了笑。

褚漾哪享受过这样贴心的服务。

她终于明白为什么男人都爱去娱乐场所了，这愉悦的体验简直如置身天堂。

她决定等回学校就约舒沫她们去执事咖啡厅喝咖啡，看小哥哥。

色令智昏的褚漾一口气喝了八杯茶，一直到她的膀胱发出抗议。

此时忽然有人喊了声："你们这些男人终于聊完了？"

褚漾浑身一抖，迅速站起身跑了，速度堪称冲刺。

有人愣愣地发问："徐二的老婆这是怎么了？"

容榕把这一切都看在眼里，还以为是执事没把她服务好。

二哥走到了刚刚褚漾坐着的座位旁边，敲了敲桌面，问容榕："你二嫂呢？"

容榕呆了呆："不知道。"

看来两个人是吵架了。

容榕想了想，认为这架应该吵得不轻，不然二嫂也不至于见了二哥就跑。

她坐在座位上，悄悄地掏出手机给褚漾发了条微信。

"二嫂，你跟二哥真的吵架了？"

那边的人回得很快，但答非所问。

"急急急，我要小包纸！"

容榕一脸蒙。

二嫂就这么不愿意上桌？

她想了想，最终还是站起来，走到二嫂的位置上，拿起她的碗筷，从桌上给她夹了几个包子，但又不知道二嫂喜欢吃什么口味的。

"二嫂，你喜欢什么口味？"

"随便，快点儿。"

于是，容榕各个口味的包子都夹了一个。

夹好后，她又问二嫂："二嫂你在哪里？"

"洗手间。"

容榕："……"

见她站在褚漾的座位上夹包子，坐在旁边的徐南烨终于忍不住问她："榕榕，你夹这么多包子干什么？"

容榕还沉浸在疑惑之中，听见徐南烨问她，就答了："二嫂要吃。"

然后她拿着碗筷离开圆桌。

徐南烨又问她："你去哪儿？"

"去洗手间给二嫂送包子。"

徐南烨："……"

他怎么想都觉得"洗手间"和"包子"这两个词放一起有些违和感。

容榕看着二哥，决定把这个重大的任务交给他，也许这是夫妻和好的第一步。

"二哥，你去送吧。"容榕还不忘嘱咐她，"二嫂很急的，你动作快

315

点儿。"

此时还没开席，其他人都在闲聊。

徐南烨接过碗筷，茫然地往洗手间走去。

等走到洗手间门口，他敲了敲门。

门被打开了一条缝，接着伸出了一只白皙的手。然后那只手在碰到瓷碗的时候僵了一下，但还是把东西接了过去。

接着便是长久的沉默，然后褚漾用一种极为肯定的语气对门外的人说："你傻吧，我让你带包纸过来，你给我带包子过来干什么？"

徐南烨："……"

褚漾原本因为喝了好几杯茶，一时尿急跑来了洗手间，上完以后想抽点儿纸，却发现抽纸筒里空无一物。

徐宅的每间卧房都配有单独的洗手间，所以公用洗手间没什么人用。

除了负责打扫的用人，自然不会有人察觉到里头没纸了。

褚漾叹了口气，恰好就收到了容榕的微信，赶紧给她发了求救信息。

谁能知道容榕这个不靠谱的人居然给她送了包子过来。

这行为实在让人无语，饶是褚漾平常没对这位小姑子说过重话，在如今这种尴尬情况下真是忍不住了。

"拿纸来！"褚漾语气中带着怒意，命令门外的人，"我的屁股都要'感冒'了！"

她原以为门外的容榕肯定醍醐灌顶，会赶紧去给她拿纸，谁知却听到了一阵低沉而短促的笑声。

褚漾瞬间如遭雷击。

她张着嘴，下巴打战，连话都快说不清："你……谁啊？"

男人温润的声音在门外响起："是我。"

她要杀了容榕，用小姑子的血祭奠她再也捡不起的尊严。

徐南烨没在意她说的那些粗话，只宽慰她道："你先吃，我去帮你拿纸。"

"吃你……"

褚漾含混不清地骂了几句，徐南烨一句也没听清，但不用猜也知道不是什么好词。

不多时，徐南烨将纸递给了门里的褚漾。

他抱胸在洗手间门口等了几分钟，也没听见里头有什么动静。

半晌后，里头才传来褚漾弱弱的声音："你还在吗？"

"我在。"

里头的人声音又低了几分："你能不能先走？"

"我等你。"

褚漾的声音接近崩溃："你走吧，我求你了。我不会掉马桶里的。"

面对这样窘迫的请求，徐南烨就是想等她也不忍等了，抬起腿离开了。

待他回到了饭桌上，大部分的人已经落座。

容榕最先过来问他："你和二嫂怎么样了？"

他看着眼前这位始作俑者，一时间无言。

毕竟这件事他也有责任，不该看褚漾狼狈跑开的样子就觉得稍有烦闷，也不该因为想和她说说话就稀里糊涂地听信了容榕的话，真端着碗到洗手间给她送去。

徐南烨扬了扬嘴角，嘲笑的是自己。

从他口中得知了真相的容榕，也很蒙："我以为二嫂是要躲你，结果真是上洗手间吗？"

徐南烨又问她："你怎么会搞错？"

容榕不好意思地笑了笑："我以为二嫂跟我卖萌呢。"

褚漾不能在洗手间躲上一辈子。

她把自己的碗筷送到了厨房，又向用人要了副全新的，磨磨蹭蹭地走回了饭厅。

褚漾最先跟上座的徐南烨的父母打了声招呼。

两位长辈好像都没怎么变，比起过年那会儿看着好像还精神了许多。

徐父仍是那副严肃的模样，徐母笑容端庄，只是两个人都穿得挺休闲的，不比在座其他人隆重。

老两口没在意她怎么这么晚才入席，礼貌地寒暄了几句，就让她坐下了。

褚漾看了眼旁边的徐南烨，见他冲自己笑了笑。

刚刚她和徐南烨隔着门看不见他的人，这回可算是见着面了。

明明昨天刚见过，今天再看他，她已经觉得特别陌生。

反正已经尴尬到了极点，她索性破罐子破摔，表现得大方得体，免得被他看不起。

她像是什么都没发生似的，在徐南烨身边坐下。

注意到从不远处发射过来的容榕的歉疚眼神，褚漾冷漠地低头，干脆无视。

那边容榕委屈巴巴地收回目光，连菜都吃不下了。

今天的主角是徐南烨的父母，夫妻俩在家里住不了多久，就又要开始新的旅行，因此饭桌上众人聊天话题的重点都放在了问他们在国外所听所遇的奇闻趣事上。

其他年龄差不多的长辈都羡慕老两口这个年纪了还能相偕出行。

"去美洲还是要多注意安全啊，毕竟国外肯定比不得我们这里安全。"

徐母淡淡地笑了："不会，其实国外没有你们想象的那么不安全。"

这位婶娘摇头，瘪嘴道："那不一定，当年南烨去国外的时候，你们不也是说那边安全得很，结果还不是……"

旁边她的丈夫剧烈地假咳了几声，打断了她接下来想要说的话。

婶娘自知失言，改口道："哎，我就是担心你们的安全，没别的意思。"

徐母不甚在意地摇了摇头。

一直沉默的徐父启唇解释："南烨是过去任职的，人死于安乐，太安全的环境对他而言也没什么历练机会。"

婶娘点了点头："还是大哥会为自己的儿子考虑。"

话题瞬间又转了向。

刚刚他们口中的主角徐南烨对此没什么反应，仍低头吃着自己碗里的菜。

褚漾却在意得不得了，愣神间，碗里多了块红烧肉。

她侧头，徐南烨也正巧看着她。

他轻轻地道："吃吧。"

褚漾又想起自己还在跟他冷战，继而收回视线继续吃菜。他夹的那块红烧肉却被搁在碗边，一直到变凉，她都没有碰过。

她辈分不算小，但因为是去年才嫁进徐家的新妇，所以桌上长辈聊的事她大多不太了解，听得云里雾里的，全当是下饭的闲言碎语。

等有人聊到孩子，话题才又扯到褚漾身上。

动的他先心

318

"北也还单身不急，倒是南烨的媳妇儿什么时候能让我们沾沾喜气？"

徐南烨先替她解释："她还小，不急。"

最先提起孩子这个话题的伯母笑着打趣："二十一岁也不小啦。而且南烨你这年纪也该有个自己的孩子了，万一你哪天又要出国，好歹给你老婆留个孩子照顾，不然她一个人在家多无聊。"

徐南烨垂眸不语。

"你既然已经成了家，待在外交部有什么好的？不如让你父亲帮忙换个部门，这样你也不用国内国外来回跑了。"

几个长辈纷纷附和。

其实这一年里褚漾早就习惯了徐南烨时不时出差，不像刚结婚那会儿她还问他以后会不会被调到国外。

徐南烨只说听从安排。

她对他的工作内容不太了解，不过从其他人口中隐约知道，只要徐南烨不想，谁也勉强不了他。

几个人七嘴八舌地说完，徐父才又开口："如果他自己愿意，我还能不为他安排？"

清楚徐南烨的性格的几个长辈异口同声道："南烨这孩子怎么会不愿意？"

他明明最乖巧听话。

徐父努了努嘴："你们自己问他。"

也不等长辈开口问，徐南烨抿唇笑了："确实是我不听安排，不能怪爸。"

话题三番五次说到徐南烨头上，当事人却毫无波动，只被问到了才说两句。

长辈兴致缺缺，转而开始催促徐北也赶紧找个女朋友。

家宴就是这样，这个话题聊聊，那个话题说说。

后来徐南烨替褚漾接了不少玩笑话，言行举止周到得无可挑剔，听见长辈劝酒二话不说也就喝了。

他酒量很好，喝白的也不易醉，和这么一大家子人喝了几轮，眼神居然还很清明，只是脸色微红，说话也没有刚开席的时候那么沉稳，吐字有些懒散，嘴角仍然扬着，见谁端着酒杯来了都是亲切温和的样子。

虽然她的酒量比不过徐南烨，但褚漾想护着他，还是能帮着喝几瓶的。

也不知道是心里别扭，还是想看看他能坚持到什么时候，等桌边的几箱酒都喝完了，她也没有帮他挡酒。

她不得不佩服徐南烨。

就算两个人现在的关系尴尬，他在别人面前依旧表现得滴水不漏，把一个温柔体贴的丈夫角色演绎得淋漓尽致。

跟他比，她就像个仗着丈夫宠爱，连心疼丈夫都不懂的娇蛮媳妇。

徐南烨肉眼可见地醉了。

他靠在椅子上缓缓吐着气解酒，清俊的面庞染上了醉意，眼神也不太清明了。

褚漾决定给他倒杯茶。

刚刚给她倒了整整八杯茶的执事又倒了杯温热的茶水。

徐南烨就着杯子将茶水一饮而尽。

他喝得有些急，几滴浅绿色的茶水留在薄唇边。

褚漾忍下要帮他擦的念头，结果旁边的执事体贴地抽了张纸巾递给他。

徐南烨也有些惊讶，看了眼旁边站着的这位年轻的执事，对他说了声"谢谢"。

执事笑了笑："这都是我应该做的。先生别喝得这么急，小心烫嘴。我再帮您添一杯。"

不是说执事只会服务女人吗？

褚漾觉得奇怪，徐南烨比她还觉得奇怪。

他出席的饭局不少，负责服务的有男有女，站在旁边充其量只能算是服务，而不是……伺候。

偶尔因为应酬去些娱乐场所，他才会看到有人会这么伺候客人。

不是简单的端茶送水，而是带着关切的贴心服务，在他还没有想到要什么时，对方已经眼明手快地察觉到他想要什么。

别人叫徐南烨"少爷"，他也未必就真的是旧时候的少爷，做任何事还需要丫鬟和小厮贴身伺候，后来出了国，这种被伺候的观念更是消失得无影无踪。

家里阿姨负责饮食起居，王秘书负责生活管理，那也只是拿工资赚钱罢了。

徐南烨蹙眉对执事说："你去忙你的吧，不用守着我。"

执事摇了摇头："我现在的工作就是负责照顾先生您。"

"……"

徐南烨犹豫了会儿，默许了。

男人总比女人好。

褚漾神色复杂地看着刚刚对她体贴入微的执事转眼间就对徐南烨嘘寒问暖。

她这个做老婆的倒是在旁边看戏。

褚漾突然把自己的茶杯推到执事面前。

执事有些不解："太太？"

褚漾神色别扭地道："我也想喝了。"

执事点了点头，给她倒了杯茶。

褚漾一口干完，又说："还要。"

执事眨了眨眼，语气关切地道："太太，您刚刚开席前已经喝了很多杯茶了，再这么喝对身体不好。"

身侧的徐南烨眯起眼眸，拿着茶杯的手忽然用力，将喝了一半的茶重新放回了桌上。

"我就要喝，你给我倒，"褚漾没看见他细微的动作，非常霸道地对执事命令，"到这边来给我倒。"

执事蒙了："那先生……"

褚漾理直气壮地道："你管他干什么？容小姐找你们过来不是让你们为太太们服务的吗？"

话是这么说，但在座的男人也算是客人，喝醉了肯定不能放着不管，执事有些犹豫。

褚漾见说不通，干脆上手拉住他的燕尾服的下摆，像扯尾巴似的强行把他从徐南烨身边抢了过来。

她得势后便扬起了嘴角，心情也肉眼可见地明媚起来。

见没人照顾徐南烨，她便转头佯装无可奈何地冲他嘟唇："我帮你倒茶吧。"

"不用，"徐南烨起身，淡淡地睨了她一眼，"我上楼休息，你继续喝茶吧。"

321

褚漾茫然地看着他离开了。

她咬着唇，心里觉得难受，又觉得自己犯贱，明明心里都说不要管他了，还主动凑上去。

那执事问她还用不用茶。

褚漾无精打采地摇了摇头："不用了。"说完，她看了执事一眼，也离开了饭厅。

执事无辜极了，明明服务得当，怎么好像先生和太太都不太领情？

褚漾越想越觉得气。

明明做错事的是徐南烨，怎么他还能跟她这个无辜的受害者甩脸子？还有没有天理了？

她恨不得能穿越到过去，狠狠地给那时候的自己一个巴掌，告诫她别喜欢上这种人。

褚漾知道怎么气他，那就是跟他面对面地放狠话。

他脾气再好也受不了她跟他抬杠。

褚漾哼哼两声，在楼下徘徊许久，最终还是上了楼。

她知道徐南烨的房间在哪里，上了楼便径直走去。

将手扶上门把手后意识到门没锁，褚漾深吸口气，猛地推开门走了进去，然后又顺手带上门，落上了锁。

房间里只开了盏小灯，褚漾一下子不太适应黑暗，但现在不开口，待会儿就不知道有没有机会再说了。

"老浑蛋，你刚刚给我甩什么脸子呢？你个'大猪蹄子'[1]欺骗我的感情还敢给我气受，信不信我现在就休了你，我待会儿就去跟你爸妈说我要跟你离婚！"

她一口气骂了个爽，却发现徐南烨不在这里。

他的房间是个两居室，褚漾现在站着的地方是书房，往里走还有道门，那才是放床的主卧室。

她光顾着骂人了，都忘了他的房间是这种布局。

1　网络流行语，此处是吐槽男生不解风情的意思。

卧室门虚掩着，褚漾知道他听到了她的话，觉得自己要是错过他被气到的表情就太亏了，在心里给自己加了个油后，便往卧室门走去。

褚漾推开门，弓着腰小心地探头："老浑蛋？我刚刚说的话你都听到没有？"

男人低沉的嗓音响起："听到了。"

褚漾茫然地抬起头，瞬间张大了嘴，映入眼帘的徐南烨穿的分明不是他今天吃饭时的那身衣服了，不知怎么的换成了执事服。

华丽笔挺的双排扣燕尾西装，领口系着英式短领带，衣襟上嵌着宝石般光洁润泽的银色纽扣，黑色马甲衬着白色里衫，西裤挺括，恰如其分地将他过高的精瘦腰线和笔直的双腿包裹住。

他的西装大多设计简约，布料却名贵难求，这套执事服真算不得多配得上他。

只是他长身玉立，英俊雅致，没人比他更适合这一身英式改良的燕尾装。

徐南烨是她见过的能把这类设计夸张的西装穿得最优雅的男人。

他太适合这样的装扮了。

男人近视，平时总戴着银边眼镜，看着斯文，却有些刻板。

现在她被迷得几乎不能呼吸。

连着细链的单边眼镜架在他高挺的鼻梁上，一只眼藏在镜片后，另一只眼露在外面，双瞳像一汪清澈的水，冷淡微凉，却又无比危险。

她少女时期幻想过的场面突然成真了，像是从动漫里走出来的执事就活生生地站在她面前。

褚漾以前也不是没想过让徐南烨穿这种衣服，直觉他穿会很合适，但没这胆子提。

"你来得正好，"徐南烨嗓音温润，"过来。"

褚漾愣愣地被他牵进了卧房，像个木偶似的被他按在小沙发上。

"太太，"徐南烨弯腰在她耳边吹气，"喜欢喝茶是吗？"

褚漾眨了眨眼。

徐南烨绕到她面前，声音又低沉了几分："男人穿成这样你就高兴了？"

褚漾再次色令智昏，老实地点头："高兴。"

徐南烨从喉间溢出低笑，还真帮她倒了杯茶。

"喝吧，"他语气温柔，像是在蛊惑她，"我给你倒的茶，你起码要喝上二十杯才可以。"

"……"

褚漾觉得她的膀胱在哭。

褚漾咬着杯子，抬眼偷看他。

徐南烨很快将她做贼的样子抓了个现行，挑眉问："怎么？"

褚漾扯了扯嘴角："你这衣服和眼镜，是从哪儿弄来的啊？"

徐南烨没料到她会问这个："榕榕找来的。"

褚漾哦了声，然后又盯着他看。

徐南烨觉得穿这身衣服虽然别扭，但不算亏。

他上楼休息的时候恰好撞见了容榕，便直接问容榕："那些人真是酒店的侍应生？"

容榕知道二哥精明不好骗，只得老实交代了。

徐南烨皱眉："你们都喜欢这种？"

容榕也不知道该怎么答。

徐南烨看她那样子，也明白了几分，直接说："给我找一套新的衣服来。"

容榕双目放光："你要穿给二嫂看吗？"

徐南烨扬眉："不然呢？"

容榕心里嫉妒得快哭了，但还是尽心尽力地去帮他找了套新的执事服，又不知道从哪儿找出了副单边眼镜。

她说是今年去逛漫展看到有人 cosplay（角色扮演）"西北一枝花"[1]，觉得那单边眼镜挺好看的，就从某宝上买了一副回来玩。

事实上，单边眼镜这种东西中看不中用，戴着走路实在是太累。

反正也用不上，她索性就送给徐南烨了。

现在年轻女孩儿的爱好真是够古怪的，徐南烨心里这么想，嘴上却什

---

[1] 小说《杀破狼》中顾昀的外号。

么都没说，照单全收。

这眼镜没度数，徐南烨戴着看不清褚漾的微表情，但看她傻愣愣的样子，基本上确认她的爱好也是这一个方向的。

徐南烨明知道她的心思，却仍旧歪着头问她："喜欢吗？"

这是他惯用的调戏她的方式。

如果换作平时，褚漾肯定就点头说喜欢了。

但她忽然就清醒了，放下杯子逼迫自己冷静下来："你别转移话题，我还没跟你算今天的账。"

徐南烨怔了怔。

褚漾站起身仰头和他对视："你不是跟我说你今天晚上不会过来吗？怎么又来了？"

男人对她笑了笑："爸妈回家，我怎么能不来？"

褚漾咬牙道："你又骗我。"

徐南烨又反问她："如果知道我会来，你是不是就真的不来了？"

褚漾微愣，如果徐南烨没骗她，说自己今晚会过来，她确实是不想来见他的。但她知道自己没胆子任性成这样。

她不想让徐南烨快活，于是选择撒谎："对，那又怎么样？"

徐南烨得到了她的回答，唇边的笑终于完全消失，声音里也失了刚刚轻佻的情绪。

"这就是我会骗你的原因。"

褚漾反倒被自己的回答堵死了路，一时羞愤难当，觉得眼前这个男人实在可恶。

"骗子。"褚漾转身就要走。

徐南烨从背后抓住了她的胳膊。

褚漾一抬手就挡开了他的手，把胳膊扬得很高，不小心将他鼻梁上的眼镜也打了下来。

单边眼镜原本就不易戴稳，她只碰到了镜片，脆弱的眼镜直接摔在地上，镜框里嵌着的镜片在地板上开了花，碎成一片片晶莹的玻璃。

这一声脆响让两人同时愣住了。

褚漾咬唇，没料到会打到他。

她不是故意的。

可房间里的气氛就如同这破碎的玻璃镜片，刚刚还略带轻松嬉闹的气氛全然消失，只剩下令人生寒的、沉默的气氛。

徐南烨脸上被镜架划出一道不深不浅的痕迹。

褚漾有些担心他，却又忍住了即将脱口而出的话。

徐南烨垂眸看向她，声音有些无力道："你就这么讨厌我吗？"

褚漾低着头不说话。

他又问："其他男人给你倒茶就喝，我给你倒的你连一口都不想碰吗？"

这句话问出口，徐南烨自己都觉得可笑。

之前他不如顾清识，现在连个陌生男人都不及他能让她避如蛇蝎了。

褚漾原本就比较矫情，将很多事憋在心里不愿说，徐南烨是清楚的。但从昨天褚漾承认他是第三者的时候开始，他终于觉得有些累了。

纵使自己的行为过于卑劣，但只要褚漾愿意接受他，别的他都无所谓。

他习惯凡事占据主导地位，对褚漾也是如此。昨天他之所以能那样干脆地搬出来，是因为知道今天还能见到她，总还是有机会解释和挽回的。

后来他又骗她过来，依旧觉得她是会心软的。

到现在她明明略有让步，却仍旧犟着脾气，不肯好好地跟他说话，无法接受他。

如若他放手，她也许在下一秒就会投入顾清识的怀抱。

徐南烨轻声说："我知道你想跟我离婚，但我不会答应。"

他果然又骗她。

他昨天装作体贴、大度，口口声声地说不离婚是为她着想，到现在终于露出狐狸尾巴，其实根本就没打算离婚。

褚漾讨厌自己像个傻瓜一样被他算计来算计去。

见他穿上执事服，她就真以为他是来求和的。

褚漾激动地抓住他的胳膊质问："你凭什么不答应离婚？！"

"离婚"这两个字仿佛一把利刃，她越是说，徐南烨的脸色就越苍白，连同她自己也被这两个字伤得理智全无。

好好说，冷静下来好好说，褚漾在心里告诫自己。她很想停止现在口不择言的争吵，但控制不住。

事情重蹈覆辙。

326

只要牵扯上徐南烨，她就成了只刺猬，受不得一点儿欺骗，经不住丝毫委屈。

不知多少原本和美的婚姻就断送在无休止的争吵中，更不要提他们原本就仓促畸形的婚姻。

"离了婚，然后呢？放你去找顾清识？还是去找别的男人？"徐南烨眼中带着寒意，嘴角扬起嘲弄的弧度，"我告诉你，你想都别想。"

褚漾愣住了，这不是平常的徐南烨。

她没法继续和他待在一起，转身就要跑。

徐南烨怎会容许她就这么跑了，上前两步便抓住了她的腰，逼迫她与自己对视。

褚漾声音都在抖："你到底要干什么？"

他爱怜般地看着她，眼中却没有温度，最后才抬起手捏起她的下巴，语气温柔地道："漾漾，你已经嫁给我了，不论我用了什么方式。这是既定事实，我是你的丈夫。"

男人的眼神里带着些疯狂的情绪，令褚漾不禁毛骨悚然。

徐南烨终于将自己对她近乎病态的占有欲全部袒露。

"徐南烨，我们之间是平等的。我没有办法接受你一而再再而三地算计我。"褚漾尽力地让自己的情绪平静下来，身子却止不住地颤抖着，"我也不是小狗，生气了不会因为你丢根骨头过来就屁颠屁颠地跑过去了。如果这次我再向你妥协，那我就真的贱到骨头里了，你知道吗？"

徐南烨忽然笑了。

褚漾皱眉，问道："你笑什么？你觉得我这个比喻很好笑？"

"你比喻得很贴切，但小狗不是你，"徐南烨抿了抿唇，目光晦涩，"是我。"

褚漾觉得荒唐，问："你开什么玩笑？"

徐南烨自顾自地哑声道："犯贱的那个人也是我。"

褚漾正欲问他什么意思，感觉到施加在腰间的力量忽然消失，是徐南烨放开了她。

"我不会同意离婚，你死心吧。"他退后几步，抬手将领带取下，随手丢弃在地上，"如果出现了第二个顾清识，我也不会放手。"

褚漾顿时哑火了，张了张嘴，刚想说什么，徐南烨已转过了身。

下册

他走到床边，将用来讨好她的执事服一件件脱下，重新换回了自己的衣服，然后从她的身边走过，打算推门走出房间。

褚漾知道，这次让他出去，他们就完了。

她红着眼，双手垂在两边，指甲几乎要掐破柔软的掌心。

他刚刚的话好像是那个意思，但她不敢确定……

死就死吧，她死也要死个痛快。

"徐南烨，你给我站住！"

男人如她所愿地停下了。

褚漾背对着他，用力地吸了吸鼻子，才缓下情绪问他："我最后问你一个问题，你刚刚那些话到底是什么意思？"

徐南烨看着她的背影，声音很轻地说："什么？"

褚漾鼓起勇气转身面对他："你为什么不同意离婚？你怕自己离了婚找不到第二春？"

徐南烨蹙眉："什么？"

"还是你觉得离婚很麻烦，所以干脆不离了？"

"什么？"

"或者你觉得跟我生活在一起，其实也没那么不可忍受？"

徐南烨连"什么"都不问了，就看着她。

褚漾像是想从一堆选项里找答案，越说越觉得每个答案听上去都那么不可思议。

她的声音越来越低："还是你对我的身体上瘾了？"

这个问题太羞耻了，但她必须这么铺垫。

徐南烨抿唇，语气淡淡地道："你继续说。"

说最后的问题时她几乎快没声了："还是你喜欢我？"

她原以为男人会让她继续说，而事实上她铺垫了这么一大堆，也不过想问这个问题罢了。

正当褚漾懊恼自己自作多情时，男人忽然开口问她："你是不是傻？"

褚漾反驳道："你放屁。"

"我以为你能看出来，就没有说。"徐南烨头痛欲裂，语气听上去是真的很无语，"漾漾，你真的过于迟钝了。"

褚漾："……"

徐南烨靠着门，捂着额头有些苦恼。

"我喜欢你。

"你看不出来吗？

"你是傻瓜吗？"

褚漾有些结巴地道："那你一年前算计我……"

"也是因为喜欢你。"

"不是一夜情？"

徐南烨拧眉，道："那是你认为的。"

"可是一年前我们才刚见面。"

"但这不妨碍我从那时起就喜欢你。"

刚刚还哭闹着要跟他离婚的褚漾突然就冷静下来了。

徐南烨觉得奇怪，想了想，顿悟了。

男人的声音听上去有些疲倦："你跟我提离婚，是觉得我欺骗了你的感情？"

褚漾抿了抿唇："不然呢？"

徐南烨的耐心终于被消磨殆尽："你真看不出来我喜欢你吗？"

褚漾眼神游移："要不是你跟我说，我还真没看出来。"

"漾漾，"徐南烨从口中吐出一口浊气，感觉下一秒就要吐血，"你是傻瓜吗？"

褚漾瞪大了眼看着他，徐南烨这才觉得这个词可能用得有些重了，但又想不出更好的词来表达此刻自己内心无语的情绪。

半分钟后，徐南烨打算道歉，就听见褚漾震惊地道："你居然会骂人……"

徐南烨："……"

见徐南烨脸色微沉，褚漾收起了自己震惊的神色。

也是，他连架都会打，骂两句脏话算什么？

褚漾震惊过后，陷入长久的尴尬的状态。

徐南烨提醒她："漾漾，说话。"

褚漾声若蚊蚋："说什么？"

"你既然觉得我欺骗了你的感情，那是不是就代表，"徐南烨弯腰，用手指挑起她的下巴，语气低沉，"你对我有感情？"

褚漾咬唇，又大又亮的双眸里充满了躲闪和羞赧的情绪。

可她仍旧一言不发。

徐南烨想听到让他心安的答案，就像褚漾想听到他的告白那样。

男人目光晦暗，声音里带了点儿勾引的意味："乖，告诉我，你是不是喜欢我？"

褚漾张了张嘴，"xi"的音发了一半，剩下的就卡在喉咙里吐不出来了。

她真是好别扭。

但徐南烨有的是耐心等她把那个词说出口。

他们一个肯拖，一个肯等，时间却不允许。

褚漾背后的房门被敲响。

门外响起徐北也吊儿郎当的声音："打扰你们夫妻一下，二哥，爸找你，赶紧去吧。"

徐南烨低啧了一声。

褚漾双目放光，将下巴从他的手指间抽出来，口中催促道："你快去吧，去晚了你爸该不高兴了。"

男人拧眉盯着她。

褚漾缩了缩脖子，忽然感觉脸颊一痛。徐南烨正用微凉的指腹掐了掐她的脸，似乎有些气不过。

褚漾下意识地啊了一声。

门外的徐北也笑得更意味深长了："二哥赶紧的。"

徐南烨低声嘱咐："等我回来。"

褚漾推他："知道，你赶紧去吧。"

房门被打开，外头明亮的灯光瞬间倾泻进房间。

褚漾下意识地闭了闭眼。

门口的徐北也茫然地眨了眨眼，见两个人衣服整齐，连头发丝都是整整齐齐的，不禁咋舌："你俩好快啊。"

"瞎想什么，"徐南烨略带指责地看了他一眼，"就是聊了聊天。"

徐北也瘪嘴："聊个天还要锁门？"

徐南烨反问："不然打开门让你听？"

徐北也咧嘴："那敢情好，下次你们夫妻俩说悄悄话时一定记得带上我。"

"你找大哥和大嫂去。"徐南烨没想到他能这么不要脸，让他换个人坑。

"我不敢，"徐北也露出嫌弃的样子，"他俩凑一起就是工作工作。有一次大嫂出差，我看大哥大半夜的不睡觉在客厅里打电话，以为他们在说什么呢，凑过去一听，你猜他们在说什么？在聊工作！在凌晨两点聊工作，因为大嫂那边有时差，所以大哥半夜爬起来跟她聊工作！"

徐南烨扬眉，没觉得惊讶。

褚漾却莫名觉得大哥和大嫂之间有点儿甜。

兄弟俩又随口说了几句话，徐南烨拍了拍徐北也的肩往父亲的书房走去。

徐南烨走后，这条走廊上就只剩下叔嫂二人了。

"二嫂，你偷偷告诉我，刚刚二哥对你做什么了？"徐北也冲她挑了挑眉，"是不是做禽兽之事了？"

褚漾摇头："没有。"

"不可能啊。男女共处一室，二哥怎么可能忍得住？"徐北也很怀疑，转而问她，"二嫂，你是不是不想告诉我？"

褚漾答非所问："你为什么觉得他忍不住？"

"你听过一句话吗？平时不怎么发脾气的人，真发起脾气来会很可怕。"徐北也冲书房那边指了指，"我二哥就是这种人。"

褚漾微怔。

"你还记得崇正雅吧，就我二哥之前最好的朋友，"徐北也对她举了个例子，"高中那会儿崇正雅因为女朋友被隔壁高中的学生泡走了，一时气不过，找人算账，结果被人反杀。

"那天下午我们家有宴会，爸妈特意嘱咐我们放了学就赶紧回来换衣服、去酒店，结果都等到六点多，我二哥还没回来。终于等到他回来的时候，我们都被吓了一跳，他眼角和胳膊上还流着血。结果他没去那天的宴会，被爸妈锁在家里写检讨，后来我们才知道他是替崇正雅那小子打架去了。

"爸妈挺生气的，就让他俩绝交了。后来崇正雅出国了，我二哥居然逃课，巴巴地跑到人家家里去等，从天亮等到天黑，才知道崇正雅真出国了。他为了报复爸妈，那一个月都没去学校上课，天天去游戏厅找人打架，每一次都是打得一身伤再回来。"

331

下册

褚漾忍不住问："然后呢？"

徐北也继续道："然后？然后我以为爸妈会忍不住揍他一顿，结果没有，对他进行了几个小时的口头教育吧，二哥就消停了，再也没提起过崇正雅，后来的事你也知道了。"

褚漾心中五味杂陈。听徐北也说起这些，她不知怎么就想起了高中时还只有十几岁的徐南烨也曾鲁莽冲动地为朋友打抱不平。

但他的锋芒都在朋友和他绝交的那一刻全部被父母遮掉了。

十几岁的少年该有的冲动和肆意，他连拥有的资格都没有。

他被锁链牢牢地束缚着腿脚，每走一步，脚下都会传来沉重的铁链刮擦地面的声音。

"你也听家里长辈说了吧，二哥他是我们几个之中最听话的，从来没忤逆过大人的安排，结果就那么一次，他不但忤逆了，还跟爸妈作对。后来报考大学时，爸妈让他去马克思学院，他偏选了外语专业，还是学什么西班牙语，说毕了业要去当翻译。他以为木已成舟，可以不受家里控制了，结果最后还是从了政。"

徐北也又请求她："我跟你说的这些话别跟二哥说，不然他肯定要骂我多嘴。"

褚漾笑了笑："我不会跟他说的。"

"好二嫂，你比容青瓷那女人善解人意多了，"徐北也赞许地看着她，"以后我结婚一定要找个跟你一样善良体贴的女人。"

容青瓷就是他大嫂，容榕的姐姐，两个人青梅竹马，私底下都是直呼名讳。

他说这话倒让褚漾对他的感情状况好奇起来。

"你为什么还不结婚？还没女朋友吗？"

徐北也顿了顿，自嘲道："没有，孤家寡人。"

"那你也没有喜欢的人吗？"

"有。"徐北也轻笑道，"只可惜我是单恋，她嫁给别人了。"

他说完，只觉后背忽然被敲了下，听见身后传来声音："北也哥哥。"

徐北也恍然，回过头看着那人："干吗？吓我一跳。"

容榕笑嘻嘻地道："你和二嫂在说什么？"

褚漾接话："我问他怎么还没有女朋友。"

容榕的脸色一时间有些尴尬："啊，这样。"

徐北也用力地敲了敲她的头："你别误会，我早对你没想法了。追我的女人能从这里排队到法国，我挑花了眼，选不出来罢了。"

容榕舒了口气："那就好。"

褚漾隐约察觉到什么，但没打算问。

感情这东西，过去了就是过去了，再纠结就没意思了。

容榕已经结婚了，自己也结婚了。

书房内，大半年没见儿子的徐父省去了和徐南烨之间的一切寒暄，直截了当地切入主题。

"我让你调职，你考虑好了没有？今年年末政府有考核，只要过关就可以直接去报到。"

徐南烨淡淡地说："我不会调职。"

徐父声音浑厚，听上去有些瘆人："你什么意思？你要一直待在外交部？"

徐南烨丝毫不在意他的语气，点头："嗯。"

"南烨，你差不多也该闹够了吧？我让你待在外交部，是让你历练的，不是让你扎根的，你现在就是个副司长，还是国际司的，要等到什么时候才能进入中央？你上头那位学生部长这些年成绩突出，一时半会儿肯定退不下来，你是不是打算再晋个司长就完事了？"

他还不到而立之年，就已经坐到了这个位置，换外人看已经是年轻有为，前途一片光明。

徐父却不这么想。

如果徐南烨听他的安排，现在又怎么会止步于此。

徐父知道这个儿子看着好脾气，其实骨头最硬，比他哥哥和弟弟难劝多了。

"我问你，如果你再次被外派怎么办？你老婆怎么办？你要带她一起出国？她家里人舍得吗？"

徐南烨的神色终于出现一丝松动。

徐父眯起眼，再接再厉道："当初得知你要娶她，说实话我们是不太同意的。你的配偶应该是能够帮你打理工作事务的，不但对外要言行得体，对内也要照顾好你的生活起居。但你找的小姑娘连象牙塔都没出过，每天的日子就是上课放学。不要说让她照顾你，我看需要你照顾她才是。但你当时许诺我，等她毕业后能够独当一面了，就会听从我的安排，我才松口同意你们结婚，现在你都忘了？"

"我没忘，"徐南烨沉声道，"但她还没有毕业。"

徐父冷哼道："你当我没问过亲家？她打算读研，要真等她毕业，你在外交部的位置都坐稳了！

"南烨，这么多年来你只忤逆过我三次，第一次是你和崇氏那个不学无术的小子做了朋友，第二次是你擅自填了大学专业，第三次是你结婚。"

徐父声音平和，威慑力却半分不减："第一次和第二次的后果你都清楚，第三次我不希望你再跟我对着干。"

徐南烨当然清楚。

他和崇正雅再也做不成朋友。

他进了外交部，因为一纸任职书被丢到了赞干比亚，差点儿在那里丢了命。

徐南烨捡回一条命后，接到了父母的跨洋电话。

他们的第一句话不是问他怎么样，而是夸奖他做得很好，舍命护住了大使馆，等回国后政府一定会大力嘉奖他，这给徐家带来了极大的荣耀。

徐南烨眼神渐冷："爸，这事跟她无关。"

"但她是你老婆。你也不想你老婆这么年轻就跟着你这个丈夫跑到国外去吧？但如果你调去了国外，她不跟着去，你们便会两地分居。小姑娘年轻，受得了和丈夫一年都难得见一次面的苦吗？"

徐父紧接着给出最后通牒："你有两个选择，调离外交部考去中央，要不就出国为徐家多获取几份荣誉回来。"

"爸，"徐南烨轻轻笑了，"我对你而言只是工具人吗？"

徐父挑眉："你说什么？我为你安排的哪件事情不是为了你好？你还这么年轻，前途一片大好，你非要把时间蹉跎在这里做什么？"

徐南烨语气讥讽地道："做我自己想做的事就是蹉跎时间？"

徐父瞥了他一眼："南烨，你一向很听话，我不希望你再忤逆父母的安排。"

"我听话，也不见你和妈对我有多好，连我以后想做什么都没问过。"

徐父重重地拍了拍桌："你这么些年在外交部也过够瘾了，还要怎么样？"

徐南烨起身："不怎么样，你刚刚说的那些我一个也不会选。"

徐父瞪着他："你再说一遍？"

徐南烨语气轻柔地道："您已经听清了不是吗？"

他对父亲鞠了一躬，转身缓缓地离开了书房，最后轻轻地带上了门。

不论徐父在书房内如何叫他的名字，他依旧置若罔闻。

这是徐南烨在社交场上经常用的手段，见人三分笑，笑意不见底，谈不拢也不会发脾气，只是无视和冷待，如今他将这态度用在了自己的父亲身上。

家宴结束，偌大的徐宅亮起从正大门到正厅的灯盏，照亮宾客离开的大路。

褚漾一行人都喝了酒，打算今天晚上就歇在徐宅。

用人在饭厅里收拾残局，碗筷之间碰撞发出声音。

褚漾和徐母坐在沙发上聊天。

她和婆婆不熟，但今天婆婆格外热络，不单问了她在学校的课业情况，还问候了她的父母。

婆婆问什么她就乖巧地答什么。

"我听亲家说，你在学校的成绩很好，打算读研是吗？"

褚漾点头："嗯。"

"你还有一年大学毕业，如果读研就又是三年，等出来后也二十五岁了。"徐母冲她温和地笑了笑，"那个时候也不知道南烨坐到什么位置了，但你作为他的内人，理应帮他分担事务。"

"您这话我不太懂。"

徐母语气柔和地问："如果遇到南烨又要出国任职，而你还在念书的情况，你想过怎么处理吗？"

褚漾不禁皱眉。

"放弃学业然后陪他一起出国，你愿意吗？"

褚漾下意识地就要拒绝这个提议。

"我知道你心里不想这样选择，所以希望你能帮我们劝劝南烨，"徐母循循善诱，"让他听从家里的安排，离开外交部。"

原来这才是徐母最主要的目的。

褚漾想起了崇正雅和徐北也对她说过的话。

徐南烨在这样的环境中长大，看似衣食无忧，养出一身矜贵优雅的气质，实则锋芒尽失，做什么都无法随心所欲，交自己喜欢的朋友不行，甚至婚姻都成了桎梏他的枷锁。

褚漾也成了他的绊脚石。

徐南烨外表看着斯文，对谁都一副亲切温和的态度，就连他的家人也一直是这样认为的。

但他内心早已经绝望，以至于每一次微笑都触不到心底。

和徐母谈过话的褚漾回到了徐南烨的房间。

他刚洗了澡，头发还有些湿，正坐在灯下看书，柔和的灯光将他清俊的脸庞照亮，镀上一层金色的光芒。

徐南烨见她进来，冲她招了招手："漾漾。"

褚漾乖巧地朝他走了过去。

等她来到面前，徐南烨拉起她的手，细细摩挲她柔软的手心，像是在把玩玩具。

"我收回之前跟你说的'不同意离婚'的话。"徐南烨淡淡地笑了。

褚漾怔住了。

徐南烨温柔地道："虽然结婚的时候我们没有约定过财产分割的事情，但离婚后我会把自己名下的所有财产都给你。"

褚漾的脸色变得有些难看，她颤着声音问他："是因为出国的事情吗？"

徐南烨点头："不怕你笑话，我可能没办法反抗。"

褚漾勉强地笑了笑："那也没必要离婚啊……"

"我已经没办法做自己想做的事了，不希望你被我连累。"徐南烨轻叹，"我希望你能够自由一些，如果我们离婚了，你就没有这些烦恼了。"

他的话温柔有力，句句都在为她着想，但褚漾不住地在心里冷笑着。

沉默半晌后，褚漾嘴唇翕动，似乎说了什么。

徐南烨没听清："什么？"

"狗男人。"褚漾这回说得很清楚了，抬眼直视他，又骂了一句，"你就是个狗男人。"

徐南烨露出了苦笑。

褚漾咬牙切齿地道："说不离婚的是你，说离婚的也是你，你是弹簧吗？"

她甩开他的手，转身背对着他，用力地吸了吸鼻子，虽然已经尽全力压抑了自己的情绪，可说话的声音还是止不住地带着哽咽和委屈的情绪。

"喜欢上你这种狗男人，我真是倒了八辈子霉！

"离就离，我要去找新男人！

"狗男人你给我滚开点儿！"

她放完狠话就忍不住哭了。

为了避免丢脸，她用力地擦掉眼泪，往门外跑去，结果还没跑出几步，一双有力的手臂就揽住了她的腰。

猝不及防间，她被身后的男人抱了起来，双脚腾空。

褚漾挣扎着，道："老浑蛋你干吗？！"

徐南烨没说话，只抱着她往里间走去。

褚漾瞬间就懂了："分手炮？门儿都没有！放我下来！"

但无论她怎么挣扎，男人依旧抱着她往床边走去。

直到被放在了床上，褚漾迅速翻了个身，抓起枕头就往他脸上打。

结果徐南烨连躲都没躲一下，任由柔软的鹅毛枕头盖在了自己的脸上。

褚漾蒙了，虽然用这枕头打人不疼，但这已经是今天第二次打他了。

她是暴力狂吗？

就在她愣神间，男人将脸上的枕头拿下，笑意盈盈地望着她。

褚漾更蒙了。

徐南烨低笑："总算说出口了啊。"

"……"

褚漾突然双颊涨红，指着他大叫："你又骗我？"

"对不起。"徐南烨嘴上向她道歉，脸上却一点儿歉意都没有，"特别时期，特别手段。"

褚漾问他："那离婚的话你也是骗我的？"

"好不容易把你娶到手，你觉得我会放你走吗？"徐南烨轻轻刮了刮她的鼻子，"傻瓜。"

褚漾只觉一张老脸没地儿搁，恨不得当场撞墙自杀。

她绝望地捂着头，委屈地说："你们一家心太脏了。"

徐南烨哭笑不得，拍拍她的头，嘴角带着温柔的笑意："夫人还需要努力啊。"

她可能是这个家最愚蠢的人了。

褚漾瘪嘴，不理他调侃的话。

她双腿向内翻折，坐在床上仿佛被点了穴。

徐南烨用那双琥珀色的眼望着她，眼中含笑，耐心地等待她回过神。

时间一分一秒地过去，两人都没开口。

褚漾刚告白完就神游天外，也不管被告白的对象是否被冷落在一边。

或许是觉得男人的目光太让人不自在，褚漾抿唇，伸手将不远处的被子拖了过来，然后双手一扬，用被子盖住了自己的头。

被子模模糊糊地勾勒出一个打坐的人形。

徐南烨眉头微挑，伸手捏住被角，想将被子拿下来。

"别拿下来，就这样。"被子里的褚漾瓮声瓮气地说。

又过了好久，被子里的褚漾才又开口："师兄。"

她这几天什么称呼叫着刺耳就叫什么，有几次吵到正酣，甚至脱口吼出他的名字，到现在才终于叫回了"师兄"这个称呼。

她原本的声音甜美、清脆，但因为性格比较张扬，所以平常都是扬高了声音说话，自信又高调，尤其吵架的时候。

这样绵软温柔的嗓音他是难得听到的。

徐南烨应道："嗯？"

他还以为她要说什么，结果她只是小声问他："刚才打到你，疼吗？"

徐南烨愣了愣，才想起她问的是什么。

褚漾躲在被子里，屏息等待他的回答。

褚漾深刻反省自己的错误，以求徐南烨谅解自己。

徐南烨和她之间隔着被子。

他看不见她的表情，只听得见她渐渐低落下来的呼吸声。

褚漾自然也看不见他现在是什么表情了。

她听见男人说："疼。"

被子里的人不安地动了动。

徐南烨突然凑近她，将双臂撑在她的身体两边，在她毫无所知的情况下直接和她脸对着脸，呼吸打在了罩着她的被子上。

当然褚漾被笼罩在黑暗下，什么也不知道。

她只觉得男人的声音突然离得很近。

徐南烨问她："还有点儿疼，怎么办？"

褚漾知道他或许在诓骗自己，但想到自己是动手的那一方，又不占理。对于她刚才做的事情，徐南烨别说回击，连一句该有的责怪都没有。

她从徐北那里得知，徐南烨除了年少时打过架，长大后没和别人动过手，就连和父母对着干，父母也没有打过他。

这样金贵的少爷被眼镜和枕头打到，就算没在身上留下伤口，恐怕也对他造成了不小的心理伤害。

褚漾想了想，忽然把手从被子里伸了出去，在床垫上摸索着，终于摸到了他撑在床上的手。

褚漾抓着他的手，语气严肃地道："这样吧，你打回来。"

还未等徐南烨做出什么反应，她就又补充了一句："除了脸，其他地方随便你打。"

她话音刚落，头就被敲了一下。力道不重，更何况有被子盖在上面，但褚漾还是愣了。

"你真打我？"

褚漾是跟他客气，没想到这男人居然真的打她。

她猛地掀开被子，眼前忽然大亮。褚漾一下没适应过来，眯了眯眼要找徐南烨算账。

英俊的脸就这样猝不及防地映满她的眼帘。

男人温润的五官放大数倍，和她眼对眼，鼻对鼻。

他的长相是没有攻击性的，肤色白皙，五官俊俏，眉毛浓密却不显粗犷，眸色很浅，像是两颗浅棕色的玻璃糖，眼部轮廓细长又柔和，薄薄的内双隐在眼皮下，只垂眸时在眼睫上方勾勒出明显的线，笑的时候眼尾微扬，瞳孔中泛起朦胧的涟漪，如同夜空中皎洁明亮的上弦月。

他像隐在山中的温泉，夏季凉爽沁人心脾，冬季温暖泛起白雾，四季如春，温文尔雅，矜贵内敛，高洁伟岸。

褚漾小时候读过不少言情小说，书里的男主角大多霸道强势，让人害怕却又忍不住心里小鹿乱撞。

她曾经也幻想过被这样霸道的男人抱在怀里，明月皎洁时，二人独处中，男人用力地吻她，说些让人羞耻又心动的情话。

褚漾觉得心跳骤快。

看着眼前的男人，褚漾莫名联想到与他的床笫之事。

男人嗓音沙哑地叫她"漾漾"的样子和平时差别很大，她几乎很难相信他摘下眼镜后也会那样霸道。

褚漾及时打住，命令自己停止遐想。

她撑着床，将屁股往后挪了挪，试图拉开一些与他的距离。

男人低低地笑了："躲什么？"

褚漾听不得他这略带调笑的声音，总觉得他放了把钩子死死地钩着自己的心尖尖。他温润的嗓音一响起，她心脏就猛地缩紧，连呼吸都变得困难。

"没、没有啊。"

她重新用被子把自己盖住了。

徐南烨又问她："你不热吗？"

隔着被子，他看到她的脑袋晃了两下，然后被子下的人忽然躺了下来，仍用被子死死地捂住自己，把自己包成了一个大蚕蛹。

她的声音闷闷的："我要睡了。"

徐南烨挑眉，语气带笑："你洗澡了吗？"

"……"

被子里的人沉默了。

褚漾何止是没洗澡，连妆都没卸，身上还有酒味。

徐南烨隔着被子拍了拍她："去洗澡。"

褚漾恼了，又把被子猛地掀开，语气激动地道："你总催我洗澡干什么？你是不是嫌弃我脏了？"

因为羞赧而变得无比暴躁的褚漾现在就像个炮筒，一旦徐南烨说的话不合她的心意，就能原地爆炸升天成为夜空中最灿烂的烟花。

徐南烨也没生气，温柔地哄她："不是嫌你脏。"

褚漾重重地哼了声，别过头不理她。

他又轻飘飘地说了句："只是你喜欢事前洗澡，所以我才让你先洗澡。"

褚漾靠着床头，结巴道："你、你要干吗？"

刚问出这话，她就立马后悔，从前吃过教训的褚漾立马捂住了徐南烨的嘴。

徐南烨也就没来得及把那两个字说出口。

见男人眨了眨眼，褚漾红着脸警告他："不许说干你！"

徐南烨顺从地点了点头。

褚漾见他听话，放心地把手放下了。

结果男人下一秒又笑眯眯地说："干我也可以。"

"……"

褚漾安静了几秒，手指向门外："请你出去。"

注意到徐南烨眉梢微扬，缓缓起身，褚漾以为他要做什么，防备地盯着他一动不动。

"那你早点儿睡。"

男人转身，居然真的出去了。

褚漾目瞪口呆地看着他潇洒的背影，等回过神来，发现他已经不在房间里了。

她一边揪着被子生闷气，一边在心里默默地辱骂徐南烨，但又没那个胆子去把人叫回来。

褚漾内心难耐，觉得两个人好不容易把话说开了，怎么又把人作走了？

没过几分钟，褚漾边骂边下床，打算去找徐南烨。

她走了两步又觉得委屈。

自己也不是不让他干什么，为什么说话就不能委婉点儿呢。

每次只要她在心里萌生出徐南烨斯文儒雅的想法，下一秒他就能无情地打破这岁月静好的幻象。

褚漾来来回回好几十趟，房门终于又被敲响了。

她的心跳随着那响起的敲门声快了起来。

褚漾别别扭扭地挪到门边，慢吞吞地打开门，也不往门口看，拼命地忍住嘴边得意的笑容，装出一副傲慢的样子："知道错了吗？"

"我错了，我真的错了。"来人是认错了，但不是徐南烨的声音。

341

说这话的是徐北也。

徐北也按着额头，语气无奈道："二嫂，我已经二十五岁了。劳烦你跟我哥说说，我真的不需要他陪我睡觉了。"

褚漾有些愣，紧接着看到了站在徐北也身后的徐南烨。

他也恰好垂眼看着她，嘴边挂着淡淡的笑。

她有点儿蒙："怎么回事啊？"

"夫妻床头吵架床尾和。就算我哥做了什么让你不高兴的事，二嫂你也不用把他赶出来睡啊。"徐北也深深地叹气，做出和事佬的样子来，"我一个人睡这么多年了，突然跟八百年前就分了床的哥哥睡一起，真的做不到。"

他本来一个人睡得好好的，但徐南烨敲响了他的门，扰乱了他的清梦。

"你二嫂把我赶出来了，我们凑合一夜。"

徐北也感到震惊，连忙追问这是怎么了。

徐南烨只淡淡地道："夫妻私事，你不方便知道。"

徐北也腹诽，但还是收留了这个哥哥。

比起大哥从小严肃正经，二哥还是挺宠他的。

他从衣橱里给徐南烨拿了套新的被褥。

结果徐南烨说："我习惯睡床。"

徐北也说："行，你睡床，我打地铺。"

徐南烨又说："我于心不忍。"

徐北也没话说了："哥，那你想怎么样？"

徐南烨指着那张一米八的大床："我们一起吧。"

徐北也下意识地抱紧了自己的小身体："我一直把你当哥哥的。"

徐南烨笑了笑："少跟榕榕看那些乱七八糟的小说。"

徐家三个兄弟个个人中龙凤，站在人群中就是一道风景线。

容榕不敢惹两个哥哥，就经常让徐北也看些乱七八糟的东西。

徐南烨知道，但没在意，也没向徐东野告状。

谁知道容榕真把徐北也的思想玷污了。

兄弟俩二十年后首次一起躺在床上，徐北也激动过后，很快就有了睡意。

本来他马上就要睡着了，结果徐南烨又说话了。

动
的他
心先

342

"北也，小时候你睡不着时，我经常给你说故事哄你睡觉。"

徐北也忍无可忍："你到底想怎么样？"

徐南烨声音轻柔地道："北也，报答哥哥的机会来了。"

徐北也对着天花板咆哮了一声，拉着他哥敲响了二嫂所在的房间的门。

"二嫂，你看好二哥，如果他再来找我，我就去跟爸妈告状。"

徐北也生无可恋地搬出了爸妈换取自由。

徐南烨去徐北也的房间逛了一圈回到了自己的房间。

"漾漾，北也不收留我，"徐南烨叹气，"我也没办法。"

褚漾扯了扯嘴角："你们徐家有这么多房间，你非要去你弟弟的房间里睡，你是不是故意的？"

徐南烨眨眼："不是。"

如果她又把徐南烨赶出去，那明天全家人都会知道她是个大半夜连房间都不许丈夫进去的泼妇。

这里是徐宅，是徐南烨的主场，她要敢这么做，这少奶奶的脸面也是不要了。

褚漾忍无可忍地道："你就是故意的！你还卖可怜！你这个杀千刀的狗男人！"

她刚吼几句，就被男人用手指按在了唇上。

柔软的触感让褚漾蒙了几秒，随后她偏头躲开了他的手指："干吗？"

徐南烨轻笑："嘘，小点儿声，被人听到就不好了。"

"这都会被听到？"褚漾怀疑，"你们家的隔音效果这么差？"

"是啊，"徐南烨弯腰与她平视，"但有一种声音小，不会被听到。"

褚漾呆呆地顺着他的话问："什么声音？"

徐南烨眼神微热，挑起她的下巴，轻轻往她脸上咬了口。

褚漾感觉脸颊微痛，心跳加快。

男人戴着眼镜，矜贵斯文，嗓音磁性动人，只可惜说出来的话太禽兽。

"做爱的声音。"

"你、你、你、你骗人。"

褚漾退无可退，背抵着墙，不安地用双手拽着裙角，连抬头都不敢。

徐南烨挑眉道："怎么，不信？"

"我信你个鬼，你当我……"

她话说了一半，终于意识到自己被徐南烨带进了坑里，及时改口："我懒得跟你说。"

结果这狗男人压根儿没打算放过她，眼里全是促狭的笑意。

"当你什么？"

褚漾盯着自己的脚尖："当、当山峰没有棱角的时候，当河水不再流。"

徐南烨怔了会儿，喉间溢出低沉的笑。

然后他居然接了歌词："我还是不能和你分手。"

《还珠格格》十级爱好者"实锤"了。

褚漾："……"

徐南烨声音温柔："我也是。"

褚漾默默地挪动脚步，试图离他远点儿。

徐南烨就那么笑吟吟地看着她小步小步地挪远，然后等她以为自己成功逃脱的时候，长臂一伸，又将她捞回面前。

褚漾嘟唇，瞪他。

她的眼睛大而明亮，嗔怒时眼波流转，显得风情万种，明明是瞪人，却总像是在勾引面前的人。

她自己都不知道，美人之所以被称为美人，是因为嗔痴喜怒都让人记忆犹新，一颦一笑也能被当作无意地撩拨。

他被这样的美人瞪上一眼，骨头都要酥上半天。

第一次也是这样。酒吧的气氛本来就正经不到哪里去，她也是挪挪停停地想要逃走，殊不知她越是想逃，男人就越是不想放过她。

徐南烨自制力不错，但防线一旦土崩瓦解，情况就会不可收拾。

他掐着褚漾的腰将她腾空抱起，直接将人扛到了床边。

见褚漾刚碰到床垫就赶忙坐了起来，徐南烨二话不说直接按住她的肩，低头攫取她的唇。

亲了约莫两分钟，褚漾受不住了，想动动脖子，四片紧贴的唇瓣终于分开，一根细细的银线却始终连接着两人的嘴唇。

见他舔了舔因为摩挲而变得红艳还泛着水光的唇，褚漾只觉心跳加速，这次是真的不敢看他了。

温润如玉的男人成了不知餍足的野兽，逗弄她时动作热切又大胆，把褚漾弄得面红耳赤也不肯停下。

末了，他还不忘从背后捂住她的嘴，哑声提醒道："漾漾，小点儿声，这儿隔音效果不太好。"

褚漾有些慌，她和徐南烨从来没在这间房间里做过。

她惊人的忍耐力也因此完全爆发出来，连自己的嘴唇都被咬破了，闻到了淡淡的血味，也不肯再发出一点儿声音。

或许是她眼底含泪，连哭都不敢大声哭的样子实在太过可怜，终于引起了徐南烨的一丝怜惜。

他俯身温柔地将她唇边的血舔掉："我骗你的，叫出来吧。"

睫毛被眼泪打湿，她连睁眼都有些困难。

她闭着眼也不看他，一边抽泣，一边骂："呜呜呜，你、你又骗我，老浑蛋……你、你不是人。"

男人心疼地亲掉她眼睛上的水渍："对不起，只是想逗逗你。"

褚漾被他骗怕了，虽然没有咬唇继续憋着，但还是尽力压着声音，只敢断断续续地低吟。

结束之后，徐南烨帮她擦身。

褚漾呆愣愣地盯着天花板，带着鼻音问："为什么你都不叫的，你不爽吗？"

这个问题终于把她身边这个精明腹黑的男人问住了。

褚漾偏头看他，似乎在等一个答案。

徐南烨喉结微动，声音里还染着些许撩人的情欲："你没听到而已。"

"你骗人，我一点儿都没听到。"

他又叹气："我骗你做什么？"

褚漾忽然坐起身，用被子挡在胸前，语气严肃："这也太不公平了，我忍得这么辛苦，凭什么你就这么轻松？"

徐南烨帮她穿好衣服，这会儿正给自己系上睡衣扣子，闻言，抬眸冲她笑了笑："所以呢？"

猝不及防间，他被面前的人扑倒在床上。

褚漾将手撑在他的脑袋两侧，由上至下地看着他："你躺好。"

徐南烨扬眉，尾音慵懒："嗯？"

褚漾心跳如擂鼓，但还是大着胆子说出了自己的目的："我要听到你叫。"

徐南烨状似了然地哦了声，眼神促狭，嘴角露笑，问："你要干我？"

褚漾点头："对，你有什么意见吗？"

"没意见，"徐南烨伸手环住她的腰，手臂稍稍用力，将她往自己身上压，而后将薄唇凑到她的耳边，轻轻吹了口气，"快点儿。"

褚漾："……"

他这么主动吗？

这种事一向是徐南烨出力，她只要负责配合就行，没想到自己做起来这么累人。

徐南烨体贴地问她："用我帮忙吗？"

褚漾汗涔涔地吼他："不用！你别说话！"

没过多久，褚漾累瘫了，趴在他的胸口喘气。

男人胸口微颤，压低声音笑她："完了？"

她被笑得好没面子。

褚漾低头，咧嘴咬了他一口。

"嗯……"

徐南烨忍不住蹙了蹙眉。

他的喉间溢出了和平时不同有些难耐又有些舒服的低吟声。

褚漾忽然间心潮澎湃，抬头盯着他的脸。

男人见她看着自己，扬了扬唇，笑容仍然温和，但通红的耳根和微红的面颊出卖了他。琥珀色的眼眸里此刻也像是泛着水，他与她对视时，丝丝情欲在眼中流转，饶有兴味地等着她的下一步行动。

上好的温润美玉终于被男女之事玷污，从高高的明月上掉落下来。

这样的男人一旦陷入情欲的网，再高傲自持也忍不住内心的渴望。他凝望着眼前的人，恨不得将她揉进心里。

他眉眼温润，眼中仿佛含着碎冰，但这一刻也全都化成了清澈的水。

褚漾终于知道为什么小说中的男主角都希望女主角叫出来。

看着面前的人因为她发出这样诱人的声音，她忍不住又是欢喜又是得意。

他只会在自己面前这样。

这一刻，褚漾感觉到了前所未有的满足感，仿佛一颗心被填得满满当当。

她抱着徐南烨的脖子，小声说："师兄，我好喜欢你啊。"

徐南烨微愣，忽然想看看她的脸。

她却执拗地不愿意放开他的脖子："别看我嘛。"

徐南烨抚上她的后脑勺，声音低沉温柔："我知道。"

"那你呢？"

他顿了会儿，用了个其他的词。

"我爱你。"

怀中的女孩儿低声笑了出来。

徐南烨跟着笑了起来，明知故问道："笑什么？"

"不告诉你。"

他没再追问，将臂弯又收紧了几分，神色温润，没了眼镜的遮挡，温柔的目光全数露了出来。

昨夜温柔缠绵的经历终究是要付出代价的。

褚漾软着腿下楼吃早餐。

徐家这些人也不是什么毫无经验的善男信女。大家心知肚明，只是表面上依旧矜持高贵，当作什么都不知道。

唯一没眼力见的就是徐北也。

他一看二嫂是扶着楼梯下楼的，立刻对徐南烨竖起了大拇指："二哥，牛啊。"

"……"

"……"

全家人静默了几秒，气氛很尴尬。

"食不言，寝不语，吃你的早餐。"徐东野轻咳一声，招呼褚漾过来："弟妹，过来吃早餐。"

褚漾红着脸走到餐桌边。

大嫂有意替她找台阶下："今天周一，你不用赶回学校上课吗？"

"我早上没课。"不然她昨天晚上也不会睡在婆家了。

"那待会儿要不要我送你去学校？"大嫂咬了口溏心蛋，含混地问，"我待会儿要去办事，正好路过你们校区。"

旁边的徐南烨温柔地替她回绝："不麻烦大嫂了，待会儿我送漾漾回学校就行了。"

大嫂有些奇怪："嗯？你不用上班打卡啊？"

"请了个小假。"

"奇怪了，你们司事情不是最多的吗？国庆都没见你休几天假，怎么这会儿还能请假了？"大嫂想了想，恍然大悟，"难道说你要调工作了？"

餐桌上的徐父和徐母同时停下了手上的动作。

徐南烨眼神扫过二老，随即笑了："还没定下来。"

徐北也最沉不住气："二哥，你又妥协了啊？"

徐父驳斥："什么妥协？这是为你二哥好，你以为谁都跟你一样就知道跟我们作对？"

徐母欣慰地笑了："吃饭吧，吃完了送漾漾去学校。"

餐桌上的人脸色各异，褚漾却觉得手中的三明治突然不香了。

一直到吃完饭，和婆家的人告了别，又坐上了徐南烨的车，褚漾才忍不住问出口："师兄，你真要调岗吗？"

徐南烨笑而不语。

"我知道你是不想去的，但如果是因为我……"

剩下的话她说不出口了，也不知道该怎么说出口。

徐南烨侧头看着她："你放心，我会处理好。"

褚漾也不知道他会怎么处理，心里却又觉得，比起他出国任职，其他怎样都好。

但她知道他心里是不愿意的。

一时间褚漾也不知道该说些什么了。

车上的时间过得很快，横跨好几个区的路程居然已经走完了，褚漾从来不知道原来学校和徐家挨得这么近，几乎是一瞬间，屁股还没坐热，就要下车回学校了。

往常徐南烨都是把她送到校门口，然后她自己进去。

结果她还没想出什么理由多赖一会儿，便见徐南烨直接把车开过了停车杆进了学校。

褚漾愣了："你怎么开进来了？"

徐南烨声音轻柔道："送你到寝室楼下。"

褚漾连忙摆手："我让我的室友在楼下接我来着。你快停车吧，待会儿让她看到了就不好了。"

徐南烨挑眉道："漾漾，你不打算把我介绍给你的室友吗？"

褚漾不明所以地问："为什么要介绍？"

"在大学里谈恋爱，谁有了对象就要请寝室的人吃饭，"徐南烨叹气，"更何况我是你的丈夫。"

褚漾没想到他居然在乎这个，心跳又不受控制地狂跳了起来。

"但是之前也没介绍啊。"

"不一样，"徐南烨侧头冲她笑了笑，"我现在是你真正的丈夫了。"

褚漾拼命压抑住唇边即将扬起的弧度，娇声娇气地低喃："那也不用今天啊。"

车子已经离宿舍楼不远了。

褚漾越来越急，生怕真的被室友看见："你好歹也让我先跟室友说啊，不然她们没准备，我也没准备。"

车子如愿停在了路边。

褚漾舒了口气，又意识到了什么，蹙眉质问他："原来你打的这个主意，你故意送我回学校的是不是？"

徐南烨丝毫不心虚："不是故意的。"

褚漾不罢休，逼问他："这也不是故意，那也不是故意，你有什么是故意的？"

男人忽然垂眼，吧嗒一声解开了自己的安全带。

褚漾睁大了眼："你别下车，会被围观的！"

现在正好是上课高峰期，路上都是学生，他一下车，那盛况可想而知。

男人置若罔闻，在她还担心他会下车的时候，忽然倾身，抬手扣住了她的后脑勺。

温温凉凉的唇贴上了她的唇。

清晨的校园，学生三三两两地往不同的教学楼走去。

黑色轿车停在路边，像是突然闯进校园的异类。

徐南烨放开她，眼中满是促狭之意，嗓音低沉，回答了她刚刚的问题。

"这个是故意的。"

第 七 章

你不看我要看谁?

早上没课,舒沫醒了后躺在床上玩手机,忽然收到了褚大小姐的微信:"我回来了,没拿门禁卡,待会儿下来给我开门。"

自从那天吃了饭,褚漾说要回家后,舒沫就没看到过这人了。短短两天,舒沫居然觉得恍如隔世。

舒沫按捺住心中对这位闺密的思念,将手机塞在枕头下,当作什么都没看见。这么冷的天下楼开门,就是去楼下吹风。她得考虑考虑,装没看见微信是最好的办法。

枕头下的手机又振了几下。舒沫烦躁地坐起身,又把手机掏了出来。

"快点儿。

"我知道你醒了,刚看你'王者'在线。

"有空排位,没空下来接室友?

"塑料室友情。"

褚漾在外人面前只管装成一副岁月静好的样子,对着熟人就是暴躁老姐。不过,最近发生了很多事情,混迹学校论坛的学生们早察觉到了她不是他们想象中的"小白花"。

她在实验室怼人的那段视频挂在论坛上被传得神乎其神,跟帖的学生都夸她"漾姐 slay[1]""怼得太爽了"。比起以前给别人留下的温婉、明媚的印象，似乎她现在这个人设更受欢迎。

她本来就长着一张"高级猫系脸"，有点儿妩媚，越坏越漂亮。"颜狗"管她拿的什么人设和剧本，只要好看他们就爱。

舒沫心不甘情不愿地从床上爬了起来，一时没控制住动作，吵醒了对面的宋林幼和陈筱。

宋林幼迷迷糊糊地问了句："上午没课，你怎么起这么早？"

舒沫说："褚娘娘回宫，做奴婢的不得下床迎驾？"

"她又没带门禁卡？"

舒沫恨恨地说道："每次周末回家都不带卡，我怀疑她是故意的。她就是享受这种奴役我的感觉。"

宋林幼敷衍地哦了一声，又闭上眼睛，说道："小沫子你去吧，声音小点儿。"

舒沫走到宋林幼的床下，踮脚，抬手拍了拍她的床板："你跟我一起，这么冷的天，凭什么我一个人下楼啊？"

宋林幼用被子裹住自己："我不，你让陈筱陪你吧。"

舒沫看向陈筱。陈筱原本在装死，但她放在床下桌子上的手机正好响了起来。

舒沫走过去帮她关掉了，看见闹钟的备注是"图书馆"。舒沫从来没有哪一刻这么敬佩过陈筱对学习的坚持与热爱。

虽然陈筱起床纯粹是要去图书馆自习，但舒沫仍然很高兴，因为有人陪她一起刷牙、洗脸，离开温暖的被窝下楼吹风了。

舒沫站在阳台上边刷牙边看微博。

看见褚漾又发来了新的消息，舒沫原本想回"催什么催"，结果发现褚漾是让她暂时不要下楼。

"你先别下楼。"

"你搞什么？欺骗我的感情？我牙都刷了！"

1　网络流行语，指角色具有压倒性或绝对优势的表演，给人留下极其深刻的印象。

"没法解释，总之你先别下楼！"

舒沫现在嘴里还含着泡沫，很尴尬。她放下牙刷，手指在屏幕上飞舞。

"你要是不解释清楚，咱俩的友谊就到此为止了，以后你就是死在寝室楼下，我也不会下去给你开门。"

褚漾发了个哭泣的表情。

舒沫不为所动。

褚漾后来发的那句话，直接将舒沫震得当场魂飞天外。

"师兄跟我在一起，他说想请你们吃个饭。"

舒沫的脑中瞬间闪过无数的念头，她僵着手指，问褚漾："哪个师兄？是我想的那个吗？"

"你想的是哪个？"

"还能是哪个？就是外语学院杰出校友墙上的那个啊！"

静默几秒钟后，褚漾给了她一个具体的答复："嗯。"

舒沫直接在阳台上喊了出来："什么！"

她发誓自己打字的速度从来没这么快过，一连串问题被发了过去。

"你们真确定关系了？

"你之前不是说不当真吗？

"玩出真心来了？

"你什么时候开课？专教撩男人的那种课。我先报名。

"我这辈子都没想到会被室友的男朋友请吃饭，而且还是徐师兄请的。

"哈哈哈哈哈哈，褚漾，你太牛了！"

寝室里的另外两个人被她吓了一大跳。宋林幼尤为暴躁："舒沫，你叫什么？你信不信我现在就下床把你的头打爆？"

舒沫冲进了寝室，还顺手带上了门，深深吸了口气后，对寝室里的两个人说道："我说个消息，你们不要太震惊。"

"卖什么关子，快说！"陈筱的语气里也夹杂着些许不耐烦，"你不说，我就去图书馆了。"

舒沫语气平静地说道："褚漾交男朋友了，她男朋友要请我们吃饭。"

宋林幼的表情有些怪异："顾学长？"

舒沫伸出食指晃了晃。

"不是顾学长还能是谁？"宋林幼的话是这么说，但她心里却忍不住松了口气，转眼间又失去了猜测的兴趣，"不过，褚漾交男朋友也不奇怪。她从大一单到现在那才叫奇怪。"

舒沫兴奋地问道："你们猜猜是谁呀？"

宋林幼兴致缺缺地说："怎么猜啊，我们又不一定认识。"

"你们认识。我们都认识。不光我们认识，"舒沫比了个大圈，"咱们学校的学生都认识。"

那就是风云人物了，宋林幼把这几年学校里出的几个院草、系草猜了个遍，只可惜全错。

"难不成是毕了业的？"宋林幼皱眉，"那范围也太广了吧？我们学校每年有那么多校友回访。"

"我给你一个提示，我们都去听过他的讲座。"舒沫给出最后的提示，"当时那个座位还是我们提早去了一个小时才占到的。"

宋林幼皱着眉苦想了会儿。陈筱却已经想到了什么，神色里充满了难以置信的情绪。

舒沫察觉到她的面部表情变化，对她比了个嘘的手势。陈筱垂眸，垂在两侧的手不自觉地攥紧。

宋林幼恍然大悟："徐南烨师兄？"

舒沫打了个响指："答对了。"

接着，寝室里便响起了宋林幼一阵又一阵的惊叹声。

宋林幼足足震惊了两分钟还没缓过神来，自言自语地问："他们是怎么在一起的啊？想不到啊，他俩有什么交集啊？"

舒沫俨然已经淡定下来："冷静，冷静。"

舒沫和宋林幼渐渐从震惊转为冷静，然后接受了这个事实。

唯独陈筱一直冷静地站在旁边，重复着一句话："不可能，徐师兄不可能喜欢她。"

舒沫知道陈筱和褚漾间的那档子事，也知道陈筱明里暗里在给褚漾使绊子。如今见她这副样子，舒沫并不觉得奇怪。

舒沫抱胸，问她："男未婚女未嫁，怎么就不可能？"

"徐师兄已经……"陈筱驳斥，说到一半又话锋一转，"总之他们不可能在一起。"

舒沫不明所以地道："已经什么？你把话说清楚啊。"

353

陈筱想了半天,忽然笑了。而后,她肯定地说道:"褚漾一定是怀孕了,用孩子逼师兄跟她在一起的。"

宋林幼和舒沫面面相觑,不知道陈筱怎么就脑补出了这种事。

"我看到她去年偷偷买过验孕棒,她那个时候就跟徐师兄认识了。"陈筱咬唇,不停回忆着,"她那个时候就想用孩子傍上徐师兄,但是没成功,现在肯定怀上了,赖着徐师兄,所以徐师兄才不得不对她负责。"

徐师兄和崇正雅不一样。崇正雅纨绔跋扈,嚣张至极。就算她怀了孩子,崇正雅也不会因为这个孩子就跟她为将来做打算。但徐师兄不一样,他没那么狠心。

陈筱忽然对褚漾充满了仇恨。

如果褚漾勾搭的人是崇正雅,那么她的下场一定不会好到哪里去。但偏巧她勾搭上了徐师兄。

换作她陈筱的话,徐师兄也一定会对她温柔体贴的。

凭什么褚漾就能碰上肯负责任的男人?

这种嫉恨她的情绪一旦滋生,便如同野草在心间肆意生长,使陈筱恨不得用最恶毒的语言去攻击被嫉恨的对象。

宋林幼和舒沫都不相信,但陈筱的表情太认真了。

舒沫听不得陈筱诬蔑褚漾,反驳道:"凡事要讲证据吧,什么用孩子傍上徐师兄?"

陈筱张了张嘴,却说不出来话。她想起崇正雅对她的警告:我告诉你徐南烨结了婚,是想让你收起那点儿不该有的心思。要是你说出去了,我反正横竖有个老子在头上顶着,可不会管徐家的人会怎么整你。你跟了我这么久,圈子里哪些秘密能说,哪些秘密不能说,我想你也清楚。

陈筱得罪不起徐家。钱算得了什么,徐家不缺权势,自然也不会缺钱。

这几年跟着崇正雅,她慢慢地看到了这个圈子里暗藏的东西。大多数人心照不宣地用华丽的外表粉饰内里腐烂的灵魂。

舒沫正欲跟她辩论时,收到褚漾发来了微信消息,得知她和徐师兄直接在离学校不远的金翠丽茶餐厅开了个包间等他们过来。

舒沫直接问她:"你有本事就到褚漾和徐师兄面前说,敢吗?"

陈筱放下书包,说道:"好。"

褚漾撑着下巴坐在包间里发呆。

现在时间不到九点，有不少人过来吃早餐。

褚漾原本是可以在徐宅吃了早餐过来的，只可惜当时被徐南烨的一句话搞得没了胃口，这会儿胃正空着，有些忍受不住了。

徐南烨把菜单递给她："点吧。"

被看穿心思的褚漾有些不好意思："我早上已经吃过了。"

徐南烨挑眉："你只吃了一点儿。"

褚漾觉得惊讶，吃早餐的时候明明他一直在和大哥他们闲聊，怎么还能看到她根本没吃多少？

更何况学校对面就有酒店，他根本没必要特意开车到金翠丽来。

当时徐南烨说的是"茶餐厅开得早，可以坐着等你的室友"。现在想想，来这也并不一定是为了方便等人。她上午没课，两个人去哪里打发时间都行，完全可以坐到中午再约室友出来。

徐南烨选茶餐厅是专门给她加餐的。想到这里，褚漾不禁傻笑，用菜单挡着下半张脸，只露出一双眼睛盯着徐南烨看。

"我脸上有菜单吗？"男人扬起脸看她，问道。

褚漾收回目光："没有。"她举起菜单遮住自己的脸，男人却把菜单抽走了。

徐南烨将菜单放在桌上，将胳膊随意地搭在她身后的椅背上，歪头凑近她，说道："想看就看，光明正大点儿。"

这张好看的脸又凑了过来，褚漾的小心脏有些承受不来。

褚漾别扭地转过头："我看你干吗？"

徐南烨扬眉，漫不经心地问："你如果不看我还想看谁？"

褚漾瘪嘴："行行行，你最好看，谁都想看你。"

"那不行。"徐南烨低声说，"我再好看也只给你看。"

褚漾又侧过头，本来想瞪他，却看见了男人嘴边的一抹坏笑。她心跳加快，赶紧冲着门口的方向喊了声："服务员！我要点菜！"

在门口守着的服务员进来了。

徐南烨笑了两声，坐直了身子，不再逗她。

褚漾的脑海里循环着徐南烨刚才说的那几句话，她也不管自己吃多少，几乎是扫一眼菜单，看到什么菜品就点什么。

服务员输入了一长条电子菜单，疑惑这两位客人看着都挺苗条的，竟然这么能吃吗？当然，她也不敢当面说，就是心里想想。客人有钱，把整个菜单上的菜品吃了都行。

早餐的菜单虽然中西式都有，但烹饪方法基本上比较简单，没有正餐的流程那么烦琐，因此菜品上得很快。

褚漾看着这一桌子的笼屉、碟子和盘子，沉默了，这点得也太多了。偏偏金翠丽的菜品价格又贵，不吃就是浪费钱。

她决定邀请徐南烨："师兄，你早上没吃饱吧？一起吗？"

徐南烨笑容亲切地说道："不了，这都是你点的，我怎么好意思吃？"

看着这一桌精美的早点，褚漾决定从明天开始减肥，先吃了再说，吃不完就打包。她在这笼吃点儿，在那碟吃点儿，一圈扫下来，胃已经有些撑了。偏偏她不想浪费食物，于是又吃了一圈。

这次褚漾是真饱了，捂着肚子叹气。可能因为吃得太饱，她突然有了去厕所催吐的念头。其实她就是吃得太饱想打个嗝，但看到徐南烨坐在旁边，觉得这么做太不淑女了。

褚漾以前从来没想过在徐南烨的面前维持什么淑女形象，但现在喜欢上人家了，就做作地开始立淑女人设了。她扶着桌子站了起来。

徐南烨实在哭笑不得，跟着起身扶着她一边的胳膊："去哪儿？我扶你去。"

褚漾觉得自己像个残疾人："去厕所。"

徐南烨抿嘴，眼角仍有笑意露出："我扶你过去。"

两个人刚走出包间，就迎面撞上了褚漾的三个室友。

褚漾今天穿着修身长裙，本来身材好，长裙越是修身越显得高挑、纤瘦。今天，她的小肚子那里居然鼓了一点儿出来。

三个室友看她捂着肚子。她脚步虚浮，脸色红润，但表情有些痛苦，噘着嘴一副要吐出来的样子。

她们再看徐师兄。他温柔又体贴地扶着她，还将手搭在她的背上，似乎在帮她顺气。

先心的他动

356

一时间，几个人也顾不得这冷冷的"狗粮"[1]在她们的脸上胡乱地拍了，纷纷倒吸一口凉气。

舒沫震惊，在星期六才见过褚漾，褚漾的肚子两天就长这么大了？徐师兄牛。

她急忙走过去，冲徐师兄招呼了声后，转而神色复杂地看着褚漾，问："肚子都这么大了，为什么一直瞒着我？"

褚漾茫然地道："啊？"

舒沫指了指她的肚子，问道："男的女的？"

一时间，徐南烨和褚漾都有些蒙。

褚漾愣了几秒钟，神色尴尬地说道："吃的。"

"……"

褚漾此言一出，在场的人都沉默了。

最尴尬的人还是舒沫，她咧咧嘴，断断续续地哈了几声试图遮掩过去。

宋林幼实在看不下去了，主动上前为舒沫打圆场："她这人平时就口无遮拦，师兄你千万别当真。"

徐南烨温和地笑笑："我以为漾漾连我也瞒过去了。"

"……"

等走进包间，他们看见几个服务生正在收拾这一桌子残局。

舒沫总算信了褚漾的话，她还真没夸张，八九十斤的人，肚子一圈肉，全是吃出来的。

而后，褚漾就一直站在旁边消食，撑得连个开场白都说得敷衍了事。

她先指着那位口无遮拦的室友，向徐南烨介绍道："舒沫。"然后，她指着那位神色激动，似乎有千言万语想要诉说的娃娃脸室友，向徐南烨介绍道："宋林幼。"最后，她又指着脸色看起来比她还差的娇弱室友向徐南烨介绍道："陈筱。"

徐南烨并不认识前两个女孩子，在褚漾给他介绍时，顺势礼貌地点点头，说声"你好"，只有在看向陈筱的时候，他的目光顿了顿。

1　网络流行语，指情侣秀恩爱给单身者看的行为。

只顾过来向其他人证明褚漾靠怀孕上位的陈筱智商掉线，居然忘了自己和徐南烨曾经见过面。那时候她的身份是崇正雅的朋友，但这朋友到底指什么，大家都懂，不过不说罢了。

陈筱有些不敢看徐南烨，但还是没能忍住悄悄地抬眼瞥他。徐南烨或许会厌恶她，或许会戏谑她，也或许会直接当众拆穿她的身份。出乎她意料，这些事都没有发生。他只看了她一眼，不夹杂任何情绪。

男人的眸色很浅，放空时显得有些冷漠，而他对她的感觉就是冷漠，丝毫不在意。

"你好。"

她如果不是褚漾的室友，或许连这句客套话都听不到。

哪怕他直截了当地表示出嫌恶之意，都不会让陈筱这么难受，起码能够证明他对她是有印象的。而现在她就像个陌生人坐在这儿，尴尬异常。

陈筱低声地回了句："师兄好。"她放在桌下的手狠狠地抓着牛仔裤，质地偏硬的布料居然都被她抓皱了。

舒沫本来想直接跟褚漾告状，但看陈筱一副可怜兮兮的样子，又打消了这个念头。

心眼儿小的女人忌妒起来，什么狠毒的话都说得出。今天师兄第一次请客，舒沫不想破坏气氛，打算等吃完饭再私底下和褚漾说。

还未到午餐时间，桌上只摆了茶和饮料，这空当儿正好可以用来闲聊。

女生寝室的成员之间关系好的，谁交了男朋友，请客吃饭算得上另一种意义上的"见娘家人"。因此，负责任的室友们就会对男主角进行考察。

原本她们是这么约定的。

但眼前这位男主角是徐南烨，谁敢真考察？

学校早挂出了他所有能够公开的个人履历，剩余没说的是机密，学校都没胆子公开，她们哪儿敢问？

要说他的家庭那更没有问的必要了，他是在红星下苗壮成长的世家子弟，是正是邪在入党申请书和党员资料上写得清清楚楚，绝对的根正苗红。

舒沫等人渐渐发现对眼前这位爷什么都没的问，就跟眼前坐了尊金佛似的，只有顶礼膜拜的份儿，哪儿还谈得上考察？

也是怪了，去年徐师兄回校开讲座，她们在自由问答环节时把手举得老高却连和徐师兄说话的机会都没有。现在徐师兄就坐在她们面前，她们反倒没话说了。

最后还是宋林幼胆子大，又实在好奇，先开口说了话："师兄，你和褚漾到底是什么时候认识的啊？"

褚漾对这个问题得心应手，替他先回答了："去年讲座时啊，那是第一次见面。"

宋林幼有些愣："那时候你跟我们一起坐在教室后排，是怎么和徐师兄对上眼的？"

褚漾也不知道，事实上到现在她也不清楚为什么徐南烨会认识她。

要说是见色起意，换别人褚漾能信。但看到这事发生在徐南烨身上，她怎么都觉得不可思议。徐南烨看着就不像那种把持不住的人。但她又想不出徐南烨除了看上她的脸，还能有什么原因。

舒沫也跟着疑惑起来："对啊，我记得那天你穿得也没有很夸张，反倒是外语学院那群妹子个个打扮得跟仙女似的。"

她们几个原本就是偷偷溜进去听讲座的，毕竟别人要是知道作为计院院花的褚漾去了，就会觉得计院真找不出几个看得过眼的单身汉了——如今院花都跑来和外院的女生争师兄。因此，那天舒沫特意叮嘱褚漾打扮得低调些别引人注目。

于是，褚漾当时只是穿着运动套装，又戴了口罩，特别低调。

褚漾也想不通，只能自卖自夸："可能我太美了吧，无论打扮得多丑，都掩盖不住我的绝世容颜。"

舒沫和宋林幼懒得理她，直接用期盼的眼神看着徐南烨，等他回答。

徐南烨笑眯眯地道："是这样。"

"……"舒沫她们好像又被塞了"狗粮"，好撑。

舒沫想起之前看过的很多电视剧。女主角打扮得越丑，越是能吸引男主角的注意力。可能褚漾当时"鸡立鹤群"，反倒吸引了徐师兄的注意力吧。这么想，舒沫就觉得逻辑很完美了。

为了不引起注意，褚漾当时确实穿得挺普通。在自由问答环节，她那几个室友把手举得老高，唯独她老老实实地坐在位置上安静如"鸡"。她又不是学外语的，被点到了名也问不出什么专业问题。

在欣赏过徐师兄的盛世美颜后，褚漾来听讲座的目的已经达到。因此她埋头专心地玩起了手机游戏。

所有人的目光都集中在讲台上的徐南烨的身上。讲台下，举手的人很多，还伴随着此起彼伏的"师兄看我"，旁边维持纪律的老师不得不出面提醒道："都冷静些，哪儿能谁都被抽到啊？师兄看到你，自然就点你了。"

老师转头看向徐南烨："想好抽谁了吗？"

徐南烨拿着话筒，抿嘴笑了，声音从麦克风中发出："想抽的那位同学好像对这个环节没什么兴趣。"

台下的人立马环顾左右，想找出是谁不知好歹。

只可惜几百人的大教室里，褚漾坐在后排，整个身子快埋到桌子里了，脑子里全是"中路法师来上路支援""你在看风景吗"这类话，压根儿不知道徐南烨那句话是在说自己。

她的室友们当然也不知道。

后来散场的时候，褚漾的这局游戏还没打完。她等收好手机时，发现教室里已经没几个人了。室友们在微信群里说人太多，在教学楼门口等她。

褚漾匆匆忙忙地收拾好东西准备离开，刚走出大教室的门，就碰上几个老师正和徐南烨说着话走来。

有个老师看到她这副样子就笑了，转头对徐南烨打趣道："你的人气行啊，师妹带病都要来听你的讲座。"

褚漾眨了眨眼。她捂得严严实实的，还戴着口罩，额前的碎发有些凌乱。

因为对于匹配到的几个垃圾队友，听着讲座不能骂出声，打字也只能显示"***"，褚漾憋着口气，眼睛水汪汪的，整个人看起来确实像个病人。

徐南烨看了她一眼，语气温柔地说道："谢谢师妹欣赏。"

褚漾的脸一红，她笨拙地摇摇头，感觉到兜里的手机不停振动，猜到室友应该是等急了。她捂着兜，转身小跑着离开了。

高挑的女孩儿一溜烟就离开了外语系的大楼。

徐南烨看着那抹背影逐渐消失在眼前，唇边的笑意一直没有散去。

他刚上台时，目光随意地扫过台下的几百名师弟、师妹。

倒不是因为她打扮得过于低调反倒惹人注意。无论她打扮得怎么样，徐南烨都能一眼就看到发光的她。从眼前成百上千的人中，他始终能一眼就找到她，这是"喜欢"赋予他的超能力。

徐南烨的思绪被从外套侧口袋里传出的手机振动声拉了回来。他拿出手机，看了一眼来电显示的内容，笑容微敛。几秒钟后，徐南烨起身说要出去接个电话。

舒沫和宋林幼同时欢送："去吧！别耽误师兄你的事。"

徐南烨觉得褚漾的这两个室友倒也挺有趣的。

"饿了的话就先点些甜点吃。"

舒沫和宋林幼猛点头。看着包间里唯一的男人出去了，她们同时松了口气。

宋林幼暗自垂泪："呜呜呜呜，没想到在有生之年里我居然能和徐师兄一起吃饭。这比跟学生会那帮人一起吃饭有面子多了，我能吹一辈子。"

舒沫因为之前跟徐师兄同桌吃过饭，所以比她淡定："这么激动，你要不要拍个照留作纪念？"

宋林幼摇头："不了，现在官员都提倡戒奢戒躁，要是被别人看到了，会给徐师兄带来麻烦的。"

舒沫觉得她太敏感了："徐师兄是外交官，吃个饭没那么严吧？"

都说学生会就是个小型社会组织，宋林幼混迹学生会三年，天天跟那些团委老师和学生会学生干部打交道，懂的自然比其他人多。

"那万一徐师兄哪天调去什么重点部门了呢？"

舒沫眨眨眼，后知后觉地说："对哦。"

然后，两人又同时看向褚漾。

褚漾觉得不自在："干什么？"

舒沫摸着下巴盯着她，喃喃自语："要是以后徐师兄升迁了，你不就是正儿八经的夫人了？"

事实上，徐南烨的个别下属，譬如王秘书，一直都是以"夫人"称呼褚漾的。这一点褚漾不能说，也没法说。

她正想三言两语搪塞过去，就见舒沫和宋林幼神色激动地冲到了她面前，兴奋地说道："快给我签个名！以后肯定能卖不少钱！"

"……"

这边的三个人趁着徐南烨出去打个电话的空当儿吵吵闹闹，那边的陈筱冷冷地扫了她们几眼，之后悄无声息地走出了包间。

徐南烨正在餐厅门口打电话。他随意地靠在石柱上，双腿交叉，锃亮的黑色皮鞋的鞋尖踮地，单手插兜，姿势散漫又优雅。

电话那头的人语气显然有些兴奋："司长一开始就想把你要过来，无奈你们老大死活不放人。现在倒好，你自己愿意过来了。"

徐南烨垂下眼帘，慢慢地说道："我以为还要走不少流程，没想到文件这么快就批下来了。"

那人语气随意地说道："流程都是面子工作，真追求效率的话，不就是盖个章几秒钟的事吗？正好下周就有发布会，司长巴不得你明天就过来报到。"

"麻烦你了。"

"哎，这有什么好麻烦的。不过就是说句话的事，我正好在老大面前立了功呢。这两天你好好地跟国际司的那几位同事告个别吧，哈哈哈哈。"电话那头的人最后直接笑出了声。

徐南烨也牵起了嘴角，之后闲聊了几句，才打算挂掉电话。

"徐师兄……"

徐南烨挑眉，偏过头看向声音的来源处，手上还握着手机。

当他的目光落在陈筱身上时，陈筱的心又不受控制地猛跳了几下。她也只敢停在离他几步处，始终保持着距离。

她抬眼看着他，眼里满是感激，温柔地说道："谢谢你没有在她们面前戳穿我。"

徐南烨敛眸，语气淡然地说道："不必。"

他这冷淡又无所谓的态度不但没有打消陈筱的热情，反倒让她的心暖暖的，脑海中也开始浮现种种可能。师兄还记得她，但是因为怜惜她，所以替她隐瞒了。自己在他的记忆里并非毫无存在感。

"师兄，我不是自己想当别人的情人的。"陈筱楚楚可怜地咬着唇，双眸里瞬间泛起泪花，"我是被崇正雅逼的。"

徐南烨扬眉，忽然笑了。他嘴角挂着笑，眼神却没什么变化，显然对她的事毫无兴趣。

陈筱又上前几步，这时男人终于有反应了。她走近几步，他就果断地退后了几步。

"……"陈筱咬唇，语气里充满了悲切之意，"师兄，你是嫌我脏吗？"

徐南烨蹙眉，薄唇抿成一条线。

"我知道因为我做别人的情妇，你看不起我。那你刚才为什么又要替我隐瞒呢？你之前在会所为什么要帮我呢？"陈筱眨了眨眼，泪如雨下，"你是关心我的，对吗？"

徐南烨的眸中浮现出复杂的神色。

陈筱沉浸在自己的悲情剧本中。

她闭眼，一副悲痛又无奈的样子："我原本只是去打工，是他看中了我，然后私底下又调查了我的家庭，以此威胁我做他的人。"

徐南烨终于用他那好听的嗓音对她说话了："你等会儿。"

陈筱顺从地停止了说话。

徐南烨拿着手机，用修长的手指在屏幕上滑动了几下，然后抬头对她笑笑，问道："你刚才说了什么？能再说一遍吗？"

陈筱点头，又把刚才的话用更为可怜的语气说了一遍。

徐南烨将交叉的双腿分开，直起身朝她走了过来。

陈筱闭眼，等他的一个安慰的拥抱。拥抱她没等到，甚至连徐南烨的衣服边儿都没摸到。

耳边有道她再熟悉不过的男声响起。电话那端的男人正咬牙切齿地问她："我威胁你？你的脸怎么这么大呢？"

她慌忙地睁眼，看到徐南烨正拿着他的手机递过来。手机屏幕显示着通话中。

手机屏幕上没有名字备注，只是一串数字。但对于那串数字陈筱早已倒背如流。

陈筱刹那间面如死灰。

崇正雅原本在家里补觉，昨天和狐朋狗友在外面闹到半夜，正困着。床头柜上的手机忽然响起。

他本来就有很严重的起床气，手机一响就炸毛了："大清早谁打电话骚扰老子！"

这一声怒吼把旁边的老婆也吵醒了。因为他今天凌晨回到家，老婆辛辛苦苦地照顾他，也是早上才睡下，现在被吵醒，心情也很不好。

裴思薇揉着眼睛坐起身，语气也有些不耐烦，但比崇正雅冷静多了：

363

"公司的？那还是接一下吧。"

"我管他什么公司不公司的，吵老子睡觉就要死！"他低头，不耐烦地看了眼来电显示，刚才还狂暴得似乎打算毁灭世界的男人忽然冷静下来了。

裴思薇觉得很奇怪。

结果崇正雅就跟换了个人似的，掀被起身，背对着她说："我出去接个电话。"说罢，他趿着拖鞋，三两步跑出了卧室。他那样子好像还挺高兴的。

裴思薇直觉不好。

他们是商业联姻，没有感情基础。崇正雅不爱她，但该给正宫夫人的面子还是会给她。他不爱她，也不爱任何女人。

裴思薇成天对着这么帅气的老公，渐渐也就对他有了一些好感。

心防一旦瓦解，她便控制不住情感。直到崇正雅连起床气都克服了，跑到外面接电话，她还坐在床上发呆，心情低落。

房门口的崇正雅不知道他老婆内心的这些小心思，深吸一口气，接起了电话，语气仍是吊儿郎当的。

"哟，徐大外交官怎么肯放下尊严给我打电话啊？什么事啊？"

他没有如愿地听到徐南烨的声音，反倒听到了陈筱的声音。

他的第一反应是徐南烨给他打电话居然不是为了他，第二反应是陈筱这女人怎么又跟徐南烨扯上关系了，第三反应是陈筱背叛了他。

然后，崇正雅就听见陈筱在电话那头硬生生地把他说成了一个强抢民女的恶霸，他的心情瞬间跌到谷底。

他的心情只要差了，不管对方是男是女，他说话时丝毫不留情面："想象力这么丰富，你怎么不去写小说？当初你是怎么勾引我的，要我帮你复习一遍吗？要不是有老子，你那个爹能不能活到现在都是个问题！"

陈筱还在试图为自己辩解："崇先生，你听我解释……"

"解释什么！你跟你躺在医院的爹解释去！以后别再让我看到你，也别想从我这里拿到一分钱！"末了，崇正雅又吼道，"把电话还给徐南烨！"

手机开着免提，徐南烨也知道崇正雅把该说的说完了，于是收回了手机。

徐南烨将手机放到耳边，问他："刚才都听到了？"

崇正雅暴怒："你大早上打电话给我，就为了让我听这个？你想气死我吗？"

徐南烨漫不经心地说道："我只是觉得你这个当事人如果错过的话，未免有些可惜。"

"你个腹黑'眼镜仔'！这么多年一点儿都没变！"

听着崇正雅的怒骂，徐南烨竟然觉得心情变好了。

崇正雅缓过气儿，又问他："你存了我的私人号码？"

徐南烨愣了愣："没有。"

"那你怎么知道我的手机号码？"崇正雅顿了顿，语气立刻变得有些不正经，问道，"徐南烨，你会背我的手机号？"

"你爸跟我不止提过一次，很奇怪？"徐南烨蹙眉，"挂了。"

崇正雅还打算打趣几句，发现徐南烨居然真的把电话挂掉了。

"大清早把老子当炮弹使，连声'谢谢'都不说吗？你个没良心的眼镜仔！"他边骂边翻看通话记录。那号码没备注，但他记得。

崇正雅也不记得是哪个狐朋狗友趁着聚会时悄悄塞给他的，并说道："这是徐南烨的私人号码，我费了好大劲儿弄到手的，你不用谢我。"

崇正雅当时不屑一顾，老子要他的号码干吗？他跟老子早没关系了。结果崇正雅悄悄地看了半天，居然背下了，也不打备注，反正一看那串数字就知道是徐南烨的手机号码。

这么多年来，来电显示里从来没出现过这串数字，今天是头一回。虽然那人的目的不单纯，但崇正雅不介意。

等他回到卧室，裴思薇见他的心情变好了，不禁试探地问："谁打过来的啊？"

"没谁，继续睡吧。"崇正雅躺回床上，嘴角一直挂着淡淡的笑意。

裴思薇的神色很复杂，内心涌现出一股浓重的危机感。

徐南烨挂掉电话后，视线又重新落在了面前的陈筱身上。

陈筱用力地咬着唇，哭得双眼通红。

"你和漾漾同住一间寝室，我希望你别给她带来麻烦。"徐南烨垂眼看她，语气平静地说道，"刚才的话我就当作没听见。你也不必再跟我说什么，我没兴趣知道。"

饶是陈筱这会儿智商再低，也听懂了。他替她隐瞒，完全是不想因为

365

她自己的事为褚漾带来麻烦。她开始后悔为了博得徐南烨的怜悯而失去崇正雅。

"师兄，你刚才也听到了，我爸爸需要钱治病。如果崇先生真的放弃我的话，我爸爸会死的！"

徐南烨蹙眉，语气渐渐冷了下来，说："钱并不是你出卖自己人生的理由。"

这世上缺钱的人何其多！那些为了钱而放弃底线的人，后果终究是自作自受。

他收起手机，越过她，打算离开。

"那褚漾呢？"陈筱咬牙，说道，"她处心积虑地接近你，从去年开始就想怀上你的孩子，你又为什么对她这么特殊？"

徐南烨转过头，面色有些不悦地问道："什么？"

陈筱见他为此停住脚步，便脱口而出自己知道的事："去年，我在寝室发现了她的验孕棒，她那个时候就想用孩子拴住你！师兄你不要被她骗了！"

徐南烨扬眉，倒是记起了那时候的一些事。

眼圈红红的女孩子把他拦在厕所门口，说自己怀孕了。紧接着，她的下一句就是："我零花钱不够，你借我点儿钱吧？"

他只觉眼皮跳了两下，问："你要做什么？"

褚漾瞪他："打胎啊。"

当时，他神色复杂，沉声问她："你不想要这个孩子吗？"

褚漾不解地问："为什么要？"

徐南烨眉头越皱越紧，嘴角拉平，若有所思。

决定去医院后，他发现她的手和脚都在发抖，又听别人说打胎对身体的伤害有多大。现在天天吹无痛人流，无痛又能怎么样，打胎就是打胎，没哪个女孩子愿意用自己的身体来当赌注。

他问她："你怕打胎还是怕生孩子？"

褚漾说："都怕。"

徐南烨又问她："让你做个选择呢？"

她几乎没有考虑，只说："再怕也要打掉，生下来才是对这个孩子不负

366

责，我不会养。"说完，她又看着徐南烨，"难道你养啊？"

徐南烨说："我养。"

褚漾愣住了。

"我不想我的孩子生活在单亲家庭，所以我们结婚。"他说。

谁知，褚漾根本没有怀孕。她为此拉黑了该验孕棒的品牌。

徐南烨蓦地笑了。陈筱不知道他为什么要笑。

紧接着，徐南烨轻轻叹气，自嘲地说道："是我想用孩子拴住她。"

陈筱不可思议地望着他。

徐南烨没有跟她多说，这次是真的要进餐厅了。在外头耗了太久，他也不知道褚漾会不会多想。

事实证明他的直觉是对的。褚漾何止会多想？徐南烨刚进去，就看见褚漾黑着一张脸，目光灼灼地盯着他们这边。

徐南烨正欲开口，便见她三两步冲了过来，一把抱住自己。

现在不是饭点儿，餐厅门口站着陈筱。但也不是什么人都没有，还是有两三个不熟悉的人说笑着进出餐厅的。

褚漾平时最怕在外人面前跟他亲近，生怕被熟人看见，这么大胆倒是头一次。

徐南烨猝不及防地被她抱住，低头看着她的发顶，怔住了。

然后，她踮起脚，捧着他的脸，在他的嘴上又重又粗暴地亲了一口。

被强吻的男人愣住了。

站在门口的陈筱面色发白，看见褚漾冲自己扬起下巴，得意地笑了笑，似乎在说："看到没，他是我的男人，你没机会的。"

陈筱捂着脸离开了，双目含着泪水。

这一系列秀恩爱行为结束后，褚漾立马停止了，左看右看，发现没人注意这边，也没熟人围观，顿时松了口气，扯了扯徐南烨的衣袖，小声提醒道："快走，被人看到就惨了。"

徐南烨眸色变深，喉结微动。他低头盯着她，问道："怕被人看到，那你刚刚在干什么？"

褚漾眨眨眼，欢快地说道："气情敌啊，我还没问你们俩站在门口那么久在聊什么呢。"

367

男人很快抓住重点："利用我？"

褚漾摸摸鼻子，嘿嘿笑了两声："也不算吧。"

徐南烨扬起嘴角："利用完了呢？"

褚漾太了解他了，知道他这是要索要报酬了。她不安地后退两步："这儿是餐厅……"

男人低头在她耳边吹气："你放心，餐厅里也有没人的地方。"

徐南烨是金翠丽的贵宾，要找个没人的地方还不简单？他直接让人开了间包间，二话不说就将褚漾拉进包间，关门，落锁，抱起她往圆桌边走。

男人把胳膊一挥，将桌上的餐具推到一边，再将她放在大圆桌上，而后将她压在桌上强吻。

褚漾被亲到神志模糊，又觉得不能太快缴械投降，撑着他的胸膛将他推开几分，喘着气问他："你刚才跟我室友在外面说了什么？"

男人站在她的两腿之间，薄唇殷红，上头还粘着她的口红，声音有些哑，说道："没什么。"

褚漾不信，问："刚才你去跟谁打电话了？你是不是跟她约好了故意瞒着我出来说话？"

徐南烨叹气："不是。"

褚漾伸手："那你敢不敢把手机给我看？"

徐南烨挑眉，这还是他第一次要被人查手机。

褚漾也有些忐忑，这是她第一次要查男人的手机。

几秒钟后，徐南烨将自己的手机交给了她，动作十分干脆，干脆到褚漾都没反应过来。

徐南烨挑眉："查吧。"

他的手机里没录过褚漾的指纹，她只能问他："密码。"

"0907。"这串数字不是他的生日，也不是她的生日，而且听起来也不是什么特殊的节日。

褚漾没多想，先解了锁看他的手机。

他的手机没什么特别的，应用程序也就那么几个，大多是看新闻的。

忽然，通知栏显示来了条新短信，褚漾颇觉好奇，点了进去。

陌生号码发来的短信："开个价吧，要多少钱才肯离开我老公？"

褚漾："……"

徐南烨："……"

这条短信虽然简短，但不失精练，且信息量极大，可以说是语文缩写句练习的最高境界了。发信息的人既表明了自己的正宫身份，又贬低了对手，甚至透露了她老公成谜的性取向。

如果这条短信不是发给褚漾老公的话，她几乎要将这条短信列入"正宫威胁小三的正确姿势"语录大全了。

"师兄，"褚漾严肃地问道，"你是不是觉得找男人就不算出轨了？"

徐南烨的太阳穴突突跳了两下，他秒懂她的意思。他张口刚要解释，就又被她先发制人。

褚漾抬手制止他的发言："你是不是想说不认识这个号码的主人，对方发错了？"

"……"

褚漾冷笑："你以为用这种愚蠢的理由就能骗过我吗？"

徐南烨一口老血堵在胸口吐不出，差点儿心肌梗死。他拿过自己的手机，直接对着那串陌生号码回拨了过去。

褚漾被他的操作惊呆了："你要干什么？我不会帮你求情的，我是站在正义那边的。"

手机里的嘟嘟声响了好长时间，最后才传来公式化的"无人接听"。

徐南烨皱眉，又打了几通过去，还是没人听。

褚漾嘟囔："这正宫连小三的电话都没胆子接吗？"

徐南烨瞥她："谁的电话？"

褚漾张了张嘴，摸摸鼻子："行吧，刚跟你开玩笑呢，我知道你不可能喜欢男人。"她如果这么容易就相信徐南烨出轨了，还找了个有家室的男人，就是脑子被门夹了。

褚漾丝毫不在意，从桌上跳了下来，拍拍裙角打算回包间和室友会合。

徐南烨如鲠在喉，既不知道这短信是谁发过来的，也不知道自己的私人号码到底是被谁泄露出去才导致这种乌龙的。两个谜团在脑海中环绕，导致他回到包间后，脸色都不是太好。

舒沫和宋林幼不知道发生了什么事，只知道除她们俩之外的三个人都出去了一段时间。接着，陈筱在寝室群里说了句"我先走了"，连座位上的

369

包都没折回来拿，就直接消失了。

现在，徐师兄和褚漾一起回来了。褚漾看着没什么事，倒是徐师兄很明显不太高兴。

舒沫和宋林幼对视一眼，刹那间各种狗血情节在两人脑中轮番上演。

好不容易熬到午餐时间，徐南烨又出去了。

褚漾这回没再管他，知道他肯定还在想短信的事，索性大方地让他出去，自己拿起筷子准备再勉强吃点儿。

肚子里的食物还没被完全消化，所以她只能挑最喜欢的菜吃。

褚漾一时陷入了矛盾的境地。

舒沫凑过来问她："师兄怎么了？你们刚才吵架了？他怎么看上去心情不太好啊？"

"没有啊，"褚漾咬着筷子，含混不清地说道，"嗯，碰上点儿误会，他心情不太好。"

普通男人尚且不能接受自己被误会成小三，更何况徐南烨这种心比天高的男人？

舒沫震惊地问道："那你还有心情在这儿吃饭？"

褚漾茫然地道："不然我要怎么办？"

舒沫啧啧两声，抢下她手中的筷子，指着包间门，说道："去，安慰徐师兄去。"

这种事她要怎么安慰？

无奈舒沫和宋林幼统一战线，决心要把她赶出去，她也只好叹着气又出去找徐南烨了。

这个时间点过来吃饭的人变多了，她这次没往门口去，想到刚才徐南烨开了个新包间，转身就朝那边走。

果然，他在里面打电话。

褚漾见他没有发现自己，以为他可能是聊工作聊得太专注，便抬脚悄悄走进包间，关上门，乖巧地站在一旁等他打完电话。

徐南烨背对着包间的门，背影笔直、挺拔，比起刚才在门口时那副略显慵懒的样子，显然是两种状态。

"待会儿我把让你查的手机号码发给你。"

电话那头的王秘书应声："我知道了，会把结果发到您的手机上，您还有别的事吗？"

徐南烨沉默了会儿，沉声道："帮我把我的私人号码换掉。"

王秘书觉得有些奇怪："怎么了？这个号码不能用了吗？"

"没有，骚扰短信太多了。"

"啊，"王秘书没想到是这个原因，但又觉得没必要，"您可以多下几个过滤垃圾短信的软件，或者直接拒收陌生手机号发来的短信。"

徐南烨听了，但没答应："换掉。"

王秘书直接将弊端说给他听："换号码可能有点儿麻烦，也没办法第一时间通知其他人，您确定要换吗？"

"换吧，你只要新的手机号码告诉几个重要的人就行了，别的人不用通知，"徐南烨说完又加了句，"将这个手机号码尽快销号，你最好现在就去一趟营业厅。"

"好的，那您还有别的事吗？"王秘书也没等他开口，就自己先想到了要问的问题，"对了，关于下周发布会的西装，我现在帮您联系手工店让他们赶几套新的出来？"

徐南烨的语气缓和了些："不用，直接从家里拿吧。"

王秘书又困惑了："可是，您不是从家里暂时搬出来了吗？我贸然去您家会打扰到夫人吧？"

"不会，明天我就搬回去，你正好跟我一起。"

"您怎么又要搬回去了？"王秘书实在跟不上上司的脑回路，"那关于您带走的那些东西，要让人再帮您拿回家吗？"

徐南烨扬了扬嘴角，懒懒地说道："带走的都是些无关紧要的东西，我原本也没打算在外面住多久。"

王秘书无话可说，正欲和上司说声"再见"，好赶紧去一趟营业厅，另一道熟悉的声音响了起来。

是夫人。

啊，原来他们和好了啊。难怪先生要搬回去。

但下一秒，他的这个猜想就被夫人盛怒的声音湮没了："老浑蛋！你跟我玩欲擒故纵！！你不是人！！！"

徐南烨说话一贯瓮声瓮气，哪怕是生气，声音也只会低沉。

王秘书习惯了先生的分贝，如今听到这一声吼耳膜差点儿被穿破。他直觉不好，连再见都忘了说，赶紧挂掉了电话。

徐南烨也被吓了一跳，转身看向褚漾。

褚漾的一张脸涨得通红，又转为白色，紧接着又开始变成紫青色，色彩斑斓，精彩异常。

亏她还以为徐南烨是真的打算搬出去。看着他搬出去以后，她还坐在沙发上反思了好久，觉得难过，骂自己矫情。

褚漾还觉得徐南烨因为对这个家毫不留恋，也对她毫不留恋，所以搬走的时候什么也没带走，这让她觉得只有自己把那间房子当成了家。

全是套路！

他哪儿是没把那里当家，是压根儿就不打算在外面住多长时间，当然没必要带那么多东西走了！

这老浑蛋一开始就打算搬回来，这是在跟她玩心理战！

褚漾知道自己面对徐南烨毫无胜算，但没想到连冷战都不是这男人的对手。

看她的脸涨成猪肝色，徐南烨也知道她这是真生气了。他叹了口气，朝她走过来，想揉揉她的头。

褚漾把头一歪，果断地躲过了他的接触。

"老浑蛋！"褚漾仰头瞪他，"你完蛋了！"

说完，她一把夺过徐南烨手中的手机，在他反应过来前果断解锁，找到了那条他还没来得及删除的短信。

徐南烨要给王秘书发手机号码过去，因此这条短信暂时还留在收件箱里。

她冷笑两声，点开回复框，用极快的手速给那个号码回复了三条短信。发完，褚漾把手机还给了徐南烨。

徐南烨看着那三条回复短信，一时间无言以对。

"我不要你的钱，因为我爱他。

"就算他已经结了婚，我也不在乎。

"只要他愿意留在我身边，有没有身份我不在乎。"

徐南烨："……"

褚漾冷笑："你等着被人找上门吧。"

徐南烨叹气："消气了吗？"

褚漾后退两步："你这什么反应？你这个手机号码可能会报废的，如果那个人被惹怒了，很有可能找很多人给你打骚扰电话的。"

"没关系，"徐南烨对她笑笑，"只要你能消气，我不在乎。"

褚漾瘪嘴："老浑蛋，这你都不生气？"

徐南烨声音柔和地说道："我不生气，原本就是我理亏，只要你开心，再发几条也可以。"

褚漾的气儿瞬间消了大半。她觉得老浑蛋虽然不做人，但对她是真好，连她这么任性的行为都能容忍。

沉浸在徐南烨温柔眼神中的褚漾并不知道徐南烨早就打算换号码了。按照王秘书的工作效率，现在应该已经销号了。

裴思薇趁着崇正雅睡觉的工夫偷偷看他的手机，找到了最近的一则通话记录。她默默记下了情敌的手机号码，打了无数草稿后，最终将她认为最简短、最精练、最满意的成稿发送了过去。

那边没有回复，只是直接打了电话过来。好嚣张的小三！裴思薇看着不断闪烁的来电显示，一时间不知道该不该接。

倒是崇正雅又被吵醒，捂着眼睛，烦躁地说道："要不就接！要不就挂！"

裴思薇生怕自己偷偷看他手机的事被发现，匆忙挂断了电话。她等着小三再打过来，然后跟小三在电话里对质。结果小三没打来电话，倒是发过来了三条嚣张至极的短信。

裴思薇震惊了。她遇上了一个相信真爱、连用金钱都无法打动的小三。这种连钱都不在乎的小三最难对付了。裴思薇就这样握着手机，神游天外，一直到用人过来叫她吃午饭都没缓过劲儿来。

崇正雅早已换下了睡衣，又恢复了别人眼中玩世不恭的二世祖模样，看上去心情颇为不错。

他正坐在她对面吃午饭，看她脸色苍白，握着手机的手还隐隐发抖，不禁感到奇怪："你怎么了？一直盯着手机看，连饭都不吃。"

裴思薇想了很久，还是决定直接向他打听："刚才给你打电话的女孩子好像很喜欢你。"

崇正雅猛地想到了陈筱那张令人作呕的脸，脸色铁青地说道："喜欢才怪，死女人把我当提款机。”

裴思薇又小心翼翼地问他：“那你喜欢她吗？”

崇正雅蓦地扬高了声音：“我喜欢她？我疯了吧？”

裴思薇咬唇，声音又比刚才低了几分：“那你能告诉我她是谁吗？”

“告诉你做什么？”崇正雅皱眉，又低头吃了口饭，问道。

裴思薇的语气忽然悲怆了起来：“你在保护她，对吗？其实你是喜欢她的，只是不愿意承认罢了。”

崇正雅莫名其妙地说：“你说什么玩意儿呢？电视剧看多了是不是？”

裴思薇仰头看他，坚定地说道：“如果你以后为了那个女人想要跟我离婚，你爸和我爸都不会同意的。”

“我什么时候说要离婚了？”崇正雅啧了一声，“你要是这么想知道她是谁，直接去找她就行了。她在清大念书，你用不着跟我说。”

裴思薇想查个女人还不简单？

裴思薇暗暗记下了清大。

崇正雅说完，就懒得再理她，吃饱后扔下筷子坐到沙发上，跷着二郎腿，打算给眼镜仔打个电话骚扰他一下，以报复他今天早上妨碍自己睡觉，还让自己听到了陈筱那女人令人作呕的声音。

他熟练地拨了那串数字。对面是机械又冰冷的女声：“对不起，您所拨打的号码不存在，请查证后再拨。”

崇正雅怒气冲冲，同时满腹委屈地给徐南烨的工作手机号码打了过去。

多亏王秘书提醒，对还未受到莫名骚扰的工作手机号码，徐南烨已经提前设置了自动过滤陌生来电号码和短信的功能。

“对不起，您所拨打的用户正忙，请在嘟声后留言。”

崇正雅：“徐南烨，你不是人！”

第 八 章

郎骑竹马来，绕床无青梅

徐南烨对此一无所知。吃完了饭，他正打算送褚漾她们几个回学校。

看着停在自己面前的宾利，舒沫和宋林幼总算知道"一人得道，鸡犬升天"的感觉有多爽了。

她们连屁股都不敢坐全，生怕玷污了屁股下这张高贵的真皮座椅。

褚漾通过后视镜打量她的两个室友，抿嘴偷偷笑了。算起来，徐南烨这辆私家车都快成接送专车了，之前是接送穗杏他们，现在是她的室友。

他并不介意给她的朋友们行一时方便，就好像真正的男朋友一样体贴地为女朋友考虑方方面面，真正开始融入她的生活。

褚漾也说不清这种变化是从什么时候开始的，只知道反应过来时，徐南烨就已经这么做了。

车子开到学校门口的时候，徐南烨停了车。

"我待会儿有点儿事，只能送你们到门口了。"徐南烨温柔地问道，"你们自己进去好吗？"

褚漾的两个室友快被这绅士般的问话"苏"[1]死了，管他停哪儿，脑袋跟小鸡啄米似的瞎点。

徐南烨眉眼弯弯，说道："今天能和你们一起吃饭是我的荣幸。"

舒沫和宋林幼羞涩地低下头，笑了出来："哪里的话，能跟师兄一起吃饭，才是我们的荣幸。"

"漾漾的脾气有些犟，很多事她不愿意和我说。我工作忙，也没办法常来学校看她。"徐南烨顿了顿，语气里带着请求，问她们，"如果可以的话，你们能帮我照顾她吗？"

眼前的男人并没有因为自己的身份而摆出高高在上的姿态。哪怕他再傲慢些，她们也是完全可以理解的。

他给人的感觉总是如沐春风，与人对话时也表现出了对人的尊重，令人感到舒适。这大概就是"温柔最难防"最完美地诠释。

舒沫拍胸脯跟他保证："师兄，你放心吧！我们一定会照顾好她的！"

宋林幼也跟着猛点头。

徐南烨笑笑："谢谢你们。"

她们几个人下了车，目送徐南烨的车子渐行渐远，直到消失在公路的尽头。人走了，舒沫她们仿佛还在梦中。

尤其是宋林幼。好几分钟过去了，她还盯着路面喃喃自语："我不是在做梦吧？我竟然真的能跟徐师兄一起吃饭。"

舒沫拍拍她的肩："是真的。同志，你没做梦。"

宋林幼蓦地睁大眼，神色激动地说道："我以为跟这种身份的人吃饭都要好小心的。我平时跟团委的老师一起吃饭都不敢大声说话。"

"可能这就是官越大越没有架子？"舒沫摸着下巴感叹，"我现在越来越觉得学生会那帮人也就那点儿颐指气使的本事了。"

两个人默契地看向她们寝室的天选之子，忽然觉得顾学长跟徐师兄比起来确实没什么竞争力。

他先心动的

1　网络流行语，形容男生具有颜值高、声音好听等优点，能够轻而易举地吸引女孩们的少女心、花痴心，使得全身酥软、把持不住的一种常用词。

褚漾被她们俩看得发毛："你们别这么盯着我，我会害羞的。"

舒沫咧嘴，坏笑着说道："行了，等回寝室后老实交代吧，你准备好腹稿，一个细节都不能漏。"她抓着褚漾，就要把人往寝室里押送。

倒是宋林幼想起了别的事情："啊，也不知道陈筱回寝室没有。她走得那么急，也不知道是不是回寝室了。"宋林幼手里还拿着陈筱的包呢。

褚漾这才记起了陈筱。她哪儿能看不出来陈筱对师兄的那点儿心思？但她没想到陈筱抗打击能力这么弱，居然先跑了。

"说到这个，有件事当着师兄的面不方便说。"舒沫和宋林幼对视一眼，想了想，还是决定跟褚漾坦白，"陈筱今天刚知道师兄要请我们寝室的人吃饭的时候，样子不太对劲。"

褚漾扬眉问："怎么不对劲？"

舒沫没瞒着，把今天上午陈筱跟她们说的话全盘说给褚漾听了。

褚漾的脸色越来越不对劲。

"你要不要去找她问问？"舒沫抿嘴，有些犹豫地说道，"她跟我们说倒没什么影响，我们左耳进右耳出，听了就忘了。要是她跟别人说了，三人成虎，对你总归不太好。"

褚漾眯起眼睛，嘴唇微抿，说："我知道。我会去找她问清楚的。"

她想了想，还是从宋林幼的手中拿过了陈筱的包："我猜她应该不在寝室。你们先回去吧，我把包还给她就行了。"

宋林幼点点头，打算和舒沫一起回寝室。倒是舒沫神色复杂，想说什么又没说。

褚漾知道她在担心自己，笑着安慰她："没事，区区一个陈筱，我还搞不定吗？"

"不是，我不是担心这个。"舒沫也不知道该怎么说，"你下手轻点儿，毕竟还要在一起住一年。"

"……"沉默了几秒钟，褚漾抽抽嘴角，"我先替陈筱谢谢你。"

舒沫还挺不好意思的："我这人就是太善良了，没办法。"

褚漾懒得理她，径直往宿舍楼的反方向走去。褚漾的手上拿着陈筱的包，陈筱就算不想见她，包总得拿回去吧？褚漾一点儿也不担心陈筱不会过来找自己。

趁着微信还没被拉黑，褚漾先问她在哪儿。陈筱没有回复。

下册

褚漾对着她的包拍了张照片，发了过去："包不要了？"

两分钟后，陈筱总算回信了："你放寝室就行了。"

褚漾并不是什么好脾气的人，没义务帮陈筱拿包："你要是不过来找我，我就把这包丢到学校的人工湖里了，你自个儿去捞吧。"

"你在哪儿？"

"图书馆后面的小路，快点儿。"

陈筱果然又躲进了图书馆。她这人在学校里没什么去处，不是寝室就是图书馆。起先褚漾她们几个都认为陈筱热爱学习，现在想想也不尽然。

陈筱过来的时候脸色很不好，弓着背，显得人更矮了，也更楚楚可怜了。她朝褚漾走过来的时候，不安地望向小路旁边栽种的两排大樟树。

褚漾当然知道她在看什么："你放心，崇先生不在这儿。"

陈筱像是忽然被戳穿了什么心事，心神不定，低头盯着自己的脚尖，慢慢走了过来。

褚漾直奔主题："你知道我去年买过验孕棒，是不是？"

陈筱笑笑："那真是你的？"

褚漾点头承认："是我的。"

陈筱忽然抬起头直视她，人也比刚才自信了几分："既然那是你的，那就证明我没冤枉你，你那个时候就打算勾引徐师兄，对不对？"

褚漾抱胸不说话，想听她还能说出什么惊天动地的猜想。

"我跟舒沫她们说，她们不信。我跟徐师兄说，徐师兄也不信。"陈筱咬牙切齿地说道，"而事实证明我根本没说错，你就是这种女人。"

褚漾反问她："既然你觉得我是这种女人，那怎么不拿着那根验孕棒直接去跟老师告状，说我影响学风？"

陈筱又低下头，替自己解释："我是看在你是我室友的分儿上，不忍心做得这么绝。"

"你是不忍心做得这么绝，还是担心你去告状了，会把自己也兜出来？"褚漾眯着眼，终于确定了自己的猜想，"你是崇先生的人？"

一开始，褚漾就发现陈筱有些不对劲。陈筱的衣柜里时常会出现一些贵重物品，没过几天那些东西就不见了，后来她又看见陈筱从崇正雅的车子上下来。

最后就是崇正雅提起陈筱时，虽然嘴上不说什么，但眼神里总是本能地露出对她不屑和厌恶的情绪。

褚漾知道陈筱每年都会申请贫困生资助，那些贵重物品只能在她的衣柜里短暂地逗留几天，随后就被一件不剩地转卖出去。

被揭穿了身份的陈筱嘴唇发白，颤着声音问褚漾："是师兄告诉你的？"

"他没告诉我，是我自己猜到的。"褚漾轻声笑了，语气又比刚才强硬了些，"你那时候很长时间没回寝室，我们以为你是在图书馆学到废寝忘食，其实你是怀孕了吧？我的验孕棒是不是被你拿走的？你把显示阳性的验孕棒跟我的换了，对不对？"

陈筱后退几步，声音蓦地抬高："你别血口喷人！"

褚漾挑眉，语气平静地问道："那要不要我们去找崇先生问问？"

陈筱下意识地拒绝了这个提议："不要！"

听到她的回答，褚漾终于确定了自己的猜想。

徐南烨没有设计让褚漾怀孕。

当她去找他对质时，他明明可以替自己辩解，但没有。

褚漾一直不明白为什么他明明知道自己没有怀孕却还是选择将错就错跟她结婚，也不相信他们才认识那么短的时间他就肯用自己的婚姻来做赌注。

她一直以为他工于心计，而自己就像一头羔羊傻乎乎地将他设计的陷阱当成了归宿。

到现在她选择妥协，也是因为他确实成功地把她的心骗到了手。她虽然不甘心，可宁愿选择装傻。

谁知道会不会有一天，当她对他的喜欢消失后，她重新开始恨他，恨他诱骗自己，恨他不避孕，恨他让她以为自己怀了孕，赔上了婚姻。

他替陈筱背了黑锅，一句话都没有替自己辩解。他宁愿让她相信骗婚的那个人是他，也不愿意让她自责、愧疚。

其实根本问题就出在她这里，现在把所有的线索理清她才发现，自己才是骗婚的那个人。

他们其实在互相算计。她用一根不属于自己的验孕棒将他"骗"了过

379

来。而他明知她在骗自己，却仍自我欺骗地相信了这场误会。

即使面前站着的人是陈筱，褚漾仍忍不住笑出了声。

"师兄，你赢了。"

她算是彻底栽在这男人的手上了。

她不知徐南烨情从何处起，但确实被他的深情和步步为营的套路牢牢地束缚在其中。

她之前想逃，却没能逃掉，现在不想逃了。

到现在她才意识到这男人有多可怕。他每一步的进退目的都只有一个。

用隐藏在温柔外表下的谎言，他运筹帷幄，步步为营，理由居然有些可笑，甚至算得上幼稚：让她爱上他。

哪怕她爱不上，他也要彻底地在她的心里留下一道疤，让她这辈子都忘不了。

不管是谁先动的心，到现在动心动得一塌糊涂的人不只有他，还有她。

"陈筱，我给你两个选择，你跟宿管申请换寝室，或是我直接以作风问题举报你。"褚漾不想再对她留有任何情面，"你自己选吧。"

陈筱神色慌张地说道："不要！不要举报我！"

褚漾不为所动地说："我会不会举报你，全看你自己怎么选。"

陈筱见她没有改变主意的打算，索性破罐子破摔，嘴角露出恶意而讥讽的笑意，声音尖锐地说道："褚漾，你别以为你自己就能干净到哪里去，徐师兄早就结婚了！你真以为他是真心喜欢你吗？他不过就是玩你罢了！"

褚漾觉得好笑，又觉得眼前的陈筱实在愚蠢。她眨眨眼，忽然抬脚朝陈筱走了过去。

陈筱害怕地后退了几步，神色警惕，问道："你要干什么？"

褚漾低头看她，眉梢微挑，语气得意地说："那又怎么样？喜欢师兄的人那么多，可他偏偏喜欢我，爱我爱得要死，我怎么赶都赶不走。那么多女人，包括你都喜欢他，可他偏偏只宠爱我，我也是很为难呢。"

陈筱咬破了嘴唇，气得几欲休克："你！"

"我天生丽质难自弃吧，没办法。"褚漾撩了撩头发，感叹道，"你羡慕不来的。"

她也不愿再和陈筱磨叽，直接将包还给了陈筱，沿着小路离开了这个安静的地方。

褚漾的背影看上去高挑而自信，陈筱一直盯着她的背影，不愿意挪开目光。

褚漾的父母是大学教授，褚漾从来没吃过苦，就连陈筱默默仰慕的徐师兄都那么喜欢她。

陈筱和她住在同一间寝室，却像是活在两个世界。

陈筱用不起的化妆品，她却能一次性就让代购买小半箱回来；陈筱穿不起的衣服，对她而言过季了就再没有穿的价值。她精致又娇贵的生活，是陈筱一生都渴求不来的。

"我就是恨你，恨你明媚活泼，恨你不知忧愁，恨你幸福美满。我恨你抢先实现了我的理想，得到了我想得到的人，过着我渴望的生活。即使你什么错都没有，即使你仍愿意替我遮挡我这颗丑陋不堪的心，我依然恨你。"陈筱坐在石凳上，神色落寞，忽然痴痴地笑了出来。

裤兜里的手机振动了起来，在这条寂静的小路上显得格外刺耳。

陈筱麻木地接起电话："喂。"

"你好，我是崇正雅的太太。"电话那头的女声响起，女人简单说明了自己的目的，"关于我老公的问题，我想约你出来聊聊，不知道你是否愿意？"

陈筱平静地说道："你可以到寝室直接来找我。"

裴思薇没想到她会这么干脆，语气也比刚才温和了许多："那请问你贵姓？"

"你不知道我的名字？"

"我只从我老公的下属那儿打听到了你的电话。至于你叫什么，他们也不知道。"

是了，他们当然不知道。崇正雅高兴了，就会叫她的名字；不高兴了，她的外号不过是"玩具"。

崇正雅带她去见他的那些狐朋狗友，不过是想为朋友聚会再增添一个新玩物。至于他的家庭和公司，他又怎么可能让她接触？

"我叫褚漾。"

"褚小姐，我会去找你的。"

"我等你。"

我把你变得满身泥泞，看着你从高处重重地摔落，也许我的恨意就会消失。我经历的挫折和不公的待遇，也该让你尝尝。

学校论坛好不容易平静了些时日，最近又闹起来了。原因是有人爆了个料。

虽然爆料者将部分内容打了码，但常年混迹学校论坛的高年级的学生们还是秒解码了。

某院某个女生已经给人当了一年的情妇，而且还妄图小三上位。

爆料者披紧了自己的马甲，全程用第三人称无感情地叙述，文风理智、精练，更不带任何主观感情。因此众人看后觉得这真的就像是在单纯爆料，不掺杂任何私人恩怨。

爆料者毫无破绽，没人猜得出这位爆料者的身份。

爆料帖正经得就像是一篇新闻稿，虽然不带个人情感，但胜在爆料内容十足劲爆，因此连续几天都在首页飘红。

"我和这位女生算是有交集，她长得很漂亮，平时也很爱打扮，个性比较张扬，有很多追求者。她的化妆品和衣服全是名牌，一开始我只觉得是她父母宠她，舍得给她零用钱。但她父母都是教书的，其他人觉得女生的家庭条件算不上多好，因此怀疑她是被包养了所以才这么舍得给自己花钱。我当时还替她辩解了几句，惹得其他人不高兴，所以听到这个消息后的第一反应是不相信，后来才觉得不对劲。

"知道她给人当情妇的时候我挺震惊的，又觉得她肯定是有什么难言之隐，和她聊过之后发现她纯粹就是想当小三而已。我对她说这个身份并不光彩，她不以为然，觉得我是忌妒她，还说我羡慕不来，因为她长得漂亮所以才能当上小三。我不知道该说什么，三观不同，再劝反倒显得我多管闲事。

"这个帖子就当是树洞，大家不必解码。我就当没认识过这位女生。还有，听说她小三的身份已经被那男人的老婆知道了。"

这么大一段话，楼主用词精准，语言简洁，完美地塑造了一个不听信谗言，直到知道事情真相后还毅然选择劝说女生回头是岸的形象。

最后，爆料者还复述了那个女生跟她炫耀时说的话。

"喜欢 ×× 的人那么多，可他偏偏喜欢我，爱我爱得要死，我怎么赶

都赶不走。那么多女人，包括你都喜欢他，可他偏偏只宠爱我，我也是很为难呢。"

嚣张又不要脸的拜金女[1]形象跃然纸上，生动形象。

楼里一开始的跟帖都在夸赞楼主的文笔。

"楼主是文学专业的吧？这帖子写得太好了。"

"这起承转合简直完美，高潮有人物矛盾有，楼主不去写小说可惜了。"

"楼主的文字功底真好。"

"这是我近来看过的最吸引人的爆料帖了。"

后来，随着楼主的回帖量越来越多，众人开始解码。

"长得漂亮、爱打扮，画重点。"

"父母都是教书的，这是考点，大家记住了。"

"瞬间解码。"

"太好解了吧？楼主这根本就是变相挂人。"

"楼主到底有什么目的尚未可知，关键这帖子真的说的是那位？"

"条件确实都对得上，真是那位吧？"

"真的假的？"

"我感觉最后一句话确实特别像她能说出来的。"

"要真是那位，也不奇怪她为什么会被包养了。"

"包养她的那位大人物也是傻，找小三还找个看不起自己的，哈哈哈哈哈哈哈。"

"她本来长得就很像小三啊。"

"我说呢，她爸爸看着那么严肃的人，怎么肯给她那么多生活费。"

"我看她穿的、用的都不便宜。"

"本来对她很有好感的，当小三真的太恶心了。"

"我现在就想知道她的金主知不知道她在背后骂他贱呢，嘻嘻嘻嘻。"

"楼主别走！反正都解码了，索性多说点儿！"

"不是说金主的老婆知道了？解码的同学们最近坐等好戏吧。"

---

1 网络流行语，指那种有金钱至上的思想道德观念，认为金钱万能的人。

383

所有条件指向计院那位远近闻名的院花。

根据传播学理论，这种真假待商榷的流言往往传播得极快。

"陈筱发的吧！"舒沫几乎想都没想，就猜到了这帖子是谁发的。

褚漾握着手机，盯着对面早已空荡荡的床位没说话。

在她警告陈筱的那天晚上，陈筱就主动搬离了寝室，没说自己会搬去哪儿，另外三个人也没兴趣知道。

在搬走前，陈筱还跟褚漾道歉，希望她大发慈悲，别去老师那儿告状。

褚漾也并不想做得这么绝，虽然讨厌陈筱，但知道陈筱的家庭状况，明白陈筱的难处。如果真的被退学或是被处分，陈筱就再也不可能有机会念书了。

她向来认为室友之间即使有矛盾，也不至于闹到这个地步，更没必要把人往绝路上逼，因此给了陈筱两个选择。没想到她善良了这一次，陈筱反倒狠狠地摆了她一道。

说真的，陈筱这么恶毒又聪明，没生在古代去参加宫斗或是宅斗真是浪费天赋。

既然陈筱搞这么一套，褚漾也就没必要再帮她留脸面了。褚漾把所有的事情都告诉了舒沫和宋林幼。

宋林幼有些不明白陈筱的这波操作："你迟早要澄清的，等你澄清之后，她做小三的事反倒会被你说出来，她图什么啊？"

"那天我用来气她的话，让她认定我也是徐师兄的小三。就算我澄清时说了她给人当小三的事，自己也洗不干净了。别人会认为我们寝室出了两个小三。"

舒沫骂骂咧咧地说道："她这是要大家共沉沦啊，够恶毒的。"

褚漾又问："而且，她说当小三的事已经被金主的老婆知道了，你们说，是谁的老婆？"

"还能是谁的老婆？她金主的老婆呗。徐师兄未婚，哪儿来的老婆上门讨伐小三？"

褚漾没跟她们说自己和徐南烨真正的关系。她不想给徐南烨带来麻烦。徐家的人没打算公开她的身份，她也没必要为了这么一个真假不明的帖子让整个徐家来为她澄清。

"她知道崇先生的老婆要找上门来了，自己根本瞒不了多久了，与其等死，还不如拉我一起下水。"褚漾想了想，忽地冷笑，道，"说不定她还说自己叫褚漾呢，想让崇先生的老婆找到我头上，到时候别人看到我被教训，都会认定我就是小三。"

所以陈筱当晚二话不说就搬出了寝室，让褚漾替自己当了靶子。

"这女的绝了。"舒沫有些担忧地看着褚漾，"那你怎么办？"

褚漾皱眉："我先去找师兄要崇先生的电话号码，跟崇先生说清楚吧。"她说完就立马给徐南烨发了条微信消息。

徐南烨只休了一天的假，这几天都在忙工作调动。褚漾也不知道他具体怎么调动，只知道他确实忙，经常加班到半夜。

褚漾不愿意打扰他，因此徐南烨问她要崇正雅的电话做什么时，她只随便地含糊了两句。

徐南烨不知道她问这个做什么，但还是给了。

为防止打错，她还特意问了句："保真？"

"不知道。"

褚漾蒙了："'不知道'是什么意思？"

"不知道他换号码没有。"

"他换号码难道不告诉你吗？"

"不知道，跟他不熟。"

"那你怎么有他的号码？"

"……"徐南烨干脆选择装死，不回复她了。

褚漾觉得这两个人真的好奇怪。在拨通了崇正雅的电话之后，她更奇怪了。

崇正雅一听她是褚漾就怒了："他想跟我道歉就自己来跟我道歉，让老婆出面算什么男人？我看不起他。"

褚漾下意识地问他："你们吵架了？"

崇正雅微顿，随即厉声驳斥道："谁跟他吵架了？我跟他不熟！你有什么事赶紧说。老子还在忙呢，没空陪你这小姑娘聊天。"

褚漾也不敢再问，只能简短地说明自己打电话给他的目的。

崇正雅有些惊讶她知道了陈筱和自己的关系，但听她的语气，重点似乎不在这儿。

"她还真去你们学校了啊？管得真宽。她去也是找陈筱那女人算账，你担心什么？火又烧不到你头上。"

褚漾反问："那如果她跟你老婆说她叫褚漾呢？"

"……"崇正雅沉默了。

"我迟早被这两个女人玩死！"崇正雅破口大骂，"我现在去跟我老婆把话说清楚，你千万别跟徐南烨说，知道了吗？"

褚漾挑眉："你命令我？"

崇正雅男子汉大丈夫能屈能伸："姑奶奶，我错了。如果您大发慈悲别跟徐南烨说这个，我会替您解决好这件事的，行吗？"

褚漾笑眯眯地答应了："那麻烦崇先生啦。"

挂断电话之前，她似乎听到崇正雅在那边嘟囔了一句"女人没一个好东西"。不过她并不在意崇正雅怎么想，因此转头就忘了这事。

崇正雅给他老婆打电话的时候，裴思薇已经风风火火地杀到了清大。

裴思薇直觉他是为了那个女人而给她打电话的，因此接电话时并不太高兴："来替你的小女朋友求情的？"

崇正雅冷哼一声："你是不是要去找一个叫褚漾的女人？"

裴思薇咬唇："你就这么喜欢这个褚漾吗？"

"裴思薇，你要是还想我多活两年，就听我把话说完再去找人，"崇正雅被气得眉骨生疼，怎么揉捏都不管用，坐在车子里边吩咐司机赶紧开边跟她解释，"那女人叫陈筱，不叫褚漾，你被人当枪使了知不知道？"

裴思薇愣住，没懂他的意思。

崇正雅又叹了口气："算了，以你的智商我估计你也听不懂。你在清大等着，等我过去跟你一起收拾那女人，知道吗？"

她还没反应过来，崇正雅就已经把电话挂断了。

站在她旁边的保镖小心翼翼地问她："小姐，那我们现在是进去还是不进去啊？"

裴思薇总觉得崇正雅是在替那个女人拖延时间。

她想了很久，然后手机上又收到了一条短信，来自"褚小三"。

"我在十五栋302教室，你过来找我吧。"

裴思薇烦躁地将手机丢到包里，重新坐回车里："等他过来再说吧。"

没过多久，崇正雅就到清大门口和她会合了。

见她真的没进去，崇正雅舒了口气，欣慰地抬手揉了揉她的头，半开

他的先
心动

玩笑半认真地笑着问她："这么听话？"

他长相原本就帅气至极，笑起来尤为秀色可餐。

裴思薇莫名觉得头顶发烫。

这节课是大课，整个专业三百多人一起在多媒体大教室上课。上课铃还没响，大教室里气氛热闹。

学分必修，陈筱肯定会来上课的。果不其然，褚漾看到了从教室后门进来的陈筱。她看上去气色居然十分不错。

还没等褚漾过去找她，她反倒朝褚漾走了过来。褚漾被她这种死猪不怕开水烫的精神震惊到了。

舒沫和宋林幼刚想开口，就被褚漾抬手制止了她们即将脱口而出的脏话。

陈筱看了眼她们俩，轻轻笑了笑："说服她们了？你挺厉害的。"

"你要点儿脸行吗？"褚漾深吸一口气，尽力压制自己的怒火，"倒打一耙，你可真够牛的。"

陈筱丝毫不在意她的语气，嘴角仍挂着淡淡的笑意："我倒打一耙？你本来就是小三吧。"

褚漾冷冷地说道："陈筱，我本来因为你家经济条件不好，没打算跟你计较，是你自己作的。"

陈筱的嘴角牵起一抹得意的微笑："你还是先顾着你自己吧，待会儿上课了就有好戏看了。"她话音刚落，上课铃就响了起来。

老教授拿着教案缓缓地从前门走了进来。

陈筱低头，又给手机里的某个号码发了一条短信过去。

"你来了吗？我上课了。"

"来了。"

她舒了口气，收起了手机。

老教授对着扩音器咳了咳："同学们好，我先点名。同学或是室友赶紧通知一声没来的同学。如果有同学等我点完了再过来的话，就直接算缺席了。"

讲台下，学生们议论纷纷，没人敢大声说话。

老教授的视力不太好，他戴着老花镜盯着上面密密麻麻的名字，刚打

387

算点名，就听见台下的学生们发出了一阵又一阵的惊呼声。

老教授抬头，发现学生们似乎都没看这边。顺着学生们的目光看过去，他发现门口站着几个人。

其中，为首的那个年轻女人抱胸而立，身后跟着两个人高马大的穿着黑衣的男人。

那女人冲他笑了笑："老师，打扰了，我来找个人。"

"你找谁啊？"

女人径直走过来，伸手问老教授借扩音器："老师，扩音器能借我用用吗？"

老教授的脾气好，这女人跟他女儿的年纪又差不多，笑容甜美，于是他也没多想，直接把手上的扩音器递给了她。

"谢谢老师。"女人道完谢，将粉唇靠近麦克风，徐徐说道，"同学们好，我来找那位不要脸地勾引我老公的小三。"

老教授急忙阻止她："你说什么呢？这里是教室！"但他说什么都没人听了。

讲台下方的几百名学生皆倒吸了一口凉气。

"刺激！"

"没想到我有生之年还能碰上这种场面！"

"我室友没来，他太亏了！"

褚漾皱眉，坐在她旁边的陈筱反倒扬起嘴角，得意地笑了起来。

紧接着，讲台上的女人叫了这小三的大名："陈筱同学，麻烦你出来下好吗？"

陈筱的笑容瞬间僵了。她明明跟这女人说自己叫褚漾。她看向讲台上的那个女人，浑身僵硬，动弹不得。

陈筱是整个专业出了名的乖乖女、好学生，寝室、食堂、图书馆三点一线，连课外活动都很少参加。如今那女人说陈筱是小三，太劲爆了。

那女人见没人出来，以为自己被小三耍了，脸上有了怒气："陈筱，你不出来，是要让我一个个问吗？"

褚漾侧头看向陈筱。

有不少人盯着陈筱，但都抱着看好戏的态度，等她自己站起来承认，没人揭穿她。

陈筱此时面色发白，看着已经跟休克没两样了，晕过去了？

褚漾讥讽地笑了几声，决定助人为乐，于是大胆地举起了手。

裴思薇盯着那个举着手的女孩子，脸色瞬间不好了。

这么漂亮？她输了。怪不得崇正雅喜欢小三。

裴思薇正沉浸在自己不如小三漂亮的巨大挫败感中，结果那个漂亮的女孩子又指向了旁边那个看着挺清秀的女生，不疾不徐地给她指认："陈筱在这儿呢。"

裴思薇眨眨眼："是她吗？"

陈筱像是找到了机会，急忙站起身，反过来指着褚漾："不是我！是她！"

褚漾冷笑两声，连个眼神都懒得再施舍给她。

就在裴思薇纠结时，死死挡住教室门口的两个硬汉保镖忽然退了出去。

容貌俊美的男人一双狭长的丹凤眼微微眯成了一条线，吊儿郎当地靠在门边，抱胸笑道："陈筱，装呢，忘了在我床上那副哭哭啼啼的样子了？"

崇正雅穿着名贵的手工衬衫，靠近脖颈的几颗扣子松散开来，露出令人遐想的锁骨。

"是金主吗？"

"金主这么帅吗？我以为起码是四、五十岁的老头子呢！"

"看不出来陈筱这么有本事呢，牛啊。"

"那帖子里说的就是陈筱了？"

"谁一开始猜褚漾的？"

陈筱只觉双腿发软，再也没力气支撑住自己的身体，骤然瘫倒在冰冷的地面上。

裴思薇当然不会因为她这副可怜的样子就放过她，只要一想起崇正雅接起她电话时那暗自欣喜的模样，又或是想起崇正雅曾经对她的温柔体贴，裴思薇就觉得气不打一处来。

裴思薇踩着高跟鞋快步走到陈筱面前，抓着她的头发后一个巴掌甩了过去，末了还冲她啐了一口："不要脸！"

陈筱的半张脸瞬间肿了起来，只是她双目失神，也不知道有没有痛觉。

其他人的目光中有同情，有厌恶，也有幸灾乐祸。但大多数人是看好戏，将她当成了这堂课的调剂品，往后只是茶余饭后的闲聊素材罢了。

就连跟她同寝三年的三个室友都是一脸冷漠地看着她，而后别开脸，连再看一眼都觉得多余。

她今后到底怎么样，没有人会在乎。

谁也没想到这么一节严肃的必修大课就被两个不请自来的人打断了。

在现场的人津津乐道，不在现场的人不停地找目击者询问，力求还原当时的情景。

"那个被包养的小三是陈筱啊？"

"年年拿奖学金的好学生居然背地里给人当小三，啧啧啧。"

"当时那场面叫一个激烈啊，豪门太太的气魄就是不一样，那巴掌声简直响亮。"

"哈哈哈哈哈哈哈哈，郭教授被气坏了，后来他继续上课根本没人听了。"

"陈筱现在怎么样了？"

"不知道，她主动申请退学了，听说早就搬出寝室了。"

"啧啧啧，也是活该。"

"听说那个帖子也是她发的，是她故意引导别人怀疑褚漾的，后来褚漾把她的IP挂出来了。"

"和这种人同寝三年，同情褚漾和她的室友们。"

褚漾只翻了翻论坛，就干脆地关掉了，然后看了一眼对面空荡荡的床位。

舒沫知道她在想什么，拍拍她的肩安慰她，道："她那是自作自受，你别想了。"

宋林幼比较心软，叹了口气，说道："我听说她爸爸这么多年一直在住院。这次她退了学，也不知道她家里人会怎么想。"

"如果她好好念书，等大学毕业了努力赚钱，也许结局会完全不一样，"褚漾垂眼，语气平静地说道，"但这条路是她自己选的。"

是她毁了自己的人生，没有任何人有义务同情她。

"不说这个了。要不是崇先生及时赶到，也许被他老婆教训的人就是你了啊。你打算怎么谢他？"舒沫适时转移话题，想活跃活跃气氛，"上次你

动
的他
心先

390

们做实验，听说也是在他的电子厂？"

褚漾点头。她确实应该好好谢谢崇正雅。

她想了想，打算找个机会跟崇正雅好好道个谢，但擅自约他出来，未免太不合规矩了。

褚漾又想起了她那个最近几天忙着工作，完全不知道她刚经历了一场大难的便宜老公。

她可以以他的名义请崇正雅吃顿饭嘛。褚漾被自己这个绝妙的想法折服了。

"师兄，最近有空一起吃个饭吗？"她还特意发了个卖萌的猫咪的表情符号过去。

徐南烨对她的性格了如指掌，瞬间猜到她无事献殷勤定是有事相求。

"想做什么？"

褚漾嘿嘿一笑，说出了自己的目的："我想请崇先生吃个饭，但不好意思邀请他。你能不能帮我邀请他啊？"

"我拒绝。"

褚漾知道徐南烨会拒绝，但没想到他会拒绝得这么干脆。

"为什么啊？"

"跟他不熟。"

褚漾："……"他又用这个理由。

徐南烨忙得四脚朝天，不再看手机。

他忙了这么多天，褚漾不想着请他吃饭，倒想着他那个绝交了八百年的发小。徐南烨哼笑了一声。

门口，正要进来的王秘书见他这副样子，有些犹豫要不要进来。

徐南烨看到了他，收敛了神情，问："什么事？"

"前几天您让我查的那个手机号码，我查到了号主。"

徐南烨挑眉："谁？"

王秘书张了张嘴，有些紧张地说道："是小崇总的夫人，裴氏的小姐。"

徐南烨倏然皱紧了眉，语气比刚刚又冷了几分："谁？"

"……"王秘书不敢说话了。

褚漾借花献佛的计谋被徐南烨一口否决，但她没有因此而意志消沉，而是决定使用迂回战术。

因为微信绑定通讯录，她刚存上崇正雅的手机号码时，微信就提醒她有新好友可以加了。她将好友申请发过去没多久，崇正雅就同意了。

她先是给崇正雅发了一串从百度上复制下来的道谢的话，然后委婉地表示想请他的太太吃个饭，顺便表达一下对崇太太的钦佩之情。换成她，是绝对没有这个胆子当着全专业的学生的面儿拿扩音器找小三的。

为了让语言看上去既严肃又活泼，她还特意发了个"为我们的友谊干杯"的中老年人常用表情包过去。

崇正雅看得脑仁疼。手指往下滑了好几下还没滑到底，他索性省略掉中间大段的累赘之词，只看了开头和结尾的内容。

"我在动笔写下这封感谢信之时，不禁回忆起了那个风雪交加、寒风呼啸的夜晚，对您的感激之情在我的心中抑制不住地汹涌，还未写下什么，我就已经热泪盈眶，泪水打湿了我写下的每一个字。"

…………

"千言万语汇聚成一句感谢之语，祝您工作顺利，阖家幸福，心想事成，五十六个星座五十六枝花，在未来的道路上，我将带着对您的感激之情，砥砺前行，扬起风帆，展望未来！"

"……"崇正雅觉得徐南烨真是脑子被驴踢了，才娶了这么个神经病老婆回家。

发完感谢信之后，她又说要请裴思薇吃饭。

没出社会的女大学生就这情商？崇正雅嗤笑一声："没我你早没命了，我才是你的恩人，你懂不懂人情世故？"

紧接着，褚漾表示如果他愿意赏脸，希望他也能应下她的邀请。

崇正雅又哼了声："挺会做人啊，你老公教你的？"

褚漾生怕他觉得自己诚意不够，连忙跟徐南烨撇开关系："不是，完全是我自己的主意，他不同意我请你吃饭。"

"不去，没空。"

褚漾这辈子还没体会过在如此短的时间里连续被两个男人拒绝。如今尝到了滋味，她忽然就理解了倾慕者辛辛苦苦为女神准备了惊喜，结果女神不屑一顾的悲哀。

她对着手机叹气，和室友卖惨："他看不上我请的这顿饭，怎么办？"

舒沫睁大眼睛，替她分析："他们这种有钱人可能不在意这一顿饭吧。"

褚漾也认同这个说法。既然崇正雅不答应，那她就先把这事放到一边，先去忙自己的事。

因为这件事，她前几天都没去实验室报到，全靠沈司岚和穗杏在余老师面前替她遮掩，心里头实在过意不去。

褚漾收起手机往实验室赶。

刚到实验室，褚漾就被一帮人围住了。

她是陈筱的室友，按理来说应该会拿到第一手消息，因此备受关注。

耳边充斥着"陈筱真退学了吗""你这些天见过她吗"和"你们寝室的人以前知不知道她给人当小三"这些问题，褚漾叹了口气，用带着无限悲痛和惋惜的语气对众人说："她平常也不怎么和我们一起行动。这件事我们也是不久前才知道的。"

又有人问她："那她之前发的那个帖子暗示当小三的人是你，你没去找她算账？"

"我当时知道是她的时候挺生气的，朝夕相处的室友居然背地里这样说我。但现在她既然已经退了学，我也不想追究什么了，就当没认识过这个人吧。"她的语气又轻又温柔，像是已经完全不在意这件事了，她反倒劝其他人宽心。

有人大为感动，还有人替她鸣不平。

"唉，你就是太善良了。"

"我真是越想越觉得陈筱这女的恶心。"

"她连小三这种罪名都往你头上安，你不该就这么算了。"

"你怎么就这么算了啊，唉。"

褚漾只是笑笑，没有理会。

之前她无论如何都不肯放过偷她实验成果的人时，也是这几个人出面替那个叫许哲的人求情，让她退一步海阔天空。现在陈筱已经退学，他们却又反过来说她不该就这么算了。

如果她表示陈筱活该被退学，或许他们又会觉得她的心太狠了。

人向来双标。褚漾已经学会了怎么应对这种双标的人。那就是背地

下册

里再怎么厌恶和嫌弃，表面也要装得清清白白、与世无争。白莲花谁不会当？装可怜也不是只有陈筱才会。

看见她坐在自己的实验桌前，穗杏立马凑了过来，有些担忧地问道："学姐，你这几天没事吧？"

这才是真正的来自朋友的关心。

褚漾摇摇头："没事，她都退学了，我还能有什么事？"

穗杏舒了口气，转而又恨恨地说道："我本来想帮你上论坛把那帖子黑了的，那些跟帖我看了都气。"

"那你怎么没黑？"

学校论坛的防护代码不算多牛，之前就有人黑过帖子。

穗杏不好意思地摸摸鼻子："啊，是顾学长跟我说不用黑，如果黑了反倒会被人说是你心虚才黑了帖子。他还说这个帖子既然是假的，那你就肯定不会坐视不管，让我们不用担心。"

褚漾觉得有些感动："你们就这么相信我？"

穗杏眨了眨眼："为什么不相信你？"

褚漾看着她圆溜溜的鹿眼，忽然一把抱住她，捧着她的脸对着其中一边用力亲了一口。

穗杏猝不及防，瞪着眼发愣。

发现小学妹的样子实在太可爱，褚漾没忍住，又对着她的另一边脸亲了一口。

周围有人看到了，发出了"哟哟哟"的声音。

穗杏有些脸红，小声跟褚漾抱怨："学姐，你这是干吗呀？"

"亲你。"褚漾说完，又把嘴凑了上来。

学姐漂亮的脸瞬间被放大了好多倍，嘴唇上还涂着粉嫩嫩的唇蜜，亲在穗杏的脸上虽然有些黏，但有股又香又甜的水果味儿钻进鼻间，穗杏想了想也就没反抗了。

有道冷冷的声音打断了她们的亲昵："学姐。"

褚漾顺着声音看过去，发现是沈司岚。

他脸色不太好，一把将穗杏从座位上拉了起来，然后将手中的项目进度表丢到实验桌上，说道："既然学姐来了，这几天的实验进度文字报告就麻烦赶一下。"

褚漾没反应过来，愣愣地说道："这几天我没来，不知道你们做到哪一步了啊。"

沈司岚淡淡地说道："这是组长的任务，和组员无关。"然后，他二话不说地走出了实验室，顺道带上了穗杏。

女孩子个子娇小，被他拎着只能脚尖挨地走，一双大眼睛还眼巴巴地看着褚漾。

两个组员走了，剩下的就该她这个组长解决了。

褚漾叹了口气，翻开进度表的扉页，发现她缺席的那些日期下的表格都已经被写满了。

两种字体，一种苍劲清瘦，一种娇小娟秀。

什么嘛，明明都写了啊，她根本不用赶。褚漾忽然傻傻地笑出了声。

在座位上发了会儿呆，褚漾拿着进度表打算去办公室找余老师交差，恰好又撞上了过来交材料的顾清识。

褚漾有些恍惚。之前两个人在星巴克门口聊的那些话还言犹在耳，如今褚漾能够给他一个正式的答案了。

顾清识还是那副冷淡的样子，现在天气冷，穿着羊绒衫，显得身材高挑、修长，看上去并不好接近。

或许他早就把她忘到脑后了！

褚漾怕自作多情，酝酿了好半天也不敢开口。

倒是顾清识先开了口，语气有些冷，问："事情彻底解决了？"

褚漾呆呆的，然后回答道："啊，对。"

"师兄知道这件事吗？"顾清识顿了顿，微微蹙眉，"怎么没看他出面帮你说话？"

"他不知道这件事，我没告诉他。"

"你以后碰上这种事不要一个人承担，该告诉他的就应该告诉他。"

褚漾没想到他会给出这种建议，但还是点头答应了。她又想起刚刚穗杏跟她说的话，想了想还是决定也跟他道个谢："学长，谢谢你相信我。"

顾清识徐徐地说道："我虽然不喜欢师兄，但相信他的为人，"话音刚落，他又抿起嘴角笑了笑，"不对，我也不相信他的为人，但相信他不会让你受委屈。"

褚漾知道顾清识的潜台词是什么，完全理解他为什么会这么说。

下册

"学长，关于那天你在咖啡厅门口跟我说的话，我觉得如果不给你确切地答复对你可能有些不公平，"她心虚地抿抿嘴，用微弱但坚定的语气对他说，"不用等我了，我现在很喜欢徐师兄。"

就算她和徐师兄将来再有什么变数，她和顾清识之间也不可能了。

顾清识垂眼，冷冷地说道："我知道了。"

他不是纠缠不休的人。

她拒绝得干脆利落，他的感情反倒显得有些多余。

"学妹，现在问这个问题可能有些不合适，但我还是不想自己留有遗憾，"顾清识用那双深色的眸子看着她，"你喜欢过我吗？"

褚漾几乎没有犹豫，用力地点头："喜欢过的。"

"从什么时候开始？"

"高中。"褚漾笑了下，"或许是从见到学长你的第一眼开始的。"

双向暗恋，开花结果就是甜蜜的爱情。像他们这样的，注定就是还未成熟的果子，从里到外都是酸涩的味道。

顾清识也扬起嘴角，再没有任何负担地笑了。他性格清冷，很少笑，但只要笑了，就让人挪不开眼。

顾清识声音很轻，语气很温柔地说："好巧，我也是。"

从见到你的第一眼，我就如此喜欢你。哪怕你从来不曾属于我，仍是我年少的梦中最为浓墨重彩的那一笔。

褚漾放在兜里的手机响了起来，是徐南烨发过来的微信，说可以请崇正雅吃饭，酒店他来选，不用她操心。

她给他发了个亲亲的表情，还表了个白："最喜欢师兄了。"

逸夫楼旁的常青树仍然挺拔地立在青石路上，带着凉意的风吹过，绿叶发出沙沙的声响。

顾清识和她告别，一步步走下了楼梯。他的三个室友在大门口等他。

"识哥，交个材料怎么这么久啊？"江海澄冲他小跑着过来，笑容爽朗地说道，"说好今天晚上要帮老林一起在学妹的寝室楼底下摆蜡烛告白的，再不去买礼品，店就要关门了。"

顾清识双手插兜，懒懒地说道："现在去还来得及，走吧。"

那个叫老林的室友有些不安，问："你们说，学妹会答应吗？"

顾清识语气淡然地说："不答应也没关系，至少不会有遗憾了。"

江海澄表示赞同："识哥，你说出真理了啊！"

真理在一定条件下才是真理，但至少这个条件下，他说的确实是真理。

顾清识又想起那天在校门口偶遇的那对穿着精致的夫妇。两个人的意见似乎不统一，最后，那个女人恰好看到了正在校门口等室友的他。

她走过来，亲切地笑着问他认不认识褚漾。

他点点头，说认识。

然后，女人又问，那你知道她平时的为人吗？

她很好。女人有些没反应过来，顾清识又沉声重复了一遍，她很好。

那男人走过来冲她挑眉，说了你搞错人了吧，人小姑娘清清白白的，哪儿看得上我这个已婚男人？

女人小声妥协，那应该是你那个女朋友想要陷害这个叫褚漾的小姑娘吧？

当时顾清识不知道他们的对话是什么意思。出了那件事后，顾清识就懂了。

她很好，真的很好。所以他相信她。

徐南烨说不用褚漾操心，结果就真的没让她操半分心。因为顾着她周一到周五要留在学校上课，徐南烨把时间定在了周末。

褚漾这会儿正在寝室收拾换洗的衣服，准备回家过周末。

"以前周末的时候我还能跟你在线上打打游戏，这些日子一到周末你就没影儿了。"舒沫站在旁边抱胸看着她收拾东西，调侃道，"徐师兄也太霸道了，占用你整整两天的时间，我想找你都找不着。"

褚漾只觉脸一热，下意识地替徐南烨说话："我是周末有事，不是跟他腻在一起。"

这话其实也没说错，光是这个月她就够忙的。

工作日在学校忙比赛，好不容易到休息日，她也不能在家里待上多久。这个学期开学以来，真是发生了好多事。

舒沫摆摆手："行了行了，我理解男人的。"她说完又凑近几分，捂着嘴小声说，"我听说越是高冷禁欲的男人，那方面就越霸道，是不是真的？"

397

下册

青天白日，大学女寝内，公然讨论这种事真是有伤风化。

褚漾没理她。

"而且，你们去年在酒吧那次，"舒沫猥琐地笑了笑，"徐师兄绝对超会玩的啦。"

褚漾之前跟舒沫她们几个解释了验孕棒的事情，但是省略了个中细节，包括后来因为怀孕的乌龙结了婚的事实。对于去年酒吧里发生的事，她只提了一嘴，草草带过。

结果这两个外表清纯的女大学生对这个反倒最感兴趣，半夜三更不睡觉，逼着褚漾从实招来。

褚漾只能含含糊糊地说，喝多了酒，结果就这样了。

黑夜中，舒沫和宋林幼双目放光。她越是说得含糊，她们就越是兴奋。

早知道就不跟她们说了，褚漾暗自懊悔。

正坐在座位上看书的宋林幼忽然转过身，文绉绉地感叹道："人，食色性也，没想到徐师兄也是。"

舒沫纠正她："那也得看对象啊。"

"也是。"

舒沫咳了咳，又叹了口气："徐师兄这个衣冠禽兽。"

褚漾红着脸驳斥道："那是我们都喝醉了。"

"这理由也太扯淡了，"舒沫瘪嘴，"你敢说你当时没有意识？"

褚漾哑口无言。

她当时确实是有意识的，清楚地记得当时他是怎么调戏、撩拨自己的。

见褚漾没话说了，舒沫又得意起来："对吧，男女同理，我不相信徐师兄这么清心寡欲的人喝了酒就真的变成禽兽了，所以他一定是很清楚地知道自己在做什么。"

事实也确实是这样。

"师兄一定很喜欢你吧？"舒沫走近褚漾，掐掐她的脸，"或许真是一见钟情？"

徐南烨为什么喜欢自己，其实褚漾到现在也不太明白。

如果是因为她长得漂亮，徐南烨从事外交工作这么多年，接触过那么多美女外交官，她不信自己真漂亮到能让他一见钟情的份上。

褚漾却又想不起来，在去年他返校之前，他们之间有过任何接触。

可徐南烨好像并不觉得那是他们第一次见面，前不久吵架的时候，他好像也说过是自己把他忘记了。

如果她的生命中曾出现过这样出色的男人，她应该不会忘记才对。

褚漾正用力回想着，思绪又被舒沫的惊呼声打断："褚教授知道你们俩的事吗？"

褚漾点头："我爸知道。"

"我不是说这个，我是说你们因为喝了酒才在一起的这件事。"舒沫歪头看着她，"褚教授那么正经，应该很难理解你这种情况吧？"

她一早就想到爸爸不会接受，所以结婚前就跟徐南烨串好了口供，把这件事瞒了过去。

褚漾耸肩："我爸不知道，你们别跟他说，不然我都不敢想他会气成什么样。"

"嗯，你放心吧，我们一定帮你瞒住。"

褚漾拉好包包的拉链，轻松地说道："好了，我收拾好了，先走了。你如果有事找我，就直接给我打电话。"

舒沫嫌弃地说道："我才不想当电灯泡呢。"

两个人又争辩了一小会儿，最后还是舒沫推着褚漾的肩膀把她赶出去的。

等褚漾下了楼，舒沫的脸上才恢复了往常的神色。

"当初以为她和顾清识是板上钉钉的事，没想到还是阴错阳差慢了一步。"这句话不能在褚漾面前说，而且也显得有些矫情，所以舒沫只能等她走了才唏嘘两句。

说完，舒沫也就把这事抛到一边去了，正打算约着宋林幼中午去吃饭，回头就看见她又沉浸在书海里了。

舒沫笑眯眯地走过去抢走她的书："小幼幼，别看书啦，陪我出去吃饭吧。"

宋林幼像是被吓了一跳，迷茫地说道："啊？"

"你怎么了？心不在焉的。"

"没事，看入迷了。"她咬咬唇，状似自语，又像是在问舒沫，"顾学长要毕业了吧？"

"对啊，怎么了？"

下册

399

宋林幼摇摇头："没事。"

舒沫沉默了一会儿，然后试探地问道："你还喜欢顾学长啊？"

"没有，"宋林幼笑笑，"就是有些心疼他。"

舒沫拍拍她的肩，安慰她："他有什么好让人心疼的？前几天他帮着要表白的室友在咱们寝室楼下准备惊喜。除了他室友告白的那个妹子，其他下去凑热闹的女生全是冲着他去的，而且巴不得主角是自己跟顾学长。他不缺女生喜欢的。"

顾学长那么好的人，会找到真爱的。

到家的时候，褚漾看到客厅的茶几上放着好大一个礼盒。

她换好拖鞋小跑着过去，对着这礼盒研究起来。看这礼盒上的品牌标志，她知道里面应该装了件礼服。

带着笑意的男声从背后传来："是你的。"

褚漾转头，看到徐南烨边系领带边从衣帽间走出来。

"这是新的吧，吃个饭需要这么正式吗？"

"这是崇太太送来的。"

褚漾更觉得奇怪了："她给我送这个做什么？"

徐南烨顿了顿，垂眼问她："她说这是道歉礼物。你们之间发生了什么事吗？"

褚漾恍然大悟，敷衍地说道："啊，就前几天的事，小事，你没有知道的必要啦。"

徐南烨眯眼："瞒我？"

她也并不是想瞒着徐南烨，这件事都解决了，跟他说也没什么。但是她答应了崇正雅绝对不能说的，人得讲信用。

褚漾抱着礼盒往衣帽间跑去："我去换衣服啦！"

徐南烨叹气，坐在沙发上等她换好衣服出来。他正用手机跟王秘书确认地点，忽然有道结结巴巴的声音传到耳朵里。

褚漾扯着裙摆，慢慢挪了过来。她摸摸头发，又揪揪手指，有些不自信地问道："怎么样？"

电话那头的王秘书听着徐南烨这边忽然没动静了，叫了好几声"先生"，这才得到了他的回应。

徐南烨淡然地说道："辛苦你了，我先挂了。"

褚漾见他挂了电话，以为自己耽误了他的工作，一时间也不好意思再问他好不好看了，打算折回衣帽间，自己对着镜子打量。

她刚转身，就被男人从背后紧紧地抱住了。

男人有些滚烫的呼吸打在她的后颈上，劲瘦有力的手臂将她不盈一握的细腰搂住。因为礼服设计的关系，她的后背裸露了一片，大片的无瑕肌肤和突出的蝴蝶骨抵着他的胸膛，但他似乎没有要松开的念头。

褚漾有些难受，因为徐南烨手工衬衫上硬邦邦的天然石纽扣有些硌皮肤。她动了动脖子："师兄？"

男人的声音有些喑哑："别动。"

褚漾乖乖地不动，但嘴巴又有些闲不住。

"我还没穿过这么暴露的礼服呢，"褚漾尴尬地笑了笑，"你觉得怎么样？"

她平时的主要活动场所还是学校，学校有她爸，还有那么多老师，她胆子再大也不敢乱来。

这件黑天鹅礼服无疑把她身段上所有的优点展示出来了。

两根细细的吊带挂在肩上，V字领口向下延伸，十几层的黑色雪纺上绣着数以千计的小颗钻石，裙摆拖曳至地。她个子高挑身形纤细，更加显得华丽惹眼。

尤其她转身后，黑白色系的视觉效果显眼，那一大片肌肤白得刺眼，让人挪不开目光。

她用她这张精致美艳的脸撑住了这只设计繁缛的"黑天鹅"。

美人从来不适合低调，越是常人无法驾驭的东西，越是能衬托出她们与常人不同的气质。

褚漾忽觉后颈一痛。

徐南烨轻咬着她的后颈。

她浑身一抖，动了动肩膀："别咬，会留下印子的。"

"别出门了吧？"徐南烨将手从她的手臂内侧穿过，指尖捻着她的下巴轻轻摩挲，声音沙哑，道，"我们自己在家吃。"

褚漾不明所以地问："今天阿姨不在，谁做饭啊？"

徐南烨低声笑了："我。"

"你做饭？"褚漾怀疑道，"你会吗？"

徐南烨倒是诚实："不会。"

褚漾无语地问："那你做什么？"

男人一字一顿地道："做你。"

"……"

当然，临近出门，徐南烨什么都没做成，替褚漾拎着厚重的大裙摆上了车。

他订的餐厅是坐落于郊区的一家私人餐厅，属于小众，知道的人不多，就算有人听说过，也大多不会来。

这家餐厅的面积不大，规矩却很多，其中一点就是不允许衣衫不整者入内。

很多档次比较高的餐厅有这么个规定，普通人去餐厅也不可能蓬头垢面。直到某次有个人慕名而来，这家餐厅门口的侍应生当即将他拦住。

那人不明所以，说我这身挺好的啊，是名牌呢。

侍应生礼貌地告诉他，他身上的这件西装是那个品牌去年的款式，早过季了。

这种回答可以说是势利到极点了。但餐厅的客流量不减反增，过来用餐的客人衣着也是越来越精致。

不论网上关于这家餐厅的风评如何差劲，有钱人始终将来这里用餐当成是一种外界对其社会地位的认同。

餐厅老板用这种极为毒辣和势利的方法维持住了餐厅的整体格调，可以说是"中国土豪心理学"十级研究者了。

徐南烨之所以选这家餐厅，并不是因为他本人认同这种做法，而是崇正雅是那种仗着自己有钱就用鼻孔看人的纨绔"富二代"，徐南烨算是变相地投其所好。

崇正雅是这家餐厅的常客，而且是贵宾客户。本来他还觉得徐南烨这"眼镜仔"挺会讨好人的，结果点菜时这种想法随即烟消云散。

餐厅没有固定的菜单，全凭主厨按照当天的新鲜食材现场制作菜品，价格更是和食材紧密相关，越是极品的食材价格越贵。最近从法国运过来的吉娜朵生蚝都不太新鲜，餐厅已经好久不供应生蚝套餐了。

偏偏崇正雅喜欢吃生蚝。他一入座听说没有生蚝，脸色就沉了下来：

"徐南烨是不是故意的？他是不是故意的？"

裴思薇露出不解的神色。她对海鲜没那么大的兴趣，有没有生蚝都无所谓。

崇正雅恨恨地说道："早知道就该不管他老婆。"

"你不管，那遭殃的人不就是我了？"裴思薇有些不高兴了。

崇正雅瞥了她一眼，满不在乎地说道："谁让你听风就是雨，我跟你说了你还不相信，还非要去问别人。你要是真得罪了徐南烨，你们裴家就玩完了。"

裴思薇有些气恼地说道："我还不是觉得你这么喜欢那个女生，所以肯定会护着她？"

崇正雅啧了两声，敲着桌子问她："裴思薇，你什么毛病啊？谁跟你说我喜欢她的，你哪只眼睛看出来我喜欢她了？"

"那天你接了她的电话后，心情就变好了。我问你时，你还敷衍我。"裴思薇回忆起这一幕，不禁觉得有点儿委屈。

崇正雅莫名其妙地问："什么？我什么时候接过她的电话？"

裴思薇以为他在装傻，又把那天的情况原原本本地说了一遍。

"……"崇正雅的表情看上去一言难尽，"你说，那天给我打电话的人是我的小三？"

裴思薇仰头直视他："不然呢？"

崇正雅扶额，头疼得很："你的脑子里有泡吧？"

裴思薇睁大眼睛，道："你骂我？我爸妈都没对我说过这么重的话！"

"我没骂你，我说的是实话，"崇正雅指了指自己的脑子，"裴思薇，我严重怀疑你这里有问题，劝你去看看脑科。"

裴思薇大呼："崇正雅，你骂我！你这个狗男人！"

"老子救了你们裴家，你居然骂老子是狗？"崇正雅冷笑两声，"行，你等着，等徐南烨来了你就完了。"

说曹操曹操到。

包间的门被打开，侍应生鞠了一躬，伸手对新来的两位说："二位请入座。"

新来的人是一男一女，就是徐南烨和他老婆。男的斯文矜贵，女的美艳大方，明明完全是两种类型的人，站在一块儿居然格外般配。

崇正雅起身，唇边带着淡淡的笑意。

403

"思薇，我来替你介绍一下。"崇正雅走到徐南烨的身边，揽过与他绝交了八百年的发小儿的肩膀，说道，"这是我小三，旁边那个是我小三的老婆。"

裴思薇："……"

褚漾："……"

徐南烨蹙眉，冷冷地问："有病？"

崇正雅咧着嘴笑得很开心："不关我的事啊，是我老婆说的。"

徐南烨扫了一眼，裴思薇如坐针毡。

"那个，我……"裴思薇尽力地替自己开脱，"徐先生，您听我解释。我一开始也不相信，直到您后来给我发了那几条开玩笑的回信才信的。这不能全怪我！"

褚漾的身形顿时僵住了。

崇正雅还不知道这件事，皱着眉头问裴思薇什么回信。

裴思薇连忙站起身，把保存下来的短信给他看。

他皱着眉头看向徐南烨，语气复杂地说道："我没想到你对我居然还有这种念头……"

徐南烨："……"

褚漾："……"

褚漾觉得好尴尬，怎么办？这顿饭还没开始吃，她就已经吃不下了。

注意到崇正雅往后退的动作看起来是认真的，徐南烨脸色越来越黑。

褚漾觉得自己再不认错，这顿饭就真要玩完了。她上前一步，主动交代"犯罪"事实。

崇正雅的五官扭曲了那么几秒钟，随后他盯着徐南烨，松了口气："那就好，我还以为自己真被男人惦记上了呢……"

徐南烨太阳穴旁的青筋突突直跳，他扯起嘴角冷笑，道："我看你的脑子确实不太清醒。"徐南烨真是有教养，都这样了还骂得这么斯文。

崇正雅知道徐南烨一贯不喜欢打嘴炮，偏偏他是个嘴炮王："别这么说，咱们读高中的时候，你天天跟我厮混在一起。女生送给你的情书，你看完就扔。随情书附赠的巧克力，你不爱吃就通通丢给我解决。你要是真对我有想法，其实也不奇怪。"

徐南烨看都懒得看他一眼，径直落座。

褚漾倒是对这段往事颇感兴趣，之前就听徐北也说过几嘴，但旁观者哪儿有主角说得精彩。她追问道："然后呢？"

"那时候我们流行玩贴吧，很多女生在贴吧开了帖子，写了不少我和徐南烨的同人文，"崇正雅咧嘴，坏笑着说道，"我当时看了，文笔居然还挺不错的。"

褚漾点点头，他们俩站在一起确实也挺养眼的，当时又是那么好的朋友，有人想多也不奇怪。她捅了捅徐南烨的胳膊，问他："你看了吗？"

徐南烨面无表情地说道："没看。"

褚漾感到不可思议："你怎么没看？你可是主角啊。"

"就因为我是主角，所以才没看。"徐南烨喝了口茶润嗓子，徐徐说道。

他的语气很正常，但褚漾能从他的话中品出他有多抗拒。

崇正雅在桌子对面又补充了句："我当时想给他看来着，他一眼都没瞥，说再给他看就绝交。"

裴思薇也有点儿兴趣："我也想看，帖子还在吗？"

"那么多年前的事了，我哪儿知道？没被吧主删掉的话就还在吧，"崇正雅懒懒地耸肩，一语带过了这个话题，"别问了，没看徐大外交官的脸色越来越黑了吗？"

裴思薇果断闭嘴。无奈她也是个闲不住话的人，憋了没几分钟就开始找新话题。

"徐夫人穿这身真漂亮。"褚漾刚进来的时候她就上下打量了褚漾一番，如今总算找到了话题，"我第一次见你就觉得你很适合这种打扮。"

褚漾眨眨眼，谦虚地说道："是你眼光好，会挑，我还没谢谢你的礼物呢。"

"一点儿小心意罢了，等下次品牌出了新款，我再帮你看看有没有适合你的。"裴思薇毫不在意地摆摆手，"在学校不能这么打扮，周末总要把自己打扮得漂漂亮亮的吧？不过你长得这么漂亮，穿什么都好看。"

来了，她的彩虹屁都来了。

褚漾当然不能落后："哪里的话，崇太太你才漂亮。第一次见你的时候，我和同学们都超惊艳的。"

女人之间的友谊靠着拍马屁成功地打好了基础。

两位男士对这种恭维早见怪不怪。某些时候、某些特定的场合，他们能说出比这更夸张的话，因此现在专心地坐在旁边吃东西。

没有生蚝，幸亏金枪鱼刺身的味道还算不错。

裴思薇见褚漾对自己没那么生疏了，终于进入正题，愧疚地冲她笑了笑："唉，都怪我蠢。我怎么能把你先生看成……还有，差点儿把你也误认为那个。还好我老公及时赶到，不然我真不知道该怎么跟你道歉了。"

她说话的声音很轻，语句流畅，几个人反应过来时她已经说完了。真相就这么猝不及防地被说了出来。

褚漾没辙了，给了崇正雅一个"爱莫能助"的眼神。

崇正雅快被这个老婆坑死了，以为自己不跟裴思薇说，她也能领悟其中的利害。结果她真蠢到了在徐南烨面前承认她之前把徐南烨的老婆当小三这件事的地步。

他那个岳父真是把裴家这个独女宠成了一个笨蛋。

裴思薇不懂饭桌上的气氛为什么突然冷了下来，还特别天真地问了句："你们怎么都看着我不说话？"

徐南烨微微笑了："没事，你继续，我在听。"

裴思薇忽然觉得这位徐先生虽然依旧笑着，气场却很可怕。

"还说什么啊，你这么聪明还猜不到？不然你老婆为什么要请我们吃饭？"崇正雅破罐子破摔，捂着头甩手，"行了，这顿饭不用你们请了，我出钱，算起来应该是我们向你老婆赔罪才对。"

裴思薇迷茫地从桌下伸出手拉了拉他的衬衫。

崇正雅侧头看了她一眼，用口型比了个"傻"。

裴思薇的脸蓦地黑了，她又看他一副生无可恋的样子，忽然意识到了什么。

徐夫人不生气，不代表徐先生不会生气。有哪个男人能忍受自己被误认为小三后紧接着老婆又被误认为小三的双重羞辱，更不要说对方是家世比他们好了不止一个等级的徐南烨。

裴思薇的额头开始冒汗，她现在也只能尽力挽救道："徐先生，虽然我们之间有很多误会，但您和崇正雅是这么多年的朋友，我想您应该会原谅我们吧？"

崇正雅死到临头还不忘傲娇一把："谁跟他是朋友？我跟他八百年前就绝交了！"

裴思薇低声问道："绝交八百年了？"

"从我出国后就绝交了，这都多少年了，你还指望他想着我们那点儿情谊？"崇正雅说完这句，瞥了一眼徐南烨，用鼻子哼了声。

他要死也要死得像个男人。

裴思薇歪头，又觉得不对："不对啊，你前几年不是还特意去过一趟赞干比亚吗？我听爸爸说，你是特意去看徐先生的。"

徐南烨拿着筷子的手忽然顿在半空，他懒懒地问道："哦？是吗？"

崇正雅的脸色顿时红白交替，牙齿打战。他猛地转过头凑到裴思薇耳边，问她："你怎么知道的？"

"你爸爸跟我说的啊，"裴思薇老实交代，"他还说你走得特别急，明明当时外交部已经发了通告说不建议最近出境的游客去赞干比亚，但你还是去了。"

崇正雅痛苦地闭上了眼："我爸怎么知道的？"

"你那时候买了机票啊。"

崇正雅崩溃了。他那时候在澳洲留学，用的还是父母给的银行卡，只要他刷卡，他爸就会收到消息。

他还以为自己去赞干比亚的事没人知道！他太大意了。

怪不得自从徐南烨回国，他爸就催着他去联系徐南烨。

他说了一百遍他们早绝交了，他爸还是不信。后来徐南烨问他爸借电子厂，他爸二话没说就把自己儿子名下的那间厂子借出去了。

这老头子真是的，崇正雅以前老婆不是自己选的，现在连交朋友也要受他的摆布。

看见桌子那边崇氏夫妇在咬耳朵，褚漾一脸茫然，不知道他们在说什么。她侧头看了眼徐南烨，发现他好像并不在意，仍旧优雅地吃着东西。

崇正雅丢了大脸，吃什么也不香了。他跟人家绝交，人家在国外出了事他还巴巴地跑过去看人家。

崇正雅盯着徐南烨那张不动声色的脸，怎么看怎么不顺眼。他咬着牙恨恨地说道："徐南烨，你心里笑死了吧？"

"嗯？"徐南烨抬头，轻轻地笑了，"你怎么知道？"

崇正雅捂住胸口，被气得半死。他现在需要速效救心丸。

人丢脸到极点，也就不要脸了。

"你从来没把我当朋友，就算是高中那会儿，也是觉得老子跟你身边那

407

些只会读书的乖乖仔不同，才跟老子走得近。我真是看错人了！"

徐南烨微微蹙眉，正欲张口，却听旁边的褚漾忽然开口替他辩解。

"崇先生，你这话我不同意。"褚漾无脑护夫，严肃地道，"当初你出国留学，师兄可是在你家坐了一整天，确定你真的走了而不是因为生他的气躲着他才黯然离开的。你怎么能说他没把你当朋友呢？"

崇正雅还真不知道这事，有些难以置信，说话时也有些结巴："是、是吗？"

褚漾用力点头："是！"

"……"徐南烨抿嘴，重重地叹了口气。

崇正雅又眼巴巴地看着徐南烨，似乎想听到当事人亲口承认："你当时真去我家找我了？"

徐南烨垂眼，不知道在看哪边。良久后，他才点头，轻声说道："当时想跟你当面道歉，没来得及。"

崇正雅瘪嘴："当时你爸妈让你跟我绝交，你不是答应得很干脆吗？"

"我从来没答应过。"

"那你爸妈跟我说的是假的？"

"他们跟你说了什么？"

崇正雅动作微顿，又摇摇头："都那么久的事了，我也不记得了。"

褚漾不知道为什么气氛会忽然急转直下，对面的裴思薇也是一脸迷茫。她们并不知道当年他们之间发生过什么。

"我想出去抽根烟。"崇正雅从裤兜里掏出一包烟，冲徐南烨扬了扬下巴，"你要一起吗？"

徐南烨扬起嘴角："好。"

两个男人一前一后地走了出去。

裴思薇有些纳闷儿："咦，徐先生也抽烟吗？"

褚漾摇头："他不抽。"

但也许他今天就学会了呢。

褚漾笑了笑，忽然觉得自己做了件挺好的事。

餐厅外的露天阳台上，崇正雅靠着围栏，捂着嘴点燃了手中的烟。他张嘴，从嘴里吐出一团烟雾。

和城市车水马龙的景象不同，郊区看不见现代化工业的气息，也听不到吵闹的鸣笛声。现在天气凉了，远处的矮山被灰白色的水雾萦绕着，鸟声如洗，天边的云稀稀疏疏的。

崇正雅将手中的烟盒递给徐南烨，却漫不经心地笑道："你应该不抽烟吧？"

徐南烨没接，淡淡地说道："不抽。"

"猜到了。"崇正雅咧了咧嘴，"我本来有一肚子的话要控诉你，现在你就站在我的面前，反倒不知道该说什么了。"

徐南烨站在他旁边，望着面前的风景，淡淡地说道："对不起。"

崇正雅摇摇头："当初要不是你替我出头，我落在那帮小混混手里还不知道会不会被打成残疾人。倒是你，没少被你爸妈骂吧？乖乖仔跟我这种不爱学习的人玩在一块儿，让他们挺失望的吧？"

"我原本也不是什么乖乖仔。"

乖乖仔怎么可能会打架，还会一挑多？明知道父母不乐意他跟谁玩，他还偏要反其道行之，跟崇正雅混成了朋友。

崇正雅问他："听了父母的安排从了政，日子过得开心吗？"

徐南烨挑眉，问道："你不是猜得到吗？"

"我要是有你这种背景，这辈子还愁开不开心？"崇正雅仰头，朝上面又吐了一口烟圈，"我再有钱也会被人私底下说是暴发户，有钱无脑。你就不一样了，没人敢说你不好，谁见了你都得弯腰讨好，等你以后再往上升了，还愁没人为你赴汤蹈火吗？"

徐南烨垂了垂睫毛，没说话。

崇正雅知道他话不多，也没指望能跟他有问有答。

崇正雅只顾自己说："我以前挺讨厌你的，我爸那么有钱，在你爸妈面前却什么都不是。你跟我是朋友，原本我觉得既然是朋友，那就是平等的，但其他人都觉得是我高攀，是我带坏了你。你跟我交朋友后不是照样考年级第一名吗？我怎么就带坏你了？反倒是我被你天天逼得连游戏厅都不敢去，一放学就回家写作业，我那帮兄弟都笑话死我了。"

"我想去游戏厅看看你平时都在玩什么，"徐南烨转过头看他，"结果每次都被你拒绝。"

"别，我可不想背负上'带坏乖乖仔'的罪名。"

其实当时他那帮兄弟也问过他："正哥，你好歹也把新朋友带过来见见我们啊，你的朋友不就是我们的朋友吗？"

崇正雅当时抽着烟，闻言嗤笑两声："算了吧，要是真把他带坏了，咱们都得完蛋。"

兄弟们觉得没意思，瘪嘴抱怨了几句。

崇正雅摁灭了烟，没在意兄弟们的话。

如果徐南烨跟他做朋友也没有变坏，那么徐南烨的父母应该就会同意让他们继续做朋友了吧？

他自己都觉得这个想法傻到爆，又觉得自己卑微得跟只蚂蚁似的小心翼翼地维护着和徐南烨的关系。

崇正雅都活得这么不自在了，还不想跟徐南烨撇清关系，是不是被下了降头啊？

但每次崇正雅忍受不了这么小心翼翼的自己，想和他撇清关系时，就会发现徐南烨在和他一起路过游戏厅、零食店，在路边看到一群男生奔跑打闹时，那双干净、清澈的眸子里流露出的些许羡慕的情绪。

算了，他也挺可怜的。如果没自己这个朋友，他估计又要变成父母眼中那个只知道学习，完全没有喜怒哀乐的"乖孩子"了。原来，大家眼中的优等生也并不是真正的快乐。

崇正雅本着做慈善的态度，掏了心窝子和他当朋友。谁知刚掏了心，崇正雅就被徐南烨的爸妈用一种"慈爱"的方式给打发了。

"南烨从小就很听话，和你交朋友也是因为他之前没怎么接触过你这种孩子，所以觉得新鲜罢了。现在，他因为你出了事，差点儿要被处分了，自己也挺后悔的，又不好意思过来和你明说，所以我们就替他做这个恶人。他以后是要跟他哥哥一起继承徐家的人，我们对他的期望值很高，以后你们能不联系了吗？"

崇正雅说不清自己那一刻是什么感受，生气、难过、羞恼、失望都有吧，但更多的是绝望。

这些感受夹杂在一起，让他难受得要死。他感觉心脏都被人掏了出来，用尖利的刀子唰唰唰割了好几十下，流血不止，满目疮痍，比他失恋那会儿还难受。

别人都说失去了爱情会诛心，在崇正雅看来，失去了一个朝夕相处、交心交魂的朋友也是诛心的。

他出国的时候，明知道徐南烨不会来送他，居然还是傻兮兮地在过安检门的时候往后看了好久。直到后面的人都有意见了，他才匆匆过了那道门。

崇正雅回过神，自嘲地勾起嘴角："我知道你也舍不得我以后，心里总算好受点儿了，至少不是一厢情愿地把你当朋友。"

徐南烨看着他，问道："你去赞干比亚的事，为什么一直不告诉我？"

"没什么好说的，我就是担心你死了没有。知道你没死，我就马上回去了。"崇正雅耸耸肩，又问他，"你当时去我家的事，怎么也不跟我说？"

徐南烨轻笑："说了也没意义。"

事情已经发生了，关系再怎么挽救，裂缝都已经产生，两人再也回不到从前。

他们都明白这个道理，所以都选择了沉默，宁可让对方蒙在鼓里。

"啊，我想起一件事。你当时醒过来的时候，说要找一个小女孩。"崇正雅有些好奇，"你找到了吗？"

徐南烨点头："找到了。"

"真找到了？你挺行啊。"崇正雅在心里算了算那个小女孩的年纪，"那女孩子现在应该也长大了吧？"

徐南烨的眼神渐渐变得柔和："嗯，长大了。"

崇正雅觉得他的语气有些变了，开玩笑地道："然后呢？你是怎么报答人家的？送钱还是别的？"

徐南烨轻轻说了四个字："以身相许。"

崇正雅倏然瞪大了眼："那女孩儿是她？"

徐南烨默认。

崇正雅震惊过后，又觉得奇怪："可是我之前跟她聊过，她说之前没跟你见过面啊，是因为年纪太小了所以忘了吗？"

他想想也不可能。他听医生说，和徐南烨一起从废墟中被救出来的女孩儿当时也有十四五岁了，怎么会记不住这么大的事？

"我不知道她为什么忘了。当我找到她的时候，她已经不记得之前的事了。"

411

"那你怎么不告诉她？"

"她既然忘了，就表示并不愿意记起。"徐南烨的声音很低沉，他靠着栏杆仰头望着天空，"那确实也不是什么美好的回忆，忘了这件事反倒让她没有负担好好地长大了。"

崇正雅皱眉："那你总不能一辈子都不告诉她吧？"

"我会找个合适的机会告诉她，但不是现在。"徐南烨笑了笑，"而且她记不记得也不重要了。"

崇正雅也跟着笑了："看来你很喜欢她啊。你之前看到我和她在一起，下手居然那么重，我让你别打脸，你还打脸。"

"抱歉，完全是下意识。"徐南烨嘴上道着歉，可一点儿诚意都没有。

崇正雅哼了声，忽然话锋一转，吊儿郎当地问他："哎，那我问你，她喜欢你吗？"

徐南烨拧眉看着他。

崇正雅懒懒地说："十四、五岁往后，怎么也该是情窦初开的时候了，她不记得你了，在这期间就没喜欢上别的男人吗？她好像是院花吧？喜欢她的人应该不少吧？"

这男人不愧是情场高手，一猜就猜了个八九不离十。

见徐南烨不说话，崇正雅大胆猜测道："你这老男人不会是从别人手中把她抢过来的吧？"

徐南烨扬眉，问道："是又怎么样？"

崇正雅语气复杂地说道："啧啧啧，你这个腹黑'眼镜仔'，三观被狗吃了吧？"

"你有资格说我？"

"我从来不强迫女人，比你绅士多了好吗？"

徐南烨送了个白眼给他。

徐南烨这副带着些孩子气的样子，似乎又回到了十几岁的时候，那时候徐南烨这小子还没现在这么会装腔作势，很多时候会露出一些符合他那个年纪的表情。那表情配上他那张斯文、俊秀的脸，看起来别有一番风味。

崇正雅心情大好，说出来的话也更贱了："徐南烨，你老婆是被你抢过来的，你不怕某天她又被人抢走吗？我跟你说，我去你老婆学校的时候，随便问个男生都喜欢你老婆。"

徐南烨呵了两声:"放屁。"

哎哟,徐大外交官还会说脏话了。

崇正雅再接再厉,夸张地说道:"真的,我和我家那蠢女人去你老婆的学校时,有个挺帅的男孩子,我这种万花丛中过、片叶不沾身的风流才子一眼就能看出来,那男孩子喜欢你老婆。"

"……"

崇正雅神色严肃地拍拍徐南烨的肩:"你加油吧。"说完,他伸了个懒腰,丢了烟头打算进去继续用餐。

徐南烨叫住他:"你等等。"

"干吗?"

"账还没算清,走什么?"

崇正雅莫名其妙地问:"什么账?老子还欠你什么?"

徐南烨语气平静地问道:"你知道换手机号码有多麻烦吗?"

崇正雅下意识地退后几步:"徐南烨,快三十岁的人了,大气点儿行吗?"

"还有,关于我太太的事,你们商量好了不告诉我?"徐南烨不疾不徐地说出了第二笔账。

崇正雅心虚地移开目光:"是你老婆不跟你说的,关我什么事?你别赖我,要算账去找你老婆算账。"

徐南烨置若罔闻,迈开长腿,朝他走了过来。

崇正雅被他打过,知道他打人很疼,还不是一般的疼,然后感觉自己脖颈一紧,领带被人抓在了手上。

他怕得要死,还不忘自己的脸:"让你别打脸,老子靠脸吃饭的!"

想象中的拳头没有落下来,崇正雅睁开眼,发现徐南烨已经放开了他。

"看在你去过赞比亚找我的分儿上,这笔账抵消了。"

崇正雅松了口气,又忍不住问他:"徐南烨,我们和好了没有?"

眼前的男人脚步一顿,背对着崇正雅轻轻笑了:"没有。"

"死'眼镜仔'。"他骂了一句,没忍住也笑了出来。

这顿饭的目的没人知道。反正几个人吃到最后,看起来心情都好像挺不错的。

告别之前,崇正雅特意走到褚漾旁边,弯腰冲她小声地说:"最近去看看脑科吧?"

褚漾不知道他为什么要跟自己说这个："啊？"

崇正雅跟她再说得明白点儿："检查检查脑子，我是认真的。"

"……"褚漾隐约觉得自己被骂了。

直到裴思薇在催了，崇正雅还不忘再次提醒褚漾："一定要去看看脑子啊！"

他的语气听上去很认真，而且他是在很真诚地建议。但这话着实不怎么好听。

褚漾不好当面怼崇正雅。她这人胆子不大，逆反心理却十分强烈，所以决定这辈子都不要去看脑科。

暗暗下定决心后，褚漾上了车准备回家。

郊区的交通状况挺不错的，他们一路畅通，也没碰上什么红灯。心情也跟这交通状况一样顺畅的褚漾很快把这件事忘了。她坐在副驾驶座上玩手机，徐南烨在开车。

中途，徐南烨接了个电话。他戴着蓝牙耳机，褚漾只能听见他低沉的声音。

徐南烨应该是在谈工作，他的表情有些严肃。听他的语气，褚漾猜他的工作遇到了什么困难。褚漾听他叹了口气，似乎有些累。

"你辛苦了，这些日子挺累的，等发布会开完就可以暂时休息休息了。"

褚漾确定他是为工作心力交瘁。

这时，徐南烨忽然摘下耳机，对她说了句："帮我充上电。"

褚漾一时没反应过来："什么？"

徐南烨重复了一遍："帮我充电。"

褚漾娇羞地低下了头，知道他工作累了，所以需要到小娇妻的怀抱里充个电。她看过电视剧，都懂的，只是她没想到徐南烨这老古董也会看偶像剧。

褚漾抿嘴，扭捏地甩了甩肩膀："不要嘛，你还在开车呢。"

徐南烨瞥了她一眼："快点儿，快没电了。"

"哎呀死鬼，你最讨厌了。"褚漾做好充分的心理准备，伸出手轻轻地握住了徐南烨放在挂挡器上的右手。

徐南烨看了一眼两人相触的手，愣住了。

"充电成功，"褚漾的声音很小，又带着些少女的娇羞，"你的小充电宝

动的他心先

任务完成。"

"……"徐南烨的手机屏幕倏地暗了下去。他按了按眉心，打动方向盘，将车子停在了路边。

褚漾有些害羞，问他："你要干吗？"

徐南烨淡淡地说道："充电。"

褚漾又骂了一句："死鬼！"

然后，徐南烨打开储物箱，从里头拿出一根白色的充电线，将一端连接到车厢内的 USB 插口上，另一端插进手机里，手机屏幕重新亮了起来，电格只剩下一点点红色了。

"充电成功。"

"……"她觉得她是真的需要去挂个脑科了。

褚漾这种人就算再丢面子，也要捡起那仅剩的尊严，这时还非要绷着一张脸装严肃。她拼命忍住内心羞愤的情绪，皮笑肉不笑地说道："能充上电真是太好了呢。"

徐南烨原本还没有聊完工作急着充上电开机继续，因此对刚才褚漾表现出的一系列人类迷惑行为也没怎么在意。这时候手机充上电了，还得一会儿才能开机，他挑眉看了褚漾一眼，迅速领会了她的意思。

"我的小充电宝。"徐南烨挑起嘴角，问道："脸怎么这么红？"

褚漾现在听不得"小充电宝"这个称呼。

"啊，没有，这是涂的腮红。"褚漾捂着脸，试图挡住发烫的脸颊。

徐南烨将目光挪到她通红的耳尖上，似笑非笑地问她："耳朵也涂了？"

褚漾又连忙去挡耳朵，最后发现自己只有一双手，遮了这里挡不住那里，只好放弃。

注意到男人嘴角处的笑意越来越明显，褚漾知道他肯定猜到她刚才在想什么了。

褚漾手足无措，觉得丢脸，又没办法让时光倒流，只好跟他商量："你就不能当刚才什么也没发生吗？"

徐南烨思索了会儿，摇摇头："不能。"

这男人真是坏透了。褚漾的那股作劲儿一旦上来就很难消下去，她气呼呼地解开安全带，看了一眼后视镜，发现附近没车，打开车门就闹"离车出走"的情绪。

这郊区连个人影都难找，褚漾也并不是真想走，更何况她还穿着曳地的礼服裙。她舍不得这名贵的布料在柏油路上摩擦，只能提着两边的裙摆，支起两只细长的胳膊，走得有些滑稽。

她慢吞吞地沿着公路走了几米，心里默念一二三。

一……他下车来追了吗？

二……他怎么没听见动静呢？

三……他快叫住她啊！

男人带着叹息的声音终于从背后传来："漾漾。"

褚漾回过头，扬起她那颗高傲的头颅，面无表情地问他："干吗？"

"回来。"

"你让我回我就回？那我岂不是很没面子？"

徐南烨靠着车，淡淡地说道："你可以选择自己走回来，或者我抱你回来。"

褚漾警惕地后退几步："光天化日之下，拐带人口是犯法的。"

徐南烨满不在乎地说道："你可以报警。"

她要是报了警，警察不把她当成神经病才怪。

男人步步逼近，最后和她保持着很短的距离，又问了一句："回来吗？"

她的嘴巴很硬："我不。"

男人挑了挑眉，弯腰伸臂，竟然真的把她抱了起来。

"啊！"褚漾猝不及防地双脚离地，又怕他松手，只能环住他的脖子以防他把自己摔下来。

她愣愣地看着男人，心跳骤然加快。

徐南烨冲她笑了笑，抱着她往回走。

褚漾被他抱回了副驾驶座上，还没从男人突然的公主抱中缓过神，就又跌进了男人温热的呼吸里。

他的脸倏然凑近，俊美的五官蓦地放大了几倍，将她的视线填满。

褚漾紧张地闭上了眼睛。

啪嗒！奇怪的金属碰撞声。

男人带着调侃意味的声音又响了起来："闭着眼是在期待什么？"

褚漾猛地睁开眼，自己胸前的安全带已经系好了。

她发现自己的脑子里都是偶像剧里的污秽场景，天天做一些十几岁小女生才会做的公主梦。

褚漾脸涨得通红，声音闷闷地说："我就是个傻子。"

男人揉揉她的头："你不是。"

褚漾知道他又在安慰自己，语气很低落地说："你不用安慰我了，我对自己的认知很准确。"

"怎么会？"徐南烨嘴角带着笑意，语气温柔地说道，"你很聪明的。"

褚漾瞥他一眼，问道："比如呢？"

徐南烨慢吞吞地说："比如你已经猜到了我想做什么，所以提前做好了准备。"

褚漾眨眼："啊？"

在她睁着那双又大又亮的眼睛茫然地看着他时，男人从喉间溢出短促的笑声，捧着她的后脑勺儿吻了上去。

褚漾甚至忘了闭眼。她看着徐南烨长长的睫毛像两片轻盈的羽毛微微颤动着，羽毛每一次扇动都仿佛在她的心尖上刮擦出一道又痒又麻的痕迹。

因为现在在马路上，徐南烨没亲太久就放开了她。

"这才叫'充电'，"他的眼睛水汪汪的，声音也温柔至极，"知道吗？"他像个脾气颇好的老师，耐心地教导她什么叫"充电"。

褚漾傻愣愣地点点头。

徐南烨替她关上这边的车门，绕过车头坐回主驾驶座，继续开车。

注意到手机开机了，徐南烨重新戴好蓝牙耳机，继续给秘书打电话。"刚才手机没电了，"男人的语气正经，"你继续说。"

他看起来好像什么都没发生一样。

但是褚漾心跳如擂鼓，缓了好久都没缓过神来。她想她真是太喜欢眼前这个男人了，所以变成了其他人常常嘲笑的"恋爱脑"。

褚漾原本计划回家休息，刚到家换好睡衣就走进了卧室，开始享受这个无所事事的下午。

徐南烨还没忙完工作，一进屋连衣服都没换，直接去书房了。

褚漾呈"大"字躺在床上，看着天花板四周的欧式浮雕花纹发呆，忽然觉得无聊起来。

她坐起来，看了一眼墙壁。墙壁的另一端就是书房，徐南烨就在那里。

他们好不容易都在家，这么宝贵的下午，她在卧室躺着，他在书房工作，太没默契了。

褚漾想去找他，跟他待在一个房间里。她哪怕什么都不做，只要随时能看到他就行。心里一旦有了这个念头，便如同乱丝缠绕，怎么也挥不开了。

褚漾打了自己一巴掌："矜持。"

她拿起手机看了看微博，发现最近没什么比较劲爆的热搜，大多是明星和营销号自己买上去的。褚漾扫了一遍就没什么兴趣了，唯一和徐南烨有那么点儿关联的热搜就是下周外交部要召开新闻发布会了。

徐南烨是国际司的，发布会是新闻司的事，其实关系不大，褚漾都没点进去。

看微博没什么好玩的，褚漾又点进了微信。

难得他们01组的小群还挺热闹的，这会儿有"99+"的未读消息。

群里只有四个人，她和一个学弟、一个学妹，还有顾清识。

余老师在他们原本的那个群里。后来重新做PCB板的时候，他们因为不想打扰余老师工作，所以又建了个群。因为顾清识是余老师特意找来帮忙的，所以褚漾也把他拉进了群。

除了穗杏，沈司岚和顾清识都属于"潜水党"，极少冒泡。不需要线上交流的时候，这个群冷冷清清，每天的消息仅限于穗杏的"早安"和"晚安"。她发的是小兔子的动图，特别可爱。

褚漾很好奇他们聊了些什么，果断地决定从头看起。

挑起这个话题的人居然是沈司岚。他发来了一篇微信文章的链接，标题很吸引人。

"它来了，它来了！它又带着成吨的'狗粮'朝清大学子们走过来了！"

每所高校都有特色文娱活动，清大历史悠久，这类活动更是数不胜数。除了每年必有的各大迎新活动，还有社团活动，每逢各种东西方节日，当然也要举办活动。

万圣节快到了。一年一度的万圣节活动也来了。

前不久的中秋节活动由学校的汉服社主办，节日当天有不少穿着汉服的小姐姐捧着花灯在湖边祈愿。褚漾当时回家过节没参加，家不在本地的宋林幼和舒沫倒是穿着汉服拍了不少美照，还跟她炫耀了好久。

这次拿到万圣节活动主办权的是西方文学社，主题是糖果化装盛会，在学校最大的星湖广场上举行。

为什么说有成吨的"狗粮"？因为这群寂寞的大学生有本事把所有的节日过成情人节，包括万圣节这么有特色的西方节日。

沈司岚把这个链接发到了群里后，褚漾的反应和穗杏如出一辙。

她们都发了个问号。

沈司岚说："看起来还不错。"

潜台词就是"我想去"，褚漾秒懂。

穗杏又回了句："很好玩吗？"

哦对，穗杏是大一的学妹，还没参加过万圣节活动。

沈司岚简单地回了个"嗯"。

"嘻嘻，谢谢学长推荐，那我叫上我室友等万圣节那天过去凑热闹。"

之后，沈司岚就再也没在群里说话了。

又过了十几分钟，顾清识上场。

"穗杏可以提前去看看，听说广场已经布置得很漂亮了。"

"可是我刚才跟室友说了，我们觉得当天去会比较有氛围。"

"你可以一个人先去看。"

"我不太想一个人去呢。"

"沈司岚有空。"

看出这短短几句对话的转折实在生硬，褚漾怀疑沈司岚给顾清识塞钱了。

穗杏有些不自信地说："学长应该不愿意跟我一起去看吧。"

沈司岚突然出现在小群里："我有空。"

"学长，你也想去看吗？"

"我今天没什么事。"

"那学长愿意陪我先去广场上看看吗？"

"嗯。"

然后就是穗杏兴致高涨地开始期待今天晚上的剧透，在群里上演独角戏。

顾清识再也没出来过了，而沈司岚时不时回个语气词提醒她自己还在。

褚漾抽了抽嘴角，扔下手机进入了大脑空白期。

万圣节那天肯定是情侣们出双入对的好时机，她倒是想和徐南烨一起，关键是徐南烨的偶像包袱比她的还重。退一万步来说，就算他愿意放下包

419

袄，她也不能带着他招摇过市。他被人认出来了怎么办？

褚漾开始觉得徐南烨这个男人实在有点儿麻烦，约个会还得考虑他会不会被人认出来。

她发了会儿呆，又坐了起来。

"那就今天去啊。"这个想法一钻进脑海，她就从床上跳了起来，兴奋地小跑到书房门口，敲了敲门。

"门没锁。"

褚漾推门，直奔主题，问："师兄，约会吗？"

徐南烨将目光从文件上挪到她的身上，轻笑着问她："去哪儿？"

"去学校。听说因为万圣节活动广场被布置得很漂亮，"褚漾走到桌前，兴奋地问他，"你想去看看吗？"

徐南烨扬眉："不怕被人看到？"

褚漾早有对策："没事，我们晚上去，别人看不清你。"

徐南烨也不知是失望还是高兴，抿了抿嘴，语气淡然地说道："好，那就去吧。"

一旦决定了行程，等待的时间就变得异常漫长。好不容易熬到下午六点，天色已经暗得差不多了，褚漾换好衣服后去叫他。

徐南烨穿了件简单的米色风衣，里头是浅色的羊毛衫，没有今天去吃饭时穿得那么隆重，但也显得长身玉立，英俊挺拔。反正衣架子穿什么都好看。

褚漾兴奋地坐上车，往学校出发。

等车子开到学校时，天色已经完全暗了下来，学校大门处的霓虹灯亮着。

褚漾刚下车，就被眼前的景象震撼了。她没想到这些用来装饰的灯柱亮起后是这样的。

环绕着承重支架一圈又一圈，看似不起眼儿的各色小灯汇聚成一团，组成各式的花样，有南瓜造型的，有巫女帽造型的，还有骷髅造型的，各色各异，令人目不暇接，照亮了这一片空旷的广场。

很多人在这边散步，大多是年轻的情侣。这样的场景实在太浪漫，褚漾想起了以前看过的那些韩剧。

她扯扯徐南烨的衣服："师兄。"

徐南烨转过头看她，镜片折射出各色的彩光，褚漾看不清他的眼睛。

"你听过一个实验吗？"

徐南烨以为她要说她的专业课实验，结果她下一秒就说出了一句不着边际的话："闭上眼，倒数五秒钟再睁开，你会喜欢上你第一眼看到的那个人。"

徐南烨摇摇头："没听过。"

"要试试吗？"她玩心大起，兴奋地说道，"你闭上眼后，我会躲起来，看看你能不能第一眼看见我。"

徐南烨觉得这个实验不太可行："那如果我看到的第一个人不是你怎么办？"

褚漾瘪嘴，说道："那就说明你的真爱另有他人呗。"

徐南烨笑了笑，没真想配合。

倒是她来了兴致，伸手挡住了他的眼镜："快闭上，倒数五秒钟。"

徐南烨的眼前一片漆黑，他只能透过她的指缝勉强看到一点儿漏进来的光。

"好吧。"他闭上眼。

徐南烨觉得自己可能是被她影响了，居然真的闭着眼倒数了五个数。五……四……三……二……一。

他睁开了眼，只觉眼前一片模糊，还没从刚才的黑暗中缓过神来，忽然听到阵阵惊呼声。

他的眼前亮起一道白光，只见十几颗火种炸开，簌簌落下的无数银色流苏像是漫天的流星落在地球上，晃得令人睁不开眼。

随着万圣节要放的烟花提前测试升空，整个广场瞬间被照亮，夜空如同白昼，倒映在广场上的每个人的眼中。

徐南烨有些惊诧，从烟花上挪开目光，在宽阔的广场上看到了同样震惊的褚漾。

她漂亮的黑色瞳孔被烟花点亮，粉唇微张，仰着头，正和其他人一起惊呼。

徐南烨有些愣怔。他绕着广场走，发现无论怎样走，自己第一眼看到的人都是她，每一眼看到的人都是她。

只有她被烟火照亮，像星星般熠熠发光，旁边的人仿佛成了暗淡的灰色。

421

这个实验太玄幻了。

两个人相隔甚远，褚漾也不知怎么忽然发现了远处的他。她用力朝他挥了挥手，然后指着天上的烟花，示意他快看。

可烟花似乎也瞬间失去了色彩。在他的世界里，只有她是有颜色的。

徐南烨的心脏瞬间紧缩，他闭上眼，等这种感觉终于过去后，才重新睁开眼。

短暂的烟花早已消失了，广场恢复了之前的模样。

为什么隔得这么远，他却只能看到她？这个实验原本就把因果位置弄反了。

不是因为第一眼看到她，才喜欢上她，而是因为喜欢她，所以才会第一眼看到她。纵使隔着人山人海，她仍旧是唯一的那抹亮光。

他闭眼时，脑海中就已经出现了那个人的身影。他睁眼时，就在下意识地寻找她。

徐南烨笑了笑。这真是个好幼稚的实验，连实验方法都丝毫经不起推敲。可他还是中招了。

果然，感情令人盲目，令人变成幼稚鬼，变成恋爱脑，让人疯狂，欲罢不能。

烟花一放完，褚漾就朝他跑了过来。

"师兄，"离他还有几米远，她就迫不及待地问，"你刚才试了吗？"

徐南烨点头："试了。"

褚漾双目放光："然后呢？"

徐南烨不答反问："你想从我这儿得到什么答案？"

"那多不真实。我想什么，你的结果就会是什么吗？"褚漾不上他的当。

徐南烨居然摇了摇头："那不一定。"

"那你还问我做什么？"褚漾瘪嘴，又摆手，"算了，肯定不是我，不然你早告诉我结果了。"

徐南烨挑眉："生气了？"

"没有。"褚漾嘴上说没生气，但还是侧过身子，用后脑勺儿对着他。

男人的语气里带着浅浅的笑意："你觉得我第一眼看到的人不是你，这难道和我的结果不是截然相反吗？"

褚漾背对着他，嘴角忽然抑制不住地往上扬。

"你这人套路怎么这么多？"她自己别扭了几秒钟，又转过身问他，"你为什么第一眼就能找到我啊？"

他该怎么向她解释这个奇妙的现象呢？徐南烨决定说个最能让她开心的理由："因为你最漂亮。"

褚漾的眼睛亮了亮，但没过多久她又给他出了个难题："那要是我长得不漂亮，你是不是就找不到我了？"

徐南烨摇摇头："不会。"

"为什么？"

"我的眼睛认为你是最漂亮的。"

褚漾依旧不死心地问："那如果你的眼睛看到了比我更漂亮的女人呢？"

"我只有一双眼睛，"徐南烨语气温和地说道，"只容得下你一个人。"

褚漾满意了，挽着他的胳膊赞叹道："满分答案，应该记录下来，让广大男同胞好好学习学习。"

"那可能不行，"徐南烨说，"这是我的原创。"

褚漾眨眨眼，和他一起笑了。

她只挽了他一会儿就放开了手，因为怕被人看到，哪怕和徐南烨并肩走的时候也始终保持着距离。

褚漾不喜欢和人牵手，尤其夏天，牵久了彼此的手心汗津津的，又湿又黏；在冬天也不喜欢，大衣口袋可比别人的手暖和多了，和人牵手不如插兜。

她的两个室友因为个子比较娇小，有时候去上课也不愿意跟她并排走。她们的理由很充分，身高差太虐心，走在一起伤自尊。

所以她不喜欢和人牵手是一方面的原因，没人跟她牵手是另外一方面的原因。

褚漾有些懊恼干吗约他来学校，但也想不出能约他去哪里，感觉自己的小心思特别刻意。

因为刚才的烟花，这会儿广场上的人流量已经比较大了，褚漾的前后左右都有人，大家自发地排队绕着中央的灯景观赏。

这下他俩更不敢牵手了。

宋林幼怕鬼，绝对不肯来参加万圣节这种活动，舒沫为了陪宋林幼自然也不会过来。不然，这两个人还能帮他们打个掩护。

褚漾靠着徐南烨这边的手不安分地动来动去，想伸过去又不敢，犹豫了好久才下定决心往他那边靠了靠。

她的手放在外面，此时已经有些凉了。但碰上男人骨骼分明的手背时，她很明显地感觉到他的手温度更低。

褚漾被冻了一下，猛地缩回了手。还没来得及完全缩回去，她的手就被徐南烨抓住了。

褚漾的心跳得有些快，急忙解释道："我是不小心碰到……"

徐南烨只是轻声说："人太多，小心走丢。"

褚漾嘟囔："我又不是小孩子，怎么会走丢？"

"我是说我，我怕自己走丢，"徐南烨垂眼看着她，慢慢地说道，"所以你要牵好我。"

褚漾不说话了，明显感觉到自己的手在他的掌心中逐渐升温。

她咳了咳："那你要牵好我哦。"

褚漾又看了一眼四周，反正衣袖够长，别人也看不见两个人偷偷牵着手。

他们愣神这会儿，已经被挤到了比较外围的地方，幸好两个人的个子都高，只需要仰脖子就能看到里面的灯景。

个子高挑的一对男女很难不被人发现，好在是夜晚，看不见脸。怕就怕熟人也在场，看个后脑勺儿就能认出他们。

果然，褚漾担心了不到半分钟，后面好大声的一句"褚学姐"让她浑身一激灵。

她下意识地就要挣开徐南烨的手。男人却在这时候加大了手上的力道，牢牢地将她的手抓在手心里。

褚漾想开口让他放开，但已经来不及了，叫她的人已经过来了。

"学姐，"穗杏小跑着过来，还微微喘着气，脸颊泛红，"好巧啊，你和……"

她后面还跟着沈司岚。他慢吞吞地一步当三步走过来，脸色有些难看，跟穗杏这傻兮兮的兴奋样形成了鲜明的对比。

穗杏一开始看到的是人群中个子高挑的褚漾，跑过来的时候只感觉她旁边站着的那个男人个子更高，但并未注意那个男人是谁，只当是恰好与褚漾站在一块儿的陌生人。

她睁着那两只大杏眼，困惑地问道："这不是徐师兄吗？"

徐南烨冲她点点头："你好。"

"学姐，你约人来广场，怎么找徐师兄啊？"她咬着手指，视线稍稍下移，眼睛比刚才瞪得更大了，"你们这是在牵手吗？"

褚漾咬唇，脸颊已经接近牛血色。她试图挽救："学妹，你听我给你解释……"

穗杏伸手示意什么都不用解释了。

褚漾转过头狠狠地瞪了徐南烨一眼，男人神色淡然，似乎什么都不知道。

半晌后，穗杏沉痛地发言："学姐，师兄，乱伦是不道德的。"

"……"说真的，褚漾都快忘了她曾经骗这几个人徐南烨是她叔叔来着。

没想到穗杏还记得，并且到现在仍深信不疑。

如果她跟穗杏说自己和徐南烨根本不是叔侄关系，自己光辉伟大的学姐形象可能会刹那间崩塌吧。

褚漾不想失去小学妹的崇拜，只能硬着头皮圆谎："我们牵手是因为你师兄怕我走丢。"

穗杏半信半疑地问道："真的吗？"她随后看向徐南烨，示意另一位当事人说。

徐南烨扬了扬眉，似笑非笑地说道："你学姐这么大人了还不认路，我也很头疼。"

褚漾："……"

这么个稀烂的理由，站在穗杏身后的沈司岚都快听不下去了。他转过头冷笑了两声。

穗杏又信了，还特别不好意思地道了歉："学姐，是我误会你了。我还把你和师兄想成了那种关系，我的思想真是太龌龊了。我对不起你。"

褚漾的脸皮极厚，她笑了笑："没关系。"

她心生愧疚。学妹这么单纯，她却骗了学妹一次又一次。

穗杏毫不知情，并且十分善良地提醒他们："但你们还是不要牵手了，如果被别人看到了，他们不了解内情，肯定会误会的。"

一直保持沉默的沈司岚终于开口了："打完招呼了，我们走吧。"

穗杏有些不乐意了，说道："我们可以跟学姐他们一起走啊。"

沈司岚拧眉，语气有些不爽，道："你比她还不认路，是打算一起迷路吗？"

425

穗杏没话说了。她之所以不想一个人出来玩，就是因为她是个路痴。

她原本以为沈司岚看不出来，毕竟两个人一起逛了半个多小时她也没露馅儿，没想到他早就察觉了。

沈司岚冲褚漾他们点点头："学姐，师兄，我们先走了。"

注意到穗杏今天穿了一件连帽套头衫，那帽子上还缝了两只兔耳朵，沈司岚扯着软绵绵的兔耳朵，将她拉走了。

"学长，你干吗呀？快放开我！"走出好几米远后，穗杏被他拉得极不舒服，凶巴巴地让他放开自己。

沈司岚放了她。

穗杏瞪他，不满地说道："我想多跟学姐说会儿话，学长你急着拉我走干什么？"

沈司岚比她还不满地说："你就这么喜欢学姐？"

穗杏觉得莫名其妙："这跟我喜欢学姐有什么关系？我就是想跟学姐多待一会儿而已。"

沈司岚喉头微动，眉头紧拧，脸色有些黑，一副很生气的样子。

穗杏缩了缩脖子，不知道他怎么了。

年轻的男孩儿生着气，质问眼前的女孩儿："你就这么不愿意跟我待在一起？"

穗杏张着嘴，人有些呆，回道："没有啊。"

"你这么想跟学姐待在一起，"沈司岚胸口剧烈起伏着，薄唇紧紧地抿着，问她，"那今天还跟我一起出来干什么？"

穗杏喃喃低语："学姐在群里没说话啊，我以为她没空。再说，不是你说自己有空的吗？又不是我强迫你陪我来的。"

沈司岚被气得一张脸都快扭曲了："你去找学姐吧，我先回寝室了。"说罢，沈司岚转身就走。

他走了没几步，听见穗杏的声音又在后头响起："学长！"

沈司岚勾了勾唇，背对着她，没回头，语气还是有些冷，问："干吗？"

"我不认路啊，"女孩子的声音有些着急，"你能不能带我先去找到学姐再走啊？"

"……"沈司岚深吸了一口气。穗杏以为他不愿意，正失落地想要不要也回寝室算了，结果帽子上的兔耳朵又被人抓住了。

男孩儿冷冷的声音在她的头顶响起："走吧。"

穗杏又笑了："谢谢学长！"

沈司岚看着夜色中她那可爱、稚嫩的娃娃脸，忽然觉得心头的气儿消了。他暗暗地骂了一声。

穗杏和沈司岚走了几分钟后，褚漾才气急败坏地找徐南烨算账："你干吗一直牵着？这让我怎么跟他们解释？"

徐南烨的声音冷冷的，他问："你刚才不是解释过了？"

"每次都骗学妹，我于心不忍，"褚漾叹气，"你刚才及时放手就什么事都没有了。"

徐南烨垂眼看着她："你既然怕被人知道，为什么还要约我来学校？"

褚漾张了张嘴，说不出来。她觉得两个人待在家没意思，想跟他约会，正好有参加万圣节这么个理由，所以就约他来了。但她说不出来。

褚漾有些气馁地说道："我只是不想被别人知道我们的关系。"

"为什么不想？"

她又说不出话了。

"你之前是因为觉得我们之间没有感情，所以不想告诉别人，现在呢？"徐南烨步步紧逼，双眼微眯，问她，"觉得我们之间的关系见不得人吗？"

他们是光明正大的夫妻，在民政局领过证的，没什么关系比这更能见人了。

"在处理你和崇太太之间有误会的事时，你只问我要了她先生的电话，连原因都没有告诉我。"徐南烨的脸色变得有些阴沉，"你宁愿去找他，也不愿意跟我说吗？"

褚漾没想到他会突然认真起来。

他好像从一开始就对她隐瞒的行为有些不满，但始终没说过什么。现在可能是她做得太过分了，终于把眼前的男人惹毛了。

褚漾很不愿意说出真正的原因，但着实不想再让徐南烨因为这些事而不开心。

或许她觉得这些事根本没什么，但徐南烨因为她的行为受到了伤害。

她低下头，终于小声地说出了原因："我觉得我们之间的差距太大了。"褚漾低头看着手指，语气有些局促地说，"该怎么说呢，我就是觉得自己不配吧。直到现在我还是觉得你喜欢我这件事太不真实了。"

她说完这些话，就觉得有些丢脸。其实在徐南烨和她互通心意的时候，她之所以百般不确定，又百般矫情扭捏，原因再简单不过。

她配吗？她配得到这样的男人的青睐吗？褚漾骄傲了二十年，唯一的自卑就是在徐南烨面前。

她脾气不好，还爱使小性子，总是做一些无理取闹的事，生起气来什么伤人的话都说得出口。徐南烨和她截然相反。他优秀、温柔、体贴，她找不出他的一丁点儿缺点。偏偏她又带着些不服输的态度，总不愿对他坦白自己的这些小女生心思。

"师兄，你太好了，"褚漾有些心虚地看着他，说道，"我怕你有一天会受不了我的臭脾气。"

徐南烨神色晦暗不明，忽然叹了口气，声音听上去有些无奈，说："我不好。"

褚漾急忙摇头："你怎么会不好呢？"

"我没有你想象中那么完美，如果你不信，"徐南烨倾身，冲她耳语，"你猜我现在想做什么？"

"你想做什么？"

徐南烨牵起她的手，带她离开了热闹的广场。

他们越走灯光越暗，路也越窄。

据说每所大学都会有个叫"情人×"的地方，或许叫情人坡，或许叫情人湖，或许叫情人路。顾名思义，就是情侣们经常出没的地方。

徐南烨毕业这么多年了，如今凭借着记忆，竟然顺利地找到了情人坡。

褚漾没怎么来过这地方，因为不想吃"狗粮"。如今她终于来了，还是以主角的身份过来的。

徐南烨低沉的嗓音在黑暗中听起来有些诱人："我以前看室友带女朋友过来约会，心里就有些羡慕。"

褚漾咽了咽口水，顺着他的话问："但是这里黑灯瞎火的，能做什么呢？"

男人语气慵懒地说道："什么都能做。"

动的他先
心

428

第 九 章

两情相悦最动人

穗杏跟着沈司岚找了回去，恰好看见徐师兄牵着学姐要走。

穗杏想张口叫住他们，却被沈司岚拦住。

"怎么了？"

沈司岚面无表情地问："你想当电灯泡？"

"电灯泡？"穗杏指了指自己，又摆摆手，"我怎么可能是电灯泡呢？我是担心待会儿师兄回去了，学姐一个人找不到寝室。"说完，她就跟了上去。

沈司岚按了按太阳穴，重重地叹了口气。

师兄和学姐越走越不对劲，这条路不但越来越暗，到最后直接穿过一片小树林，而且小树林里有人小声说话。穗杏听不清，但能感觉到说话的人都是情侣。

她有些怕，拽了拽沈司岚的袖子："学长，这是什么地方啊？"

"你不知道？"

"不知道。"

沈司岚淡淡地说："情人坡。你没听过？"

穗杏眨眼："干吗的？"

"字面意思。"

穗杏也不是什么都不懂，想了想，脸红了："师兄和学姐怎么来这种地方啊？"

沈司岚挑眉："他们为什么不能来？"

"他们不是情侣啊，一起来这里不会觉得尴尬吗？"

"你是真傻还是装傻？"沈司岚没辙了，只好告诉她，"他们是男女朋友。"

看到穗杏非常震惊，沈司岚确定她是真傻。

她还声音颤抖地问他："他们不是叔侄吗？怎么是男女朋友了？"

"掩人耳目吧，所以随便编了个关系，他们的演技都太差了，"沈司岚低头看她，"当然，也有人信。"

穗杏还是有些不相信。主要是她已经把师兄当长辈，而学姐是她的同辈人。现在知道了师兄和学姐是一对儿，她就觉得十分魔幻，而且有些难以接受。

"那学姐一直在骗我？"

沈司岚可没有帮褚漾说话的打算："对。"

穗杏忽然瘪嘴，有些委屈地问道："为什么呀？我这么信任学姐，她为什么要骗我啊？"

"……"沈司岚又突然有些后悔跟她说出了这个事实。

他抿了抿嘴，十分不擅长地安慰道："我刚说了，也许他们有难言之隐。"

"好吧，"穗杏暂时平复了心情，"那咱们还去找他们吗？"

沈司岚反问："你说呢？"

穗杏摇摇头："算了吧，还是不要去打扰他们了。"

沈司岚刚点头，穗杏就改变主意了："不行，我还是要跟上去看看，我不相信学姐会骗我。"

"……"因为怕穗杏上了情人坡就迷路下不来，沈司岚即使百般不愿，也还是跟着她上去了。

果然，二人一上去就看见了好几对情侣坐在坡上看星星、看月亮、聊人生、聊理想。今夜，他们都是尔康和紫薇。

沈司岚有些尴尬，穗杏却忽然扯了扯他的衣袖："我看到他们了！"

情人坡虽然暗，但胜在地势高，一轮弯月挂在天边，朦朦胧胧地照亮了坡上的人。穗杏对褚漾很熟悉，基本上看个轮廓就知道是不是她。

坡顶安置了一些石桌、石凳，有时候也有学生带烧烤上来吃，或者是过来开鬼故事座谈会。

褚漾站在坡顶上，似乎在赏月。徐南烨坐在石凳上，用细长的手指敲打着冰凉的石桌。

穗杏躲在一棵树后偷看他们，还在试图跟沈司岚争辩："你看吧，他们的感情是纯洁的，哪儿有情侣上来了什么都不干？"刚才还什么都不懂，这会儿她领悟得倒是挺快的。

沈司岚懒得理她，心里也觉得这两个人有点儿奇怪。

半分钟后，徐师兄的声音响起："你还要做多久的心理准备？"

穗杏瞬间竖起耳朵仔细听。

接着是学姐略带嗔怒的撒娇声："哎呀，我害羞嘛。"

沈司岚哼了一声，垂眼看着穗杏的后脑勺儿："纯洁？"

穗杏："……"

师兄又说话了："黑灯瞎火的，你害羞什么？"

学姐跟他杠："黑灯瞎火就不许害羞了？"

师兄低声笑了："又不用你做什么，都交给我就好。"

穗杏猛地捂住嘴，差点儿尖叫出声。

紧接着，更劲爆的台词来了。

"漾漾，快过来。"

没想到学姐私底下这么小女人，明明当组长带他们做项目的时候精明又干练，特别有女强人的范儿，结果居然娇嗔道："不过来嘛。"

师兄又说："什么都不做，就抱抱你。"

"我不想抱师兄。"

徐师兄的喉间溢出笑声，他学着她的语气说："但师兄想抱你。"

学姐又嗯哼了两声。

"快点儿，过来让师兄抱抱。"

有脚步挪动的声音响起，坡上坚韧的野草被踩踏发出沙沙的声音。从树后望过去，穗杏似乎能看到两道人影渐渐重叠。

"师兄，说好的只抱抱啊。"

徐师兄轻笑出声，调侃道："骗你的，你也信？"

穗杏捂着嘴，靠着树干大口喘气。她的心脏扑通扑通地跳得厉害，她没想到自己有一天居然会因为看别人打情骂俏而心动不止。她的手脚有些发软，她被徐师兄的那些情话撩得有些不知所措。

穗杏咬唇感叹道："徐师兄好会撩啊。"

明明从外表上看是那么高冷的人，待人接物总是温和有礼，原来私底下也可以这么……师兄和学姐真是和他们平时的样子看着好不一样。

没有感情经历的穗杏感叹这种变化，完全忽略了她的面前还站着一个人。

沈司岚咳了一声，问她："还觉得他们的关系是纯洁的吗？"

穗杏摇摇头。

"我相信他们是情侣了。"穗杏垂头，踢了踢脚边的石头，"果然这里只有情侣会来。"

沈司岚漫不经心地问道："不是情侣不能来？"

"不能，不是情侣过来多尴尬啊。"穗杏泄气，指了指自己，"比如我现在。"

沈司岚扯了扯嘴角，眉梢微挑："那我问你，我们是情侣吗？"

穗杏摇头："不是。"

"你现在尴尬吗？"沈司岚生怕她这脑袋瓜子听不懂，又加了句，"和我在这儿。"

穗杏忽然意识到了不得了的事实。她和学长不是情侣，却站在情人坡，虽然目的是找学姐他们，但现在这棵树后又确实只有他们两个人。

因为刚才一直在观察学姐，穗杏这才后知后觉地发现她在跟沈司岚单独相处。她从脚底升上一股不知所措的情绪，脸颊和耳根开始发烫。

透过月色，沈司岚看到她低下头咬着唇害羞的样子，忽然轻笑："还不算太迟钝。"

穗杏扯了扯他的衣袖，小声说："学长，我们下去吧？"

"想下去了？刚上来的时候不是很干脆的吗？"

"我现在想下去了。"

"我也是第一次上来。来都来了，"沈司岚顿了顿，语气带笑，"要不，我们多待会儿？"

他的心先动

穗杏小声抱怨道："我们待在这里干吗，又不是……那种关系。"

"哪种关系？"沈司岚压低声音，用下巴指了指那边的两个人，"学姐和师兄那种？"

穗杏想要逃走，觉得沈司岚在欺负自己。

她的心跳声在这寂静的夜里格外刺耳，她只是感觉这心跳声似乎还有个二重奏，一前一后立体环绕。

打破这气氛的是不远处一对情侣小声的交谈声："这儿有人吗？要不就在这儿吧？"

穗杏睁大眼，情人坡还需要占位置？

她还没来得及问沈司岚怎么办，便见男孩儿用有力的手臂撑在她身体的两侧，透过月光，那张好看的脸朝她压了下来。

穗杏的大脑当场死机，浑身僵硬。

沈司岚在离她的嘴唇只有几厘米的地方停下了，接着用带着微微怒意的声音警告身后马上就要走过来的情侣："有人。"

脚步声瞬间停住了，接着男生连忙小声道歉："对不住了哥们儿，我俩近视，看不太清。"然后，他们便听到匆匆离开的脚步声。

人走了，危机解除了，穗杏仍然处于呆滞状态。

沈司岚叫了她两声，见她没回应，索性伸手掐了掐她的脸："穗杏？"

穗杏仍呆滞着，看着他的脸发愣。

沈司岚双眼眯起，嘴角突然弯起："睡美人？"

穗杏听到了他的话，但仍旧发不出声音来。

沈司岚的呼吸有些急促，他问："亲一口能不能醒？"

穗杏双肩猛颤，回过神来，后背紧紧贴着树干，结结巴巴地说道："我、我、我、我、我醒了，醒了。"

"走吧，下去。"沈司岚不再逗她，放下撑着树干的手，后退几步，和她恢复了男女相处的安全距离。

听他说要下去了，穗杏又有些不舍得这个情人坡了。

穗杏看了一眼头顶的弯月，那月亮像沈司岚微笑时弯起的嘴角。她盯着月亮，嘴角渐渐弯成了和它一样的弧度。她没注意到走在前面的沈司岚脚步有些虚浮，险些被路边的小石头绊倒。

等他们下了情人坡，穗杏才从刚才的场景中回过神来。

旁边有几个人脚步匆匆，似乎也是去情人坡的。只是，这几个人都是男生。

和他们擦肩而过时，穗杏听见了他们的交谈内容。

"你真看到褚漾上去了？"

"真看到了，被一个男人牵上去的。"

"到底是哪个男人？泡我们院的院花都不打声招呼，当我们计院的单身汉都是死的？"

"不认识，看打扮就知道肯定不是我们院的，我们院没几个连背影都那么帅气的男人。"

"你是敌军还是友军？老子的背影不帅气？"

"好吧，我换种说法，他没穿格子衬衫，肯定不是我们院的。"

"院花被别的院的男人泡走了！我杀他！"

"待我看清楚是哪个狗男人，老子黑了他的学网账号，把他的作业全部取消！"

"兄弟，牛，肥水不流外人田。"

"计院多少年才出这么个院花，绝对不能便宜了外院的狗男人。"

穗杏大感不妙。既然师兄和学姐瞒着他们，那一定是有难言之隐。她一定要替他们守护这个秘密。

穗杏叫住了几个男生："同学，请留步。"

沈司岚不知道她又要干什么，神色复杂地看着她。

只见她迈着小短腿朝那几个男生走了过去，仰头跟人对视，严肃地说道："你们看错了，我跟你们保证，刚才在坡上的人肯定不是褚学姐。"

几个男生狐疑地望着她，有个人忽然问道："你不是大一的那个穗学妹吗？"

一个人想起来，其他人也想起来了。

这位穗学妹跟褚漾是一个比赛组的，她们的照片当时还被放上论坛了。

这个学妹也有很多人爱慕，只是她刚上大一，看着太稚嫩。如狼似虎的学长们还有点儿良知，没下手。

她在这儿，那么褚漾八成在上面。

学长们更怀疑了："褚漾真不在上面？"

穗杏很肯定地摇头："不在，而且她也没跟什么男人在一起，他们之

间的关系是很纯洁很纯洁的。"

学长们："……"

旁边的沈司岚："……"

周一，论坛又有新瓜出世。

开帖人的马甲号是"计院单身汉代表发言人"。

"战帖：那位泡了我们院花的狗男人，你出来"。

主楼的内容十分刺激。

"上周末，几位目击者意外地看到我们的院花被一个狗男人鬼鬼祟祟地拉到了情人坡上，由于当时月黑风高，情人坡上的照明灯功率又实在过低，故不敢断定就是院花本人，但据某知情人士此地无银三百两式爆料，情人坡上的人确实是院花本人。现计院全体单身汉向这位拐走了我们院花的不知名院不知名狗男人下战帖，交出院花！计院全体单身汉还能放你一马！"

"前排！"

"抢占前排，顺便出售瓜子、花生、汽水！"

"哦！打起来，打起来！"

"褚漾有男朋友了？"

"哈哈，计院的院花被别的院的男人泡走了，计院实惨！"

"谁的胆子这么大，'和尚院'的院花都敢泡，不怕被打？"

"完了完了，以后更没哪个院想和计院搞联谊活动了，哈哈！"

"计院本来因为这几年有褚漾压阵，联谊活动才多了起来，现在一下回到以前了！哈哈，惨！"

"哈哈，院花的男朋友快出来接受毒打！"

"计院的院花都敢泡，兄弟，牛！"

"机械院的兄弟热烈欢迎计院的兄弟们过来交友！"

"土木院的兄弟热烈欢迎计院的兄弟们过来交友！"

"哈哈，笑死！"

不过一个上午，这个帖子就被顶成了热帖。版主还给这个帖子加了个"精"，看热闹的心态简直不能再明显了。

褚漾也看到了这个帖子。

"谁？那个知情人是谁？"她如恶鬼般龇牙咧嘴，冷笑两声，"出来！

435

让我打爆他的头！"

穗杏："……"

沈司岚："……"

帖子里，计院那帮单身汉怒火中烧，连对付狗男人的方法都想好了。什么只穿着内裤绕操场跑二十圈，什么脖子上挂个"我有罪"的牌子去各院的教学楼溜达一圈，还有什么请全院的男生去金翠丽吃饭。他不讨好"娘家人"，就别想拐跑计院院花。

这些事只要代入徐南烨的脸，褚漾就觉得这帮男生死期将近。

徐南烨会不会照做是一回事，计院的男女比例会不会因为这次事件而发生质变就是另外一回事了。

以褚漾现在对徐南烨的了解，她觉得没什么事是徐南烨做不出来的。

在这个帖子持续发酵了一个上午后，当事人终于出面回应了。身披马甲号"大众情人"的褚漾在该帖下作出澄清。

"我单身。"这样简单的三字回应一出，帖子的热度一时更甚。

"合影！"

"这帖子这么牛？炸出本人来了？"

"学姐，你是我们寝室的女神！"

"本尊吗？这马甲名字也太有个性了。"

"因为她就是我们计院的大众情人。"

"但是知情人不是说女神那天晚上去了情人坡吗？单身谁会去情人坡？"

褚漾挑了这条又回复："去上面吃吃'狗粮'。"

她这样一回复，大家也就没话说了。

褚漾的爱好如此与众不同，但这世上有怪癖的人多了去了，爱吃"狗粮"已经算是再正常不过的爱好了，必须尊重。

"院花姐姐看我！那楼主说你跟一个男人去情人坡，那个男人到底是谁？"

褚漾的回答依旧精练："朋友。"

"男朋友？"

"男性朋友。"

"我们不相信男女之间存在真正的友谊！"

褚漾举例："现在有了。"

这楼越堆越高，到现在已经变成了直播问答楼。褚漾直接忽略一些瞎盖楼问些驴唇不对马嘴的事的人，只致力于澄清她是单身这个事实。

后来也有人发现了这个规律，到最后大家都在问这件事。

"作为一个男生，我觉得男生就算不喜欢一个妹子，约她去情人坡，那也绝对是想撩这妹子。"

"同上，我也不相信关系单纯的异性真的会结伴去情人坡。"

"那男人绝对喜欢我的女神，我不服。大家都想泡女神，为什么只有他成功了？"

"如果你对他没好感，为什么会跟他一起去情人坡？"

"关系绝对不简单！"

现在的大学生不好好读书，不好好听专业课，碰上这种事都变成福尔摩斯了。

褚漾见好好说没用了，干脆破罐子破摔，冷眼回怼，也总比看着计院那帮男生赶着去徐南烨面前送死要好。

"那种男人不是我的菜，在我眼里我们就是朋友。"

"那兄弟够惨！"

"以为把院花约上情人坡就完事了，没想到还是被发了'朋友卡'。"

"计院的散了吧，你们院花明显看不上人家。"

"计院的兄弟们安心吧，咱院花没那么好追。"

"放心了，以后联谊时计院还是有人压场子的。"

"机械、土木院的你们死心吧，我们院花还是单身！我们不一样！"

"@外语 @新闻 @艺院分区，联谊请看我大计院！"

正躲在寝室给人回帖的褚漾看到这几条回复后，转头就问舒沫："他们希望我单身就是想让我联谊时去撑场子吗？"

"一半一半吧。计院确实没几个长得漂亮又玩得开的妹子，"舒沫耸肩，"你是院花，以前又最喜欢参加联谊活动，外院的都以为你是我们院的头牌。"

褚漾顿时抽了抽嘴角。

她还以为自己真是什么红颜祸水，会引起徐南烨和计院单身汉们之间的战争。现在她都说出这种渣女言论了，结果舒沫告诉她计院这群单身汉

437

之所以不想她脱单，是因为怕她脱了单不参加联谊活动，计院又被人从联谊活动名单上划掉了。

她虚荣心膨胀了这么久，以为自己是转世妲己。

毕竟刚说过自己单身，现在转头承认有对象未免不太合适，褚漾想了很久，终于再次回复。

"放心，就算有对象，我依旧会参加联谊活动。"

褚漾这样铺垫了一下，以后把徐南烨介绍给大家时，也能让他们有点儿心理准备。

然后，她还补充了一句："因为我是你们的大众情人。"

两全其美，只要徐南烨不知道，这个世界就和谐了。

计院的男生们大为感动，纷纷发出统一的粉丝标语："爱女神！爱漾漾！"

舒沫："……"

宣布单身的后果来得很快，"大众情人"褚漾作为计院主席，在第二天晚上就收到了来自外语学院的联谊邀请。

计算机学院僧多粥少，外语学院粥多僧少，正好互补。

外语学院那帮品位高级的女生觉得下馆子联谊实在太降低格调，于是特意将联谊活动的地点选在了酒吧。好死不死就是去年他们计院篮球赛获胜时举行庆功宴的那家酒吧。

计院很多人去过，几乎全票同意去那家酒吧。

这家酒吧干净，听说是个"富二代"开的，也没什么脏事，所以家庭条件不差的学生们也挺爱去那儿喝酒，就当提前享受一把当社会人的感觉。

计院这次为了撑场面，由褚漾压阵，还特意叫来了对联谊活动从来都是"三不问"态度的顾清识。可能是临近毕业，顾清识最近参加聚会比前几年积极多了，对这次的联谊活动也是想了会儿就跟室友一起答应了。

当天晚上，计院的人先在学校门口集合，再一起坐车前往酒吧。

褚漾现在看到顾清识已经完全不尴尬了，反正话都说开了，扭扭捏捏的态度反而显得矫情。

褚漾还没问顾清识怎么会突然答应参加联谊活动，顾清识倒是先问了她。

动的他心先

"你真来了？"顾清识皱眉，语气平淡地问她，"师兄知道吗？"

褚漾摆摆手："只要你们这几个知情人别乱说，他不会知道的。"

默默跟在褚漾身后的穗杏浑身一颤。

一行人站在酒吧门口，褚漾抬头看了一眼酒吧的招牌，心情复杂。现在天色已经完全暗了下来，这家酒吧的招牌显得低调又有风情。

她当时下定决心，这辈子绝不踏入这家店，没想到阴错阳差，一年后居然又光顾了。

除了穗杏因为被门卫怀疑是未成年人而被扣留在酒吧门口查身份证，以及沈司岚作为证人证明她真的只是长得显小，其他人都顺利地进来了。

里边真是一点儿没变，入眼依旧是暧昧、迷离的灯光，舞台上穿得清凉的女歌手正在唱民谣。

台下的十几张小桌上都放着高酒瓶，搭伴而行的人们围坐在圆桌旁低声交流，时不时发出各类笑声。

今天是外语学院的主场，因此外语学院的人来得都特别早。计院的人一到，外语学院负责组织活动的院主席就过来招呼他们去包间玩。

一进包间，计院这边就有几个男生惊呼："你们院这么有钱？买这么多啤酒，洗澡啊？"

院主席十分谦虚地摆摆手："这里头大多数是这家酒吧的老板送的。"

"你们还认识老板呢？"

"不认识，"院副主席出面解释，"订包间的时候，酒吧的人听说我们是学生，问我们是哪所大学的，我说我们都是清大的，结果他们就送了这么多东西，包括这桌上的零食和水果拼盘，都不要钱。"

褚漾也有些蒙了："这老板也是清大毕业的吗？"

"不知道啊，但听员工说，他们老板对清大的学生特别好，只要是清大的学生过来喝酒，都会送。"

褚漾当上院主席这么久，组织了不少场聚餐，唯独没考虑过来这家酒吧。

计算机学院上一届的院主席顾清识及时开口说："确实是这样，去年庆祝篮球赛获胜的时候，就有人跟我推荐来这里。"怪不得他这么正经的一个人居然会提议来酒吧开庆功宴，原来是因为这里可以打折。

褚漾略显责备地看着他："这么好的事，你怎么都不告诉我？你知道这半个学期，我们院光是聚餐开销就占多少吗？"

顾清识瞥她一眼："我为什么不告诉你，你不知道原因？"

"……"也是，这儿是她和顾清识关系的终点，他会说才怪了。

一行人嚷嚷着开始联谊，其实也没什么暖场活动，看对眼了上去聊就是了。

褚漾是联谊活动的常客，如今当上了主席，自然是要搞开场白的。她先是和外语学院的主席碰了杯，然后拿着麦克风说了几句鼓励的话，这场联谊活动就算正式开始了。

过来跟她喝酒的人最多，男的女的都有。褚漾没以前那么不知分寸，跟男生只是简单碰碰杯，说两句好听的话把人哄走完事。女生来敬酒的话，只要愿意跟她喝，她就来者不拒。

这么做可以说是十分双标了，但在场的男生们也不敢有什么怨言。毕竟她是院主席，没她点头他们也不能参与联谊活动。

褚漾这人有个毛病，喝多了酒就喜欢说胡话，这也是别人认为她玩得开的原因。

等服务员又提进来一箱啤酒表示这是他们老板的一点儿心意时，褚漾挑了挑眉，打了个酒嗝。

她喝了酒，脸色如桃花般妩媚。服务员猝不及防被这个大美人喷了一脸的酒气，心跳都跟着停顿了几秒钟。

"你们老板到底是谁啊？对我们这么好。"褚漾冲他道，"你把他叫来，我要跟他喝几杯！"

服务员哦了一声，表情有些为难，道："我们老板还在忙呢。"

褚漾毫不在意地说："那我去找他。"

服务员连忙说："哎别，我们老板请你们喝的。你们收着就是了，不用特意见我们老板。"

"那怎么行？"褚漾瞪眼，严肃地说道，"做人要学会感恩，这声'谢谢'，我必须当面跟你们老板说！"

"……"服务员也不知道他们老板为什么对来这里喝酒的清大学生格外优惠，刚听说他们的酒快喝完了，立马就又让他送了一箱过来。也许老板愿意见见也说不定。

服务员的语气不太肯定，但他还是妥协了："那我去跟我们老板说说。"

褚漾咧嘴笑了："去吧，就说是清大计算机学院的主席要给他敬酒。"

服务员走出包间，站在门外叹了口气，又往贵宾包间那边走。他走到连门的装潢都和普通包间截然不同的贵宾包间门口，轻轻地敲了敲门。

慵懒的男声从里面传出："进来。"

服务员应声而入。

崇正雅懒懒地抬头瞥他："酒都送过去了？"

"送过去了。"服务员顿了顿，又说，"那个包间的学生说，要当面感谢您，给您敬酒。"

崇正雅呵了两声："我送了这么多次酒，还是头一回有学生感谢我呢，稀奇了。"

服务员附和着笑了笑。

崇正雅咬着酒杯，语气有些玩味地说："他们那个包间那么多学生，我哪儿喝得过来？随便找个理由拒绝他们就行。"

服务员解释道："是位小姐说要敬酒的。"

"哦？"崇正雅语气微变，问，"是美女吗？"

"是，"服务员老实回答，又补充，"她说自己是计算机学院的主席。"

崇正雅的脸色忽然有些不对劲："哪个院？"

"计算机学院。"

"之前不是说是外语学院的吗？"

"他们好像是在联谊，两个学院的学生一起。"

崇正雅又想起他还跟陈筱搅和在一起的时候，陈筱有意无意地提过，她有个室友很厉害，人长得漂亮，工作能力还强，刚竞选上院主席，而且还是全票通过，如果他见到她的这位室友，说不定就看不上她了。他能感觉到陈筱说这话时有些发酸。

崇正雅勾唇，脸上露出兴奋的神情。

徐南烨，你也有今天！

他赶紧掏出手机给徐南烨发了条微信消息："你老婆公然出轨，被我抓了个现行，你准备给我多少感谢费？"

见徐南烨一直没回信，他想了想，又补充了一句："诚意一定要足，不然我是不会告诉你地点的。"

441

这句话没发出去，对话框前面显示了一个红色感叹号。下面跳出一行小字："消息已发出，但被对方拒收了"。

崇正雅："……"

褚漾等了半天没等来老板，倒是等来了徐南烨的电话。她环顾左右，见大家的注意力都在抢麦上，拿上手机就往外跑。

原本她是往厕所跑的，但厕所门口打电话的人也挺多的。该死，现在是流行打电话都往厕所走吗？

褚漾只好重新找地方。这一层实在太吵，大厅里的女歌手唱了好几首歌还没中场休息，她心一横，干脆往楼上的贵宾区跑。

反正她也只是站在走廊上打个电话，不会影响到包间里的人。她仗着腿长，一步迈两级台阶，很快就上去了。

褚漾躲在角落里，在这短短的十几秒钟里，她仿佛经历了一场生死时速。

她喘着气接起电话："师兄。"

男人言简意赅地问："在哪儿？"

褚漾看了一眼四周，撒谎时连眼睛都不眨："我在学校呢。"

"是吗？"徐南烨顿了顿，语气温和地问道，"你在学校做什么？"

褚漾装腔作势地道："废话，当然是学习了。你打电话过来有什么事吗？你最近不是挺忙的吗？"

"再忙也要抽空关心关心你。"

褚漾闻言愣住了，瘪嘴，心里特别感动。

她沉声忏悔道："师兄，都怪我最近沉迷学习，都忘了打电话关心你，我太不称职了。"

徐南烨的语气很平静："没事，你这么热爱学习，我很欣慰。"

见他信了，褚漾再接再厉，继续卖乖道："师兄，我虽然现在沉迷学习，但最爱的还是你。"

徐南烨沉默了几秒钟，慢吞吞地说了声："谢谢你没有忘记我。"

褚漾立马表忠心："我怎么会忘记你？我就是把全世界的人忘了，也绝不会忘记你！"

徐南烨这次沉默的时间更长了。

褚漾在心里开始犯嘀咕，是不是她说得太肉麻了，他扛不住？

正当她打算换一种说辞时，徐南烨终于开口了："你继续学习吧，挂了。"

褚漾哎了两声，挂掉了电话。她靠着墙，深深地舒了一口气。

"没想到你挺能说啊。"轻佻的男声在身侧响起。

褚漾转过头，像见了鬼般看着眼前的男人，缓缓地抬起胳膊，用食指指着这人："你怎么在这儿啊？"

崇正雅不满地问道："怎么，我不能在这儿？"

他出来拿酒的工夫，正好就撞见这个小姑娘站在他包间的门外给人打电话。偷听了几句后，他就猜到了她是在跟谁打电话。

褚漾很聪明，发现崇正雅毫不惊讶她在这儿，又结合之前听来的关于这家酒吧老板的信息，瞬间就懂了："这家酒吧是你开的？"

崇正雅勾唇："还挺聪明的嘛。"

他正想开口调侃她，却被小姑娘抢先了一步："你给清大的学生这么优惠的待遇，是因为我师兄吗？"

崇正雅脸色微变："关你什么事？"

"你真是……"褚漾表情很复杂，说，"你如果是个女人，还有我什么事啊？"

任是哪种男人听到了这种假设都不会太高兴，更不要说崇正雅这种因为长相漂亮而被调侃过不少次，因此心理阴影极其严重的纯爷们儿。

"是没你什么事。"崇正雅冷笑两声，讥讽地道，"你背着老公过来参加联谊活动，还骗老公说在学习。换我，你早不知道死了多少次了。"

褚漾哑口无言。怎么每次她一撒谎，下一秒就会被揭穿？这是上天赋予她的某种技能吗？

"崇先生，"褚漾立马露出笑脸，语气诚恳地道，"别告诉我师兄行吗？"

事实上，崇正雅已经告诉了。但他这人是奸商，抱着胸，语气懒散地道："那就要看你的表现了。"

褚漾秒懂，立马掏出手机往崇正雅的微信账户里转了一笔封口费。

五千块。

崇正雅毫不心虚地点击收款，嘴角微扬："小姑娘挺有钱啊，这么大方。"

而事实上这是褚漾微信余额里所有的钱，本来她打算将这笔钱转给代购，让人帮她带一套护肤品回来的。她因为知道崇正雅不缺钱，所以一分也没敢留，全转给他了。

褚漾笑得很勉强："一点儿心意，还请您收下。"

"行，我收下了。"崇正雅指了指自己的包间，"刚我听人说你要跟我喝酒，进来喝一杯？"

褚漾拨浪鼓似的摇头："不了不了，我下去了，您自己慢慢喝。"

崇正雅忽然又叫住她："喂，你等等。"

褚漾停住脚步："还有事吗？"

"说情话哄人可以，但别把话说得太满了，"崇正雅笑了两声，语气不明，"小心被打脸。"

褚漾没听明白，但也不打算弄明白，因为怕他嫌五千块不够，现在自己能做的就是赶紧跑。

小姑娘瞬间没影了。

崇正雅挑眉，这回总算不亏，赚了五千块，就当是把请楼下那帮学生的酒钱又赚回来了。

他哼着小曲儿准备进去继续喝，手机又振动了起来。

崇正雅掏出手机一看，发现徐南烨居然把他从黑名单里拉出来了。

"地点。"

还附带一条数额巨大的转账信息："对方向你转账 8888 元。"

出了学校的人，连转钱的数值都讲究吉利，这不是刻意的，而是一种下意识的行为。

他自己给人转钱也会凑个吉利数。徐南烨在名利场上纵横这么多年，比他更懂这个道理，也更世故一些。

现在选择来了，五千和八千八百八十八选哪个。傻子才会选，作为奸商崇正雅当然是都要了。

崇正雅果断地把地点发到了徐南烨的手机上。

他今天净赚一万三千多元，可以再开一瓶酒庄的香槟喝了。

褚漾不知道自己早被崇正雅卖了，大摇大摆地回到包间，刚回来就被人问刚才去哪儿了。

"哦，我刚去找酒吧的老板了。"

众人惊讶地说："你还真去了啊，见到了吗？"

"见到了，见到了，我跟他说了谢谢。"褚漾示意他们冷静，"好了，咱们继续玩吧。"

褚漾坐下打算继续喝，刚要干杯就被坐在她身边的顾清识抽走了手中的酒杯。

她有些不满地问："干吗？"

顾清识叹气："你没发现穗杏和沈司岚到现在还没进来吗？"

褚漾闻言，扫了一眼包间内的人，发现他们真的不在。

"不就查个身份证吗，要这么久吗？"

"你出去看看吧。"顾清识看着她，有些责备地说道，"你是主席，他们出了事你要负责。"

前任主席对现任主席的行为感到不满。

褚漾也有些心虚，自己光顾着喝酒了，居然把她的学弟、学妹忘了。她立马起身："有什么事学长你先帮我顶着，我去找找他们。"

顾清识看着她又匆匆离去的背影，无奈地摇了摇头。她跟徐师兄真的恰好互补。

他又想起褚漾在论坛上的那些回帖，忽然觉得出了胸中的一口恶气。他让褚漾别喝酒，自己倒是爽快地干了一杯。

褚漾不知道顾清识的这点儿小九九，绕过大厅直接走到酒吧门外，发现穗杏和沈司岚竟然还在门口。

"你们怎么还没进来？"

穗杏说话时都带着哭腔："学姐，我没带身份证，他们不让我进去。"

褚漾看了一眼旁边的沈司岚："你学长不是帮你做证了吗？"

沈司岚语气僵硬地道："没用。"

褚漾看着人高马大的门卫，笑着替他们再次做证。

门卫不为所动地说："之前多少酒吧被查了？我可不敢冒这个险。对于没身份证的人我说什么也不会放行的。"

褚漾有些无语，谁还会回去拿身份证过来？这又不是查户口要登记。如果不是因为刚被崇正雅坑了一次，她这会儿估计就上楼去找他当救兵了。

"算了，"穗杏决定放弃，有些愧疚地冲沈司岚笑了笑，"学长，你进去

445

吧，我自己坐地铁回学校就行了。"

沈司岚蹙眉："你觉得可能吗？"

"那你不能因为我去不成联谊活动啊。"

男孩儿的语气很平静："我原本也不想来。"

穗杏茫然地道："那学长你为什么又来了？"

沈司岚抿嘴，语气有些不自然，说道："没为什么。"

他又转头对褚漾说："学姐，我陪她回学校，你们继续玩。"

有沈司岚陪着，褚漾也放心。她作为主席，不能离席太久。褚漾嘱咐他们注意安全，等回了学校发消息报个平安，最后说了几句话就又进去了。

穗杏看着沈司岚："学长，去不成联谊活动，你会不会不高兴？"

沈司岚垂眼，反问她："你不高兴？"

"没有啊，"穗杏摇头，有些歉疚地看着他，但又自私地不想道歉，于是随便找了个借口，"就是觉得今天好不容易打扮了下，有点儿可惜。"

沈司岚看着她。她的唇亮晶晶的，还透着果冻般的西瓜红色，和平时有些不一样，应该是涂了口红。他再仔细看，她的眼皮上也亮亮的，带着些金棕色的亮片。

他又发现她脸颊的两侧粉嫩嫩的，睫毛也比平时卷翘，眼尾似乎还拉出了一条细细的线，给那双清澈的鹿眼添了几分妩媚。

她今天化了妆，还穿了条红黑相间的格子裙，穿着长靴，露出了纤细的腿。

穗杏很瘦，但怕冷，所以平时总把自己裹成一个小汤圆。但今天她特意穿了这身衣服，将自己苗条的身段显了出来。

她去不成联谊活动，也挺好的。

沈司岚敛眸，忽然问她："那要不要跟我随便逛逛？"

穗杏忽然惊喜地睁大眼睛："可以吗？"

"可以。"沈司岚插在裤兜里的手攥紧又松开，"走吧，晚点儿我再送你回寝室。"他说完，转身就走，也不给她跟上的机会。

穗杏迈着小短腿，兴奋地道："学长，等等我呀。"

她现在开心极了。

她原本听说沈司岚要来参加联谊活动，心里有些不开心，求着褚学姐非要过来玩，过来前还让会化妆的室友帮她打扮。后来被拦在门外，她又

因为没带身份证怎么也进不去。

沈司岚明明可以进去的，却在外面陪她吹风。

穗杏觉得自己就是个大麻烦，不光给学姐添了麻烦，还害得学长无法参加联谊活动。但学长说他本来也不想来。

穗杏心里冒着粉红色的泡泡，泡泡一点点升腾，温暖了四周的空气。

商业街的万圣节气氛很浓，到处都有卖小玩具的摊位。

沈司岚对这些东西不感兴趣，今天却格外注意这些。他停在一个小摊前，问旁边的穗杏："想买吗？"

穗杏的眼睛都亮了："想。"

"挑一个。"

穗杏想也不想就挑了个一只眼睛吊在脸上的恶鬼面具。

"……"对着那么多美女鬼怪的面具，她偏偏挑这个，品位也是很独特。

"学长，你也挑一个。"

沈司岚没什么兴趣，随便挑了个看着不那么惊悚的鬼脸面具。

刚买完，穗杏就迫不及待地戴上了面具，沈司岚顿时露出嫌弃的表情。

偏偏她还毫不知情，伸出十指跳到他面前，装腔作势地嗷呜了一声。

沈司岚笑着说道："你应该买个老虎面具，这样比较逼真。"

穗杏有些迷惑地问："我不知道鬼是怎么叫的。"

她说完，就拿开面具，将它随意地套在头上。面具用一根松紧带固定，卡在她的后脑勺儿那儿，确保不会从头顶上滑落下来。

她拿出手机："我查一查。"

沈司岚比她高很多，穗杏把面具放在脑袋顶上，面具上那扯着丝的眼球就这么直勾勾地和他对视。

"……"

刚才她就是戴着这副面具冲他嗷呜的，虽然脸很可怕，但架不住声音奶气，所以一点儿都没有威慑力。她就是真戴了老虎面具，也吓不到他。

沈司岚将目光从面具上挪开，看到了她微微嘟着的唇粉嫩剔透。刚才她之所以没吓到他，就是因为从这张嘴里吐出来的"嗷呜"实在太可爱。

沈司岚眼神恍惚，忽然鬼迷心窍地戴上了自己的面具。

穗杏查了半天没查到，抬头冲他说："说什么的都有，答案不统一。"

447

一张放大数倍的鬼脸忽然朝自己移动了过来。

穗杏眨眨眼，忽然觉得嘴唇被轻轻碰了下。一股浓重的橡胶味道充斥在鼻间，她皱起鼻头，有些嫌弃。

沈司岚瞬间退开几步，声音有些颤地说："别查了，走吧。"

穗杏收起手机，跟在他身后，结果发现沈司岚戴着这副面具走了好远，被各种人围观都不打算取下来。

清瘦、高挑的男孩儿戴着这么一副可怕的面具在街上走来走去，很难不被人注意。

"学长，你怎么一直戴着？不难受吗？"

"不难受。"

"味道很大吧？"

"不觉得。"

街边，个子娇小的女孩儿头顶上箍着一副可怕的面具，跟在一个高她一头的男孩儿身后。男孩儿戴着面具，耳根通红。

那鬼脸面具发青的嘴唇边，居然有一道粉色的口红印。原本只是单纯的吓人，却因为这么一道口红印，面具活生生多了股艳鬼的味道。

沈司岚当时没想来参加联谊活动。因为室友不停地在耳边唠叨，说什么褚学姐是迟早会交男朋友的，他们计院早该培养下一代的大众女神了，所以这次联谊活动就算褚学姐不让穗学妹去，他们也一定要联名上书请求。

他居然就因为这种话答应了参加联谊活动。不过，好在他来了。

有了这些暧昧的情感，连万圣节都能过成情人节。如果我喜欢你，只要是和你在一起，每天都像是在过情人节。

马路上的车川流不息，节日的气氛很浓。

徐南烨原本在线内等绿灯，却忽然发现了两道熟悉的身影。

两个人一前一后地过马路，女孩儿的速度太慢，男孩儿有些急了，忽然牵起她的手拉着她过马路。女孩儿一开始还只是走得慢，这会儿双腿已经可以说是彻底僵硬了，走得更慢了。

不过，还好这条马路不是太长，他们顺利地过了马路。

徐南烨忽然笑了。要是换成他的那位，估计走几步就又要松开，说怕被人看到。

他迟早是要让她习惯的。他给她时间适应两人关系的变化过程，反倒让她恃宠而骄，连联谊活动都敢参加了。

大家都是感情上的生手，凡事都逐步摸索，偏生她格外矫情。不过徐南烨并不讨厌她的这种矫情的性格。

大不了，她退一丈，他进一丈；她再退一尺，他再进一尺。谁让他爱得比较多呢。他认栽。

酒吧的包间里，褚漾喝得有些多了。

她一喝多，就把计院的气氛带动起来了。明明外语学院的人才是东道主，可外语学院的主席和副主席都没她会劝酒，也没她会说场面话。褚漾端着酒过来，他们就只有喝的份儿。

外语学院的男生本来就不多，这样下来根本没人能跟她比。

计院这边气氛极好，只要看见褚漾拿起酒杯，几个男生就敲杯子给她加油助兴。

"主席威武！"

"哦哦哦哦哦哦！"

"外语学院的这么不行？再叫个能喝的过来！"

"允许你们请外援！"

意识到计院的人气焰极其嚣张，外语学院的主席面子上挂不住，酒量也没褚漾好，突然开始后悔跟计院的人联谊了。

也难怪计院这帮汉子对褚漾交了男朋友这件事反应这么大了。褚漾确实是他们院的头牌。计院这两年风头大盛，接连和中文、新闻等文科大院联谊，原因就是有褚漾这个能撑场面的人。

一场饭局中如果谁都不愿意出来当活跃气氛的那个人，这顿饭肯定是吃不下去的。

褚漾风情万种地撩了撩头发："怎么？外语学院的真不行了？行吧，我允许你们叫外援来。"

她喝了这么多，仍不见醉态，只有那张精致的脸上泛起了些红晕，整个人更显得妩媚、娇艳了。

外语学院本来男生就少，根本没人制得住褚漾。

外语学院的副主席欲哭无泪："叫人来吗？"

主席捂额："叫谁啊，咱院能喝的男人都在这儿了。"

他们外语学院美女如云，但相对出色的男同学就非常少了。现在在场的就连能和计院那个清冷寡言、不怎么喝酒的顾清识比拼的都没几个。

主席突然感叹道："徐师兄要是再晚几年毕业就好了。"

外语学院人才辈出，其中那位就职于外交部、去年才回国的徐师兄最为瞩目。这种联谊活动对于能在外交场上混得风生水起的师兄而言简直是小事一桩。

副主席若有所思，眼底浮现出一抹希望："计院的人说我们可以找外援，既然连外援都可以找，徐师兄是我们外语学院毕业的，不算外援吧？"

"但徐师兄已经毕业了啊。"

副主席耸肩："他们又没说不能找毕业的。"

主席思索片刻后，还是有些犹豫地问："徐师兄工作这么忙，肯来吗？"

"问问不就行了，也许师兄愿意来呢？"

这时候就要感谢学生会的职务之便了，他们这边都有校友的手机号，随便一搜就行。徐师兄这学期刚加入校友理事会，个中交涉事宜就是他们主席团负责的。

主席最终还是决定誓死保卫外语学院的颜面，起身后严肃地说道："那我出去给师兄打个电话。"

酒吧里太吵，他准备出去打。

虽然手机屏幕上已经显示出徐师兄的手机号码，但主席还是不太敢打。他为了这个联谊活动特意把徐师兄叫来，怎么想都觉得有些小题大做。

他心里犹豫万分，站在酒吧门口吹风。

他正想着，看见一辆宾利轿车停在了酒吧的门口。门卫连忙迎了上去，主驾驶座的门被打开，从里面下来一个男人。

男人穿着黑色的大衣，面容俊朗，鼻梁上架着的银框眼镜显得他儒雅、斯文。

这是上天显灵吗？

男人显然也看到了站在门口呆若木鸡的外语学院主席。

他温和地和外语学院的主席打招呼："师弟？"

呜呜呜，主席差点儿当场哭出来。

上天真的显灵了。

包间里，正在焦急地等待消息的外语学院的副主席忽然收到了来自主席的微信消息："徐师兄来了。"

副主席惊了，这么快吗？紧接着，他跟主席一样大为感动，也是差点儿哭出来。

徐师兄！外语学院之光！

看这速度，他简直怀疑徐师兄是坐火箭过来的。

不过，这也从侧面印证了徐师兄有多在意他们外语学院的脸面。

那边，计院的同学还在挑衅道："不是同意你们请外援了吗？怎么连主席都跑了？"

副主席顿时仰起脖子，像只骄傲的公鸡，说道："我们主席去叫人了。"

褚漾呵了声："还真去请外援了啊？哪个院的啊？"

"就是我们院的。"副主席用鼻子哼气，"褚主席少安毋躁。"

褚漾笑了两声，非常嚣张地点了点头："你们还算有点儿底线，尽管来，我照喝不误。"

副主席的话意味不明："你话还是别说太满了。"

"太满？我从来不说大话。"褚漾掀了掀眼皮，自信地说道，"你们外语学院的，来一个我喝趴一个，来一对我喝趴一双。我作为计院的主席，誓死捍卫我们计院的尊严。"

计院的男生们沸腾了。

"呜呜呜呜，主席！"

"下辈子我还要跟着主席干！"

"主席太帅了！"

计院的女生们也跟着沸腾起来了。

"我爱学姐！"

"计院之光！"

"计院头牌！"

褚漾摆手，示意计院的同学低调点儿。但她其实心里特别得意，如果不是人不长尾巴，她这时候尾巴估计已经够到南天门了。

人一得意忘形，就容易嚣张。

"援军尽管放马过来！我要是喝不过他，就叫他'爸爸'！"她这句气势滔天的话刚落下，包间的门就开了。

褚漾自信地回头："让我看看是哪位男同学过来送死了？"

外语学院的主席伸手一比画："这就是我们的援军！"

"……"

"……"

外语学院和计算机学院的人都蒙了。

包间里陷入一片死寂。

足足过了半分钟，刚才偃旗息鼓的外语学院的同学瞬间气势大涨。

"徐师兄！我没看错？"

"主席牛！居然把徐师兄叫过来了！"

"哈哈！"

"徐师兄！啊啊啊啊！"

计院的人交头接耳。

"那真的是徐师兄？"

"我哪儿知道，我以为自己在做梦。"

"外语学院的人太有心眼儿了，居然叫了个重量级的援军过来。"

"现在怎么办？我们输了吗？"

"八成吧，你没看我们主席都变成木头了吗？"

褚漾确实变成木头了。

反倒是徐南烨笑吟吟地跟众人打招呼："不介意我这个毕了业的学生过来凑个热闹吧？"

"不介意！徐师兄请上座！"

不同于外语学院这边一派喜气洋洋的现象，计算机学院那边瞬间萎靡，活脱脱是一个大型颓废现场。

外语学院的主席得意地咳了咳，冲站在那儿仿佛被点了穴的褚漾说："褚主席，过来喝酒啊，刚才不是口出豪言吗？敢说不敢做？"

计院的人眼神唰唰唰地往她身上扫射。

褚漾顿时觉得好累，肩上的担子好重，比敖丙他爹连夜给敖丙缝制的万龙甲还沉重。

她慢吞吞地挪到沙发边坐下，屁股只敢坐实三分之一，双手老实地放在膝盖上，这样子跟刚才那个拿着酒杯到处挑衅的褚漾判若两人。

动的他
心先

徐南烨已经拿起了酒杯，笑容温和地问道："师妹？跟师兄喝一杯？"

褚漾连忙用双手举起酒杯，颤颤巍巍地跟他碰了下杯："师……兄。"

两个人都喝完了杯中的酒。

徐南烨仍是那副优雅的样子，就像是喝了杯水。倒是褚漾放下酒杯，忽然捂着头，虚弱地说道："啊，我醉了。"

紧接着，千杯不醉的褚主席倒在了沙发上，瞬间睡死过去。

"……"

在场的人不知道这是什么状况，一时间场面很尴尬。

外语学院那边忽然有人出声问："褚主席装醉是不是不想兑现诺言啊？"

计院这边的人无脑护主席："胡说，我们主席不是那种人！"

"那就别装醉啊！"

褚漾捏着沙发的一角，刚才还醉得不省人事，这会儿又突然坐了起来。

她看着徐南烨，咬字清晰地叫了一声："爸爸。"

徐南烨笑眯眯地应了："师妹客气了。"

计院的众人没眼看，心想：回去后还是重新选一个主席好了，也不至于尿成这样吧。

外语学院的人简直像发现了新大陆。原来，计院那个张扬跋扈的褚主席这么怕他们的徐师兄，果然一物降一物。

"师妹，"徐南烨靠着沙发，状似不经意地问，"单身？"

外语学院的人惊了。师兄对褚漾这么感兴趣吗？他一来就问别人是不是单身？

褚漾说不出不是，也说不出是。

外语学院的学生以为徐师兄可能是被褚漾的这张脸迷惑了，连忙派人出来解释。

外语和计算机两个学院的梁子今天算是结下了，计院的人能忍受徐师兄跟计院的褚漾搅和在一起吗？

"师兄，褚漾是单身。"那人想了想，终于想起了那个外号，"她还是'大众情人'。"

徐南烨挑眉："大众情人？"

"是啊，这是褚漾自己说的。就算她以后有了对象，也是大众情人。"

453

这人生怕徐南烨不信，当即掏出手机点开论坛给他看帖子。

徐南烨熟悉这个论坛。他还在念大学的时候，没事时也会逛论坛。

这个帖子很长，但徐南烨翻得很快。他几乎是挑着看的。具体挑哪些？当然是那个马甲叫"大众情人"的回帖。

看完了帖子，徐南烨仍然是笑着的，只不过眼睛里没什么笑意，语气却依旧温和："这位姓褚的朋友，对待感情很开放嘛。"

其他人都不知道为什么徐南烨会改口称呼褚漾为"朋友"。

外语学院的学生也很困惑，不知道徐师兄为什么一进来话题就全是褚漾。难道徐师兄真是被她的那张脸迷惑了？

不行！

绝对不行！

"师兄，帖子你也看到了，"外语学院的主席微顿，凑到徐南烨耳边，犹豫了半天也没想出什么合适的措辞，"那兄弟也是可怜，莫名其妙被甩了。也不知道他看到这个帖子后会不会被气死，总之褚漾并非良人，师兄你还是换个人唠嗑吧。"

徐师兄喜欢哪个师妹都行，唯独计院的褚漾不可以。他们两个人压根儿不合适，而且褚漾是个渣女，他不能眼睁睁地看着徐师兄踏入火坑。

徐南烨微微笑了："他不会被气死。"

主席蒙了："师兄，你怎么知道？"

徐南烨徐徐地说道："他现在就坐在这里。"

"什么？"

徐南烨没再理他，转而对着计院的几个师弟笑道："我刚看到你们说要让我穿着内裤绕操场跑二十圈？"

计院的师弟们一脸茫然。

"哦，忘了介绍，"徐南烨用手指点了点手机屏幕，"我就是你们口中的那个'狗男人'。"

"嗯？"

徐南烨双眼微眯，缓缓地说道："那天带漾漾去情人坡的人是我。"

一番惊叹之后，众人渐渐冷静下来。

"师兄，你们……真是那种关系？"

徐南烨若有所思地看着褚漾，笑道："也许是我自作多情？漾漾真的只把我当朋友？"

褚漾立马摇头："我没有！我不是！"

徐南烨挑眉："你们看。"

这么清楚的事实摆在眼前了，他们不认也得认。

这回计院是彻底地败了，刚才带头点火的褚主席也萎靡不振。

外语学院的人却并没有很开心，感觉像是把徐师兄送过去和亲才勉强压住了计院的这股嚣张气焰。他们的徐师兄被计院的主席拐走了。

啧，他们赢得好不甘心。

计院这帮人拿着酒小心翼翼地给徐师兄赔罪。

"师兄，我们要是知道那天的人是你，绝对不会发这种帖子玷污师兄你的名誉。"

徐南烨微笑着说道："不算玷污，是事实。"

"那天我看到师兄的背影，就觉得特别帅气！不是一般的有气质！"

徐南烨的笑容更友好了："特别像狗是吗？"

"……"

说到底，他还是在意那个称呼的，并且十分记仇。

计院的师弟们得罪不起这位师兄，为表歉意，只得干了手中的酒。

几番敬下来，徐南烨手里的酒杯还剩点儿底，其他人就已经各喝了几瓶。

计院的人和这位徐师兄交集不多，但无奈校友的名气大，他们也有所耳闻。

他是出了名的脾气温和，虽然来学校的次数不多，但每次来都能给人留下平易近人的印象。但前提是，他们没把徐师兄叫成"狗男人"，也没明目张胆地在论坛给他下战帖要抢他的女朋友。

再看向褚漾的时候，徐南烨虽然没为难她，但明显看见她拿着酒杯的手已经发颤了。

他们懂的。主席为顾全大局而牺牲小我，他们会记住主席的这份恩情。希望他们和主席一样，能看见明天的太阳。

整个计院的同学难以幸免，外语学院的人集体抱胸看热闹，终于觉得大仇得报。

在座的这些人都被徐师兄灌了不少酒，但有一个遗世独立，坐在旁边仿佛要羽化登仙的人——顾清识。

原本徐南烨就没把他当目标，但是师弟们不懂，觉得"计院兄弟"就得同生共死。几个人喝不下了，就瞄上了静坐一旁的顾清识。

"学长，你怎么都不跟师兄喝？"

顾清识扯扯嘴角："没必要。"

师弟们叫嚣："学长，你怎么能这么说？虽然发帖这事跟你没关系，但再怎么说，你也是我们计院的一分子吧？"

这是典型的要死大家一起死。

徐南烨扶了扶眼镜，不在意地说道："顾师弟不想喝那就算了，我不勉强。"

"师兄，你也太偏心了。"有个师弟应该是喝多了，嘴上也没个把门的，脱口而出，"你不能因为顾学长长得帅就偏袒他！"

他这话刚说完，就重重地打了个酒嗝。

顾清识脸色当即一变，声音低沉地问道："你说什么？"

这位师弟也意识到自己触到学长的逆鳞了，忙捂着嘴装糊涂："我喝醉了！我什么都没说！"

顾清识黑着脸瞥了一眼徐南烨。

男人笑眯眯的，还耸了耸肩，表示不关自己的事。

顾清识冷哼一声，拿起自己眼前的空酒杯就倒满了一杯酒。

众人大惊，激将法居然还真管用。

"师兄，"顾清识举起酒杯，淡淡地说道，"你干了，我随意。你同意吗？"

众人："……"

顾学长确定不是喝多了嘴瓢吗？下一秒，他们不但确定了顾清识嘴瓢，还确定了徐南烨耳背。也不能说耳背，因为徐南烨真的把酒干了。

外语学院的主席小声地提醒："师兄，你这是……"

徐南烨示意无妨，微微笑了："确实是该我喝。"

他这话一说出口，知道点儿内情的人就都懂了。

谁都知道在徐师兄之前，整个计院的人觉得顾清识和褚漾郎才女貌，迟早会在一起，结果忽然分道扬镳。

其中缘由他们不懂，但当事人肯定清楚。他们在心里只猜到了七八分，

他动的
他先
心

456

也不敢问出口。

论谁先登场的话，确实是徐师兄理亏。

风向瞬息万变，上一秒计院的人被徐师兄压制得死死的，如今顾清识一登场，徐师兄居然连挣扎都没挣扎，甘愿被他坑。

他们眼睁睁地看着顾清识学以致用，将徐南烨骗计院这帮师弟喝酒的方法用在了徐南烨的身上。

不过，徐南烨的酒量是真的不错，被顾清识灌了这么多酒，他居然也只是眼神恍惚了些，俊雅的脸上仍旧干干净净，连笑意也不见分毫失态，优雅又得体。

他们这帮大学生平时就喜欢学社会人士在酒桌上夸夸其谈，以为自己胜过酒仙，如今跟师兄比起来，根本不够看。

向来喜怒不形于色的顾清识今天居然难得地笑了，转眼间又给自己倒了杯酒："师兄，你还能喝吗？"

徐南烨也给自己倒上："只要师弟还想喝，师兄乐意奉陪。"

外语学院的主席不了解内情，由他的粉丝滤镜看过去，就是计院的人现在正在欺负徐师兄。他主动要为徐师兄挡酒："我来替师兄喝。"

顾清识掀起眼皮，用下巴指了指徐南烨："你问问师兄吧。"

徐南烨笑着拒绝："不用。"

外语学院的主席不敢直接上去抢酒杯，只能作罢。

等又叫来了一箱新酒，他们又开始喝了。

褚漾知道他能喝酒，但见徐南烨脚边的空酒瓶越来越多，一时间也怕他的胃装不下这么多酒。她起身走到徐南烨的面前，直接抢走了他手里的酒杯。

徐南烨有些诧异，眯着眼睛看着她。

"别喝了，酒量再好也架不住这么喝。"

徐南烨轻轻笑了，倾身凑到她的耳边，低声说："他就是灌我再多的酒，也抢不回你了。我索性任由他灌我，他心里也能解气点儿。"

褚漾皱眉，还是不太乐意："那你喝这么多，待会儿怎么回去？"

徐南烨笑了笑，摸摸她的头："不是还有你吗？有你在，我怕什么？"

褚漾都不知道自己这么厉害。

两个人窃窃私语，旁人都在默默吃"狗粮"，并且感叹这两人真养眼。

只有顾清识放下了酒杯，冷着脸说了句"算了"，起身就要离开包间。

他的室友江海澄连忙叫住他："去哪儿啊？"

"洗手间。"

"……"

徐南烨也起身，按了按太阳穴，对其他人说他也要去一趟洗手间。喝了那么多酒，他早就该去了。

两个人离开后，茶几和地上零零散散地摆着好几箱子空酒瓶，计院的人和徐南烨各喝了一半。

徐师兄是真的能喝，怪不得外语学院的人要找他过来当援军。外语学院的人也没料到他们的徐师兄真跟计院的主席是一对儿，几分钟后，还是外语学院的主席先开口好心提醒计院的人赶紧把那个什么战帖删掉。

"我们马上跟版主申请删除！"计院的某人说罢，又赶紧补充了一句，"然后发帖跟徐师兄道歉！"

外语学院的人这才满意了些。

有人忽然担心地问了句："这么直接说出来，论坛会崩吧？"

立马也有人想到了："对哦，我们学校的论坛好像比微博还容易崩。"

计院这边准备发道歉帖的人有些为难地问："那怎么办？"

外语学院的主席皱眉，说："就道个歉吧，我看师兄好像也不怎么生气。"

计院的人又看了褚漾一眼。

"你们别说。"褚漾咬唇，"论坛要是真崩了，老师会骂人的。"

这是非本来就是计院的学生先挑起来的，要是真弄得论坛崩了，到时候加班加点修服务器的人还是他们。

计院的人和版主没聊多久，论坛里就有人发现由"计院单身汉代表发言人"马甲号发布的战帖被整个删掉了。这楼盖了好几天，页数都翻了十几页，堪称"千层超热帖"。

自从褚漾出来澄清后，这帖子的热度不减反增。每天都有以各种缘由过来占楼的人。有打卡的人，有热帖留名的人，还有一群不死心地期待这个帖子回炉生热的人。

这帖子到后面就没什么劲爆的内容了，跟帖基本上都在水楼[1]。

"打卡。"

"翻页了！"

"450楼是我的！"

"人家已经很惨了，别顶帖了好吗，日常踢一踢。"

"今天院花的朋友出现了吗？"

"本来还期待这位兄弟出来，我再顺便吃个瓜，唉，看来是没下文了。"

"另一位情人坡当事人居然还在'潜水'？不出来说句话吗？"

"楼上的，被发卡的人如果是你，你还有脸出来承认吗？人家又不傻。"

"想想计院那位院花多少人追，被拒绝有什么可丢脸的？是男人就别做缩头乌龟，大胆地站出来！"

"兄弟，你看到这帖子没有啊，看到了好歹出来冒个泡，让我们吃吃瓜啊。"

"天天顶帖什么意思啊，还有没有人性？我踢，这帖子必须上去！"

"我不允许这个帖子不在第一页。"

现在是晚上八点，正是这帮大学生玩手机的高峰时期，论坛的流量特别大。很快就有人发现帖子不见了。

于是，论坛的首页瞬间多出十几个新帖子。

"计院的那篇战帖被删了吗？"

"战帖怎么没了？我今天还没打卡呢。"

"@版主@管理员01@管理员02@管理员03，你们把战帖删了？"

"我手机抽了？那个战帖呢？被屏蔽了？"

"难得的一座千层'高楼'，居然被删了吗？"

版主被@了好几回，终于披着红马甲在其中一栋楼里回复了。

"ID77885756，'计院单身汉代表发言人'所开名为'战帖：那位泡了我们院花的狗男人，你出来'楼层系楼主本人向管理员主动申请删除，该帖现已被管理员删除。"

"为什么申删？"

"计院的人自己要求删的？"

"阴谋论一下，是不是被威胁了啊？"

"被谁威胁？"

"那个男人吗？"

"他什么来头啊，那我回了帖会被封号吗？"

"我就知道这事不简单。"

就在大家纷纷猜测的时候，计院的新帖来了。

"道歉帖：向院花的男朋友致歉，你不是狗男人，我们计院的全体单身汉才是狗男人。"

楼主在主楼部分情真意切地表示了自己年少无知，口出狂言，现诚挚致歉，并祝这位先生和他们的院花百年好合。

发帖者完全没有了下战帖时的嚣张气焰，看帖的人合理怀疑发帖者是被人用刀架着脖子写道歉信的。

同学们纷纷跟帖。

"什么？你们院花真脱单了？"

"你们计院和外语学院不是今天联谊吗？什么情况？"

"之前褚漾不是说她单身的吗？"

"这位到底是谁啊？"

"褚漾的男朋友是谁？"

"怎么回事？这走向太令人迷惑了。"

"有没有知道内幕的人过来说说啊，褚漾的男朋友到底是谁啊？"

"只有我觉得褚漾明明有男朋友，还说自己单身去参加联谊活动这件事很不地道吗？"

"楼上的说得对，不能因为人家是院花就无脑夸吧？"

"之前就觉得她的话一言难尽，她还说什么只当人家是朋友，恶心。"

"你们计院的清醒点儿吧！你们只是人家女神的备胎，她说单身都是骗你们的。"

"那哥们儿也是甘当'舔狗'，佩服！"

"楼上开嘲讽技能的凭良心想想，要是褚漾看上了你，你答不答应？"

"长得漂亮就是有资本啊，吃不到葡萄说葡萄酸呗。"

"得了吧，她男朋友非要犯贱，上赶着给她当备胎，咱也不敢说，也不敢问。"

"我就把话放这儿了，褚漾就是再漂亮，让老子当备胎，没门儿！"

"哈哈哈哈哈，楼上的酸死你了，别说备胎，你连当千斤顶人家都看不上。"

"周瑜打黄盖一个愿打一个愿挨，你们操什么心？"

"褚漾连脱单都不敢说，不就是觉得你们这帮男的嘴臭？"

帖子瞬间就翻页了。

计院这边一开始没有直接说褚漾的男朋友是徐师兄，就是怕论坛瘫痪。如今他们还没说，论坛已经隐隐有瘫痪的趋势了。

他们舒了口气，还好没说。

他们学校的论坛用的还是十几年前的那种老服务器，能勉强维持到今天并且保证日常这么多学生过来刷论坛已经很不容易了。

关键是学校也不肯花钱换服务器，每次论坛崩了都让他们计院的学生去修，辛辛苦苦地给服务器打上补丁，结果连加班费都没有，简直是公然压榨学生。

眼见他们的院花被别人骂，关键是徐师兄被说成了舔狗。这就很让人生气了。

有个人比他们还生气。

褚漾边刷帖子边骂道："太过分了！他们骂我也就算了，怎么能骂我们家师兄？要说舔狗，那也是我好吗！"

"……"

舔狗如今是什么好绰号了吗？他们主席这么上赶着认领。

褚漾气冲冲地登录自己的马甲号，打算跟那些吃不到葡萄说葡萄酸的人好好地来一场世纪骂战。她骂骂咧咧地打了一大串文字，按下"发送"的时候发现页面崩了。

褚漾又刷新了好几次，看到电脑上都是崩了的页面。

"我还没开骂呢，怎么就崩了？"

有个人在崩之前截了个图，表情有些复杂地问道："应该是因为这个新帖吧？"

褚漾看了一眼截图，蒙了。

461

"接受道歉。"

马甲号很简单，就"徐南烨"三个字，还标了红。

标红的权利只有版主有，整个校园版面能拥有加红称号的就只有版主和管理员，还有校方老师。

意思就是，那不是高仿，是本人。

主楼也很言简意赅。

"劳师和弟师妹们关心，我确实是我们家漾漾的舔狗。"

这帖子在崩之前就已经炸出一百多条回复了。

"占楼！"

"你们占楼的速度好快！"

"真人？活的？"

"同名吗？"

"外语学院那个徐师兄？"

"是校友荣誉名单上的那个徐师兄吗？"

"真是师兄？师兄，你们家漾漾不承认和你的关系，说你们只是朋友！这种行为你怎么看？你不生气吗？"

只有这位不是在水楼，所以在论坛崩溃的前一刻，徐南烨回复了。

"不生气。

"我不在意名分的。

"她怎样我都喜欢。"

截图只截到这里，褚漾看完后又迅速点开了论坛。没用，论坛彻底崩了。图标仿佛手机屏幕上的一个装饰物，死得透透的。

有了徐南烨的这波操作，论坛是彻底崩了。

而徐南烨正站在洗手间门口，神情闲适，姿态优雅。

顾清识看着崩溃的论坛，默默地叹了口气。顾清识估计老师的加班消息马上就要发来了，早知道就不该提帖子的事。谁知道徐南烨那八百年前注册的论坛号，他居然还没忘记密码，跟版主说了声，居然把红名都加上了。

"你这样直接说出来，"顾清识语气平静地说道，"褚漾的耳根是清静不了了。"

徐南烨淡淡地笑了，懒懒地问道："所以呢？"

462

顾清识挑眉，觉得徐南烨有些不对劲。

至于徐南烨这人的性格到底怎么样，顾清识是有一些了解的，反正徐南烨不像是说得出那些话的人。

顾清识忽然转过头打量了徐南烨几眼。他的脸还是那么俊朗、白皙，半点儿醉态都看不出来。徐南烨发觉顾清识在看他后，也转过头和顾清识对视。

男人的眸色很浅，被反光的镜片遮挡着，更加朦胧，薄薄的嘴唇扬起玩味的笑意："还想喝？"

顾清识开口试探："师兄？"

"喝也行，"徐南烨抿嘴，笑得有些得意，"反正我有漾漾。"

这种幼稚的显摆根本不像一个年近三十岁的成熟男人能做出来的事，就像论坛上那几句发言也和他本人文质彬彬的形象大相径庭。

顾清识很快确定他是喝醉了。他虽然脚步仍然稳健，大脑也依然清明，且没有发酒疯的恶习，但变幼稚了。酒精真可怕，连徐南烨这种男人都能变幼稚。

呵呵。顾清识胸中的一口恶气终于出了。

兜里的手机又亮了亮，顾清识拿出手机看了下消息。消息果然是老师发过来的，让他们几个赶紧回学校修复服务器。

顾清识瞥了一眼罪魁祸首，语气平静地道："托师兄的福，我今天又要加班了。"

徐南烨的眼底藏着笑意："师弟辛苦了。"

"……"

就算喝醉了，徐南烨说出来的话还是一样气人。

注意到徐南烨走路时还是挺稳的，看着跟正常人没两样，顾清识都懒得扶他。

两个人回到包间，果然包间里也有几个男生收到了老师的消息，让他们回去加班。

几个人敢怒不敢言，毕竟这事是他们计院的人自己作死先在论坛发了战帖，师兄出面澄清造成的。就是师兄说的这几句话，真是崩人设。

几个人还得违心地夸赞："师兄刚才太帅了！深情！我等楷模！"

他们夸完，还看了一眼女主角，强行要求女主角加入夸赞大军。

463

褚漾装模作样地抹了抹眼睛："我快感动得哭出来了。"

顾清识和外语学院这边还有几个正常人，捂着额头就当什么也没听见。

这场联谊活动只能到此结束了。两个学院的男生也不能算毫无收获，起码"狗粮"是吃饱了，但也不能算有收获，因为自己依旧是条单身狗。

褚漾原本也是要加班的，但今天情况特殊，所以几个人准许她可以不用回学校。

"这包间开到十一点，"外语学院的主席神色复杂地看着她，郑重地道，"我们师兄以后就交给你了，你对他好点儿。如果你敢辜负他，我们外语学院的人这辈子跟你们计院的人势不两立。"

褚漾突然肩负着维护两院友好关系的重大使命，一时间觉得身上的担子更重了。

等人走得差不多了，褚漾有些嗔怒地看了一眼在包间沙发上坐着的男人。

"你刚才都发的什么啊，"她一屁股坐在男人身边，瞪着眼抱怨，"我刚才差点儿被他们笑话死了。"

徐南烨伸手扯了一缕她的头发，放在指间缠绕："不好？"

"不是不好，就是我觉得你把自己放得太低了。"褚漾替他不平，"你干吗说自己是舔狗，还说什么不在意名分的，还有……那什么爱不爱的？"

徐南烨笑了两声："这不是实话？"

褚漾红着脸反驳道："这怎么是实话？"

"这确实是实话，"徐南烨微微垂眼，轻松地接过了这个话题，修长的手指终于放过了她的头发，但转而又开始把玩她的耳垂，"我不说出来，你打算瞒到什么时候？"

褚漾有些为难地道："我是怕你找发帖的那些人算账，他们不知道那天在情人坡上的人是你，才会乱说话。"

"所以你宁愿自己惹我生气？"徐南烨低声笑了笑，说道，"我怎么都不知道原来你这么善良？"

他说这话的时候，又重重地捏了捏她的耳垂。她白皙、小巧的耳垂瞬间就被捏红了。

褚漾也不敢动，任由他换了一边的耳垂摆弄，说道："左不过就是我下

464

不来床，总比你灭了整个计院好。"

徐南烨勾唇，神色慵懒地说道："你好像还很期待啊？"

褚漾急忙否认："我没有！"

"你想得美，"徐南烨挑眉，淡淡地说道，"让你享受，那还是惩罚吗？"

褚漾觉得他说的话好像有点儿不对劲。但她还没来得及琢磨出具体哪儿不对劲，徐南烨忽然长臂一伸，将她揽到怀中，张开嘴先咬了一口她的鼻头。

褚漾的大脑一片空白："你干吗？"

男人低声问她："还敢说自己是单身吗？"

褚漾撇着嘴不说话。

徐南烨又咬了咬她的脸。

褚漾都觉得自己的脸上留下牙印了，拽着他的大衣领口小声地说："不敢了。"

"还敢说我们是朋友吗？"徐南烨又挑眉问她。

褚漾的声音更小了："不敢了。"

徐南烨满意地挑了挑眉："还参加联谊活动吗？"

褚漾有些犹豫地道："我不参加的话，我们院会被其他院吊打的。"

箍着她腰的手臂又收紧了几分，徐南烨眯起眼睛，问她："还想叫我'爸爸'？"

褚漾现在觉得保命最要紧，什么计院的颜面她都不要了，先把这男人哄好再说。

"不去了，绝对不去了，"褚漾只好妥协，"我保证。"

徐南烨并不罢休："怎么保证？"

褚漾举起三根手指："我发誓？"

"你转眼就能忘，"徐南烨看着她，忽然眸色深了深，"写保证书吧。"

褚漾蒙了："……"

她从小到大就没写过这东西，到如今都上大三了，二十多岁的人了，还写什么保证书啊？

但男人的力气太大，褚漾又挣不脱，最后只好妥协说她写。

徐南烨的效率极高，他立马就让人送来了纸和笔。

服务员也不知道是谁要的纸和笔，徐南烨指了指从他身上跳开，窝在

465

角落的褚漾："给这位小姐。"

"哦，好的。"

褚漾接过纸和笔，咬着唇不肯下笔。

"还不写？"徐南烨勾唇，声音低沉地问道，"舍不得放弃参加联谊活动？"

服务员蒙了，不知道这位先生要小姐写什么，觉得这位小姐委屈巴巴的样子实在惹人怜，刚想开口替小姐说话，就见小姐埋头拔开笔帽，在白纸上用力地写下了三个正楷大字——保证书。

"……"

所谓清官难断家务事，他还是别凑这个热闹了。服务员猛地闭嘴，逃出了包间。

"我保证，以后绝对不参加联谊活动，如果再参加，就天打雷劈，不得好死。"

"保证人：褚漾。"

"见证人：老浑蛋。"

褚漾也不知道她是怎么有胆子写下"老浑蛋"三个字的，但心里又实在憋着火，敢怒不敢言，只能将满腔的怒意抒发在笔尖了。

徐南烨看了一眼保证书，眯着眼好半晌没说话。

褚漾以为他是被"老浑蛋"三个字气到了，顿时缩了缩脖子。

徐南烨将保证书还给了她："后面八个字改了。"

"啊？"褚漾没反应过来，"改成什么啊？"

徐南烨轻轻笑了笑："长胖二十斤。"

"……"

太狠了，这个男人真是太狠毒了！

褚漾哭泣着将"天打雷劈，不得好死"八个字改成更为恶毒的诅咒"长胖二十斤"。

徐南烨满意地看着这份保证书，接着将它叠好放进了自己的大衣内兜里。

褚漾扔下笔，终于确定他真的不对劲，叉着腰站在他面前质问道："你是不是喝醉了？"

徐南烨的声音很稳："没有。"

褚漾弯腰，用双手撑着沙发，将他圈在自己的双臂中。她眯起眼睛，试探着问道："真没有？"

徐南烨和她对视："我很清醒。"

"我不信。"褚漾瘪嘴，仍然坚持自己的猜测，"你今天很幼稚，你知道吗？"

"不知道。"徐南烨懒懒地靠在沙发上，抬起眼看着她笑。

她仍然坚持认为他喝醉了，撒开手直起腰，转身背对着他，关心地说道："我去给你拿点儿水果过来解酒，你在这儿等我。"

人喝醉了真的是没法交流的。

徐南烨看着她的背影，忽然捂着嘴咳了咳，一股酒味儿直接往脑袋顶冲，冲得他的五官都微微地皱了起来。他低低地喘了一口气，头靠着沙发闭上了眼。

她刚打开门，就迎面撞上了一个熟人。

崇正雅的手里还拿着一瓶香槟，一看他就是刚从酒库上来。他原本正打算敲门。

"我正要找你们喝酒呢，这瓶，"崇正雅将标志指给她看，啧啧两声，"1996 年出产的，你们上来一起喝？"说完，他又朝包间里头望了一眼，发现里面居然只有徐南烨一个人。

"哎？那帮学生这么早就走了啊？"

褚漾全程一言不发，幽幽地盯着他，似乎要将他的身上盯出个洞来。

崇正雅看她和徐南烨这会儿正单独相处，不用想也知道她为什么盯着自己了。

"行了行了，别跟看仇人似的看着我，不就五千块吗？还你就是了。"

反正他还有从徐南烨那里骗来的八千八百八十八块钱，不算亏。他的动作很快，不一会儿他就把钱还给她了。

褚漾闷哼一声："你进去看着师兄，我去大厅拿点儿水果来给他解酒。"

崇正雅拿着酒直接走进包间，小心翼翼地躲着一地的啤酒瓶，又看了一眼茶几上他送过来的早已经被吃得差不多的零食和水果。

他嫌弃地道："啧啧啧，这帮学生是难民吗？"

徐南烨正靠着沙发闭眼休息，似乎都没发现他来了。

崇正雅坐到他身边，伸手推了推他的肩膀："喂，真喝醉了？"

徐南烨不耐烦地睁开眼，眉头仍然蹙着，愤怒地问道："你来干什么？"

"怎么，这儿是你家？我不能来？"

徐南烨甩甩手："快滚。"

崇正雅瞪大了眼："你居然叫我滚？"

"啧，"徐南烨用力按了按眉心，"你说话能不能小声点儿？吵死了。"

"徐南烨，你怎么是这种过河拆桥的人？"崇正雅抱着酒瓶，不爽地道，"好歹你老婆在这里参加联谊活动，还是我告诉你的呢。你现在怎么回事？用完我就扔？"

徐南烨听了这话，忽然扬了扬眉："你不说我差点儿忘了。"

崇正雅仰起高傲的头颅，得意地说道："你现在跟我说'谢谢'还来得及。"

徐南烨笑了两声，朝他摊手："钱还我。"

"什么？"

"八千块，"徐南烨不耐烦地重复道，"还我。"

崇正雅猛地起身，仍然抱着酒瓶，不可思议地道："你那八千块钱是为了买你老婆的情报，现在要我还你？你说的是人话？"

"不是人话你能听懂？"徐南烨抱胸，仰头看着他，丝毫不为所动，"我有说买？我只是把它寄存在你那儿。"

寄存？亏他想得出来。崇正雅被他不要脸的态度折服了。

"我不给。"他刚还了五千，要是把这八千再还给徐南烨，那今天岂不是颗粒无收？他崇正雅从来不做这种亏本生意。

"不给，"徐南烨勾了勾唇，"我就报警，告你侵犯个人财产。"

崇正雅没料到他居然连报警这种话都说得出口，现在的徐南烨跟那种嚷嚷着要跟老师告状的小学生有什么区别？

"你醉糊涂了吧，还报警，脑子没病？"崇正雅后怕地退了几步。

徐南烨也不着急，直接掏出了自己的手机。

崇正雅看他好像在手机上点了几下，然后从他手机里传来了等待接通的嘟嘟声，接着是一道好听的录音女声："正在为您接线清河市地心区解放东路派出所，请稍候。"

"……"崇正雅手疾眼快地抢过徐南烨的手机，快速点了下红色的挂断键，"徐南烨，你疯了！你真的打110？"

徐南烨看着他，说道："我刚才不是说了要报警吗？"

徐南烨真的喝醉了。

"你是个死醉鬼。你赢了。"崇正雅捂着胸口平复心跳，有气无力地摆摆手，"钱我还你，你赶紧回家。"

徐南烨收回目光，又看见崇正雅还抱着那瓶酒。他顿了顿，又伸出手："抱的什么酒？给我看看。"

崇正雅猛地把酒藏到背后："你休想打我酒的主意！"

十分钟后，褚漾端着水果盘回包间了。水果是她让服务员现切的，新鲜得很，所以她才耽误了那么久。

她刚打算招呼徐南烨过来吃点儿水果解酒，就被他牵起了手直接往外走。

褚漾哎了两声："水果呢，刚切好的。"

徐南烨皱眉："吃什么水果？"

"解酒啊，你都喝醉了。"

"我没醉，很清醒，还能再喝。"徐南烨一只手牵着她，另一只手里拿着香槟酒，"刚得了瓶好酒，咱们回去继续喝。"

褚漾也发现了，有些纳闷儿地问："这不是崇先生抱着的那瓶酒吗？"

徐南烨笑了笑："他送我了。"

褚漾震惊地问："这么大方？"

那崇正雅还敲诈她的钱？果然无商不奸！

她当然不知道崇正雅现在正顶着一双熊猫眼坐在包间里骂骂咧咧："这算什么友情！徐南烨！"

褚漾任由他带着自己一路走出酒吧，走到了停车位。徐南烨掏出车钥匙就要开锁。

"哎，等会儿，你开车？"褚漾语气复杂地问道，"你喝了酒，不怕交警查？"

徐南烨眯眼，声音低沉地问道："谁敢拦我？"

"……"

喝酒误事啊，幸亏她在这儿，不然明天徐家就得出丑闻。

褚漾一把抢过他手中的钥匙，严肃地道："你给我站在这儿，我叫个代驾。"

徐南烨眨眨眼，听话地站在原地不动了。

两个人就站在路边等代驾。在这空当儿，褚漾绕着徐南烨走了好几圈。他确实喝醉了，但要不是跟他相处久了，真的看不出来他喝醉了。

她试探着叫他："师兄。"

徐南烨垂眼："嗯？"

看他太正常了，褚漾又不确定了："你现在到底醉没醉啊？"

"没醉。"徐南烨蹙眉，似乎有些生气了，"你问过很多遍了。"

"但是你……"褚漾挠头，觉得就算他醉了，也压根儿问不出什么，只好作罢。

二人等了十几分钟后，代驾来了，是个四十多岁的中年大叔，一副憨厚、亲切的样子。

大叔拍着胸脯打包票说自己以前就是在厂里开大卡车的，什么车都能开得稳稳当当，乘坐上他开的车就如同躺在自家的床上。

褚漾大感欣慰，指着徐南烨的车给大叔看。

大叔脸上自信的笑容瞬间凝固了。

宾利。

"这车，我恐怕开不了啊。万一碰到了哪里，我可赔不起。"

这年头代驾也不好叫，褚漾正打算开口为大叔增添点儿信心，结果徐南烨先开口了。

他抱着胸膛，语气淡然地说："随便开，开坏了我再换一辆车。"

褚漾不敢相信这话居然是从徐南烨的口中说出来的。肯定是崇正雅那个暴发户带坏了她这谦谦君子般的徐师兄。她在心里默默诅咒崇正雅。

上车后，大叔摸着方向盘，连油门都不敢踩太狠，生怕磕着哪里。

"麻烦开快点儿，"徐南烨在车后座催司机，"我赶着回家。"

大叔愣了愣，呵呵笑道："年轻夫妻就是有情趣啊，不像我和我家那个，一回家就吵，吵个没完，我都不想回家了。"

褚漾尴尬地赔笑："相处久了是会这样的，谁都避免不了。"

徐南烨转过头看着她，眉头微微拧起："你的意思是我们以后也会这样？"

"不然呢？"褚漾瞪他，"难道咱们还能永远是卿卿我我的状态？"

徐南烨反问："为什么不行？"

前排的大叔还开着车，褚漾不想跟醉鬼讨论这种事，含含糊糊地说："等以后我老了，没现在年轻漂亮了，你就腻了啊。"

"怎么会？"徐南烨有些不同意她的话，"你对我来说永远是小姑娘。"

驾驶座上的大叔没忍住，小声笑了出来。

褚漾的脸红得快滴血了，她连忙伸手捂住徐南烨的嘴巴："有什么话回家说，这儿还有别人呢。"

徐南烨抓着她的手亲了一口，或许是觉得这种私房话当着外人的面说出来确实不太好，所以倾身凑到她耳边。

男人喝了不少酒，这会儿嘴里的酒味儿还没散。啤酒的味道其实并不是很好闻，但和他身上清冽的味道混合在一起，竟然对她有种难以想象的诱惑力。

他凑到她的耳边，冰冷的镜框抵在她的脸颊上，激起一阵凉意。可他呼出来的气又是滚烫的。

"我老婆永远是最漂亮的。"

褚漾实在有些受不了。

好不容易熬到回家，褚漾想着他再怎么说肉麻的话也没外人听到了，就随便他说了，结果徐南烨又不说了。

褚漾心里又不舒服了。她就是这种矫情的人，被偏爱得有恃无恐，嘴上说"讨厌"，其实心里特别喜欢徐南烨跟她说这些，特别是徐南烨叫她"老婆"的时候。

他平时都叫她"漾漾"，生气了会直呼她的大名。"漾漾"是她的小名，小时候她听家里的长辈叫多了，再听他叫也就没多大感觉了，但是"老婆"不一样。

褚漾见他跟没事人一样脱了外套、解了领带，然后蹲在橱柜旁找东西。

男人个子高、腿也长，单膝跪在瓷砖上倾身找东西的时候，衣裤都起了些皱褶，勾勒出精瘦的后背和坚实的腿部肌肉。黑色的衬衫原本整齐地扎在西裤里，此刻也因为弓腰探身的动作而有些扎不住了，尾椎那儿露出了一小截白得晃眼的皮肤。他的腰极瘦，裹在腰侧的皮带有些宽松，幸而腰两侧的髂骨抵住皮带，才没让褚漾完全失去理智。

徐南烨终于站起身，手上拿着两个高脚杯。估计嫌这两个杯子不干净，他又走到水龙头那边洗杯子。

褚漾这才缓过神来："你还要喝啊？"

徐南烨懒懒地出声："不然我带酒回来做什么？"

"你都喝醉了，别喝了吧。"褚漾好心地劝他。

徐南烨重复道："我没醉。"

"别喝了，你明天还要上班呢。"褚漾试图用工作唤醒他的神智，"明天带着一身酒味去上班，你领导不骂你？"

徐南烨蹙眉："你是不是不想喝？"

"……"

这倒没错，她今天也喝得够多了，只是过了这么久，酒早就醒了。

褚漾明天也要回学校，还是就此打住比较好。

徐南烨见她沉默，抿着唇低声说："那我自己喝。"然后，他把其中一只高脚杯放回橱柜里。

褚漾不知怎么又感觉自己是个浑蛋。

褚漾又巴巴地跑到橱柜这边，把刚收进去的高脚杯拿出来了。

"喝喝喝，大不了咱们一起迟到。"褚漾狠下心，在他身后说，"我今年要是拿不到奖学金，你赔我。"

男人闻言，转过身看着她，轻声笑了："有多少？"

"国家奖学金八千。"

"我给你八万，过来喝。"

褚漾忽然朝他吞了吞口水。

这男人喝醉了的样子真是甜美，这种暴发户式的话和他那温文尔雅的气质结合起来，简直就是艺术品级别的矛盾体。

两个人坐在小吧台上，徐南烨为她倒上了一杯酒。

男人用低沉的声音邀请她："尝尝。"

他之前是教过她品酒的，但褚漾这人天生就没什么品酒细胞，照样该怎么喝还是怎么喝。这瓶产自1996年的香槟酒，给她喝确实有些暴殄天物。

男人一口口地喝着酒，也不跟她说话，完全沉浸在自己的世界里。

褚漾觉得自己就是个作陪的工具，而那透明的高脚杯里被他视若珍宝，

动的他心先

472

又小心翼翼地送进嘴里，在舌尖处不停游荡的酒才是他的灵魂伴侣。

怎么他撩了人又不负责？这么大的屋子里就只有他们两个人，难道他除了品酒就没别的事可做吗？褚漾默默地腹诽，又不敢表露出来，只能拿酒撒气。

这香槟味道醇厚，酸甜适中，褚漾慢慢地品尝尚可多饮一些，一口气灌很快就会上头。褚漾又打了个酒嗝。

徐南烨问她："饱了？"

"我去洗澡，准备睡觉了。"褚漾抹了抹嘴巴，从高脚椅上跳了下来，要走。

男人声音低沉地问道："不陪我了吗？"

"你就一直坐在这儿喝酒，连句话也不说，"褚漾皱眉看着他，心中有气，"你要是单纯地想找个人过来坐着陪你，卧室里有那么多公仔，随便抓一个过来，摆在这儿不就行了？你就当在家享受海底捞的服务了。"

徐南烨挑了挑眉，语气淡然，问道："你的那些娃娃会喝酒吗？"

褚漾觉得他在刻意跟自己抬杠，于是大声说道："娃娃愿意陪你在这儿喝酒、发呆，我不愿意。"

男人勾了勾唇："那你愿意做什么？"

"我……"褚漾一时语塞，语气也没刚刚那么硬气了，"不做什么啊。"

"骗人，"徐南烨笑了笑，将手肘撑在吧台上，指尖抚过嘴唇，刚好挡住了那抹若有似无的笑意，"你想做的事有很多吧？"

褚漾几近崩溃地指着他："你到底喝醉没有啊？"

"你觉得呢？"

"我要是看得出来，还问你干吗？时而正常时而不正常，谁知道你喝醉没有。"

男人的眼睛就这么透过镜片望着她，他低声问："就这么想知道？"

褚漾嘟嘴："这也不能告诉我吗？我又不会笑你。"

"今天是喝多了些，"徐南烨叹了口气，"所以不想按着那些礼数说话，有些累。"

他总被束缚在条条框框里，说话、做事从不能顺心，连每次面对其他人该说什么，都要打好腹稿，或是将内容打印成文件，由别人逐字逐句地修改完善，确保滴水不漏。

徐南烨确实半醉，但也没有完全失去理智，因此今天难得地不用字斟句酌，可以全部说出口。事后他把所有的责任归于酒精就行了，不需要负责，不用抓着某处失误反复自省。

自由，这是徐南烨觉得很奢侈的词语，他甚至连说话都不是自由的。他原本的性格到底是怎样的，对人对事真正的态度是怎样的，徐南烨自己都不太清楚。

褚漾听了他的话，忽然摸清了他现在的状况。他知道自己在做什么，甚至连逻辑都是清晰的。但他因为喝了酒脑子飘飘然，逻辑当然没平常那么严谨。趁着酒意，他自然想说什么就说什么。

她忽然扑哧笑了一声。

徐南烨挑眉看着她："说好的不笑呢？"

褚漾连忙收敛了笑意，故作不解地摇头："我没笑啊。"

他被嘲笑了。徐南烨抿嘴，突然有些后悔告诉她真相。

素来温和淡定的男人表情变得有些别扭，眉头微拧，好看的薄唇渐渐下垂，看起来颇为委屈。

沉默了好半晌后，徐南烨才开口："好了，你去洗澡吧。"

"我不去，"褚漾笑眯眯地坐回到椅子上，"我陪你喝。"

徐南烨见她这副样子，有点儿心烦，挥手赶人："你去洗澡。"

"我不我不我就不。"褚漾自作主张地给自己倒了满满一杯酒，又跟他碰了碰杯，"今天，我就要和我们的徐南烨小朋友一醉方休！"

然后她一口喝完了，末了还吐了口酒气，喊了声："好酒！"

徐南烨一听这称呼，唇雾时抿得更紧了。

刚刚那个因为他不理她就心情低落的褚漾瞬间变了个人。翻身把歌唱的褚漾心情大好，再加上喝了酒，整个人有些得意。

徐南烨头一次觉得有些无力。

她吵吵闹闹地在他旁边转悠。他也没心思再喝酒了，索性站起身来，打算洗个澡去去身上这股酒味儿。

谁知，褚漾不肯放过他了。徐南烨不陪她玩了，她自己又喝醉了。

她刚又喝了几杯，现在兴致正浓，从背后一把抱住他，问道："我们的徐南烨小朋友这是要去哪儿啊？"

徐南烨的眼皮子跳了两下，他淡定地道："去洗澡。"

"不许去！"褚漾又绕到他的前面伸手拦住他，"继续喝。"

徐南烨看着灯光下瓶身近乎变得透明的香槟："酒都见底了，还喝什么？"

褚漾满不在乎地说："家里这么多酒，想喝再开啊。"

"我先去洗澡，"徐南烨按着她的头，"洗完澡再陪你喝。"

"那你说一句话，我就让你走。"褚漾在他面前一跳一跳的，半是央求半是撒泼，道，"你说我就让你走。"

徐南烨叹气："说什么？"

"你说，"褚漾张了张嘴，示意，"你把耳朵凑过来。"

男人顺从地弯腰，将耳朵凑了过去。

褚漾毫不羞耻地先给他打了草稿："你说，'老婆大人是世界上最漂亮、最可爱、最聪明的女人'。"她说这话时还用手挡住嘴，生怕被谁听见。

徐南烨笑了两声，抬起胳膊伸手扣住她的后脑勺儿，学着她说悄悄话的样子，也跟着说起了悄悄话。

这屋子里又没别人，说什么悄悄话？或许这就是情调吧。

他一字不漏地说给她听了："老婆大人是世界上最漂亮、最可爱、最聪明的女人。"

男人的声音和她的不同，她的声音软糯，加上语气里带着些许玩笑的成分，因此声音含含糊糊的。但他每个字都说得极为清楚，发音准确，声音醇厚，比香槟还要醉人。

褚漾刚想捂住耳朵，又听他说了句："我最喜欢老婆大人了。"

褚漾的嘴角都快咧到耳朵根了，她捂着耳朵，故作镇定地咳了两声："好了，你去洗澡吧。"

徐南烨又说："一个人洗多没意思？你跟我一起吧。"

褚漾果断地摇头："我不要。"然后，她转身要坐回去继续喝酒。

男人从背后环住了她的腰，又把下巴抵在了她的头顶上。

"老婆，"徐南烨顿了顿，语气里带着些请求，"陪陪我吧。"

轰！褚漾只觉得脑子里有什么炸开了。

她现在的想法就是，洗！必须洗澡！她就是死在浴室里都行！

古有君王为博宠妃一笑，烽火戏诸侯；今有"褚昏君"为博"徐皇后"一笑，甘愿浴缸水下死做鬼也风流。

475

她只觉心颤了一下，连手中的酒杯也没拿稳，啪嗒一声摔在了地上。精致的玻璃杯瞬间成了一堆碎片。褚漾下意识地就要蹲下身去捡。

徐南烨拉住她："退后点儿，我来捡吧。"

她还没反应过来，男人就已经蹲下了身子，替她一点点地捡起碎片。

褚漾的脑子还晕乎乎的，再加上酒精的驱使，她盯着徐南烨劲瘦的腰，又看了一眼他被包裹在西装裤下的大长腿。

色令智昏的褚漾默默地靠近徐南烨，将身高调整到一个合适的位置，然后腰腹一用力，顶了顶他。

"……"徐南烨的手忽然被碎片划出了一道口子。

褚漾趁着醉意做了自己这辈子都不敢做的事，对象还是徐南烨。

徐南烨转身看着她，神色复杂地问道："你刚才在干什么？"

她想起男人之前的话，如今终于可以还给他了："你猜。"

"……"

几分钟后，徐南烨笑了几声，语气渐渐归于平静："你有吗？"

褚漾摇摇头："没。"

"那就老实呆着。"

徐南烨用纸巾擦了擦手，随意地扔开，然后弯腰一把将她扛了起来。往浴室走之前，他还不忘带上那剩下的小半瓶香槟。

褚漾临死前最后发问："洗澡你带酒做什么？"

"喝。"

"那你不拿杯子？"

"你就是杯子。"

被泼了一身的褚漾表示，这不是杯子的正确用法。

洗完澡后，徐南烨是彻底醉了。他和褚漾真的不一样的是，他喝醉以后安安静静地躺在床上睡觉，像个男版的睡美人。

褚漾扶着腰勉强坐在床前，想要给他照几张醉后丑照，发现根本无从下手。她照了十几张，每一张的角度都不同，而且卧室里只有一盏微弱的床头灯，光线并不好，居然每一张照片里的人都貌若潘安。

褚漾报复不成，只好捶着胸口恨自己不是男人。

可能是她捶胸的声音把徐南烨吵醒了，徐南烨睡意蒙眬地哦了两声，抬手遮住眼睛，声音里带着慵懒和性感的意味："还不睡吗？"

褚漾敷衍他："马上就睡。"

男人清楚她的德行，直接抬手精准地夺过她的手机，往床头柜上一放，然后揽过她的腰，将她往自己怀里按，结结实实地抱住了她。

"快睡，明早送你回学校上课。"

褚漾之前听说过，如果男人能在睡梦中无意识地抱起旁边的女人，那就证明他是真的喜欢这个女人。

"师兄，你为什么这么喜欢我呀？"她又问了这个问题。

男人皱眉，显然已经被问了无数遍，都懒得回答了。

褚漾又换了个问题："你是从什么时候开始喜欢我的？"

徐南烨含混不清地说："很久之前。"

"多久之前？"

"你认识我之前。"

"那是多久？"褚漾掰着手指，"难不成你之前真的见过我？十年前吗？"

男人动了动唇，半梦半醒时还不忘揶揄她："那时候你才多大，模样都还没长开。"

也是，往前倒退十年，她还在读小学呢，他那会儿也才上大学吧。不是十年，那就是九年、八年，或是七年。褚漾忽然觉得不对劲。

"你怎么知道我那时候模样都还没长开？"她凑近他，眼睛睁得更大了，"你以前真的见过我吗？"

"见过。"

"什么时候？"

徐南烨太困了，被酒精侵蚀过的大脑很不清醒，只想赶紧打发掉她，然后好好睡一觉。

"赞干比亚。"男人闭上眼，嘴唇翕动，"你记不起来就算了，不重要。"

褚漾反复地琢磨着这四个字，不记得自己有没有去过赞干比亚。她就算去过，那又是什么时候去的？她想了很久都想不通，还是决定明天问问爸爸或姐姐，确认一下这件事。

也许是徐南烨为了敷衍她，所以随便说了个荒唐的答案。

"那师兄，你这么早就开始喜欢我了，"褚漾咬唇，又不死心地问他，

"不会觉得不公平吗？"

换作她，她一定会觉得不公平。

徐南烨忽然睁开了眼，看着她，笑了："确实不公平。"

褚漾觉得额头一热，他将温热的唇印在她光洁的额头上。

徐南烨轻轻地叹了口气："所以，多爱我一点儿吧，好吗？"

换作平时，他绝对不会说出这种乞求的话，也绝不会将脆弱和失落的状态展现在她的面前。他总是运筹帷幄，步步为营，每一步都充满了算计，将她束缚在网中。

褚漾想，他是真的醉透了吧，才会说出这样不符合他性格的话。

眼前的人不是那个骄傲矜贵的徐师兄，也不是外交场上雷厉风行的徐外交官，更不是人情局中八面玲珑的徐二少爷，而是一个因为醉酒而卸下了所有心防，将自己幼稚、霸道、小气和卑微的一面尽数展现的普通男人而已。

褚漾突然很心疼他。她学着徐南烨的样子，捧着他的脸，在他的额头上亲了亲。

徐南烨没有说话，只是将抱着她的胳膊又收紧了些。看起来像是无意识的动作，但褚漾看到了他唇边的那一抹浅浅的笑。

她有些不好意思，埋到他的胸口处沉沉地睡了过去。

褚漾这一觉直接睡到大天亮，闹钟没吵醒她，还是徐南烨叫醒她的。

褚漾害羞，把脸埋在软乎乎的被子里不想出来，嘴上含糊地说："要不逃课吧，有一节课不去没关系的。"

徐南烨站在床边，手里端着精致的茶杯，悠闲地道："奖学金不要了？"

褚漾愣了愣，嘟着嘴问道："你不是说给我八万吗？"

"如果你拿到了奖学金，"徐南烨轻轻地笑了笑，"那八万也给你。"

害什么羞？这时候必须起床准备去学校，她是学生，怎么能萌生出逃课这种不正确的想法？

褚漾猛地掀开了被子，看了一眼手机，现在时间还挺早，她是要去上第二节课，完全有空在家吃了早餐再去学校。

她站起身，别别扭扭地挪到徐南烨的面前，本来想撒个娇，结果他揉了揉她的头，将她的鸟窝头揉得更乱了。

"我先走了，"徐南烨温柔地道，"阿姨已经做好了早餐，你吃了以后就回学校上课吧。"

褚漾又不开心了："不是说好了你送我去的吗？"

徐南烨捏捏她的脸："对不起，我临时有点儿事要处理，下次送你好吗？"

褚漾其实也没真的生气，就是耍性子而已，见他有工作要处理，就不好继续纠缠了。但她也没打算就这么算了："那你说点儿什么哄哄我。"

徐南烨没拒绝："说什么？"

"就昨天你说的那些。"她兴奋地用手指戳戳他的身体，暗示意味十足。

徐南烨挑眉："我不记得了。"

褚漾仰头瞪着他："骗人，你昨天很清醒的。"

"是吗？"徐南烨看着她，淡淡地说道，"我没印象了。"

褚漾咬牙："你！"

她内心悔恨，当时自己怎么就没录下来呢？这样她还可以时时拿出来品味，现在再想看到徐南烨昨天那副样子，已经是难如登天了。

褚漾气冲冲地推开他，语气也很凶："离我远点儿！"

她以这副样子走到客厅，把正在打扫卫生的阿姨吓了一跳。阿姨只能茫然地看着徐南烨，小心翼翼地问："太太这是怎么了？"

"闹脾气呢，"徐南烨笑了笑，"没事。"

阿姨也不好意思再问，只好催促太太赶紧去吃早餐，否则待会儿就凉了。

徐南烨早已吃完了早餐，就坐在褚漾的对面看着她吃。

褚漾把气都发泄在了吐司身上，一口没吃，那吐司倒是被叉得破破烂烂的。但她又实在饿得慌，于是决定喝点儿牛奶垫垫肚子。

徐南烨看着她那副气得要死又不得不妥协吃早餐的样子，忽然笑了，开口叫了声："老婆。"

"噗！喀喀！"褚漾擦掉嘴边的牛奶，被呛得满脸通红，说话还有些不清楚，"你干吗突然叫我？"

"我以为你喜欢听，"徐南烨抽了张餐巾纸给她，"没想到你的反应会这么大。"

他转头叫阿姨过来打扫。阿姨看着这喷了满桌子的牛奶，有些无语。

以往这对夫妻都是在家的时间短，事又少，阿姨在别处要花两个小时才能干完的活儿，在这个家里一个小时多一点儿就能搞定，但今天情况不对劲，阿姨简直跟照顾她家里那个小孙子似的。

这边，太太嘟着嘴瞪先生。那边，先生笑得欢快，看着太太。先生越笑，太太好像就越生气，脸也越红。

"徐南烨，我要杀了你！"

最后还是先生先认输，无奈地妥协道："好，不逗你了，我走了。"

太太赶他："快走快走，眼不见心不烦。"

先生也没生气，站起身走到太太这边，俯身凑到她的耳边说了些什么。

太太瘪嘴："现在才说，太晚了。"

先生脸上的笑意更浓了："那我晚上做给你看。"

"哎呀，你快走，迟到了别赖我。"太太红着脸催他走。

阿姨拿着抹布在旁边站着，不走吧，有点儿尴尬，走吧，又怕打扰了这两个人，那就更尴尬了。

自从去年这对夫妻结婚，她就在这里当阿姨，负责照顾他们的饮食起居。但先生时常出差，太太工作日都住在学校，两个人都爱干净，她的工作因此一直很轻松。

太太年轻又漂亮，但并不任性，有时候买了零食回来还会送给她。她推辞说不要，太太却非要塞给她，说是带回家给她孙子吃。

而先生更是脾气温和，人也斯文可亲，和她说话时会尽量放慢语速。有时她家里出了什么事，他也是二话不说就同意她请假回家。

在这个小家庭里，阿姨感到了这对夫妻对她的尊重，所以很喜欢在这个家里工作。有时候明明不用过来，她还是担心这对不会做饭的夫妻饿着自己，忍不住过来看看。

两个人的相处方式也很平淡，他们不吵架，但也没有多亲近。平时周末都在家，他们也是各占一间房，各干各的事。他们不像新婚夫妻，倒更像是关系比较好的兄妹，很少腻在一起，所以阿姨通常都挺自在的。

但最近也不知道是不是错觉，她觉得先生和太太之间的相处方式明显不一样了。就比如现在。其实两个人也没有靠得多近，就是附耳说句悄悄话，但不知道为什么，阿姨总觉得他们连对视时都是甜的。就像老家做的

那个黏牙糖，特别甜，甜到几乎要掉牙。

阿姨没忍住笑了。

褚漾发现阿姨在看着他们笑，顿时更不好意思了。

徐南烨揉揉她的头，这回是真的要出门了。

等先生走了后，阿姨这才笑着打趣道："先生和太太今天感情看着格外好啊。"

褚漾摸摸鼻子："有吗？"

阿姨点头："有的，你们自己感觉不出来。"

那就是真的吧。他们以后也会越来越好的。

褚漾几乎是踮着脚回学校的。从大门口到宿舍的路有些远，褚漾租了辆共享单车，直接骑着单车溜进了校门。

这天气骑单车算不上什么明智的决定，但褚漾心情颇好，冷风吹在脸上都觉得是大自然对她的抚摩。她戴着耳机骑到寝室楼下，注意到路上有不少人在看她，也没在意。她本来就已经习惯了众人的注视。

一直走到楼梯那儿，看到几个学妹捂着嘴看着她笑，褚漾才觉得不对劲。

等回了寝室，她还没取下脖子上御寒的围巾，就被舒沫抓住了肩膀用力地摇晃。

"你怎么还敢来学校？！你怎么还敢来学校？！"

褚漾被她晃得头晕，抓着她的手扯开，皱起眉头，问道："我怎么不能来学校？"

"你昨天往论坛上放了那么大一个消息，还敢来？"舒沫又绕着她转了好几圈，问道，"你怎么毫发无伤？没人拦住你吗？"

褚漾的关注点在她的前一句，褚漾问她："论坛修好了？"

"对啊，连夜修好的，余老师也在办公室。他本来一直在念叨到底是谁又乱玩论坛，修好以后他就不说话了。"舒沫一回想起余老师当时的表情就忍不住笑，说道，"那表情太魔幻了。"

褚漾有些纠结地道："那也不能怪我，都是师兄搞出来的。"

"谁敢骂师兄？谁敢骂？"舒沫瞪她，"都在酸你！"

褚漾有些得意，但又不敢表现得太明显，只能撇着嘴心虚地垂下眼。

舒沫还在刷手机，边刷边摇头，说道："不行了，这服务器怕是又要撑不住了，学校就不能多花点儿钱买个好点儿的服务器吗？"

昨晚才修好的服务器，今天不会又崩吧？

褚漾不信邪，登录了学校论坛查看帖子。

消息刷得太快，连拖动屏幕都有些困难，她的手指点在屏幕上一卡一卡的，仿佛梦回二十世纪九十年代。

首页都是跟她相关的帖子。

"谁来告诉我，那个帖子到底是不是徐师兄本人发的？"

"好卡，哥哥姐姐你们打字能不能慢点儿，两个小时了，我还没点进去！"

"谁来给我科普一下昨晚发生了什么啊？昨天晚上睡得太早'错亿'[1]，心痛。"

"学校的服务器能不能换啊？急死爸爸了！"

"计院的学生和外语学院的学生不是一向面和心不和吗？怎么两个学院的扛把子搞在一起了？"

"外语学院的居然背着我们中文偷偷地跟计院的搞在一起，塑料友情！"

"谁整理个文件出来啊！求！"

褚漾点进其中一篇帖子，结果闪退。她退出刷新了一遍，这次终于进去了。

舒沫看她居然进去了，连忙把脑袋凑过来一起看。

"首页怎么了？屠版？"

"徐师兄和计院的褚漾？"

"我算是知道为什么那篇战帖删得那么快了，哈哈哈哈哈哈！"

"他们是什么时候勾搭上的？我一直觉得这两个人是两个次元的。"

"实不相瞒，我现在还蒙着呢。"

"计院的怕是也才知道吧？"

动
的他
心先

1　网络流行语，"错过一个亿"，夸张地形容对错过之事后悔的情绪。

"外语的表示昨天联谊时才知道。"

"楼上的兄弟昨天参加联谊活动了？求瓜啊。"

"当时的情况挺复杂的，我们叫了徐师兄过来当援军，不记得哪个天杀的给师兄看了帖子，然后师兄就认领了'狗男人'的身份，后来师兄就发了那篇接受道歉的帖子。"

"天哪！"

"师兄牛啊！"

"然后，我还是不知道这两个人是怎么在一起的。"

"会不会是今年的迎新晚会？我记得那时候他们同过框的。"

然后回帖者嗖一下贴了两张迎新晚会那天的照片上来，顺便把当时的论坛讨论帖截图贴了上来。

当时的回帖还清清楚楚地挂在论坛上。

"截到我的回帖了，我当时随口一说般配，哪儿知道这两个人真的是一对。"

"楼上的是预言家啊。"

"那就是从这里认识的？"

"为什么我不是那个被抽中上台的幸运观众？"

"为什么我当时不去竞选主持人？"

"我恨我当时没参加抽奖的这双手。"

"那这也没多久啊，褚漾牛啊！"

"计院的表示徐师兄才牛好吗？抢我计院的院花！"

"徐师兄看着这么斯文，没想到喜欢褚漾这一挂的，啧啧啧。"

"没哪个男人真的能拒绝漂亮的女人。"

帖子根本翻不完，褚漾翻到这里时手已经酸了。

"不看了不看了，还不如看微博。"她退出论坛，又点进了微博，说道，"微博都比咱们学校的论坛流畅。"

然后她点进去，瞬间被打脸。微博也非常卡。

褚漾简直怀疑人生，连连发问："这是怎么了？是我要换手机了？"

舒沫拿过她的手机看了看，说道："我看看，哪个明星又被曝婚内出轨了，还是谁分手了？"

褚漾只看见舒沫拿着自己的手机看了好久，最后略带惊疑地问她："徐师兄，转新闻司了吗？"

"啊？"褚漾没听懂，问她，"什么？"

"你自己看。"

外交部这几年风头渐盛，每周的例行发布会内容都会由新闻编辑进行撰写，再由新闻媒体向公众平台发布信息。

微博热搜第一是好大一个"外交部新任新闻发言人之一"的话题挂在上面，旁边点着"沸"。

褚漾点进去，只见第一条是官微发布的新闻稿，配上了一张图。

庄严的蓝色背景前，身穿黑色西服、戴着银框眼镜的年轻男人站在讲台前，正对着镜头笑。

原来，这些日子，他就是在忙着转司的事。

官微不能随意评论，发言人所说的话都事关政治，因此这条微博下的评论都带有政治正确性。

褚漾想看的不是这个，她想看的是为什么徐南烨上热搜了。

热门话题下面，是其他一些营销号发的小视频。褚漾随便点进去一个。

视频就几分钟，发言人已经站在了讲台上。

官方的流程提示男声响起："那么，现在记者可以开始提问了。"

这位年轻的发言人刚正式转入新闻司，担任新闻司副司长。台下的记者并不清楚他的发言模式，甚至不了解他的性格。了解每位外交官不同的个性，严肃坚毅或是温和可亲，都是台下的各国记者需要提前准备的工作。

不同的外交官回答或规避问题的方式也不一样。如果被记者提出的问题触到了底线，素来秉承高素质、高自制力的顶尖外交人才们有时也会运用明示或是暗讽等外交语言回敬过去。

近几年，外交部的形象大受欢迎，其原因就是在这些场合中，发言人往往游刃有余，交流时友好平和，触碰原则时绝不退让，因此很受民众的爱戴与信任。

而这位发言人，属于突然调来的人员。

他的身份自不必多言，只是性格方面，记者们了解得并不多。刚开始的问题，记者们问得都很中规中矩，发言人嗓音清润，嘴边一直挂着淡淡的微笑，看着很好说话的样子。

当被问到如何看待近日赞干比亚共和国驻华大使裴罗杰在《国家金融

484

评论报》上刊发评论称当前赞干比亚情报系统以"威胁论"主导对华政策，将中赞关系推入僵局，使得赞干比亚政府在处理对华问题上多次决策不明时，发言人终于蹙了蹙眉，语气也不似刚才那般温和了。

"希望赞干比亚政府能够正确看待与我国的关系，同时也希望赞干比亚政府能够客观理性地倾听中赞两国群众的声音，外交官并不是政治枢纽，国与国之间的关系也并非外交官能掌控的。"

潜台词就是裴罗杰说的不算数。

台下的外籍记者再次举手发问："那你们如何评价驻华大使裴罗杰的'威胁论'发言？"

徐南烨笑了笑，淡淡地说道："自作多情，无所事事。占全球人口五分之一的中国，经济发展到今天，从未有过任何威胁他国的言论，也不屑用这种空口滑稽的所谓'威胁论'来维系大国的尊严。我国的维和部队驻守赞干比亚多年，从未有过任何破坏两国之间和平的行为。赞干比亚近两年内政才稳定下来，希望赞干比亚政府'攘外必先安内，治天下前先齐国'。"

这番发言已经很漂亮了，软硬适中，而且很有文化。

就这么一小截视频，被营销号转了一遍又一遍，最后送上热搜。

"这段发言我看了一百遍！新发言人真的好帅啊！外交部好样的！"

"今天的例行发布会突然就换了发言人，我还想着是哪个人新上位了。"

"请问外交部的考试流程是不是增添了不可言说的选美环节？"

"这是什么宝藏？为什么我今天才知道外交部还有这么帅的男人？"

"我死了，我以后要天天看发布会！"

"又来了位活的'成语词典'，哈哈哈哈哈哈哈！"

"这位'成语词典'长得好帅啊！"

"呜呜，我太喜欢新发言人了。"

"外交部——国家门面实锤！"

"戴眼镜！我太喜欢了！"

"外交部！我爱外交部！"

有个博主直接将其中一小段时长几秒钟的视频制作成动图。

"冷静是不可能冷静的，这辈子都不可能冷静的。只有'舔屏'[1]才维持得了生活，大年三十晚上我都不回去，就留在微博里舔屏，刷微博舔屏的感觉比躺在床上睡觉好多了！外交部是什么神仙部门，男的女的都是神仙，又会说话，又柔又刚！截了一张这位发言人的动图做了个表情包，哈哈哈哈哈哈，我觉得好可爱。"

这位博主截屏的是记者刚问到赞干比亚问题时，徐南烨面部表情的变化。

他的眉头原本一直舒展着，后一秒微微拧起，眼底的情绪虽被镜片遮住，但还是能看出来眸色变得深了一些，嘴角依然扬起，只是弧度并没有刚才那般柔和，脸上露出淡淡的嘲讽的表情。然后，他的眼皮耷拉下来，他转过头看向另一边时才又掀起眼皮。优雅的白眼显得有点儿傲慢，又很正经。

不知道这位博主放慢了多少，从开始到结束，发言人的面容俊雅，却又有着不同于寻常人的高傲与矜贵，配上那个不经意的小白眼，禁欲斯文到了极致。

博主还配上了表情包字幕"呵呵"。

"哈哈哈哈哈哈哈哈哈哈哈哈，谢谢博主的图，抱走了。"

"这不是表情包！表情包怎么可能这么帅？！"

"哈哈哈哈哈哈哈哈哈哈，我好爱这张图，存了存了。"

"我刚发给我妈了，我妈问我是不是我男朋友，我说是。"

"热评第四，几个菜啊，喝成这样。"

"热评第四，但凡点碗花生米下酒，也不至于喝成这样。"

"说句正经的，发言人看上去好年轻啊，结婚了吗？"

"一分钟，我要他的所有资料！"

"想知道资料的去外交部的官网上找，发言人以前是国际司的，网页还没更新，别找错了。"

"我刚去找了！没有介绍婚姻情况，嘤嘤嘤。"

动的他心先

1　网络流行语，一种表达非常喜欢的方式，让人隔着屏幕都想要去舔一口。

整个话题里，转赞评数据最高的不是官微发布，也不是小视频，而是这位博主的个人微博。

徐南烨可能也没料到，他居然是靠一个表情包出圈的。

因为这个话题具有很不错的社会反响，微博用户其实更愿意看到这种积极正面的、与国家相关的新闻话题出现在热搜上，加之微博官方的推动，这个表情包彻底出圈了。

褚漾明面上不动声色，实际上偷偷地将表情包存了起来。

他们学校的论坛紧跟热点，这会儿这个表情包已经传遍了学校里能够被网络覆盖的各个角落。

褚漾所在的学生团会群里出现了以下盛况。

"主席快看，你男朋友对你翻白眼呢。"

"学姐你也赶紧拍一个表情包，我要和我女朋友当情侣头像。"

"褚漾，我这里有高清图，你快发给徐师兄，恭喜他出圈了！"

"学姐，你和师兄的孩子以后语文成绩肯定特别好。"

"文理双全好吗？学姐教理科，师兄教文科。"

"一派胡言！"

"言之有理。"

"理所应当。"

"当山峰没有棱角的时候……"

她自己其实也想发给徐南烨，但又怕耽误他工作。

褚漾对着那个视频欣赏自家老公的颜值，越看越喜欢。这男人是她一个人的，嘿嘿。

等这段视频刷了几十遍，缓存条都快发热了，褚漾才认真地听了听他说的那些官方话。他提到了赞干比亚。

不知道为什么，褚漾觉得他好像对这个国家并没有什么好感。想到这里，褚漾又突然想起来今天原本是要去问问爸爸关于她以前的事情的。

上完课回寝室，两个室友约着出去玩了没叫上她，原因是不想被当成动物园里的猴子被盯着看。

刚才上课的时候，如果不是老教授素来严肃，每过几分钟就要维持一下课堂纪律，褚漾的耳根子估计早就起茧了。她索性一下课就撇开所有人，先躲回了寝室。

487

褚漾想，如果再去外语学院找爸爸，那估计整个外语学院的妹子的眼神要把她捅成骷髅。她还是去问姐姐吧。姐姐最近在家休长假，这会儿应该正躺在床上。

褚漾也不给褚蔚打电话了，直接戴上围巾、帽子，把自己包裹得严严实实的准备出门。

一路上，褚漾骑着自行车，别人就是想拦也拦不住她。中途换了地铁，又转了几趟线，她才来到姐姐住的地方。

他们明星都喜欢买这种又贵又不实用的大别墅。

褚漾有姐姐家的备用钥匙，也没多想，直接用钥匙开门进去了。刚走进客厅她就听见了不太和谐的声音，是她姐姐的娇笑声和男人的调侃声。

褚漾的脸一红，她气沉丹田，冲着楼上大喊了一声："老姐！"

不太和谐的声音戛然而止。

素面朝天的褚蔚披着睡袍匆匆走到楼梯边，看见她时脸上难得地露出了羞赧的神色，问她："你怎么来了？"

"我有事要问你，"褚漾指了指楼梯的尽头，问道，"你交男朋友了啊？"

"也不是男朋友，这个关系还是挺复杂的。"褚蔚边系着腰边的带子，边心虚地解释，"你还小，不懂，男女之间不是只有男女朋友这么一种关系的。"

"那上过床是什么关系？说说看。"

楼梯的尽头，褚漾看不见的地方，忽然走出来一个与褚蔚穿着同款睡袍的男人。褚漾踮着脚去看，发现那张脸有些熟悉。

等男人转过头看向楼下的她时，褚漾有些愣住了。这张脸她真是太熟悉了。

褚蔚正想打哈哈敷衍过去，倒是楼上的男人先看到了楼下的褚漾，忽然笑了笑，对褚漾说道："徐太太？好久不见。"

褚漾想起来了。他是几个月前她去会所找徐南烨，当时跟徐南烨站在一起喝酒的男人。后来听徐南烨说，那次的局就是他们组的。

褚蔚有些蒙，问道："你认识我妹妹？"

"见过而已，我认识她的丈夫。"

褚蔚恍然大悟，说道："徐南烨啊，也是，你们顾家跟徐家有来往。"

说完，她下楼走到褚漾面前，责怪道："怎么过来也不提前打声招呼？"

"我知道你在家，就没提前说。"褚漾有些不好意思，说道，"哪儿知道你屋子里还藏了个男人啊。"

褚蔚翻了个白眼，问她："你姐我也老大不小了，藏男人这种事很奇怪吗？"

被藏的男人挑了挑眉，似乎对她的话不太满意。

褚蔚挥手赶人："我跟妹妹说会儿话，你先上楼吧。"

高寺桉扬唇，问道："姐妹私房话？我不能听吗？"

"其实，也不是，"褚漾也不知道该怎么称呼眼前这个男人，只好叫了个比较亲近的称呼，"姐夫，你就留在这里吧，不用麻烦了。"

褚蔚瞪大眼，大声说道："乱叫什么呢！你姐我还未婚呢。"

高寺桉笑眯眯地应了这个称呼。

褚蔚不自在地咳了咳，转头问她："要问什么？说吧。"

褚漾也不纠结，直接问出了口："姐，我小时候是不是去过赞干比亚？"

刚才还满脸无所谓的褚蔚忽然微微变了脸色，上前一步，伸手扣紧了褚漾的肩膀，问道："你记起来了？"

褚漾的肩膀被抓得有些疼，她下意识地挣扎着，问道："记起什么？"

褚蔚的眼神又变得有些不确定，她仔细地打量着褚漾的表情，发现对方完全处在茫然状态，不禁又松了一口气。

"你为什么忽然问我这个？"

褚漾也不好直说是徐南烨那天喝醉了酒告诉她的，只好含含糊糊地敷衍："就是想问问而已。"

褚蔚狐疑地看着她，问道："你到底想起来没有？"

褚漾知道如果她不说想起来了，褚蔚恐怕不会告诉她。她撒了谎，犹豫着点了点头，说道："其实，也想起来了一点点。"

"真的吗？"

"真的，"褚漾用自己仅有的从徐南烨嘴里得知的消息骗她，"十几岁的时候我去过，对吗？"

褚蔚蹙紧了眉，喃喃地说道："那看来是真的慢慢记起来了，原来真的不用吃药治疗，时间久了自然就想起来了。"

褚漾心虚地垂下眼，没有说话。她正等着姐姐的下一句，没想到姐姐忽然有些小心翼翼地握住了她的手。

"漾漾，对不起，"褚蔚咬着唇，明艳的脸上满是歉疚，"我那时候真的不应该带你去的。"

"是你带我去的赞干比亚？"褚漾皱眉，似乎在自言自语，"原来我真的去过那儿！"

"当时我接了部文艺片，故事的发生地就是赞干比亚，那时候我需要作品来转型，明知道那边不安全但还是去了。剧组的人当时也跟我强调，他们只在边境口岸拍摄，而且那边还有维和部队，让我放一万个心。那时候因为爸妈说好了暑假带你出国玩，但临时有工作没去成，你非要我带你一起去。我拗不过你，只好瞒着爸妈帮你跟学校请了假，带你一起去了赞干比亚。"

褚蔚说到这里，脸色不禁有些发白，似乎对当时的情景还心有余悸。她颤着手抚上褚漾的后脑勺儿，说道："你这里还有一道疤，我们找到你的时候，你的脸上都是血，倒在废墟中，这里做手术缝了好几百针。"

褚漾也摸了摸自己的后脑勺儿。那里真的有一条蜿蜒、凸起的疤痕，但她一点儿印象也没有了。之后她再摸到这里，父母也只跟她说那是胎记的疤痕。

"你当时躲在一间民房里，炮火擦过屋顶，整座瓦盖塌了下来。

"听说，你是为了救人。

"你把那个人紧紧地护在了自己的怀里，所以才被砸成了那样。

"当时太乱了，维和部队的人催我们赶紧离开，受伤的人太多，我紧紧地抱着你，想等你醒了以后再慢慢说给我听。

"你醒来以后，却什么也不记得了。"

褚漾不知道自己是怎么从姐姐家中走出来的。

她听褚蔚说的那些话，就好像在听别人的故事，虽然每个字都听进去了，但完全不觉得这是属于自己的故事。

她是去过赞干比亚的。也许师兄不是在骗她，他们真的在那里见过。

褚漾心不在焉地坐上回学校的地铁，手中的手机不断地振动着。她失魂落魄了好一会儿，才恍恍惚惚地拿起手机看了两眼。

那是余老师发过来的消息。01组的频率仪已经通过省赛审核，拿到了一等奖。他们这组的成员不日就要出发前往西安，准备参加全国电子竞赛。

群里的沈司岚和穗杏都很高兴。

褚漾也很高兴，她想把这个好消息分享给徐南烨。

她想了想，觉得只用文字叙述未免太过平实，还是决定直接给他打电话。

那边接得很快，男人的声音很低沉。

"漾漾。"

"师兄，我跟你说个好消息，"褚漾的语气里带着些止不住的兴奋，她说，"我的项目拿到了省奖，可以去西安参加全国比赛了！"

徐南烨笑了笑，说道："是吗？恭喜你。"

"只不过，这次可能要去两个星期，"她说到这里，情绪有点儿失落，继续说道，"我去年参加过，是封闭式的练习，在里面不能用手机的，所以可能要跟你失联两个星期了。"

徐南烨并不介意，说道："两个星期而已，我等你回来。"

"那我们说好了。"褚漾又想跟他说自己已经确定去过赞干比亚的事，但想了想还是放弃了。

算了，还是等她想起来了再说吧。现在没想起来，全凭别人说的，她也记不起来，算不上能给师兄什么惊喜。

褚漾很快想通了这件事，靠着座位舒了一口气。其实也就两个星期，很快的。

"在跟家里那位打电话？"徐南烨旁边的同事冲他挑了挑眉，问道。

徐南烨收好手机，继续翻看手中的文件，唇角带笑，答道："是啊。"

同事又问："年前的聚会，会带太太出席吧？"

"这要看她的意思。"

"这还用看？你太太肯定乐意过来，"同事暧昧地眨眨眼，晃了晃手中的手机，说道，"她不赶紧宣示主权，你都不知道要变成多少人的老公了。"

徐南烨无奈地道："都是网上的小姑娘随便叫的而已。"

"你太太年纪不也挺小的吗？她不吃醋？"

徐南烨垂眼，忽然轻轻笑了笑，说道："如果能看到她吃醋也不错。"

同事意有所指地噫了一声，说道："肉麻兮兮的。"

旁边几个同样穿着正装的同事正在收拾东西，闻言也过来跟他打趣。

"你怎么会忽然要转到我们司来？"同事有些好奇地问道，"国际司那边给你的待遇不行？"

徐南烨语气淡然地说道："想露个脸。"

几个同事面面相觑，之前没觉得徐南烨是这么喜欢露脸的人。不过也好，他露了脸，他们新闻司的名气就更大了。

同事笑了笑，说道："那你这脸露得太成功了，这下谁都知道你是新闻司的发言人了。"

徐南烨垂下眼，蓦地扬唇，说道："是啊，谁都知道了。"

几个人走出大厅，正准备坐车回部门，就看见媒体大厅外站着两个人高马大的穿着黑衣的保镖，这两个人看着不像外交部的人。

那两个保镖看到他们出来，对视一眼，互相点了点头，径直走了过来。

这会儿记者已经走得差不多了，只剩下一些还在收拾文件的工作人员，几个同事面面相觑，不知道这二位是来找谁的。

保镖停在徐南烨面前，鞠了一躬，恭敬地道："少爷。"

徐南烨挑眉，问道："他让你们来的？"

"是的。"

"走吧。"徐南烨跟同事们打了招呼，直接跟着那两个保镖走了。

同事们互相望着，眨眨眼，其中一人问道："那俩是谁啊？"

其中一个知道得多点儿的人耸耸肩，说道："还能是谁？肯定是徐家的人呗。"不然还有什么人能特意雇私人保镖？

"啊，徐部啊，"有人一点就通，问道，"是徐外交官的父亲吧？"

"应该是了，"那人摆摆手，说道，"不方便说，咱先离开这儿吧。"

众人心领神会，这儿是公共场所，非议难免遭来无妄之灾，有什么回去再说。

徐南烨坐在车后座上闭目养神，旁边坐着两个保镖，这场景就跟押送犯人似的。他小时候每次去上补习班，就这么坐在车子中间，旁边两个叔叔负责看着他。这主要是因为徐北也经常逃跑，所以他被连累，也被看着坐车去上课。

492

一路无话，车子径直开往徐宅。

徐父原本还在国外旅游，听到消息后就直接买了机票回来，刚好和他的发布会撞上了。

徐南烨抬眼看了看眼前双开的大门，缓缓地走了进去。

他上楼，直接来到了徐父的书房，刚推门进去，话还没来得及说，就有一本书直接朝他砸了过来。徐南烨侧了侧身子，躲了过去。

中年男人浑厚有力的声音响起。

"你行啊！你是铁了心要跟我对着干是吧？！徐南烨！"

徐南烨皱了皱眉，没说话。

他这副不耐烦的样子反倒更惹怒了徐父，气得徐父直接拿起桌上的烟灰缸往地上砸。啪的一声，厚重的水晶烟灰缸成了碎片。

气氛骤然凝固。

说实话，这是他们父子相处时的常态，因此徐南烨并没有被吓到。

"我想把你往中央部门调！你倒好，直接转到了新闻司，还开了发布会！告诉所有人你去了新闻司！"徐父不住地敲打着桌面，试图威慑眼前这个不听话的儿子，问道，"你是想着这两年我肯定没法再动你对吧？"

徐南烨笑了笑，说道："既然爸都猜到了，还特意把我叫来做什么？"

如果他频繁地调动工作，一定会有人觉得奇怪，或许还会有人着手调查。

徐父卸任多年，却依旧深知内部的调动情况，功臣自然是那些跟随他多年的部下。作为他的儿子，徐南烨这样堂而皇之地调来调去，就算徐父为人清廉正直，也会被别人议论，甚至引发众人对整个徐家的非议。

三人成虎，谁也赌不起。

徐南烨选择转入能在媒体面前露脸的新闻司，就是为了避免父亲任意调动他的职位。

徐父血气冲顶，还不忘阴阳怪气地称赞他。

"你是聪明，确实聪明，连我都瞒过去了。"

徐南烨不卑不亢地道："多谢爸夸奖。"

"再聪明，不听话又有什么用？"徐父话锋一转，伸手用力地指向他，眼神凌厉，说道，"你最近又跟崇家那小子来往了对不对？你是在刻意跟我作对？"

493

"我只是在做自己想做的事。"

"你能有什么想做的事？你能做的就是继承我们徐家，稳住我们徐家的地位！"

徐南烨懒懒地抬眼，问道："大哥最近不是又升职了吗？还不够吗？"

"你大哥是你大哥，你是你，我对你大哥抱有很大的期望，对你同样抱有很大的期望，"徐父深深地吸了一口气，激动地问道，"南烨，你怎么就不能理解我对你的苦心呢？"

徐南烨的语气渐渐冷了下来，他说："我理解，所以你让我入仕途，我入了。"

"外交部没有实权，你又不是不知道，表面风光的工作而已，只有那些虚职，"徐父捏紧了手，试图劝解他，"能结结实实地握在手里的才是实权，你要的是决策权，而不是转达权。"

"我不需要。"

他从不认为自己需要握住什么权力。这种东西随着社会的发展而渐渐显得脱力，反倒成了一种枷锁。

他们徐家人战战兢兢才有了今天的政绩，父亲并不想断送这些成绩他能理解，但他极度厌恶这种用权势赢来的家族荣耀。

"徐"这个姓为他带来了很多，也让他失去了很多。如今他即将年满三十岁，他不想再生活在这种控制之下。他是个活生生的人，拥有七情六欲，同样也需要自由。

他和父亲，道不同不相为谋，因此谁都有理，也谁都没理。

"南烨，你实在让我失望。"徐父见劝导不了，又转而冷冷地说道，"你让我很生气，生气到后悔生了你这个儿子。"

徐南烨抿着唇，没有说话。

"你挑个地方吧。"徐父的情绪渐渐平静了下来，他说，"这几年不要出现在徐家，也不要想着动用徐家的任何关系，等你冷静下来了，再回来跟我认错。"

"认错？"徐南烨漫不经心地笑了笑，说道，"爸，我没觉得我哪里错了。"

徐父冷冷地威胁道："你不走？是又想连累崇家那个小子吗？"

"爸，你真当我和他还是十几岁的未成年人，任你拿捏？"徐南烨挑眉，仰起头直视着父亲，说道，"你只管去查，但凡能查到一点儿错处，就是他们崇家活该，查不到，你动用私权，也只会授人以柄。"

徐父被气笑了，说道："行，有出息了，你和崇家那小子都有出息了，知道做得滴水不漏了。"

几个月前在会所，徐南烨和崇正雅多年后第一次见面。

他告诉崇正雅，最好注意点儿他们新开的化工厂。崇正雅不傻，他爸爸更不傻。

到现在，化工厂各种排放量达标，甚至还有希望拿到今年本市的"绿色企业"荣誉称号。

他只提点了一句，但崇正雅懂了。他们之间还是有点儿默契的。

父子俩都看着对方，皆是无言。

最后还是徐父深吸了一口气，语气沉重地说道："南烨，别太小看你爸爸了，既然当年我能把你调走，今天一样能把你调走，左不过是落人口实几年，就当是我为了管教你而付出的代价。"

徐南烨扯了扯嘴角，说道："那您就做吧。"

"你调走了，我会让你老婆过去陪你。"徐父微微眯眼，语气渐渐平静下来，仿佛在说一个很普通的决定，"这样，她在那边也方便照顾你。"

"您在威胁我？"

徐父自顾自地说着："年底前就走，她的学业也不必继续了，有'徐夫人'这个身份，足够她下半辈子不愁吃穿，左右有我们徐家养她。"

她马上就要去西安比赛了。徐南烨不知道这个比赛是什么性质，只知道她很在乎这个比赛。这是她保送研究生的关键，她是要继续学业的。

徐南烨觉得，如果让她做选择，她应该会选择留在这儿继续念书。

"南烨，我知道你很喜欢她，"徐父又淡淡地说道，"不然当初你也不会为了娶她而跟我妥协，放弃你的翻译事业。"

徐南烨紧紧抿着唇，父亲抬手让他回去好好想想。

等他出来后，徐母正在门口担忧地看着他。她的声音很轻，她问："和你爸谈得怎么样？"

"不怎么样。"

"南烨，你以前都很听话的，怎么现在会变成这个样子？"徐母有些痛惜地看着他，问道，"为什么一而再、再而三地违背我们的意愿？"

"妈，我从来不是什么听话的人。如果我真的听话，就不会和崇正雅成为朋友，也不会私自填报高考志愿，更不会转入新闻司。"徐南烨顿了顿，喉结微微地上下起伏着，片刻后声音沙哑地说道，"但这些才是我真正想做的，是作为'徐南烨'这个人，想做的事。"

他说完这句话后转身下了楼，连头都没有回，大步走出了徐宅。

徐母叹息一声，咬着唇敲开了书房的门。她看见丈夫正坐在书桌前，用手捂着额头发呆。

"没谈成是吗？"

徐父闻言，摇了摇头，叹息着说道："他真的变了。"

"但这才是真正的他吧。"徐母还是不忍放自己的儿子远走，试图劝解丈夫，"你下定决心了吗？"

徐父点头，说道："是该给他些教训的，等他反省好了，我会立马接他回来。"

徐母试探着问道："你还要让他去那种危险的地方吗？"

"如果早知道他在那里会受那么重的伤，我一开始就不会让他去。"徐父苦笑，宽慰妻子，"放心吧，我不会再让他去那种危险的地方。"

徐母这才点了点头。

徐南烨坐上了回程的车，只是这次终于没有保镖在左右看着他了，身子算是舒展了一回。

司机见二少爷的脸色不太好，也不敢多话，只小心翼翼地问他接下来要去哪儿。

徐南烨轻声回答："回家。"

司机点头，发动了轿车。

回去的路上实在无聊，徐南烨不知道该想些什么。他拿出手机，屏幕亮了又暗，暗了又亮，他输入密码，输了一遍又一遍，也不知道自己该用手机做什么。

0907。

0907。

他输了好多遍，就是为了让自己不要忘记这一天。

这一天，他被一个半大的孩子抱在怀中，她的手温热，又小又暖。她

那只手抚上他的头，像哄小孩子似的哄着他。

"哥哥，你别怕。一定会有人来救我们的。"

重物压来，他下意识地想保护她，却被她先一步护在了怀里。她的大眼睛被额上的血染红，眼白通红一片，明明是会说话的眼睛，却血糊糊的都快睁不开了。

他低声责备她："你救我做什么？"

她痛得要死，整张小脸皱在一起，声音也很微弱。她时不时发出抽痛的呼喊，但还是将话说全了。

"你是外交官，大使馆里面还有好多人等你去安慰，你不能受伤，不然他们会害怕的。"

小小的孩子竟成了那漫天烟尘中他唯一的屏障。

九月七号，本来应该是她开学以后在学校上课的日子。

但他在这一天，乃至往后的很多年里，都只有她，也只剩下她了。

他看着手机良久，最后还是点开了微信。

"下午还有课吗？"他问褚漾。

徐南烨一猜她就在玩手机。她回得很快："没课，想我了啊？"

徐南烨笑了笑，打下一行字："嗯，回家一趟吧。"

"好的！马上飞奔回来！"

徐南烨收起手机，靠在柔软的坐垫上闭眼休憩。

司机不知道二少爷这是怎么了，不敢贸然开口，只得专心开车。

一路无话，回去的路好像比过来的路更长。

徐南烨让司机送他到门口，自己下车离开。

门口的保安向他打招呼："徐先生今天回来得这么早啊？"

徐南烨应了："嗯。"

"徐先生，那个发布会我看了，"几十岁的保安居然也有些不好意思了，摸着鼻子向他试探着道，"我女儿知道我能见到你，非要我帮她要你的签名，你看看这……"

"签名？"徐南烨有些莫名其妙，问道，"为什么？"

这怎么好说？保安又不能把徐先生的婚姻状况往外说，偏偏他那个女儿不死心。

保安愣了，一时半会儿也想不出别的缘由。他不理解小女孩儿的心思，徐先生也未必能理解。

徐南烨没有再问，而是朝他伸出手，问他："有纸和笔吗？"

"啊，有有有。"保安连忙从口袋里掏出迷你的便利贴和圆珠笔递给他。

徐南烨按下笔帽，在便利贴上写下了自己的名字。

保安完成了女儿交给他的任务，心里一松，说话时的语气也不自觉地变得随便了一些。

"我刚才看太太搬了好大一箱东西回来呢，我说帮她提上去，她都不让我帮忙，说自己一个人就行，"保安笑道，"太太的力气真的很大。"

徐南烨哭笑不得地道："我替我太太先谢谢你的夸奖。"

他跟保安告别，径直走进小区坐上电梯，路上不禁思索她是不是又找代购买回了一大箱化妆品。

她以前总是喜欢一箱一箱地买护肤品，说是在代购那里囤货，不然邮费划不来。每次听她这么说，徐南烨都不知道该评价她这是节省还是浪费。

他回了家，刚好碰上出门扔垃圾的阿姨。阿姨看到他的脸就仿佛见了鬼，嘴张了好半天没说出一句话来。

他叫了一声："阿姨？"

阿姨不可思议地问道："您怎么这么早就回来了？"

"没事就回来了。"徐南烨看着她手里捧着的空箱子，问道，"这是什么？"

阿姨又赶紧把箱子藏到了身后，答道："没什么，没什么。"

徐南烨正觉得阿姨的表情有些不对劲，门里便传来了另一道熟悉的声音。

"阿姨，你怎么一直戳在门口啊？快点儿，等会儿我师兄就要回来了。"

褚漾忽然从门里探出了半截身子。还是那张娇俏、精致的脸，只不过脑袋上箍着一个头圈，头圈上是一双白色的小翅膀。缎子般的栗色长发被扎成了两根小辫子。她的身上还穿着一件白色的雪纺裙，后背上是一对大号的翅膀。

一时间，三个人都沉默了。

阿姨迅速反应过来，拿着箱子就往电梯那边溜。

"那个，太太，剩下的您自己来吧，我先走了！"

动的他
心先

徐南烨刚上来，电梯就停在这一层，不过十秒钟，阿姨就抱着纸箱消失在了这一层。

褚漾的脸都红透了，她指着他，嘴里不住地问道："你怎么这么快？你怎么这么快？"

"想你了，所以让司机开快点儿，"徐南烨看着她，又伸手摸了摸她脑袋上的小翅膀，问道，"你这是做什么？"

褚漾后退一步，用手护着小翅膀，说道："别乱碰，这头箍太大了，容易掉。"

徐南烨也没有再碰，但又摸了摸她背后的翅膀，问她："这又是在做什么？"

"……"褚漾红着脸，声音跟蚊子的叫声有一拼，问道，"你瞎吗？替你庆祝看不出来？"

徐南烨还真没看出来，问她："庆祝什么？"

"庆祝你不用出国啊。"褚漾又高兴地拉住他的手，说道，"我知道你为什么要转到新闻司，我很聪明吧？"她仰起头看着他，眼里写着"快夸我"。

徐南烨愣了愣，随即顺着她的意思夸她："你很聪明。"

"我还买了蛋糕，"褚漾拉着他进门，说道，"还布置了一下家里。"

徐南烨看着这不同于以往的客厅，发现她还真布置了，就是只布置了一半，地板上还有不少装饰物乱糟糟地扔在旁边。

电视柜前是一条横幅，横幅上写着"Congratulation（恭喜）！"

"时间太赶了，来不及定做，就随便买了一个，"褚漾有些不好意思地道，"你别嫌弃啊。"

徐南烨忽然抬手捂住了眼睛。

褚漾以为他是觉得辣眼睛，顿时觉得有些挫败，失落地问道："你是不是不喜欢啊？"

徐南烨的喉结动了动，他深吸一口气，而后抚上她的脸，说道："怎么会，我很喜欢。"

褚漾顿时双眼放光，激动地问道："真的吗？"

他点头，答道："真的。"

"那你快坐下吃蛋糕啊。"褚漾又拉着他走到沙发处坐下，自己蹲在茶几前给他切蛋糕，说道，"你不爱吃甜的吧，所以吃一小块就行了，剩下的都由我来。"

徐南烨闻言，挑眉，问她："这蛋糕到底是为我买的还是为你自己买的？"

褚漾转头冲他嘿嘿笑了，说道："为我们两个。"

她知道他不喜欢吃奶油，所以替他刮掉了那层奶油，又替他夹了很多块爽口的水果。这一系列动作是多么细微，甚至她都没意识到自己在做什么。

可徐南烨看着她小心翼翼地刮着奶油的样子入了神，她记得自己的口味。

褚漾将盛着蛋糕的小盘子递给他，说道："吃吧。"

男人却没有接盘子，而是直接拉了她的手，让她坐在了自己的腿上。

褚漾猝不及防，手里还端着盘子，她生怕上面的蛋糕掉下来。她以为男人是要做什么，心跳得有些快。

结果徐南烨只是抱住她的腰，将头埋进了她的锁骨，接着就再没有说话了。

褚漾的手还举着，这姿势有些尴尬。

她小声叫他："师兄？"

男人用模糊的声音应了："嗯。"

"你怎么了？"

徐南烨没有动作，只是将脸埋到她的脖颈间，用力地闻着她的气息。

男人突然叫她："漾漾。"

"嗯，什么？"

"你爱我吗？"

褚漾不知道他怎么会忽然问这个，但还是回答了："爱啊。"

"有多爱？"

她觉得好奇怪，今天他似乎很没安全感。但看在他每次都耐心地哄自己的分儿上，褚漾也决定让他高兴高兴。

"很爱很爱啊。"

徐南烨顿了顿，又问她："那如果让你为了我而放弃你现在拥有的，你愿意吗？"

动的他
心先

500

褚漾是真的觉得不对劲了。

"师兄，你到底怎么了？"她推他，想看他的脸，问他，"你怎么忽然问我这些？"

徐南烨被她推开，神色淡然，也看不出哪里不对劲。他摇了摇头，反问道："没什么，就是问问，你什么时候去西安？"

"啊，快了吧，可能下个星期就去了。"褚漾坐在他的腿上，表情有些激动地道，"师兄，你要祝福我拿一等奖啊。"

"不用我祝福你，我相信你会拿一等奖的。"

褚漾见他对自己这么有信心，不免有些得意，说道："余老师跟我说，如果这次能拿一等奖，再加上去年的奖，保研申请一定可以通过的。"

徐南烨笑了笑。

她絮絮叨叨地说着自己对未来的规划，徐南烨就这么耐心地听着。

"师兄，你要等我变得更优秀的那一天，"褚漾有些害羞，但还是想说给他听，"等我能跟你并肩站在一起的那一天。"

徐南烨的声音有些哑，他说："为什么？你现在已经很优秀了。"

褚漾摇摇头，说道："还不够，跟你比起来还不够。我不想依附你活着，也不想依附你们徐家，我希望以后别人提起我，说的是褚漾，而不是'徐太太''徐夫人''徐家的二少奶奶'这些称呼。我想变得更优秀，这样才配得上这么好的你。"

徐南烨用力地抿了抿嘴，随即点头，说道："好。"

看着她为自己的目标而不断努力的样子，徐南烨什么话也说不出口了。

"我去阳台打个电话。"他说。

褚漾吃得嘴上都是奶油，说话时也含混不清。

"哦，你去吧。"她说。

她忙着解决这个大蛋糕，根本没空问他是给谁打电话。

徐南烨关上了阳台的门，隔绝了内外的声音。

天气很冷，寒风如同冰针落在脸上，徐南烨毫无所觉，拨通了电话。

"哟，没把我拉黑，还主动给我打电话，稀奇啊。"那边，崇正雅有些惊喜地道。

"情场高手，"徐南烨冷淡地说道，"有个问题要向你讨教。"

崇正雅简直受宠若惊，说道："你刚叫我什么？再叫一遍让我过过瘾！”

“……”

半天没声，崇正雅啧了一声，说道："别扭！什么问题，说吧。"

徐南烨的声音不冷不淡，语气平静，像在说别人的事。

崇正雅沉默半响，忽然对他说："就算你和她说了，她也未必真的愿意放弃学业跟你走，更何况你根本就没打算让她跟你走。"

徐南烨淡淡地嗯了一声。

"她或许爱你，也或许很爱你，"崇正雅犹豫了一会儿，但还是开口了，"但不及你爱她的十分之一。"

他的语气像是感叹，又像是幸灾乐祸，他说："徐南烨，你可真够卑微的。"

徐南烨对他的话并不感到意外，说道："我知道。"

徐南烨从一开始就知道，并且义无反顾地一头陷了进去，从来没想过有什么退路。

"爱一个人到底有什么好的？"电话那头的崇正雅很不理解，想了想又说，"如果你现在是孤家寡人，还怕你家那个老头子干什么？"

崇正雅对徐南烨那个控制欲极强的老子没什么好感，从十几岁到现在，他无数次感叹徐南烨怎么摊上了这么个老子。

徐父把徐南烨当成了一件雕刻精细的瓷器，想着什么色就着什么色，想摆哪儿就摆哪儿，弄脏了就赶紧擦掉，有客人来了就向客人展示这件瓷器有多么完美。瓷器一旦碎了，就再也没有价值了。

"跟我一样多好。"崇正雅不禁有些得意，说道，"如果我老子敢用裴思薇当人质让我干这干那的，他撕票都成，关我什么事？"

徐南烨淡淡地问道："那你娶她做什么？"

"无非就是老婆的位置，娶谁都一样，没有裴思薇，还有王思薇、李思薇。"崇正雅顿了顿，然后半开玩笑半认真地说道，"你看，谁都不爱，连这点儿烦恼都没有了。"

徐南烨没有说话。

崇正雅以为他动摇了，结果又听见了他低沉的声音。

"她忘掉的那段记忆，恰好是我在她的生命中留下的唯一的回忆。刚开始我有些生气，甚至有些烦恼，不知道该怎么办，"男人的语气平缓而冷静，却又像是脆弱的枯枝丫，不知道什么时候就会被寒风吹折，男人继续说道，"但好在我还记得，那段记忆就不算彻底消失。"

崇正雅重重地叹了一口气，问道："这个世界上是只剩一个女人了吗？值得你记挂这么多年？"

"当我重新找到她的时候，对我而言，这个世界就只有她是值得的。"徐南烨轻轻地叹了一口气，看着阳台外的景色。

如今寒风料峭，灰白色的天空与光秃秃的树枝相衬，还未立冬，外头就已经是冬日的景象了。

"她忘记了，你就说给她听啊。"崇正雅绷着脸，说道，"如果她还不够爱你，你就想办法让她更爱你一点儿啊。"

徐南烨忽然眯了眯眼睛，好半晌没有作声。良久后他才开口："你帮我个忙吧。"

"我服了你了，"崇正雅接近崩溃，说道，"老子被你搞得都快哭出来了，合着你打电话过来还是找我帮忙的？"

"那你哭吧，等你哭完我再说。"

"滚，老子都没为自己的女人哭过，凭什么为你哭？"

徐南烨轻轻地笑了，说道："谢谢。"

沉默了很久，手机那头才终于传来崇正雅别别扭扭的骂声。

"死眼镜仔，你别跟我搞形式主义这一套。"

"打完电话了？"褚漾看着他推开门又走进了客厅，问道。

这么大的蛋糕，她要吃完还是需要一点儿时间的。

徐南烨走到她身边，弯下腰替她擦掉了嘴边的奶油，说道："把蛋糕放到冰箱里吧。"

褚漾眨眨眼，说道："我还没吃饱。"

"我带你去爸家里吃，"徐南烨又补充，"你爸爸的家。"

"今天不是周末啊，为什么好端端地要去爸爸家？"

"你要去西安了，先去钱个行。"

褚漾摆摆手，说道："我下周才走啊，这会儿不急的。"

"我陪你过去，"徐南烨笑道，"就今天。"

褚漾不知道他为什么要赶在这个时候去，但看他似乎已经下定决心，纵使心有疑惑也还是乖乖地起身回衣帽间挑了衣服，准备跟他一起去爸爸家吃饭。

她去爸爸家，还是别讲究什么风度了。褚漾把自己包得严严实实的，生怕待会儿回了爸爸家又被指责露这儿露那儿了。

两个人刚到地下车库，褚漾就从他手中拿过钥匙急急忙忙地解锁，一路小跑到车子边，果断地打开副驾驶座的门打算钻进去吹空调。

"漾漾，"徐南烨指了指主驾驶座，说道，"今天你开车吧。"

褚漾有些慌神，连忙摇头，说道："就我这开车技术，算了算了。"

"开吧，"徐南烨坚持，"难道你以后都不开车了？"

褚漾还是有些犹豫，说道："那我也不敢开这辆，要是剐到哪里了你会骂我。"

徐南烨没有明说他喜欢哪辆车，但最常开的就是这辆宾利，由此可见他应该还是最喜欢这辆的。男人的车就相当于女人的化妆品，她不敢冒险。

"不会骂你，"徐南烨跟她保证，"只是想让你习惯一下开车。不然，给你雇个司机？"

现在市内交通方便，远点儿的有地铁，近点儿的有共享单车。褚漾平常就在家和学校转，又不用跟徐南烨一样到处应酬，连坐车都不怎么需要，对她来说，雇司机就跟把钱扔到火堆里玩的性质差不多。所以她选择坐上主驾驶座。

褚漾的开车技术也没有她自己说的那么烂，就是被好几辆车超了车她心里不爽，但又没胆子超回来，只能用仇视的眼神盯着前面那辆车的屁股，恨不得把"车屁股"盯凹进去。

她自我催眠："我开的车比他们的都贵，都贵，都贵。"

徐南烨坐在副驾驶座，看她开车倒是挺稳的，就是嘴巴一刻也不停，脸色也是时而晴朗时而阴沉。原来，她开车时是这个样子的。

褚漾总算将宾利平安无事地开到了爸爸家。她心里松了一口大气，心想：原来开车也没多么难，以后可以自己开车约朋友出去兜风了。

因为事先没打招呼，对于他们今天过来吃饭褚国华也有些惊讶。

"我让你妈再多炒两个菜。"褚国华打开冰箱看了看，有点儿嫌弃地道，"怎么只有这么点儿小菜了啊？我再去超市买点儿菜回来，你们先随便吃点儿零食吧。"

褚漾摆手，说道："不用搞得那么丰盛啊。"

褚国华瞥她一眼，说道："你不是最喜欢吃糖醋排骨吗？以前每次回家之前都嚷着让你妈给你做，现在家里没排骨了，我去买点儿回来，你和南烨在家里等我。"

"哎，爸爸，你别起身了。"褚漾从沙发上站了起来，说道，"我吃的话就干脆我去买吧。"

褚国华的眼神里充满了不信任，他问："你会挑排骨吗？"

褚漾一时语塞，她只会吃，不会挑。

褚国华扯扯嘴角，说道："还是我去吧，你们在这儿等着。"

"爸，我陪您去吧。"徐南烨站起身，又拿起刚脱下的大衣，说道，"我刚好有些话想跟您单独聊聊。"

褚国华哦了一声，说道："行，那咱走吧。"

褚漾心想：徐南烨逛超市买菜的样子一定很特别，所以也想跟过去凑热闹。

岳父、女婿难得有默契地让她在家待着。她撇嘴，又去厨房找妈妈聊天了。

厨房的门被打开的一瞬间，香气就飘了出来，褚妈妈急忙叫褚漾关门，免得客厅里都是做菜的气味。

做菜的香气虽然有些呛鼻，但是徐南烨难得闻到。无论在哪里，他成年前住的徐宅，成年后住的单身公寓，还是结婚后住的婚房，都很少能闻到做菜的香味。

唯独那次他发烧，褚漾忘了关上厨房的门，他终于闻到了清粥的淡淡香气，平淡又温馨。

褚国华带着徐南烨绕着他们小区转了两圈。

徐南烨直觉这不是出小区的直线距离，反而还绕了不少路。他觉得岳父好像在四处找什么。

"爸，您在找谁吗？"

褚国华转过头，说道："没有啊，没有找谁。"

"现在是吃晚饭的时间，"徐南烨也不戳穿他，委婉地说，"等晚饭过后应该会有很多人出来散步的。"

"对哦，现在大家在吃晚饭呢。"褚国华叹了口气，说道，"行吧，走吧。"

等二人走到小区门口时，终于有个老爷子的声音响起了。

"哎哟，这不是老褚吗！晚饭时间不在家吃饭出来散步？"

褚国华那张沮丧的脸瞬间就重焕光彩了，他反问道："老张，你怎么还不回家？"

"我家老婆子糊涂了，没米也不知道，我刚去超市买了点儿米回来。"这个叫老张的老爷子忽然看到褚国华身边还站着个高大、英俊的年轻男人，忙问，"这位是？"

徐南烨刚想开口做自我介绍，后背就被猛地一拍。

褚国华的语气里充满了炫耀，他说："这是我小女儿的男朋友！"

徐南烨愣了愣，朝老张喊了声"叔叔"。

"哎哟哟，这可不得了了，你小女儿的男朋友长得这么帅呢？"老张的语气里又是惊讶又是羡慕，他说，"你藏得够深的啊，之前都没听你提起过。"

褚国华有些奇怪地道："你最近不看新闻吗？你不认识他？"

"我早不看新闻了，看了眼睛疼，这些日子天天在外头下棋呢。"老张眨眨眼，问道，"怎么了？你小女儿的男朋友上过新闻？民事新闻还是刑事新闻？"

"……"褚国华摆摆手，说道，"算了，你赶紧回去送米吧。"

褚国华和老张告别后，脸色很难看。

徐南烨有些哭笑不得。

之前，小女儿结婚时，褚国华受徐家人的嘱咐，对谁都没说，现在好不容易可以大大方方地介绍了，这群老头子居然连新闻都不看。他真是一拳打到了棉花里，怪不是滋味的。

褚国华今天也是挺飘的。被办公室里的一帮同事连番恭维了一通，然后上课时又被学生们恭维了一通，从来没在一天内接受过如此频率彩虹屁的老褚教授第一次觉得"马屁股"被拍得舒服极了。

大家都在说：老褚真是好福气啊，有这么个漂亮女儿，又得了这么个人中龙凤般的未来女婿。他们都在说，等两人修成正果了，老褚就正式升级为徐南烨的岳父了。

褚国华心说：我早是他的岳父了，正儿八经的岳父！但他又不能说。

"等年底你带漾漾去了年会，"褚国华打算着，说道，"你们结了婚的事也就不必瞒着了，以后你有什么需要内眷出席的场合就带着她，有什么事也多教教她，到时候我和你父母商量商量，给你们补个结婚典礼。"

他们结婚时，徐家那边的聘礼、褚家这边的嫁妆都给得不少，唯独缺了结婚典礼。在他们老一辈人的眼中，两个人成婚的最好证明不是结婚证，而是大宴宾客，告诉所有人，这对男女现在正式结成夫妻了。

超市就在小区旁边，这会儿他们已经走到了超市门口。

徐南烨跟在褚国华后面。

褚国华还在絮絮叨叨地说着给他们办结婚典礼的事。

"你是喜欢中式的还是西式的？"褚国华抚着下巴思索，说道，"去年你大哥的婚礼我记得是西式的，但我和你岳母其实很喜欢传统的中式婚礼，你呢？漾漾喜欢哪种，我待会儿还得回去问问她。"

徐南烨忽然叫住他："爸。"

褚国华这才转过身来，问他："怎么了？"

徐南烨淡淡地说道："我可能要被调到国外了。"

褚国华提着刚称好斤数的排骨，闻言，捏紧了手中的塑料袋，语气骤然冷了下来，问他："去多久？"

"没有具体的期限。"

褚国华的脸色又阴沉了几分，他问："去哪儿？"

"赞干比亚。"

听到这个名字，刚才轻松的气氛已然完全消失。

人来人往的超市里，售货员还在用喇叭提醒顾客今天的新鲜食材限时几折。一些下班比较晚的年轻人还在寻思今天的猪肉还是很贵，要不要狠下心来买牛肉。不会做饭的人正在挑选保鲜柜里的寿司套盒。

超市里灯光明亮，热闹非凡。

褚国华问他："漾漾知道吗？"

徐南烨摇头，答道："还不知道。"

"南烨，我知道这样说可能对你不公平，"褚国华语气沉重地道，"但漾漾不能去。"

徐南烨轻轻笑了，说道："我知道，我先告诉爸，就是希望爸能帮我个忙。"

褚国华见他丝毫没有露出失望甚至不解的表情，心情又变得有些复杂。

"我没跟你说过，她之前在赞干比亚受过很重的伤。我和她妈妈看她躺在病床上昏迷不醒的那个样子，都恨不得替她躺在那里，替她上手术台，即使替她死也行。"褚国华重重地叹了一口气，眼神有些恍惚，说道，"她是我和她妈妈的宝贝。我们年纪大了，真的承受不了第二次那样的打击。对不起，南烨。"褚国华有些愧疚地说道，"你就当是我自私，我真的不愿意她去。"

褚漾和妈妈在家里等两个男人回来。

褚妈妈委婉地问了褚漾一些有关补办婚礼的事情，褚漾这才记起她和徐南烨还没有办过婚礼。

她低下头，有些不好意思地说道："等他回来了再一起商量吧。"

褚妈妈点头，说道："也对，毕竟这是你们两个人的婚礼。"

母女俩正说着话，客厅的大门发出电子提示声，他们回来了。

褚漾以百米冲刺的速度来到门口，兴奋地看着他们俩，问道："你们怎么买个排骨去了这么久啊？"

徐南烨笑笑，说道："买的人挺多的。"他将装排骨的购物袋递给了褚漾。

"这样啊。"褚漾又看向褚国华，发现爸爸的脸色好像有些不对劲，于是叫道："爸爸？"

褚国华这才后知后觉地啊了一声，有些迟钝地换上了拖鞋。

"你怎么心不在焉的？"褚漾猜测着问道，"排骨买贵了？"

"再贵能贵到哪儿去？"褚妈妈在一旁开玩笑，从褚漾手中拿过排骨就往厨房走，边走边说，"你们聊吧，我把最后一个菜赶出来。"

褚国华见妻子关上了厨房的门，这才冲褚漾和徐南烨招了招手，对他们说道："你们到书房来一趟。"

褚漾心里有股不好的预感。小时候每回犯了错，她都会被叫到书房去谈话，搞得现在一听要去书房就条件反射地耳朵疼。

"完了，我爸爸肯定又要啰唆了。"褚漾扯了扯徐南烨大衣的袖子，说道，"你要做好耳朵起茧的准备。"

徐南烨垂眼看着她，轻轻地点了点头。

做学术研究的人一般特别注重工作环境，褚国华从事学术教育这么多年，他的书房都是精心设计并且布置过的，学术气息很浓。一整墙的各类书籍和深色的家具，都显出他古板、正经的个性。

"你妈跟你说了吧？"褚国华单刀直入，先问褚漾，"婚礼的事。"

今天褚漾和徐南烨来之前，他和妻子就在说这件事，他既然跟徐南烨提了，妻子就肯定也跟褚漾提了。

褚漾点点头，心里不禁松了一口气，说道："是要说这个吗？那等妈妈做好了菜再一起……"

"不用，"褚国华摆手，说道，"这个事先放到一边，以后再说。"

褚漾皱眉，问道："为什么要以后再说？"

她说完，又觉得这句话不太矜持，抿了抿嘴，换了个问题："那'以后'是多久以后？"

"你先把比赛准备好再来想这个行不行？"褚国华忽然抬高了声音，"只想着丈夫，学业不要了是吗？"

褚漾突然被凶了，几乎是下意识地缩了缩肩膀，往后退了一步，说道："我不是这个意思……"

褚国华清了清嗓子，又吩咐她："去西安前，你就住在这儿好好准备吧。"

褚漾觉得莫名其妙，问道："为什么？"她本来打算这几天都跟徐南烨待在家里的。

褚国华瞪眼，问她："让你住在这儿，是为了让你安心准备比赛，你还问为什么？"

褚漾转而看向徐南烨，原本是想让他帮自己说说话的。结果他也只是点了点头，语气温和地说道："爸说得对。"

褚漾觉得不对劲，问道："你们刚才在外面说了什么？"

"没什么。"褚国华捂着额头，说道，"总之，婚礼的事先放在一边，等你从西安回来了再说。"

"我很快就能回来的。"褚漾有些不满地道，"现在说和我回来以后再说有什么区别？"

褚国华的声音又比刚才冷了几分，他问："我说回来说就回来说，你问那么多干什么？"

如果是小时候，褚漾说不定就乖乖听话了。但现在她什么都不知道，莫名被安排这段时间要住在爸妈家里，而且还是以这种命令式的语气通知她，她听了心里极为不爽，当然也不愿意服从。

"我要去跟妈妈说，这是你一个人安排的，不算数。"褚漾说完，转身打开书房的门离开了。

褚国华看着她走得这么急，心里也不好受，跟着起身，匆匆追了过去。

褚妈妈原本在厨房里好好地做着菜，忽然被褚漾找上门来求主持公道，一时间也很蒙。等听褚漾说完，褚妈妈才知道她为什么过来。

褚妈妈洗了手来到客厅，有些不满地看着褚国华，说道："漾漾都结婚这么久了，马上就要去西安比赛了，你不让她跟自己的丈夫好好待会儿，非让她跟我们挤在一起干什么？"

褚国华也有些语塞，对女儿还能摆出一副严肃的样子吓唬她，对妻子这招就不管用了。

一旁的徐南烨终于出声了。

"这是我的主意。"

褚漾更纳闷儿了，不禁有些委屈，问他："为什么啊？你是最近有工作要忙吗？"

"没有。"徐南烨淡淡地说道，"你如果不想留在这里，回学校住也可以。"

褚漾真的不懂。他们今天还好好的，她还想着临走前要和徐南烨抓紧时间多待会儿。

"南烨，你最近有事情要忙的话，就直接跟我们说，"褚妈妈不解，但还是偏向于相信女婿是有难言之隐，说道，"我也不是不同意漾漾住在这里，只是她明显是想跟你待在一起的。"

母女两个不知道原因，都希望他能给个解释。

褚国华其实也不想让他们分开。

本来徐南烨就要走了，褚国华绝对不会反对褚漾这些日子多跟他相处，只是徐南烨这么拜托自己了，褚国华心里对这个女婿本来就愧疚，想想也就点头答应了。

徐南烨忽然笑了，问道："跟我待在一起有什么好的？"

这话一说出口，褚家的三个人都愣住了。

"南烨，你在说什么呢？"褚妈妈勉强地笑了笑，试图缓和气氛，说道，"你能和我们漾漾在一起，是我们漾漾的福气。她这么依赖你，也是因为你对她好啊。现在她想在去西安前多和你待着，这也正常啊对不对？你

510

这话说得太奇怪了。"

褚国华的本意也并不是拆散他们，他看着徐南烨，一时间不知道该说什么。

徐南烨一直很羡慕褚漾，羡慕她有这种善解人意的父母。纵使褚国华说自己自私，但徐南烨也知道，他完全是为了自己的女儿。

褚国华知道这对徐南烨来说不公平，连同他这番不明所以的请求也二话不说就答应了。回来的路上，褚国华一直问他什么时候回来。

徐南烨没办法了，只能断掉所有的后路。

徐南烨仰头，平静地说道："这不是她的福气，这婚是我骗她结的。"

褚漾急忙开口，想要拦住他："师兄！"

她明明很早前就跟徐南烨说过，他们结婚的真正原因不能说。

她的父母传统，兢兢业业恪守岗位这么多年，连上课不听讲的学生都能气到他们，更何况这种他们完全无法认同的结婚理由！

"在结婚前，我和漾漾没有感情。"徐南烨置若罔闻，径直将原因和盘托出，"是我骗她结婚的。"

他从不撒谎，因此褚氏夫妇几乎立马就相信了这个荒唐的原因，随之而来的，是铺天盖地的失望和愤怒。

褚妈妈还好，一只手捂着胸口，一只手撑着桌子大口喘着气。

褚国华的质问几乎是吼出来的。

"你骗她结婚？"

褚漾连忙凑上前，拼命地摇头解释："不是不是，师兄他是开玩笑的。"

"我说你为什么在这么短的时间里就吵着闹着要结婚呢，你之前连男朋友都没有，跟他更是去年才认识！"褚国华越想越觉得这个理由才能对上去年女儿莫名其妙地提出要结婚的鲁莽举动，这样一想，对于他们结婚事实的质疑也越发明显，这一年的怀疑和不解都渐渐连成了一条再清楚不过的线。

他气得瞪圆双眼，指着眼前的年轻夫妻大吼："你们把结婚当成什么了！过家家吗！"

褚妈妈不愿和徐南烨说什么，只是无比痛惜地看着自己的女儿，语气里满是对她的失望。

"结婚是两个家庭之间的大事，你怎么能把自己的婚姻大事当游戏？把双方家庭当成你们游戏的工具？"

对于现在的很多年轻人来说，婚姻开始变得不那么重要了。结婚证不过是一本不值钱的证书，他们能结婚，当然也能离婚。他们连爱都能随口一说，任由自己沉浸在纸醉金迷的世界里。把爱情当成猎艳的工具，将每一段感情当成自己人生中可以拿出来炫耀的经历。

这就是现在很多年轻人所拥有的感情观。

而对于他们这种老一辈的人来说，婚姻是无比神圣的，也是不容亵渎的。他们能够接受现在的爱情观点，在自由恋爱的时代里，无论深情还是多情，从一而终或是三心二意，都是每个人各自的生活方式。但他们忍受不了这些年轻人拿结婚当儿戏，简直就是拿自己的人生来赌博。

"这就是我教出来的好女儿！这就是我教出来的好女儿啊！"褚国华气极反笑，额头上青筋凸显，颤抖着抬起胳膊，一巴掌就要朝褚漾打过去。

褚漾没觉得惊讶，这本来就是她爸爸的正常反应。她也不怪徐南烨说了实话，本来就是他们把父母骗得团团转，她其实也不想一直瞒着。

忽然，有道身影挡住了褚漾的身前。

褚国华的这一巴掌用足了力气，他没心软也没犹豫，狠狠地打在了徐南烨的背上，徐南烨发出了一声闷哼。

这比刚才去超市的路上的那一巴掌狠多了。

褚国华愣住了："你！"

"是我骗她的，不怪漾漾，都怪我。"徐南烨摸了摸褚漾的头以示安慰，之后放开了她，转身面对褚国华，说道，"刚才那一下是我应得的。我还有事，就不在这里吃晚饭了，漾漾就拜托二老照顾了。"他说完，就要离开这里。

褚漾急忙追了出去。

"师兄！"

褚国华拦住她，吼道："你干什么？不许去！"

褚妈妈看着徐南烨换好鞋朝她鞠了一躬，心里还是有些不愿相信大家还没吃饭就已经这么不欢而散了。

"就算是骗，漾漾现在也很喜欢你……"褚妈妈还是以女儿的感受为第一位的，连这样难以接受的事实都很快在心里消化了，说道，"你留在这儿，我们好好说说。"

"不了，"徐南烨站在门口，高大的身躯隐在黑暗中，说道，"原本就是

我擅自闯入你们的生活，对不起了。"

门被轻轻地带上了。

褚漾眼睁睁地看着徐南烨消失在她的面前。明明来的时候是两个人，为什么他走的时候就不带她走？

她用力地挣开褚国华，连鞋都来不及换，直接打开门冲了出去。

"漾漾！"父母在后面叫她。

但褚漾现在唯一的念头就是追上徐南烨，问他这是怎么了，问他为什么忽然要这么做。师兄向来处事周到，他一定是有什么苦衷。

这栋楼唯一的电梯正在往下走。褚漾用力地捶了捶电梯门，门没反应，自己的手却瞬间变得铁青。她打开安全通道的门，直接从楼梯处跑下去了。

褚漾追出来的那一刻，脚底的冰凉感告诉她现在的天气有多冷。她连外套都没穿，只穿着拖鞋就跑出来了。

褚漾赶到车子前时，那辆黑色轿车已经发动引擎，打开了照明灯。主驾驶座门上的玻璃窗牢牢地关着，褚漾从来没有这么讨厌防窥视膜。一片黑暗，她根本看不见他。

褚漾用尽全力跑过去，边跑边扯着嗓子喊："师兄！师兄！"

就在她即将触到车尾时，开车的人踩下了油门，车子加速，瞬间就又拉开了他们之间的距离。她知道自己追不上，但还是追出了几十米远。

褚漾撑着膝盖喘气，大团大团的白雾从口中吐出，接着在空中升腾，慢慢地消失。

她喘过气后又急忙掏出手机，给他发了十几条语音信息过去。一开始，她的语气还算正常，有些责怪，又有些不理解。

"师兄，你怎么了？

"你为什么这么做？

"你怎么都不跟我商量一下？

"如果你不想骗爸妈，可以提前跟我说，我们再一起解释啊。

"我爸爸只是一时生气，如果我们跟他好好解释，他很快就会想通的。"

而后，她的声音又变得有些哽咽。

"师兄，你回我消息好吗？

"师兄，你是不是不想跟我在一起了才这么说的？

"你是生气了吗？

"还是你不想我去西安？"

之后，她的声音里带着哭腔。

"我不去西安了，哪儿都不去了，你回我消息好不好？

"我不比赛了，也不保研了，我自己好好考，你不要生我的气。

"师兄，我哪儿都不去了，你别生我的气了。"

而他的头像依旧静悄悄的。

褚漾孤零零地站在小区楼下，冷得手指打战。她吸了吸鼻子，手渐渐变得麻木，已经有些握不住手机了。

褚漾勉强地用手掌托着手机，抖着肩膀给他发了一条又一条语音信息。

屏幕变花了，模模糊糊的，褚漾看不清上面的字。褚漾擦了擦屏幕，终于把上面的水渍擦掉了，下一秒，屏幕又被打湿了。她用力地擦了擦眼睛，这才止住了根源。

"师兄，你是不是怪我想不起之前和你见过面的事情？"她断断续续地说着，说两个字就抽泣一声，"你放心，我已经去问过姐姐了，她告诉我，我之前确实去过赞干比亚，我很快就会想起来的，你给我点儿时间好不好？"

她嘴上这么说着，其实心中毫无头绪。她别说想起来了，就连记忆里的蛛丝马迹都消失殆尽。

"我没骗你，我一定会想起来的，你给我点儿时间。"褚漾说完这句话转身就往回跑，上楼的时候恰好撞上了下楼找她的父母。

褚国华又急又心疼，声音也有些哽咽，问她："傻丫头，你干什么？这么冷的天你连件外套都不穿就跑出去？"

褚妈妈连忙为褚漾披上了外套。

褚漾被父母带回了家。

父母原本是想和她心平气和地坐下好好聊聊的，褚国华刚才被褚妈妈一通数落，也觉得自己刚才那一巴掌太鲁莽了。

徐南烨对他们女儿的好是有目共睹的。就算当初结婚的原因再荒唐，也没什么是几个人一起坐下好好聊聊不能解决的。

褚漾刚回家就往洗手间跑。

褚妈妈叫住她："漾漾，换双干净的鞋啊！"

褚漾直接脱掉了已经被踩脏的拖鞋，光着脚继续朝洗手间跑。

父母不知道她去洗手间要做什么。

褚漾走到盥洗池旁，拉上堵塞口，装了满满一池的冷水。她猛地低头，将自己的脸埋到冰冷的水里。

褚妈妈在后面叫她："漾漾，你干什么啊？"

等她把褚漾的脸从盥洗池里拉出来时，褚漾已经被呛得满脸通红，脸也因为被埋在凉水里而变得僵硬、冰冷。

褚漾用力地咳了咳，神色恍惚地道："怎么想不起来？"

她没有死心，又看向旁边的墙壁，直接一头往墙上撞了过去。一声巨响，父母心疼得都快当场晕倒了。

"漾漾！"褚国华用力地抓着褚漾的肩膀，以免她再干出自残的事来，问她，"你到底怎么了？"

褚漾的额头上青了一大块，满脸是水，头发湿漉漉的，黏在脸上，整个人看上去狼狈又疯狂。

她用力地捂住自己的头，近乎崩溃地大叫："我怎么还是想不起来！"

在确认自己什么也想不起来时，褚漾仿佛失去了全身的力气，骤然颓废地跪在地上。原本细嫩、白皙的脚背冻得发紫，已经有些肿胀了。精致的脸上也不复往日的明媚与活泼，透着满满的死气和绝望。

褚妈妈蹲在地上，为她一点点地拨开黏在脸上的头发。

褚漾双目通红，脸上的水怎么也擦不干，也不知道是泪水还是盥洗池里的凉水。

她看着父母，忽然撇嘴，再也忍不住地大哭起来。

褚漾上一次大哭是什么时候，他们已经不记得了，或许是因为考试没考好，又或许是因为姐姐抢走了她心爱的娃娃。

"我忘记师兄了，我把师兄忘记了。"她边哭边说，"爸、妈，我把他忘记了，他生我的气了，怎么办？"

而后，她又用力地撕扯着自己的长发，几乎要将整块头皮扯下来，对自己说道："你给我想起来啊！"

她越是逼迫自己想起来，就越是想不起来。

父母为避免她再做出这些伤害自己身体的举动，只能把她关进房间，轮流守在她的身边。

这一夜，褚漾和父母都没有休息。

第二天，徐南烨派人送来了褚漾的换洗衣物。

褚漾浑浑噩噩地在房间里待了两天，没有去学校，什么话也不说。

褚国华把褚蔚叫了回来。褚蔚心里愧疚，二话不说就带着衣服搬回了家。褚漾央求着姐姐带她回她和徐南烨的家看看。

"你带我回家看看，我想跟师兄道歉。"褚漾咬唇，不住地重复着这几句话，"我要跟他道歉。"

褚蔚不明所以地问："道歉？为什么要道歉啊？"

褚漾只是哭着让姐姐带她回家，也不解释。

褚蔚再次违背了父母的吩咐，悄悄带她溜了出去，开车送她回了家。

褚漾颤着手输入密码打开了门。她希望徐南烨还在。房子里空荡荡的，一个人都没有。家具还摆放在原来的位置，家里什么也没多，什么也没少。

褚漾连鞋都来不及换，径直往卧室跑去。她猛地打开了衣柜的门。衣柜里是空的。他经常穿的那几套西服都不见了。

褚漾又来到洗手间。他的牙刷、剃须刀、毛巾，这些私人用品都没有了。

她又去鞋柜找了找。那几双大同小异的皮鞋也不见了。

褚漾瘫倒在客厅的地板上，真正觉得这个家彻底空了。

"从来哭着闹着要走的人，都不是真正会离开的人，真正要离开的那个人会挑一个风和日丽的下午，穿上一件大衣出门，如精灵般悄悄地溜进冬日的阳光里，再也不回来。"

真正走的那次，关门声最小，因为他不再需要她知道他已经走了。

褚漾终于意识到她有多爱徐南烨。那不是她情窦初开时浅尝辄止的喜欢，也不是她因为他温柔体贴的呵护而流露出的回报式的爱意，更不是崇拜，不是仰慕，不是刹那间的心动，而是随着时间慢慢地刻入心底，渐渐地深入骨髓的爱。那是两人朝夕相处，是在细水长流中她一点点地加深对他的爱；是两人每日的陪伴，从日出到夜幕降临的依赖和信任；是她向他敞开心扉，将自己生活中的喜怒哀乐逐渐分享给他的点点滴滴。

而她到今天才懂。

第 十 章

他就是我的盔甲

褚漾泣不成声，以至她是怎么被褚蔚带回爸妈家的都不记得了。

去西安的日子越来越近，她终于从房间里走了出来，和爸妈一起收拾行李。

父母有些担心她的状况，连忙说不用她帮忙。

"我不至于连衣服都不会叠，"褚漾淡淡地说，"你们放心吧，我会好好比赛的。"

褚国华欲言又止，半天也没憋出几个字来。

"等我从西安回来了，你们就告诉我师兄去哪儿了吧。"褚漾一边埋头叠着衣服，一边说道，"如果你们不告诉我，我就去徐家问。"

她不是傻子，在家里待了这几天，也该想通了。

师兄没有成功，而且被赶到了别的地方。或许他的父亲还用什么手段威胁了他，让他宁愿自己悄无声息地走，也决意瞒她瞒到最后。

褚国华厉声说道："不许去！我告诉你，你哪儿都不许去！"

褚漾轻声说："我喜欢师兄。"

褚国华和妻子都微微愣住了。

"我从来没有这么喜欢过一个人。"她忽然紧紧地抓住叠到一半的衣服，像是握住什么即将消失的东西，说道，"他不告诉我，我不怪他，因为我从来没有给过他任何安全感。我特别任性，还特别作。他每次说要惩罚我，说生我的气，其实都是嘴上说说而已。"

褚漾说到这里又笑了起来，笑着笑着，眼睛却湿了。

"他没有骗婚，"褚漾用指尖拭去了眼角处快要掉落的泪珠，说道，"是我以为自己怀孕了，去找他要打胎费，他才跟我说结婚的。结果闹了半天是场误会，所以就这么将错就错了。"

褚国华睁大了眼睛，竟连一句责备的话都说不出口了，最后也只是重重地叹息一声。

褚妈妈喃喃地说道："那南烨为什么要告诉我们是他骗婚……"

"也许是想断了我和他的后路吧。"

那天那样的处境，他居然仍旧坚称是自己骗婚。

其实他大可把他们结婚的真正原因说出来，这样她就是这段婚姻中的受害者，就算褚国华怪她，也不忍太苛责她，反而会跟着劝她不要再跟他在一起。

但凡她懦弱点儿，就会默认他的说辞，任父母将他误会成那样的人。褚漾想到这里，心里不禁有些生气。他也太小看她了。

"告诉我吧，"褚漾又问，"师兄去了哪儿？"

褚国华缄口，不愿告诉她。

褚漾笑了笑，问道："赞干比亚？"

父母同时怔住，用惊疑和难以置信的眼神望着她。

"你们这些年不准我去国外，就是因为我当年在赞干比亚出过事，对吧？"

褚国华哽咽着道："你想起来了？"

褚漾忽然喃喃道："我怎么能忘记呢？"

"不管怎样，我不许你去。"褚国华不想再问，宁愿褚漾永远也想不起来，单方面结束了这个话题，"父母把你养这么大，不是为了让你去伤害自己的。"

"我没有伤害自己，我是要去把自己丢失的东西找回来。"褚漾顿了顿，又像是下了决心般，眼神坚定，语气却轻得像羽毛，"我要去把我和师兄之间的回忆找回来。

"我曾在赞干比亚遇见过师兄。

"那段回忆是属于我们两个人的，凭什么只有他记得？

"我也要记得，绝对不会再忘掉。"

她收拾好去西安的行李，告别父母，坐上了飞往西安的国内航班。

飞机在天空中留下一道浅而白的痕迹。

褚国华送走了褚漾，和妻子相顾无言。最后，他又看向身后戴着墨镜，把自己藏得严严实实的褚蔚。

"你跟你妹妹说了是不是？"

褚蔚咬唇，点了点头。

"你告诉她干什么？"褚国华已经数不清自己这几天叹了多少气，"这对她而言不是什么好事。"

褚蔚抿了抿嘴，反问父亲："当时我不在她的身边，你们也不在。你们怎么就那么肯定她忘记的是不好的事呢？"

褚国华蹙眉，一时间竟也不知道该怎么反驳她的话。

"当我们问她时，她已经不记得了，并没有说是因为发生了不好的事才忘记，而是受到重物击打才忘记的不是吗？也许那件事并不坏。"褚蔚想到了妹妹那样迫切地希望能想起当年的事，又轻轻地笑了，说道，"可能那对她而言是美好的回忆，所以她才那么拼命地想要记起来。"

褚国华沉默了，褚妈妈擦拭着眼角的泪水，也没有说话。

三个人坐上了离开机场的车。

褚蔚仍然想说服父亲，让他同意褚漾在比赛结束后去一趟赞干比亚。褚国华仍不为所动。

"我说不可以就是不可以，我不允许她再遇到什么危险。"他态度坚决，语气强硬地道，"而且，我已经把她的护照藏起来了，她出不了国的。"

褚蔚没辙了。

褚妈妈就坐在褚蔚的身边，抿着唇犹豫了半天，才悄悄对褚蔚说："你爸根本没藏，护照就放在你妹妹房间的衣柜里。"

褚蔚微微愣了，而后反应过来，看着副驾驶座上父亲已经生出白发的后脑勺儿，鼻间忽然一阵泛酸。

她们的爸爸啊，总是摆着一张臭脸，不许她们姐妹俩做这个、那个，

519

但其实褚国华同志是最好的爸爸。

他从不真的干涉女儿们的人生。正如褚蔚当时想学表演，虽然他每年都念叨，每年都怪她在电视里穿得太少，但又每年守着她新播的电视剧。每回她的新电影上映，他总要偷偷地包场，把电影票送给小区里的朋友们，将剩下的藏在自己书房的抽屉里，也不告诉她。

就像漾漾当初要报计算机，他特别失望，说自己后继无人，硬是要逼着她改志愿。漾漾那个傻丫头还以为爸爸是真的不想让她学自己喜欢的东西，哪儿知道爸爸其实无数次登录了她的志愿系统，看着她填报的志愿专业里没有一个是他给她选的，也只是对着电脑唉声叹气了多少回。

后来，爸爸跟妈妈聊天时提起了这件事，说的话也不知道是在安慰自己，还是在为自己找台阶下。

"随便她吧，反正她在清大，我还是能管住她的。"

把爸妈送回家后，褚蔚吩咐司机送自己回家。路上，她接到了高寺桉打来的电话。

她以为这男人是要跟自己打情骂俏，本来还扭捏了半天才接起电话，没想到这男人开口问的就是她妹妹。

"受人所托，"高寺桉的语气听起来有些无奈，他问，"你妹妹的护照在你这儿吗？"

冬日的西安，整个城市被覆上一层薄薄的雪。

西安算是长江以北冬季比较暖和的城市了，但居民依旧要穿羽绒服，防寒、防冻都不能少。

从全国各所高校来到西安参加竞赛的学生们，刚落地就陆续开始了"西安一日游"。

褚漾先是跟着队伍去了西电报到，在进入封闭式训练前的最后一天和穗杏他们出去观光。

这座历史悠久的城市充满了古韵，许多建筑仍保留着原有的风味。褚漾高中时春游来过一回，不过当时跟着学校的队伍，去的都是兵马俑这类已经非常有名的景点。人山人海，看兵马俑的人比兵马俑还多。

这回褚漾没急着去，她坐在大雁塔北广场的石凳上，手里捧着一杯热乎乎的奶茶暖手。

穗杏已经跑到老远的地方去了。

沈司岚跟在她的身后，有些无奈地问穗杏："选好地方了吗？"

"学长，你一定要把大雁塔也照进去啊！"

沈司岚按动单反，留下了穗杏在西安的剪影。

穗杏又跑到沈司岚的身边去看他拍得怎么样，见他把自己拍得跟芝麻一样大，特别不满意。她用嫌弃的眼神看着沈司岚。

沈司岚被气得半死，把单反扔给她不管了。

穗杏只好去找学姐帮忙。结果学姐坐在石凳上变成了石头，并着腿，抱着奶茶发呆。

天空下起了细细密密的雪，六瓣的雪花落在学姐长长的睫毛上，像是铺上了一层精致的白毛毯。

学姐眨了眨眼，雪花落了，化成了小颗的水滴，顺着学姐的脸颊一路往下滑，最后打在奶茶的盖子上。

细不可闻的声音，穗杏却好像能听到了滴答声。穗杏不知道学姐这是怎么了。

今天是训练前的最后一天，所有人抓紧时间观光，恨不得一天走完这座西安城，唯独学姐坐在石凳上，好像打算从白天坐到夜晚。

穗杏问学姐，学姐也摇头说没什么。

沈司岚让她别问。

穗杏不懂，学姐明明就是不开心，自己为什么不能去关心。

"能治好她的人不是你。"沈司岚淡淡地说道，"你去也没用，除非那个人在。"

穗杏眨眼，问道："谁啊？"

沈司岚挑眉，答道："反正不是你。"

到了封闭训练的那一天，他们被收走了手机，学姐的状态反而好了起来。就像是找到了可以移情的目标，褚漾将注意力都放在了手头的比赛项目上。

余老师也陪着学生们加班加点，每天熬到凌晨。

褚漾盯着频谱分析仪，显示屏上绿色的波纹时而是锯齿状时而又呈不规则的波浪状，看久了眼睛会疼，她就揉揉眼睛，滴点儿眼药水，然后继

521

下册

续守着，直到波纹显示正常为止。

余老师拍了拍她的肩，说道："去看看窗外的风景，让眼睛休息休息。"

褚漾点点头，透过严丝合缝的玻璃看着窗外。

西电南校区广场上的银杏叶已经落得七七八八，金黄的叶片与雪花点缀着空旷的广场。学生们三三两两地走在一起。

忽然，有个与画风违和的物体闯了进来，是一辆加长林肯轿车驶入校园。

褚漾隔着玻璃仿佛都能听到学生们围着轿车惊呼的声音。

从轿车的后座上下来一个人，褚漾隔得太远看不清那人的脸，但能看出这人长腿窄腰，穿了件卡其色的呢子大衣，正站在广场中央。

"……"褚漾忽然有种不好的预感。

果然，几十分钟后，余老师告诉她外面有人找她。余老师的表情看上去十分复杂。

"快点儿说完话进来，"余老师严肃地说道，"少跟这种吊儿郎当的公子哥儿玩，他们不正经。"

褚漾走出实验室。

那个刚才还在广场上搔首弄姿的男人转眼就站在了自己的面前。

褚漾的表情简直一言难尽，她问："你怎么到西安来了？"

"坐飞机来的啊。"崇正雅得意地挑了挑眉，说道，"哦，对了，我是过来给你加油的，你好好比赛，什么都别想，等比完赛就跟我走。"

褚漾后退两步，问道："去哪儿？"

崇正雅看她这副充满防备的样子就不爽，瞥着她问："赞干比亚，去不去？"

褚漾茫然地眨了眨眼，问他："你要去赞干比亚？"

"啊，是啊，"崇正雅咳了咳，清清嗓子，一本正经地说道，"我有点儿事要过去处理，所以过来问问你想不想一起去。"

褚漾的心情不禁变得雀跃，转而又变得沮丧，她说道："我的护照在家呢。"

崇正雅冲她神秘地挑了挑眉，像变魔术般从兜儿里掏出了一个本子。本子上用烫金大字写着"中华人民共和国护照"，印着中国人民都熟悉的国徽。

他将护照丢给她，说道："求人求了半天才弄来的，拿好了。"

褚漾打开护照，上面是自己的名字和照片。

她思索了很久，最后还是没忍住，问他："你去我家偷来的？"

"我偷什么偷，"崇正雅指了指自己的脑子，问道，"用老子超乎常人的智慧，懂吗？我动脑子就能拿到，还用偷？"

褚漾当然知道他不可能去偷，撇嘴，心想：这人真开不起玩笑。

崇正雅看她撇嘴，终于舒了一口气，说道："你听到有人带你去赞干比亚，开心了？"

褚漾又连忙板着脸不说话了。

"行了，别装了，我特意过来给你送护照，就是让你好好比赛的。"崇正雅抱胸，像是长官训话，"你好好比，拿个奖回来，不然他就白走了，知道吗？"

褚漾抱着护照，用力地点了点头。

崇正雅转身就要走。

"那我先走了。"

"哎，等等，"褚漾抿嘴，提出了最后一个问题，"你那辆车是特意从家里开过来的吗？"

崇正雅用看白痴一样的眼神看着她，说道："我没闲到浪费那点儿油钱和过路费还特意开过来，这车是我租的。"

"你租车干什么？"

他还租这么高调的车，搞得广场上的人都以为来了暴发户。

崇正雅哼了哼，说道："废话，我这么尊贵的躯体，能坐那些便宜车吗？"

租也要租林肯，他真是有钱又有闲。

褚漾的护照不见了这件事，褚国华是早料到了的，但他还是很生气。他也不知道该怪谁，最后只能把气撒到亲家身上。

"还不都怪亲家那两口子！如果不是他们硬逼着自己的儿子去赞干比亚，我们漾漾怎么会过去找？"

褚妈妈附和，也心疼徐南烨。

"亲家怎么这么绝情啊？"

就算徐南烨忤逆他们，先斩后奏转去了新闻司，他们也不该一脚就把儿子又踢到国外去。

现在徐南烨新当选为发言人，这才刚开了一场发布会就去了国外。等有心人发现这个副司长昙花一现，看他们徐家怎么解释。

"不行，我要去找亲家谈谈。"褚国华起身，怒气冲冲地说道，"他们不心疼儿子，我还心疼我女婿呢！"

徐南烨和他同院出身，他虽然不教西班牙语，但名义上也算是徐南烨的老师。褚国华也一直很喜欢这个学生，就算后来徐南烨用那样荒唐的理由娶了他的女儿，褚国华刚开始埋怨过一阵，但很快也就想通了。

徐南烨对漾漾到底怎么样，褚国华心里是清楚的。这个年轻人的品质到底怎么样，褚国华也有所耳闻，漾漾既然那么喜欢他，想必他无论是在外人面前，还是只有他们两人时，都对她极好。

不论当初结婚的原因是什么，至少他们现在是真的好。

褚国华严肃了大半辈子，对女儿要求严格，无非就是不想她误入歧途，把自己的人生也赔进去。

如果换作别的男人和漾漾这样草率地结婚，或许褚国华仍然很难接受，甚至有可能逼迫他们分手，但那个男人是徐南烨，那就另当别论了。

褚国华在气恼的同时，也不禁庆幸，还好那个男人是徐南烨，还好是他。

人都是感性动物，随着时间的流逝而潜移默化地改变从前的刻板思想，并不会为一句诋毁就相信身边的人就真的如此不堪，也不会因为某种与自身观念相悖的真相就去否认整件事。

褚教授夫妇并不爱跟亲家打交道，两家人除了逢年过节互相问候，一年三百六十五天都是关上门各家过各家的日子。

读书人总是有些清高，对于处在政权中心的徐家人，他们并无所求，自然也无须讨好。如今他们登徐家的门，为的不是他们自己，而是各自的儿女。

徐宅的电子大门徐徐敞开。褚教授看了一眼这庄严气派的大宅子，垂眼咳了声，跟着用人穿过花园来到宅子门口。

徐父就在客厅门口迎接他们。毕竟是正儿八经的亲家，徐父平时很少笑，此时也露出笑脸将他们请了进来。

524

两家人面对面坐着。

褚国华也不藏着掖着，直截了当地说："我今天来拜访徐部，就是想聊聊南烨和我们家漾漾之间的事。"

徐父端起茶对着杯口轻轻地吹了吹，淡淡地说道："亲家大老远过来也不容易，先喝口热茶暖暖身吧。"

"不用了，"褚国华看都没看一眼手边的茶，说道，"徐部只需要告诉我，你到底对这两个孩子是怎么打算的就行了。"

徐父拧眉，语气平静地说道："都做了一年亲家了，还'徐部''徐部'地叫，你这未免太生疏了，更何况我早退下来了。"

"如果徐部真把南烨当儿子看，把漾漾当儿媳看，我们自然就是亲家，称呼这些都是虚的，改不改又有什么影响？"褚国华非但没有改口，倒反将了一军。

徐父自然也懂。

大家都是读书人，暗讽这招早了然于心。

"南烨是我的儿子，我当然要为他打算得清清楚楚。"随着话音落下，徐父放下茶杯，杯底敲在实木茶几上，发出清脆、短促的响声。

褚国华反而笑了，说道："徐部原来也知道南烨是你的儿子，不是你的物件啊？"

徐父猝然拧眉，纵使退位多年，气势仍不减当年。他沉着声音问："亲家这话是什么意思？"

"南烨和漾漾结婚前，我也算是南烨的老师。我虽然没教过他，但关于他这个人怎么样心里很清楚。"褚国华的语气很平静，他说，"他斯文温和，彬彬有礼，无论是待人还是接物，都无可挑剔。"

他这话并不是夸奖，而是事实。但徐父还是颇为受用，轻轻地扬了扬嘴角。

褚国华接着说道："南烨这么优秀，和亲家的教导密不可分。"

徐父的脸上露出慈爱的表情，他说："他原本就是这样的孩子，从小就没让人操心过。"

"亲家费了这么大的心思将他培养成人，为的就是让他继承亲家的衣钵，让徐家的威望更上一层楼。"褚国华顿了顿，话锋忽然转向，说道，"如果他没有做到，那么亲家所花费的心思就全部打了水漂。"

下册

徐父敛目，并不言语。大家都是为人父母的，在这方面有足够的默契。

徐南烨确实是徐家正经的二少爷，徐家能给他的绝不会少给。他含着金汤匙出生，生下来就顶着这个荣耀万分的姓氏。旁人说起徐姓，不会觉得有什么特殊，但说起清河徐家，就能明白这姓氏的分量有多重。

徐父有三个儿子，大儿子被他寄予厚望，从来没让他操心过，自然将来要接他的位置，甚至是青出于蓝。

对三儿子，徐父一开始没抱期望，有两个哥哥撑着，他成不成器也就无所谓了。他进了司法行业，也算是没给徐家丢脸，徐父索性任由他去了。三儿子有他母亲的溺爱就已经足够，徐父要做的是让另外两个儿子越来越优秀。

徐父一开始就没对徐北也抱过期望，徐北也做什么都不会让他过于失望，甚至气愤。但徐南烨不一样，他从小听话、乖巧，始终好好地按照父母的意愿在成长。

徐父将很多的注意力放在了大儿子身上，徐母将宠爱都给了小儿子。至于徐南烨，他最懂事，从不用他们操心，就算少一些关爱，他也不会做出格的事。

但该给的，徐父始终没少给，每次看徐南烨拿回了令他满意的成绩单，站在自己面前斯文俊秀的样子，徐父都觉得骄傲。后来徐东野毕业，他转而开始悉心培养徐南烨。

但是这一切从徐南烨上高中以后就变了。他跟崇氏那个不学无术的小子成了朋友，还为那小子打了架。

徐父说不痛心那是假的。他认为只要让那小子远离他儿子就没事了，谁知徐南烨一次次地忤逆他。

徐父无法接受乖巧的孩子处处与他作对，他怎么能接受自己这么多年的心血付诸东流？

他痛心，又不想这个儿子继续和自己作对。

"我为他安排的路，他就这么不喜欢吗？"徐父忽然喃喃道，"我都是为了他好。"

"徐部，你我都为人父，我们对孩子的意义是引导，而不是控制。"褚国华的语气变得柔和了不少，他说，"瓷器碎了你都会觉得可惜，那南烨呢？"

"亲家，你们也不是外人，我索性就直接说了。我希望他的手里能握着点儿权力，希望他是有实权在手的人。徐家不可能为他充当一辈子的屏障，他以后更要成为自己子女后辈的靠山。"徐父重重地叹了一口气，痛惜地道，"但他不懂我啊，宁可在外交部天天和那些记者周旋，也不愿意听我的话，好好地往中央拼。"

褚国华淡淡地笑了，说道："追求仕途的年轻人叫有上进心，追求理想的就不算了吗？外交部有什么不好？国家部门各司其职，这几年外交事业风生水起，多少年轻人以他们外交官为榜样？他们未必比坐在办公室成天批红头文件的人差多少。南烨做翻译是有些屈才，但入仕途又不是他的本意，外交部正好，他这样的形象，新闻司于他而言再合适不过。"

徐父好半天没有说话。若是别人和他说这些话，他未必能听进去。

褚国华德高望重，本来就是学者中的佼佼者，更不用说南烨曾是他的学生。他也清高孤傲，几十年来专心教研活动，从某些方面来看，他们两个是有些像的。

"亲家，你今天来是为了跟我说这些？"

褚国华叹气，说道："你把南烨调到赞干比亚去了，我的漾漾跟着去了。她之前在赞干比亚受过伤，我是真不希望再看到她出事了。"

旁边一直听着两个男人说话的徐母忽然开口质问自己的丈夫。

"我不是说不要让他再去那个鬼地方了吗？你是不是想让他再经历一回当年的事？"

徐父有些愣怔，又见这几个人都看着自己，张了张嘴，缓缓地发出疑问："我什么时候让他去赞干比亚了？"

南烨在那里出过事，差点儿连命都丢了。他这个做父亲的就算再冷血，也不可能把儿子往那里赶。

褚国华也有些蒙了。他在这儿教育亲家半天，合着教育错了？

西安咸阳国际机场。

褚漾刚比完赛就被拉了过来，连比赛结果都没来得及听。不过，看余老师那满脸笑容的样子，她估计至少能得二等奖。

她本来认为以崇正雅的财力，买两张头等舱的票是绝对没有问题的。她跟着他一路穿过贵宾通道，然后坐在贵宾厅里等待登机。

在看到巨大的玻璃挡板后那架缓缓运行至待飞轨道的飞机时，褚漾发现这不仅仅是头等舱的问题。

"有必要吗？"他们去一趟南美洲，有必要坐私人飞机吗？

崇正雅满不在意地说道："哦，这里到赞干比亚的机票太少了，而且空乘服务都不怎么样，就干脆坐私人飞机了。"

她以前想过崇正雅是暴发户，但没想到他这么"暴"。

"今天终于能坐上 Citation Longitude（塞斯纳经度）喷气式飞机了。"登机前，崇正雅也是一副跃跃欲试的样子。

褚漾有些奇怪地问道："这不是你的飞机吗？"

"你也太看得起我了。我要是能有三千万美元买这么一架飞机，早跟我们家老头子分家了，"崇正雅自嘲地摆摆手，问道，"你知道容家吧？"

褚漾点头。

"容家那位二小姐，你认识吧？"

哦，就是她那个把"小包纸"听成"小包子"的小姑子。

褚漾再次点头。

"这是她老公的。"崇正雅的语气里充满了柠檬味，他接着说，"香港沈氏太子爷的私人飞机，之一。"

沈家的财力她是听过的。

那位沈姑爷近来把事业拓展到了内地，听说沈家已经同意将大部分产业挪入内地，不光是珠三角地区，还有内地的各个一二线城市，进而彻底地占领内地市场。

沈姑爷一手建立的中润集团市值已逾千亿，太子爷的身份对他来说可有可无。倒是他的堂侄，隐隐有入主东宫的意思。

因为徐、容两家是世交，家庭聚会时，褚漾也有所耳闻。令褚漾觉得好奇的是，为什么崇正雅能向沈姑爷借到飞机。按理来说，他们应该是没有交集的。

崇正雅对此的解释是，有你坐的你就坐着，问那么多干吗？

飞机飞行在云流之上，褚漾透过玻璃看着窗外一望无垠的天空。

越接近赤道，天空就越是湛蓝。

褚漾睡了会儿，醒了就继续望着窗外。

她再次来到赞干比亚，是为了找回被她弄丢的记忆。

也不知道睡了多久，褚漾被崇正雅摇醒。他说到了。

南半球此时正值夏季，和北半球的沉闷天气不同，这里的天空格外湛蓝。

刚脱下棉袄又要换上短袖，褚漾快被这温差折腾出病来了。

赞干比亚这两年内政才逐渐稳定下来，首都还处在百废待兴的状态，机场的环境和咸阳国际机场的环境简直没法比。

褚漾刚下飞机就被这漫天的灰尘呛得咳了好几声。这里到处都是工业装修的气味。

唯一值得庆幸的是天气不错，万里无云，阳光刺眼。

崇正雅早联系了这边的车，走出机场后就有一辆车等在马路边上。

褚漾原本以为崇正雅是要带她去大使馆的，结果看到司机直接将车开上了高速公路，并往越来越偏远的地方开去。

她问："这是要去哪儿？"

崇正雅淡淡地说："莫桑比河岸。"

褚漾对这个地方没有印象，问道："不去大使馆吗？"

"他在那里。"崇正雅转过头看着她，眼神中带着探究，说道，"几年前政府与反叛军交火，损伤最大的就是河岸对口的建筑，到现在也没有修好。他就是在那里出的事。"

褚漾茫然地眨了眨眼睛。

崇正雅选择放弃，说道："算了，你去了就知道了。"

他不再和褚漾说话，反而有一搭没一搭地跟司机聊起天来。

两个人讲的是英语，但司机的口音太重，个别单词她实在听不懂，只能从崇正雅的话中猜他们聊了什么。

司机问他们为什么要去莫桑比河。崇正雅说去找人。

司机啧啧两声，说那个口岸接近边境，这两年整个国家都在修葺，政府的拨款还没完全发放到那边，重建工作进展很慢，口岸那边大多是些战后危房和废墟，原先住在那里的居民大多已经搬走了，只剩下军队在那里驻守。

司机又问，你们的朋友也是中国人吗？

崇正雅说是。

司机笑了笑，说那就没关系了，你们的国家会保护你们的。

崇正雅冲他说了声谢谢，接着没再聊了。

"我之前在澳洲读书，每到放假的时候也不想回国，就买了机票到处玩，"崇正雅终于换回中文，跟褚漾说话，"不记得是哪一年了，是在尼泊尔吧，好好的城市说没就没，我还在买特产呢，轰的一声，刚逛过的几个小摊就没了。后来我被军队的人叫着去避难，才知道地震了，避难所里各个国家的人都有，大家当时都挺害怕的。"

崇正雅笑了笑，接着说："所有人在那儿等着被接回自己的祖国，你猜，是哪个国家的飞机先到的？"

褚漾不用猜也知道，于是答道："是中国。"

"那个时候我就想，这辈子我都不会入外籍，"崇正雅漫不经心地说道，"毕了业就回国安安心心地当我的'啃老族'。"

前半句话还挺像那么回事的，后半句话就将他打回原形了。

"后来我听别人说徐南烨来了这个鬼地方，这地方能有什么好啊，"崇正雅嫌弃地说道，"还在打仗呢，比地震严重多了。后来他就真出事了，我过来看他的时候，他就躺在那个露天医院里。那设备简直一言难尽，我不怕他流血过多而死，倒是怕他被细菌感染死了。"

崇正雅说这些话时，没掩住语气中的落寞。

"我跟他还在念高中的时候，他天天穿得整整齐齐的，那衣领上都找不到一点儿灰。后来看他那样子，我差点儿没认出他来，还以为是认错人了。我看他的几个同事也没他那么狼狈啊。我和那几个人聊了聊才知道，徐南烨参赞的职责就是好好地待在大使馆里负责安抚其他人，他偏要大老远地跑到莫桑比去救人。这不，人民英雄他是当了，徐家的荣耀也算是被他稳住了，他自己却差点儿把命丢了。"

他絮絮叨叨地说着，等终于把一长串的话说完，才下了结论："这死眼镜仔被个小姑娘救了，没死成，也算是命大。"

这车开得不太稳当，褚漾本来不晕车，活生生地被颠出了反胃感，脸色苍白地靠着椅子缓气儿。

"后来他就一直惦记着这小姑娘啊，惦记了好多年。"崇正雅说得抑扬顿挫，"有一次回母校的时候，他去拜访当年的几个老师，碰上了没教过他的一个老教授。那老教授的小女儿马上就要参加高考了，老教授怕她在家不认真学习，非让她每天到办公室来自习。当时那小姑娘就坐在办公桌边，好像是被一道数学题难住了吧，咬着手指在那儿想呢。老教授招呼他的小女儿过来，指着徐南烨说，这是咱们学校的优秀毕业生，问问这个哥哥。"

　　崇正雅说到这里居然笑了。

　　"真的太尴尬了，徐南烨是文科生，高三的理科数学压轴题他哪儿记得怎么做啊？哈哈哈哈哈哈。

　　"小姑娘说，没关系，等她回学校后问同学，然后就背着书包回家吃饭去了。

　　"徐南烨那时候肯定在想，她可算是长大了。

　　"他可算是找到她了。

　　"哪怕她有喜欢的人了，他也要想办法把她抢过来，藏起来。"

　　褚漾实在忍不住了，抬起胳膊打断了他的话。

　　崇正雅双目放光，问她："想起来了？"

　　"你有晕车药吗？"褚漾捂着胸口，神色痛苦地道，"我要吐了。"

　　这辆车也不知道是哪个年代出厂的老古董，引擎的声音比拖拉机的声音还响，机油味儿又特别重，褚漾开了窗还是觉得恶心。

　　"……"崇正雅面无表情地从兜里掏出一板药片丢给她。

　　自己白说了，简直浪费口舌。被迫到这么个鬼地方来，他连辆劳斯莱斯都租不到。

　　褚漾吃了晕车药也没什么用，最后实在忍不住，让司机在中途停了车，下车去一边吐。

　　崇正雅坐在车里等她吐完。

　　从机场到口岸的路程本来就挺远，他们到机场时已经是中午，如果再不快点儿，就这速度恐怕要等到天黑才能到那儿。

　　眼见暮霭沉沉，崇正雅捏着鼻子下车去看她。

　　褚漾蹲在路边的限速杆旁，低着头干呕。

　　崇正雅啧了两声，弯腰询问："你没事吧？你就这么晕？"

　　褚漾撑着膝盖勉强站起身，转头面对着他。她刚比完赛就被拖上了飞机，也没化妆，顶着一张素颜，本来就没什么血色的脸更显得苍白了。

　　"对不起，"褚漾咬唇，眼睛里还含着泪花，说道，"实在忍不住了。"

　　她身上这条长裙是登机前崇正雅随便叫人给她买来的。事实上她原本带到西安的行李在南半球根本用不上，崇正雅就全帮她寄存在机场了。

531

印着樱桃的雪纺长裙，衬得她像个楚楚动人的小可怜。

之前他哪次见她，她不是美艳张扬的大美人？崇正雅至今还记得第一次在会所见到她的时候，确实惊艳，不然当时他也不会动追她的念头。只是，他被徐南烨教训了一顿，这念头就烟消云散了。

也不怪那"眼镜仔"惦记了她那么多年。

崇正雅本来还有些生气，到这地步了，现在是有气也没地方撒了。

小姑娘一直跟着他，十几个小时里日夜颠倒，刚下飞机又坐这颠簸的破车，就为了找一个死坏死坏的臭男人。

崇正雅有些于心不忍了，问她："要不，原地休息会儿吧？"

"不了，"褚漾摇摇头，转身又坐到了车里，说道，"我要去找师兄。"

"那你又晕车怎么办？"

褚漾轻轻地笑了笑，说道："多吃几颗晕车药呗，权当减肥了。"

两个人重新上了车，崇正雅一改刚才吊儿郎当的模样，语气有些恍惚，问道："有个人惦记是不是特别好？"

褚漾不解地看着他，问他："什么？"

"心里有个记挂的人，是不是没那么孤独？"

天色渐渐变暗，橘红色的天空上再也没有了光芒，前方一望无际的公路显得格外长。司机打开了车灯照亮前方的路。

"如果现在下了车，就算这条路再长、再黑我也会接着走，而且一点儿也不觉得孤独。"褚漾靠着椅背，神色悠然地道，"因为我知道，走过去就能找到那个人了。"

崇正雅又问："那万一这条路上有猛兽、陷阱呢？你也不怕？"

褚漾摇头，说道："我不怕。"

"他不在，可没人能保护你哦。"

"没关系，"褚漾笑笑，说道，"他在的话，他就是我的盔甲；他不在，我就是自己的盔甲。"

崇正雅被这话整得牙酸，心里却又不可抑制地羡慕起来。

"那你想要他保护你吗？"

"我想被他保护，但更想保护他。"

崇正雅咧嘴笑了。他忽然也好想有个女人用这种坚定的语气告诉他，会保护他，只可惜没有。

532

天终于完全变暗了。

车子到达了莫桑比河岸，崇正雅先下了车，看到这一片荒凉的景象，忍不住先骂出了声："这什么鬼地方啊，伸手能看见个鬼？"

其实也没有很黑，只是他习惯了国内城市夜景的繁华，习惯了各种霓虹灯将夜晚点缀得如同白昼，看到这种场景自然不习惯。

最亮的就是从天空洒落下来的银白色的月光。

河岸这边的不少房子与国内的村庄里的房子相似，大多是平房，最高的也不过三四层，透过四方的窗能看见里头白炽灯的昏黄光线。

很多地方还在施工，围着绿色的施工网，有的屋顶还没盖起来，几个工人坐在地上一起吃饭。

不少的屋子里被人在两侧扯了一根细绳，上头搭着衣服和毛巾。

"都这么多年了，工人只修成这样。"崇正雅感叹道，"还是钱没到位啊。"

楼房不高的好处就是能完完全全地看见巨幕般大小的夜空，还能听见隐约的蝉鸣。

褚漾四处望了望，问道："师兄到这儿来做什么？"

"我哪儿知道。"崇正雅耸肩，说道，"放着国内的一线城市不好好待，非要过来找罪受，难怪外交部工作人员的离婚率这么高。"

褚漾总觉得崇正雅说的不是什么好话，索性不搭他的腔，随便他说。没人理崇正雅，他抱怨了两句也就不说了。

两个人走在街上，不少在屋外乘凉的当地人好奇地盯着他们。

这里接近边境，都是地势不高的大片空地，隐隐约约还能听见远处传来的哨声。天已经很黑了，路越来越难认。

崇正雅在一处围着施工条的建筑旁停下，说道："就这儿，进去吧。"

现在这么晚了，旁边所有的施工工作已经暂时停下，唯独这栋房子里还在施工。

二楼的工人们还在砌墙。褚漾忽然被喊了一声，崇正雅让她让开些。她急忙往旁边退了几步，两个工人抬着钢筋直接跨过了施工条。

"这么晚了还加班？"

崇正雅跟她解释："你给几倍的工资，别说加班，通宵都行。"

褚漾有些不确定地问："师兄真在这里面？"

崇正雅瞥她一眼，说道："你要是不信就别进去。"

她摸摸鼻子，踩着地上的碎砖进去了。

崇正雅低头看了一眼时间，发现手机上的日期自动调整了。日期整整退回去了一天。地理废的崇正雅这才想到，北京时间比这儿快了十几个小时，他好像提前带褚漾过来了。

"来早了，"崇正雅啧了两声，随即安慰自己，"应该没事的。"

他收起手机，打算去附近找找有没有零售店，想着买点儿东西先填填肚子。

已经进来的褚漾捂着嘴隔绝灰尘，但鼻子里还是痒痒的。

里头黑黢黢的，褚漾打开手机的手电筒功能，踩着满地的砖块和钢筋艰难地探寻着方向，终于找到了通往二楼的楼梯。

楼梯也还没涂漆，坑坑洼洼的不好走。褚漾庆幸自己穿的是平底鞋，不怕崴脚。她小心翼翼地上了楼。

陌生的语言传进她的耳朵。那是西班牙语。褚漾很快就想到了这个语种，她没学过，因此一句话都听不懂。

那应该是那些工人在交谈。

"Con mucho trabajo（辛苦了）。"一道好听的声音在楼上响起。

褚漾的大脑突然间就被抽空了，她鼻间一酸，脚步停在楼梯间，连抬腿都变得有些吃力。

那一瞬间，她说不清自己是什么心情，好像是狂喜，又好像是愤懑，更多的却是失而复得的委屈与心酸。

他的嗓音在这寂静、晦暗的夜里听着都是低沉、温和的，和她记忆里的一模一样。

褚漾只记得那天他陪她去爸妈家，说了很多平常不会说的话，完全没有给她任何暗示。以至她再回到家中，看着那空荡荡的家不知所措。他带走了很多贴身的东西，唯独留下了那辆宾利车的钥匙。

徐南烨那天让她开车时说："想让你习惯一下开车。"

他早打算自己一个人走，把她扔在家里。她如果不是找了过来，还不知道要等到什么时候才能再听见他的声音。

褚漾颤着下巴，忽然就哭了出来，鬼知道她憋了多久。她真的太想他了。

褚漾没控制住声音，微弱的啜泣声传到了二楼那些人的耳中。

有几个胆子比较小的工人被吓到了，用她听不懂的西班牙语厉声质问着，估计是把她当成什么冤魂了。

褚漾自己也被这些工人大声的质问吓了一跳。满脸泪水，她又不想让人看见自己现在这副狼狈的样子，只能转身往楼下逃。

没地方躲，褚漾干脆躲在了楼梯底下。她听到了几个人的脚步声，他们正颤颤巍巍地踩在自己头顶的楼梯上。

这黑漆漆的地方，褚漾被人当成鬼，又穿了条白裙子，现在就是跳出来说自己不是鬼，一通沟通不顺的解释，可能那些人手里拿着的防身工具也会朝她先砸下来。

几个工人用颤抖的声音互相交流着，发现没人后，转而又上楼去了。他们估计是觉得自己听错了。

褚漾蹲在楼梯下，捂着嘴默默地哭，等差不多哭完了，又伸手擦掉了脸上的眼泪，理了理头发，这才打算站起身上楼去找徐南烨。

就是在这时候，女人爱美的天性也依旧没有改变。

上面的人又说着她听不懂的话。褚漾也不知道他们说了些什么，只听头上忽然传来一阵刺耳的施工声。先是电镐钻入水泥墙面的声音，紧接着是重锤敲打墙面的声音。

褚漾正在发蒙，脚边忽然砸下来一块水泥板。她被吓了一大跳，惊呼着从水泥板边跳开。然后又是一块水泥板砸了下来。褚漾只能往角落里躲，她想往二楼跑，但怕还没跑上楼梯就被砸死了。

二层的地板还没有完全铺上，有什么废料，工人们都往一楼扔。刚才工人们看了一眼二楼砌了一半的墙面，觉得位置不对，仔细算了下果然不对，所以才要把墙砸了重新砌。

徐南烨站在二楼，终于觉得有些不对劲了。他没有打断工人们的工作，自己转身朝着楼梯下面看了过去。

刚才是听到了什么声音，但他一个无神论者并不在意。这群工人倒是神经紧绷，还特意拎着锤子下去看了。人怕不怕鬼都正常，徐南烨也没管。最后，工人们当然是什么都没看到。

施工的声音很大，但徐南烨确实听见了楼下有声音。他踩着凹凸不平的楼梯下去了。

淡淡的月光透过还未装窗的四方框洒进来，徐南烨勉强能看清一楼的方向。他用西班牙语问了句"有谁在下面吗"。

忽然有道微弱的声音响起。

"师兄，是我。"

徐南烨的耳朵里轰的一声，刹那间他如同被针尖刺穿了身体。他什么都顾不得，脚步急切，浑身的神经紧绷着，心脏如同坠到深海中，又灌满了铅，让他几乎无法呼吸。

在月光的照射下，他勉强看清楚了蹲在墙边的那道小小的身影。

男人难以置信地问道："漾漾？"

褚漾抬起头，眼泪汪汪地望着他，带着哭腔喊他："师兄……"

她有些狼狈，脸上都是灰和眼泪，额前的碎发被汗水浸湿，显然是吓的，看着可怜又委屈。

徐南烨跑过来，蹲下身子护在她的面前，指尖颤抖着抚上她的脸。

男人的表情里带着满满的心疼。

"你有没有伤到哪里？砸到你了吗？"徐南烨不住地询问她，"疼不疼？"

脸被他捧着，褚漾摇头摇得有些困难。她才哭完，这会儿见到师兄就又哭了。

"没砸到我，"褚漾咧着嘴，又哭又笑，"还好我躲得快。"

徐南烨舒了一口气，替她拨开黏在额头上的发丝。他突然发现她头上什么都没戴，顿时有些气恼地看着她。

徐南烨的脸色变得有些冷峻，他用低沉的声音质问她："你怎么连个安全帽也不戴？"

"……"褚漾心虚地抿了抿嘴，说道，"我忘了，崇先生也没提醒我……"

几百米开外，还没找到东西吃的崇正雅打了个喷嚏。

徐南烨叹气，将自己头上的安全帽取了下来，轻轻地扣在她的头上，又替她系紧了带子，以防安全帽掉下来。

褚漾刚想开口说"那你怎么办"，楼上又是一阵闷响传来。她还没来得

536

及张口，就被男人紧紧地护在了怀中。褚漾清清楚楚地听见了他压抑而嘶哑的闷哼声。

眼前是一片灰色的尘雾，水泥块落地时扬起刺鼻的灰，褚漾被熏得眼泪直流，肩上忽然一热，黏稠而温热的液体滴落在自己的肩上。

褚漾的瞳孔骤然放大，她陡然变了脸色，惊慌地道："师兄？"

徐南烨收紧了环住她的胳膊，哑声安慰她："别怕……"

褚漾张着嘴，颤抖着下巴，想抬头看他，却又被他伸手挡住了眼睛。

男人用气音对她说："也别看……"说完，他抬起另一只胳膊，将身上剩余的水泥块扫了下去。

男人头痛欲裂，视线也渐渐变得有些模糊。他还抱着她，只能勉强抬起痛到近乎麻木的胳膊，试图擦去眼镜片上的污渍。

徐南烨用指尖在眼镜片上擦了两下也没用，只好摘下眼镜。眼镜片上黏糊糊的，难怪擦不干净。他干脆将眼镜丢到了一边。带着铁锈味的液体顺着额头慢慢滑过他的眉眼，滴在原本干净的衬衫上。

徐南烨对楼上的人说了句什么。楼上立刻传来了工人们慌乱的声音，徐南烨压着嗓音安抚了几句，又让他们叫救护车来。

"漾漾别怕，"徐南烨拍了拍她的背，像哄小孩儿般哄她，"没事的。"

褚漾只觉浑身脱力，仿佛失去了思考的能力，任由他抱着她安慰，眼眶里蓄满了泪水，张着嘴大口地喘着。

多年前的场景突然和现实重合，像是剪辑错乱的影像，时间开始交错，黑夜、白天颠倒，褚漾陷入恍惚，睁着眼却又什么都看不见。

她犹记得，那时候也是不分白昼黑夜，枪声连天，炮弹将天边染成了橘红色。

姐姐所在的剧组驻扎在莫桑比河岸，当时剧组的人正在拍一场重头戏，谁也没空管她。她自己走到了这座边境小镇。虽然外面不太安宁，但这座小镇靠近边境，且有军队驻守，因此还是一片宁静、平和的景象。

上一秒是这样，但是下一秒，激烈的枪声响起，周围到处是尖叫声。首都遭到反叛军的袭击，赞干比亚国土面积不大，军事力量不强，大部分军队已经赶往首都。

慌乱间，她躲进了一间居民房。这间房子的主人早就避难去了，临走连门也没来得及锁。褚漾躲在桌子下，瑟缩着身子祈祷观世音保佑她。

她闭着眼，嘴里念念叨叨的。她以前去寺庙都没这么虔诚过，如今听着外头嘈杂的声音，倒是一心向佛了。

观世音，快来救救我吧。

门忽然被推开，褚漾一惊，生怕是拿着枪的坏人来了。她抱着膝盖，缩成了一团。

门外那个人用中文问道："有中国人在里面吗？"

褚漾泪流满面，观世音显灵了！

她手脚并用地爬出了桌子，倒是把门外的人吓了一跳。

褚漾边哭边说："我是中国人。"

男人蹲下身子，替她擦去了眼泪，对她说道："小妹妹，别怕，没事了。"

褚漾双眼蒙眬，看不清男人的长相，只能听见他低沉、好听的声音，觉得这男人很年轻。她用力地擦了擦眼睛，终于看清了眼前的人。

很年轻的男人，戴着眼镜，一副斯文俊秀的样子。

褚漾回过神。就是这间屋子，她就是在这里遇到了师兄。

他们的第一次见面，不是在去年的讲座会上，也不是她高三时在清大的教师办公室里，而是多年前在这片异国的土地上。

褚漾抓着男人的衣袖，再也不可抑制地大哭起来，把徐南烨吓了一跳。

他也不知道她是因为心疼自己，还是自己刚才没保护好她让她也受了伤，只好耐心且温柔地低声抚慰她。

徐南烨拧起眉，听她哭得这么可怜，只觉得自己的五脏六腑都快碎了。

"是不是伤到哪里了？很疼吗？"他心疼地问道。

褚漾用力地摇头，然后低头用力地攥着他的衬衫，哭着叫了他一声："哥哥……"

徐南烨的瞳孔蓦地放大，整个人就像被钉在了原地，什么话也说不出来，竟然连回应她的力气都没有了。

他用力地闭上眼，再睁眼时，眼中尽是失而复得的狂喜与痴念。

男人短促地呼出一口气，纵使胳膊已经疼得快失去知觉，他还是尽全力地抱紧了怀中的人。

"我在，"徐南烨将头埋在她的颈间，嗓音喑哑，却又带着微弱的哭腔回应她，"这次换哥哥保护你。"

对他而言，哪怕这一刻死了也是值得的。

　　赞干比亚内战彻底爆发的那一天，无数中国过境公民与当地华侨向中国驻赞干比亚大使馆求助。

大使馆从未这么热闹过，也从未这么狼狈过。徐南烨正在馆内安抚避难群众。

反叛军"黄巾军"开着几辆重型武装机车停在了大使馆门口。他们的目的很简单——让使馆开门。他们怀疑有赞干比亚政府的高层人员趁机溜进了使馆避难。

在使馆内避难的都是普通人，他们听不懂外面的人在喊什么，却知道枪声与炮弹声的含义。尖叫和哭泣声在使馆大厅内环绕。

年过半百的大使先生面红耳赤。这群反叛军真是疯了！他们连中国大使馆都敢闯进来！

常年在国外任职的大使先生早已不清楚"和平"二字怎么写，使馆是他在异国他乡最安全的地方。

经年累月的工作早已让他的身体大不如前，如今他被气得连呼吸都有些困难。直到有人扶着他坐下，他才稍稍平复了心情。

徐南烨语气平静地道："我出去跟他们谈判。"

大使先生望着他沉静、冷峻的面容，一时间竟然不知道该说些什么。

这位徐部家的二公子初入仕途，原本前途大好，却不知怎么被外派到了这么一个不安宁的地方。是升是贬不重要，外派就意味着离开他们安稳、宁静的国家。

外交官人前是多么风光无限的职业，人后谁都怕一纸调任令使自己从此背离国土，客死他乡。

大使先生叹着气道："你父亲当初就不该把你派到这里来。"

当大使离职或不能履行职务时，作为公使衔参赞，同时也是外交代表的主要助手，徐南烨有义务履行职责。他推开了使馆大厅的门，站在了铁栏内。

个子高挑的年轻男人穿着剪裁简单的白色衬衫，系着灰色领带，衬衫的左胸处别着中国国徽，就这样站在了比他高出很多的武装机车前面。

徐南烨语气沉稳地道："中国不主张干涉任何国家的内政，请你们离开。"

为首的反叛军跳下车，说明了自己的来意。他们不伤害中国人，就是想进去找找有没有他们政府的走狗在里面躲着。

徐南烨不为所动，仍然平静却有力地让他们离开。

"请你们尊重国际合约，贵国内政变动与我国公民并不相干，大使馆在收到两国政府的指示前，绝不会开门。"

眼前的男人很年轻，有一张俊雅、干净的脸，看着也不过二十岁出头的样子。

而反叛军的头目年近四十岁，留着一脸络腮胡子，当过雇佣兵，干过抢劫掠杀的勾当。

头目将枪口对着他，再次让他开门。

徐南烨瞥他一眼，藏在眼镜片下的琥珀色瞳孔中满是无畏。

头目看着他左胸处的国徽，和他身后正徐徐升起的中国国旗，狠狠地啐了一声，骂骂咧咧地扬手离开。

铁栏外的反叛军暂时撤退了。他们不是怕这几个外交官，也不是怕这座使馆，更不怕那一枪就能击落的旗帜。他们怕的是这群中国人背后坚实且强大的国家。

中国驻赞干比亚大使馆宛如一座结实的堡垒，即使屹立于馆外的国旗沾满了灰尘，也依旧是反叛军不敢踏入馆内的坚实护卫。

空旷的大厅里已经挤满了当地华人和入境旅客，外面还有未来得及入馆的中国人。

徐南烨已经两天没有合眼，不断有人过来询问什么时候才能回国。

大使先生扔下电话后神色凝重地道："莫桑比河岸附近还有一群中国人，听说是个过来拍电影的剧组，石桥被炸了，他们被困在河对岸过不来。解放军的直升机现在被扣押在边境口岸暂时飞不过去，首都这边的维和军队走陆路过去需要人带路，谁愿意跟我一起过去？"

徐南烨淡淡地说："我去吧。"

大使先生拧眉，道："你出了这个使馆，安全就没人能保证了。就算是你父亲也救不了你。"

"我是共产党员，不是独生子，我知道该怎么到河对岸。"徐南烨一字一句地说出了自己的理由。

大使先生最终默认了他的请求。

旁边有人听到他们的对话，也不知是谁喊了句"还有人没进来，要死人了"。一时间整个使馆内的避难群众又吵闹起来，好不容易稳定下来的人们又变得偏激且疯狂。他们质问使馆里的这群外交官和外头的解放军到底是干什么吃的，为什么连救个人都这么困难。

素来慈祥、温和的大使先生彻底发火了。他红着眼睛指着其中几个只知道扰乱人心的人，道："你们知道我有多少年没有回家了吗？你知道驻守在赞干比亚的军人们又有多少年没回过家了吗？我们比你们更想回家！现在军人们正在努力搜寻剩下的中国人。我的同事们在不断地向国内政府请求帮助，希望能够尽早派救援机过来送你们回中国。等你们回去了，你们就彻底安全了，而我的同事们和那些军人还要留在这里继续维和，你们有什么资格抱怨？"

使馆内一下子变得安静无比。

大使先生擦了下湿润的眼角，转身用力地捏上了徐南烨的肩膀，说道："务必把我们的同胞带回来。"

徐南烨轻轻地点头，坚定地说道："好。"

他的记忆从这里和褚漾交汇。

坐着并不安稳的汽车，徐南烨来到这座边境小镇。他们找到了电话里说的那个剧组，小镇里除了这个中国剧组，还有少数中国旅客。

徐南烨随意地推开了一扇虚掩着的门。如果是普通旅客，应该会因为害怕而躲在屋子里。

他问了一句："有中国人在里面吗？"

眼前的餐桌忽然动了动。

他下意识地后退了一步，居然看到一个小姑娘像只乌龟似的，手脚并用地爬了出来。

小姑娘边哭边说："我是中国人。"

徐南烨蹲下身子，看到小姑娘满脸泪痕，身体还止不住地颤抖着。

他蹙眉，替她擦掉了眼泪，让她别怕。

小姑娘用力地擦了擦眼睛，擦得眼睛周围细嫩的肌肤都泛起了红，才看清眼前男人的模样。

很年轻的大哥哥，长得也好看。

她一下放了心，抽泣着向他哭诉道："哥哥，我跟我姐姐走散了。"

徐南烨安慰她，说："我们会找到你姐姐的，你跟我先到安全的地方。"

他想带着她离开，门外又是一阵巨响，像是要直接穿破耳膜，徐南烨的耳朵嗡了一声。

那是屋顶松动的声音。

徐南烨抱着她重新躲在了桌子底下。

在不确定门外是否安全的情况下，他们躲在这里确实是最好的选择。

小姑娘怯怯地问他："哥哥，你是解放军吗？你怎么没穿军装？"

徐南烨摇头，说道："我不是。"

小姑娘又问他："那你为什么会来救人？"

徐南烨向她解释："我是外交官。"

外交官也要救人吗？

外交官的职责到底是什么？这个职业苦乐相伴，被很多人视为国家的代表，被人尊敬、爱戴。对外交官而言，这是一份浓浓的自豪与骄傲，也是压在心头的沉甸甸的使命和责任。

一名合格的外交官应效忠国家和人民，维护祖国和人民的尊严和权益，不惜倾注毕生的心血，牺牲个人和家庭的利益，爱国，忠国，爱民，忠民。

中国政府为国土内的公民撑起一把巨大的保护伞。驻守他国的外交官和军人们为境外的中国人与华侨撑起这把保护伞。

徐南烨笑了笑，说道："我现在的任务就是保护你。"

小姑娘看着眼前这个年轻的男人，入了神。

她以前看电影，主人公遇到危险时，总是会有帅气的解放军朝主人公伸出手，告诉主人公别怕，他们来了。原来还有这样一类人，也是能够保护她的。

西装革履，风度翩翩，外交官在镜头前是多么风光、体面！他们是国家对外有力的软武器，国力不断发展，他们才有了更多的外交话语权。

弱国无外交，现在他们终于有了话语权，这个职业不再是心酸和难堪，也不再是被他国诟病的懦弱和无能，而是坚守底线，刚柔并济。

小姑娘笑着说："那我现在的任务也是保护你。"

徐南烨愣了愣，这座不大的房子里，只有他们两个人。他们确实应该互相照应，只是，徐南烨不相信这半大的姑娘能保护他。

"哥哥，你是清大毕业的吗？我爸爸就在清大教书。"他们躲在桌子底下，小姑娘的话特别多，她问一句，徐南烨就答一句。

小姑娘语气坚定地说道："那我以后也要考清大。"

徐南烨揉揉她的头，说道："好，我等你。"

他们刚约定完，摇摇欲坠的屋顶就坍塌了，脆弱的木桌支撑不了这样的重量，徐南烨抬起手，下意识地替她撑住了即将砸下来的屋顶。

四个桌脚彻底断裂了。

在他的手臂快要支撑不住时，小姑娘迅速站起身，从他怀中挣脱，牢牢地用自己小小的身躯护住了他。她年纪太小，根本忍不住疼痛，被砸的一瞬间就叫出了声。

徐南烨的胳膊已经快抬不起来，他咬着牙替她用力地推开了身上的水泥块。

小姑娘的头发里夹杂的无数碎块和灰尘，磕着了她头发下的某块伤口，她痛得要死，却又不敢用手去捂。

那些棱角分明的小石块侵入了她的伤口，撕咬着她娇嫩的肌肤，让她痛得近乎昏厥过去。她的伤口还在不断地流着血，看着瘆人。

徐南烨转而将她抱在怀里，颤着胳膊不断地安慰她。

小姑娘哭着哭着就晕了过去。

他也受了很重的伤，背上还压着重重的水泥块，只能勉强直起腰坐在地上，为她提供一个可以依靠的人形座椅。

终于，他听到外面传来了熟悉的中文。

"我们是中国人民解放军，我们来救你们了。"

等徐南烨再次醒来时，周围已经成了一片白茫茫的景象。他再也找不到那个救了他命的小姑娘，只是听说她的家人已经接她回国了，人还活着。

他松了一口气。既然回国了，那就代表她彻底安全了。没有什么地方比中国更安全。

徐父听到消息后，迅速将他调往欧洲。这次徐父没再让徐南烨单枪匹马地赴任，而是将他安排在了徐家旁支经济产业覆盖的英国。

英国这个国家多雾多雨，连晴天都很少见。

在接任中国驻英国大使馆的大使头衔前，徐南烨选择回国，回到真正能令他安心的中国，也去找那个小姑娘。

原本徐南烨只是想回学校看看老师，却没想到真能遇见她。

她的婴儿肥差不多都褪了，整个五官都比那时候精致了不少，在学校，她应该是很多男孩儿想要追求的女孩儿。

徐南烨想和她说声谢谢。但她好像都不记得了，也不认识他了。

平生头一次，徐南烨向人打听了一个小姑娘的高中学校。她在市区里的省重点高中念高三，那天晚上他开着车进了那所高中，在办公室找到她的班主任时，她的班主任只是无奈地告诉他，这小姑娘居然逃课了。

她有一个那样严肃的父亲，居然还敢逃课。

班主任说："从我们学校毕业的一个学长今天回校演讲了，他们的关系不错，小姑娘应该是去找这个学长了。你去碧翠亭看看，他们这些小孩儿平常就喜欢往这种漆黑的地方钻。"

班主任何曾看不出这些少年少女之间暧昧的情愫？但若不影响学业，他们其实很愿意睁只眼，闭只眼。

车子开不进小小的碧翠亭。徐南烨下了车，但车灯依然开着。绕过灌木丛，他终于看到了亭中的少年少女。

他们都是十七八岁，最美好的模样。朦胧的初恋萌芽，只差捅破那么一层窗户纸了。

在车灯的映照下，小姑娘用试探的语气问眼前的少年："学长，你欢迎我去吗？"

那个清秀的少年盯着池塘里漂浮着的几片莲叶发呆。车灯照亮了他的侧脸。也不知道过了多久，他说："我很欢迎。"

她会考清大，却已经不是为徐南烨了。她长大了，却不记得他了。他还欠她一声"谢谢"，她却已经不需要了。

徐南烨没有打扰他们，而是选择转身离开。他坐在车子里发了很久的呆，说不清此刻心里是何种感受。

或许多年前的执念是对她的感激和记挂，而如今看到少女娉婷，渐渐长成了大人的模样，这些年的想念都渐渐变了味道。这也是他第一次看到她长大后的模样。他在国外等了这么多年，仿佛就是为了等她长大。

徐南烨没有拒绝清大的邀约，如期举办了回校讲座。

也是奇怪，来听讲座的女孩儿那么多，像是把一整个春天带进了教室，他却看见了最不起眼儿的那朵花儿。

徐南烨终于明白，什么叫作一见倾心。

因此，在她向她的父亲说明他们结婚的缘由时，她脱口而出的那句"一见倾心"，竟然无意间将谎言误打误撞地说成了真的。

他们是一见倾心，也是多年挂念，更是此生难忘。

人这一生所能经历的奇遇，徐南烨都在她身上感受到了。

如今，他终于不再是一个人守着这些回忆了。

由水泥块堆砌的废墟中，徐南烨不再是往常那般儒雅、干净的模样。他身上的衣服落满了灰，衣袖边是擦不去的污渍，英俊的眉眼间也都是斑驳的血痕。

这一刻，他不再是那个高高在上的男人。残破和狼狈为他添上了更为诱人的破败美感。他就像是将一件精致的瓷器狠狠地摔在地上，再也不复往日的金贵，却让人甘愿捧着会划破手指的瓷片，为它落泪。

徐南烨的骄傲与清高，在这一刻全线溃败。已至而立之年，风尘掩去他的真实，他伪装得极好。到如今，他终于卸下沉重的担子，低声哭了出来。

"哥哥，"褚漾心疼地抚上他的脸，替他拭去颊边还残余着温度的血，说道，"对不起，对不起。"

她不知道自己要说多少个"对不起"才够。对不起她这些年将他遗落在时光的洪流中，让他独自承受着这样沉重的记忆；对不起她这些年来的任性、不自知而对他造成的无意识伤害。

"对不起，对不起……"她的声音越来越哽咽，到最后她连发出音节都有些困难。

她像个傻子光张着嘴看着他哭，却什么话也说不出口。

"别哭，"徐南烨喉结微动，说道，"漾漾，我欠你一句话，欠了很多年了。"

褚漾一把鼻涕一把泪地问他："什么？"

男人的语气很轻，像是轻轻的羽毛落在她的心间，他说："谢谢。"

褚漾茫然地问他："谢我做什么？"

徐南烨的唇边挂着浅浅的微笑，他淡淡地说道："在我最不愿同他人袒露的日子里，在阴郁难耐的时光里，你是我的光。"

褚漾忽然哭得不能自已，鼻涕混着眼泪打在衣襟上。

"漾漾，"徐南烨闭眼，轻轻地笑着说道，"我爱你。"

无论是过去曾透过窗隙，从他人梦中窥见，豆蔻枝头的你，还是现在彼此温存，哭得快要断气的你，抑或是有幸在未来得见白发苍苍倚坐摇椅的你，我都只爱你。

不论是十年前，还是十年后，无论是碧棺锦衾，还是黄土白骨，我爱你，只爱你。

动
的他
心先

第　十　一　章
离圆满只差一点点

　　救护车来得还算比较快，徐南烨看着几个救护人员要将自己抬上担架，这姿势实在不怎么好看，他的偶像包袱这时候卸不下来了。

　　额头和肩膀被水泥块砸到了，所幸腿没受伤，他还能勉强站起来。

　　徐南烨不想躺在担架上。

　　褚漾看着那几个救护人员有些纠结的表情，也知道师兄跟他们说什么了。

　　在工人们叽叽喳喳的劝阻声中，这位中国姑娘突然指着他们老板的鼻子骂："你给我滚上去！躺好！不然把你的腿打断，看你还能走不！"

　　在场的赞干比亚群众虽然听不懂这姑娘在骂什么，但都被镇住了。

　　男人抿了抿唇，最后还是躺上去了。

　　救护人员虽然不会说中文，但用眼神对褚漾回以最真诚的感谢之情。

　　每个国家的救护车鸣笛声都是如此声势浩大，三色警灯照亮了整条街。

　　几百米外的崇正雅眼见着救护车停在了那栋建筑前。他大感不好，以百米冲刺的速度奔了过去。

　　等看到徐南烨惨兮兮地躺在担架上，褚漾跟在旁边哭得稀里哗啦时，一时间震惊不已的崇正雅张着嘴，好半天没说话。

褚漾边吸鼻子边问他："你上来吗？"

崇正雅又看了一眼担架上的徐南烨。

徐南烨伤得没上回重，但半张脸被血染花了，衬衫也是又脏又皱。这男人对自己下手也太狠了。

崇正雅满面愁容，说道："我还是去吧，谁知道这是不是最后一面呢。"

褚漾一听这话，就又撇着嘴要哭出来了。

徐南烨是真的抬不起胳膊，说句话胸口都疼，但还是低哑着嗓音安慰她："别哭。"

然后，他对救护人员说了几句话。

崇正雅正要抬脚跟着上车，便被救护人员拦下来了。

他一脸蒙，下意识地就用中文问："拦着我干吗？我兄弟要死了，我得陪他走完这最后的路。"

崇正雅说完，才意识到这人听不懂，又用英文翻译了一遍。

"抱歉，他说他不认识你。"救护人员的口音很重，所幸这句话没什么难度，崇正雅听懂了。

"他说不认识我？"

崇正雅被赶下救护车，等车子开了好远还杵在原地怀疑人生。

南半球夜晚的夏风格外凉爽，凉到人的骨子里了。

所谓兄弟如手足，蜈蚣的手足，女人如衣服，过冬的衣服。

"什么兄弟，心里有女人就什么都不是了。"

崇正雅想念少时的徐南烨，那时的徐南烨眼里只有学习和他这个兄弟。

"你怎么没让崇先生上来？"褚漾用纸巾擤了擤鼻子，说话时还不停地抽抽搭搭，"他也是关心你。"

徐南烨闭眼，淡淡地说："真关心我的话，也不至于连个时间观念都没有。"

褚漾不明所以，总觉得崇正雅没有时间观念跟徐南烨不让人上救护车这件事不搭边儿。

"那就把他一个人留在那儿？"

徐南烨抽了抽嘴角，道："他会跟过来的。"

要说还是多年的朋友心有灵犀一点通，救护车开到医院楼下，褚漾刚

从车上下来，就看见一辆颇有历史感、车速感人的三轮车开了过来。

穿着英伦风双排扣黑色呢子大衣的崇正雅长腿一跨，从三轮车上跳了下来，动作帅气逼人。如果他坐的不是三轮车，那就更帅了。

"……"

褚漾想起他之前在西安还要特意租一辆林肯的样子，也不知道他那高贵的屁股坐在三轮车的座位上有没有遭到玷污。

崇正雅对此很介意，拍了拍屁股，惆怅地道："我不干净了，已经被贫穷的味道玷污了。"

他之前那满身的暴发户味儿也没好闻到哪儿去。

褚漾暗自腹诽，和崇正雅一起送徐南烨进了医院。

两个人进不了医疗室，干脆并排坐在病房门外等徐南烨出来。

褚漾也受了点儿伤，坚持要等徐南烨出来，被崇正雅言辞激烈地赶走了。

"你以为拍灾难片呢？"崇正雅冲她摆手，说道，"赶紧去处理伤口，到时候得破伤风了别怪我没提醒你。"

褚漾没法，只叮嘱他如果徐南烨有什么问题就赶紧叫她过来。

崇正雅对此不以为意。"眼镜仔"福大命大，之前赞干比亚打仗他都能捡一条命回来，这回不过就是被砸了几下，肯定死不了。

等医生出来告诉他可以进去了，崇正雅这才理了理衣领，吊儿郎当地走了进去。

徐南烨刚处理好伤口，头上和肩上都绕了好几圈白色的绷带。将鼻梁上的眼镜取下放在一边，他本人正懒懒地靠在病床上闭着眼休憩。

崇正雅见惯了他衣履精致，连头发都要打上定型喷雾的矜贵样子。

他现在额前的短发蓬松微乱，落下来遮住眉宇，细长的眼睛闭着，盖住了他那双澄澈的琥珀色瞳孔，双唇微抿，俊秀的五官轮廓因为额上的绷带而显出几分文弱无害的样子。他的皮肤细腻且泛着浅浅的白色，看着没什么血色，衬得眼角和嘴唇边的小伤口更加殷红。

他简直就是一个病美人。

崇正雅看他样子可怜，蹑手蹑脚地走到病床边，一时间父爱泛滥，伸手想替他掖掖被角。

眼前闭着眼的男人忽然出声，嗓音低沉地道："离我远点儿。"

崇正雅有些心虚地缩回了手。

徐南烨慢悠悠地睁开眼，将眼神挪到崇正雅的身上。

"今天几号？"徐南烨问他。

崇正雅装傻，说道："你失忆了啊？连今天几号都不知道。"

躺在床上的徐南烨看着他，没说话。

"早一天晚一天不一样？反正你老婆人来了就行了。"崇正雅撇嘴，又赶紧转移话题，"她想起来了吗？"

徐南烨嗯了一声。

崇正雅顿时就有了底气，道："她想起来了就行。你应该对我感恩戴德，知道吗？"

徐南烨勾唇，冷冷地道："我是该感恩戴德，毕竟我这身伤都是托小崇总的福。"

崇正雅蹙眉，指着他的头，问道："你这难道不是苦肉计吗？"

徐南烨眯眼，嗓音低沉地道："我会让漾漾跟我一起受伤？"

当时若不是他下楼发现了她，现在躺在这里的人就是褚漾了。幸好他当时在她身边。

崇正雅摸着下巴想了会儿，以徐南烨这种精明的性格，是不太会做这种事的。

其实失忆到底该怎么治，方法各异。由于脑部受创而造成的失忆，有心因性失忆和解离性失忆之分，这种症状根本无法用生理因素来解释。

他们带她来这里，也只是赌一赌罢了。谁知运气好，再加上生活本身就充满了戏剧性，徐南烨赌赢了。

他从一开始就设了局。

既然父亲想将他往外派，他将计就计，直接先斩后奏离开了，来的还是父亲绝不会允许他再踏入的赞干比亚。多年前的事故发生后，徐父何尝不是跟褚国华一样，再也不想让儿子到这个不安宁的鬼地方来？

但徐南烨必须来。

他把所有人算计了进去，甚至坦白了当初他和褚漾结婚的真实原因。他们结婚的原因确实不太光明正大，但这并不是她百般退缩、万般隐瞒的理由。如此还不如和盘托出，以免这事以后成为他俩中间的一根刺。

徐南烨当然没有大度到真能忍受褚漾将他们的关系隐瞒起来，也不是真不在意名分的备胎。褚漾既然已经是他的人，就该从身到心彻彻底底地属于他。等他把所有的隐患解决了，她再想瞒也没任何理由了。

这个局当然也有不确定的因素，比如他不确定褚漾愿不愿意过来。

他一直瞒着褚漾自己可能会被外派的事，说来还是有些不自信。高傲的男人对待感情患得患失，生怕她不够爱他，生怕她会退缩。哪怕她真的不愿意过来，徐南烨也会让崇正雅把她绑过来。

如果一切回到原点，他也不在意，大不了用剩余的时光陪她消磨，直到她爱上自己为止。他有一辈子可以和她耗。不过好在她来了。

他把当年那栋居民楼买了下来，不是做投资也不是做慈善，只是让人将它恢复为原来的样子。

徐南烨要告诉褚漾，自己不是她生命中的入侵者，更不是第三者，而是比任何人都先遇见她。哪怕她忘记了，这朵玫瑰也只会落入他的掌心。

工人们加班加点地赶工，为的就是尽快重建这栋楼房。如果不是崇正雅算错了日子，提前一天带她过来，今天的意外根本不会发生。

幸而她没事，也幸而她想起来了。

哪怕她没想起来，他所营造出的决绝离开的假象也足以让她这辈子都忘不了他。忘不了，她就只能乖乖地束手就擒。

崇正雅坐在病床边，有些惋惜地说道："你这伤，估计得在这儿住上一段日子才能回国了，年底的酒会怕是赶不上了吧？"

徐南烨并不在意，道："今年去不成还有明年，急什么？"

崇正雅有些怀疑，道："你爸会这么轻易地让你留在外交部？"

"他会的。"徐南烨垂眼，淡淡地笑了。

徐南烨第一次前往赞干比亚任职时，徐父态度很坚定地表示徐南烨不升上大使衔不许回来。结果赞干比亚内战爆发，徐父在他伤好后立马将他调去了英国。

他表面上还是外派，徐父给他一个下马威，不许他回国。但徐家的经济产业深入英国，在国内束手束脚，到了英国反而羽翼更丰，因此不出几年原大使被调任，徐南烨就成了大使候选人。

在即将升为最年轻的大使之时，徐南烨回国了，违背了他与父亲的约定。徐父很生气，但最终什么都没有做。

徐南烨一次次地试探父亲的底线，却发现父亲的底线在他一次次的忤逆中不知不觉地越放越低。

徐南烨表面上乖巧听话，其实是三兄弟里最叛逆的一个。徐父对他不满，不过是因为他之前装得太好，蒙蔽了所有人。

他再次在赞干比亚受伤，徐父的铁石心肠也该化成水了。

这次意外受伤，反倒让他的目的都达成了。他利用一切能利用的，甚至不惜将自己算计进去。

"回国后，替我谢谢沈总的飞机。"徐南烨又冲崇正雅说道，"沈氏在内地的路会越来越顺的。"

沈渡用一架飞机换回了今后不知多少个三千万美元，简直赚大了。果然，天下没有白吃的午餐。

崇正雅指着自己，道："徐副司长，我替你鞍前马后做了多少事，什么好处都没有吗？"

"你？"徐南烨瞥了他一眼，说道，"会有的。"

崇正雅双目放光，问道："什么？"

徐南烨的嘴角微勾，他说："我让人通知了你父亲，说你也在赞干比亚受了伤。"

崇正雅不明所以，问道："然后呢？"

"不必羡慕别人，"徐南烨语气平淡地道，"各人自有姻缘。"

崇正雅正欲刨根儿问底儿，好巧不巧这时候褚漾包扎好伤口回来了。他不想当"电灯泡"，打趣几句后就出去了，把这间房留给他们。

崇正雅站在病房门口，又掏出手机。要不是手机的时间校准功能慢了一步，他也不至于算错日子。

他回国后一定要换个手机。崇正雅这么想着，手机忽然振动起来。

这是一通跨洋电话，屏幕上显示来电来自中国。

崇正雅接起，还没来得及开口，手机那头就传来了焦急且担忧的女声。

"我听你爸说，你在赞干比亚受伤了？你没死吧？"是裴思薇那女人，他记不住她的手机号，前面加一串区号数字就认不出了。

崇正雅啧了两声，问她："哪儿有当老婆的张口闭口就问老公死了没有的，会不会说话？"

裴思薇也觉得自己问得太过直白，遂换了个问法。

552

"那你还能活多久？"

崇正雅的嘴角直抽搐，他说："你放心吧。你没驾鹤西去之前老子哪儿舍得死？"

裴思薇顿了顿，片刻后又说："我……那什么，你爸不放心你，让我过去看看你，我现在打算买机票过去。"

崇正雅微微愣了，回过神后又装模作样地吓唬她："这边很危险的，你要来吗？"

"你都没死，我能死？"裴思薇不甘示弱地道，"我就是死了也要拉你垫背。"

崇正雅坏笑着道："哦，你想跟我殉情？看不出来你对我这么痴情。"

"你听不懂人话，我懒得跟你说了。"裴思薇咋咋呼呼地要挂电话。

"你别来了，这儿不是什么好地方。你一个娇生惯养的千金大小姐来了，绝对哭着闹着要回家，"崇正雅神色慵懒，手插着裤兜儿，唇边挂着浅浅的笑容，说道，"在家等我回来就行。"

挂掉电话后，崇正雅忽然觉得医院这瓷白瓷白的墙也没那么刺眼了。

这老婆也不算白娶。崇正雅扬起嘴角，心间泛起一丝柔软感。

病房里的褚漾看着病床上虚弱的徐南烨，眼睛又湿了，小嘴又撇了起来。

徐南烨哭笑不得地说道："我们漾漾今天是水做的。"

"哥哥，"褚漾坐在病床边，问他，"伤口还疼吗？"她抬起胳膊，用指尖碰了碰他唇边的伤口，生怕弄疼他。

褚漾指腹柔软极了，触上他的唇时，惹得徐南烨的心尖瞬间被什么东西不轻不重地掐了一下，又酥又麻。

徐南烨眨了眨眼，薄唇微启，声音有些压抑地道："疼。"

"都怪我，当时明明还在施工，我就这么进去，还害得你受了伤。"褚漾不住地自责，"对不起。"

徐南烨歪了歪头，幽幽地道："怎么补偿我？"

这是他惯用的伎俩，换作平时褚漾早就骂他了。

但现在褚漾开着十级滤镜，就觉得眼前这个缠着绷带的男人弱小无助又可怜，身边又只有她，当即就嘟着唇，软软地说："你想让我怎么补偿你都行。"

男人忽然倾身，将下巴靠在她的肩上。

"漾漾，"徐南烨在她耳边轻声说，"你亲亲我。"

褚漾往病房门外看了一眼，见没人，当即转头捧着他的脸轻轻地用唇碰了碰他唇边的伤口。

她动作很轻，生怕压到了他的伤口弄疼他。

"这样行吗？"

徐南烨的嗓音渐渐变得有些沙哑，他问："你觉得呢？"

眼前的男人就算是受了伤，穿着病号服，缠着绷带，接吻的力气还是有的。

徐南烨表面上看着斯文儒雅，一副不耽于女色的谦谦君子样，但摘了那副伪装的面具，是人是狼就显现出来了。

男人的占有欲都是从骨子里带来的，亲亲哄哄当然不满足。他很快就被这个轻轻的唇边吻挑拨起了全身的欲望。

徐南烨伸手扣住她的后脑勺儿，用力地在她的唇间厮磨舔吻着，眯着那双好看的眼睛打量她。

褚漾不想在病房里接吻，又怕碰到他的伤口，只能用手抓着被褥，又紧张又羞赧地任由他吻着。

他越吻越深，等分开时，两个人都喘着气。

徐南烨用额头抵着她的额头，温热的气息吹在她的脸上，说道："给哥哥一点儿回应。"

褚漾垂着眼装死，睫毛微颤，每一下都仿佛在男人的心上刮擦着。

徐南烨从喉间溢出一声笑。他越笑，眼前小姑娘的脸就越红。

等笑够了，他才慵懒地抬手捏起她的下巴，又将唇覆了上去。

"你的舌头在跟我玩捉迷藏，"徐南烨边笑边说，"别害羞，让它出来见见我。"

褚漾双眸剪水，还是放不开，说道："哥哥，这里是病房……"

徐南烨眯起眼睛看着她，说道："我知道，哥哥不做别的，只亲亲。"

徐南烨出国时悄无声息，回国时倒是轰轰烈烈。他一下飞机，多少人翘首以盼。

徐父平时冷硬铁血的形象给人的感觉实在太过强烈，如今红着眼眶的样子又实在稀奇。对着这个儿子，徐父实在没有办法了。只要他能好好的，徐父就再不强求别的了。

徐南烨冲父亲笑了笑，说道："爸，让您担心了。"

徐父敛目，浑厚的声音里夹杂着一丝颤抖。

"回家就好。"

褚漾在旁边搀扶着徐南烨，心情有些复杂。

这位与她鲜少见面的公公给她的印象一直是不苟言笑的，就算是对儿子，也很少表现出温情。徐父又一直身居高位，向来都是别人迎接他，今天居然亲自到机场来接他们，褚漾都觉得受宠若惊。

徐父特意安排了车接他们先回徐宅。

"亲家他们今天有学术研讨会，实在走不开，我已经让人通知他们了。"徐父转而对褚漾说，"他们开完会就过来。"

褚漾愣愣地点头，说道："谢谢爸爸。"

徐父神色复杂地看了她一眼。

"漾漾，"徐父低声说，"抱歉。"

她没想到公公会跟自己道歉，张着嘴半晌说不出话来，最后呆滞地被徐南烨拉上车。

轿车里有别人在，她也不方便跟徐南烨聊天，只能盯着副驾驶座上徐父的后脑勺儿发呆。

刚回到家，褚漾就发现徐家的人都在。

现在是上班时间，徐北也在这里不奇怪，徐东野和大嫂这两个工作狂居然也在。

"青瓷，你陪你弟妹在楼下说说话。"徐父嘱咐完，冲他的三个儿子招了招手，对他们说道："你们跟我到书房来。"

徐北也老大不愿意地道："啊，我也要来啊？"

徐父说："你的两个哥哥都没说什么，你有什么不情愿的？"

徐北也翻着白眼跟去书房了。

刚进书房，最后一个进来的徐北也连门还没来得及关上，徐父冷冷的声音就已经响起。

"都大了，学会合起伙来瞒我了是吧？"

徐北也年纪最小，最沉不住气。徐父这话刚说出口，他就心虚地抖了抖肩。

徐东野和徐南烨显然淡定多了。

徐父笑了几声，又徐徐地道："一个不声不响地出了国，一个替弟弟拿到了外交护照，还有一个替哥哥收买我手底下的人瞒了我这么久，兄弟齐心，其利断金啊。"

徐东野不疾不徐地狡辩道："南烨是外交部的人，护照原本就该在他自己的手里，我只是从爸这里替他拿了回来而已。"

徐北也看大哥的胆子这么大，索性自己也交代了："我是体谅跟着爸做事的那些叔叔常年工作劳累，给他们送了点儿酒而已。"

"荒唐！"徐父猛地拍桌，面色阴沉地说道，"私自出国是多大的事！你们就这么轻描淡写地给我带过了？"

徐南烨淡淡地笑了，语气平缓地说道："我原隶属国际司。最近赞干比亚驻中国大使企图挑拨两国关系。我原本就在那儿任职了几年，这次出国属于公务，不算私自出国。"

徐父的胸口剧烈地起伏着，他张着嘴，半晌说不出任何话。

他的儿子们学到了他这一身的本事，做事滴水不漏，一点儿错处都抓不着。这一点原本是好的，起码不会被小人算计，但也不好，那就是老子想教训儿子时没理由。

"爸还是别费心了。"徐东野见父亲好半天不说话，这才接着开口，"南烨很适合留在外交部。"

徐父沉思片刻后，忽然冷冷地笑了，说道："能把自己的父亲都算计进去，谁有他适合？他这几年驻外也不知道都学会了什么。"

徐南烨柔声说道："这还要感谢爸当年让我考入外交部。"

徐父闭眼，靠着椅子不再说话。

书房墙上的老式挂钟指针嘀嗒嘀嗒走动的声音暗示着这个静谧的书房里的众人时间正在消逝。

"外交部就外交部吧。"徐父终于睁眼，说道，"我们徐家做后勤的人实在太多，确实应该有个人出来撑撑门面。"

做"后勤"的市长助理徐东野的眉头奇异地跳动了一下。

556

徐家到他们这一代其实已经接近鼎盛。他们不是古时候的封建门阀，不贪图什么皇位。在社会主义的光辉下，人人平等，各人上位都是凭本事，家族背景不过是锦上添花。几代人的军勋和荣誉，以及从近代延伸至此的荣耀，已经足够了。

更何况，徐家人这些年也不尽是把目光放在政治上，政治世家出身的子弟其实比豪门世家出身的子弟更懂得怎样理财。

听到徐父的这句话，徐南烨也并不意外。

"你好好在家养伤，脸上别留疤。"徐父盯着徐南烨脸上细微的伤口，说道，"别白瞎了我跟你妈给你的这副长相。"

他一贯是严父做派，从来不在意儿子到底是美还是丑，毕竟对男人来说，内涵比皮囊重要多了。所以，他这话刚说出口时，最小的徐北也就没忍住闷声笑了。

徐北也一直以为他爸根本没有所谓的审美，觉得谁都是两只眼睛一张嘴，小时候他们几个人被亲戚朋友夸长得好看，他爸也就是在一旁哼气说"男孩子长得好看有什么用"，一副生了三个大花瓶的样子。没想到他还是知道自己这几个儿子长得什么样的，而且开始在意二哥的脸了。

徐父的脸面绷不住了，他沉着嗓音骂徐北也："你笑什么？你二哥以后是要天天上新闻的，这脸是要给所有人看的！"

"是，我错了，爸教训得对。"徐北也说完就略带感伤地拍了拍他二哥的肩，对他二哥说道："没想到咱家靠脸吃饭的人居然是二哥你。"

平心而论，二哥确实长得好看。与徐东野冷峻倨傲的气质不同，也和徐北也风流倜傥的形象不同，徐南烨沉静温和，俊雅疏朗。

他见人三分笑，会恭维，也会筹谋，更会笑里藏刀。他比他们都适合站在镜头前。他淡定优雅，对任何问题都游刃有余。什么刁钻的问题都难不住这位久经外交场合的外交官，别说是替徐家争光了，说他是为国争光也不过分。

徐南烨扶了扶眼镜，淡淡地说道："我的荣幸。"

徐父愣了下，总觉得自己的底线好像越来越低了。他悉心教导出来的儿子对"靠脸吃饭"这四个字居然一点儿抗拒心理都没有。徐南烨真是仗着自己模样好看，尾巴都翘上天了。

"你们出去吧。"徐父甩手赶他们离开，说道，"我和你们的妈下周就走了，你们这段时间别来烦我。"

他们从来没往父亲面前凑过，每次都是父亲叫他们到书房来。三兄弟腹诽，但也不敢明说，只能听从父亲的吩咐，相继走出了书房。

刚出门，徐北也总算松了一口气。徐东野又发话了，不过还好这次针对的人是徐南烨。

徐东野看着徐南烨，平静地问道："受了这么重的伤，得到你想要的结果了吗？"

徐南烨点头，说道："得到了。"

"你之前说的，要对当年救过你的那个小姑娘报恩。"徐东野难得好奇弟弟的私事，多问了一句，"报完恩了吗？"

徐南烨摇头。

那岂不是事情还没完？他们还要再瞒父亲一次？徐东野不悦地蹙眉，说道："我只帮你这一次，下次你自己想办法。"

"不用麻烦大哥了，"徐南烨将手指搭上楼梯的扶手，温柔地说道，"没报完的恩，我用这辈子报。"

徐东野微微扬起眉梢，沉默了几秒钟后，懂了。他随即勾着唇，居然笑了。

徐北也听着他们的对话，用胳膊肘抵着扶手，撑着下巴看着一楼客厅里正被大嫂拉着问东问西的二嫂。

他二哥惦记了这么多年的小姑娘是二嫂啊。原来，缘分在冥冥之中早已注定。

褚氏夫妇赶到徐家的时候，时间已经接近傍晚。徐家人干脆留他们一起在徐宅吃了晚饭。这算得上除了过年，双方父母头一回围在一张桌子上吃饭了。

褚国华见褚漾没事，终于放下心来。就像褚蔚说的，记不记得之前的事都不重要，只要褚漾人还好好的，别的都是次要的。

饭桌上，除了徐父和褚国华两个辈分最高的一家之主三言两语地聊着，其他人都默契地低头吃饭。

徐父忽然提道："年底的酒会，原本我是打算让南烨带他老婆去的。但他的伤还没养好，我就想说也不急于这一时，明年再出席也是一样的。"

褚国华巴不得褚漾多上点儿课再跟着女婿一起出席酒会，当然没意见了。

徐父点点头，又问两个当事人的想法。

褚漾没意见，说道："我都可以。"

"后年吧，"徐南烨主动把日子又往后推了一年，说道，"等漾漾毕业。"

几个长辈没意见，就是不理解为什么要推后。

徐南烨淡淡地解释："先办婚礼。"

众人恍然大悟。他们差点儿忘了，二人连婚礼都还没办呢。知道徐南烨结婚的就只有亲戚朋友和他外交部的朋友们，褚漾这边更是瞒得死死的。

徐家和褚家也不是没钱，只是当时褚漾还在读书，徐南烨刚回国，公开了怕给他们俩的工作和学习带来不必要的麻烦，况且两个人也一致同意隐瞒婚讯，婚礼就这么被搁置了整整一年。

说到这个，褚国华可就又有话要说了。毕竟他私底下已经和妻子聊过好多回了。

他和妻子喜欢中式的婚礼，但又在意徐家人的想法，今天正好两家人都在，索性就把这事先定下来。

徐父没那么多想法，又不是他结婚，他出钱就行。徐母倒是对这个很上心，前不久才操办了大儿子的婚礼，这下又轮到二儿子了。

长辈们也不能做决定，还是得问准新郎、准新娘。

准新郎跟他爸在这一点上出奇地像，只负责出钱，对别的不感兴趣，他说："看漾漾喜欢什么吧。"

准新娘也很蒙，说道："礼服好看就行。"

这辈子估摸着也就结一次婚，反正她要打扮得好看点儿，其他的不在乎。凤冠霞帔也好，白色婚纱也罢，能衬得她这个新娘惊艳全场就行。

他们太随便了。谁办婚礼不是亲力亲为？偏偏这两个人觉得证也领了，公开办个酒宴告诉下大家他们结婚了就行了，至于这酒宴到底怎么办，他们不在乎。反正他们也没经验，那就干脆交给有经验的长辈们了。

"既然要礼服好看，"徐母思索了片刻后说道，"那现在就要找人动手设计了啊。"

容青瓷举手，说道："迪奥的高级定制怎么样？我和我妹妹结婚的时候都穿的这个品牌。"

徐母点头，说道："你去联系设计师吧。"

褚氏夫妇心想太浪费了，然后又看在座的除了他们两个人，谁都不觉得这有什么浪费的，遂闭了口。既然婆家有钱，那就受着吧。几十万元的高级定制婚纱，穿一次就丢在衣柜里，徐家人不觉得浪费，他们能说什么？

徐家的二少爷结婚，钱是不能节省的。从场地的选择到宴请的宾客名单，一年的时间也未必能定下来，越是隆重就越是要提早准备。

这顿饭最后就成了两家人关于婚礼的交流会。褚国华夫妇一开始还能给些意见，随着婚礼的预算越来越多，他们渐渐感到了压力。

到最后就是徐母问他们怎么样，褚国华夫妇毫无态度地点头，并说："可以，听你们的。"

徐父又添一句："你怎么这么小家子气，这点儿钱还要省？"

徐母自责地道："怪我，那预算再加点儿。"

褚国华夫妇："……"

徐南烨无所谓婚礼要多盛大，反正新娘是他要的就行。他看褚漾从头到尾也没发表意见，心里觉得有些奇怪，又听她嘴里念念有词，不知道在说什么。

徐南烨好奇地凑到她身边。褚漾正在对自己进行心理暗示："我爱的是他这个人，不是他的钱；我爱的是他这个人，不是他的钱……"

"……"徐南烨失笑。他如果早知道她的软肋，当初直接塞一箱子钱给她就行了，何苦兜兜转转玩这么多心计？

动
的他
心先

第 十 二 章
最是圆满

两年后。

六月毕业季，春秋冬夏，四季流转，清大又迎来了一个崭新的夏天。

校园里，毕业生们穿着各色的毕业袍在每一处角落留下青春的印记，肆意张扬，热烈美好。他们的笑声恰好滋养着开得正好的蔷薇花。

褚漾因为连续两年拿到全国电子设计竞赛的奖项，保研已经是板上钉钉的事情了。因此大多数毕业生为考研和找工作忙得焦头烂额时，她闲得厉害，时不时就往实验室里头钻，就当先熟悉环境。

她在实验室里有个熟人——顾清识。

顾清识再开学时就读研二了，平时课业很忙，可能是这个原因，他看不惯褚漾这个闲人天天在自己的眼皮子底下晃，于是特意找了个事给她做。

"学校的官网最近打算换上新海报，正在找模特。"顾清识淡淡地说道，"学妹，我向他们推荐了你。"

褚漾很蒙，问道："欢迎报考的？不是两年没换了吗？"

"我跟学生会的人聊了两句，他们也认为该换了。原来海报上的那位陆学姐是经管学院的，现在也该轮到别的学院的学生了。"

以前顾清识还在当主席的时候，褚漾没觉得他这么在乎计院的面子啊。

不过，经顾清识推荐，褚漾确实有事可做了：帮学校拍海报。而事实证明，顾清识帮了学校一个大忙。

这两年高校招生竞争激烈，高校招生办争奇斗艳，每年各省市的状元都是香饽饽，谁都想把状元抢到自己学校。

自己好好读书，争取考个状元，就能享受到高考完被清华、北大连番争抢的快感，还能在别人面前装一装。唉，我到底是去清华呢，还是去北大呢？所以好好读书很重要。

但今年清大不走寻常路，只是低调地换了已经两年未更改的招生海报。

大家点进官网，首页便是一张占半屏的巨幅海报。海报下是一行简短的招生标语。

一开始没几个人发现，后来有个哥们儿发现学校今年没有营销动静，因此无意间登录学校官网看了下才发现海报换了。

他迅速上论坛发了篇帖子："学校官网的招生海报换了！快去看！"

"换个招生海报怎么了？"

"话说海报都两年没换了，海报上那位经管学姐的孩子都两岁了吧？"

"我当年就是为了学姐才报的经管，结果考进来才发现学姐已婚，心态崩了。"

"能不能换个单身的学姐？有对象的学姐很打击学弟的报考之心好吗？"

"能换个女的上去就不错了，总比换个男人上去好吧？"

"不会换上校长的照片了吧？"

"楼上的内涵校长，举报了。"

"哈哈哈哈哈哈哈，换上校长的照片，还有人报考我们学校？"

"@校长。"

"真当校长不上论坛？"

一开始谁都没当一回事，嘻嘻哈哈地打趣，直到有人真去看了。

"看完回来了，牛啊！"

"看得我想重回高考考场。"

"去看！看完你会回来的！"

"我回来了！"

"官网小编交出高清海报不杀！"

动的他心先

"来个大神改成竖屏的，当屏保。"

"我室友对着电脑亲了五分钟。"

"我室友以为我在看毛片，问我怎么看得这么认真，然后现在在跟我一起看。"

这吊人胃口的说话方式，一时间惹得无数人涌向八百年也难得看一次的学校官网。

"官网怎么登不进去了？"

"垃圾校园网，人一多就进不去！"

"清大，你清醒点儿，好歹也是'双一流'学府。校领导能不能换个好点儿的服务器？"

"我以为清大的论坛已经是最垃圾的了，没想到官网也这么垃圾！"

"刷新了几十次还是进不去！"

"放弃，哪位截了图直接贴图吧，好人一生平安。"

"求图，好人一生平安！"

"排！"

结果真的有好人发了截图。因为是截图，像素不太高，但能清楚地看到海报换成什么样的了。

清大的标志性地标之一，刻着八字校训的石碑前，站着一个穿着黄领边儿学士服，头戴学士帽的学姐。学姐长着一张鹅蛋脸，皮肤白皙，乌黑的眸子波光流转，手中拿着写有"清大欢迎你"的小黑板。

"学姐！"

"清大牛啊！"

"计院头牌褚漾漾！"

"今天计院扬眉吐气！"

"计院的好好珍惜吧，明年就看不到你们学姐了！"

"楼上的，褚学姐她保研了，哈哈哈哈哈哈哈哈，明年还能看到！"

"她真的好好看啊。"

这篇帖子被炒了几天后，有人觉得这种事不能任由清大学子独享，必须出圈。有人拿着这张图去微博向几个营销号投稿。

"我们学校今年新的招生海报。"

"欢迎各位高考生报考。"

如投稿人所愿，这张照片真的出圈了。在被近十个营销号连番轮博后，#清大官网更新招生海报#这个话题登上热搜，照片成功出圈。

　　在各大高校使用空间文案广告体试图引起高考生注意的高峰阶段，清大返璞归真，重新用学姐来为自己炒热度。

　　"来品品今年高校为了招生都是如何不择手段的。"

　　在一众诸如"多年前他被总裁千金抛弃，为报仇，来到财大苦读四年，终于以宇宙集团总裁的身份出现在她面前！""侯府在接连考出七个'985'后，终于最小的嫡女考上了C9[1]！老侯爷大喜，说道：'宠！给我往死里宠！'"等土味招生广告中，清大的招生广告犹如一朵出淤泥而不染的莲花。

　　"清大：就我一个正常？"

　　"清大：你们清醒一点儿！"

　　"清大：……"

　　"现在的大学为了招生也是疯了。"

　　"本来清大最正常，被衬托得最不正常！"

　　"清大今年放了大招，你们输了！"

　　"同是理工科院校，凭什么我们学校没有漂亮学姐？"

　　"别人的学校。"

　　"说吧，你们清大的招生办是不是颜狗联盟？"

　　"对不起，比起总裁学长和侯府嫡女，我选择清大学姐。"

　　"其他学校都是立绘，唯独清大的学姐是真实存在的，考清大！"

　　"学姐单身吗？单身就报！"

　　"学姐是我的！你们都让开！"

　　多亏了这张招生海报，清大今年不战而胜，报录比值逆天，还顺带上了一次热搜，堪称高校新一代的"营销之光"，也成功地骗来了很多以为念

1　九校联盟，是中国首个顶尖大学间的高校联盟，于二〇〇九年十月启动。联盟成员都是国家首批"985工程"重点建设的一流大学，包括北京大学、清华大学、复旦大学、上海交通大学、南京大学、浙江大学、中国科学技术大学、哈尔滨工业大学、西安交通大学共九所高校。

了清大就不愁终身大事的学弟和学妹。

同年九月，清大正式开学。新学期，这位因为招生海报而出圈的学姐不出所料地作为研究生院的新生代表上台致辞。

褚学姐没再穿把自己裹得严严实实的学士服，而是穿着一身简单的雪纺长裙，落落大方地上了台。

她本来个子就高挑，腕线过裆，头肩颈比例完美，身段纤细却不骨感，又长了一张精致、美艳的脸，从头美到了脚。果然，照片是无法还原美人百分之百的美貌的。

褚漾将嘴唇靠近立式麦克风，笑容恬淡地说道："各位新生好。"

听到这句话，整个会场的学生开始尖叫。

她眨眨眼，有些没反应过来，回过头看了一眼后面的大屏幕，发现摄像机又对着她的脸来了个大特写。

褚漾习惯了这种场合，干脆冲镜头挑了挑眉。

"啊啊啊！"

"学姐！"

"学姐对我挑眉了，我死了！"

会场里还坐着校领导，褚漾实在不敢太嚣张，比了个嘘的手势，就开始念稿子了。

现场不能喊，论坛又开始卡了。

"大一的过来集合尖叫！"

"呜呜呜呜，学姐太好看了！"

"比海报上还好看！"

"这是什么神仙学姐！"

"不枉我千里迢迢考到清大来。"

"听说学姐前年给新生当了助班，羡慕！"

"求学姐的联系方式。"

"同求。"

"不是计院的能不能求？我是文科生，真没办法报计算机专业。"

褚漾念完稿子，发现自己的语速有些快，离下台的规定时间还有一分钟。

如果是普通的晚会，她还能跟下面的新生来一场互动，但下面坐着校领导，算了算了。她正纠结着要不要提前下台，台下的学弟们发现学姐站在台上不说话了，这简直是绝佳的互动时间。

　　也不知道是谁的嗓门儿自带麦克风功能，一声怒吼比褚漾对着麦克风讲话时的分贝还高。

　　"学姐，你有男朋友吗？"

　　这个问题一问完，新生开学仪式上瞬间发出一阵又一阵暧昧的哟哟声。

　　按照褚漾的习惯，她这时候会很风趣地敷衍过去，顺便撩一把这个胆大的学弟。但今年她没有。

　　褚漾抿了抿嘴，手指捻着麦克风，有些羞涩地笑了。

　　她那被麦克风放大了数倍的声音在会场里回荡。学姐嗓音甜美，语气中又带着隐隐的羞涩。

　　"我有男朋友啦。"

　　会场里，众人顿时发出一阵唏嘘声。

　　褚漾歪了歪头，发现到时间了，没犹豫就下台了。

　　之后是校领导发言，这阵唏嘘声很快就结束了，但论坛比刚才更卡了。

　　"有男朋友！"

　　"我都来了，结果告诉我学姐有对象？"

　　"以后招生海报能不能让单身的妹子来拍啊？"

　　"早猜到学姐有男朋友了，没想到真相来得这么快！"

　　"为什么我来之前没人告诉我学姐有男朋友？早知道我就报隔壁的师大了！"

　　"学姐不是我的，我只能把希望寄托在学妹身上了。"

　　"等学妹你还要等一年，还不如就找同班的女生，肥水不流外人田。"

　　不参加新生开学仪式的学长们看了这篇帖子，也知道发生什么事了。学长们很体贴地安慰还没开始就已经结束了初恋的学弟。

　　"学弟别失望，虽然我们学校女生少，但男生多啊。"

　　学弟们选择拒绝。

　　"爱好女。"

　　"我笔直。"

　　"我比钢筋还直，学长你死心吧。"

"只是有对象，又没结婚，我们还是有机会的。"

"等分手。"

学长们甩过来几篇陈年旧帖。虽然说是旧帖，但还是挺有热度的，基本上在第一或第二页徘徊，时不时被人顶上去。

"有本事就去挖墙脚，挖得过来全计院的学长认你当爸爸。"

学弟们满脸不屑地打开了旧帖。

褚学姐的男朋友不是哪个学院的学长或学弟，而是刚上过热搜的同校师兄。

外交部的上一任新闻司司长已经调至北美洲，根据外交部的官网更新显示，此前任职外交部新闻司副司长、外交部发言人的徐南烨已任新闻司司长一职。这位清大毕业的徐师兄是整个清大的骄傲，也是外交部各司迄今为止最年轻的司长。

挂在官网上的照片中，男人背倚蓝色背景，穿着黑色西装，鼻梁上架着一副银框眼镜，眉目俊雅，气质卓然，如同雪山上挺拔的松树，从容而又温润。

外交部的官网刚更新，热搜就先炸了一轮。然后清大官网更新，热搜又炸了一轮。

这两个因为上了官网而出圈的人是男女朋友。

"……"

学弟们选择认尿。

"我输了，祝学姐、师兄百年好合！"

"……"

"这事我怎么才知道？"

"学姐的招生海报都出圈了，他们是一对儿怎么都没什么人知道？"

"热搜第一预定了吧？"

"我们学校又要上热搜了吗？"

"我怀疑我们学校买营销了。"

"我们会被怀疑是炒作吗？三天两头上热搜。"

"从来没看哪个大学上热搜上得这么频繁。"

学长轻描淡写地解释："师兄是公职人员，你敢非议人家的私生活？"

这么一想还是挺有道理的，学弟们决定捂好这个秘密。

同年十月，另一场不亚于高考热度的考试——全国公务员考试即将开始。外交部此前也随同全国公务员考试开放了报考名额。

外交部这个星期的例行发布会上，在回答完当前国际上比较热议的问题后，新上任的新闻司司长整理好手中的文件，准备离开访问大厅。正对着他的几个摄像机都已经盖上了镜头盖。

他将手中的文件都递给了身旁的秘书，将手伸进裤兜儿掏出了什么，正低头摆弄手指，结果被几个国内媒体的记者拦住了。一般这种发布会后的采访都是媒体有单独的采访需求，问的问题并不那么正式。

徐南烨停下脚步，冲记者笑了笑，问道："还有什么问题吗？"

记者提了关于公务员考试的问题。经历过公务员考试的徐南烨对这个考试并不陌生。

气质儒雅的男人笑容温和地说道："外交部十分欢迎各位年轻的外交人才来报考。"

记者又忍不住问他："很多网友关心到时候面试对外貌的要求会不会很高？"

徐南烨笑了，有些无奈地道："怎么会？"

记者半开玩笑半认真地说道："因为他们说您拉高了整个外交部的颜值水平。"

徐南烨愣了愣，随即又眯着眼笑了。

他习惯性地扶了扶眼镜，幽默地说道："那请大家自信一些，放心报考。"

这个采访视频一被媒体发出来，外交部今年的职位报录比就突破5000：1。

"我真的好想报考外交部，但是外交部真的太难考了！"

"外交部这几年好像都没录取过女生。"

"外交学院的学子表示，整个系几乎所有妹子报了外交部。"

"我恨当年没报对专业，本专业跟外交部差了十万八千里。"

"你们到底是为人去报的，还是真想进外交部工作，都冷静点儿好吧？看看徐司长的手指。"

徐司长原本只是扶了扶眼镜，这个动作是很多长期戴眼镜的人会养成

动
的他
心先

568

的习惯。

忽略徐司长那张脸，其他人这才注意到他骨节修长的左手无名指上的白金戒指。没有钻石点缀，只是简单的一个圈。

"什么时候多出来的戒指？"

"无名指啊！"

"他在工作场合没戴过，但这个采访视频是在发布会后拍的，我猜他应该是下意识地拿出来戴上了。"

除军人、警察这类武装职业执行任务时，手上戴了戒指可能会造成失误，像外交官这类文职人员并没有明文规定不允许佩戴饰品。但为了保证工作的公正、严肃，还是有大部分公职人员上班的时候习惯将饰品摘下。

徐南烨工作结束后，第一反应就是重新戴上戒指。可见他私底下应该是时常佩戴这枚戒指的。

"结婚了？"

"我失恋了。"

"还没考进去就失恋了。"

"没这个幕后采访的话，我要等多久才能意识到自己爱上了一个已婚男人？"

"三十岁出头就结婚了？"

"说好的国家提倡晚婚呢？"

"楼上的都别想了，徐司长的对象是他同校的师妹，早认识了，你们追不上的。"

"结婚对象估计就是那位师妹了。"

别人不敢非议公职人员的私生活，结果公职人员自己不小心暴露了。

褚漾看着热搜，实在很难相信这不是徐南烨故意的。但徐南烨这回真的是无辜的，真的是等发布会结束才将戒指拿出来的。谁知道还会被采访？而他扶眼镜的动作也确实是习惯而已。

褚漾有些无奈地道："现在怎么办？我本来打算用请柬让他们吓一跳的。"

她故意没说，就是想给学校里的朋友们一个惊喜。舒沫和宋林幼从她毕业的那天起就一直催她结婚，说要喝喜酒。

"早晚而已，"徐南烨漫不经心地道，"效果不会变。"

徐南烨说得没错，效果真的一样。

褚漾发出来的请柬正好验证了之前的猜测：计院的那个院花褚漾，和外语学院出身的徐师兄结婚了。

"@计算机@外语，出来发喜糖！"

"这不是联谊，是联姻啊！"

"他们真的结婚了？！"

"计院的汉子们真的一点儿机会都没了！我杀徐师兄！"

"徐师兄被同校的学妹拐走了！"

"呜呜呜呜呜，虽然我好难过，但我是颜狗，含泪祝福吧！"

"作为颜狗，我迷茫了，我到底该酸谁？是酸褚漾嫁给了徐师兄，还是酸徐师兄娶了褚漾？"

"楼上的我教你，酸就完事了。"

"我现在什么也不想了，就想蹲个结婚照当屏保。"

"结婚照 +1。"

"我想看看神仙夫妻的结婚照是什么样的。"

"热搜，你给我上去！"

"提前祝贺我校即将登顶热搜！"

可惜的是，男方这边的家庭原因，以及他的工作性质，婚礼不向媒体公开。就算婚礼再盛大，也没有媒体拍到。

婚礼不向媒体公开有个好处，那就是婚礼现场再怎么闹，外人都不会知道。

比如徐北也在自己二哥的婚礼上哭得稀里哗啦。

"大哥、二哥都结婚了，我连个女朋友都没有，我太惨了。"

徐父："……"

比如明明已经结了婚，还死乞白赖要当伴郎的崇正雅喝得酩酊大醉。醉酒的崇正雅抱着徐南烨不撒手。

"我前不久去贴吧找了，咱俩的同人文还没删呢！回头我就打印给你，就当是送你的新婚礼物！"

徐南烨："……"

比如褚漾的两个室友。

"苟富贵，勿相忘！褚漾！看在我们当年帮你买过早餐签过到的分儿上！苟富贵，勿相忘！"

褚漾："……"

比如一旁因为喝了酒而小脸红扑扑的穗学妹最终醉倒在沈学长的怀中。沈学长的脸比喝了酒的穗学妹的脸还要红。

比如没有出席婚礼，但礼金一分都没少的顾清识。

去不了婚礼的人翘首以盼新人同框。在同年的十二月，他们终于等到了。

年底，外交部的新年酒会如期举行。这几年一直是独自参加酒会的徐司长终于带来了他的司长夫人。

两人立于镜头前，同穿定制正装，左胸口上的国徽熠熠生辉。男人斯文儒雅，清俊温和，女人精致美艳，落落大方。

新闻网随即更新官图。

＃清大＆外交部＃登顶热搜。

"这什么神仙热搜？"

"是师妹，一开始就输了，输在报错了学校。"

"明年高考考清大，不改志愿了。"

"啊啊啊！"

"司长和司长夫人绝配！"

"呜呜呜呜，我爱外交部！"

"国家门面太给力了！"

"外交部是什么神仙部门！"

在酒会现场的司长夫妇还不知道发生了什么。

褚漾喝了徐南烨的同僚敬的酒。虽然有这么多同僚，但她其实也没喝多少，大部分是徐南烨帮她喝了。

室内空调的温度开得太高，喝多了酒容易热。

徐南烨低头凑到她耳边，问道："要不要出去吹吹风？"

褚漾答应了。

离开了觥筹交错的酒会大厅，徐南烨靠在酒店天台的栏杆上，对着冷风解酒。

571

男人神色慵懒，脸上露出明显的醉态。

"漾漾，"他冲她招了招手，说道，"过来。"

褚漾老实地走了过去。

徐南烨转身，背抵着栏杆，长腿交叠，问她："刚才紧张吗？"

褚漾点头，又说："还好你在我旁边。"

"我一直在等你，"徐南烨缓缓说道，唇边升腾而起的白雾遮住了他好看的眼睛，却没有遮住他眼中流露出的无尽缱绻的爱意，"所以会一直在。"

"这个'一直'是多久？"

"永远吧。"

"永远又是多久？"

"我爱你这么久。"

褚漾觉得这个回答太抽象了，不过她问得也很抽象。

"哥哥，你爱我又到什么程度？"

隔绝了室内的欢声笑语，静谧的冬夜里，除了微弱的星光和远处的汽车鸣笛声，余下的就只有他和她轻轻吐气的声音。

徐南烨淡淡地说道："半夜汽笛。"

褚漾不解地眨了眨眼睛，问道："什么意思？"

"在遇见你之前，有时候半夜起来，在漆黑的房间里，谁都不在身边，我仿佛被世界遗弃，满目漆黑，看不见丝毫光亮，听不见半点儿声音，就像是被困在了一个密封的铁箱中，连呼吸都困难。

"这时候，我忽然听到了一阵非常微弱的汽笛声，由远而近，连同四周也开始亮起来。我不再是一个人在无边的孤寂中。因为这一阵汽笛声，我的孤单开始消散。

"汽笛声虽微弱，我却听见了它。它带我找到了希望，替我驱散了黑暗。

"而我爱你就如同那半夜汽笛。"

人生苦短，唯你带着细碎的星光朝我奔来，予我救赎。愿所有人能听到那半夜汽笛，包括看到这里的你。祝你幸福。

（正文完）

572

番 外 合 集

一、甜蜜日常

褚漾每次周末放假都赶着回家。如果周五下午没事，她通常下了课就回寝室收拾东西，收拾好了背上包就走。

但最近褚漾对回家这件事好像没那么热衷了。往常星期五一下课她就走了，现在她一般要等到周六临近午餐时间才慢吞吞地准备动身。

研究生的寝室是两人间，作为褚漾现在唯一的室友，舒沫很快就发现了这种反常情况。

这个周五，褚漾又磨磨蹭蹭地打算在学校住下。舒沫终于决定打探一番。

"你跟徐师兄吵架了？"

褚漾摇头，说道："没有啊。"

"那你为什么不回家？"舒沫蹙眉，问道，"难道是婚后激情退却？你们已经进入相看两相厌的倦怠期了吗？"

褚漾皱眉，出声打断舒沫不负责任的臆想。

"没有，你想多了。"

舒沫的问题又回到了根本，她问："那你为什么不回家？"

褚漾的表情有些为难，又有些纠结，她半天也说不出一个字来。

舒沫瞪着眼睛等她回答。

几分钟后，褚漾才含混不清地说道："吃不消。"

舒沫这个母胎单身者仰着头思索了好久，都没回过神。

她们相处这么久了，彼此什么德行也不是不了解。她们是曾经挤过一张床，看过同一本黄漫的，是寝室夜谈时毫不避讳地聊过大小长短的人。

"这不是挺幸福的吗？"舒沫不懂她为什么会觉得为难，说道，"多少人想要还没有呢。"舒沫说这句话的时候，语气里还夹杂着一丝酸味。

褚漾咬唇，说道："算了，跟你说了你也不懂。"

舒沫有些恼羞成怒地说道："褚漾，你这是在讽刺我吗？"

"……"褚漾没讽刺舒沫，而是真的觉得她不懂。

其实当初刚结婚的时候，徐南烨和褚漾都是不怎么回家的，就算周末两个人都在家，那也是同床异梦。

他们一开始的关系有点儿别扭，褚漾也不习惯这种已婚的身份，不知道该怎么跟徐南烨相处。

后来有一次周末，徐南烨加班不在家，褚漾白天在学生会忙前忙后，一回家就往浴室里钻，打算洗个热水澡。

洗完澡后，她直接裹着浴巾出来了，打算去卧室后再穿衣服，恰好碰上了回来拿文件的徐南烨。一时间两个人都挺尴尬的。

之前他们也不是没有过肌肤之亲，本来他们已经领了结婚证，干什么都是合法的，没必要扭捏。

褚漾抓着胸口处的浴巾，身体开始慢慢地升温。她光着脚跑回卧室，刚把卧室的门锁上，被挡在房门外的男人就叩响了门。

褚漾贴着门问他："有什么事吗？"

男人低沉的声音响起，他说："拿文件。"

褚漾心里疑惑这个男人为什么会把文件落在卧室里。但她没时间细想了，只能说："等我换好衣服就给你开门。"

男人不动声色地拒绝了她换衣服的申请，道："漾漾，我很急。"

褚漾咬唇，不知道他有多急，但涉及工作，她不敢太任性。她自我催眠反正也不是什么都没裹，心一横就给他开了门。

徐南烨进来了，环顾左右，最后将视线落在了褚漾的身上。

褚漾问他："你的文件呢？"

徐南烨说："不记得放在哪儿了。"

他居然也会犯这种迷糊，褚漾蹙眉，心里想：帮他一起找算了，免得耽误他工作。

她抓好浴巾，找了一圈发现没找到他说的文件。

褚漾掀开了床上的被子，又把枕头拿开，还是没看到。

她爬上床，弓着腰往床头柜与床角的缝隙处看去，看看文件是不是掉到里面去了。

徐南烨站在床边，眸色渐渐变深。

她身上只裹了一层浴巾，薄薄的布料勾勒出她纤细的身形，两条细藕般的胳膊与圆润的双膝撑在床上。背脊修长，蝴蝶骨微微凸出，再往下便是不堪一握的细腰与交叠着的长腿。

褚漾找不到，有些失落地道："没找到你的文件。"

她正欲起身，却忽然被男人覆上，男人直接将她压倒在床上。

褚漾睁大眼睛却不敢回头，声音颤抖着道："师兄？"

男人低低地应了一声。

"你不是很急吗？"

徐南烨状似认同地轻轻叹气，道："是啊，很急。"

褚漾想拒绝，整个身子已经被男人掰了过来，温热的呼吸直接被唇对唇地渡进了口。

亲吻的间隙中，她矫情地挣扎着。

男人的手指抚上她的下巴，他温柔却又强势地说道："漾漾，我可没有跟你做表面夫妻的打算。"

他的眼镜早已不知道被丢到哪儿去了。

褚漾清楚地看到了他双眸中潜藏的欲望。

时间接近傍晚，天空被夕阳染成了暧昧的红色。

褚漾浑身瘫软地躺在床上，连手指尖儿都是酥麻的。

徐南烨真的还有工作。见他快要出门了，褚漾想问问他文件找到了没有。

她勉强坐起身，发现男人的手上真的拿着一个蓝色的文件夹。只是她

575

没看见，这文件夹是男人从书房直接拿出来的。

不过，那之后他们的关系虽然依旧有些别扭，至少在这方面没隔阂了。

其实，之前的频率褚漾是很喜欢的。偶尔多几次也无所谓，多躺会儿就行了，但最近真的……不太行。

他们总是在卧室里待上一整天，她不知道为什么男人总有无穷无尽的精力开始又结束，结束又重来，反正她不行。她像是失了线的木偶，横倒在床上，连起身走路都觉得费劲。

"木偶师"徐南烨却还能用他手中看不见的线，将她摆成自己喜欢的姿势。

拖得了一天拖不了永远，褚漾还是在周六这天软着腿回家了。

这样下去不是办法，褚漾决定好好跟他谈谈。她径直来到徐南烨的书房，坐在他旁边摆出谈判的架势。

男人轻轻地挑了挑眉，语气平和地问道："你想说什么？"

褚漾好半天没说话。徐南烨也不催她，边等她边垂眼继续看文件。

男人的鼻梁上架着眼镜，因为头颅微低，眼镜稍稍滑落至眼睑下，银色的镜框像是精巧的笔触线，勾勒出他俊雅的五官。他的唇色偏粉，肌肤细腻。他穿着浅色的家居服，头顶的护眼灯打在他的身上，为他笼上了一层极为浓重的书卷气，却又使他看起来有着旁人难以靠近的、淡淡的疏离感。

褚漾咽了咽口水。其实次数只要适当减少一点儿，她是完全可以接受的。

"漾漾，"徐南烨忽然抬头，用指尖扶了扶眼镜，嘴角微扬，道，"如果看够了的话，你可以告诉我，你想跟我说什么了吗？"

褚漾说不出口。她觉得要是跟徐南烨赤裸裸地说了这事，就是对他的高洁优雅气质的玷污。

"哥哥，"褚漾忍着羞耻心，欲言又止但最终还是说出口了，"咱们周末，能不能别一整天待在卧室里了？"

男人或许没料到她会说这个，瞳孔微张，有些失笑。但很快他就恢复了往常淡定温和的模样，悠闲地将文件放在桌上，修长的手指交叠着，神色慵懒。

"你想试试在别的地方？"

褚漾张着嘴，愣了。

她穿着宽松的套头衫，长发扎成一个蓬松的丸子头，有几缕细碎的发丝贴在细长的脖颈上，灯光将她精致的侧脸照亮，小巧的耳垂上，款式简单的白钻耳坠正在轻轻晃动。

很快，她的脸颊泛红了。

男人的眼里满是笑意，他耐心地等待她的回答。

"我不是这个意思，"褚漾低头，神色羞赧，说道，"次数能不能减少一些，我受不了。"

徐南烨不动声色地扬了扬眉，并没有发表意见。

褚漾咬唇，忽然站起来走到他身边，又坐在了他的腿上，用手环着他的脖子，开始撒娇。

她用自己迄今为止最做作的语气请求他："哥哥，求你了。"

男人修长的手指慢慢来到她的腰间。

他扬眉，淡淡地说道："这跟我没关系。"

褚漾觉得男人实在没有责任心，这都能甩锅，她的语气顿时变得有些不好，问道："这怎么跟你没关系？"

"你想减少次数，就该反思反思你自己，"徐南烨微笑，无辜地道，"不要勾引我。"

褚漾茫然地眨眼，问道："我怎么勾引你了？"

徐南烨反问道："你现在不是？"

褚漾猛地从他身上站了起来，徐南烨却又将刚才抱过她的手放在鼻尖闻了闻，漫不经心地问她："新的香水？"

"我不擦了，以后在家绝对不擦了。"褚漾退后几步，开始反思自己，说道，"你觉得我还有哪里勾引你了，你说，我立马改。"

徐南烨低低地笑了两声，摇头，说道："没用。"

褚漾皱眉，问道："你这是不相信我吗？"

"我是不相信我自己，"徐南烨将手放在膝盖上，说道，"你这个人对我来说就是一种勾引。"

吐气如兰，娇媚柔软，嗔怒喜乐间风情万种，哪怕她再刻意小心，他的防线还是能在一秒钟就尽数倾塌。

不过，他还是给她出了个主意，说道："也有个办法，可以稍微减少一下频率。"

褚漾又看到了生的希望，连忙问道："什么办法？"

"到这儿来，"徐南烨冲她说道，"我教你。"

褚漾走过去，被男人一把抱起，放在了书桌上。

徐南烨轻轻地笑了，说道："今天不戴了。"

"……"

最后，徐南烨躺在椅子上，褚漾靠着他的胸膛，他用手指轻柔地替她理好被汗水打湿的额发。

褚漾哑着嗓子，还不忘骂他："老浑蛋。"

真是久违的称呼。

徐南烨从喉间溢出一声低沉的回应："嗯。"

徐南烨一开始也不是没想过稍稍矜持些，只是也不知道为什么，总是情难自禁。

包括刚结婚那会儿，他原本是想给她充足的时间准备的，但那次看她围着浴巾，红着脸不知所措地站在他面前，连脚指头都害羞得蜷缩成一团，他的欲望瞬间就起来了。

他的欲念不重，但他一旦生出想要的念头，便容易索求无度。

表面夫妻？她想得美。

给她时间是一回事，他总要捞点儿好处的，也不枉他等她这么久。如今他得到了，更是不知餍足，恨不得把之前缺失的日子都补回来。

男人心中所想，怀中的人通通不知道。他当然也不会告诉她。

二、一胎诞生

羊羊小朋友出生在一个晴朗的日子，他出生时八斤重，是十足的健康婴儿。

爸爸在产房外待了一整天，笔挺的西装已经有些皱了。爸爸抱起他的时候，那双温热、宽厚的大手小心极了，生怕将这个瓷器一般珍贵的小婴儿弄疼。

羊羊不习惯男人身上这股清冽的陌生的气味，还是喜欢妈妈柔软、香甜的怀抱。为了表示抗议，羊羊哭得很大声。

爸爸是个新手爸爸，面对儿子的哭号，他显然也有些不知所措。

虽然儿子吐了他一身的口水，把他本来就皱巴巴的名贵西装吐脏了，但他仍然低头在儿子的额头上轻轻地吻了一下。

羊羊此刻如果知道，这是他一生中所能得到的父爱为数不多的其中一个吻，那他一定不会哭。很可惜他不知道。所以，等上了幼儿园，爸爸跟他说要他晚上去自己的房间睡觉时，他一点儿心理准备都没有。

羊羊的眼睛遗传自他的美人妈妈，又大又亮，双眸像两颗未经雕琢却近乎无瑕的宝石。所以他泫然欲泣时，和他妈妈一样楚楚动人。他的性格也和妈妈一模一样，他十分会找借口。

"我的床太小了，爸爸妈妈的床很大，很舒服。"

爸爸瞥了一眼羊羊的小胳膊、小腿，无视了他的理由。

哼，不让他睡，他有的是办法。

某天晚上，羊羊抱着自己的枕头敲响了爸爸妈妈的房门。

妈妈的声音从里面传来。

"是羊羊吗？怎么还没睡啊？"

羊羊刚想开口，爸爸低沉的声音就响起来了。

"羊羊，你自己睡。"

"……"

他的房间好大，好黑，还没有妈妈身上的香味。羊羊撇嘴，踮着脚伸手去够门把手，没用。房门锁了。

羊羊抓着枕头，用带着哭腔的声音控诉道："爸爸妈妈是坏蛋！"

这一句哭诉把家里的阿姨吵起来了。

阿姨也知道小孩儿不能一直跟父母睡，但小小的娃娃抱着自己的超人枕头委屈巴巴地站在房门口，就只是想和爸爸妈妈一起睡，谁忍心拒绝他呢？

毕竟是亲生的，最后爸爸妈妈还是放他进来了。

等羊羊终于在妈妈温柔的哄睡声中慢慢熟睡过去后，爸爸起身将他小小的身子抱起，送回了他自己的房间。

第二天，羊羊发现他睡在自己的房间里，气冲冲地去找正在吃早餐的父母质问。

下册

妈妈果断甩锅，说道："你爸爸把你抱回去的。"

爸爸正欲开口，就听见羊羊用极低、极为无助的语气问他："爸爸，你不爱我了吗？"

爸爸："……"

爸爸觉得这样不行，极大地影响了他和老婆的生活。一般只会给儿子买书的爸爸破天荒地给儿子买了一台 VR 游戏机。

爷爷奶奶外公外婆都不太认同他的这种做法，孩子还这么小就给买游戏机，沉迷游戏以后念小学就不认真读书怎么办？

爸爸很淡定地道："放心吧，不会的。"

这位爸爸自己从小就文静，学习也自觉，又端的一副谦谦君子的模样，既然是他的儿子，那应该也不会调皮到哪里去。

看爸爸这么笃定，俨然一副育儿专家的样子，长辈们也就没说话了。

于是，每天晚上，复习完当天双语课程和兴趣课程的羊羊小朋友多了一项新爱好——打游戏。

爸爸这天晚上回家时，发现家里很吵。

"妈妈！你后面有丧尸！"

"哪儿呢，哪儿呢？"

"妈妈，丧尸咬你的脖子了！"

"我的老天，偷袭我，死吧！"

爸爸站在房门口，长腿交叠，抱胸看着这对沉迷在游戏中的母子。

母子俩都戴着头盔，没看见他。

打打杀杀的叫喊声结束后，羊羊长叹一口气，说道："双人模式好难啊。"

妈妈附和道："是啊，继续下一关吧。"

爸爸挑了挑眉，终于出声了。

"二位，好玩吗？"

母子俩的身子同时一僵。

羊羊以为爸爸要教训他，没想到爸爸只是让他回自己的房间看书。

羊羊松了一口气的同时，同情地看了妈妈一眼。

妈妈似乎也理解了他的眼神，颤着下巴请求儿子："羊羊，你别走。"

"妈妈，"羊羊痛惜地转过头，学着电视剧里的语气说道，"你保重。"

爸爸："……"

说实话，对于幼儿园让这么小的孩子上戏剧课看莎士比亚剧本合集，他是不太认同的。

羊羊走了，房间里只剩这对父母了。

徐南烨径直朝褚漾走过来，垂眼看着她心虚的表情，抬手掐掐她的脸，问她："之前要给羊羊买游戏机时，你还怕他沉迷，现在是谁沉迷，嗯？"

"是羊羊说他想试试双人模式的，家里的阿姨又不会，我就陪他玩玩了。"褚漾咬唇，试图狡辩，"没想到，还挺好玩的。"

听到"好玩"两个字，徐南烨就知道他老婆完全没有自责的意思。

"好玩？"徐南烨眯着眼看着她，笑了笑，问道，"我给你也买一台？"

褚漾双眼发亮，问他："真的吗？"

这游戏机很贵，而且显示配置要求很高，为了配得上这台游戏机的配置，徐南烨已经额外买了一台液晶屏。

徐南烨笑而不语，镜片下的眸色渐渐变深。

褚漾知道他是不会给她买的，于是没什么诚意地自我悔恨。

"我不该陪羊羊打游戏，我错了。"

徐南烨沉沉地嗯了一声。

褚漾的眼珠子转了转，她知道怎么哄徐南烨。

她轻车熟路地抱住男人的胳膊，娇滴滴地拍男人的马屁："哥哥，你眼光真好，随便买都能买到这么好玩的游戏机。"

徐南烨扯了扯嘴角，直接越过她，在地毯上蹲下，替母子俩收拾残局。

阿姨不懂这种高科技设备，怕弄坏，因此不敢碰这些东西，这间房间里的东西通常是羊羊自己收拾的。

他蹲下身收拾到一半时，褚漾跑过来蹲到他旁边，抱着膝盖笑眯眯地看着他，问道："哥哥，你出钱买的游戏机，不想试试吗？"

徐南烨看着她，答道："不想。"

褚漾意味深长地哦了一声，嘴角露出一抹坏笑，说道："我理解，年纪大的人对电子产品是不太敏感的，这不是你的错。"

徐南烨停下收拾游戏机的手，修长的手指捏住她的下巴，问她："激我？"

褚漾将下巴从他手中挪开，头虽然摇得很用力，但脸上写着"激你又如何"五个大字。

徐南烨脱下西装外套，又解开了束缚行动的衬衫领扣与袖扣，淡淡地说道："我先熟悉熟悉游戏操作。"

所谓熟悉，其实就是把新手教程看一遍。

双人模式比丧尸击杀数，击杀数如果一致，就比谁剩余的生命值多。

第一局，平局。

褚漾惊了，虽然她也刚玩，但徐南烨只看了新手教程，这未免有点儿过分了。

紧接着第二局，徐南烨险胜她两个人头。

褚漾简直怀疑人生。

徐南烨赢了她，老男人的自尊也保住了，打算歇战走人。谁知，褚漾不让他走。

她央求着再来一局，徐南烨不理她，她就跟着徐南烨从房间走到客厅，又从客厅走到浴室。徐南烨在浴室里洗澡，她就在外面等着。

羊羊不知道为什么妈妈总跟着爸爸，一直到了睡觉时间，妈妈还是紧紧地黏在爸爸身边。

羊羊走到妈妈身边，用小手拉了拉妈妈的袖子，说道："妈妈，你讲故事哄我睡觉。"

褚漾敷衍儿子："今天让阿姨念给你听好不好，妈妈今晚有事。"

羊羊也不是熊孩子，哦了一声就任由阿姨把他抱去房间了。

徐南烨的身后跟了一块牛皮糖，黏了他整整一晚上。最后等他也要睡觉了，褚漾还心心念念着游戏。

这玩意儿就跟赌博似的，输了一局就想翻盘，更何况褚漾还是输在只看了新手教程的徐南烨的手上。她觉得自己的尊严被践踏了，因此必须夺回来。

徐南烨被缠得没法了，只能任由她拽着自己的睡衣袖子又去了游戏间。

他读高中的时候跟崇正雅混在一起，那小子天天往游戏厅钻，他受其影响，自然也就会玩了。后来他上了大学，没哪个大学男生能忍受住电子竞技的诱惑，徐南烨虽不至于废寝忘食地沉迷于此，但没事的时候也会玩一把。

徐南烨只是看起来不会打游戏，不代表他不会。褚漾又输了一局，还要来一局。她这是没完没了了。

徐南烨挑眉，淡淡地问道："这么玩没意思，要不要加点儿码？"

"加什么？"

徐南烨拿起手柄，说道："先打吧。"

房间里的羊羊被尿憋醒，揉着眼睛摸黑往厕所走。

房子里黑黢黢、静悄悄的，羊羊突然听到了爸爸妈妈的声音。声音是从玩游戏的房间里传出来的。

游戏间的门关着，门缝透出一丝微弱的光。羊羊把耳朵贴在房门上。

爸爸妈妈不在卧室睡觉，大半夜的居然还在打游戏。

"老公。"妈妈叫得特别不情愿，好像是被逼的。

羊羊浑身一激灵，妈妈平时都是叫爸爸"哥哥"的，她说这是她对爸爸专属的爱称。"老公"这个称呼，她叫的次数是少之又少的。

羊羊又听到了爸爸轻轻的笑声，以及爸爸说的话："还玩吗？"

"玩！我就不信了！"

"那这次我们赌点儿别的，嗯？"

"赌什么？"

爸爸的声音越来越低，羊羊听不清了。他只听到妈妈娇嗔地又骂了句"老浑蛋"。

爸爸的声音轻飘飘的。

"不敢？"

妈妈急忙反驳："不敢是孙子！"

第二天一大清早，羊羊发现妈妈是被爸爸抱出房间的。

妈妈看上去很累，爸爸只冲他轻轻地笑了笑，说道："乖，别吵妈妈睡觉。"

羊羊愣愣地说道："都七点钟了，妈妈还没睡够吗？"

"妈妈晚上没睡觉，"爸爸眨眨眼，语气温柔地说道，"陪爸爸玩了一晚上。"

羊羊突然觉得自己好多余，好弱小，好无助。爸爸和妈妈玩了一个晚上，居然不带他！坏爸爸！坏妈妈！

一个星期后的周末，外公外婆来看外孙。两个老人家换好鞋，发现只有阿姨出来迎接。

　　"羊羊呢？"

　　阿姨说："在房间里呢。"

　　褚国华想到前不久女婿给外孙买了一台游戏机。

　　"我就说小孩儿抵不住游戏机的诱惑，会沉迷吧？这大周末的也不出去玩，就闷在房间里，闷出病来了可怎么办？"老人家边抱怨边打开了外孙房间的门。

　　外孙正在自己的房间里练钢琴。小小的人儿坐在凳子上，认认真真地照着谱敲黑白键。

　　褚国华愣了，问他："羊羊？你爸妈呢？"

　　羊羊抬头，幽幽地道："爸爸妈妈在打游戏。"

　　褚国华："……"

　　羊羊忽然从凳子上跳下来，一下扑到外婆的怀抱里大哭。

　　"爸爸妈妈有了游戏就都不爱我了！呜呜呜呜呜！"

　　"……"

　　"……"

　　最后，徐氏夫妇被没收了游戏机。

　　褚国华痛心疾首地道："你们做父母的，怎么能因为沉迷游戏，就连自己生的孩子都不管呢？"

　　褚漾不说话，因为她确实是沉迷游戏。徐南烨也没说话，但他其实对游戏不感兴趣。他只对输了游戏的褚漾感兴趣。

　　不过，为了让儿子不孤独，他们决定再生个小的出来陪羊羊。

三、二胎诞生

　　羊羊念幼儿园的第二年初春，效率颇高的徐氏夫妇真的生了个小的给他做伴。

　　性别没法控制，这胎生的是女儿。女儿也行，哥哥妹妹，听着就很温馨。

584

初初的长相没随妈妈，倒是随了爸爸，巧的是性格、气质也像爸爸。

初初文静乖巧，彬彬有礼，小手都还抓不稳小提琴时，就已经习惯了每天练上几个小时。

文科生爸爸注重素质教育，羊羊和初初很小就开始接触乐器。

对此，妈妈没意见，现在哪个小孩儿不学乐器？以后这个技能不拿来当饭吃，也能陶冶情操。会乐器的人不论男女，在妈妈眼中，身上都有一股和别人不同的气质。

初初刚开始学小提琴的时候，妈妈是很关注她的。小手连琴弦都按不稳，但初初还是坚持拉完了一整首练习曲。妈妈坐在旁边给她鼓掌。

某天，爸爸公休在家。恰好到了初初的练琴时间，于是爸爸坐在琴房里，跟妈妈一起当她的听众。

初初有些紧张，刚试了试音，爸爸就皱起了眉头。

"音不准。"爸爸伸手，说道，"初初，把小提琴拿给爸爸看看。"

初初乖乖地把小提琴递了过去。

爸爸用他修长的手指拨了拨弦，终于确定了原因，说道："应该是不小心动了旋钮。"

妈妈有些惊讶，问："你能听出来？"

"能。"爸爸低头拨弦，神色闲适地道。

然后，妈妈看着爸爸粗略地调了调音，将小提琴架在自己的锁骨处，随便用琴弓摆弄了两下，最后将小提琴还给了初初。

爸爸今天不上班，没再穿那一丝不苟的正装，只套了件灰色的羊毛衫，姿势随意而慵懒。

初初发现妈妈今天没有再专注地看她拉琴，而是一双眼睛好像都长在了爸爸的身上，眼神痴迷又崇拜。

"……"

爸爸不就是调了个音吗？等学久了，她也听得出来音准不准的。

初初今天的练琴时间莫名地被压缩了，因为妈妈把小提琴借走了。初初看见妈妈拿着小提琴跟在爸爸后面。

"你给我表演一个看看，"妈妈撒娇，"就拉一首最简单的，初初拉的那种就行。"

爸爸有些无语，道："我很久不碰琴了，或许拉得还没有初初好。"

妈妈立马解释："我又不是真的想听你拉什么。"

初初看见爸爸顿了几秒钟，随即勾起嘴角笑了，问："那你是要做什么？"

妈妈忽然沉默了。

爸爸刮了刮妈妈的鼻子，似笑非笑地道："目的太明显了。"

妈妈似乎被戳穿了心事，有些生气地说："那你拉不拉？"

爸爸笑了笑，拿过小提琴，说道："回房间去。"

妈妈有些蒙，说道："去琴房啊。"

"待会儿羊羊还要练琴，别打扰到他了。"

爸爸拉着妈妈回房间了。

初初郁闷地回到琴房，哥哥羊羊此时享受着琴房的使用权，正打算练琴。

她把下巴撑在钢琴上，疑惑地问："哥哥，妈妈是不是不喜欢看我练琴啊？"

羊羊不明所以地问道："为什么啊？"

"我练琴的时候，妈妈都没这么激动，"初初叹了口气，说道"刚才爸爸只是调了调音，妈妈就求着他拉琴。"

羊羊沉思了一会儿，非但没有安慰妹妹，反而自己也郁闷起来了。

"对哦，我弹琴的时候，妈妈也不是很热情。爸爸那天就随便敲了敲琴键，妈妈就嚷嚷着要爸爸弹给她听。"

兄妹俩大眼瞪大眼，忽然觉得自己好委屈。乐器是大人们让兄妹俩学的，兄妹俩就学了。然后呢？该有的关注和夸奖都没有，爸爸随便动了动指头，妈妈的目光就全到爸爸身上去了。

羊羊从椅子上跳下来，牵起妹妹的小手，神色认真地道："我们去问妈妈。"

卧室这边，"颜狗"褚漾正被她老公拉琴的样子迷得七荤八素。

徐南烨免费给她表演，肯定是要讨点儿利息回来的。

他刚将满眼红心的褚漾压倒在床上，用微凉的指尖划过危险地带，沉

586

声在她耳边吹气，问："徐夫人满意了吗？是不是轮到你表演了？"

此时，房门被叩响了。

褚漾红着脸推徐南烨，说道："哎呀，你起来。"

徐南烨微微拧起眉头，很显然不太高兴，但还是放过她了。

褚漾嗔怒地瞪他。这一眼秋波流转，似嗔非嗔。徐南烨又弯下腰，握住她的下巴，低头不轻不重地在她的唇上咬了一口。

男人声音低沉地道："待会儿。"

褚漾跑到门边开了门。

羊羊和初初站在门口。

她问兄妹俩："怎么啦？"

羊羊作为兄长，提出了一个严肃的问题："妈妈，爸爸不是你生的，但我和初初是从你的肚子里生出来的，为什么你更喜欢爸爸，不喜欢我们？"

"啊？"褚漾正发蒙，徐南烨走了过来。他走到两个小朋友面前，伸手掐了掐他们的脸蛋。

徐南烨温柔地问他们："你妈妈如果不喜欢我，那怎么会有你们？"

初初撇嘴，道："只要爸爸在家，妈妈就不在意我们了。"

褚漾有些心虚地笑了笑。

徐南烨也笑了，半蹲下身直视着两个小朋友，道："家里还有阿姨，还有家庭老师，爷爷、奶奶、外公、外婆有时候也会过来陪你们。"

两个小朋友不知道爸爸说这个做什么。

爸爸揉了揉他们的小脑袋，语气平静地说："但爸爸只有妈妈陪着。"

羊羊和初初对视一眼，都不说话了。

"你们是妈妈的心肝，所以妈妈离不开你们。"徐南烨柔声安慰他们，"妈妈是爸爸的心肝，所以爸爸也离不开妈妈。"

初初又问爸爸："那我们呢？我们是爸爸的心肝吗？"

徐南烨微笑着道："当然是。"

"那爸爸妈妈晚上睡觉时能不能不锁门啊，"初初眨眨眼，表情再单纯不过，说道，"我想抱着爸爸妈妈睡。"

徐南烨："不能。"

初初又委屈了，问道："为什么啊？"

"爸爸每天上班都很累，"徐南烨叹气，说道，"妈妈给爸爸唱摇篮曲，爸爸才能睡着。"

羊羊比初初大，也懂得多些。

"爸爸如果不上班挣钱，我们就没饭吃了。"羊羊拍拍妹妹的肩膀，说道，"这点儿要求，我们还是满足爸爸吧。"

初初点头，忽然上前用小手抱住了爸爸的脖子，在他的脸上亲了一口，说道："爸爸，你挣钱辛苦了。"

徐南烨也亲了亲初初，说道："谢谢初初体谅爸爸。"

羊羊也叫嚣着要亲亲："是我跟初初说的，爸爸怎么不亲我？"

两个小朋友得到了爸爸的吻，又跑到妈妈身边，仰着头要妈妈亲。

褚漾肯定不会吝啬这两个吻。

二人哄好了两个小朋友，兄妹俩高高兴兴地回琴房继续练琴去了。

褚漾抱胸看着徐南烨，说道："唱摇篮曲？亏你说得出口。"

徐南烨挑眉，问她："没唱吗？"

褚漾茫然地问："我什么时候给你唱过摇篮曲？"

"睡觉前，"徐南烨轻笑，说道，"还挺好听的。"

"……"

他看起来不像是在撒谎。难道自己有梦游唱歌的怪癖？

但褚漾很快就知道徐南烨说的"摇篮曲"是什么了。

这天夜里，她大汗淋漓地趴在床上，咬着唇忍耐。

男人在她的背后轻喘着，咬她的耳朵，问她："怎么不唱了？"

"……"

四、喜欢爸爸

爸爸真的很喜欢妈妈呢。羊羊和初初都是这么认为的。

这天，妈妈因为实验室临时有事，丢下兄妹俩匆匆去了学校。没怎么被爸爸带过的兄妹俩心里有些忐忑，不知道爸爸愿不愿意陪他们玩游戏。

以前妈妈陪他们玩，什么都能玩，什么都会玩。别看妈妈也是大人，其实她很幼稚。兄妹俩跟妈妈玩游戏的时候，妈妈都是最入戏的那个。

588

比如玩《大富翁》的时候，妈妈因为运气不好，玩到后面创业失败还被抓进了监狱。妈妈只觉人生无望，蹲在角落里画圈，诅咒世道不公。

后来，三个人又开了一局，这回妈妈是最先到达终点的。手握亿万大钞，她瞬间又高兴起来，当晚就请兄妹俩吃了肯德基全家桶。

现在，爸爸在客厅里看电视，羊羊和初初在房间里说悄悄话。

"爸爸喜欢玩什么游戏啊？"羊羊犹豫着问道。

初初摇头，表示她也不知道。

爸爸虽然对他们好，但不像妈妈那么没架子。有时候他们甚至觉得妈妈不是妈妈，而是比他们大很多岁的姐姐。但站在爸爸的面前，兄妹俩能够清楚地意识到，眼前这个温柔的男人，是他们的父亲。

他们总能在电视上看到爸爸。

爸爸穿着正式的衣服站在台前。羊羊和初初还不懂爸爸的工作到底是什么，但也知道爸爸一旦站在了红色旗帜前，左领口处别上了徽章，就意味着他此刻被很多人关注着。

他们喜欢爸爸，但更多的是仰望和崇拜爸爸。

兄妹俩还在讨论，他们想找到爸爸肯定喜欢，并且愿意陪他们俩玩的游戏，这样爸爸就会高兴。男女的思维毕竟不同，说着说着兄妹俩就产生了分歧。

此时，爸爸敲了他们的房门。

羊羊不想跟妹妹计较，从地毯上站起来去给爸爸开门。

爸爸站在门外，神色淡然。

羊羊仰头看着爸爸的下巴，叫他："爸爸？"

爸爸弯腰，将大手抚上羊羊的头，问道："怎么一直躲在房间里，不想跟爸爸玩游戏吗？"

"啊？"羊羊愣了，他身后，坐在地毯上的初初也愣了。

初初也起身跑到爸爸面前，问道："爸爸，你想和我们玩游戏吗？"

爸爸扬眉，点了点头，说道："想啊。"

羊羊和初初有些惊讶，张着嘴以为自己在做梦。

"还是你们习惯了和妈妈一起玩，"爸爸轻轻地笑了，说道，"所以今天只有爸爸在，就不想玩了？"

羊羊猛摇头，说道："没有！"

初初也赶忙解释："没有！我们想跟爸爸玩！"

兄妹俩兴高采烈地拿上了所有能玩的东西跑到了客厅。

客厅里有一处专门铺上了软垫，妈妈给兄妹俩买了个小型的室内滑梯，那里是他们平常玩游戏的地方。

兄妹俩最近沉迷《大富翁》，和妈妈玩的时候有输有赢，但和爸爸玩的时候就不同了。

爸爸也不知道是不是作弊了，每次都第一个到达终点。

其实这也不能怪爸爸。妈妈玩游戏只当作放松，根本不会去思考什么游戏策略，全凭运气掷色子，遇上投资项目就投钱，也不管后面有没有更合理的项目。

爸爸扫了一眼地图，就知道哪儿该跳步，哪儿是陷阱。

兄妹俩看着爸爸拿着那一沓纸钞成了亿万富翁，很不高兴。他们是小孩儿啊，爸爸好歹让让他们啊。

爸爸嗯了一声，忽然问："赚了这么多钱，该怎么花呢？"

兄妹俩嘟嘴不说话。

"你们想吃什么？想要什么？"爸爸歪着头看着他们，温柔地道，"今天爸爸是亿万富翁，你们想要什么都可以。"

兄妹俩哇的一声欢呼出声。

初初说："我想买新裙子！"

爸爸点头："好。"

羊羊说："我想买新的铠甲勇士套装！"

爸爸又点头："好。"

"我想吃巨无霸汉堡！"

"好。"

"我想周末去野生动物园！"

"好。"

兄妹俩不知满足，提了好多要求。

这些要求放在平时，妈妈只会答应其中的几个，然后耐心地告诉他们知足常乐。这是外公的名言。妈妈的性格虽然跟外公天差地别，但妈妈的某些观念还是受到了外公的影响。

今天，爸爸居然都答应他们了。

爸爸跟他们相处的时间不多，除了晚上要求他们自己睡，几乎没反对过他们的什么要求。妈妈总说爸爸，别这么宠他们啊。爸爸有些无辜地道，我有宠吗？兄妹俩以前也觉得，爸爸哪儿有很宠他们嘛。比起他们，爸爸明明更宠妈妈。

但今天，是兄妹俩和爸爸玩游戏的一天。爸爸居然答应了他们的这么多要求，还答应带他们去野生动物园看老虎、狮子。他们很少有机会跟爸爸一起出去玩，因为职业关系，爸爸几乎很少在外露面。兄妹俩发现，爸爸好像比妈妈还好说话。

玩完了《大富翁》，初初嚷嚷着要玩洋娃娃。她有好多娃娃，每个娃娃都不一样，它们拥有不同的五官，不同的发型，不同的服饰。哥哥毛手毛脚，初初不愿意哥哥碰她的娃娃。

初初献宝似的将这些娃娃摆在了爸爸面前，问道："爸爸，你觉得哪个娃娃最好看？"

她之前问过哥哥，哥哥喜欢那个穿白裙子、长直发的黑瞳娃娃。她也问过妈妈，妈妈喜欢那个穿红裙子、棕色鬈发的蓝瞳娃娃。

爸爸看了一眼款式不一的娃娃，笑道："都很好看。"

初初不满意爸爸的答案，说道："爸爸，你选一个！"

爸爸的神情有些为难，他说："有些难选啊。"

初初又说："那爸爸你自己做一个自己觉得最好看的吧。"

这些娃娃的头发和衣服都是可以换的，其实脸上的妆也可以换，但初初太小了不会弄，都是妈妈替她专门请人给这些娃娃化妆的。

爸爸选了那个黑瞳娃娃。娃娃有着一头浓密的栗色长发，眼妆妩媚，肌肤瓷白，薄唇上抹了两道正红色的颜料。他又选了一件黑色雪纺的礼服长裙，初初按照爸爸选的，搭配出了一个新娃娃。

看着娃娃张扬而又惊艳的打扮，初初愣了几秒钟，忽然哎了一声，说道："这个娃娃好熟悉啊。"

羊羊欢快地道："好像妈妈呀。"

兄妹俩都想起来了。他们看过爸爸妈妈的婚纱照相册。其中一张，妈妈就是穿的这件礼服，像只高贵的黑天鹅坐在月亮上，爸爸站在月亮下看着她笑。

初初嘿嘿地笑了，说道："原来爸爸喜欢妈妈这样的娃娃。"

爸爸看着娃娃，也有些发愣。他完全是下意识搭配的，却刚好搭出了一个迷你版的褚漾。

爸爸问初初："你能不能把这个娃娃送给爸爸？"

初初知道这些娃娃都是爸爸出钱给她买的，当然可以送了。

他们玩完了娃娃，又轮到了羊羊的男生时间。

爸爸很配合地拿着怪兽模型，扮演了那个怪兽。怪兽模型倒地了，但爸爸还好好地坐着。

羊羊不满意了，说道："爸爸，我打败你了，你也要倒下啊。"

爸爸眨眨眼，配合地躺在地上。

羊羊哇一声，气势如虹，大胆地骑在了爸爸的身上，用小拳头轻轻地捶爸爸的胸口。

初初也要凑热闹。还好爸爸个子高，让这两个小家伙骑在身上不是问题。

初初不敢打爸爸，但坐在爸爸的身上也不知道做什么，于是俯下身，用小手捧着爸爸的脸，在爸爸的鼻尖上亲了一口。爸爸忽然笑出了声。

男人的声音很低沉，他们难得听他发出如此明朗、轻快的笑声。

羊羊和初初不知道为什么爸爸被他们压在身下，还笑得这么开心。

"你们啊，"爸爸叹了口气，说道，"真不愧是你们的妈妈生的。"

得寸进尺，却又如此可爱。

这跟妈妈又有什么关系？兄妹俩迷茫时，爸爸大手一揽，将兄妹俩都抱了下来。

"困了吗？"爸爸看了一眼墙上的挂钟，说道，"该睡午觉了。"

不说还好，爸爸刚说完，两个小朋友顿时就有些撑不住了。

兄妹俩今天很黏爸爸，他们不想回房间睡。爸爸也不回房间，他习惯睡在阳台的躺椅上。

现在是冬季，到了这个时间，会有阳光洒进来。阳光不灼人，也不刺眼，温柔又舒服。

爸爸给兄妹俩准备了一张新的躺椅，两个小团子睡一张绰绰有余。

羊羊和初初看爸爸手里拿着一本书，正静静地看着。

没过多久，爸爸似乎困了，取下眼镜放到一边，用手指揉了揉睛明穴，准备睡了。

兄妹俩抓紧时机，从躺椅上跳下来，爬到了爸爸的身上。

爸爸揉揉他们的小脑袋，没再让他们下来。

兄妹俩窝在爸爸的怀里，睡意来得很快。

以前，他们都喜欢妈妈身上那股香甜、清新的味道，但现在闻到爸爸身上的味道，居然和妈妈的一样好闻，清冽干净，温润柔和。

今天，爸爸不是电视上那个被众人崇拜、敬仰的外交官，而只是他们的爸爸。

褚漾回家的时候，家里安静得不像话。她想现在是午睡时间，估计徐南烨和兄妹俩都睡了。

褚漾去了两间卧室，发现他们居然都不在。她最后在阳台上找到了他们三个。

褚漾哭笑不得，弓着腰摸摸兄妹俩的脸。

"你们睡在爸爸的身上，就不怕压得爸爸不舒服？"

兄妹俩也不知道到底听没听到妈妈的话，同时咂了咂嘴。

倒是徐南烨听见了，微微睁开了眼睛，问她："回来了？"

褚漾点头，问他："累吗？"

"不累，"徐南烨勾唇，语气很轻地道，"很听话。"

"真的假的啊，你别骗我。"褚漾有些不信，问道，"你应付得来两个孩子？"

她蹲在他的身边，将下巴撑在椅子的扶手上，鼓着嘴，觉得他在吹牛。

徐南烨伸手捏捏她的鼻子，慵懒地道："我连你都能应付，还不能应付你生的两个小家伙吗？"

褚漾眯眼，说道："我听出来了，你嫌我麻烦。"

"是麻烦。"徐南烨点头，状似无奈地说。

两个小家伙睡着了，褚漾不敢大声说话，只能瞪眼看着他生闷气。

"我喜欢被你麻烦，"徐南烨柔声请求她，"请你麻烦我一辈子。"

褚漾哼了一声，站起来将旁边那张被遗忘的躺椅搬到他的身边，然后也躺下来。她抱起体重比较轻的初初。

夫妻俩一人抱着一个孩子，沐浴在阳光下。

"哥哥，"褚漾舒服地叹了口气，说道，"现在这样真好。"

徐南烨闭眼，嗯了一声。

徐南烨和褚漾。

徐思旸和徐思初。

薄吹消春冻，新旸破晓晴。

暖雨晴风初破冻，已觉春心动。

大梦将醒，晨光熹微，初升的日旸落入心间。

徐南烨原以为有她的人生便是完整的，如今才发现，完整之外，还能更加完整。

思初，思旸。

徐南烨思念褚漾，多年等候，如今终于摘得红豆。

红豆生根，他的人生彻底圆满。

也不知道是从哪里来的微风，悄悄地溜进了阳台，连同温柔的阳光，刮过他们的衣角，吹动着阳台处轻巧的窗纱，柔柔地泻下朦胧的影子。

旁边的书页也被轻轻地吹了起来。纸张飞扬的沙沙声，像是微弱的催眠曲。

这本诗集被掀开扉页，书页上是几行简短的诗句：

"我知道你会来，

淌过二月的溪流，

穿过初夏的清晨，

跳进晚秋的山色，

然后在凛冬的夜里留下一盏长灯。"

爸爸真的很喜欢妈妈呢。思旸和思初兄妹俩从他们的名字里就能知道。

五、圆满

时光悄然而过。

家里又多了两个新成员——一只憨头憨脑的大金毛、一只高傲优雅的

西伯利亚森林猫。

在决定养宠物的时候，徐思旸和徐思初这对兄妹产生了分歧，思旸想要狗，思初想养猫。

徐南烨和褚漾谁也不偏袒，干脆猫、狗都养了。他们夫妻不常在家，养宠物是为了陪孩子。

但孩子们并不这么想。他们完全不用担心见不到父母，因为他们的父母时常出现在电视里，还出现在手机里。他们经常逛的弹幕视频网站上也有关于父母的视频。

这些视频都是从外交酒会或是新闻发布会上剪下来的。他们随便点进一个视频，标题就很直白——"徐外长和外长夫人的高甜合集（3）"。

这一系列视频已经出过两期，播放量和点赞量都很高，视频制作者再接再厉，又弄出了第三期。

视频里，西装革履的男人依旧英俊，却不再年轻。他老得并不快，头发依旧乌黑，整齐地梳在脑后，只是眼角处仍无法避免地多出了细纹。

与其说年轻与年老的区别在于面容，不如说是气质的变化。比起初入外交部时的他，年近五十岁的徐南烨身上那股成熟和稳重的气质越发明显了。

镜头前，徐外长永远是处变不惊、泰然自若而又张弛有度的模样。他仍旧儒雅，当初的锋芒此时也已变得内敛，偶尔还会开开玩笑。

比如现在，发布会后台，他被记者拦住。

"对于您和您夫人被网友们剪成各种视频发布到网上，您有什么看法吗？"

徐南烨不上网，记者问的这个问题还挺令他惊讶的。

"什么视频？"

"就是您和您夫人同框的一些采访视频，网友都说你们特别甜蜜。"

"啊，"徐南烨微微笑了，问道，"都剪成视频了吗？"

"是啊，您不知道吗？"

"我不常上网。"徐南烨温和地道，"如果能让你们开心，大家随意。"

记者又问："那您夫人看过吗？"

徐南烨的眼中有笑意，他说："我没看过，她不知道，也许看过吧。"

"那夫人怎么没跟您分享啊？"

595

徐南烨垂眸，声音变得柔和起来，说道："她害羞吧。"

年轻的女记者顿了顿，一时间被他的温柔弄得说不出话来。

岁月为男人的眉眼添上了几分成熟与内敛，却没有带走他的半分英俊与矜贵，他的气质仍然清俊，犹如美酒，年岁越久，越是惹人沉醉。

这样的男人，柔情万分时没有谁能抵挡。

他蓦然的温柔，都是因为记者问到了他的夫人。

不光是记者被这一击得忘词，弹幕也瞬间疯魔。

"啊啊啊啊！"

"这个语气，我死了！"

"呜呜呜呜呜呜呜呜呜，好甜！"

"看得我一脸姨母笑是怎么回事？"

"这对夫妻也太甜了。"

"现实偶像剧，呜呜呜呜。"

"糖分超标了！"

"太苏了！"

"我的少女心！"

"这'狗粮'我一口干了！"

接着，画面来到下一幕。

徐外长带着他的夫人出席某酒会。

镜头其实没有对准他们，记者们原本是在采访另外一位官员，他们出现在了镜头的左下角。

徐外长拿着小瓷盘，正在夹甜点，视频帧率不高，但从轮廓能勉强看出来是小蛋糕之类的甜点。

他夹满了，然后被外长夫人一把抢了过来。外长没有生气，只是伸手戳了戳她的额头。

这里，视频的制作者特意放大了左下角处的画面，然后画了个圈，写了一排备注。

"徐外长之前受访时说过他不太爱吃甜的，所以这盘甜点应该是替夫人夹的。"

动的他心先

"列文虎克¹女孩儿！"

"抠出来的暗糖真的比明糖好吃一百倍！"

"啊啊啊！"

"好宠哦！"

"中年夫妻的爱情怎么可以这么甜！"

思初看到这里，忍不住笑了。

中年夫妻？不过爸爸妈妈确实可以说是中年夫妻了。

爸爸倒还好，男人越老越有味道，年龄对他来说反倒是加分项。

妈妈就不一样了，就算四十几岁了，仍旧认为自己是少女。

思初将视频收藏起来，打算等爸爸回家了给他看。

思旸看妹妹握着手机傻笑，好奇地把脑袋凑了过去，问道："在看什么？"

"关于爸爸妈妈的视频，"思初将手机递给他，问道，"看吗？"

思旸知道这个视频，但他看父母的恩爱视频时总有些不好意思。既然妹妹给了，他就顺势看完了。

视频播完了，下面还推送了很多内容相似的视频。

"外交天团老大徐外长和他夫人真的好甜！"

"神仙夫妻——徐外长和外长夫人。"

"我愿溺死在你的眼神中——致亲爱的外长夫妇。"

兄妹俩随便点进某个视频。热门第一的评论居然是有关他们的。

"外长夫妇这种颜值，生出来的孩子该是什么神仙啊？"

下面的热评让兄妹俩飘飘欲仙。

"这得是上辈子拯救了宇宙才能投胎到外长夫妇家里当小孩儿吧？"

"有对神仙父母，爸爸是外交官，妈妈是工程师，我好酸。"

"呜呜呜呜呜，外长夫妇已经有小孩儿了吗？"

"废话，肯定有啊，不公开罢了。"

"夫妇俩曝光率这么高，肯定要保护好孩子，又不是混娱乐圈的，曝光

---

1 网络流行语，指的是网友们观察得非常仔细，一点点细节都能察觉到。

对他们不是好事。"

"那是男孩儿还是女孩儿？"

兄妹俩相视一笑。

"我知道点儿情况，但不能多说，毕竟是机密。外长夫妇生了两个小孩儿，一男一女。"

他们其实也很想告诉所有人自己的父母是谁。但爸爸交代过不许说，不然会影响他们在学校的学习、生活，因此兄妹俩只好低调。

"啊！居然是儿女双全吗？"

"一听就感觉很幸福啊，四口之家。"

"神仙家庭。"

"是兄妹吗？还是姐弟啊？大人物，多说点儿啊！"

"兄妹吧，兄妹听起来好有爱啊！"

"爸爸宠妈妈，哥哥宠妹妹。"

思初忽然撇嘴，说道："好像是我宠哥哥比较多吧。"

她像爸爸，性格也沉稳些。虽然哥哥比她大三岁多，但其实很多时候，还是她这个做妹妹的比较懂事。

思旸反驳道："没有吧，明明是我宠你比较多。"

思初挑眉，说道："你明明是宠崇叔叔的女儿比较多。"

思旸忽然不说话了。

晚上的时候，爸爸回来了。

思初鬼鬼祟祟地将爸爸拉到一边，悄悄问："爸爸，想看关于你和妈妈的剪辑视频吗？"

徐南烨摸摸她的头，问道："你也看过？"

"看过，超甜。"思初有些不好意思地道，"爸爸，你要看吗？"

"看，"徐南烨垂眼看着她笑，说道，"不过，我想和你妈妈一起看。"

思初愣了愣，眨眨眼，心领神会，说道："那我去把妈妈叫过来。"

吃过晚饭，褚漾原本打算下楼带金毛去外面散散步，却忽然被思初拉到了书房。

"怎么了？"

"有个视频想让你和爸爸看看。"

褚漾不明所以地在书桌前坐下，转过头看了一眼旁边正在喝茶的徐南烨。

"你们父女俩葫芦里卖的什么药？"

思初滑动鼠标，桌前的电脑屏幕亮了。书房里突然充斥着歌声，这首歌来自某部偶像剧，节奏轻快。

思初赶紧溜了出去。

褚漾一听这歌就觉得不对，也起身要走，挨着徐南烨这边的手却忽然被他拉住。

男人扬眉，语气平静地说道："果然看过啊。"

褚漾有些心虚。她确实看过，看得自己都有些不好意思，因此看过也当没看过，更别说告诉徐南烨了。

"如果不是记者问我，我都不知道，"徐南烨轻轻地笑了笑，眉梢轻轻地扬起，说道，"我们在别人面前这么甜。"

电脑屏幕上已经开始播放视频。

思初打开的是类似于音乐短片剪辑的小视频，全程伴随着甜甜的情歌，还加了看着粉嫩嫩又亮晶晶的滤镜。

到某个节点，视频还会特意播放从他们的采访视频里剪辑出来的对话，完全属于魔鬼剪辑。

徐南烨当然不可能在镜头前说肉麻的话，褚漾更不可能了。记者明明问的是徐外长对于近来的某项政治外交行为有什么感想，问她的也是某个很正经的民生问题，但视频剪辑就是有这种本事，硬生生地剪出了偶像剧般甜甜的男女主角对话。

三分钟后，褚漾已经很不好意思了。这种和老公坐在一起看网友给他们剪辑的甜蜜视频的体验真的让人心情复杂。

她抿着嘴偷偷地看了徐南烨一眼。这男人好像没什么感觉，连耳朵都没红。果然，男人和女人是不一样的，褚漾撇着嘴想。

不久后，记者再次在后台采访徐南烨。

记者问徐南烨："看过视频了吗？"

徐外长笑了笑，说："看过了。"

记者有些期待地问道："有什么感想吗？"

"剪得很好。"徐外长先是称赞了网友们的才华，而后又加了一句，"但是我觉得，我和我夫人之间其实比视频里更甜。"

这个采访一出，关于外长夫妇的视频如雨后春笋般被发布到了网上。

每个视频的制作者都会在视频详情里加上一条："剪辑技术不佳，外长夫妇现实生活中比视频里甜一百倍。"

褚漾平时也不总跟徐南烨参加活动，哪里管得住徐南烨对记者说什么？但她还是小小地表示了对于徐南烨口无遮拦的不满。

徐外长当时正在阳台上晒太阳，对于夫人的控诉，这个双商都高得不行的老男人居然装起了无辜。

"我说的不是实话吗？"

"……"

思旸和思初躲在推拉门后面偷偷地笑。妈妈总是说不过爸爸，无论是年轻时，还是现在。

两个孩子知道这时候不能去打扰在阳台上单独相处的爸妈，但猫狗不知道。

冬天是动物蓄毛的最佳季节，家里的猫狗就像是一大一小两个团子，走在哪里，都带起一阵毛茸茸的风。

大金毛跟在森林猫的身后。森林猫来到阳台，找了个舒服的位置躺下了。大金毛挨着森林猫躺下了。

森林猫觉得大金毛离它太近了，一爪子按在大金毛的头上，警告它滚远点儿。大金毛非但不离开，反而吐着舌头又黏了上去。森林猫打它了，还威胁般喵喵叫了两声。

阳台上正在晒日光浴的爸爸妈妈看到了。爸爸没管，低低地笑了两声。妈妈叫了它们的名字，警告它们不许打架。大金毛和森林猫才不听呢。

"思旸、思初，过来劝架。"

思旸和思初跳出来，一人抱着狗，一人抱着猫，无奈大金毛实在是太重了，思旸一个人抱有些困难。思初只好将森林猫放下，去帮哥哥抬狗。

森林猫得到自由，走到徐南烨的身边，蹭了蹭他的腿。

徐南烨顺势抱起猫放在自己的胸口处，温柔地问："你也想晒太阳？"

森林猫喵了一声。

"那就一起晒吧，"徐南烨闭眼，说道，"多晒晒太阳，补充钙质。"

听着老人家一样的话，褚漾嫌弃地撇嘴。

大金毛看森林猫躺在主人的怀里，一下子挣脱兄妹俩的束缚，跳着也去扒主人的腿，摇着尾巴也想躺在主人的怀里。

徐南烨哭笑不得地道："我可抱不动你。"

大金毛呜咽一声，只好退而求其次，躺在了主人的脚边。

褚漾蹲下，给大金毛顺毛。大金毛开心极了，舔了舔褚漾的脸。

思旸和思初突然觉得自己活得不如宠物，于是也凑上去坐到爸妈身边。

徐南烨点点头，说道："多晒点儿太阳，补充钙质，再长高点儿。"

兄妹俩还处在发育阶段，爸爸妈妈的个子都高，所以爸爸妈妈对他们的身高期望很大。

暖暖的冬日下，一家六口挤在阳台上晒太阳，一起补充钙质。

这种天气真的最适合晒太阳了，连风都是甜的。

很多年后，徐南烨的两鬓渐渐生出白发，孩子们各奔东西，家里的猫狗的行动开始变得迟钝又缓慢。他和褚漾都老了。他们仍旧喜欢窝在阳台上晒太阳。

男人后来渐渐忘记了很多事，唯独没有忘记的是很多年前，在异国他乡废弃的房屋中，小姑娘那双又黑又亮的眼睛。

我爱她，如鲸向海，似鸟投林，如星衬月，似风遇光。雪水融进她的眼里，原野风光都不如她的笑容旖旎，她的呼吸落入清风中，连同清风都变得馥郁。

每个看似平淡无奇的日常，都是人生不可多得的奇迹。自从和她相遇，生命中的每一刻，便都成了奇迹。动心的那一刻起，从生到死，都是奇迹。

（全文完）